엄마가 틀렸어

Maman a tort

엄마가 틀렸어

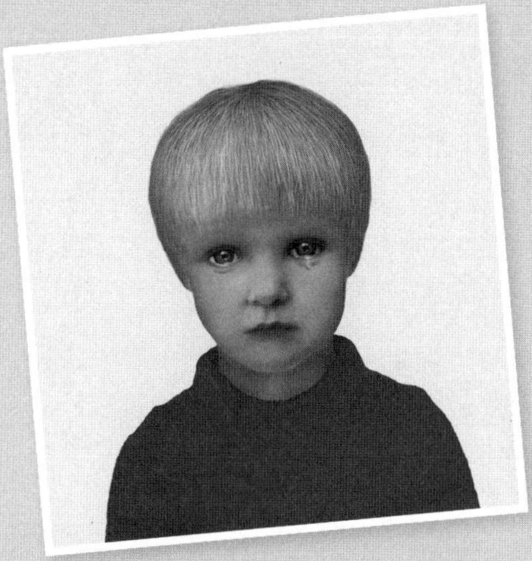

미셸 뷔시 장편소설

이선화 옮김

달콤한 책

나의 진짜 엄마에게

내겐 엄마가 여러 명 있다.
조금 혼란스럽다.
게다가 엄마들은 사이가 좋지 않다.
그중에 한 명은 곧 죽는다.
혹시 나 때문일까?
난 진짜 엄마를 기억하지 못하니까….

I

마리안

1

르아브르 옥트빌 공항

2015년 11월 6일 금요일, 16시 15분

말론의 발이 바닥에서 번쩍 들렸다. 그와 동시에 유리 너머로 여자가 보였다. 그녀는 경찰 정복 비슷한 보라색 옷을 입었고, 동그랗고 우스꽝스러운 안경을 꼈다. 유리부스에 앉아 있는 모습은 흡사 회전목마 매표원 같았다.

말론을 안은 엄마의 두 손이 미세하게 떨렸다.

유리부스 여자는 말론의 눈을 쳐다보고, 다시 엄마를 흘끗 보고는, 엄마가 내민 작은 갈색 수첩을 보며 사진과 동일인물인지, 비행기표의 이름과 맞는지 확인했다.

하지만 그녀는 그들이 진짜로 가려는 곳이 어디인지 몰랐다.

오로지 말론만이 알았다.

그들이 가는 곳은 식인괴물이 사는 숲이다.

말론은 엄마의 수고를 덜어주려고 유리창 턱을 잡았다. 여자의 조끼에 이름표가 달려 있었다. 아직 글을 읽지 못하지만 몇 글자는 알았다.

J… A… N….

유리부스 여자는 아이를 내려놓아도 된다고 말했다. 여느 때 같으면 잔은 별 관심을 보이지 않았을 것이다. 특히, 출입국심사 창구 세 군데, 무빙워크 두 개, 카페는 단 하나밖에 없는 이곳 르아브르 옥트빌처럼 아담한 공항에서라면 말이다. 하지만 오후로 접어들면서 이 작은 공항의 주차장, 계류장, 도로를 비롯한 모든 곳의 출입국심사관들이 술렁거리기 시작했다. 수배자를 잡기 위해 총동원령이 내려졌기 때문이다. 이런 판국에 수배자가 이곳에 나타날 가능성은 극히 낮았다.

별것 아닙니다. 마리안 오그레스 경감은 단호하게 말했다. 각 홀의 벽에 남자와 여자의 사진을 붙이고, 출입국심사관들은 철저하게 조사해주면 됩니다. 모두들 정보요원이 되었다고 생각해주세요.

그들은 매우 위험하다. 둘 중 한 명은 특히 더.

처음엔 절도범에 불과했지만 나중엔 살인까지 저질렀다. 각종 범죄를 저질러 모든 지역에 수배령이 내렸다.

잔은 몸을 앞으로 내밀며 말했다.

"비행기 타본 적 있니, 아가? 이렇게 멀리 가본 적 있어?"

사내아이는 움찔하며 엄마 뒤로 숨었다. 잔에게는 아이가 없었다. 아이에게 질문을 하는 동안은 근무시간이지만 조금은 쉴 수 있고 잠시 허리를 펴서 숨을 돌릴 수도 있다.

그녀는 아이 다루는 법을 잘 알았다. 아이들과 고양이를 다루는 데 재능이 있다고 스스로 믿었다.

잔이 다시 미소를 지었다.

"겁먹은 건 아니지, 아가? 그거 알아? 거기에 가면…."

그녀는 일부러 말을 멈췄다. 아이는 꽉 끼는 바지를 입은 엄마의 다리 뒤에 숨은 채 코끝만 보일 정도로 살짝 몸을 내밀었다.

"거기엔 정글이 있단다. 정글이 뭔지 알아?"

아이가 다시 뒤로 물러섰다. 마치 숨기고 있던 비밀을 들킨 모습이었다. 잔은 여권을 한 번 더 살펴보고 스탬프를 힘차게 쾅쾅 찍었다.

"하지만 겁먹을 필요 없어. 엄마가 옆에 있으니까."

아이가 다시 엄마 뒤로 숨었다. 잔은 실망했다. 아이들을 보고도 아무런 감정이 없다면 정말 좋으련만…. 아니야. 잔은 마음을 고쳐먹었다. 아이가 겁먹는 것도 당연하지. 빌어먹을 무장경찰이 허리춤에 권총과 자동소총과 탄띠를 두르고 왔다 갔다 하고 있으니.

잔은 생각을 이어갔다. 내 업무는 보안이잖아. 출국하는 이들의 감정도 안전하게 지켜줘야 해.

"엄마에게 물어봐, 아가. 정글이 뭔지 설명해주실 거야."

엄마는 감사의 표시로 미소를 지었다. 아이도 반응을 보였다.

이상한 방식으로.

자신의 말에 아이의 시선은 곧바로 다른 방향으로 향했다. 왜 그러지? 잔은 아이의 행동에서 석연치 않은 느낌을 받았다. 아주 짧은 순간이었다. 그녀가 두 번째로 '엄마'라는 말을 했을 때, 아이는 자신을 안은 엄마를 보는 대신 맞은편 벽을 보았다. 그곳엔 잔이 몇 분 전에 붙인 여자 사진이 있었다. 경찰이 총동원해 찾고 있는 수배전단 속의 여자. 그 옆의 남자는 알렉시스 제르다. 살인자다.

뭐, 괜한 생각이겠지.

아이가 본 건 아마도 왼편 유리창 너머의 활주로일 테지. 비행기를 봤거나. 아니면 더 멀리 펼쳐진 바다를 봤겠지. 그냥 딴 생각을 했을 수도 있어. 벌써 비행기를 타고 날아가는 상상을 했을지도 몰라.

잔은 또 질문을 해야 할지 망설였다. 아이와 엄마에게서 미심쩍은 느낌이 들었지만 애써 억눌렀다. 평소와 다른 이상한 예감이었지만 왜인지는 알 수 없었다.

서류는 완벽해. 붙잡아둘 핑곗거리도 없잖아.

머리를 빡빡 깎고 전투복을 입은 두 명의 무장경찰이 군화 소리를 울리며 다시 옆을 지나갔다. 가족 단위 여행객들은 이들의 모습에 안도하는 것 같았다.

잔은 다시 생각했다. 긴장감 때문이겠지.

위험인물이 도주할 때마다 공항에는 총을 든 경찰이 사방에 배치되고 전장의 냄새를 풍긴다. 그녀는 자신이 매우 감성적인 사람임을 잘 알고 있었다.

잔은 방탄유리창을 열고, 여권을 건네주었다.

"다 됐습니다. 즐거운 여행 되세요."

"감사합니다."

엄마가 처음으로 입을 열었다.

활주로 끝에서 KLM의 푸른색 에어버스 A318이 날아올랐다.

◆◆◆

마리안 오그레스 경감은 눈을 들어 검은 석유 바다 위로 날아가는 푸른색 에어버스를 쫓다가 다시 힘겹게 계단을 오르기 시작했다.

50여 칸쯤 위에서 지베 경위가 뛰어내려왔다.

"증인을 찾았어요!" 경위가 스무 칸가량 남은 계단에서 소리쳤다. "아주 중요한 증인이에요!"

마리안 오그레스는 계단 난간을 움켜쥐고 잠시 숨을 가다듬었다. 등에서 땀이 흘렀다. 조금만 움직여도 온몸이 땀에 흠뻑 젖는 게 너무 싫었다. 몸무게가 늘자 땀도 비례해서 늘었다. 빌어먹을 인생. 점심은 대충 먹고, 저녁은 소파에 드러누워 보내고, 홀로 밤을 지새우고, 아침 조깅은 늘 미룬다.

허겁지겁 뛰어온 지베 경위가 마리안에게 회색 쥐 모양의 털 뭉치를 내밀었다. 축축했다.

"이걸 어디서 찾았어?"

"저 위에서요. 알렉시스 제르다가 도망치다가 버린 게 분명해요."

경감은 아무 말 없이 축 늘어진 털 뭉치를 집어들었다. 세 살짜리 아이가 만지고, 빨고, 깔아뭉개 해진 인형. 마치 극도의 공포를 목격한 듯 검은 구슬로 된 눈을 커다랗게 뜨고 있었다.

지베의 말이 맞았다. 그녀가 들고 있는 건 증인이었다. 도망자들에게서 떨어져 나온 아주 중요한 증인. 심장을 떼어버려 영원히 말할 수 없게 된 증인이다.

마리안 경감은 인형을 움켜잡고 최악의 상황을 상상했다.

아이 스스로 인형을 버릴 리는 절대 없을 텐데.

그녀는 인형의 털을 쓰다듬었다. 갈색 자국이 있었다. 틀림없는 핏자국이다. 100여 칸 계단 아래에 있던 핏자국과 같은 걸까?

아이의 피? 아니면 아망다 물랭의 피?

"계속 올라가, 지베! 서둘러!" 경감은 다급한 목소리로 명령을 내렸다.

지베, 즉 장 밥티스트 르슈발리에 경위는 지체 없이 명령에 따랐다. 순식간에 다섯 계단이나 경감을 앞질렀다. 마리안 오그레스는 발을 내디디며 머릿속에 떠다니는 생각을 잠시 멈추려고 애썼다. 그럼에도 불구하고 마음속에서 시급한 질문 하나가 맴돌았다.

어디로 갔을까?

기차, 자동차, 지하철, 장거리 버스, 비행기…. 알렉시스 제르다에게는 영영 사라질 방법이 수천 가지나 있다. 두 시간 전에 경고방송을 하고, 사진을 붙이고, 수십 명을 동원했어도 제르다는 유유히 사라질 수 있다.

어디로, 어떻게 도망칠 것인가?

한 계단, 이어서 또 한 계단.

어디로, 어떻게, 왜?

일단 가장 중요한 것부터 생각해보자.

왜 인형을 버렸을까?

왜 아이의 인형을 빼앗았을까? 울부짖으며 한 발짝도 움직이지 않으려고 했을 텐데. 자신과 엄마 냄새가 밴 인형과 떨어지느니 차라리 그 자리에서 죽고 싶어 했을 텐데.

바닷바람이 역겨운 석유 냄새를 실어왔다. 멀리 컨테이너 운반선들이 르아브르 항에 복잡하게 뒤엉켜 있었다.

경감의 관자놀이 아래쪽 혈관이 부풀어 올랐다. 계단은 끝이 없어 보였다. 계단 하나를 오르면 꼭대기에 하나가 새로 솟아오르는 것만 같았다.

한 가지 질문이 강박적으로 계속해서 떠올랐다.

왜?

아이 때문에 복잡해지는 게 싫어서? 아이도 인형만큼이나 성가셔서? 조금 더 멀리 은밀한 장소를 찾아 아이도 묻어버리려고?

또 다른 에어버스가 하늘을 가로질렀다. 공항은 이곳에서 2킬로미터 거리다. 마리안은 공항에 설치된 감시카메라를 생각하며 안도했다.

제르다가 그것마저 피할 수는 없겠지.

아직 수십 개의 계단을 더 올라가야 한다. 르슈발리에 경위는 주차장에 거의 도착했다. 오그레스 경감은 이제 평소 속도로 걸으며 회색 털 뭉치를 꽉 움켜쥐고 만지작거렸다. 누군가가 인형의 심장과 말을 빼앗았다는 것과 그래서 인형은 이제 아무런 이야기도, 비밀도 더는 말할 수 없다는 것을 확인하고 싶은 듯했다. 그토록 오랜 시간 동안 말론에게 구티와 친구들의 이야기를 들려주었던 인형이 이제 죽어버렸다.

경감의 손가락이 뻣뻣해진 인형의 털을 더듬다가 갑자기 멈췄다. 검지로 인형을 다시 더듬었다. 경감은 인형을 들여다보았다. 무언가를 발견할 수 있으리라고는 기대하지 않았다.

이따위 인형 따위가 뭘 알려줄 수 있겠어?

마리안 오그레스는 눈을 가늘게 뜨고 색이 바랜 인형을 찬찬히 살폈다.

일시에 모든 퍼즐 조각이 맞춰졌다. 가장 난해했던 조각까지 모두 다.

로켓, 식인괴물의 숲, 해적, 난파선, 잃어버린 기억, 버려진 열대의 쥐 인형, 보물, 네 개의 성탑, 닷새 전부터 부하들과 함께 겪었던 이상한 일들.

상상력이 뛰어난 아이가 꾸며낸 이야기라고 생각했었다. 그렇게 믿었다.

하지만 여기에 모든 비밀이 있었다.

단 세 단어로 압축되어 인형의 털에 붙어 있었다. 모두 이 인형을 만져보았지만 아무도 눈여겨보지 않았다. 인형이 무엇을 뜻하는지만 생각했다. 들으려고만 했지 보려고는 하지 않았다.

인형은 영원히 입을 열지 못하도록 죽임을 당했고, 경사지에 버려졌다.

경감은 잠시 눈을 감았다. 누군가가 자신의 생각을 읽을 수 있다면, 그래서 머릿속에 오가는 대화를 알아들을 수 있다면, 분명 미친 사람으로 여길 거라 생각했다.

마리안은 헝겊인형을 가슴에 끌어안고 현기증을 느끼며 이제까지 올라온 계단을 뒤돌아보았다. 바다처럼 시커먼 하늘. 검은 바다 거품이 잿빛 구름과 뒤섞였다.

이제 남은 계단은 20여개. 지베는 이미 메간의 시동을 걸었다. 그녀는 마지막 힘을 쥐어짜며 빠른 속도로 올라갔다.

모든 진실이 드러난 지금, 한 가지 질문만 남았다.

저들을 체포해야 하나?

나흘 전

월요일

달의 날

2

작은 바늘 8, 큰 바늘 7

“엄마가 내 손을 잡고 너무 빨리 걸어서 팔이 아팠어요. 엄마는 우리가 숨을 곳을 찾고 있었어요. 엄마가 소리를 질렀는데 무슨 말인지 알아들을 수 없었고요. 사람이 너무 많았거든요.”

“사람이 너무 많았어? 누가 있었지?”

“음…, 물건을 사는 사람들.”

“주변에 가게가 있었구나?”

“네, 아주 많이. 하지만 우리한테는 카트가 없고 커다란 가방만 있었어요. 내 ‘책과 해적’ 가방이요.”

“엄마랑 같이 물건을 사고 있었어?”

“아뇨, 아뇨. 엄마가 우린 여행을 떠날 거라고 했어요. 아주 긴 여행이요. 난 여행 가기 싫었는데…. 그리고 엄마가 숨을 곳을 찾았어요. 내가 소리 지르는 걸 사람들이 못 보게 하려고요.”

“학교에서 그랬던 것처럼 말이지? 클로틸드 선생님 말씀으론 네가 울고 화내다가 교실 물건까지 다 부수려고 했다고 하시던데. 그게 사실이야, 말론?”

"네."

"왜 그랬어?"

"다른 엄마랑 가기 싫어서요."

"그뿐이야?"

"…."

"알았어. 다른 엄마 얘기는 나중에 다시 하도록 하고, 이제 다른 걸 기억해보자. 뭘 봤는지 말해줄래? 뭐가 있었니?"

"가게들이요. 아주 많았어요. 맥도날드도 있었는데 거기서 먹진 않았고, 엄마가 다른 애들하고도 못 놀게 했어요."

"갔던 곳 중에서 생각나는 거 있어? 다른 가게들도 기억나?"

"길이 아니었어요."

"길이 아니었다고?"

"네. 길처럼 생겼는데 하늘이 안 보였어요."

"하늘이 안 보였다고? 확실해, 말론? 바깥에 큰 주차장이 있었니? 건물 바깥에 말이야."

"몰라요. 난 차에서 잤어요. 그 다음만 생각나요. 하늘이 없는 곳에 가게가 잔뜩 있었고, 엄마가 내 손을 잡았어요."

"알았어, 말론. 잠깐만, 사진을 보여줄게. 혹시 그곳에서 봤던 게 나오면 말해줘."

구티는 죽은 것처럼 아무 얘기도 하지 않았다. 하지만 종종 그랬다. 죽은 것 같지만, 주위가 조용해지면 다시 말하기 시작했다.

"자, 봐, 말론. 여기 컴퓨터에 사진들 좀 봐. 생각나는 거 있어?"

"네."

"여기가 엄마랑 갔던 가게야?"

"네, 맞아요."

"확실해?"

"네. 이 새 봤어요. 빨간색하고 초록색이 섞인 앵무샌데 해적 옷을 입고 있었어요."

"아주 중요한 얘기구나, 말론. 나중에 다른 사진도 보여줄게. 지금은 네 얘기를 계속 들어보자. 엄마랑 숨었다고 했지? 어디에 숨었어?"

"화장실에요. 난 바닥에 앉았어요. 엄마가 문을 닫았고요. 우리 얘기를 다른 사람이 들으면 안 된다고 했어요."

"엄마가 무슨 얘기를 했는데?"

"내가 머릿속에 있는 걸 전부 잊어버릴 거라고 했어요. 잠잘 때 꾸는 꿈처럼요. 그러니까 잠들기 전에 엄마 생각을 꼭 하라고 했어요. 엄마를 많이 생각하라고요. 우리 집이랑 바닷가랑 성탑이랑 해적선을 많이 생각해야 한다고도 했고요. 침대에 누웠을 때 생각하지 않으면 나뭇잎처럼 다 날아가버린대요."

"다른 엄마한테 널 보내기 전에 그렇게 얘기한 거지? 맞아?"

"그 엄마는 내 엄마가 아니에요!"

"그래, 그래, 말론. 무슨 말인지 알겠어. 그래서 다른 엄마라고 한 거야. 엄마가 다른 말도 했어? 네 첫 번째 엄마 말이야."

"구티 말을 들으라고 했어요."

"아, 구티. 네 인형 말이지? 안녕, 구티! 구티 말을 들으라고 엄마가 말했어?"

"네, 난 구티 말을 들어야 해요. 몰래 숨어서요."

"구티가 아주 영리한가 보구나. 그런데 네가 안 잊어버리게 구티가 어떻게 도와주지?"

"구티가 말해줘요."

"구티가 말해준다고?"

"네."

"언제 말을 해줘?"

"그건 말하면 안 돼요. 비밀이에요. 엄마랑 약속했어요. 다른 비밀 얘기도 해줬어요. 화장실에서요. 식인괴물이 숲속으로 끌고 갈 때 나를 지켜줄 비밀이라고 했어요."

"알았어. 비밀이구나. 그 얘기는 이제 하지 않을게. 엄마가 또 다른 말은 안 하셨어?"

"했어요."

"그게 뭔데?"

"말론!"

"너를 말론이라고 불렀구나. 그거야?"

"네. 엄마가 말론이라는 이름이 예쁘댔어요. 누가 말론이라고 부르면 대답해야 한다고 했어요."

"그전에는 다른 이름이었어? 이름이 뭐였는지 기억나?"

말론은 한참 동안 대답하지 않았다.

"괜찮아, 말론. 하고 싶지 않으면 그 얘긴 안 해도 돼. 엄마가 다른 이야기도 했어?"

"아뇨. 그 다음엔 엄마가 울었어요."

"그랬구나. 옛날에 살던 집은 지금 사는 집과 다른 곳이지? 말해줄 수 있어?"

"조금요. 하지만 거의 다 잊어버렸어요. 구티가 전에 살던 집 얘기는 안 해주거든요."

"그래, 조금이라도 기억나는 게 있으면 말해줄래? 조금 전에 바다 얘기를 했지? 해적선이랑 성탑도 있었다고?"

"네! 바다가 있었어요. 창문에서 몸을 내밀면 바다로 떨어질 수도 있어요. 방에서 해적선도 보이는데 둘로 쪼개져 있어요. 로켓도 있었고. 집 밖으로 멀리 가면 안 돼요. 숲에 가면 안 되니까."

"식인괴물이 나오는 숲?"

"네."

"숲에 대해서 말해줄 수 있어?"

"네. 나무가 하늘까지 닿아요. 정글에는 괴물 말고도 커다란 원숭이랑 뱀이랑 아주 큰 거미도 있어요. 거미를 진짜 봤는데 너무 무서워서 맨날 방에만 있었어요."

"또 기억나는 것 있어?"

"아뇨."

"알았어. 계속 말해보렴, 말론. 널 계속 말론이라고 부를게. 네 예전 이름이 뭔지 찾기 전까지 말이야. 이건 뭐지? 네 인형은 무슨 동물이야?"

"음…, 구티예요."

"그래, 그래. 구티. 알았어. 구티가 너한테 말한다고 했지. 머릿속으로 말하는 거야? 비밀인 건 알아. 말하기 싫다면 아주 조금만 말해줘. 너에게 어떻게 말하는 거야?"

말론은 갑자기 호흡을 멈췄다.

"조용히 해, 구티." 말론이 속삭였다.

계단을 올라오는 발자국 소리가 들렸다. 말론은 항상 소리에 민감했다.

특히 이불 속에 숨어 구티의 말을 듣고 있을 때는 더욱 그랬다.

다 엄마가 계단을 올라오는 소리다.

“빨리, 구티.” 말론이 중얼거렸다. “잠든 척하자.”

구티는 다 엄마가 방으로 들어오기 직전 아슬아슬하게 말을 멈췄다. 말론은 인형을 꼭 안았다.

“괜찮아, 아가?”

“응.”

말론은 다 엄마가 빨리 방을 나갔으면 했다. 하지만 늘 그랬듯이 다 엄마는 침대 가장자리에 앉아서 말론의 머리를 쓰다듬었다. 오늘 저녁에는 더 오랫동안 쓰다듬으려 했다. 그녀는 말론의 등에 팔을 두르고 말론을 꽉 끌어안았다.

너무 세게 안아서 구티가 터지겠어. 말론은 생각했다. 아프기도 했다.

“내일은 학교 선생님 만나러 가는 날이야. 잊지 않았지?”

말론은 대답하지 않았다.

“네가 학교에서 말도 안 되는 이야기를 늘어놓는다고 하시더라. 네가 이야기를 좋아하는 건 알아. 아이들은 당연히 그렇지. 상상만으로도 그렇게 재미난 이야기를 만들어낸다니, 정말 대단한걸! 하지만 어른들은 말이야, 그걸 심각하게 받아들이기도 한단다. 그 이야기를 진짜라고 믿거든. 그래서 선생님이 우리를 보자고 하시는 거야. 무슨 말인지 알지?”

말론은 일부러 눈을 감았다. 다 엄마는 한참 후에야 입을 열었다.

“졸린가 보구나. 이제 그만 자렴. 푹 자거라.”

그녀는 말론에게 키스하고 불을 끄고는 마침내 방을 나갔다. 말론은 신중하게 기다렸다. 그리고 우주비행사 알람시계를 보았다.

작은 바늘 8, 큰 바늘 9.

작은 바늘이 9에 오기 전까지는 구티를 깨워선 안 된다는 걸 알고 있었다. 엄마가 그렇게 가르쳐주었다.

말론은 우주비행사 시계 바로 위쪽 벽에 붙은 우주 달력을 보았다. 달력의 밤하늘에는 행성들이 빛나고 있었다. 방 안의 불이 모두 꺼지고 나면 어둠 속에서 행성들만 보였다. 오늘은 달의 날이다.

말론은 어서 빨리 구티의 이야기를 듣고 싶어서 마음이 조급해졌다. 오늘은 구티 자신과 잃어버린 보물에 대해 이야기해줄 것이다.

3

오늘, 미미장 해수욕장에 왔다.

애인 마르코를 위해 비키니 브라를 풀었다. 마르코는 내 가슴이 예쁘다고 했다. 그런데 옆에 있던 뚱보도 그렇게 생각하는 것 같았다.

죽이고 싶다.

나는 그 자식 배때기에 파라솔을 꽂았다.

유죄: 28　무죄: 3289

www.죽이고싶다.com

마리안 오그레스 경감은 전화벨 소리에 깨어났다. 그녀는 잠시 차가워진 맨살을 들여다보았다. 그러고는 한 시간 전부터 욕조에 앉아 있느라 마비된 팔을 꺼내 휴대전화를 집어들었다. 사지가 저리고 둔해져서 빨래 바구니 위에 놓여 있던 장난감 바구니를 건드렸다. 플라스틱 배, 돌고래 인형, 형광색 물고기 들이 물 위로 와르르 쏟아졌다.

"젠장!"

마리안은 젖은 손을 닦지도 않고 휴대전화 화면을 들여다보았다.

모르는 번호다.

"젠장!"

전화를 건 사람이 부하인 지베나 파피이기를, 아니면 르아브르 경찰서 소속 경찰이기를 바랐다. 어제 생프랑수아 지역의 약국 근처에서 티모 솔레르가 나타난 뒤로, 계속해서 소식만 기다렸다. 다른 생각을 할 여유가 전혀 없었다.

코메르스 지역과 루아 지역에 수사관 네 명이 잠복하여 티모 솔레르를 쫓기 시작한 지 거의 1년이 다 되어간다. 도빌에서 무장강도 사건이 있었던 2015년 1월 6일, 탄환전문가들은 티모 솔레르가 9밀리미터 자동권총의 총탄 한 발을 폐와 어깨 사이에 맞았다고 했다. 그 상태로 뮌히 마무트 2000 오토바이를 타고 도망치기 직전, 감시카메라에 얼굴이 잡혔고, 그 순간부터 추적을 시작한 이래 정확히 9개월 27일이 되었다.

마리안은 내일 아침까지 눈을 붙일 수 없으리라는 걸 알고 있었다. 비몽사몽하며 욕조에서 소파로, 소파에서 침대로 옮겨 다니다가, 호출이 떨어지자마자 가죽재킷을 집어들고 잔뜩 구겨진 침대를 정리할 새도 없이 전등도 켜놓은 채 허둥지둥 나갈 테지. 타파웨어와 케작 유리잔은 텔레비전 앞에 밤새 쓸쓸히 놓여 있을 거고. 그래도 고양이 모과이에게 사료를 한 움큼 집어줄 시간은 있겠지.

"여보세요."

손가락이 젖은 유리 위에서 미끄러졌다. 마리안은 터치화면이 꺼지지 않기를 바라며 수건으로 아이폰의 물기를 닦았다.

"여보세요, 오그레스 경감님이시죠? 바질 드라공만이라고 합니다. 학교 담당 심리상담사예요. 제 친구이자 경감님 친구이기도 한 앙젤리크 퐁텐의 소개로 전화드렸습니다. 앙젤리크가 경감님의 전화번호를 알려주더군요."

앙지?

마리안은 그녀의 브라 끈을 올려주곤 했었다. 수다스럽고 섹시한 그녀의 레이스 브라가 머리에 떠올랐다.

"일 때문에 전화하신 건가요, 드라공만 씨? 제가 지금 중요한 전화를 기다리는 중이라서요."

"오래 걸리지 않을 겁니다."

듣기 좋은 목소리였다. 마치 젊은 사제나 최면술사, 혹은 텔레파시를 사용하는 오리엔탈 마법사의 목소리 같았다. 부드러운 저음에 슬라브 억양이 미묘하게 섞여 자극적이었다.

마리안은 한숨을 쉬었다.

"좋아요, 말씀하세요."

"저는 학교 담당 심리상담사로서 르아브르 북쪽 지역을 담당하고 있습니다. 실은 몇 주 전부터 어떤 아이를 상담하고 있는데 좀 이상한 느낌이 들어서요."

"무슨 뜻인가요?"

마리안은 휴대전화를 들지 않은 손으로 물을 휘저었다. 목욕하다가 잠들어 남자 목소리에 잠을 깨는 것도 나쁘지 않은걸. 아쉽게도 식사 초대 전화는 아니지만 말이야.

"엄마가 자기 엄마가 아니라고 해요."

경감의 손가락이 젖은 무릎에서 미끄러졌다.

"뭐라고요?"

"엄마가 자기 엄마가 아니라고 말한다고요! 아빠도 자기 아빠가 아니라고 합니다."

"아이가 몇 살인데요?"

"세 살 반이에요."

마리안은 입술을 깨물었다.

지나치게 열정적인 심리학자로군. 앙지는 이 달콤한 목소리에 풍덩 뛰어들었겠지.

"아이는 자기가 실제로는 다섯 살인 것처럼 말해요. 지능이 아주 뛰어난 아이는 아니지만, 나이에 비해 성숙해요. 테스트를 해본 결과…."

"부모는 진짜 부모가 맞나요?" 마리안이 남자의 말을 끊고 물었다. "교사들에게 확인해봤어요? 입양했다거나 법원 명령으로 배정되었다거나 위탁봉사를 하던 아이를 키운다거나 한 건 아닌가요?"

"알아봤습니다. 분명히 그들의 아이가 맞습니다. 부모는 아이가 상상력이 지나치게 풍부하다고 말합니다. 학교 선생이 내일 아이의 부모를 만나기로 했고요."

"그럼 다 해결된 거 아닌가요?"

마리안은 퉁명스럽게 대답했다. 물속에서 작은 돌고래의 등지느러미가 허벅지를 간질였다. 어린 조카 그레구아르가 자러 오지 않은 지 거의 6개월이 되었다. 조카는 다음 달이면 열한 살이 된다. 앞으로 다시 피자를 먹으며 만화영화를 보러 올지 확실치 않다. 조카의 장난감, 픽사 만화영화 디브이디, 플레이모빌 상자를 모두 버리는 게 나을지도 모른다. 하지만 그녀는 아파트 구석구석에 그것들을 여전히 간직하고 있다.

"아닙니다." 심리상담사가 계속 우겼다. "해결되지 않았습니다. 이상하게 들리겠지만, 아이가 진실을 말한다는 느낌이 듭니다."

휴…, 심리학자들이란…. 그들은 어린아이가 항상 진실을 말한다고 생각한다.

"엄마는요?" 경감이 물었다.

"몹시 화가 났죠."

"알겠습니다. 그래서 제게 뭘 원하시죠?"

마리안은 무릎으로 돌고래를 밀어냈다.

심리학자는 오랫동안 침묵을 지켰다. 그동안 경감은 엉뚱한 생각에 잠겨 있었다. 남자랑 같이 목욕한다거나 하는 상상이 아니었다. 그녀의 판타지는 아기와 함께하는 목욕이었다. 플라스틱 장난감을 한 아름 풀어놓은 욕조에서 몇 시간이 됐건 자기만큼이나 통통한 아기와 미지근해진 물을 찰박거리고 머리를 감겨주고 물을 마구 튀기며 놀다가 소아과 의사들을 귀찮게 하고….

"제가 뭘 원하느냐고요?" 마침내 바질 드라공만이 입을 열었다. "모르겠습니다. 아마 경감님의 도움이 아닐까요?"

"경찰이 수사에 나서길 원하나요?"

"꼭 그런 건 아닙니다. 하지만 적어도 조사는 해볼 수 있지 않나요? 앙지는 분명히 경감님 소관이라고 했습니다. 아이의 말을 확인하는 일 말입니다. 아이와 상담한 내용을 모두 녹음하고 기록했어요. 아이가 그린 그림도 있고요."

돌고래가 다시 간질이기 시작했다.

마리안은 바질 드라공만을 일단 만나보는 게 좋겠다고 생각했다. 더군다나 앙지가 보낸 사람이라면. 앙지는 그녀가 뭘 원하는지 잘 알았다. 마리안은 굳이 남자를 찾지 않았다. 애인이 없어도 크게 신경 쓰지 않았다. 39세. 아직은 적어도 20년 동안 여러 남자와 자볼 수 있는 나이니까. 마리안은 앙지와 저녁 시간을 보낼 때마다 계속해서 메시지를 전달했다. 자신은 조만간 신화 속의 유일한 동물, 아버지를 찾아 사파리로 갈 거라고.

앙지는 분명 꿍꿍이가 있어서 이 남자를 보냈을 것이다. 학교 담당 심리상담사라…. 완벽한 아버지가 될 수 있겠는걸. 어린아이를 다루는 직업이니 프레네나 피아제나 몬테소리 같은 교육학자들의 이론을 줄줄 읊겠지. 다른 남자들은 기껏해야 스포츠신문이나 드라마를 보는 게 고작일 테지만. 그녀는 머릿속에 떠도는 도빌과 생프랑수아 지구의 무장강도 모습을 쫓아버렸다. 만약 오늘 밤이나 내일 중으로 티모 솔레르와 함께 새로운 공범의 얼굴이 나타난다면 그녀에게도 곧바로 통보가 올 것이다.

“드라공만 씨, 위험에 처한 아이를 돕는 절차는 우선 청소년보호센터와 아동지원센터에 연락하는 겁니다. 그런데 당신 경우는… 뭐랄까… 좀 예외적인 것 같군요. 정말 그 아이 말을 믿고 도움을 요청하는 건가요? 아이가 학대당하고 있어요? 아니면 아이 부모가 위험인물로 보이나요? 아이를 부모에게서 떼어놓고 싶은 거예요?”

“그건 아닙니다. 부모는 평범한 사람들로 보입니다.”

“긴급한 사안은 아니라는 얘기군요. 그렇다면 천천히 접근해보지요. 아이가 상상력이 풍부하다고 해서 부모를 감옥에 가둘 수는 없으니까요.”

마리안의 몸에 오한이 일었다. 욕조의 차가운 물은 분홍색으로 바뀌었다. 한 방울 떨어뜨린 라벤더 유칼립투스 바이올렛 오일이 목욕물을 물들였다. 빙산처럼 군데군데 떠 있는 입욕제 거품 사이로 마리안의 가슴이 도드라져 보였다. 물 위에서 떠다니는 조그만 노란 플라스틱 배에 비하면 가슴은 거대한 섬 같았다. 세상의 종말 같군. 마리안은 생각했다. 인적 없는 해변에서 세제를 쏟아버린 선박의 횡포에 더러워진 두 개의 처녀섬.

심리학자가 그녀를 몽상에서 깨웠다.

“죄송하지만 경감님 말씀에 동의할 수 없습니다. 나쁘게 받아들이지는 마세요. 제가 앙지에게 고집을 부려서 오늘 전화를 드린 겁니다. 아주 긴급한 사안입니다. 이 아이에게는 아주 시급한 일이에요. 절대적으로요. 돌이킬 수 없습니다.”

마리안의 목소리가 높아졌다.

“돌이킬 수 없다뇨? 방금 아이가 위험에 처한 건 아니라고 했잖아요.”

“생각해보세요. 아이는 겨우 세 살이 지났습니다. 오늘 기억하는 일도 내일이나 모레면 잊어버리는 나이예요. 그렇지 않다 해도 한두 달 내에는 다 잊겠죠.”

마리안이 일어섰다. 욕조의 물 높이가 20센티미터가량 낮아졌다.

“무슨 말을 하고 싶은 거죠?”

“이 아이가 간신히 잡고 있는 기억은 지금의 엄마가 자기 엄마가 아니라는 사실이에요. 하지만 며칠, 혹은 몇 주가 지나면 아이도 나이를 먹고 새로운 사실을 습득하겠죠. 동물 이름이나 꽃 이름, 글자처럼 아이를 둘러싼 세계가 머릿속을 가득 채우게 돼요. 그리고 오래된 기억들은 차츰 지워지죠. 아이와 만날 때마다 아이가 기억했던 이전의 삶은 사라져버린다고요!”

4

작은 바늘 9, 큰 바늘 12

말론은 오랫동안 침묵하며 다 엄마가 다시 올라오지는 않는지 귀를 기울였다. 그리고 작은 손가락을 이불 아래서 꼼지락거리며 구티의 심장이 뛰는지 확인하고 쓰다듬었다. 구티와 함께 이불 아래 숨어 있느라 구티는 약간 뜨거워졌다. 말론은 귀를 활짝 열었다. 오늘은 달의 날이다. 달의 날에는 구티와 도토리 이야기를 듣는다.

달의 날은 이제까지 너무 많아서 몇 번이나 그 이야기를 들었는지 기억할 수 없었다.

말론은 부드러운 베개에 머리를 대듯 구티 몸에 귀를 바싹 붙였다.

◆◆◆

구티는 막 세 살이 되었어. 가족 중에선 이미 나이를 꽤 먹은 편이었지. 구티 엄마는 여덟 살, 가장 나이 많은 할아버지가 열다섯 살이었으니까.

그들은 해변에서 제일 큰 나무 위에 살았어. 나무뿌리는 커다란 거미 모양이었는데, 집은 3층의 첫 번째 왼쪽 가지에 있었단다. 매일 멀리멀리 여행을 떠났다가 돌아오는 제비갈매기와 해적선에서 일하다가 은퇴한 절름발이 부엉이들이 이웃이었어.

엄마는 구티가 할아버지를 닮아 몽상가라고 했어. 할아버지는 꿈꾸면서 시간을 많이 보냈거든. 하지만 그건 기억을 잃어가기 때문이야. 할아버지는 종종 다른 가지에서 잠들었어. 하얗게 센 수염이 아무렇게나 구부러져 있는 것도 모르고 다니거나 도토리를 묻어야 할 곳에 회색 조약돌을 묻기도 했지.

구티는 바닷가에 앉아 몽상에 잠기는 시간이 좋았어. 배 선창으로 숨어들어 자루 안에 든 밀이나 귀리를 몰래 먹으며 하루하루를 보내다 새로운 섬을 발견하면 그곳에 정착해서 새 가정을 꾸리는 일을 상상하곤 했지. 이런 생각에 빠져들 때면 나머지는 깡그리 잊어버렸어.

하지만 구티에게는 매우 중요한 임무가 있었어. 그건 바로 숲에서 도토리를 모아 집 근처에 파묻는 일이야. 구티 가족이 여기에 자리를 잡은 건 울창한 숲이 있어서였어. 나뭇잎이 주황색으로 물드는 가을이 되면 하늘에서 갖가지 보물이 후드득 떨어졌단다. 개암, 호두, 도토리, 잣 같은 열매들이 말이지. 이 보물들을 1년 내내 먹을 수 있도록 겨울이 오기 전에 잘 파묻어두어야 해. 어린 남동생 뮐로와 여동생 뮈자를 돌보느라 바쁜 엄마를 대신해서 구티가 그 일을 했어.

구티는 날마다 열매를 모아 땅에 묻었고, 바다를 보며 꿈을 꾸었단다. 그런데 저녁이 되어 집으로 돌아올 때면, 열매를 어디다 묻었는지 새까맣게 잊어버렸어.

큼지막한 자갈 밑이었을까? 나무뿌리 사이? 조개껍질 옆이었나?

도무지 기억이 나지 않았어.

하지만 가엾은 구티는 엄마에게 차마 털어놓을 수 없었지.

매일 같은 일이 반복되면서 구티는 점점 더 창피해져서 엄마에게 말할 용기도 완전히 사라졌어. 그토록 중요한 일을 하기엔 자신이 너무 산만하다고 고백할 용기도 없었지.

어느 날 아침, 겨울이 왔어.

구티 가족은 거미줄같이 뻗은 뿌리 아래로 숨어들었단다. 할아버지가 오래전에 파놓은 흙구덩이는 깨끗하고 깊었지만, 가족이 늘어나서 양식까지 보관하기에는 공간이 충분하지 않았어.

잠에서 깨어난 건 6개월이나 지난 후였는데, 단 1초를 잔 것처럼 짧게 느껴졌지.

다시 땅 위로 올라왔을 때, 그들은 엉뚱한 곳으로 나왔다고 생각했어.

커다란 나무집이 없어진 거야!

제비갈매기도 부엉이도 없었어. 게다가 개암나무, 호두나무, 잣나무, 떡갈나무 할 것 없이 아무것도 남지 않았어. 숲이 통째로 사라진 거지.

겨울잠을 자는 동안 폭풍이 전부 휩쓸어 갔거든.

그렇지만 엄마는 어떤 상황에서도 해결책을 생각해낼 수 있었어.

"가장 중요한 건 일단 먹는 거야."

엄마가 차분하게 말하며 구티에게 모래에 파묻어놓은 식량을 꺼내 오라고 했지.

구티는 울기 시작했어.

해변이 어찌나 넓은지 열매를 찾는 건 잣나무 숲에서 뾰족한 잣나무 잎사귀 하나를 찾는 것과 같았거든. 개암나무 열매를 찾기 전에 모두 굶어죽을 수도 있었어. 게다가 해변의 나무들은 폭풍에 휩쓸려 뿌리를 드러낸 채 모래에 누워 있어서 더는 열매를 맺을 수 없게 됐지.

엄마는 구티를 나무라지 않았어. 그저 이렇게 말했을 뿐이야.

"이곳을 떠나야겠구나. 먹이를 구할 수 있는 곳을 찾아야 해."

구티는 아직 어린 뒤자를 업었고, 엄마는 1초처럼 짧게 느껴진 6개월 동안 2년이나 늙어 보이는 할아버지를 업었어.

구티 가족은 들판과 강과 산과 사막을 넘어 세상을 떠돌아다녔단다.

동굴이나 곡식 창고, 이상하게 생긴 나무 꼭대기, 혹은 끝도 없이 길게 이어진 구멍들 여기저기서 조금씩 음식을 구해 간신히 허기를 면했지. 빗자루를 피해 다니기도 했고, 꽥꽥 소리를 질러대는 학교 아이들이나 교회 노인들에게 쫓기기도 했어. 트럭이나 배를 타고 멀리 가기도 했고, 심지어는 비행기를 탄 적도 있었지.

그 후로 몇 달, 어쩌면 몇 년이 흐른 어느 날, 구티 가족은 그 어느 때보다 훨씬 더 배가 고팠어. 길을 떠난 후 한마디도 하지 않던 할아버지가 하얗게 센 수염을 흔들며 입을 열었지.

"이제 집으로 돌아갈 때가 됐구나."

엄마는 바보 같은 생각이라고 여겼을 거야. 하지만 할아버지는 좀처럼 말을 하지 않는 대신 어쩌다 말을 꺼낼 때는 따를 수밖에 없었어. 그래서 집으로 돌아가기로 했지. 모래에 누워 있던 나무와 햇볕을 가려줄 나뭇잎 하나 없는 광활한 모래사장, 텅 빈 조개껍데기와 죽은 나뭇가지를 떠올리자 슬퍼졌지만 말이야. 고향은 이제까지 수도 없이 건넌 사막보다 더 삭막한 곳이 되었으니까.

처음엔 해변을 잘못 찾았다고 생각했어.

할아버지만 함박웃음을 지었지. 할아버지가 웃자 흰 수염이 춤을 췄어. 할아버지가 모두를 모래 더미에 앉게 했어.

"오래전에 내가 구티만 했을 때, 나는 늘 먼 곳을 보았단다. 세계를 여행하는 꿈을 꾸었지. 우리는 아주 가난했고, 제대로 못 먹어서 여위었어. 바닷가엔 나무도 없고, 숲도 없고, 먹을 것도 부족한데, 귀하디귀한 도토리를 어디다 묻었는지 늘 잊어버렸고 말이야. 그런데 어느 날, 잊고 있었던 도토리 한 알에서 작은 나무가 솟아올라왔단다. 그리고 나뭇가지 하나에 도토리 100알이 열렸지. 한 그루, 또 한 그루가 연이어 자라더니 숲이 되었어. 바로 너희가 태어난 숲이야."

"우리 집…."

"하지만 폭풍우가 몰아치지 않는 삶은 없고, 모든 걸 새로 시작해야 할 때가 온단다."

구티 가족은 모래 위를 걸었어.

적막한 모래사장 위, 구티가 도토리, 호두, 개암 수백 개를 묻었던 곳에서 이제껏 본 적 없는 가장 크고, 가장 울창하고, 초록빛이 가장 짙은 숲이 자랐어. 엄마는 구티를 꼭 끌어안았고, 뭘로와 뭐자는 작은 발로 나무와 나무 사이를 신나게 뛰어다녔지. 오래전에 돌아온 제비갈매기와 부엉이가 그들을 조용히 내려다보았어.

할아버지는 너무 피곤해서 곧 잠들 것 같다고 했어. 아주 잠깐이지만 겨울잠을 잘 때보다 오래 잠들 거라고 했지. 하지만 그전에 마지막으로 구티에게 할 말이 있었어.

할아버지는 구티를 데리고 바닷가를 걸었어. 흰 수염에 땀이 송골송골 맺힌 할아버지가 다정한 목소리로 말했지.

"구티, 진정한 보물은 평생에 걸쳐서 찾는 게 아니야. 그건 언제나 우리 옆에 숨어 있단다. 왜 그 일을 하는지도 잊은 채 심고 가꾸고 저녁마다 물을 준다면 어느 날 생각지도 않았을 때 아름다운 꽃이 피어날 거야."

◆◆◆

말론은 구티가 잠들게 두었다. 구티는 내일 아침에 좋은 기분으로 일어나야 한다. 다 엄마와 디 아빠가 학교에 와서 선생님을 만나는 날이다. 말론은 그들이 무슨 말을 할지 겁이 났다.

말론 역시 자야 했지만 잠이 오지 않았다. 또다시 악몽이 찾아올까 봐 무서웠다. 얼음처럼 차가운 비가 창문을 두들겼다. 말론은 눈을 감는 것도 두려웠다.

어둠이 무서워서가 아니야!

눈을 감으면 눈꺼풀 뒤 머릿속에선 온통 한 가지 색만 보였다.

붓으로 칠해버린 듯 사방을 뒤덮은 단 하나의 색.

그건 붉은색이었다.

화요일

전쟁의 날

5

바질 드라공만은 낡은 가죽재킷을 입고 무릎에 서류가방을 올린 채 참을성 있게 로비에서 기다렸다. 그 앞을 경찰들이 분주하게 오고갔다.

드디어 오그레스 경감이 모습을 드러냈다. 복도 중앙을 따라 느리게 걷는 바람에, 마주 오는 경찰들은 양옆으로 갈라져 벽 쪽으로 붙어서야 했다. 그녀가 맞은편에서 오는 경찰을 불렀다.

"파피, 라로셸 의사한테 전화했어요?"

피에릭 파드루 경위가 걸음을 늦췄다. 르아브르 경찰서에서는 모두들 그를 파피라고 부른다. 은퇴가 코앞이라 나이가 가장 많기도 했고, 갓 쉰을 넘긴 나이에 이미 프랑스 전역에 손주가 여섯 명이나 있었기 때문이다. 파피는 온순한 강아지 같은 눈빛에, 머리는 짧게 깎았고, 턱수염이 희끗희끗했다. 강박적으로 운동을 하는지 단단하면서도 마른 체형이었다. 나이 든 사람들은 그가 아직 젊다고 여겼지만, 다른 이들은 늙었다고 생각했다.

"아침 내내 진찰 중이더라고요. 틈나는 대로 전화 주겠대요."

"직접 확인해줬나요? 어제 수술한 자가 티모 솔레르 맞는다고 하던가요?"

"네, 100퍼센트 확실하답니다. 생프랑수아 약국 근처에서 서로 얼굴을 확인하고 장소를 이동하여 몇 분 후에 만났고, 르아브르 항구의 오사카 부두에 있는 컨테이너 안에서 상처를 꿰매줬대요."

"그러고는 여세를 몰아 경찰에 연락했단 말이죠? 직업윤리를 어기는 건 별로 개의치 않는 모양이네…."

"그런가봅니다." 파피가 허허 웃으며 말했다. "의사가 어떤 자인지 아직 안 보셨잖아요."

마리안 오그레스는 피 흘리는 무장강도 이미지를 떨쳐버리고 바질에게 다가갔다.

"가실까요, 드라공만 씨? 수사가 두 건이나 있는데 짬을 낸 겁니다. 긴급상황이 발생하면 도중에 중단해야 할지도 몰라요."

심리학자의 침착한 태도는 혼란스러운 주변 분위기와 대조를 이루었다. 그는 가죽재킷을 구기지 않으려 천천히 앉으며 서류가방을 열고 파일을 꺼냈다. 왁스칠한 나무, 도자기 굽는 흙, 황금색 비엔나 빵을 연상케 하는 맑은 갈색 눈은 차분한 모습과 달리 재빠르게 자료를 훑었다. 전화로 들을 때보다 슬라브 억양이 더 강했다.

"말론의 그림입니다. 상담내용과 제 의견을 기록한 노트도 있어요. 컴퓨터에 저장하기 시작했습니다. 하지만…."

마리안 오그레스는 멈추라는 듯 손을 들고 잠시 바질을 관찰했다. 정말 매력적인 남자군. 나이는 자기보다 약간 더 적어 보였다. 그녀는 내성적이고 신중하지만 내적 열정이 넘치는 남자를 좋아했다. 특히 톨스토이나 안톤 체호프의 소설 속 주인공처럼 비극의 냄새를 풍기는 동유럽 남자들에게 매력을 느꼈다. 슬라브계 특유의 분위기를 지닌 바질은 마리안의 이상형에 가까웠다.

"드라공만 씨, 죄송한데 처음부터 얘기해줄 수 있나요? 누구 얘기인지, 어디서 일어난 일인지 말이에요."

"아, 네, 죄송합니다. 아이 이름은 말론입니다. 말론 물랭. 마네글리즈의 유아학교 초급반입니다. 마네글리즈라는 지명을 혹시 들어본 적 있으십니까?"

오그레스 경감은 알고 있다는 뜻으로 맞은편 벽에 걸린 지도를 눈으로 가리키며 계속 얘기하라고 신호를 보냈다. 마네글리즈는 들판에 둘러싸인 강 하구, 르아브르에서 10킬로미터가량 떨어진 작은 도시로, 주민은 1,000명이 채 되지 않는다.

"학교 간호사가 제게 연락을 했어요. 아이가 계속 이상한 얘기를 한다는 겁니다. 아이는 3주 전에 처음 만났습니다."

"함께 사는 부모가 진짜 부모가 아니라고 말한다는 거죠?"

"맞습니다. 이전에 다른 삶을 살았던 것처럼 말합니다." 그가 손목시계를 보았다. "아이 부모가 지금쯤 마네글리즈의 학교 교장과 만나고 있겠군요."

"당신과 함께 만나지 않고요?"

"제가 참석하지 않았으면 하더군요."

"부모가요? 아니면 교장이요?"

"양쪽 다라고 해두죠."

심리학자는 겸연쩍은 듯 웃었지만 눈에는 간절한 빛이 어려 있었다.

"그 사람들을 뭐라 할 수는 없죠. 솔직히 앙젤리크의 부탁이 아니었다면 저도…."

아이의 그림에서 눈을 들어 마리안 경감을 올려다보는 황금빛 눈동자가 흔들렸다.

"제 얘기를 한 번만 들어주세요. 이 그림이랑 몇 마디 말이라도. 절대 오래 걸리진 않을 겁니다."

마리안 오그레스는 망설였다. 수줍어하면서도 원하는 걸 얻기 위해 애원하는 남자. 그녀가 좋아하는 타입이다. 앙지는 이 남자를 도대체 어디에서 찾아냈을까? 마리안은 나중에 물어봐야겠다고 생각했다.

"좋아요, 드라공만 씨. 15분 드리죠."

그 순간 사무실 문이 벌컥 열렸다. 파피가 방 안에 드리운 마법을 일시에 걷어내며 다급하게 소리쳤다.

"의사예요! 직접 전화했어요!"

"맙소사! 내 자리로 빨리 돌려줘요!"

"더 좋은 생각이 있어요." 파피가 말했다. "이 벽에 영상을 띄우자고요. 모노드 병원의 최고 권위자인 라로셸 의사와 통화하는 거잖아요. 의사 방에 최첨단 영상회의 시설이 있거든요."

경감은 바질 드라공만에게 몇 분 동안만 나가달라고 청했다.

심리학자는 기분이 상했다기보다는 오히려 흥미롭다는 표정으로 고개를 끄덕였다. 그가 순순히 방을 나가고, 다른 경찰이 카메라와 마이크가 장착된 기계를 카트에 싣고 들어왔다.

"이 빌어먹을 기계의 먼지부터 털어야겠어요." 경찰이 카메라를 흰 벽에 맞추며 말했다.

그가 카트 중간 높이로 몸을 굽혔다. 천사 같은 얼굴에 보디빌더 어깨를 지닌 30대의 경찰은 몸에 딱 맞는 흰 티셔츠와 청바지를 입고 농구화를 신었다. 캐주얼한 차림이다.

지베라고 불리는 장 밥티스트 르슈발리에 경위는 기혼에 아이가 둘인 성실한 남편이자 자상한 아빠다.

한마디로 완벽한 남자.

"지베! 서두르라고!"

마리안은 투덜거리며 지베의 숙인 등과 티셔츠 아래로 드러난 허리와 엉덩이 사이를 훔쳐보았다.

캘빈 클라인 복서팬티. 완벽한 하트 모양의 작은 엉덩이.

주인 있는 남자야. 꿈도 꾸지 마.

"잠시만 기다려주세요. 금방 됩니다." 지베가 고양이처럼 유연한 동작으로 몸을 일으키며 말했다.

파피와 지베가 의자에 앉았다. 지베가 리모컨을 들고 버튼을 누르자 사무실의 흰 벽에 곧바로 라로셸 의사의 사무실이 펼쳐졌다. 광택 나는 원목 책상과 고급스러운 회색 가죽소파, 이국적인 가구와 벽에 걸린 플라스마 화면, 방 안을 환한 빛으로 물들이는 넓은 유리창.

잠시 후 의사가 얼음이 든 컵을 흔들며 화면에 나타났다. 스리피스 정장에 흰 가운을 느슨하게 걸치고 송곳니를 드러내며 미소 짓고 있었다.

"오그레스 경감님? 죄송하지만 제가 시간이 별로 없어요. 여자를 만나러 가야 해서요. 누워서 애타게 절 기다리고 있거든요!"

그는 마치 미리 녹음된 웃음소리를 기다리듯 잠시 뜸을 들였다.

"간을 이식해줘야 해요. 그러니 용건만 빨리 얘기합시다. 하시고 싶은 말이 있다고요?"

"어제 티모 솔레르를 치료했나요?"

외과의사는 잔을 입으로 가져갔다. 구릿빛 음료다. 위스키? 레드불? 진료실 구석에는 골프채를 잔뜩 쑤셔 넣은 휴고보스 골프백이 있었다. 가구나 집기 모두 값비싼 것들뿐이다.

"아, 경감님이 쫓는 강도 말인가요? 경찰에게 이미 다 말했는데요. 강도가 어제 오후 느지막이 전화를 했어요. 아주 긴급한 일이라면서요. 아시아 부두에서 일단 보기로 하고, 사람들 눈을 피해 오사카 부두에서 만났지요. 흰색 도요타 야리스에서 기다리고 있더군요. 물론 자동차 번호는 적어놓았습니다. 쇄골 아래 혈관과 좌측 폐 윗부분 사이에 9밀리미터 총알이 깊숙이 박혀서 괴로워하더라고요. 몇 달 전에 대충 치료하고, 그 뒤로는 전혀 손보지 않은 상태였어요. 최근에 심하게 넘어지는 바람에 상처가 다시 벌어졌다고 합니다. 끔찍한 고통에 시달리고 있어서 제가 할 수 있는 조치를 해주었죠."

경감은 깜짝 놀랐다.

"아니, 거기서 수술을 했다고요? 항구에 세워둔 차 안에서요?"

"당연히 아니죠! 할 수 있는 일을 했다는 건 경찰에 도움이 되는 일을 했다는 거죠."

"우리를 도울 수 있는 일이라뇨?"

지베는 의사 뒤로 보이는 진료실 모습에 마음을 온통 빼앗겼다. 진료실 창문 너머로 수영장이 있을까? 아니면 곧바로 바다가 보일까? 르아브르의 부유한 동네인 생트아드레스에 자리잡은 병원이니 충분히 그럴 법하다. 의사가 짜증 섞인 어투로 말했다.

"그래요, 정의를 위한 일을 했단 말입니다! 당신들이 몇 달 전부터 쫓아다니는 범죄자를 넘겨주려고 말이죠. 나같이 정직한 시민의 최소한의 의무가 아니겠습니까? 안 그래요?"

"알겠습니다. 그래서 우리를 돕기 위해 무엇을 하셨단 말씀이죠?"

"그자에게 날부핀을 적정량의 두 배로 주사했죠. 모르핀보다 두 배나 강한 진통제입니다. 금방 진정됐어요. 열 시간은 거뜬히 버틸 겁니다. 그러고는 상처를 좀 살펴보고 응급조치를 취하고 봉합했어요. 겉에서만 보면 최고급 의류의 바느질 상태처럼 보인걸요?"

잘난 척은 꽤나 하는 군.

의사는 둘만의 비밀 얘기라도 하려는 듯 카메라에 얼굴을 바싹 들이밀었다.

"하지만 상처 속은 아주 엉망으로 만들어놓았어요. 수술용 메스로 이리저리 쑤셔놨죠. 진통제 효과가 사라지면 참기 힘들 겁니다. 다시 전화를 안 할 수 없을걸요? 그땐 경찰 한 부대가 와 있어야 합니다."

마리안은 침을 꿀꺽 삼켰다. 방 안에 있던 사람들이 모두 들을 정도로 큰 소리였다.

"네, 당연히 우리가 가 있어야죠."

라로셸은 만족한 듯 잔을 비웠다.

"좋습니다. 그럼 저는 이만 물러가죠. 저에게 한없는 믿음을 가지고 누워 있는 어여쁜 아가씨에게 가봐야 하거든요. 별 문제가 없다면 아가씨도 곧 자기 몸에 중요한 걸 집어넣을 겁니다."

의사는 요란하게 웃음을 터뜨렸고, 사치스러운 진료실은 허공으로 이내 사라졌다.

세 경찰관은 멍하니 텅 빈 흰 벽만 쳐다보았다.

"대단한 사람이구먼." 마침내 파피가 입을 열었다.

"저런 사람들이 없다면 경찰이 뭘 할 수 있을까요?" 지베도 덧붙였다.

"그래요. 그러니 이번에 티모 솔레르가 다시 나타나면 꼭 감옥에 처넣도록 합시다."

오그레스 경감은 지베를 돌아보았다.

"자, 스필버그 감독님. 장비를 치우시죠."

그리고 파피에게 연이어 말했다.

"의사와 연락은 계속 유지하시고요."

그녀는 책상 위에 놓여 있던 그림을 집어들었다. 검은 수직선 네 개.

다섯 번째 선은 휘어진 파란색 사선. 서툰 그림이다.

"난 이제 심리학자와 15분 동안 얘기를 나눌 거예요. 세 살배기 아이의 기억력에 대해 얘기 좀 들어봐야겠어요."

6

작은 바늘 12, 큰 바늘 1

점심시간이 되자 아이들이 모두 흩어졌다. 말론 혼자 남았다. 아이들 절반은 재잘거리며 벌써 두 명씩 짝을 지어 삐뚤빼뚤 줄을 섰다. 운동장 뒤에 있는 작은 철문을 지나 급식실로 가는 줄이다.

나머지 아이들은 부모에게 달려갔다. 대부분 엄마가 마중 나왔다. 아빠들은 아침에 데려다주던가 저녁에 데리러 온다. 아이들은 엄마 손을 잡거나 두 팔을 붙들었고, 달려들어 목을 껴안거나 다리에 매달리기도 했다.

말론은 아니었다. 더군다나 오늘은….

"여기서 기다리렴. 딴 데 가지 말고. 오래 걸리지 않을 거야."

클로틸드 선생님은 말론에게 활짝 웃어 보였다.

말론은 정말 오래 기다리지 않았다. 다 엄마와 디 아빠는 다른 부모가 모두 떠난 직후에 왔다. 다 엄마가 늦게 오는 일은 매우 드물었다. 하지만 다 엄마가 집에서 점심을 먹이려 말론을 데리러 올 때는 항상 혼자 왔었다. 디 아빠와 함께 온 적은 한 번도 없었다.

말론은 달려가 다 엄마의 손을 잡았다. 자기가 한 얘기 때문에 다 엄마가 학교 전화를 받았고, 오늘 수업을 마친 후에 다 엄마와 디 아빠가 선생님과 만난다는 걸 알고 있었다. 텅 빈 교실에 다시 들어가서 장난감을 전부 독차지할 수 있다니 기분이 왠지 이상했다.

"물랭 씨, 물랭 부인, 시간 내주셔서 감사합니다. 이쪽으로 앉으세요."

클로틸드 브뤼에르는 30센티미터 높이의 작은 의자를 가리키며 당혹스러운 표정을 지었다. 간담회가 있을 때 학부모들은 그 의자에 앉아도 대개 아무 문제없었다.

하지만 180센티미터에 110킬로그램인 디미트리 물랭이 릴리푸트 소인국의 의자에 앉은 모습은 발받침에 엉덩이를 올려놓은 서커스 코끼리 같았다. 다리를 잔뜩 구부려서 무릎이 턱에 닿을 지경이다.

클로틸드가 말론에게 말했다.

"엄마 아빠와 얘기 좀 나눠도 될까? 운동장에서 잠시 놀고 있으렴. 오래 걸리진 않을 거야."

말론은 운동장에서 기다려도 상관없었다. 일부러 파란 침대 옆의 인형들 틈에 구티를 두고 나왔다. 내 인형이 교실에 있어도 신경 쓸 사람은 아무도 없을 테고, 구티가 자기가 들은 걸 나중에 전부 말해줄 테니까. 교실에서 나온 말론은 미끄럼틀과 터널을 바라보았다. 늘 큰 아이들이 차지해서 한 번도 타보지 못했다. 그는 잠시 망설이다 달려갔다.

하늘은 곧 비라도 쏟아질 듯 어두컴컴했다.

화장실은 운동장 반대편 끝에 있다. 만약 비라도 쏟아진다면 고스란히 비를 맞아야 한다.

교실 문이 닫혀 있는데도 디 아빠의 고함 소리가 들렸다. 가엾은 구티.

구티는 디 아빠가 화를 낼 때마다 늘 겁을 먹었다.

디미트리 물랭은 신경질적으로 미니자동차 놀이매트에 다리를 뻗고는 발뒤꿈치로 매트에 그려진 집과 정원과 도로를 짓밟으며 쾌감을 느꼈다.

"브뤼에르 선생님, 분명히 얘기하죠. 내겐 학교에 오는 것보다 더 중요한 일이 많단 말입니다. 일자리를 다시 찾은 지 얼마 안 됐어요. 여기에 올 짬을 내기 위해 상사에게 굽실대기까지 했고. 선생님과는 전혀 상관없는 일이겠지만 말이죠. 은퇴할 때까지 매달 월급이 꼬박꼬박 떨어질 테니. 하지만 나는 그렇지 않단 말입니다!"

공무원을 헐뜯는 소리가 또 시작됐군. 클로틸드는 아직도 익숙해지지 않았다. 2년째 맡고 있는 유아학교 교장직을 포함해서 교직 경력이 6년에 불과했기 때문이다. 하지만 경고는 숱하게 들었다. 공무원의 안정적인 지위를 질시하고, 월등히 많은 휴가에 대해 반감을 갖는 사람이 많을 거라고. 그녀는 온화하고 인내심이 많아서 유아학교에서도 가장 어린 반을 택했는데, 이런 성격 덕분에 화가 나서 찾아오는 학부모들도 금방 누그러지곤 했다.

"중요한 얘기가 있어서 오시라고 했습니다."

"그러면 빨리합시다. 자, 보시죠. 증빙서류는 다 가져왔으니 허튼 소리 길게 하는 것보다 나을 거요."

디 아빠는 비스듬하게 멘 가방에서 서류들을 꺼냈다.

"이건 출생증명서. 자, 이건 시청과 병원 직인이 찍힌 가족관계증명서. 이건 태어났을 때부터 찍은 사진들. 이래도 우리 아이가 아니라는 겁니까, 네?"

아망다는 옆에서 침묵을 지켰다. 그녀의 시선이 구석에 놓인 인형들로 향했다. 말론의 인형이 높은 의자에 앉아서 한마디도 놓치지 않겠다는 듯 그들을 뚫어지게 쳐다보았다. 우리를 염탐하는 것 같아. 아망다가 생각했다.

"물랭 씨," 교장이 다시 입을 열었다. "저희는 두 분이 말론의 친부모가 아니라고 말한 적이 없습니다. 단지…."

"우릴 바보 취급하지 말아요!" 디미트리 물랭이 말을 끊었다. "바질인가 바진가 하는 루마니아 심리학자가 무슨 뜻으로 말했는지 잘 안다고요. 아이의 노트에 써놓지 않았습니까!"

침착하고 부드럽게 대응하자. 클로틸드는 자신의 전략을 고수하자고 마음먹었다. 그래도 초급반의 말썽꾸러기 킬리안이나 노아보다는 다루기 쉬울 거야.

"물랭 씨, 제가 그 글을 쓰고, 두 분을 오시라고 한 이유는 말론이 나이에 비해서 놀라운 얘기를 하고 있기 때문이에요. 그래서 학교 심리상담사도 개입하게 됐고요. 더 자세한 얘기를 듣고 싶어서 면담을 청했습니다."

"허! 마치 경찰처럼 말씀하시네요?"

클로틸드는 앞으로 약간 몸을 숙여 디미트리 물랭과 눈높이를 맞췄다. 그녀는 하루 종일 80센티미터의 눈높이에 맞추고 사는 데 익숙했다. 눈앞의 코끼리가 180센티미터나 된다고 해도 이 교실에서는 전혀 우위를 가질 수 없다.

클로틸드는 물랭을 똑바로 쳐다보았다.

"진정하세요. 경찰 얘기는 전혀 하지 않았습니다. 이곳은 학교예요. 제 학교입니다. 진정하시고 말론을 위해 무엇을 하는 게 좋을지 얘기를 나눠보죠."

디미트리 물랭은 난생이 의사를 박차고 일어서려 했다. 하지만 아망다가 남편의 허벅지를 한 손으로 꾹 눌렀다. 그는 오랫동안 교장을 노려보았다.

"그럽시다. 어쨌든 나쁜 선생님처럼 보이진 않으니까. 내가 기분이 잡친 건 심리상담사 때문입니다." 그는 잠시 침묵했다가 다시 입을 열었다. "학생이 상담사와 만나는 걸 부모가 거부하진 못합니까?"

클로틸드는 곧바로 대답했다.

"그건 좀 복잡합니다. 상담사는…."

"뭐, 아무래도 상관없어요." 물랭이 말을 잘랐다.

좀 누그러진 표정이었다. 어쩌면 열심히 저항하는 자그마한 여교장에게 미안함을 느꼈을지도 모른다.

"어쨌든," 그가 말을 이었다. "아이에게 이상한 점이 있다는 건 인정합니다. 말이 많은 건 아니지만 아주 복잡한 단어를 써서 얘기하죠. 생각이 너무 많아요. 누군가와 얘기를 나누는 게 도움이 된다면 잘 된 일이죠. 내 말은 어른을 말하는 겁니다. 하지만 바질 드라공스킨지 드라공초픈지 하는 그 사람은 영…. 다른 사람은 없나요? 좀 더 그… 뭐랄까…."

"무슨 말씀이신가요?"

"내 말뜻을 아실 텐데…." 그는 말을 얼버무리며 웃음을 터뜨렸다. "좀 더 프랑스인에 가까운 사람 말입니다. 이런 말을 하면 안 되는 건가? 하하."

그는 몸을 구부려 발치의 자동차들을 밀치고 그 위에 사진앨범을 펼쳤다. 매트에 그려진 도시 절반이 앨범에 뒤덮였다.

"쓸데없이 시간낭비나 하려고 온 건 아니니 이 사진들이나 보시죠. 그러고 나서 이야기를 마칩시다."

클로틸드는 서류에서 눈을 들었다.

"바질 드라공만은 제 권한 밖이에요. 학교 재단에서 고용한 분입니다. 오늘은 서로 타협점을 찾으려고 오십사 했고요. 아버님과 얘기를 나눈 후에 상담사와도 얘기를 나눌 겁니다. 아버님도 빠른 시일 내에 그분을 만나셔야 할 거예요."

디미트리 물랭은 곰곰이 생각하는 눈치였다. 아망다가 처음으로 입을 열었다.

"학교 심리상담사가 선생님을 통하지 않고 신고할 수도 있나요?"

"네, 그렇습니다." 클로틸드가 대답했다. "아이의 신변에 의구심을 가지면 우선 아동복지부에 알릴 수 있고, 복지부는 사회복지사를 지정해서…."

"우선이라고요?" 디미트리 물랭이 고함을 질렀다. "그러면 그 다음에는 뭡니까?"

클로틸드는 작은 소방차가 물랭의 발에 깔리지 않도록 조용히 치우고는 가늘고 높은 목소리로 말했다.

"경찰에 신고할 수 있습니다."

"경찰? 제 말은 무시하는 겁니까? 문장 하나도 제대로 사용할 줄 모르는 어린애 말만 듣고서?"

클로틸드는 또 한 대의 자동차를 치우며 안심시키듯 미소를 지었다.

"제가 그렇게 한다는 게 아닙니다. 말론은 정상적인 발달과정을 보이고 있는 사랑스러운 아이예요. 부모님이 잘 돌봐주시는 것도 알고 있습니다. 그리고 우리끼리 얘기지만, 저는 경찰이 제 학급의 학생과 부모를 조사하는 건 절대 원치 않습니다."

그녀는 다시 몸을 앞으로 숙여 디미트리 물랭의 눈을 들여다보았다.

꼬맹이들에게 위압감을 줄 때 쓰는 자세였다.

"마네글리즈처럼 작은 동네에서는 일이 커지는 걸 아무도 원치 않아요. 그렇지 않은가요? 이 일에 대해 그저 조용히 의논했으면 합니다. 왜 어린 말론이 자기 부모를 친부모가 아니라고 말하는지 설명해주시면 끝날 일입니다."

디미트리 물랭이 무슨 말인가 꺼내려는데, 침묵하고 있던 아망다가 입을 열었다.

"잠깐만, 디미트리." 그녀는 애원하듯이 말했다. "잠깐만 조용히 해줘. 하고 싶은 말이 있어."

◆◆◆

첫 번째 빗방울이 철제 미끄럼틀에 떨어져 모래 바닥으로 흘러내렸다.

그리고 두 번째, 세 번째 빗방울.

빗줄기가 점점 더 거세졌다.

말론은 운이 좋았다. 한 방울도 맞지 않았다.

아직까지는.

말론은 다시 한 번 눈을 들어 교실 창문을 올려다보았다. 아이들의 그림이 붙어 있었다. 물감이 담긴 양동이에 손을 담갔다가 종이에 찍어서 만든 그림이다.

말론의 그림은 선명한 붉은색이었다.

네모진 창문 너머에서 엄마 아빠와 담임 선생님이 얘기를 나눈다. 엄마 얘기를 할지도 몰라. 다 엄마가 아닌, 이전 엄마 얘기. 해적과 로켓과 식인괴물 얘기를 할 수도 있어. 어른들은 다 아니까. 나는 구티가 알려줘서 간신히 기억할 뿐이지만.

운동화에 빗방울이 떨어졌다.

말론은 가까스로 비를 피하고 달리기 시작했다.

화장실로 달려가 문을 열고 들어가 안에서 문을 잠갔다. 엄마가 예전에 그랬던 것처럼.

7

오늘, 엄마와 내가 회사와 학교에 가 있는 동안,

동생 아가트가 집에 두었던 사탕을 다 먹어치웠다.

죽이고 싶다.

그중에 청산가리 사탕이 한 개 있었다!

유죄: 253 무죄: 27

www.죽이고싶다.com

바질 드라공만은 마리안 오그레스 경감 앞에 그림 여러 장을 펼쳐 놓았다. 그가 첫 번째 그림을 가리켰다. 거의 비어 있는 종이에 검은색 선 네 개와 붉은색 물결무늬가 그려져 있었다.

"이 선을 보세요."

마리안 오그레스가 손으로 그림을 가렸다.

"아니, 처음부터 얘기해주세요. 이 아이가 누구죠? 아이의 부모가 누군지 간략하게 말해주세요."

바질은 꾸지람을 듣는 꼬마처럼 입술을 깨물었다.

"부모요? 아주 평범한 사람들입니다. 특별한 점은 전혀 없어요. 엄마는 아망다 물랭. 서른 살이 좀 넘었어요. 마흔 살은 돼 보이지만. 아빠는 나이가 좀 더 많아서 40대입니다. 결혼한 지 몇 년 됐어요. 마네글리즈 끄트머리에 있는 오드마네글리즈, 정확하게는 모리스라벨 광장의 작은 집에 살고 있고요. 사실 마네글리즈에는 주택들밖에 없어요. 도심은 아주 작지만 도심만 벗어나면 주택단지가 아주 많아요. 말론의 엄마는 작은 슈퍼마켓에서 계산대 직원으로 일하고 있습니다. 아빠는 전기기술자거나 그 비슷한 분야에서 일하는 기술자예요. 정규직 자리를 찾으려고 애쓰는 것 같더군요. 마을에서는 아이들 축구 지도도 하고 있고요."

"부모를 만난 적이 있나요?"

"상담 초기에 딱 한 번 만났습니다. 그때는 지금처럼 질문을 많이 하진 않았죠."

바질은 극히 평범한 가족을 의심하는 것에 죄책감을 느끼는지 미안해하는 말투였다. 마리안은 고자질하는 아이처럼 당황스러워하는 남자가 귀여워 보였다. 오늘 저녁 당장 앙지에게 전화해야겠어. 앙지도 이 미소년에게 한눈에 반한 걸까? 그럴 가능성은 낮아 보인다. 이 남자는 너무 진지하고 지적이라 도도하고 섹시한 앙지와는 걸맞지 않다. 앙지는 나쁜 남자만 좋아하니까.

파피가 한 손에 커피를 들고 사무실 창가로 왔다. 마리안이 눈으로 물었다. 연락 있어요? 파피는 고개를 가로저었다. 라로셸 교수와 티모 솔레르가 아직 잠잠하군.

"좋습니다, 드라공만 씨. 다시 아이 얘기로 돌아가죠. 그림에 대해 설명해주세요."

"진화로 말씀드렸듯이 말론은 지금의 삶 이전에 다른 삶을 살았다고 말합니다. 물랭 부부와 마네글리즈 집에서 살기 전에 말이에요. 그런데 예전의 삶을 놀라울 정도로 자세하게 묘사해요. 말론의 담임인 클로틸드 브뤼에르 선생님 말로는 말론이 내성적인 아이랍니다."

"그런데 왜 그 아이가 드라공만 선생님에게 비밀을 털어놓죠?"

"그게 제가 하는 일이니까요."

흠…, 영리한 대답인걸. 직업에 대한 자부심도 대단한 것 같군. 하지만 상황을 쓸데없이 심각하게 받아들이는 것 아닐까? 오그레스 경감은 생각에 잠겼다. 예전에 있었던 우트로 사건은 아이들과 이웃들이 거짓증언을 하여 무고한 사람들이 억울하게 형을 살았던 사례였지만, 지금은 심리상담사가 거짓말을 하고 있다면?

"그림을 보세요. 그러면 좀 더 이해가 되실 겁니다. 수직선 네 개는 자기가 살던 집 옆에 있던 성이랍니다. 탑이 네 개 있었다고 해요. 위쪽 끝까지 그린 지그재그 선은 로켓이에요. 로켓이 하늘로 올라가는 것을 여러 번 봤다고 합니다."

마리안은 한숨을 쉬었다. 전혀 말이 안 되잖아! 심리상담사의 말을 듣겠다고 한 이유는 외과의사와 통화를 한 후 경찰차 다섯 대를 항구에 출동시키려고 대기하는 동안 잠시 짬이 났기 때문이다. 오직 그뿐이었다. 그녀는 컴퓨터 모니터를 힐끗 보았다. '죽이고싶다' 사이트가 깜박였다. 그녀는 앙지를 생각하며 이를 악물었다.

만약 이자가 장난을 치는 거라면? 사실은 심리상담사도 아니면서 직업을 즉석에서 꾸며낸 거라면?

"해적 얘기는 뭔가요? 어제는 해적선 얘기도 했잖아요." 마리안은 별생각 없이 불쑥 말을 꺼냈다.

바질은 비아냥거리는 어투도 눈치 못 채고 다른 그림을 집어들며 대답했다.

"맞아요! 여기 이 선은 바다를 뜻합니다. 말론은 자기 방에서 바다를 볼 수 있었다고 해요. 여기 있는 검은 점 두 개가 배입니다."

"해적선이 한 척이 아니라 두 척이에요?"

"한 척인데 두 동강난 겁니다. 이것도 방에서 본 광경이라고 해요. 이렇게 세세한 묘사 때문에 우려하는 겁니다. 이야기에 일관성이 있고, 앞뒤가 맞아떨어져요."

마리안은 손가락으로 바다를 그린 선을 따라갔다.

"그럼 식인괴물이 사는 숲은 뭐죠? 그런 얘기도 있었던 것 같은데…."

그녀는 자기 몸 중에서 유일하게 자신 있는 가슴을 한껏 내밀고 책상 옆으로 갔다. 앙지의 장난이든 뭐든 이 코미디를 끝낼 때가 됐어.

"말씀해보시죠. 제게 뭘 바라시는 건가요? 당신 말을 어디까지 믿어야 하죠? 혹시 이 꼬마 얘기를 모두 믿으시나요? 이런 서툰 그림과 엉뚱하기 짝이 없는 생각을 근거로요?"

바질 드라공만의 눈은 몹시 불안해 보였다. 시에나 점토로 빚은 도자기 같은 눈이다. 정말 매혹적이야. 마치 잔인하고 차갑고 현실적인 세상의 벽에 처음으로 부딪쳐 와장창 깨진 듯한 눈빛이군.

"그렇습니다, 경감님. 말도 안 돼 보이지만 저는 아이 말을 믿습니다. 아동심리를 8년 동안 연구했어요. 그동안의 임상경험으로 보면, 아이가 상징으로 가득한 자신만의 내면세계를 만들었다는 걸 알 수 있어요. 제 직관이든 본능이든 경감님 편하신 대로 생각하셔도 좋습니다만, 아이의 기억이 대부분 사실이라고 확신합니다. 정신분석학의 이론과 완벽하게 일치하지 않는다 해도 말이죠. 네, 저는 아이가 자신이 직접 본 것을 그렸다고 확신합니다."

"마네글리즈에서 말인가요?"

"아니요."

제기랄! 마리안은 경련이 일도록 주먹을 꽉 쥐었다. 별 이상한 소리를 다 듣겠군. 경찰 일개 소대를 출동시키려고 대기 중인 이 초조한 시간을 자판기 앞보다는 이자의 따뜻한 빵 같은 다갈색 눈앞에서 보내겠다는 생각일 뿐이었단 말이다!

"다른 건 없으신가요? 말하자면, 음…, 더 구체적이고 현실적인 얘기요."

"있습니다."

바질은 낡은 가죽가방 위로 몸을 숙였다. 가방의 해진 부분을 직접 꿰맨 것처럼 보였다. 그가 가방에서 쇼핑몰 사진 몇 장을 꺼냈다.

"여기가 어딘지 아시겠습니까?"

"제가 알아야 하는 곳인가요? 프랑스에는 이런 장소가 수천 군데가 넘어요."

"이곳은 몽가야르 쇼핑몰입니다. 르아브르에서 가장 큰 곳이죠. 말론은 여기 이 통로에서 진짜 엄마가 지금의 엄마 아망다 물랭에게 자신을 보냈다고 합니다. 여러 쇼핑몰 사진을 보여주었는데, 이곳에 있는 맥도날드와 대형마트 오샹의 로고, 일로피라트 레스토랑의 캐릭터인 붉은색과 초록색의 앵무새를 알아보았어요. 세 곳을 함께 볼 수 있는 쇼핑몰은 여기뿐이에요. 아이가 거짓말하는 것 같진 않아요."

마리안은 사진을 자세하게 들여다보았다.

"하지만 증거가 될 수는 없어요." 그녀는 한참 동안 살펴본 후 말했다. "아이가 혼동했을 수도 있고, 아니면 아는 장소를 말한 걸 수도 있죠.

매주 토요일마다 이곳에 갔을지도 모르고요. 이 동네 사람들은 주말마다 쇼핑몰에 가지 않나요?"

"아니요. 말론은 혼동하지 않았습니다, 경감님. 정기적인 사건과 일회성 사건에 대한 기억의 차이를 짧게 설명하긴 힘들지만 분명한 건 아이가 혼동하지 않았다는 사실이에요!"

마리안은 한숨을 쉬었다.

"그러면 엄마가 바뀐 게 언제쯤인가요?"

"적어도 수개월 전입니다. 어쩌면 1년 전쯤일 수도 있고요. 이건 아이가 직접 기억하는 게 아닙니다. 기억을 기억하는 거죠. 이해가 되실지 모르겠지만."

"무슨 소린지 모르겠군요."

"아이는 매일 저녁 그때 일을 기억합니다. 아무도 얘기해주지 않더라도 잊어버리지 않도록 말이죠. 그 기억이 아이 머릿속에 못처럼 박혀 있어요. 그리고 새로운 기억을 그 못에 걸어요. 그 뒤에 있는 걸 보지 않기 위해서죠."

"그 뒤에 있는 거라뇨?"

"몽가야르 쇼핑몰에서 엄마가 바뀌기 전에 아이가 겪은 일들이요. 그림으로만 표현할 수 있고, 설명하지 못하는 일들 말입니다. 이를테면, 식인괴물이나 해적 같은 것들. 아이로서는 설명하기가 너무 어렵죠."

"아이가 과거의 트라우마를 감추고 있다는 말인가요?"

바질은 소년 같은 미소를 지었다.

"네. 제게는 분명한 진실로 보입니다. 이런 일들과 말론의 진짜 혹은 가짜 엄마에 대해서, 그리고 물랭 부부가 진실을 말하고 있는지 확인하고 싶습니다. 하지만 저는 이 꼬마가 심각한 트라우마를 겪었고, 기억 어딘가에 이런 문제를 감추려고 스스로 두꺼운 벽을 둘렀다는 사실을 의심하지 않습니다."

오그레스 경감이 다시 자신의 말에 귀를 기울이는 게 보였다. 바질은 말이 빨라지지 않도록 주의하며 계속했다.

"단지…, 어떻게 말하면 좋을까요? 이건 일반적으로 말하는 트라우마와는 다릅니다. 이를테면, 아이는 새 부모에게 겁을 먹은 것 같지는 않습니다. 오히려 새 부모를 좋아하는 것처럼 보여요. 단지 친부모라고 생각하지 않는다는 거죠."

"아이에게 현실 부정을 초래할 수 있는 성학대나 가정폭력 같은 건 없다는 말씀인가요?"

"제가 알기로는 그렇습니다. 아무런 징후도 발견하지 못했어요."

마리안은 손목시계를 보았다.

12시 20분.

몇 분 전부터 사무실 유리창에 세찬 빗줄기가 부딪쳤다. 르아브르에는 소나기가 자주 내리지만 오래가지는 않는다. 하지만 비가 내리고 나면 도심의 콘크리트 건물, 부두와 해변의 자갈돌이 흠뻑 젖어 축축한 회색 도시가 된다.

유리창 너머의 복도에서는 경찰들이 일상적인 속도로 끊임없이 오고갔다. 그건 티모 솔레르가 여전히 살아 있는지, 아니면 라로셸이 메스로 지나치게 난도질을 해댄 바람에 죽어버렸는지 아직도 소식이 없다는 뜻이다.

마리안은 바질과 좀 더 얘기를 나누기로 결심했다. 남자의 아름다운 눈 때문만은 아니었다. 말론 물랭을 포함하여 신생아부터 네 살까지 아이들의 일반적인 특성을 더 들어보기 위해서였다. 언젠가 직접 낳아 키우고 싶은 아기와 비슷한 꼬마들 이야기를 조금 더 듣고 싶었다.

"드라공만 씨, 진지하게 묻겠습니다. 여전히 허황된 이야기처럼 들리는 건 사실이지만요. 어제 전화를 끊기 직전에 위급한 일이라고 하셨죠? 그 점이 신경 쓰여서요. 뭔가 빨리 조치를 취하지 않으면 말론의 기억이 사라질 거라고 하셨는데, 무슨 뜻입니까? 아무도 이 아이를 믿지 않는다면 어떤 일이 벌어지죠?"

8

작은 바늘 12, 큰 바늘 4

흰색 타일 바닥과 문 사이에 10센티미터가량 틈이 있다. 바닥 청소를 더 쉽게 하려고 만든 공간이다. 말론은 그 틈을 통해 바깥을 보았다. 화장실 앞에 고인 물은 웅덩이가 되었고, 미끄럼틀 밑의 모래에도 군데군데 작은 늪이 생겼다. 그 위를 뛰어넘어 지나가야 한다. 큰 아이들처럼 멀리뛰기나 달리기를 잘하진 못하지만 어려운 일도 아니다.

운동화가 젖어도 괜찮다. 하늘에서 떨어진 물은 더는 위험하지 않다. 땅에 부딪치는 순간 죽어버리니까. 꿀벌이 침을 쏘고 죽는 것처럼 비도 땅을 찌르고 죽으니까. 다 엄마가 그렇게 말했다. 다 엄마는 꿀벌이나 모기, 개미 같은 작은 곤충 이야기를 자주 해주었다.

그래, 물 위를 펄쩍 뛰어 건너기만 하면 돼.

떨어지는 비가 화장실 천장을 두드렸다. 나무나 천장에서 흘러내리는 빗물이 이미 죽었는지, 아니면 수천 마리 뱀처럼 물어뜯을 건지, 날아오는 화살처럼 쏠 건지 알 수 없었다.

말론은 다시 한 번 틈 사이로 바깥을 내다보면서, 놀이터 반대쪽, 교실 창문 너머에 있을 다 엄마의 얼굴을 떠올렸다.

◆◆◆

"이곳은 편하지가 않네요, 선생님."

아망다 물랭은 가까운 책상 위에 있던 공작용 점토의 귀퉁이를 조금 떼어내서는 작은 알갱이를 만들기 시작했다. 디미트리 물랭은 난쟁이 의자에 여전히 웅크리고 앉아 있었지만, 대화에 흥미를 잃은 듯했다.

"학교가 편했던 적은 한 번도 없었어요. 이곳은 제가 다녔던 학교예요. 1987년에 입학했는데, 벌써 30년이 흘렀네요. 쿠튀리에 선생님이 담임이었어요. 그때는 지금처럼 놀이기구가 많지 않았어요. 3세 아이들 반은 한 반밖에 없었는데, 열다섯 명이 채 되지 않았답니다. 제가 이곳을 익숙하고 편안하게 느낄 거라고 생각하시나요? 천만에요. 전혀 그렇지 않아요. 아무리 기억을 더듬어도 즐거운 추억이 떠오르지 않네요. 왜 제가 학교 축제나 학부모 대표 선출 모임이나 쿠키를 구워 파는 학교 행사에 참여하지 않는지 설명드리려는 거예요. 그게 중요하지 않다고 생각하거나 하기 싫어서가 아니에요. 다만…."

아망다는 망설였다. 그녀는 빨간색과 흰색 점토를 섞어 복숭아색 점토를 만들었다. 제대로 섞이지 않은 빨간색 점토가 핏줄처럼 보였다. 클로틸드는 아망다의 말을 주의 깊게 들었다.

"학교는 항상 힘든 곳이었어요. 세 살 때부터 간신히 다녔죠. 저만 그랬던 건 아니라고 생각해요. 교실에는 똑똑한 아이들보다 수업을 못 따라가는 아이들이 더 많았으니까요. 비베코 마트 계산대에서는 누구하고나 수다를 떨어요. 6년 전부터 그곳에서 일했어도 제가 수줍어하는 성격이라고 생각하는 사람은 없답니다. 그런데 이곳에 오니 다시 예전 성격으로 돌아가는 것 같네요. 이곳엔 저보나 잘난 아이들이 잔뜩 있고, 그 아이들은 지식을 얻거나 자기 생각을 밝히려고 말을 해요. 저와 달리 수업 자체를 즐겼죠."

말랑말랑한 복숭아색 점토가 한쪽 손에서 다른 쪽 손으로 옮겨갔다.

이런 학부모 얘기를 들은 적 있지. 클로틸드는 생각했다. 학교 교문을 들어서는 순간 심술궂게 변하고 적대감을 드러내고 심지어 공격성을 띠는 학부모가 있다고. 하지만 그런 행동은 두려움에서 오는 거야. 어린 시절로 거슬러 올라가는 뿌리 깊은 두려움에서.

"물랭 부인, 말론 얘기를 해주시겠어요?"

"네, 네, 곧 할 거예요. 그전에 제 얘기를 먼저 하고 싶었어요. 그러면 저희 상황을 더 쉽게 이해하실 것 같아서요. 오늘 이곳에 오게 된 이유는 말론이 저희를 친부모가 아니라고 말했고, 심리상담사가 그걸 진지하게 받아들였기 때문이죠. 하지만 선생님, 어떻게 그 말을 곧이곧대로 받아들일 수 있죠? 말론이 태어난 후 쭉 같이 살았어요. 오늘 증거가 될 만한 사진을 다 가져왔어요. 첫 걸음을 떼었을 때, 생일, 이웃과 함께한 파티, 휴가, 숲과 바닷가 산책, 쇼핑몰…. 이제까지 가장 오래 떨어져 있었던 건 여동생에게 이틀간 맡겼을 때뿐이에요. 1년 전쯤 꼭 참석해야 할 결혼식이 있어서 르망에 가야 했거든요. 이때 부모가 바뀌었다고 생각하는 걸까요? 그럴 수도 있을 것 같아요."

클로틸드는 억지로 미소를 지었다. 디미트리 물랭은 발끝으로 놀이매트의 길을 따라갔다.

"그런데 선생님, 저희를 아는 모든 사람에게 물어보세요. 모리스라벨 광장 주변에 사는 이웃이나 우리 가족, 디미트리 가족, 말론을 돌봐주었던 베이비시터, 엘랑드 공원에 아이들을 산책시키러 나오는 엄마들에게도 물어보세요. 제 아이라는 걸 모두가 다 알아요. 선생님도 아시잖아요. 지난 5월에 제가 직접 데려와서 등록했어요. 시청에서도 알아요. 말론이 태어났을 때 출생신고를 하러 갔으니까요. 서류도 다 가져왔고요."

"알고 있습니다. 아무도 그 점을 의심하진 않아요."

기나긴 침묵이 흘렀다. 아이들과 함께 있을 때는 절대 누릴 수 없는 고요함이었다. 아망다가 갑자기 손에 들고 있던 분홍색 점토를 벨벳 치마에 대고 으스러뜨렸다.

"말론을 빼앗지는 않겠죠, 네?"

디미트리가 움찔하다가 작은 앰뷸런스와 발을 부딪쳤다. 클로틸드는 놀라서 뭔가 말하려고 했지만 아망다가 연이어 말했다.

"저희는 최선을 다해서 아이를 돌보고 있어요. 임신했을 때 마네글리즈에 집을 샀어요. 미친 짓이었죠. 돈이 전혀 없었거든요. 무이자 대출이긴 하지만 30년간 갚아야 해요. 하지만 몽가야르의 임대아파트에서 아기를 키울 수는 없으니까요. 그리고 이곳 학교가 좋다는 것도 알고 있었고요. 저는 그렇게 믿었어요."

디미트리 물랭은 화난 눈빛으로 아내를 보았지만 아망다는 알아차리지 못했다.

"우리는 최선을 다하고 있어요, 선생님. 사람들이 말하는 대로 따르고 있다고요. 아이가 놀 수 있는 정원도 마련했고, 채소가 들어간 식단을 준비해요. 텔레비전도 많이 보지 못하게 하고 책을 읽게 하고요. 우리도 이런저런 시도를 하면서 배우는 중이에요. 우리가 자랄 때 가지지 못했던 기회를 아이에게 주고 싶어서요." 아망다는 주머니에서 손수건을 꺼냈다. "얼마나 말론을 사랑하는지 아신다면…. 맹세해요. 우리는 최선을 다하고 있어요."

클로틸드는 아이들의 코를 풀어주고 머리를 만져줄 때처럼 아망다에게 얼굴을 바짝 갖다 댔다.

"아무도 그런 사실을 의심하지 않습니다, 물랭 부인. 최선을 다하신다는 것도 잘 알겠어요. 그런데 말론은 왜 그런 얘기를 하는 걸까요?"

"로켓이나 성, 해적, 다른 부모 이야기요?"

"네."

"아이들은 다 상상 속의 이야기를 하지 않나요?"

"네, 그렇기도 하죠. 하지만 부모가 진짜 부모가 아니라고 말하는 경우는 거의 없어요."

아망다는 침묵한 채 생각에 잠겼다. 디미트리는 다시 다리를 쭉 폈다. 빨리 떠나고 싶은지 재킷 단추를 채우며 아내를 보았다.

"아이를 제대로 돌보지 못해서 그렇다고 생각하시나요?"

"아니요, 그건 절대 아닙니다." 클로틸드가 재빨리 대답했다.

"제가 생각하기엔, 말론이 우리보다 똑똑해서 그런 것 같아요. 제 말은 나이에 비해 영리하다는 말이에요. 심리상담사가 말론을 처음 만나고 그렇게 말하더군요. 말론이 상담받는 걸 허락한 이유도 그 때문이었고요. 말론의 머릿속에는 온갖 이야기와 모험과 자기만의 세계가 가득해요. 그런 점에서 말론은 남편이나 저를 넘어서요."

"무슨 뜻인가요?"

"어쩌면 우리는 말론이 원하는 부모가 아닐지도 모른다는 말이에요. 더 부자에, 교육도 많이 받고, 더 젊고, 비행기를 타고 여행도 많이 가고, 스키장이나 박물관에도 데려가는 부모를 원할걸요. 그래서 상상 속에서 다른 부모를 만들어낸 거죠."

"물랭 부인, 아이들은 그런 식으로 생각하지 않습니다."

"전 그랬어요! 저는 그래서 도망쳤다고요! 부모와는 다른 삶을 살고 싶었거든요. 시골에서 막일을 하며 살고 싶지 않았다고요. 그리고 지금까지 탈출에 성공했다고 생각했어요. 선생님이 호출하기 전까지는요."

"아무도 물랭 부인을 '호출'하지 않았습니다. 그리고 다른 삶과 다른 부모를 꿈꾸는 건 청소년이죠. 세 살 아이가 그러지는 않아요."

"그래서 말씀드린 거예요. 말론은 나이에 비해서 성숙하다고요!"

그 순간 디미트리 물랭이 벌떡 일어섰다. 위압적인 180센티미터의 그림자가 난쟁이 나라의 작은 방과 가구와 장난감, 그리고 난쟁이 학교의 교장 위에 드리웠다.

"할 얘기는 거의 다 한 것 같군요. 업무 교대시간에 맞춰 가기에도 이미 늦었어요. 게다가 아이를 놀이터에서 혼자 기다리게 한 지도 너무 오래 됐다고요!"

아망다는 어쩔 수 없이 따라 일어났다. 디미트리는 바쁘다고 불평하면서 교장을 노려보았다. 말론이 놀이터 반대편 화장실에서 나왔다.

비는 이제 오지 않았다.

"말론을 보세요." 물랭이 말했다. "아무 문제없지 않습니까. 그 심리상담산지 뭔지 하는 작자에게 전하세요. 우리를 또 귀찮게 하고 싶으면 남자 대 남자로 얘기하자고. 말론은 맞은 일도 없고 성적 학대를 당한 적도 없습니다. 하여튼 아무 문제없어요. 잘 지내고 있다고요, 네? 말론에게 위해를 가한 적도 없고 그럴 생각도 없어요. 그 나머지는 우리 방식대로 키우고 있다고 그렇게 전해요!"

"알겠습니다."

클로틸드는 그들을 위해 문을 열어주었다. 그러고는 교실로 오는 말론을 보며 망설이다 말했다.

"기분 상하지 않으셨으면 좋겠습니다만, 몇 달 전부터 말론을 지켜본 사람으로서 한 가지 더 말씀드리자면, 아이에게 옷을 더 입혀야 할 것 같습니다."

"추워질 것 같아서요?" 아망다가 물었다.

"아이가 추워해요. 항상 그래요. 햇볕이 있는 날도요."

◆◆◆

디미트리 물랭은 스코다 파비아를 전속력으로 몰아 마네글리즈의 황량한 브랑마즈 거리를 빠르게 달렸다. 마음이 급한지 계속해서 손가락으로 핸들을 톡톡 쳤다. 뒷좌석에는 말론이 구티를 안고 카시트에 앉아 있었다.

작은 바늘 1, 큰 바늘 4.

말론은 얼른 집에 돌아가서 방으로 올라가 인형과 함께 침대에 숨고 싶었다. 어서 빨리 구티에게서 모든 얘기를 듣고 싶었다.

9

"아동의 기억이 어떻게 형성되는지 알고 싶다고 하셨죠, 경감님?"

마리안 오그레스는 고개를 끄덕였다. 바질 드라공만은 숨을 깊이 들이마시고 얘기를 시작했다.

"좋습니다. 복잡한 얘기는 아니지만 좀 길어질 수 있어요. 우선, 아주 간단한 원칙 하나를 알아두셔야 합니다. 아이가 기억을 간직하는 기간은 나이를 먹을수록 길어집니다. 생후 100일 된 아기의 기억은 일주일 정도 갈 거예요. 놀이, 음악, 맛 등을 기억하죠. 6개월 된 아기는 대략 3주, 18개월 아기는 3개월, 36개월 된 아기는 6개월 정도예요."

마리안은 별로 호응하지 않는 듯 신경질적으로 손을 흔들었다.

"알았어요. 나이에 따라 어떻다느니 하는 얘기는 이쯤하고요. 그러니까, 아이의 기억은 어른과 다르다는 말 아닌가요? 아이들은 매일 보는 물건이나 사람을 잘 기억한다는 거죠? 아니면 아주 특별한 사건, 아이가 아주 좋아했던 일이나 끔찍하게 싫었던 건 잘 기억한다는 말인가요?"

"아닙니다. 어린아이의 기억은 그렇게 작용하지 않습니다. 경감님이 생각하는 건 어른의 기억이죠. 어른들은 중요한 것과 부수적인 것, 쓸모 있는 것과 없는 것, 참과 거짓을 분류해서 기억해요. 세 살 이하 유아의 기억은 좀 다릅니다. 어떤 활동이 계속해서 이어지지 않으면 그 기억은 지워져버립니다. 예를 들어, 태어나서 세 살이 될 때까지 아이에게 매일 같은 만화를 보여준다고 가정해보죠. 반복된 학습 덕에 아이는 만화를 송두리째 외울 수도 있어요. 만화 주인공은 아이의 가장 친한 친구가 됩니다. 그러고 나서 1년간 보여주지 않고, 그에 관한 얘기도 전혀 하지 않는다면 어떻게 될까요? 네 살이 되는 날 디브이디를 꺼내 아이에게 만화를 틀어준다면요? 아이는 아무것도 기억하지 못할 겁니다."

"정말요?"

"네, 그래요. 만화나 이야기로 실험한 결과지만 사람을 기억하는 것도 마찬가지입니다. 아이와 가까웠지만 주변에서 그 사람 얘기를 더는 하지 않는 경우가 있죠. 돌아가신 할아버지, 이전에 왔던 베이비시터, 이사 간 이웃…. 하지만 중요한 기억을 여러 달 동안 전혀 언급하지 않는다는 건 드문 일이죠. 반대로, 어린아이에게 특별한 경험을 계속 언급한다면 아침에 고무젖꼭지를 어디에 숨겼는지 기억할 수 있고, 매주 놀러가는 놀이터의 그네 색깔이나 동네 빵집 담벼락 뒤에 개가 있었다는 사실도 기억해요. 반복되는 활동이나 반복해서 대화한 내용이라면 말입니다."

"부모가 아이의 기억을 만든다는 말씀인가요?"

"네, 거의 100퍼센트 그렇습니다. 물론 우리 모두에게 적용되는 이야기이기도 해요. 이것을 일화기억 혹은 자서전적 기억이라고 부릅니다. 성인의 기억은 간접적인 기억을 통합하여 쌓입니다. 사진이나 이야기, 영화 같은 것 말이죠. '옮겨 말하기'처럼 기억의 기억을 기억하는 셈이에요. 30년 전에 떠났던 휴가에서 매일 있었던 일과 경치와 감정을 기억한다고 생각하지만 실제로는 이미지를 기억할 뿐이죠. 그것도 항상 같은 이미지만 기억합니다. 그건 자신이 선택한 이미지이자 자기 기준에 맞춰 재구성한 이미지예요. 마치 카메라가 한 각도로만 사진을 찍는 것과 마찬가지죠. 처음으로 자전거를 타고 넘어진 기억이라든가 첫 키스, 대학입시 결과를 듣고 기쁨에 넘쳐 지르던 소리…. 두뇌는 기억을 분류해서 지극히 주관적으로 흥미 있는 것만을 기록에 남깁니다. 시간을 거슬러서 과거에 있었던 일을 다시 볼 수 있다면 자신의 기억과 일치하는 부분이 아주 적다는 걸 알게 될 겁니다. 이 기억이 언제 생긴 걸까? 그전에는 어떤 일이 있었고, 그 후에는 어떤 일이 있었나? 나 외에 누가 있었나? 아무것도 몰라요. 기억은 그저 번쩍하고 떠올랐다 사라지는 플래시 영상으로 구성돼 있기 때문이죠."

마리안은 다시 한 번 눈을 들어 심리학자 어깨 너머로 경찰들이 오가는 모습을 살펴보았다. 샌드위치나 커피 잔을 들고 걸어가는 경찰들은 여전히 태평해 보였다. 티모가 아직은 견딜 만한가 보군.

"알겠습니다. 다시 아이들 얘기로 돌아가죠. 그럼 몇 살이 되어야 기억이 평생 지속되나요?"

"확실하게 말하긴 어렵습니다. 방금 말씀드린 이유 때문에 말이죠. 어떤 사람은 두세 살 때 겪은 일을 기억한다고 말해요. 하지만 그건 반복적으로 들었다거나 재구성된 기억입니다. 입양아동의 기억을 예로 들어보죠. 특히 해외에서 입양된 아이들은 실제 기억과 들은 기억, 그리고 상상한 기억을 어떻게 구분할까요? 캐나다에서 실험을 했습니다. 아주 어릴 때 입양 사실을 알게 된 아이들은 친부모에 대한 기억이 있다고 생각했어요. 그런데 입양된 사실을 모르는 아이들은 그런 기억이 전혀 없었고요." 심리상담사는 잠시 책상 위의 그림을 보았다. "즉, 경감님의 질문에 요약해서 대답한다면, 우리 대부분은 네다섯 살까지 직접 경험했던 일을 기억하지 못한다고 할 수 있어요. 아이가 태어나고 첫 60개월간 함께한 기억, 동물원이나 바다에 데려가고 옛날이야기를 들려준 일, 생일파티와 크리스마스 때 일들을 엄마는 어제 일처럼 뭉클한 마음으로 기억하지만 아이는 전혀 기억을 못 한다는 거죠."

마리안은 터무니없는 말을 들었다는 듯이 그를 이상한 표정으로 바라보았다.

"아무것도 기억을 못 한다고요? 그렇다면 스스로 엉뚱한 기억을 만들기도 쉽겠네요? 소아과 의사들은 네 살 이전이 아주 중요하다고 했는데…."

바질 드라공만은 의기양양하게 미소를 지었다. 자신이 의도한 대로 경감이 따라왔다.

"맞습니다. 모든 것이 유아기에 결정되죠. 아니, 정신계보학 이론과 세대를 거치면서 우리 정신에 새겨진 심리적 본성을 생각한다면 출생 이전에 결정되는지도 모릅니다. 취향, 성격 등 모든 게 인생 초기에 결정됩니다. 평생 지속되죠. 하지만 어떤 사실을 직접 기억하는 건 전혀 다릅니다. 굉장한 역설이죠. 우리 인생은 증명할 수 없는 사건이나 폭력이나 사랑이 이끌어가니까요. 어린 시절의 기억이란 우리가 전혀 열어볼 수 없는 검은 상자예요."

마리안은 반박을 해보려고 했다.

"하지만 기억은 그 검은 상자 안에 저장돼 있지 않나요?"

"네에…, 메커니즘은 아주 단순해요. 언어를 습득하지 못한 상태에서는 이미지로 생각합니다. 따라서 기억도 이미지로 저장되고요. 정신분석학 관점에서 본다면 기억은 무의식 속에만 저장됩니다. 의식이나 전의식에는 저장되지 않아요."

마리안은 어리벙벙한 표정으로 눈을 크게 떴다. 심리학자는 인내심을 가지고 경감 쪽으로 몸을 기울였다.

"달리 표현하면 기억을 다 잃은 것처럼 보이는 아이라도 흔적은 남아 있다는 뜻입니다. 이걸 감각기억 혹은 감각운동기억이라고 부르는데 당시에 체험했던 어떤 감정이나 느낌, 감각을 희미하게나마 기억하는 거예요. 가장 고전적인 예가 생후 3개월 때 겪었던 경험 때문에 열 살이 되어도 병원을 두려워하는 거죠. 색깔, 냄새, 소리 모두를요. 자신도 왜 그런지 이유를 모른 채 말이죠. 이곳에 와본 적이 있다는 것도 기억 못 하지만 막연하게 싫어해요. 심리학 용어로는 이런 무의식 속의 트라우마를 '환영'이라고 부릅니다."

마리안은 심리학자의 이야기에 빠져들었다. 새로운 이론을 설명하는 남자의 갈색 눈이 반짝반짝 빛나서만은 아니었다. 마치 미지의 신대륙을 향해 한 발을 내디딘 느낌이었다. 그렇다면 아기에게 완벽한 부모의 이미지를 심어줄 수 있단 말인가? 얼마나 굉장한 일인가!

"바보 같은 질문일 수도 있지만, 트라우마를 교육자 입장에선 어떻게 접근하죠? 아이가 트라우마를 잊을 수 있게 돕나요? 아니면 환영이 머릿속 어딘가에 남아 있지 않도록 끄집어내 말하게 하나요?"

바질은 곧바로 대답했다.

"모든 심리학자가 같은 대답을 할 겁니다. 보호라는 핑계로 트라우마를 부정하는 건 아무것도 해결하지 못해요. 트라우마와 함께 살아가려면 그것을 직면하고 얘기해서 받아들여야 합니다. 신경정신의학자인 보리스 시륄니크는 이를 '복원력'이라고 말해요."

마리안은 장난을 좀 치고 싶어졌다.

"바보 같은 얘기 아닌가요?"

"네? 왜요?"

걸려들었군. 바질은 상기된 얼굴로 그녀를 보았다. 마리안이 말을 이었다.

"〈이터널 선샤인〉이란 영화 아세요? 고통스러운 기억을 지워주는 회사에 대한 이야기죠. 매력적이지 않나요? 잃어버린 사랑을 끝없이 되새김질하느니 아예 지워버리는 것 말이에요."

"그건 공상과학입니다."

"그래요. 어른을 위한 공상과학이죠. 하지만 방금 당신이 해준 얘기를 생각해보면 충분히 가능한 이야기 아닌가요? 고정된 기억을 가진 어른을 위한 서비스라면 충분히 도움이 될 거라고 생각해요. 고통만 주는 기억이라면 없애버리는 게 낫지 않을까요? 물론 네 살 이하의 아이라면 다르겠죠. 의식 속의 모든 기억이 영원히 사라져버리니까요. 그렇다면 아무것도 말하지 않는 편이 나을지, 기억이 차츰 희미해져서 애초에 없었던 일처럼 느끼도록 내버려두는 게 나을지 두고 봐야겠네요. 아이가 트라우마에 대한 기억을 어렴풋이 간직한다면 책이나 영화에서 얼핏 본 폭력적인 이미지와 무슨 차이가 있겠어요. '밀폐' 이론과 비슷해요. 방사성 폐기물을 땅에 묻어버리는 것과 비슷해 보이지 않나요?"

심리학자는 잠시 생각에 잠긴 듯했다.

"계속해보세요."

"한 살이나 두 살짜리 아이 눈앞에서 부모가 살해당했다고 가정해보죠. 프랑스에 온 캄보디아나 르완다 출신 아이들을 생각해보면 쉽겠네요. 어떤 게 나을까요? 머릿속을 지워서 끔찍한 기억을 잊고 다른 아이들과 똑같이 근심 걱정 없는 밝은 아이로 자라는 게 나을까요? 아니면 평생 그 짐을 짊어지고 가는 게 나을까요?"

"솔직히 말씀드리면, 경감님의 부정 이론은 정신분석학 입장에서는 잘못된 겁니다. 아이에게 남아 있는 감각기억은 어른들이 주입하려는 기억과 상충할 거예요. 환영도 지울 수 없을 테고요."

그는 잠시 말을 멈췄다.

"하지만 경감님의 '밀폐' 이론은 정확한 표현이군요. 맞습니다. 방사성 폐기물을 땅에 묻는 것과 같아요. 몇 년간은 아무 문제없겠지만 언제 터질지 모르는 시한폭탄이죠."

상담사가 마리안에게 눈을 찡긋했다.

"사실 절대규칙은 없어요. 극심한 트라우마를 억압하면 기억상실증을 유발할 수도 있고요. 어른도 마찬가집니다. 나쁜 기억을 되살리는 경우도 있습니다. 예를 들어서, 어릴 때 성적으로 학대를 당한 사람이 기억을 묻어버리고 부정하며 성장했지만, 어른이 되어서 그 기억이 생생하게 떠올라 고통스러워하는 경우가 있었습니다. 진짜 기억인지 가짜 기억인지 어떻게 구분할 수 있을까요? 무의식을 떠도는 환영이 있습니다. 마치 보이지 않는 충실한 수호천사처럼 평생을 따라다니죠. 결국은 트라우마를 받아들이고 함께 살아가기 위해서는 한 가지 방법밖에 없어요."

"그게 뭔가요?"

"사랑입니다. 아이는 무엇보다 안전과 애정을 필요로 해요. 안정적인 생활, 자신을 보호해주는 성인에 대한 신뢰. 트라우마를 끄집어내서 말하느냐, 숨겨두느냐는 사랑에 비하면 중요하지 않아요. 엄마든 아빠든 아니면 그 누구라도 아이를 보호해주는 사람의 사랑, 그 사랑만 있다면 아무 문제없습니다."

마리안은 저도 모르게 드라공민의 말에 흠뻑 빠져들었다. 동유럽 억양. 반짝반짝 빛나는 담갈색 눈동자. 이 남자는 천부적인 교육자였다. 알맞은 이야기 속도와 적절한 쉼과 긴박감을 주는 말솜씨. 만약 모든 심리학자가 이 남자만큼 열정을 지녔다면 대학교마다 심리학 강의는 발 디딜 틈이 없을 것이다.

마리안은 아이의 그림을 다시 살펴보았다.

"잘 알겠습니다. 엄마의 사랑이라…. 하지만 말론 물랭의 경우는 선뜻 이해하기 힘드네요. 수개월 전, 거의 1년쯤 전에 몽가야르 쇼핑몰에서 엄마가 바뀌었다고 했는데 어떻게 말론이 그렇게 정확히 기억하죠? 그 나이 아이들의 기억은 금방 사라진다고 하지 않으셨나요? 그런데 더 오래전 일도 기억한다니. 해적선, 로켓, 식인괴물 들을 말이죠."

"누군가가 끝없이 이 기억을 상기시켜주기 때문이에요. 매일 밤낮으로, 아니면 매주, 몇 달 동안이나 말이죠."

마리안은 의자에서 떨어질 뻔했다.

"네? 그게 누군가요? 옛날 일을 계속 말해주는 사람이 누구죠?"

심리학자가 대답하려는 찰나, 피에릭 파드루 경위가 방으로 뛰어 들어왔다. 그는 얼굴 가득 미소를 띠고 마리안에게 경찰 로고가 찍힌 청회색 방탄조끼를 내밀었다.

"드디어 왔습니다, 경감님! 우리의 친애하는 의사 선생이 전화했어요. 티모 솔레르가 당장 보자고 한대요. 오사카 부두, 어제 티모 솔레르의 상처를 꿰매준 곳에서 한 시간 이내에 만나기로 했답니다."

마리안 오그레스는 튕기듯 벌떡 일어났다.

"무장경찰 열 명, 차량 다섯 대, 절대로 놓치면 안 돼요!"

바질 드라공만은 갑자기 경찰서를 송두리째 뒤흔드는 광풍을 이해하지 못한 채 그저 멍하니 서 있었다. 마리안이 서둘러 나가려는 순간 바질이 머뭇머뭇 손을 들었다.

"질문에 대한 답은 안 들을 건가요?"

"무슨 질문요?"

"말론 물랭에게 이전의 생활을 얘기해주는 자가 누군지…."

"말론이 그걸 얘기했나요?"

"네…."

마리안은 문 앞에서 케블라 섬유로 만든 방탄조끼를 만지작거리며 초조하게 발을 굴렀다.

"알았어요. 빨리 말해보세요."

"인형이 말해준다고 합니다."

"뭐라고요?"

"인형이요. 말론은 그 인형을 구티라고 부릅니다. 구티가 저녁마다 침대에서 예전 일을 늘 말해준다고 해요. 이렇게 말하면…."

이 남자는 별빛 같은 눈을 반짝이며 화성에도 생명체가 존재하니 함께 로켓을 타고 가서 인류를 만들자고 할 사람이군.

"… 물론 이상하게 들리겠지만…, 저는 말론이 진실을 말한다고 생각합니다."

10

파드루 경위는 알록달록한 벽돌을 쌓아올린 듯한 컨테이너 벽 뒤에 숨어, 건너편 부두의 흰색 야리스를 주시했다. 갑문으로 막힌 선착장에 주차된 유일한 차였다. 모든 퇴로는 차단했다.

서쪽은 바다.

남쪽의 아시아 부두에는 메간 두 대의 호위를 받으며 대기 중인 파피.

북쪽의 아메리카 부두에는 다른 메간 두 대가 베네수엘라 국적의 대형 선박에 거대한 팔을 드리운 기중기 뒤에서 잠복 중이다.

동쪽에는 마리안 오그레스 경감과 카브랄 경사가 다섯 번째 메간을 타고 야리스가 서 있는 선착장 강 하구의 인공 사구 뒤에 숨어 있다.

파드루 경위가 부두를 돌아보는 데는 시간이 걸렸다. 특히 갑문과 도개교 주위를 둘러보는 데 시간이 많이 걸렸다. 벨기에, 네덜란드, 중국이 따라잡기 전까지는 세상에서 가장 큰 도개교였다.

파피는 40여 년 전 아버지의 자전거 뒤에 타고, 일하는 하역 인부들 사이를 돌아다녔던 때를 떠올렸다. 르아브르에는 1945년의 폭격 흔적이 아직도 남아 있었다. 이때 도시 대부분이 파괴됐다.

1945년 이전의 르아브르는 고급 주택과 부유한 선주, 카지노와 해수욕장의 도시였다. 노인들은 그때를 회상하며 눈물지었다. 파피의 아버지와 어머니도 그랬다. 40년 전에도 젊은이들은 여전히 항구에 왔다.

시간을 보내러 오기도 했지만, 대부분은 일자리를 구하기 위해서였다.

"파피, 내 말 들려요?"

장 밥티스트 르슈발리에 경위는 북쪽 끝의 아메리카 부두에서 대기하고 있었다. 두 사람 사이를 500미터의 바다와 4킬로미터에 달하는 방파제가 가로막았다. 파드루 경위는 생각에서 벗어나 워키토키 버튼을 눌렀다.

"그래, 잘 들려. 자네도 야리스 보이지?"

"아주 선명하게 보여요. 티모 솔레르가 타고 있고요. 부르덴이 솔레르에 대해 몇 가지 사실을 알려주었는데 지금 상태가 몹시 안 좋아 보인답니다. 솔레르는 라로셸 의사가 잊지 않고 얼른 와주기를 기도하고 있을 겁니다."

파드루 경위는 시계를 보았다. 13시 12분.

"그런데 그 의사라는 작자는 뭘 하고 있는 게야?"

"오는 중이랍니다. 어딘지 찾고 있대요. 내비게이션의 '산업구역' 길찾기 옵션을 사용할 줄 모른다고 봐야죠."

파드루 경위는 무전기를 끊고 다시 쌍안경을 눈에 붙였다. 티모는 운전석 목받침에 머리를 기대고 있었다. 자주 눈을 감았지만 몇 초를 넘기지는 않았다. 눈을 떴을 때는 주변을 계속 두리번거리며 경계했다. 두 손은 운전대를 꽉 쥐고 있었다. 무장한 것 같지는 않았다.

의사를 만나자마자 곧바로 출발하려는 건가?

고통이 심해서 그러나?

파피는 무전기를 입술에 바짝 붙였다.

"마리안? 어떡할까요? 오후 내내 의사를 기다릴 수는 없잖아요. 지베는 지금 덮치자는 것 같은데…."

"파피 생각은 어때요?"

"티모는 도망치기 힘들 겁니다. 주차한 선착장에는 남쪽으로 통하는 길 하나와 북쪽으로 난 다리 두 개밖에 없어요. 모든 출구를 차단할 수 있습니다."

"그래요. 하지만 솔레르가 저곳에 주차한 이유가 있어요. 주변을 360도 다 관찰할 수 있거든요. 우리가 출발하면 1킬로미터도 못 가서 티모가 알아차릴 텐데, 총을 가지고 있는지 확실치가 않아요. 의사랑 연락해봤어요?"

"지베 말로는 곧 도착한답니다."

"그러면 계획대로 합시다. 라로셸 의사가 약속 장소에 도착해서 티모에게 티오펜탈을 먹이는 걸로. 마취제 효과가 나타나면 5분도 안 돼서 잠이 들 테니까요. 그것으로도 부족하면 라로셸이 티모를 눕히고 경찰이 도착할 때까지 수술을 한다고 했어요. 의사의 차량이 뭐죠?"

"사브 9.3입니다."

마리안이 휘파람을 불었다.

"의사를 빼고 시작하면 안 되겠는걸. 항구의 자갈채취장에 끌고 오면 타이어가 엉망이 될 텐데. 그래도 기꺼이 온다는 걸 보면 의사도 제정신이 아닌가 봐요."

파피가 마리안의 말을 이었다.

"명예 문제죠. 상류층의 연대감이기도 하고요. 티모 솔레르가 도빌에서 가장 큰 보석상 네 군데를 털었다고요. 라로셸 의사 입장이 돼보세요. 저런 평민이 날뛰게 내버려두면 세상이 어떻게 되겠습니까?"

오그레스 경감은 파드루 경위의 말을 단호하게 잘랐다.

"알았어요, 파피. 무슨 말인지 알겠어요. 우리의 영주님이 오실 때까지 10분만 더 기다렸다가 돌격합시다."

항구는 적막했다. 정박한 화물선에도 사람의 자취는 보이지 않았고, 컨테이너들은 기중기에 연결만 되어 있었다. 컨테이너 하역을 지휘하는 기술자도 전혀 없었다. 쇠와 콘크리트의 지옥에서 기계와 로봇만이 살아남아 세상을 지배하는 듯했다.

파피는 기중기가 컨테이너를 쌓는 데 규칙이 있지는 않다고 생각했다. 기중기는 그저 닥치는 대로 쌓을 뿐이다. 항만 사무실의 경리직원도 부두의 광활한 땅 위에 쌓인 컨테이너의 내용물이 무엇인지 알 방법은 없을 것이다.

파드루 경위는 흰색 야리스 차량을 계속 주시하며 아버지의 말을 떠올렸다.

제대로 돌아가는 항구는 배가 없는 항구다.

항해하지 않는 배, 부두에 머무르는 배는 돈을 잃고 있는 배다. 아버지는 배가 항구에 들어올 때마다 벌떼처럼 달려드는 하역 인부들 중 한 명이었다. 항상 선두였고, 매번 기록을 갈아치웠다.

그런데 이제는…. 제대로 돌아가는 항구는 사람이 없는 항구예요, 아버지.

"의사는 아직도 아르플뢰르에 있답니다." 지베의 목소리가 무전기에서 흘러나왔다. "길이 막혀 꼼짝도 못 하고 있대요. 아마 늦게 출발한 것 같아요. 10분 내로 확실히 도착한답니다."

파피는 다시 시계를 보았다. 솔레르와 약속한 시간보다 이미 7분이 늦었다.

"어떡할까요, 마리안?"

"기다려야죠. 야리스나 지켜보며 기다릴 수밖에요."

회색 유조선이 선착장에서 천천히 움직였다. 러시아 부두 앞이다. 저속도라면 몇 분 후 아메리카 부두 앞을 지나가며 지베의 시야를 가로막는다.

괜찮아. 파피는 선착장 반대편 끝을 보며 생각했다. 마리안과 내 시야는 완벽하니까. 잔뜩 쌓인 컨테이너와 제방에 소나기 흔적이 남아 있었다. 마치 연필 자국이 깨끗이 지워지지 않은 종이처럼 보였다.

"솔레르가 움직여요!"

마리안이 무전기에 대고 소리쳤다. 파피는 쌍안경을 들었다. 티모가 얼굴을 찡그리며 몸을 곧추 세우고 차를 출발시켰다.

야리스가 선착장을 향해 앞으로 달려 나갔다. 흙먼지를 일으키며 유턴을 한 뒤 곧장 북쪽의 붉은 철교로 향했다. 수백 미터 앞에 운하의 수문을 잇는 철교가 있었다.

"지베, 자네 차례야!" 파피가 소리를 질렀다. "솔레르가 전속력으로 달리고 있어! 자네와 마리안 경감님 쪽으로 가고 있어!"

파피는 대형 유조선과 센 강 하구 사이의 남쪽으로 통하는 길을 막고 있던 터라 쌍안경으로 지켜보며 자연스레 추격현장을 지휘했다. 직선거리로는 추격 장소에서 500미터도 떨어져 있지 않았지만 앞을 가로막은 부두 때문에 도로상 거리는 2킬로미터가 넘었다.

그는 모래 언덕 뒤에서 튀어나오는 마리안의 메간을 보았다. 경감은 티모 솔레르가 출발하고 곧바로 뒤따랐다. 사이렌이 울렸다.

부상당한 강도가 이제 꼼짝없이 잡혔군.

파피는 야리스가 향하는 방향을 보려고 쌍안경을 더 높이 올렸다.

이런 제기랄!

파피는 입술을 깨물며 욕설을 내뱉었다.

솔레르는 이제까지 적당한 때를 노렸음이 분명하다.

야리스가 도개교에 도착했을 때, 러시아 유조선의 뱃머리는 그 아래로 진입하기 직전이었다. 솔레르의 야리스 자동차는 다리가 올라가기 시작하자 속도를 한껏 올렸다. 다리는 불과 몇 센티미터 앞에 있었다.

사이렌이 울려 퍼지는 동시에 도개교의 경고음도 울리기 시작했다. 빨간 신호등 세 개가 붉은 도개교 앞에서 번쩍거리며 경찰차의 푸른색 경광등과 어우러져 보라색 잔상을 만들어냈다. 흑백의 풍경이 갑자기 총천연색 영상으로 바뀌었다.

야리스가 붉은 철교로 진입했다. 쌍안경에 비친 야리스는 그 밑을 지나가는 거대한 유조선에 비하면 코뿔소 뿔에 달라붙은 파리처럼 작았다.

“항구를 빠져나가기 전에 막아!” 파피가 목청껏 외쳤다.

“앞이 안 보여요!” 지베도 무전기 속에서 소리쳤다. 빌어먹을 러시아 유조선이 시야를 완전히 가로막았다. 솔레르가 도개교를 통과하면 지베와 맞닥뜨릴 것이다.

마리안의 메간 역시 철교에 거의 도착했다. 카브랄 경사가 운전하고 있었다. 노련하고 유능하며 경험이 풍부한 경찰이다.

“더 빨리! 더 빨리! 빌어먹을!” 마리안이 소리쳤다. “솔레르가 통과

하면 우리도 따라간다!"

마리안 오그레스는 시야를 최대한 넓히기 위해 안전벨트를 풀고 창문을 내려 얼굴을 창밖으로 내밀었다. 필요하다면 총을 쏠 수도 있다.

카브랄 경사는 불평하지 않았다.

파피는 티모 솔레르의 차가 하늘을 향해 천천히 올라가는 도개교 위를 질주하다가 다리 끝에서 전속력으로 돌진하여 1미터를 점프해 부두로 내려가는 광경을 지켜보았다.

그는 야리스가 땅에 닿았다가 여러 차례 튀어올랐다고 생각했다. 야리스는 오른쪽으로 급하게 틀어 아슬아슬하게 균형을 되찾았다.

솔레르 놈이 지옥 같은 고통을 맛보고 있겠군. 파피가 중얼거렸다. 라로셸 의사가 속을 헤집어놔서 생살이 찢긴 상태일 텐데…. 자동차가 저렇게 요동을 쳤으니 창자가 뒤집어졌겠구먼.

그래도 죽을 만치 아프지는 않은지 야리스는 다시 컨테이너 사이를 비집고 아미랄 실루 거리 쪽으로 달려갔다.

"직진! 직진!" 파피가 지베에게 소리 질렀다. "야리스만 집중해서 보라고!"

다리는 계속해서 올라갔다. 도개교 높이는 이제 1미터도 넘었다. 마리안이 탄 메간은 철교를 향해 계속 달렸다. 사이렌 소리가 귀가 멍멍할 정도로 울리고 경광등이 요란하게 번쩍였다.

"통과 못 하겠어요!"

카브랄 경사가 급브레이크를 밟았다.

자동차는 도개교 진입부를 몇 미터 앞두고 끼익하며 멈춰섰다. 오그레스 경감은 항의할 틈도 없이 젖은 모래로 뒤덮인 앞 유리창에 얼굴을 쾅 박았다.

티모 솔레르의 야리스에 이어, 지베 경위와 르노르망 경사가 탄 메간 두 대가 파드루 경위의 시야에서 벗어났다. 무전기로 교신하는 파피의 목소리가 설핏 떨렸다.

"이런 젠장! 괜찮은 거야?"

"괜찮습니다."

카브랄 경사가 대답했다.

"괜찮을 거예요. 경감님이 상처를 입었어요. 코를 치료해야 합니다. 불같이 화를 내시겠지만 그래도 다리에서 추락하는 것보다야 낫죠."

이윽고 철교가 천천히 내려왔다. 항구는 다시 북적이기 시작했다. 사람들이 컨테이너 뒤에서 하나둘 모습을 드러냈고, 러시아 선원들이 유조선 난간에 붙어 서서 놀란 얼굴로 그들을 보았다. 갑자기 무전기에서 들리는 지베의 목소리에 파피는 흠칫 놀랐다.

"파피?"

"듣고 있어."

"야리스를 찾았어요."

"진짜?"

"빈 차예요. 16번 항구 거리요. 이쪽을 막았는데 걸어서 도망쳤어요. 상처가 깊어서 멀리는 못 갔을 겁니다."

"그럴 수도 있겠지." 파피는 지베의 말에 동의하지 않는 듯 떨떠름하게 대꾸했다.

그는 이 구역을 잘 알았다. 16번 항구 거리는 네주 지역으로 이어진다. 네주는 주민이 1,000명 정도 되는 특이한 작은 마을이다. 항구로 둘러싸인 마을의 절반은 변두리에 형성된 공장지대이고, 나머지 절반은 사생활을 중시하는 도심지역이다. 홀로 뚝 떨어져 있는 고립된 마을인 셈이다.

티모 솔레르는 의사와 만날 장소를 마구잡이로 선택하지 않았다. 차를 아무 데나 버려둔 것도 아니다. 아마도 몇 달 전부터 네주에 머물렀을 것이다. 이곳의 복합적인 사정을 고려하면 티모 솔레르를 찾는 데 몇 주가 걸릴 수도 있다.

티모가 그전에 죽지만 않는다면.

11

작은 바늘 1, 큰 바늘 7

말론은 거실 카펫에 앉아 흰색과 푸른색의 작은 로켓을 가지고 놀았다. 구티가 의자 다리에 기대앉아 말론을 지켜보았다. 방에 올라가서 구티 얘기를 듣고 싶었지만 아직 그럴 수 없었다.

오늘 점심은 시간이 별로 없네. 다 엄마가 말했다.

얼른 빵을 데워서 빨리 먹고 학교로 돌아가야 해.

말론은 로켓을 발사했다. 그리고 어느 행성에 착륙시킬지 생각했다. 맛있는 배를 닮은 말랑말랑한 보라색 푸푸 별이 좋을 것 같았다. 주방에서 디 아빠가 말하는 소리가 들렸다. 커피를 마시며 계속 똑같은 얘기를 반복했다.

클로틸드 선생님과 바질 상담사.

디 아빠는 화가 나 있었다. 점심을 먹는 동안 디 아빠는 말론을 쳐다보지도 않았지만 말론은 디 아빠가 왜 화가 났는지 알았다.

내가 바질 선생님에게 한 얘기 때문이다.

하지만 상관없다. 디 아빠가 내게 소리 지르고 말을 걸지 않아도 괜찮고, 벌을 받아도 괜찮다. 디 아빠에게는 아무것도 말하지 않을 테지만, 바질 선생님과는 계속 얘기할 것이다. 엄마와 약속했으니까.

다 엄마는 커피를 서둘러 마시고 설거지를 마치고는 말론의 이마에 입을 맞추고 청소를 했다. 다시 한 번 말론을 꼭 안아주고 학교에 가져갔던 서류와 노트와 사진첩을 정리했다. 다 엄마가 계단 밑의 커다란 벽장을 열고 짐을 넣으려는데 디 아빠가 불렀다. 디 아빠는 이미 코트를 걸친 채 목도리를 가져다 달라고 했다. 다 엄마는 돌봐야 할 아이가 둘이나 된다며 투덜거렸다.

디 아빠가 텔레비전 앞에서 커피를 마시며 기다리는 동안 다 엄마는 목도리를 가지러 침실로 올라갔다. 그러는 동안에도 디 아빠는 늦겠다며 소리를 질렀다.

말론은 로켓을 푸푸 별에 착륙시켰다. 그리고 계단 옆 복도로 살그머니 다가가서 벽장 안을 들여다보았다. 보통 때는 열린 적이 없었던 문이다.

말론은 조심조심 안으로 들어갔다. 바깥에서 들어오는 빛이 벽장 안을 어슴푸레하게 비췄다. 안쪽은 더 어두웠다. 말론은 사진첩들이 놓여 있는 선반 옆에 바짝 붙어 섰다. 사진첩은 다 엄마가 가끔 보여주어서 들춰보지 않아도 어떤 건지 이미 알았다. 하지만 사진 속의 아기가 자신이었는지는 알 수 없었다. 말론은 구티 덕분에 많은 걸 기억하지만 자신에 대해서는 기억하지 못한다. 어떻게 생겼는지도 기억 못 하고, 아기 때 누굴 닮았는지도 모른다.

계단 아래쪽 공간에 상자와 물건이 잔뜩 쌓여 있었다. 그중에 커다랗고 이상한 그림이 눈에 띄었다. 자세히 보니 그림이 아니라 굵은 글씨들이었다. 말론은 아직 알파벳을 다 익히지 못했지만 자기 이름은 읽을 줄 알았다. 학교 벽에 붙어 있는 이름표 중에서 자기 이름을 찾아야 하기 때문이다.

말론

그의 이름이 계단 아래 숨겨진 유리액자 속 흰 종이에 굵은 글씨로 쓰여 있었다. 그런데 사인펜으로 쓴 것도, 물감이나 연필로 그린 것도 아니었다.

궁금해진 말론은 가까이 다가갔다.

상자를 몇 개 쌓아 딛고 올라서서 그림을 꺼내 빛이 드는 쪽으로 가지고 왔다.

아주 작은 동물들을 붙여 만든 이름이었다.

수십 마리 개미를 줄지어 늘어놓고 풀로 붙인 다음 유리로 위를 덮었다. 공을 들여 아주 세심하게 작업한 작품이었다. 조금이라도 선을 벗어난 개미는 한 마리도 없었다. 예쁘기도 하고 깔끔해 보이기는 했지만, 말론은 개미를 죽여 자기 이름을 썼다고 생각하니 조금 슬퍼졌다. 이미 죽은 개미로 만들었을까?

누가 만든 거지?

디 아빠는 아니다. 확실하다. 디 아빠는 색칠하기, 오리기, 레고 쌓기 같은 놀이를 모두 싫어한다. 그러면 디 엄마가 날 깜짝 놀라게 해주려고 만들었을까?

하지만 선물 치고는 이상한 선물이다. 말론은 개미를 좋아하지 않았다. 특히 죽은 개미는 더더욱 싫었다. 학교에서처럼 사인펜이나 색연필, 아니면 손가락에 물감을 묻혀 쓴 이름이 훨씬 더 좋았다.

바깥문이 딸깍하고 닫히는 소리가 들렸다. 디 아빠가 인사도 않고 나가는 소리다.

"말론, 우리도 가자!" 다 엄마가 방에서 소리쳤다. "외투 가져오렴."

말론은 계단 아래 벽장에서 재빨리 빠져나왔다. 나오는 순간, 징그럽게 생긴 다른 곤충들도 보았다. 개미처럼 죽어 있었지만 크기는 훨씬 더 컸다.

12

양쪽 뺨에 걸쳐 붙인 반창고가 마리안 오그레스의 코를 짓눌렀다.

꼭 권투선수 같잖아. 성형외과에서 막 튀어나온 퓨마 같기도 해. 그녀는 생각했다. 다른 경찰관들의 시선을 견디기 힘들었다. 특히 지베나 카브랄이 보는 건 더욱 괴로웠다. 하지만 사건 브리핑을 피할 수는 없었다. 티모 솔레르가 도망치는 바람에 그녀는 1년도 안 된 신참까지 포함한 최대 인원을 투입해야 했고, 이들에게 도빌 무장강도 사건과 같은 수준의 정보를 공유해야 했다.

그녀는 체념하고 사무실 가운데로 걸어갔다. 마리안은 도개교 앞에서 급정거를 한 직후, 백미러로 코에서 피가 흐르는 모습을 보고는 울고 싶어졌다. 이상하게도 티모 솔레르의 도주보다 다른 생각들이 머리를 가득 채웠다. 인간의 얼굴로 돌아오려면 얼마나 걸릴까? 일주일? 한 달? 그 이상? 코가 부러졌으면 어떡하지? 아기를 낳을 수 있는 시간이 얼마 안 남았는데, 빨리 남자를 찾아서 임신해야 하는데, 얼굴 꼬락서니하고는….

이제 완전히 강박관념이 되었군, 쯧!

오그레스 경감은 다른 경찰들이 도빌 사건 문건을 읽는 동안 유에스비를 꽂았다. 다행히 코가 부러지지 않았다. 라루셀이 마리안의 얼굴을 살펴보고 안심시켜 주었다. 부두의 하역 인부와 선원들이 빙 둘러

서서 그들의 모습을 한가롭게 구경했다.

꿰맬 필요도 없어요. 의사가 덧붙였다. 속에 피가 고여 혈종이 생겼지만 며칠 지나면 사라집니다. 라로셸이 그나마 쓸모 있는 일을 해주었군.

그는 솔레르가 사라지고 3분 후에 나타나 수문 맞은편에 사브 9.3을 주차했다. 마리안의 얼굴은 곧바로 반창고로 뒤덮였다. 마리안은 의사에게 실컷 분풀이를 하며 심지어 고의로 방해한 혐의가 있는지 밝히기 위해 수사를 할 수도 있다고 협박까지 했다. 자동차 내비게이션이 선착장과 부두를 안내하지 못한다니 이상하지 않은가!

만약 일부러 늦은 거라면? 티모 솔레르가 빠져나갈 수 있게 도와준 거라면?

흥분한 그녀를 말린 사람은 파피였다. 파피 역시 라로셸에게 딱히 좋은 인상을 받지는 않았지만 그래도 그녀를 구슬려 군중과 떨어진 곳으로 데리고 갔다. 진정해요, 마리안. 그가 속삭였다. 의사는 정확한 시간과 장소를 알려줬어요. 티모 솔레르도 그 자리에 왔고요. 의사를 비난할 이유가 없습니다. 일을 망친 건 우리예요.

파피의 말이 맞았다. 라로셸이 경찰의 무능을 책임질 이유가 없었다. 의사는 시종일관 미소를 거두지 않았다. 주위를 둘러싼 경찰들에게 겁을 먹기보다는 오히려 재미있어하는 눈치였다.

알았어요, 파피. 마리안은 어금니를 꽉 물고 말했다. 나중에 꼭 대가를 치르게 해주겠어. 파피 말이 맞는다. 의사의 도움이 또 필요할지 모른다. 티모를 괴롭히는 상처가 여전히 남아 있는데, 그건 외과의사의 창의적인 작품이었으니 말이다.

마리안은 경찰서로 돌아오는 내내 되씹었다.

오늘, 멍청한 의사 때문에 범죄자가 도망쳤고, 내 얼굴은 엉망이 되었다.

죽이고 싶다.

허리띠에 매단 총을 뽑아서 그에게….

그녀에게는 신기하고 놀라운 방법을 생각해낼 상상력이 부족했다. 특히 '죽이고싶다' 사이트 이용자들에 비하면 더욱 그랬다. 그들은 짜증나게 하는 사람을 가장 기발하고 고통스럽게 처벌하는 방식을 경쟁적으로 생각해낸다. 이 바보 같은 사이트의 규칙은 간단하다. 죽이고 싶다는 생각이 들 만큼 자신의 삶을 엉망으로 만든 자를 제시하고, 가상의 법에 따라 판결을 내린다. 가능한 한 통쾌하고 짜릿한 방법일수록 더 큰 환호를 받는다. 회원들은 배심원이 되어 유죄 혹은 무죄 선고를 내린다. '개같은인생' 사이트www.viedemerde.fr 네티즌들이 황당한 체험을 올리며 신세한탄을 하는 프랑스의 유머 사이트의 다른 버전이라고 보면 된다. 두 사이트 모두 현실에서 괴로운 일을 당했지만 소심해서 아무 반격도 못 한 익명의 사람들이 법에 호소할 필요 없이 자신의 불만을 표출할 수 있는 방법이다. 마리안은 '죽이고싶다' 사이트가 어떤 면에서는 자신의 삶을 바꿔놓았다고 생각했다.

그녀는 이런 생각들을 애써 떨쳐버리고 슬라이드 영상을 띄웠다. 그리고 호기심 어린 눈으로 자신의 얼굴만 쳐다보던 사람들이 도빌 지도로 관심을 돌리자 안도했다. 마리안은 아직 제대로 된 업무가 없어 지루해하는 수습경찰 뤼카 마루에트에게 구글 스트리트 뷰를 3D 애니메이션으로 실행하라고 지시했다. 기본 어플리케이션을 다운 받은 후

자료를 업로드하는 방법만 익힌다면 아주 쉬운 작업이다. 화면에서 거리를 입체적으로 재구성하는 이 방식은 이제 그들이 선호하는 도구가 되었다.

"2015년 1월 6일에 발생한 사건입니다." 마리안이 브리핑을 시작했다. "오전 11시 12분, 기온이 낮고 바람이 심한 날씨였죠. 도빌 거리에는 행인이 거의 없었습니다. 외젠콜라 거리와 뤼시앵 바리에르 거리 사이의 중앙 교차로에서 오토바이 두 대가 멈춰섭니다. 카지노 바로 앞이죠. 같은 시간에 서로 꼭 끌어안은 커플이 횡단보도를 걸어갑니다. 잘 차려입은 커플로, 남자는 펠트 재질의 회색 스코틀랜드 모자를 썼고, 여자는 실크 스카프로 머리를 감쌌어요. 도빌 곳곳에 설치된 감시카메라로도 얼굴 식별이 불가합니다."

영상에서는 옷도 얼굴도 없는 푸른색과 붉은색의 두 실루엣이 도빌의 쇼핑가를 걸어 다녔다. 군데군데 명품 매장 간판이 보였다. 오그레스 경감의 지시에 따라 표시해놓은 것이다.

"오토바이 두 대가 서자마자 커플은 각기 행동을 시작합니다. 남자는 에르메스 매장으로, 여자는 루이뷔통으로 들어갔어요. 아주 신속하게 진행합니다. 오토바이를 탄 남자 둘이 매버릭 88 소총으로 무장하고, 각각 외젠콜라 거리에서 가장 큰 귀금속상인 고드쇼 폴리에와 블로트에 들어가 있는 동안, 스코틀랜드 모자를 쓴 남자가 베레타 92를 꺼내들고 에르메스 판매원들을 협박했어요. 루이뷔통에 들어간 여자도 마찬가지였고요. 각자 가방을 채우는데 걸린 시간은 2분. 그들은 해야 할 일을 정확하게 알고 있었죠. 쉽게 운반할 수 있는 것만 챙겼습니다. 시계, 보석, 스카프, 벨트, 지갑, 가방, 선글라스…. 한정판 위주로요. 분 단위로 정확하게 움직였고, 네 명 모두 똑같은 시간에 외젠콜라 거리로 나왔어요. 두 오토바이 운전자가 가방을 여자에게 건네는 순간 도난경보가 울렸습니다. 경찰서는 700미터 거리, 같은 도로상에 있었고요. 길에 나와서 담배를 피운 경찰들은 오토바이를 봤을지도 모르죠."

스트리트 뷰는 목재골조 장식의 노르망디 주택들을 퀵모션으로 촬영한 영화처럼 빠르게 보여주다가 네 명의 용의자 사진에서 멈췄다. 마리안이 말을 이었다.

"언론평들은 그냥 지나가겠습니다. 피의자들의 대범함이나 무분별함도 굳이 말할 필요는 없을 것 같고요. 사실만 언급하겠습니다. 이 사건은 치밀하게 준비한 계획범죄였습니다. 오토바이 두 대가 전속력으로 외젠콜라 거리를 달리다가 경찰서 근처까지 가서 모르니 광장을 250미터쯤 남겨두고 방향을 돌립니다. 목적은 분명합니다. 추격을 따돌리는 거였죠. 다른 두 공범이 훔친 물건을 모두 가지고 도망치는 동안, 그들은 뭔히 마무트 2000 오토바이로 경찰을 따돌릴 생각이었어요. 이론상으로는 충분히 경찰차를 따돌릴 수 있을 만큼 파워풀한 오토바이입니다."

"실제로도 그래요." 앉아 있던 경찰관 한 명이 장난스럽게 말했다.

"그래요, 동의합니다. 그래서 계획도 그렇게 짰겠죠. 전문 강도들이 아니니 아마 오랫동안 준비했을 겁니다. 범행 장소에 다시 한 번 가보고, 시간을 재보며 치밀하게 계획을 세웠겠죠. 계획은 완벽했지만 운이 없었어요."

구글 스트리트 뷰가 제멋대로 움직여 고급 주택으로 둘러싸인 경마장이 화면에 클로즈업됐다.

"정확히 이 시점에 순찰차가 시내를 돌고 있었어요. 모제 거리의 경마장 옆을 달리고 있었죠. 그래서 곧바로 오토바이를 막을 수 있었습니다. 나머지 이야기는 다들 잘 알고 계시죠?"

마리안은 3D로 서 있는 집들을 지우고 현장 증거 사진들을 화면에 띄웠다. 인도의 핏자국, 바닥에 뒹구는 헬멧.

"오토바이맨 중 한 명이 먼저 총을 쐈어요. 경찰이 응사했습니다. 미처 총을 꺼내지 못한 다른 한 명이 맞았습니다. 오토바이가 옆으로 넘어지면서 헬멧이 바닥에 떨어져 바이저가 깨졌고요. 가로등과 쓰레기통 덕분에 어느 정도는 총격을 피할 수 있었습니다. 첫 번째 오토바이맨이 길가에 주차한 자동차 뒤에 몸을 숨기고 계속해서 총을 쏘는 동안, 두 번째 남자는 헬멧을 벗어 던져버렸어요. 주변에 감시카메라 두 대가 있었습니다. 경마장 앞에 한 대, 그리고 코트플뢰리 호텔 앞에 한 대. 그자의 얼굴이 카메라에 잡혔죠."

티모 솔레르의 흐릿한 모습이 벽 위에 비쳤다. 잘생긴 청년이었다. 부드러운 눈빛에 다소 반항적인 인상도 있었다.

"다시 총격전이 있었고 새로 부상당한 사람은 없습니다. 총격전은 18초밖에 걸리지 않았습니다. 그들은 방향을 바꿔 경마장으로 향했어요. 잠깐 철길을 따라 달리다가 벗어나서 다시 투크로 향했고, 작은 숲이 있는 갈림길에서 레베크 다리를 향해 방향을 튼 것 같습니다. 추적이 불가능했어요. 길을 봉쇄했는데도 그들을 찾지 못했어요." 경감은 잠시 침묵하고, 눈을 내리깔았다. "그 이후로는 오늘 오후 처음으로 티모 솔레르를 만난 겁니다."

마리안은 마우스를 클릭했다. 도빌의 도심을 배경으로 파란색과 붉은색 실루엣이 다시 나타났다.

"그런데 그들의 관심 끌기 작전은 부분적으로만 성공했다고 볼 수 있습니다. 계획에 작은 차질이 생긴 겁니다. 스코틀랜드 모자를 쓴 남자가 에르메스 매장에서 나오자마자 매장 매니저인 플로랑스 라가르드는 알람만 누른 게 아니라 계속 전화를 걸면서 외젠콜라 거리까지 따라갔어요. 5초도 안 돼서 도빌 경찰서의 갈루아 경위와 연결됐습니다. 매니저는 강도가 두 그룹이라고 얘기해줬어요. 두 명은 오토바이를 타고 도망쳤지만, 다른 강도 두 명은 걸어서 도망쳤다고 알려주었죠. 여기서도 사태가 빠르게 진행됐습니다. 권총을 가지고 있던 스코틀랜드 모자를 쓴 남자가 뤼시앵 바리에르 거리로 접어들었죠. 계속 뒤를 돌아보면서요. 스카프를 두른 여자는 가방 네 개를 들고 해변으로 달렸고요. 그들의 전략은 뻔해 보였습니다. 남자가 뒤를 막아주고 피해를 입은 상점 측에서 괜한 행동을 하지 못하도록 엄호하는 동안 훔친 물건을 숨기려고 했던 거죠. 남자가 의회 건물까지 갔을 때 여자는 이미 메르 거리에 도착했고, 왼쪽으로 꺾어 도빌 해변의 그 유명한 플랑슈 산책로로 갔습니다. 카지노 앞의 감시카메라에 찍힌 게 11시 17분. 1분 후에 같은 카메라에 여자가 다시 잡혔는데 반대 방향으로 달리고 있었어요. 이때는 가방이 없었습니다."

경감은 잠시 말을 멈췄다. 경찰들이 속속들이 다 이해할 수 있도록 시간을 주고, 사라진 물건의 행방이 중요한 포인트라고 강조하려는 의도로 보였다.

"그때, 여자를 뒤에서 보호해주던 스코틀랜드 모자의 남자는 뤼시앵 바리에르 거리의 보행자도로에서 두 경관과 마주쳤어요. 뒤이어 발생한 총격에 대해서는 여러분도 잘 알고 계시리라 믿습니다. 여자가 남자에게 자기 쪽으로 오라고 소리쳤죠. 남자가 달렸어요. 그때 다리에 총을 맞았고, 자신도 총을 쏘아 드라트르 경사의 무릎 뼈를 박살냈습니다. 생명에는 지장이 없지만 평생 다리를 절게 만들었죠. 그들은 메르 거리까지 갔는데 각 방향에서 경찰차가 오고 있었습니다. 곧이어 경찰차들이 두 사람을 포위했고, 우리 대원 중 사비나 대원이 어깨에 총상을 입었지만 다행히 경상에 그쳤습니다. 남자와 여자는 길 건너 해변에 있는 폼페이 해수욕장으로 가려고 했던 것 같아요. 관광객 몇 명이 바닷가에서 산책하고 있었습니다. 주로 손자 손녀를 데리고 나온 노인들이었죠. 경찰은 무장강도가 민간인 쪽으로 가는 걸 내버려둘 수 없었기에, 엄폐물이 없는 길 한가운데로 나오자마자 바로 사살했습니다. 상황 종료입니다."

다시 클릭. 화면에 사진 두 장이 나타났다. 남자 한 명과 여자 한 명.

"시릴과 일로나 뤼코비크입니다. 르아브르의 보니와 클라이드인 셈이죠. 시릴은 이 지방 출신입니다. 전과가 꽤 화려합니다. 제일 먼저 마약거래. 열다섯 살부터 시작했습니다. 그 후에는 오주 지방의 별장을 털었고요. 감옥에 있었던 기간은 총 26개월입니다. 4년에 걸쳐서 세 번 들어갔죠. 아내 일로나는 포티니에서 어린 시절부터 함께 자랐습니다. 캉에서 남쪽으로 20킬로미터 거리에 있는 작은 마을입니다. 그들은 중학교 때 이미 함께 마약을 밀매했습니다. 별장을 털 때도 일로나가 도왔고요. 아무도 경계하지 않는 어린 소녀라 장소를 살펴보고 물색하는 역할을 맡았습니다."

마리안은 도로 한복판에서 사살된 남녀의 얼굴을 클로즈업했다.

"겉보기로는 보석상의 이상적인 고객이었죠. 몇 년 전부터는 조용히 지낸 모양입니다. 1997년에 결혼했어요. 시릴은 부두에서 하역 인부로 일했습니다. 르아브르에서 일하다가 다른 항구로 옮겨 다녔어요. 일로나도 시릴을 따라다녔고요. 그러다가 시릴이 2013년 말에 르아브르로 돌아왔는데, 계약직 외에는 일자리를 구하지 못했죠. 그래서 다시 범죄를 저지르게 된 것 같습니다."

그녀는 시릴과 일로나 뤼코비크의 다른 사진을 찾아 화면에 띄웠다. 훨씬 앳돼 보이는 두 사람이 활짝 웃는 얼굴로 나란히 서 있었다. 결혼식이나 기념일에 하객들에게 보여주는 슬라이드쇼의 첫 번째 사진 같았다. 엘튼 존이나 아델의 사운드트랙이 있으면 다음에 나올 사진을 짐작할 수 있을 듯했다. 부모 품에 안긴 아기 때의 시릴과 일로나, 유모차에 앉아 있는 모습, 자전거를 탄 모습, 제다이와 레아 공주로 분장한 두 사람, 결혼 예복을 입고 사람들이 뿌리는 쌀을 맞으며 행복하게 웃는 그들, 도빌의 해변에서 검게 그을린 채 카메라를 향해 웃는 모습과 같은 사진들이….

마리안은 다시 클릭했다.

새로운 사진. 플랑슈 해변 맞은편에서 잔뜩 몰려든 구경꾼들이 사살된 두 사람 주위를 에워싸고 있다.

"자세한 인적사항은 자료에 있습니다. 이 사건에 대해서는 말씀드릴 게 아직 많지만 근본적으로는 세 가지로 요약할 수 있을 것 같습니다."

화면에 깜박거리는 글자들이 모여들어 단어를 이루더니 곧이어 문장을 만들어냈다.

뤼카 마루에트가 제법인데! 풋내기 수습경찰이 컴퓨터를 꽤 잘 다루네. 현장에서도 실력을 발휘할지는 지켜봐야겠지만 말이야.

조만간 테스트해봐야겠어.

그녀는 기침을 하고 큰 소리로 화면의 문장을 읽었다.

물건은 어디에 숨겼는가?

"도빌의 상인들에 따르면 도둑맞은 물건은 값어치가 총 2백만 유로로 추산된다고 합니다. 그중 150만 유로는 보석과 시계, 30만 유로는 피혁 제품, 나머지는 의류와 안경테, 향수입니다. 보험금을 신청한 상태이지만 타격이 큰 상황입니다. 훔친 물건들은 전 세계 시장에서 어렵지 않게 처분 가능합니다. 우리 입장에서는 물건의 총액보다 그들이 가방 네 개를 어떻게 순식간에 감출 수 있었는지가 중요합니다. 일로나 뤼코비크는 가방을 숨기는 데 1분도 걸리지 않았어요. 목격자도 없고요. 해수욕장 운영자들이나 카지노 도어맨이나 주차원들 중 아무도 본 사람이 없습니다. 주변 상점을 모두 수색했고 해변에 있는 모든 호텔의 방들도 샅샅이 뒤졌지만 아무것도 없었습니다. 그러니 단 하나의 가능성만 남았죠. 가방 네 개를 숨기기에 아주 이상적인 장소이기도 합니다. 바로 해변의 탈의실에 숨겼다는 것이죠. 그림을 그려드릴 필요까진 없겠죠? 도빌 해변이라고 하면 자연스럽게 탈의실 건물이 떠오르니까요. 해변에 400여 채가 있고, 각 문에는 할리우드 스타의 이름이 적혀 있죠. 주인은 익명의 파리 부유층입니다. 선택의 여지가 없어서, 문을 전부 열어 수색해야 했습니다."

마리안은 잠시 하늘을 보았다.

"도빌 경찰이 탈의실을 모두 조사하는 데 5주가 걸렸어요. 도빌 시청은 책임 회피에 급급했고요. 탈의실을 다 열어보려면 예심판사가 서명한 영장이 필요하다고 했습니다. 겨우 맹꽁이자물쇠로 잠긴 그깟 탈의실을 여는 게…. 아주 복잡다단한 외교적 업무인가 봅니다."

갑자기 경감의 목소리가 커졌다.

"하지만 아무 성과도 없는 건 똑같아요! 전혀! 아무 성과가 없어요! 200만 유로어치 물품이 감쪽같이 사라졌습니다!"

그녀는 방 안을 서성거렸다. 30여 명의 경찰이 긴장한 얼굴로 그녀의 말에 귀를 기울였다.

"자, 그러면 이렇게 생각해봅시다. 사라진 물건에 대해 다른 각도로 질문을 던져보자고요. 시릴과 일로나 뤼코비크의 이상했던 태도에 관심을 가져봅시다. 아무리 오토바이 두 대가 사람들의 주의를 돌리는 역할을 맡았다 해도, 그들은 어떻게 도망칠 생각이었을까요? 플랑슈 산책로 맞은편에서 아무도 막지 않고, 모자와 스카프로 얼굴을 가린 덕에 감시카메라로도 신원을 파악하지 못한다고 가정해도 과연 도망칠 수 있었을까요? 도빌은 파리나 앙베르나 밀라노가 아닙니다! 도난 경보가 울리자마자 경찰은 도시의 모든 출구를 봉쇄할 수 있어요. 도시를 빠져나가는 모든 차를 수색하고 모든 통행인의 신분증을 조사할 수 있습니다. 시릴과 일로나는 도빌에서 며칠 동안 숨어 있으려 했는지도 모르죠. 하지만 아파트든 방이든, 그들이 마련해두었을 법한 어떤 장소도 찾지 못했어요. 즉, 이 첫 번째 질문에 대한 대답은, 사라진 물건에 관한 한 완전범죄라는 겁니다."

클릭.

글자들이 어지럽게 날뛰다가 질서정연하게 문장을 만들었다.

티모 솔레르는 어디에 숨었나?

마리안은 무의식적으로 얼굴의 반창고를 만지작거렸다.

"도빌 사건이 발생한 1월 6일 이후, 확실한 사실 하나는 솔레르가 부상을 입었다는 겁니다. 탄환전문가들에 의하면 매우 심각한 부상이라고 말합니다. 심시어 가슴에 총을 맞은 상태에서 도주 중에 쓰러진 오토바이를 일으키기까지 했어요. 당연한 말이지만 이 근방의 모든 병원과 개인 클리닉을 면밀하게 감시하고 있습니다. 티모가 어디선가 죽어가거나, 버려졌거나, 혹은 공범이 살해하지 않은 이상, 결국 언젠가는 수면 위로 떠오를 수밖에 없을 겁니다. 치료를 받지 않고는 못 배길 테니까요. 이 점은 우리 모두가 확신하는 바죠. 여기서 '우리'란 캉에서 루앙까지 센 강 하구를 담당하는 모든 경찰서를 말하는 겁니다."

마리안은 약하게 코웃음 소리를 냈다.

"그리고 우리 경찰서가 가장 큰 역할을 담당하게 되었습니다. 솔레르가 르아브르에 숨어들었으니까요. 오늘 오후에 겪은 소동은 다시 설명할 필요가 없겠죠. 우리는 이 지역에서 돌풍을 일으킬 겁니다. 티모 솔레르를 빨리 잡아들입시다. 네주 지역을 밤낮으로 감시할 경찰관 열 명이 필요해요."

경감은 잠시 숨을 돌렸다.

화면 하단에 '끝에서 두 번째 슬라이드'라고 적혀 있었다.

꽤 길군 그래.

마리안은 20분 동안 줄곧 화면을 보며 이야기하느라 에너지가 고갈된 느낌이었다.

네 번째 범인은 누구인가?

그녀는 다시 헛기침을 하며 목을 가다듬었다.

"티모 솔레르 옆에서 다른 오토바이를 타고 도주하던 사람은 내내 헬멧을 벗지 않았습니다. 확실치는 않지만 의심이 가는 인물들이 있어요."

마지막 클릭.

사진 속의 각진 얼굴의 남자는 40대로 보였다. 아래로 처진 눈썹은 지나치다 싶을 만큼 풍성했고, 정리가 안 된 X자 모양의 콧수염이 곧고 뾰족한 코 아래를 덮고 있었다. 거의 투명해 보일 만큼 연한 초록빛 눈은 아비시니아 고양이보다는 뱀눈을 연상시켰다. 왼쪽 귀의 은 귀걸이와 목의 해골 문신이 눈길을 끌었다.

"알렉시스 제르다." 마리안이 말했다. "시릴과 일로나 뤼코비크, 티모 솔레르의 소꿉친구입니다. 네 명 모두 포티니에서 자랐고, 유아학교 때부터 함께 학교에 다녔어요. 동급생이었거나 한두 살 차이 정도일 겁니다. 같은 놀이터에서 놀고, 야외활동도 같이 하고, 버스도 늘 함께 탔고요. 하지만 네 명 중에 알렉시스 제르다가 가장 위험합니다. 가벼운 처벌만 받았지만 여러 살인 사건의 용의자예요. 2001년, 페르테 베르나르 지역에서 일어난 파리바은행 강도 사건 때 순찰 중이던 경찰 두 명을 죽인 혐의를 받고 있어요. 한 명은 갓 결혼한 젊은 경찰관이었고, 다른 한 명은 한 가정의 가장이었는데 둘 다 즉사했습니다. 아내 두 명이 남편을 잃었고, 아이 세 명이 고아가 되었죠. 2년 후에는 에루빌에 있는 대형마트 카르푸에서 새벽 5시 30분에 발생한 화물차 탈취 사건의 살인 용의자로 지목됐어요. 야간 당직자와 가정주부 한 명이 머리에 총을 맞았는데, 증거도 없고 지문이나 목격자도 없었습니다. 하지만 수사관들은 제르다가 총을 쐈다고 확신했어요. 도빌 건도 알렉시스 제르다가 계획했을 확률이 높습니다. 증거는 전혀 없지만 현재 은밀히 그를 감시하고 있습니다. 제르다는 르아브르와 파리를 자주 오고가지만 현재로서는 경찰이 취할 수 있는 조치가 없습니다. 너무 가까이서 감시하면 에르메스 스카프를 목에 두르거나 브라이틀링 시계를 손목에 차고 루이뷔통 가방을 들고 다닐 생각은 못 할 테니까요."

경감은 한결 편안해진 표정으로 숨을 돌렸다. 코가 간질간질했지만 반창고를 만지고 싶은 충동을 가까스로 억눌렀다.

"자, 이것으로 끝입니다. 이 사건은 미지수 세 개가 들어 있는 방정식이에요. 노르망디의 전 경찰이 우리를 지켜보고 있습니다. 적어도 두 번째 미지수는 우리가 풀어야 합니다."

바보같이, 지베가 박수를 치기 시작했다. 다른 경찰들도 지베를 따라 박수를 쳤다. 그들이 연민과 존경의 마음을 담아 박수를 보냈다는 사실은 분명하다. 항구에서 티모 솔레르를 체포하는 데 실패한 상관이지만 그래도 지지한다는 신호를 보내는 것이다. 마리안은 그렇게 이해했다. 단지, 저 자리에서는 퉁퉁 부은 코에 발개진 얼굴의 덩치 큰 멍청이로 보일 거라는 생각이 들었다. 그리고 이 순간만은 도망쳐버린 티모 솔레르도, 세 살 꼬마의 그림도, 이상한 매력을 지닌 심리상담사도, 특히, 은밀하게 마네글리즈를 조사하라고 보낸 수습경찰 뤼카 마루에트가 작성한 보고서에 대해서도 잊을 수 있었다.

13

바질은 마네글리즈 시청 주차장에 들어서서, 학교 운동장과 면한 철책 옆에 오토바이를 세우고 잠시 기다렸다. 아이를 데리러 온 학부모들이 모두 떠나면 학교로 들어가 클로틸드 선생의 교실 문을 두드릴 참이었다.

형광색 노란 조끼를 입은 여자가 횡단보도에서 경계하는 눈빛으로 그를 돌아보았다. 그녀는 커다란 막대사탕처럼 생긴 초록색과 붉은색 봉을 들고 학교에서 뒤늦게 나오는 아이들이 주위를 살피지도 않고 길을 건너는 일이 없도록 지키고 있었다.

갑자기 등 뒤에서 그림자가 어른거려 바질은 소스라치듯 깜짝 놀랐다.

클로틸드 교장이다.

웃음기가 전혀 없었다.

클로틸드는 바질에게 주도권을 넘겨주지 않으리라 결심했다. 그러나 선뜻 말이 나오지 않았다. 학부모 한 명이 유모차를 붙잡은 두 아이의 걸음에 맞춰 두 사람 뒤를 천천히 지나갔다. 심리상담사는 그동안 헬멧과 장갑을 조용히 벗었다. 클로틸드는 학생 엄마가 10미터가량 떨어지자 공격을 개시했다.

"바질 선생님, 이제 헛수고는 그만하세요! 오늘 저녁에 말론 묵랭의 부모를 만났는데, 의심할 여지가 전혀 없어요. 말론은 그들의 아이에요. 부모가 아이를 사랑한다는 걸 한눈에 알겠더라고요. 그러니 더는 문제될 게 없어요!"

바질은 장갑을 헬멧에 꼼꼼하게 집어넣었다. 교문 안에서 놀이터에 남은 아이들의 즐거운 함성이 들렸다. 바질이 대꾸했다. 절제된 목소리였음에도 불안감과 노기는 감춰지지 않았다.

"그래서 중단하라고요? 뭐가 두려운 거죠? 학부모의 로비로 시청에서 경고장을 받을까 봐 두려운 겁니까? 학부모와 시청이 연대해서 불이익을 줄까 봐 두려운가요? 주민들이 서로 단합하니 마네글리즈 같은 작은 마을의 가족을 건드리면 안 된다는 건가요?"

바질은 곁눈질로 횡단보도 앞에 서 있는 형광색 노란 조끼 여자를 살폈다. 그가 목소리를 약간 낮췄다.

"젠장! 교장선생님도 아시잖아요. 책임을 회피하면 언젠가는 최악의 상황을 맞게 된다고요!"

바질은 잠시 망설였다. 초등학교 고학년 학생 두 명이 교문 안에서 그들을 지켜보았다. 두 아이 중 마랭은 바질도 아는 아이로 난독증이 있었다. 그의 부모는 몹시 낙담해서 아이를 최대한 늦게까지 방과후 교실에 남게 했다. 부모로서는 매일 저녁 숙제를 봐주는 일을 더는 감당하기 힘들었다. 클로틸드는 두 아이에게 등을 돌린 채 분노를 터뜨렸다.

"말론의 부모가 아이에게 끔찍한 짓을 저지르고 있다는 건가요? 선생님이 말하고자 하는 게 그런 뜻이에요? 아이를 때린다거나, 근친상간 같은 거요? 내가 아무것도 못 보고, 듣지도 못 하고, 말도 못 하고 있다는 거예요?"

"너희들은 저쪽에 가서 놀아라." 바질이 아이들에게 말했다.

클로틸드는 바질의 말을 듣지 못했다. 아니, 못 들은 체했다.

"내게 그런 협박하지 말아요. 혼동하지 마세요. 처음부터 그랬죠? 말론은 부모와 함께 있어도 위험하지 않다고요. 기억하시죠? 그러니 내가 옳다고 생각하는 대로 할게요. 만약 말론에게 학대의 정황이 조금이라도 있다면, 아이의 안위를 걸고 절대 모험하지 않을 거예요. 당장 경찰에 알릴 거라고요. 그런데 이중생활이니 식인괴물이니 로켓이니…. 이런 건 솔직히…."

바질은 세차게 손을 저어 놀이터에 있는 아이들에게 멀리 가라고 신호했다. 마침내 두 아이는 바질의 말을 따라, 웃으며 안쪽으로 들어갔다.

"교장선생님, 경찰에 갈 필요는 없어요."

교장은 손으로 머리를 감싸 쥐었다.

"왜죠?"

"그럴 필요가 없어졌어요. 제 말은…."

"설마… 이미 경찰에 말한 거예요?"

클로틸드가 소리를 버럭 질렀다. 이번에는 노란 조끼 여자도 들었다. 그녀는 깜짝 놀라 차량 진입 금지를 지시하는 막대를 흔들었다. 그녀는 초등 고학년 아이들의 안전을 보살피기 위해 시청에서 고용한 사람으로 하루 네 차례, 아침 등교시간과 점심시간이 시작할 때와 끝날 때, 그리고 오후에 학교가 파할 때 각각 30분 동안 횡단보도를 지킨다. 하지만 그녀는 학부모들과 얘기를 나누느라 추가수당 없이 더 오래 서 있는 것도 마다하지 않았다.

바질은 교장의 등을 팔로 감싸고 시청 쪽으로 이끌었다.

"공식적으로 신고를 한 건 아니에요. 몇 가지 미심쩍은 점들을 좀 확인하고 싶어서 경찰을 만났어요. 흔히 있는 일은 아니잖아요. 정상적인 절차를 밟아서 서류를 제출하고 아이를 아동심리상담센터에 가서 테스트를 받게 할 수는 없었다고요. 분명 뭔가 있어요."

클로틸드가 바질을 노려보았다.

"말론 아빠인 물랭 씨가 이 사실을 알게 되면 선생님을 죽이려 들 걸요. 세상에! 학교 의사나 교장을 통하지 않고 직접 경찰에게 말하다니…. 물랭 씨가 가만히 있다 해도 감사팀은 그렇지 않을 겁니다!"

놀이터에 있던 아이들이 교실로 들어갔다. 오후 4시 30분의 정체가 시작됐고, 마네글리즈 학교의 작은 교정에는 다시 정적이 맴돌았다. 횡단보도의 여자는 자동차 소음과 아이들 떠드는 소리 때문에 간간이 들을 수 있었던 심리상담사와 교장의 대화를 이제는 모두 들을 수 있었다.

클로틸드는 한마디 한마디에 힘을 주어 말했다.

"어쨌든 앞으로는 말론 물랭과 만나는 걸 허락하지 않겠어요."

"농담하세요?"

"아뇨."

"뭐가 두려운 거죠?"

"선생님이 저지르는 바보짓이요. 말론의 인생도 그렇고요."

바질이 교장의 어깨를 잡았다. 작고 가냘팠다. 손가락과 다리, 그리고 목덜미는 그녀가 쓴 둥근 안경의 도금 테두리만큼이나 가늘었다.

"교장선생님은 내가 말론을 만나는 걸 금지할 권리가 없어요. 아이를 만날 필요가 있는지 없는지는 내가 결정합니다. 아이에게 도움이 되고 안 되고는 내가 판단해요. 말론 물랭 부모는 처음 면담을 시작할 때 동의서에 서명했어요. 내가 학교에 들어가는 걸 막고 싶다면 교육청에 알리고 이유를 설명해야 할 겁니다."

정장 차림의 젊은 아빠가 여덟 살 아이의 손을 잡고 학교에서 나왔다. 아이는 학교에서 있었던 일들을 재잘재잘 얘기했고, 아빠는 아이를 사랑스러운 눈으로 쳐다보았다. 횡단보도의 여자는 아이와 아빠가 발걸음을 늦출 필요 없이 길을 건널 수 있도록 길 한가운데 서서 차를 막았다.

"교장선생님은 이런 이야기가 학교 밖으로 퍼지는 걸 원하지 않겠죠. 교육청에서 감사가 들어오고 학용품 구입 예산을 15퍼센트 삭감할 수도 있어요. 학부모들이 학교행사를 보이콧할 수도 있고요."

"협박하는 건가요?"

"아이를 보호하고 싶을 뿐이에요."

"난 그 가족을 보호하고 싶은 거라고요. 물론 아이도 포함해서요."

바질은 자신의 오토바이를 향해 한 발을 내딛으며 노란 조끼 여자에게 손 인사를 했다. 그녀 역시 바질에게 손을 들어 인사했다.

"목요일 아침, 말론의 면담 시간에 맞춰 오겠습니다. 예정대로요."

"부모가 거부하면요? 선생님과 말론이 계속 만나는 게 싫다고 하면 어쩔 건데요?"

"상담을 거부할 권리가 있다는 걸 얘기 안 하면 돼요. 우리는 항상 그렇게 합니다. 교장선생님도 잘 알잖아요. 아이에게 문제가 있다는 사실을 받아들이지 않으려는 부모들과는 늘 그렇게 해왔으니까요." 바질의 목소리가 걱정스러운 어조로 바뀌었다. "혹시 원하면 면담을 끝내도 된다고 말론 부모에게 얘기했나요? 그만두라고 했어요?"

클로틸드는 못마땅한 표정으로 바질을 보았다.

"아뇨. 아무 말 안 했어요. 하지만 한마디만 하죠. 말론의 엄마를 만나보세요. 아이가 바질 선생님만 믿고 따르는 게 아니기든요. 엄마를 한 번 만나 봐요. 중요한 일입니다."

그녀가 마침내 미소를 지었다.

“또 하나 충고하자면, 아빠는 피하세요.”

14

오늘, 같이 목욕하던 남편이 내 엉덩이가 너무 크다고 했다.

죽이고 싶다.

여자들아, 팁 하나 알려줄게! 정말 효과 만점이야.

전원이 켜진 드라이어를 욕조에 넣으면 한 방에 보낼 수 있어.

유죄: 231　무죄: 336

www.죽이고싶다.com

마리안은 아마조니아 클럽의 피트니스 룸이 싫었다.

눈에 거슬리는 카펫과 벽지 색깔, 땀 냄새, 이곳을 이용하는 남자나 여자들, 몸에 달라붙는 핫팬츠와 레깅스, 터무니없이 비싼 가격, 리셉션에 앉은 여자의 미소, 라커룸에서 만나는 여자들의 미소, 중세박물관의 고문실처럼 고문기구가 즐비한 운동실.

맞아, 바로 그거야. 고문이 따로 없다니까!

마리안은 제자리에서 뛰는 일이 고역이었다. 앞으로 나가지도 않는 자전거의 페달을 밟는 건 더 괴로웠다. 카펫 위에서 노를 젓는 짓만큼이나 우스꽝스럽잖아!

마리안은 같은 속도를 유지하며 뛰려고 애썼다. 시속 7.6킬로미터. 액정화면에 표시된 숫자다. 7킬로미터 이하로는 내려가지 마세요. 트레이너가 말했다.

18개월이야! 그녀는 아직 자신에게 18개월이 남았다고 생각했다. 몸무게에 주의하고 피부를 더 단단하게 만들고 엉덩이 피부도 부드럽고 탱탱하게 하고, 가슴이 처지지 않도록 운동으로 근육과 힘줄을 팽팽하게 만든다. 어이, 근육들아, 힘을 내. 조금만 더 버텨줘. 허공에서 흔들리는 내 가슴의 마력에 굴복해서 밤마다 가슴 마사지를 해줄 남자를 찾을 때까지는 말이야.

18개월이 지나면 그냥 포기해버릴 생각이다. 운동이든 다이어트든 건강한 태아든. 심지어 담배도 다시 피울 작정이다. 이토록 노력하는데, 만약 신이 있다면, 아이를 보내준다는 황새가 자기 할 일을 제대로 하고 있다면, 아이를 낳게 해줄 남자를 보내줄 것이다. 시답잖은 설교나 늘어놓는 사람 말고.

10분을 더 뛰고 러닝머신에서 내려왔다. 운동이 끝나면 스스로에게 보상을 하는 시간을 가진다. 지옥 같은 삶의 유일한 안식처. 뜨거운 물에 몸을 담근 다음 스파를 즐기는 것이다. 헬스클럽 회원권은 한 달에 72유로로 비싼 편이지만 스파가 그 값어치를 했다. 자쿠지에서 모에에상동 샴페인 향의 거품 목욕을 할 수 있으니 말이다.

마리안은 사우나에서 완전히 벌거벗고 타월 위에 누워 족히 1리터의 땀을 흘렸다. 그녀는 이 순간을 사랑했다. 거품 목욕보다 좋았다. 특히 늦은 오후에 사우나를 혼자 독차지하는 건 더할 나위 없었다.

아이폰 액정을 수건 귀퉁이로 닦고 문자를 확인했다.

티모 솔레르의 소식은 여전히 없다. 그다지 기다리지도 않았다. 솔레르는 열 달 동안 잠잠했다. 네주 지역에 내내 머물렀으리라고 추정해서, 이미 한바탕 수색도 벌였지만 허사였다. 한 가지 명백한 점은 솔레르에게 공범이 있다는 사실이다. 그것도 여러 명이.

그는 은신처로 되돌아갔고, 죽기 직전까지는 나오지 않을 게 분명했다.

마리안은 그 사실을 알면서도 젖은 액정을 다시 한 번 터치했다. 새로 온 메일이 있었다. 발신인은 뤼카 마루에트.

lucas.marouette@yahoo.fr

군모를 쓴 스마일리 이모티콘이 두건을 쓴 스마일리 뒤에서 달리고 있었다. 첨부파일 외에는 아무런 메시지도 없었다.

마리안은 한숨을 쉬며 수습경찰이 보낸 첨부파일을 클릭했다. 이날 오후 마루에트에게 마네글리즈 마을에서 물랭 부부에 대해 은밀히 알아보라고 지시했다. 신참이 컴퓨터를 잘한다는 사실은 익히 알았지만 현장에서는 어떨지도 검증해보고 싶었다.

파일을 열어본 마리안은 뤼카의 글솜씨에 탄복했다. 그의 보고서는 한 편의 소설이라고 해도 과언이 아니었다. 그는 이미지와 동영상에 능할 뿐만 아니라 글과 단어 선택에도 재능이 있었다.

마리안은 가슴 위로 구슬처럼 흘러내리는 땀방울을 한 손으로 훑고, 아이폰 액정도 다시 한 번 닦았다. 소나무 재질의 사우나탕에 홀로 앉아 있자니 오달리스크가 된 기분이었다. 타일 장식의 터키식 공중목욕탕 하맘으로 둘러싸인 터키 궁전에서 거의 평생을 보내는 풍만하고 육감적인 술탄의 애첩. 히잡만 쓴 채 둥근 배와 커다란 가슴을 드러내고 루쿰을 먹으며 오스만제국의 강성한 군대를 이끌 왕자를 연달아 낳는 여인들….

마리안은 뜨거운 수증기로 촉촉해진 피부를 천천히 어루만졌다. 손끝에 느껴지는 통통한 몸도 그다지 나쁘지 않았다. 그녀는 다시 휴대전화 화면을 터치하고 엄지와 검지로 텍스트를 확대했다.

탐문 수사 결과 보고

- 수사 대상자: 디미트리 물랭, 아망다 물랭, 말론 물랭
- 소재지: 마네글리즈, 모리스라벨 광장 5번지
- 작성일: 2015년 11월 3일
- 작성자: 수습경찰 뤼카 마루에트

말론 물랭은 2012년 4월 29일, 에스튀에르 병원에서 3.45킬로그램으로 태어났습니다. 이는 분명한 사실입니다. 제 휴대전화에 출생 당시 사진도 캡처해놓았습니다. 칭찬해주실 거죠? 갓 태어난 말론은 하트 장식이 달린 조그만 연푸른색 양말을 신고 있더군요. 사진은 물랭 가족의 자택 맞은편, 모리스라벨 광장 9번지에 사는 데보트 뒤몽텔에게서 입수했습니다. 별것 아닌 것처럼 보일 수도 있지만 몹시 힘들게 구한 사진입니다.

데보트 할머니는 녹슨 냄비에 커피를 데워 손을 떨며 더러운 유리잔에 따라주었는데, 전 그 끔찍한 커피를 기꺼이 삼켰습니다. 오직 사진을 구하겠다는 일념으로 말이지요. 그런데도 할머니는 녹슨 냄비가 값비싼 황동 냄비이고, 유리잔은 크리스털 잔이나 되는 것처럼 만면에 미소를 띠고 자랑스러워하시더군요. 커피를 마시고 나서 화장실로 뛰어가야 했어요. 자

세한 설명은 생략하겠습니다.

아무튼 그 덕분에 친절한 데보트 할머니의 화장실을 쓰게 되었는데, 화장실 벽을 온갖 청첩장과 부고장, 탄생카드지인들에게 아기 탄생을 알리는 카드로 꾸며놓았더라고요. 말론 물랭의 사진도 데보트의 손자, 손녀, 증손자, 증손녀의 사진과 함께 벽에 붙어 있었어요. 이 아이들이 할머니를 그다지 자주 보러 오는 것 같진 않았지만요. 만약 방문객이 간혹 있었다면 오래전에 커피포트를 하나 장만했을 테니까요.

물랭 얘기로 돌아갈게요, 경감님. 데보트 할머니의 감상 어린 추억 외에 에스튀에르 병원에서도 확인했어요. 말론 물랭이 그곳에서 태어난 건 의심의 여지가 없고, 부모의 신원도 확실합니다. 말론이 24개월이 될 때까지 진료해준 닥터 필로 카농도 만났습니다. 콩깍지처럼 깡마른 여잔데, 진료실 벽에는 과일과 채소와 식물 사진만 잔뜩 붙어 있더군요.

물랭 가족은 지극히 평범한 가족이라고 합니다. 물랭 부인은 아주 친절하고 친화력이 있는 사람인데, 자신이 보기에는 아이를 너무 끼고 키우는 것 같다고 했어요. 그렇다고 해도 지극히 평범한 엄마라고 합니다. 물랭 씨는 말수가 적고 무뚝뚝해 보여도 병원에는 꼬박꼬박 같이 왔다고 해요. 책장에서 책을 꺼내 읽어주기보다는 차라리 아이가 책장에 올라가는 걸 더 좋아하는 타입이고요. 무슨 뜻인지 아시겠어요? 카농 의사가 권장하는 것처럼 채소의 씨를 뿌리고 물을 주어 키우는 걸 선호한다는 겁니다. 채소로 수프를 끓여 끈적끈적한 턱받이를 한 아기에게 작은 숟가락으로 떠먹이는 것보다 말이죠.

의사는 아기수첩에 전부 기록해놓았습니다. 예방접종 날짜, 몸무게, 키…. 24개월 이후로는 몽티빌리에 지역의 닥터 세르주 라코른이 말론을 담당하고 있습니다. 통화를 했는데 특별한 점은 없었어요. 말론을 네다섯 번 진찰했다고 해요. 감기나 복통으로요. 건강한 편이었다고 합니다.

제 글이 너무 길어졌나요, 경감님? 이제까지 다 이해하셨죠? 다시 이웃들 이야기로 넘어갑니다. 물랭 가족은 3년 전부터 마네글리즈에 살았습니다. 아망다가 임신한 사실을 알게 된 지 정확히 4개월 만에 집을 샀다고 하더군요. 그전에는 코크리오빌의 작은 아파트에 살았고요.

대낮에 마네글리즈의 주택가 주변을 한 시간 동안 돌아다녔는데, 고양이 한 마리도 마주치지 않았습니다. 그 대신 개는 많았어요. 2미터 높이의 측백나무 덤불 뒤에서 으르렁거리는 독일 양치기개 종류의 개들 말이에요. 약간 과장이 섞이긴 했지만, 어쨌든 다행히 창문 뒤에 서 있는 데보트 할머니를 보았죠.

그곳을 떠나려고 할 때 교대근무를 마치고 잠을 자러 귀가하는 남자를 만났어요. 밤새 페캉 산업지구의 창고에서 화물을 쌓았다고 하더군요. 누군가와 얘기를 나누는 게 즐거운 것 같았어요. 데보트 할머니나 이 남자 모두 물랭 부부를 잘 알고 서로 도움을 주고받는 사이였어요. 예를 들면 아망다 물랭은 데보트 할머니가 1년에 한 번 증손자를 보러 방데에 갈 때 할머니 앵무새에게 먹이를 주고 보살펴준다고 합니다. 화물 쌓는 남자도 디미트리와 함께 숲에 가기도 하고요. 그 외에는 만나면 그저 인사하는 게 다라고 해요. 가끔 말론을 유모차에 태워 밀고 가는 아망다를 본 적이 있답니다. 아이가 조금 자란 후에는 근처에서 자전거를 타는 말론과 그 모습을 지켜보는 말론 엄마를 봤대요.

죄송하지만 물랭 가족과 정말 가까운 사람들과는 얘기를 나눠보지 못했어요. 친구나 사촌, 직장동료 들 말이에요. 은밀히 조사하라고 하셨기에 가볍게 얘기만 나누고 꼬치꼬치 깊이 물어보지는 않았거든요. 그래도 몇 가지 질문을 할 수는 있었습니다. 제가 얻은 정보를 경찰서에서 보유한 정보와 비교하고 확인해보고 싶어서요. 주로 물랭 부부의 도덕성과 행실에 대해 알아보고자 했습니다. 마을에서 아망다 물랭을 모르는 사람은 거의 없었습니다. 어릴 때부터 부모님과 함께 살았기 때문이죠. 청소년기에 가출하여 마을을 떠났다가 몇 년 후에 돌아온 케이스입니다. 반항기 넘치는 청소년기를 보냈더군요.

머리가 좋은 편은 아니었어요. 은퇴한 교사 한 분을 만났는데 아망다 물랭에 대해 잘 기억하고 있었어요. 정직했지만 똑똑하거나 눈치가 빠른 편은 아니었답니다. 대부분의 아이들보다 고집이 센 편이었고요. 싸움을 두려워하지 않아서 당하고만 있지는 않았다고 해요. 현재는 작은 슈퍼에서 계산원으로 일하는데 평판이 좋습니다. 시간을 잘 지키고, 친절하고, 고객들과 수다도 잘 떤다고 합니다. 제가 질문한 몇몇 이웃들의 평입니다. 그런데 칭찬하는 이들이 주로 노인이기는 해요.

경감님은 아마도 마네글리즈의 물랭 가족이 마치 옛날 미국 드라마 〈초원의 집〉의 잉걸스 가족 같다고 느끼실 거예요. 단지 안주인만 캐롤라인 잉걸스가 아닌, 잡화상을 하던 해리엇 올슨으로 바뀐 걸로 보이시겠죠. 하지만 아닙니다. 디미트리 물랭은 잉걸스 집안의 가장 역할에 걸맞지 않거든요. 그는 전기기술자 자격증을 가졌지만 몇 년 전부터 시원찮은 직업을 전전하고 있습니다. 오랫동안 실직 상태였다가 잠깐 일하고 다시 실직하는 생활의 반복이에요. 간략하게 말하면, 수입이 거의 없다는 뜻이죠.

무엇보다 놀라운 사실이 있어요. 디미트리 물랭이 우리에게 이름을 남겼어요. 좀 더 정확하게는 프랑스 사법경찰청의 기록에 남아 있다는 말이죠. 11년 전 파리에서 훔친 자동차를 판매한 전과가 있습니다. 그때는 아망다 물랭을 만나기 전이에요. 3개월간 수감생활을 했습니다. 그 후로는 별

다른 일 없이 잘 지내는 것 같아요. 2003년 이후로는 범죄 사실이 없습니다. 이쪽도 더 깊이 조사해볼까요?

마네글리즈에 있는 동안 경감님이 말씀하신 수수께끼도 조사해봤습니다. 로켓, 성, 해적선, 숲, 식인괴물 말입니다. 짐작하시겠지만, 말론 물랭이 태어난 후에 인근 지역에서 로켓이 발사된 적은 없습니다. 최근 4년 동안 해적선이 르아브르 근처에 온 적도 없고요. 식인괴물에 관해서는 모두 침묵하네요. 모두들 너무 겁먹어서 그런 걸까요? 음…, 경감님 기분을 상하게 하고 싶진 않지만, 왜 그런 과제를 내셨는지 궁금합니다. 신입경찰 환영퀴즈인가요?

이 글을 끝내기 전에, 데보트 뒤몽텔 할머니 얘기를 전해드립니다. 말론 물랭은 4년 전에 태어난 후, 이곳을 일주일 이상 떠나본 적이 없다고 합니다. 마지막으로 여행한 건 그랑빌 인근의 카롤에 갔을 때인데 말론이 두 살 되던 해 여름이었어요. 데보트 할머니 집에 엽서가 있었습니다. 그런 갖가지 추억거리가 기억을 잃지 않도록 도와준다고 합니다. 아망다 물랭이 르망의 결혼식에 갔던 것과 지난번 크리스마스에 말론을 데리고 브르타뉴에 갔던 일도 기억하고 있었어요.

자, 여기까지입니다, 경감님! 제가 할 수 있는 한 최선을 다했습니다. 인터넷으로도 조사를 해보았습니다만 별로 말씀드릴 게 없군요. 이 작은 마을에는 감시카메라도 없어서 말이죠. 또 필요한 것이 있으면 언제든 말씀해주세요. 신입생 환영퀴즈의 다음 문제는 뭔가요? 비행접시와 화성과 트롤 군단에 대해 더 알아보면 될까요? 진지하게 여쭤봅니다만, 이 구멍을 더 크게 팔까요, 메꿔버릴까요?

마리안은 저도 모르게 미소를 떠올렸다. 어쨌든 젊은 친구가 꽤 잘하고 있단 말이야. 그녀는 빠르게 문자를 보냈다.

구멍을 계속 파도록!

이때 사우나실 문이 열렸다. 분홍색 타월로 몸을 감은 호리호리한 금발 여자 두 명이 들어와 서슴없이 타월을 벗어버리고 정확한 동작으로 스트레칭을 했다. 갈색으로 태닝한 피부에는 수영복 자국이 보이지 않았다. 발톱에 페디큐어를 칠했고, 엉덩이는 작았고, 가슴은 납작했다. 마리안은 화가 났다. 그들이 주위 풍경을 해치는 형편없는 건물을 보는 듯한 눈으로 자기를 힐끔거려서가 아니라, 대화 내용 때문이었다.

남자, 남자, 오로지 남자 얘기였다.

게으르고 편집하고 끈으로 묶어 놓아야 할 존재들. 남편, 애인, 상사와 매일 전쟁을 치르며 사는군.

마리안은 사우나실에서 나와 차가운 물로 샤워했다. 샤워를 마치고 제일 먼저 한 일은 휴대전화를 확인하는 거였다. 직업적인 반사행동이었다.

지베나 파피의 연락은 여전히 없었다. 티모 솔레르는 지옥 같은 밤을 보내겠네.

19시 23분.

위노 레스토랑에서 앙지를 만나기 전까지 한 시간이 남았다. 마리안은 앙지에게 해야 할 말을 생각했다. 물론 시에나 점토색 눈을 가진 루마니아 심리학자에 대해 물어보는 게 주가 될 테지만.

15

작은 바늘 8, 큰 바늘 7

말론은 눈을 감지 않으려 애썼지만 결국 스르르 감겼다. 다 엄마가 말론을 꼭 안고 쓰다듬어주었다. 말론은 그녀의 다정한 손길을 좋아했다. 등의 간질거리는 느낌도, 목에 입맞춰주는 것도 좋았다. 다 엄마가 쓰는 향수 냄새도.

그러면서도 한편으로는 다 엄마가 빨리 갔으면 했다.

함께 있는 동안은 구티의 말을 들을 수 없기 때문이다. 오늘은 전쟁 얘기를 듣는 날이다. 말론은 다 엄마가 침실로 올라오기 전에 구티의 말을 들었다. 학교에서 듣지 못했던 얘기다. 다 엄마와 디 아빠가 클로틸드 선생님과 무슨 얘기를 나눴는지 알고 싶었다. 하지만 구티의 말을 듣고도 전혀 이해할 수 없었다. 너무 복잡했다. 세 사람이 너무 큰 소리로 얘기했거나 너무 낮은 목소리로 얘기했거나 아니면 너무 오래 얘기한 걸까?

말론은 구티가 얘기를 들려주는 게 더 좋았다.

"이제 자야지, 아가."

아망다는 말론을 담요로 잘 덮어주고, 마지막으로 한 번 더 이마에 입을 맞추었다. 실내등을 끄고 천장과 벽에 별과 구름 모양 그림자를 만들어주는 작은 조명만 남겨두었다.

"좋은 꿈꾸렴."

그리고 다시 덧붙였다.

"아빠는 말이야, 가끔 소리를 지르긴 하지만 그건 널 너무 사랑하기 때문이야. 아빠는 네가 엄마를 사랑하는 만큼 아빠도 사랑해주기를 바라."

말론은 대답하지 않았다. 조용히 문이 닫혔다.

말론은 한참을 기다리다 눈을 뜨고는 우주비행사 모양인 자명종시계의 초록 바늘에 눈을 고정했다.

다시 잠들지 않으려고 때때로 옷장 옆에 걸린 달력을 보기도 했다. 글자가 아닌 행성으로 표현한 요일에는 빨간색과 흰색의 로켓 자석을 붙여 그날그날의 요일을 표시한다. 오늘은 자석이 화성에 붙어 있다. 말론은 매일 아침, 잠에서 깨면 로켓 자석을 떼어 옆 행성에 착륙시킨다. 오늘 아침에는 달에서 붉은 화성으로 옮겨놓았다.

화성.

전쟁의 날.

말론은 요일과 행성을 모두 기억한다.

구티의 이야기는 모두 외우고 있다. 매일 매일의 이야기를.

사방이 고요했다.

구티의 심장이 뛰기 시작했다. 말론은 벽과 천장에 별 그림자만 비치는 어둡고 적막한 방에 누워 깃털 이불 아래에서 꼼지락거리며 구티의 말을 들었다.

말론은 매일 밤 식인괴물과 맞설 수 있게 해달라고 기도를 올리기 전, 구티의 이야기를 들어야 했다. 절대로 잊어버리면 안 된다. 예전 엄마와 약속했기 때문이다.

◆◆◆

옛날에 커다란 숲에서 흔히 자라는 나무로 지은 웅장한 성이 있었어. 그곳엔 기사들이 사는 커다란 탑이 네 개 있어서 멀리까지 볼 수 있었지.

이 당시에 기사들은 자기가 태어난 날의 이름을 자기 이름으로 썼어. 각각의 날에 붙은 이름은 성격을 뜻했단다. 모든 사람이 갖고 있는 성격 말이지.

복잡한 얘기처럼 들려?

맞아, 좀 복잡한 얘기야. 예를 들어줄게. 어떤 사람이 정의의 날에 태어나면 그 사람 이름은 정의가 됐어. 예의의 날에 태어난 사람은 예의가 됐고. 마찬가지로, 충실, 사랑, 끈기, 겸손, 너그러움, 성공, 신중 같은 이름들이 있었단다. 사랑의 날에 태어나 사랑이란 이름을 지니게 된 사람들은 성격도 사랑스러웠지. 이제 좀 이해가 되지?

그런데 1년 중에는 단점의 날도 있었어. 그날만큼은 그 단점을 이름으로 사용해도 됐어. 다른 단점은 안 되고 그날의 단점만 되는 거야. 그래서 어떤 기사의 이름은 식탐, 어떤 기사는 호기심, 또 어떤 기사는 장난꾸러기가 됐어.

우리의 주인공 기사 이름은 순진이었어. 순진한 기사에 대해 설명을 해보자면, 다른 기사들은 허리에 칼을 차고 다녔지만 순진한 기사는 플루트를 꽂고 다녔어. 다른 기사들은 무쇠갑옷을 입었지만 순진한 기사는 꽃잎으로 만든 갑옷을 입었지. 새의 깃털로 만든 투구를 쓰고, 책을 방패삼아 가지고 다녔단다. 외출할 때마다 꼭 가지고 다니는 책이었어. 가장 용기가 있다고 알려진 대담한, 용감한, 용맹무쌍한 기사도 순진한 기사를 놀릴 수 없었어. 단 하루, 조롱하는 기사가 태어난 날을 제외하고는 말이지.

다른 것도 이야기해주어야겠지? 성에는 엄격한 규칙이 있었어. 왜 그런지는 몰라. 솔직한 기사의 날이 올 때까지는 아무도 그 이유를 말할 수 없어. 두 가지, 아주 단순하고 엄격한 규칙이야.

숲 깊숙이 들어가지 말 것.

밤에 성 밖으로 나가지 말 것.

그날은 너그러움의 날이었어. 순진한 기사는 다른 기사들에게 선물을 주고 싶었단다. 날씨가 아주 좋아서 꽃을 모아 꽃다발을 만들기로 했어. 최고로 예쁘고 커다란 꽃다발을 동료 기사들에게 선물하고 싶었거든.

네가 지금 무슨 생각을 하는지 알아. 무슨 일이 일어날지 예상하는 거지? 순진한 기사가 꽃을 하나씩 꺾다가 너무 멀리까지 가게 되어 난처한 지경에 이를 거라고 생각하지? 아니야. 순진한 기사의 얘기라고 했잖아. 경솔한 기사 얘기가 아니라니까.

순진한 기사는 조심조심 숲에 들어가서 꽃을 꺾었어. 성의 탑들을 계속 지켜보며 멀리 가지 않으려고 했지. 꽃다발을 만들다가 매미를 보고 잠시 플루트도 불어주었어. 새를 만나고는 둥지 만드는 데 쓰라고 투구의 깃털을 하나 뽑아주었지. 토끼에게는 책에서 읽은 재밌는 얘기를 들려주었고, 나비에게 갑옷의 꽃잎에 앉아 쉬도록 해주었어.

그런데 커다란 꽃다발이 완성되어 성으로 돌아가려는 순간, 순진한 기사는 공주를 봤어. 백설공주를 닮은 공주였어. 아니, 사실은 진짜 백설공주였어.

공주는 미소를 지으며 순진한 기사에게 손짓을 했어. 그리고 웃으며 가버렸지. 순진한 기사는 커다란 꽃다발을 손에 들고 공주를 따라갔어.

이제 어떻게 될지 짐작이 가지? 백설공주는 나무 뒤로 사라졌다가 공터에서 다시 나타났어. 순진한 기사는 나무 그늘에 숨어서 눈과 귀로 공주를 살피고 있었지. 공주의 웃음소리가 새의 지저귀는 소리와 섞여서 들렸단다.

이렇게 공주와 숨바꼭질을 하면서 아까보다 조금 더 큰 공터에 이르렀어. 거기에 커다란 오두막이 있었는데, 굴뚝에서 연기가 나오고 있었지. 문 앞에서 백설공주가 순진한 기사를 기다리고 있었어. 가까이서 보니 더 아름다웠지. 공주는 기사의 손을 잡고 말했어.

"어서 와요, 기사님. 함께 집으로 들어가요."

집에 들어서니 사람들이 벽난로 앞의 식탁에 앉아 있었어.

모두가 고개를 돌려 공주와 기사를 보았단다. 순진한 기사는 믿어지지가 않았어! 상상할 수 있겠어? 식탁 주변에 다른 공주들이 있었다고! 신데렐라, 잠자는 숲속의 공주, 벨, 라푼젤…. 모두가 너무 아름다워서 우열을 가릴 수가 없었지. 모두 드레스를 입고 왕관을 쓰고 있었어. 거기에는 피노키오, 엄지소년, 헨젤과 그레텔, 그리고 빨간 모자도 있었어.

그들은 순진한 기사를 보며 미소를 지었어.

"이쪽으로 와요, 순진한 기사님. 우리와 같이 식사해요."

백설공주 바로 옆에 빈자리가 있었어.

순진한 기사는 자리에 앉아서 백설공주에게 꽃다발을 주었어. 그녀는 얼굴을 붉혔지. 옆에 앉아서 보니 더욱더 아름다웠어. 순진한 기사는 이토록 행복한 기분으로 이렇게 맛있는 식사를 해본 적이 없었어.

그래서 시간 가는 줄 몰랐지. 밤이 된 걸 까맣게 몰랐어. 어디선가 울부짖는 소리를 들었을 때, 처음으로 밤이 되었다는 걸 알았어. 소리는 밖에서 들려왔지만 창문으로는 아무것도 볼 수 없었어. 너무 캄캄했거든.

"무슨 소리예요?" 순진한 기사는 걱정이 돼서 물었어.

"아무것도 아니에요." 백설공주가 대답했어. "아무것도 아니에요, 순진한 기사님."

약간 겁먹은 표정의 백설공주는 한층 더 아름다워 보였어.

말론은 이불에서 고개를 내밀고 손가락을 입술에 대며 구티에게 조용히 하라고 손짓했다. 이상한 소리를 들었기 때문이다. 순진한 기사가 들은 괴물 소리인지도 모른다. 아니면 아래층에서 다 엄마와 디 아빠가 싸우는 소리일지도. 둘은 매일 밤마다 싸우니까.

혹시 상상 속의 소리일까? 이 부분을 들을 땐 항상 무서우니까.

말론은 잠시 침묵 속에서 귀를 기울이며 아무도 계단을 올라와서 문을 긁어대거나, 침대로 슬그머니 올라오지 않는다는 것을 확신하고 나서야 다시 이불 속으로 들어갔다.

식사는 계속 됐어. 순진한 기사는 또 울부짖는 소리를 들었지. 으르렁거리는 소리와 문을 긁어대는 소리와 벽에 쿵쿵 부딪치는 것 같은 소리도 들렸어.

백설공주는 여전히 미소를 띠고 있었어. 다른 공주들도 마찬가지였고.

"늦었네요. 이제 돌아가세요, 순진한 기사님."

기사는 몸을 부르르 떨었어.

지금 돌아가라고? 이 밤에? 저 숲속으로? 그 먼 성까지?

"하지만…."

순진한 기사는 갑자기 이상한 생각이 들었어. 지금에서야 깨달은 게 이상할 정도였지.

"나쁜 사람들은 다 어디에 있어요? 식탁에는 동화 속의 착한 주인공들만 있잖아요. 나쁜 주인공들은 다 어디로 간 거죠? 늑대랑 마녀랑 식인괴물은요?"

백설공주는 이제야 이해했느냐는 듯이 순진한 기사에게 바짝 다가왔어. 위협하는 듯한 표정이었지만 더욱 아름다웠지.

"나쁜 주인공들과 함께 어울려 살기 위해 규칙을 정했어요."

"규칙을 정했다고요?" 순진한 기사는 무슨 소린지 이해할 수 없었어.

"그래요. 우리는 숲을 함께 쓰기로 했어요. 하지만 서로 마주치지 않으려고 낮에는 우리가 쓰고, 밤에는 그들이 쓰죠. 그래서 평화롭게 살 수 있어요."

순진한 기사도 훌륭한 방법이라고 생각했어. 하지만 궁금한 게 또 있었지.

"그러면 늑대는 뭘 먹고 살죠? 식인괴물은요? 다른 괴물들은?"

백설공주의 얼굴이 빨개졌어. 그녀가 용서를 구하듯이 눈을 내리깔았을 때는 정말 숨이 막히도록 아름다웠지. 피노키오가 대신 대답했어.

"우리가 깊은 숲속으로 꾀어낸 순진한 기사들을 먹이로 주지. 그게 평화롭게 살기 위한 유일한 방법이야." 소년의 코가 길어지지 않았어.

아…, 이제야 순진한 기사는 이해했어. 그는 백설공주를 마지막으로 한 번 더 보고는 기절하고 말았어.

정신을 차렸을 때는 밖이었어. 캄캄한 숲이었지.

오두막은 문이 닫혀 있었어. 창문으로 불빛이 보이고 굴뚝에서 연기도 계속 나왔어. 순진한 기사는 늑대가 울부짖는 소리에 달리기 시작했어. 아주 오랫동안 달렸지만 같은 장소를 계속 뱅뱅 돌았던 게 틀림없어. 성으로 가는 길을 못 찾았거든.

기사는 주변의 그림자들이 마녀의 손가락처럼 자기를 둘러싸고 뻗어오는 걸 느꼈어. 지쳐서 걸음을 멈추자 괴물들이 기사를 에워싸고 모여들었단다. 늑대, 여우, 뱀, 까마귀, 거대한 거미, 그리고 다른 온갖 종류의 짐승들이 있었어. 노란 눈과 송곳니만 보였지. 갑자기 원의 한쪽이 열리면서 괴물들이 우두머리에게 길을 만들어 주었어.

숲의 거대한 식인괴물에게.

순진한 기사는 움츠러들었어. 괴물의 목에는 해골 문신이 있었고, 은으로 된 귀걸이가 어둠 속에서 반짝거렸지. 괴물은 웃음을 터뜨렸어.

"오늘은 너그러운 날이야." 괴물이 순진한 기사에게 얼굴을 바짝 갖다대고 말했어.

"오두막 친구들이 약속을 잊지 않았군 그래."

괴물은 커다란 칼을 꺼냈어. 칼날이 달빛을 받아 반짝 빛났지. 칼이 너무 커서 그 위로 보이는 달은 마치 조각내야 할 치즈처럼 보였어.

이 부분은 너무 무서울지도 몰라. 내가 잠깐 멈추기를 바라지? 이야기를 여러 번 들었고, 결말이 어떤지 아는데도 말이야. 그런데도 순진한 기사가 너보다 더 겁먹었을지 궁금하지? 지금 너에게 이야기해줄 부분을 순진한 기사는 나중에야 알게 되는데 말이야.

괴물들이 입술을 핥으며 순진한 기사에게 다가오는 동안, 기사가 아침에 플루트를 불어 주었던 매미가 잠에서 깨어나 성까지 날아갔어. 그러고는 큰 소리로 울며 기사들을 깨웠단다. 순진한 기사의 깃털을 얻었던 새는 탑의 꼭대기까지 날아올라가 자고 있던 병사를 깨웠어. 기사가 이야기를 들려주었던 토끼는 성으로 들어가는 다리에 뛰어올랐고, 기사의 꽃잎에 쉬었던 나비는 기사들이 식사하는 식탁의 꽃다발에 자리 잡았지.

"순진한 기사가 위험에 처했다!!!!"

기사들은 한밤중에 숲속으로 달려갔어. 진짜 칼을 차고, 진짜 투구를 쓰고, 진짜 갑옷을 입고, 진짜 방패를 들고 말이야.

대담한 기사, 용감한 기사, 용맹무쌍한 기사 모두가 있었어. 건장한, 불타오르는, 전쟁에 능한 기사뿐만이 아니라, 겁 많은, 비겁한, 허약한 기사까지 성의 모든 기사들이 달려갔지.

그들은 늦지 않게 도착했어. 그래서 괴물과 늑대들, 식인괴물까지 모조리 도망갔어.

순진한 기사는 살아났지.

성의 기사 중 가장 나이가 많은 온화한 기사가 나무 둥치에 웅크리고 앉아 덜덜 떠는 순진한 기사 옆에 앉았어.

온화한 기사는 두 가지 중요한 사실을 말해줬지. 그게 뭔지 알고 싶어?

첫 번째는 아무리 친절해 보여도 실제로는 그렇지 않을 수 있다는 것.

하지만 두 번째가 더 중요해. 친절할 것. 친절을 베풀지 않았더라면 매미나 토끼나 나비도 순진한 기사가 위험에 처해 있다고 알려주지 않았을 거야. 그래서 제 시간에 도착하지 못했을 테고, 순진한 기사를 구하지 못했겠지.

그러니 보기에 친절한 사람이라도 실제로는 그렇지 않을 수 있지만, 그래도 친절하게 대하도록 해. 그게 더 좋은 거야. 내가 지금 말하는 걸 넌 완전히 이해 못 할 수도 있어. 어떤 건 아주 복잡하게 느껴질 거야. 하지만 계속 반복해서 듣다 보면 언젠가는 이해할 거야.

불친절한 사람들이 있어도 친절함은 더 강하고 친절함이 결국은 이긴다는 사실을 말이야.

16

오늘 저녁은 먹을 게 이것밖에 없느냐고?

죽이고 싶다.

독버섯 오믈렛과 쿠라레 소스를 뿌린 타타르 스테이크 중에

어떤 걸로 할까?

유죄: 49 무죄: 547

www.죽이고싶다.com

앙젤리크는 너무 많이 마셨다.

테이블 위의 리오하 와인 병은 4분의 3 정도가 비어 있었지만, 마리안은 거의 손을 대지 않았기 때문에 사실상 앙젤리크가 혼자 마신 거나 다름없었다. 옆 유리창 너머로, 끊임없이 오고가는 트램이 생프랑수아 성당을 향해 건물들 사이로 사라지는 게 보였다.

"이제 그만 마셔, 앙지."

위노 레스토랑의 웨이터는 손에 든 타파스스페인식 애피타이저와 완벽하게 어울리는 카탈루냐 억양의 갈색 머리 남자였다. 그가 토르티야 접시를 테이블에 내려놓으며 앙젤리크의 옆모습을 지나치다 싶을 만큼 오래 쳐다보는 바람에 앙지도 결국 돌아보았다.

핀 두 개로 아무렇게나 고정한 기다란 검은 머리가 앙지의 갸름한 얼굴로 흘러내렸다. 이마와 눈썹과 뺨과 아몬드형의 눈을 가린 머리를 귀 뒤로 넘겼지만 풍성한 머리카락은 곧바로 다시 쏟아졌다. 마음을 빼앗긴 카탈루냐 남자에게는 더없이 섹시하게 보였을 것이다.

그러나 앙젤리크는 웨이터를 유혹할 마음이 전혀 없었다.

앙지는 남자들에게 자신이 어떤 힘을 가지고 있는지 전혀 모르는 것 같았다. 그녀가 리오하 잔을 들어 입술로 가져가면서 미소를 지었다.

“바질 드라공만? 그 사람에게 홀딱 반한 거야, 마리안? 난 이제까지 두 번밖에 못 만나봤어. 카미유, 브뤼노와 함께 모였던 친구들끼리의 저녁 식사에서 본 게 다야. 두 번 다 손님이 열 명이 넘게 있었어. 두 번째 자리가 지난 토요일이었는데, 그 얘기를 꺼내더라고. 예전의 다른 삶에 대해 이야기를 하는 꼬마가 있는데, 지금의 부모랑 같이 살기 이전에 다른 부모가 있었다고 말한다는 거야. 이름은 말 안 해도 누군지 알지? 그런데 막다른 골목에 부딪쳤대. 아무런 정보가 없다며 난처해하는 것 같았어. 혼자가 된 기분이었대. 아이의 부모나 학교는 상담사인 자기를 이상하게 보니까. 자기 말을 진지하게 들어주는 사람은 아무도 없고, 구체적인 증거가 없으니 수사를 의뢰할 수도 없고 말이야. 도움이 필요하다고 하는데 너무 절실해 보였어. 은밀하게 조사해줄 수 있는 사람을 알고 싶어 하기에….”

“그래서 내 전화번호를 준 거야?”

“응. 나도 꼬마 이야기가 정말 이상하다고 생각했거든.”

“정말 그 이유뿐이야?”

앙젤리크가 마리안에게 윙크했다.

"그 남자가 귀엽기도 했고. 손가락에도 결혼반지가 없더라고. 주머니에 넣어둔 것도 아니고 말이야. 그래서 카미유에게 슬쩍 물어봤지. 가방끈도 길고 공부를 아주 많이 한 사람이더라고. 자기 생각을 했다니까. 내가 좋은 친구잖아."

마리안이 얼굴을 찡그리는 척하는데, 웨이터가 와서 마리안의 타파스 접시를 치우고 아로스 콘 코스트라스페인의 전통 쌀 요리 접시를 내려놓았다.

"고마워, 앙지. 너무 친절해서."

"응. 이제 바보짓 좀 그만해. 넌 자신을 지키는 데는 올림픽 챔피언 같아. 너무 자알 지켰어."

"잘 지켰지…." 마리안은 창밖으로 페레 지구의 잿빛 직사각형 건물들을 바라보며 말을 이었다. "역사유적처럼 잘 지켜왔지. 이제 세계유산으로 지정될지도 몰라."

그녀는 코에 반창고가 잘 붙어 있는지 손가락으로 확인했다.

"하지만 재건축 공사가 끝날 때까지 기다려야 해."

앙젤리크가 웃었다.

"위험한 직업이니 어쩔 수 없지. 하지만 자긴 건장한 남자들을 마음대로 부리잖아. 난 할 수만 있다면 자기하고 직업을 당장 바꾸겠어. 자기가 내 대신 미용실에서 어린애들 머리를 금발로 염색해주고 흰머리가 나기 시작한 사람들은 검은색으로 염색해주고 말이야."

마리안도 웃었다.

그녀는 앙젤리크가 자신의 경찰업무를 간접적으로나마 경험하고 있음을 알고 있었다. 수사 중인 사안에 대해 너무 많은 말을 하지 않으려고 늘 주의하지만 머릿속을 꽉 채우고 있는 사건에 대해 때때로 앙지와 얘기를 나누곤 했다. 그리고 앙지는 가끔 놀랄 만큼 뛰어난 추리력을 보여주었다.

하지만 지금 앙지의 주요 관심사는 마리안의 사랑 문제인 것처럼 보였다. 웨이터든 옆 테이블의 남자든 혹은 그 누구라도 그들의 대화를 듣는다면, 그리고 마리안의 머릿속을 들여다볼 수 있다면, 아마도 마리안을 강박적인 남성 집착증 환자로 의심할 것이다. 부관이든 목격자든 만나는 남자마다 '저들을 어떻게 유혹할 수 있을까?' 하는 생각으로 꽉 차 있으니 말이다.

이상하게도 마리안 주변에는 남자들밖에 없었다. 그리고 그들 중 누구와도 자지 않았다. 연애 욕구보다는 출세욕이 몹시 강했던 그녀는 여성 비율이 몹시 낮은 경찰조직에서 남자들과 경쟁하며 이 자리까지 왔다.

남녀평등의 문제에 관해서는 이제야 비로소 양성의 생물학적인 불평등을 깨닫기 시작했다. 남자는 생체시계를 존중할 필요가 없다. 성역할이 멈추는 시점을 카운트다운할 필요도 없다. 50세에도 여자를 유혹할 수 있고, 60세에도 아빠가 될 수 있다. 하지만 여자는? 나이가 많아지면 아기는 끝이다. 내 살을 깎아 만드는 작은 나, 내 내장을 잘라 만드는 나의 아기는 만날 수 없다.

게임 오버!

백마 탄 왕자님이 이제야 나타나 늦어서 미안하다고 말해도 소용없다.

게임 오버!

그래, 이건 정말이지 너무 불공평해. 마리안은 생각했다. 이제야 여자들이 조금 자유로워졌는데, 처음 보는 멍청한 남자랑 결혼해서 젊은 시절을 헛되이 날려버리지 않아도 되는 시대를 맞았는데. 그런데도 난

마흔 살이 다 되어 어떻게든 남자를 잡아야 하는구나. 세일 마지막 날까지 여전히 팔리지 않은 물건 신세라니.

그녀는 앙젤리크와 여러 번 그 얘기를 나눴다. 앙지가 한쪽 눈을 찡긋했다.

"바질만 있는 게 아니야. 지베는 어때?"

"지베?"

"응. 자기의 매력적인 부관 말이야. 지난번에 나한테 얘기해줬잖아. 그 뒤로 생각해봤어. 반론 불가능한 판결을 내려줄게. 그 남잔 너무 잘생기고 완벽해서 진실성이 의심스러워. 분명히 아내를 속이고 있을 거야. 아니면 아내를 속이려 하는 중이거나. 어떻게 나오는지 한 번 슬쩍 미끼를 던져봐."

"농담이지?"

앙지는 마리안의 잔에 자신의 잔을 부딪쳤다.

"완벽한 남자는 존재하지 않아요, 공주님."

"맙소사. 앙지! 지베는 유부남이야. 우리 경찰서를 통틀어서 유일하게 학교에 아이들을 데리러 가야 한다며 잠복근무를 거부하는 가정적인 남자라고! 게다가 내 부관이고, 또…."

"그래, 계속 그렇게 믿어. 부관을 위로해줘야 할 때가 올 테니까. 마리안, 자기는 이것저것 따지는 게 너무 많아. 자기는 미용실에서 샴푸를 해주는 사람도 아니고, 빵집 점원도 아니고, 유치원 보모도 아니고, 경감이잖아. 자기 밑에 있는 수많은 경찰관의 우상이라니까!"

"한때는 그랬을지도 모르지. 하지만 오늘 오후부터는 절대 아니야. 그자를 거의 잡을 뻔했어. 지척에 있었다고. 경찰 열 명과 차 다섯 대를 동원했는데도 놓쳤단 말이야. 내 무능함을 현장에서 생생하게 증명한 셈이지."

마리안은 콧등의 반창고를 다시 어루만졌다. 앙젤리크는 대화 주제를 바꿀 기회를 놓치지 않았다.

"이런! 9개월 전부터 찾아다니던 남자 말이야? 어떻게 찾아냈어?"

마리안은 외과의사에 대해 말해도 될지, 의사 탓이라고 책임을 넘겨도 될지 잠시 망설였다. 어쨌든 라로셸 의사도 그녀만큼이나 오늘의 상황에 책임이 있는 건 사실이다. 하지만 자신은 라로셸과는 달리 직업상의 비밀을 누설하지 않는다.

"운이 좋았지. 항구에서 순찰차가 발견했어. 갑문 근처에 그놈이 있다고 보고를 받았어."

그 뒤의 이야기는 말해줘도 상관없었다. 어차피 티모의 도주극은 곧 〈르아브르 프레스〉의 1면을 온통 차지할 테니까.

"그런데도 우리 손가락 사이를 유유히 빠져나갔단 말이야. 네주 지역에서."

앙지의 눈이 빛났다. 추격전 이야기가 흥미로운 모양이었다.

"네주에 사는 사람들을 꽤 아는데. 미용실 손님들 중에 그곳에 사는 사람들이 있어. 내가 좀 알아봐줄까?"

그렇다. 솜씨 좋은 미용사는 손님들과 이야기를 나누며 많은 정보를 얻을 수 있다. 잠복근무하는 경찰보다 훨씬 효과적일 수 있다. 마리안은 다시 코를 만지작거리며 생각했다. 앙지는 마리안의 얼굴을 찬찬히 보았다.

"얼굴이 완전히 엉망진창은 아니야. 내일 아침에 일어나서 화장을 좀 하면 거의 안 보일 거야."

"젠장, 잡을 수 있었는데. 카브랄 경사에게 욕을 피부었어. 그 친구가 운전했거든. 하지만 어떻게 보면 그때 브레이크를 밟아서 목숨을 건진 건지도 몰라. 거기서 죽을 수도 있었겠지. 부하들을 잔뜩 끌고 가서 아무것도 보여주지 못한 게 아쉽지만, 다리가 올라가기 시작할 때 사실 무섭기도 했어."

앙젤리크의 손이 떨렸다. 자꾸만 흘러내리는 머리카락을 귀 뒤로 넘기는 그녀의 얼굴이 매우 긴장돼 보였다.

"나도 알아…."

"뭘?"

"두려움. 죽음에 대한 두려움. 충격이 닥치기 직전의 공포 말이야."

마리안의 눈과 앙지의 눈이 마주쳤다. 앙지는 이제껏 자기 얘기를 한 적이 거의 없었다. 처음 만났을 무렵에만 의무감에서인 듯 자신에 대해 많은 얘기를 했다. 자신의 증오, 두려움, 직접 만든 '죽이고싶다' 사이트, 구원 등 모든 것을 털어놓았다. 이렇게 해서 그들의 우정이 싹트기 시작했다. 마치 유리병에서 흘러나온 독이 다른 유리병으로 흘러들듯이, 앙지는 모두 비워내고 아름다운 장식용 빈병이 되었다. 때로는 투명하고 때로는 상대방의 이미지를 반사해서 보여주는 미용실 거울이나 유리 제품 같은 친구가 된 것이다.

앙지는 마리안에게 이상적인 친구였다.

그들은 서로 부족한 부분을 메워주었다. 마리안은 현실적이고 계산에 밝으며 계획에 따라 움직이는 사람인 반면에, 앙지는 로맨티스트에 이상주의자이고 순진한 구석이 있었다. '난 아무것도 몰라요'라든가 '아무래도 상관없어요'라고 말하는 듯한 표정과 모호한 태도가 남자들을 사로잡는 비법일지도 모른다. 심리적으로 수술이 필요해 보이는 면도 분명 있었지만, 코 성형이나 지방흡입보다는 훨씬 쉬울 듯했다.

"사고를 당한 적이 있었어?"

"아주 오래전에."

앙지는 잠시 망설였다. 웨이터가 만면에 웃음을 띠고 프로피트롤을 내왔다. 가염버터로 만든 캐러멜, 작은 우산 장식, 부채꼴 모양의 비스킷이 접시에 놓여 있었다. 웨이터는 앙지 옆에 바싹 붙어 상체를 수그렸다. 그의 얼굴이 앙지의 검은 머리에 거의 닿았다.

그녀는 웨이터가 가자마자 머리카락을 뒤로 쓸어 넘겼다.

"이 얘기는 아무한테도 한 적 없어."

"억지로 말하지 않아도 돼."

마리안은 와인 잔을 비웠다. 너무 빨리 마시는 바람에 와인 몇 방울이 턱을 따라 흘러내렸다.

"스물한 살 때 뤼도빅이라는 동갑내기 남자애랑 사귀었어. 굉장한 미남인 데다가 말도 재밌게 하는 애였지. 정말 좋아했어. 지금도 그런 타입이 좋아. 함께 지낸 지 7개월쯤 됐을 때 임신한 걸 알았어. 뤼도빅한테 말해봤자 별로 좋아하지 않을 거라고 짐작은 했지. 내가 바보는 아니거든. 예상했던 대로 아기를 낳고 싶어 하지 않았어. 그렇게 자신만만해하더니 단번에 소심해지더라. 온갖 방법으로 날 설득했어. 애교를 떨고, 슬픈 눈을 하고, 아는 사람들을 들먹이며 협박도 했다가, 돈을 주겠다고도 했다가. 의사 삼촌과 부모님이 낙태 비용을 대줄 수 있을 거라고도 했지. 그래서 그의 귀에 대고 속삭여줬어. '난 낳을 거야'라고. 불쌍한 뤼도빅. 마치 전기총을 맞은 것 같은 표정이더라. 전압을 좀 더 올렸지. '내 아이야. 아이를 낳을 거야. 아무것도 원하지 않아. 양육비를 줄 필요도 없고, 네 아이로 생각하지 않아도 돼. 아무것도 필요 없어. 나 혼자 키울 거야. 난 단지 이 아이를 원할 뿐이야'라고 말이지."

마리안은 앙지의 손을 잡았다. 볼캉 공연장에서 쏟아져 나와 오스카 니메예르 광장에서 흩어지는 사람들이 보였다. 마리안은 볼캉 공연장에 가본 적이 한 번도 없었다.

"난 정말 남자들을 이해 못 하겠어. 뤼도빅도 그렇고. 날 마치 미친 여자 보듯이 보더라. 그러고는 위스키를 가져와서 한 잔 마시더니 내가 원하는 대로 되지 않을 거라고 했어. 만약 자기가 그 아이의 존재 자체를 모른다 해도 언젠가는 알게 될 거래. 아이에 대해 계속 신경이 쓰일 거라고도 했고. 위스키를 또 한 잔 마시고는, 만약 자기가 아이를 잊고 살더라도 어느 날 갑자기 청년이 된 아이와 마주칠 수도 있을 거래. 자신과 꼭 닮은 아이를 버리고 늙어간다는 느낌을 가지고 싶지 않다고 했어."

마리안은 아무 말 없이 앙지의 손을 쓰다듬었다. 버터 캐러멜 프로피트롤의 표면이 갈라지고 바닐라 거품이 흘러나왔다.

"뤼도는 한 시간 동안 나를 설득하려 했어. 위스키 한 병을 다 비웠는데 취하지도 않더라고. 워낙 술꾼이었거든. 나는 뤼도가 말하는 걸 전부 반박했어. 아담과 이브가 세상을 만든 이래로 아주 흔하게 일어나는 일이잖아. 내겐 태아가 내 몸이자 내 배나 마찬가지야. 나 외에는 누구도 내 배에 메스를 들이댈지 말지 결정할 권리는 없지. 뤼도는 아기가 자신의 정액이라고 했어. 그리고 자기가 원하지 않는 자신의 복제인간을 만들어낼 권리가 누구에게도 없다는 거고. 하지만 난 양보하고 싶지 않았어. 무슨 말이든 하고 싶은 대로 지껄이게 내버려두었지. 그래서 뤼도는 곤란해진 거야. 자기가 무슨 말을 하든 나는 그 아이를 키우겠다고 결심했으니까. 뤼도는 마침내 이해한 것 같았어. 결국 잠잠해졌거든. 그리고 다시 사랑을 나눴지. 자정이 다됐을 때 뤼도가 '집에 데려다줄까?' 하고 물었어. 난 그때 그라빌의 아파트에 살고 있었거든."

앙지의 반짝이는 입술에 슬픈 미소가 어렸다.

"그라빌에 가려면 급커브가 열 군데 정도 있어. 그런데 네 번째 급커브에서 뤼도가 계속 똑바로 달렸어. 핸들을 돌리지도 않고 브레이크를 밟으려고도 하지 않고. 그리고 벽을 정면으로 들이박았지. 기껏해야 시속 50~60킬로미터에 불과했어. 안전벨트 덕분에 크게 다치진 않고 찰과상만 입었어."

마리안은 앙지의 손을 꽉 잡았다. 앙지의 목소리가 가늘게 떨렸다.

"아기는 그때 바로 죽었어. 의사가 말해줬어. 뤼도빅의 혈중알코올농도는 0.12퍼센트였지. 자기 잘못을 바로 인정하더라. 여자친구의 임신 소식을 듣고 당황해서 취했다고 말이야. 그러고는 '생각해보세요, 판사님. 제가 뱃속의 아이를 죽이려고 일부러 벽을 들이받았겠습니까?'라고 말했어."

바닐라크림은 완전히 액체가 되어 베이지색 거품이 되었다. 종이로 만든 작은 우산은 끈적끈적한 액체의 산사태에 밀려 쓰러졌다. 텅 빈 트램이 쉴 새 없이 오가고, 오스카 니메예르 광장의 볼캉 공연장은 불이 꺼져 어두웠다. 사방이 캄캄했다.

"그 뒤로 여러 번 생각해봤어. 뤼도빅의 입장에서도 생각해보고. 곰곰이 생각해보면, 그 애 말이 맞아. 내가 뤼도빅 모르게 혼자서 아이를 잘 키우긴 어려웠을 거야. 남자가 반대하는데 억지로 낳아서는…. 사귈 때도 내가 항상 돈을 냈어. 모노드 병원의 의사들은 몇 가지 검사를 더 해보고는 나팔관이 손쓰지 못할 만큼 손상돼서 다시는 아이를 가질 수 없다고 했어. 뤼도빅은 아직도 그라빌에 살아. 트램에서 가끔 마주치기도 해. 아이가 세 명이더라. 아이를 잘 돌봐주는 것 같아."

마리안은 위로를 해주고 싶었지만 목소리가 잘 나오지 않았다.

"괜찮아." 앙지가 말했다. "내 인생이 그런 거야. 아무도 날 도와줄 수 없었어."

그녀는 다시 와인 잔을 비웠다.

"이 세상엔 나보다 훨씬 더 불행한 일을 겪은 사람들이 많다는 걸 잘 알아."

그녀는 일어서서 소매 끝이 해진 가죽재킷을 걸치고 인조 진주목걸이 위로 낡은 스카프를 둘렀다. 마리안이 고집을 부리며 계산했다. 앙지의 시선이 맞은편 명품 매장의 진열창에 내려진 철창 너머를 헤매다가 마지막 미소를 지었다.

"내가 티모 솔레르를 찾아주면 강도들이 훔친 물건 일부를 나눠줄 거야? 에르메스 원피스 하나랑 구찌 가방이랑 디오르 신발이랑…. 그럼 나도 아주 예쁠 텐데."

"넌 지금도 예뻐, 앙지. 최고로. 그런 것들이 없어도 너무 예뻐."

17

작은 바늘 11, 큰 바늘 3

마치 태풍이 오기 직전 새들이 회오리 모양으로 날아다니는 것처럼 커튼이 펄럭거렸다. 그러더니 갑자기 창문이 벌컥 열렸다.

보이지 않는 괴물이 뚫고 들어온 듯 유리창이 와장창 깨지며 수천 개의 빗방울처럼 유리 조각이 침대 위로 쏟아져 내렸다.

말론은 두 손으로 얼굴만 간신히 가렸다. 마지막 순간에 본 것은 구해달라는 듯 팔을 내민 구티가 세찬 바람에 날려가는 모습이었다.

하지만 얼굴에서 손을 뗄 수 없어. 구티를 구해줄 수 없어.

구티는 사라지고 다른 두 손이 뻗어왔다. 엄마의 손이었다. 하지만 이 손도 잡을 수 없었다. 엄마의 손이 온통 새빨갰기 때문이다.

엄마도 멀어져갔다. 빙글빙글 돌면서 점점 더 빨리 바깥의 어둠으로 빨려 들어갔다.

말론은 소리를 질렀다.

자신도 빙글빙글 돌며 어둠 속으로 따라가서 구티와 엄마를 만나고 싶었다. 바람을 타고 가고 싶었다.

누군가가 그를 꼭 잡았다.

"괜찮아, 아가. 괜찮아. 쉿. 엄마 여기 있어."

말론은 땀에 흠뻑 젖었다. 웅크린 채 헐떡이는 말론을 다 엄마가 부드럽게 쓰다듬었다. 말론은 마침내 진정이 되었다.

"나쁜 꿈을 꾼 거야, 아가. 괜찮아. 나쁜 꿈일 뿐이야."

말론의 무거운 눈꺼풀은 이미 감겼다.

수요일

여행의 날

18

작은 바늘 8, 큰 바늘 4

말론은 디 아빠의 고함 소리에 잠을 깼다. 파자마를 입은 채 살며시 방문을 열고 걸어 나가 층계참에 섰다.

디 아빠의 고함 소리는 아래층에서 났다. 정확히는 주방에서. 이번에는 구티를 가져다놓을 필요도 없었다. 말론이 들을 수 있을 만큼 큰 소리였기 때문이다. 디 아빠는 여전히 소리를 질러댔다.

"아침 7시 30분이야. 들었어? 막스가 오늘 아침 7시 30분에 문자를 보냈다고!"

싱크대의 물소리, 찻잔이 딸그락거리는 소리, 냉장고 문을 여닫는 소리. 다 엄마는 아침을 준비하고, 디 아빠는 커피를 마시는 중이다.

"그런데 막스가 누군지 알아? 축구장에 살다시피 하는 사람이야. 아들 딜란은 1학년 골키퍼지. 학교 횡단보도에서 봉사하는 아마루슈한테 들었다는데 상담사가 유아학교 교장에게 말론 얘기를 했대. 이제 확실해졌어. 그 작자가 우리를 엿 먹이려고 작정한 거라고!"

말론은 계단을 세 칸 내려갔다. 층계에서는 싱크대의 상부장만 보였다. 디 아빠와 다 엄마는 서로 얘기를 나누느라 말론이 깬 줄도 모르고 있었다. 말론에게 좋은 생각이 떠올랐다. 맨발로 살금살금 더 내려갔다.

디 아빠의 목소리가 더 크게 울렸다.

"아마루슈가 하는 말이 상담사가 내일 아침에 말론을 보고 싶어 한다는 거야. 그래서 학교로 올 예정이고. 교장은 그자에게 뭐라고 못 하는 것 같았대."

잠시 침묵. 커피를 한 모금 마시는 모양이다.

"아주 간단해, 아망다. 내일 말론을 학교에 안 보내면 돼."

차임벨 소리가 울리고 유리잔과 접시가 딸그락딸그락 부딪치는 소리가 들렸다. 다 엄마가 식기세척기에서 그릇들을 꺼냈다.

"그건 해결책이 안 돼, 디미트리. 모레는 어떻게 하고, 다음 주는 또 어떻게 할 건데? 어차피 말론은 학교에 가야 하잖아."

말론은 계단 아래 벽장 입구에 가만히 서 있었다. 그러고는 신발을 올려두기도 하고 색칠하거나 놀이를 할 때 쓰는 작은 나무 의자를 조심조심 끌어다가 벽장 문 앞에 놓았다.

"그럼, 당신은 어쩌길 바라? 학교를 옮길까?" 아망다가 물었다.

"텍세라를 만나야겠어. 어쨌든 이 마을에서는 두 번째로 높은 사람이니까. 아들에게 센터포워드를 맡겨서 아주 만족해했거든. 별로 기대하지도 않았던 것 같은데 말이지. 시청에 얘기해서 압력 좀 넣으라고 할 거야."

달그락거리는 요란한 소리. 아망다가 포크와 나이프를 꺼내서 서랍에 집어넣었다.

"그게 무슨 도움이 되는데? 시장은 학교에 간섭할 수 없어. 경찰도 마찬가지고. 학교는 교회 같아서 교사들은 자기들이 원하는 대로 할 수 있어. 그들이 하는 말을 들어야 해."

말론은 소리 없이 의자 위에 올라가 벽장 손잡이를 돌리고 살그머니 안으로 들어갔다. 그리고 빛이 들어오도록 조금 열어두었다.

"당신 말이 맞는다 해도 학부모는 학교 일에 간섭할 수 있어. 안 그래? 여기저기 좀 알아봐야겠어. 처음에 상담받는 걸 동의했어도 중간에 그만두고 싶다면 그만두면 돼. 아니면 상담사를 바꿔도 된다고!"

디 아빠가 다시 소리를 버럭 질렀다. 그의 괴물 같은 목소리에 비하면 다 엄마의 목소리는 요정의 속삭임 같았다.

"아무 소용없어, 디미트리. 내가 말할게."

"누구한테?"

"말론한테. 잘 설명할 거야. 상담사에게 하는 얘기 때문에 엄마 아빠가 고통받고 있다고. 이제 말론도 어느 정도 컸으니 이해할 거야."

벽장문이 거의 닫혀서 말론은 다 엄마의 목소리를 더는 들을 수 없었다. 어제도 벽장에 들어왔지만 자신의 이름이 적힌 액자에 또다시 눈길이 갔다.

M.A.L.O.N.E.

글자 모양으로 유리에 붙인 죽은 개미를 보자, 마치 수천 마리의 살아 있는 개미가 등을 기어오르는 느낌이 들었다. 말론은 몸을 홱 돌렸다. 벽장에는 상자들이 차곡차곡 쌓여 있었다. 구슬과 크레파스 상자, 투명한 큰 상자 속에 포개져 있는 작은 상자들이 보였다.

말론은 쭈그리고 앉아 맨 위에 놓인 상자를 들여다보았다. 자기 몸보다 더 큰 상자였다. 이제 다 엄마의 목소리는 들리지 않았다. 디 아빠의 목소리만 어두운 벽장 안에서 쩌렁쩌렁 울렸다.

"그럼, 그렇게 하자고! 우선 당신이 꼬맹이를 구슬려 봐. 그 방법이 효과가 없으면 내 방식대로 상담사놈이랑 일대일로 해결할 거야."

디 아빠가 웃음을 터뜨렸다.

심벌즈 비슷한 소리가 났다. 다 엄마가 발로 쓰레기통을 닫는 소리다. 계단 근처로 다가와서인지, 크게 말해서인지 알 수는 없지만, 다 엄마의 목소리가 다시 들렸다.

"어쨌든 말론은 다 가지고 있잖아. 장난감, 책, 모두 다. 우리도 있고. 더 바랄 게 뭐 있겠어?"

말론은 커다란 상자에서 어른 신발상자만 한 플라스틱 통을 꺼냈다. 뚜껑이 열리지 않도록 고무 밴드로 둘러놓았는데, 반투명한 뚜껑 밑으로 검은 알갱이들이 보였다.

사탕인가? 작은 인형?

상자는 가벼웠지만 고무 밴드가 팽팽하게 감겨 있어서 말론은 그 밑으로 간신히 손가락을 집어넣고 고무 밴드를 밀어낼 수 있었다.

"말론이 뭘 더 바라느냐고? 당신의 물러터진 양육방식 말고 다른 걸 원할지도 모르지. 일단 그놈의 인형부터 빼앗아야 돼. 인형하고 너무 많은 시간을 보내잖아. 유일한 친구가 갓난아기 때부터 쭉쭉 빨던 쥐 인형이라면 다른 걸 가르치기 힘들어."

"디미트리, 그 나이 땐 원래 다 그래."

요란한 소리에 둘은 대화를 멈췄다. 아망다가 주방에서 뛰쳐나와 계단을 보았다.

"말론?"

계단 아래 벽장문이 조금 열려 있었다.

그 안에서 아이의 소리가 들렸다.

"말론!"

문이 활짝 열리자 벽장 안으로 빛이 쏟아졌다.

말론은 바닥에 무릎을 댄 채 굳어 있었고, 구티는 발치에 있었다. 말론 옆에는 뚜껑이 열린 플라스틱 통이 나동그라져 있었다.

디미트리의 커다란 그림자가 문을 가로막자 벽장 안은 다시 캄캄해졌다.

숨 막히는 정적이 흘렀다.

플라스틱 통이 말론 위로 떨어질 때, 내용물이 말론의 몸을 온통 뒤덮었다.

말론은 공포에 사로잡혀 숨을 헐떡거리며 뻣뻣하게 마비된 손을 휘저었다. 다 엄마가 자신의 손을 잡아 이 구멍에서, 바닥을 알 수 없는 이 우물에서 끌어내 구해주도록.

마침내 정신을 차린 말론은 있는 힘껏 비명을 질렀다.

아이의 몸은 죽은 벌레투성이였다.

그들의 영역을 침범한 말론과 구티를 벌하듯, 수백 마리의 파리, 개미, 풍뎅이, 무당벌레, 쥐며느리, 벌 들이 말론의 머리와 잠옷과 발, 구티의 털에 붙어 떨어지지 않았다.

19

오늘, 그가 사랑한다고 말했다.

하지만 아이를 낳고 키우는 건 안 된다고 했다.

죽이고 싶다.

나는 그래도 아기를 낳을 거다. 몰래.

아이 이름은 오이디푸스라고 정했다.

유죄: 323　무죄: 95

www.죽이고싶다.com

바질 드라공만은 일어서서 유리창을 통해 항구를 보았다. 프랑스 레지던스 아파트 12층에서는 모터보트나 요트, 카타마란두 개의 선체를 연결한 배이 마치 거대한 주차장에 주차된 차들처럼 보였다. 대부분 하얀색이었고 크기도 엇비슷했다. 사치스러운 고급 요트가 다른 작은 배들의 심기를 긁는 일도 없고, 돛을 너무 높이 달아서 고만고만한 돛을 단 다른 요트들의 무언의 질서를 망가뜨리는 배도 없다. 바다를 사랑하는 사람들이 사는 항구 도시. 과시하려는 사람도 없고, 튀고 싶어 하는 사람도 없다.

바질은 앞으로 걸어가 유리창에 몸을 붙였다. 창은 항구보다 40여 미터는 높아서 아래쪽의 클레망소 거리나 방파제를 간혹 지나가는 행인들에게는 아파트의 실내가 보이지 않았다.

단정치 못한 차림이지만 거리낄 게 없었다.

바질은 구겨진 침대에서 몸을 일으키며 굳이 옷을 입지 않았다. 탄탄한 엉덩이와 갈색 이불을 두른 상체와 그의 남성이 고스란히 드러났다. 침대 시트 아래 누워 있던 아름다운 젊은 여자도 부스스 일어나 바질의 뒤로 가서 그에게 달라붙었다. 여자의 가슴이 바질의 등에, 그녀의 여성은 그의 엉덩이에 밀착됐다. 그녀는 두 팔을 바질의 허리에 두르고 손가락으로 바질의 배꼽 아래 털을 만지작거리며 장난을 쳤다.

"이제 가야 해."

"오늘은 수요일이야." 여자가 토라진 어투로 말했다. "쉬는 날이잖아. 아니야?"

"경감하고 약속이 있어."

"당신의 그 경감? 당신의 오그레스? 질투 나는데?"

바질은 뒤로 돌아 연인에게 길게 키스했다. 그러고는 다시 욕망이 부풀어 오르기 전에 여자를 몸에서 떼어냈다. 여자는 창문으로 다가가 유리에 몸을 붙였다.

약간 화가 난 것 같기도 했고, 바질의 서투른 태도에 재밌어하는 것 같기도 했다. 바질은 침대에 앉아 바지를 입었다. 그의 남성이 하늘을 향해 솟았다.

꼭 맞는 바지, 회색 울 스웨터, 헝클어진 갈색 머리. 그녀는 그가 잘생겼다고 생각했다.

"어디서 만나기로 했어? 당신의 경감이랑?"

바질은 잠시 망설였다. 그는 베이지색 스카프를 두르고 자신의 갈색 눈과 어울리는 어두운 색의 조끼를 걸쳤다. 면도할 시간은 없겠군.

"경찰서에서. 부관들과 경찰이 잔뜩 있을 거야."

"그래야 될 텐데."

그는 아파트 문을 잡았다. 방금 바다와 항구를 내려다보며 그녀에게 키스하긴 했지만 아직 작별의 키스는 하지 않았다.

"경감이 당신 머릿속을 조금씩 채우고 있지? 아이에 대한 얘기를 나누면서 말이야. 하지만 당신 관심이 아이에게서 멀어지면…."

그녀는 말끝을 흐렸다. 유리창에 달라붙은 그녀의 피부에 소름이 돋아 있었다.

"내가 뭐에서 멀어진다고?"

먹구름 사이로 햇살이 비쳐 아파트 안을 비추었고, 창에 달라붙은 여자의 몸을 황금빛으로 물들였다. 그녀는 창문에 가슴을 붙이고 중얼거렸다.

"우리 사이가 멀어지면 싫다고…."

바질이 문을 열고 나갔다.

20

장 밥티스트 르슈발리에와 피에릭 파드루 경위는 오크 약국 앞에 주차된 투란 안에서 한 시간째 기다리고 있었다. 마리안 오그레스가 약국이 문을 열기 전부터 그곳에 있어야 한다고 우겼기 때문에 오전 8시부터 잠복근무 중이다.

이곳은 네주 지역의 유일한 약국이다. 티모 솔레르에게 공범이 있어서 도움과 보호를 받고 있다고 가정을 하면, 공범자는 분명히 가까운 약국에 와서 솔레르의 통증을 가라앉힐 약을 살 것이다. 경찰은 라로셸 의사의 도움을 얻어 솔레르의 공범이 사려고 할 만한 약의 리스트를 만들었다. 인터넷에서 검색 가능한 약 이름들이었다.

포비돈 아이오딘, 세트리마이드, 클로르헥시딘 글루콘산염, 리도카인, 파상풍톡소이드, 메트로니다졸….

약사에게는 미리 얘기해두었다. 약사는 누군가 이런 약을 요구하면 그가 문을 나서자마자 뒤편 옷걸이에 걸어둔 흰색 셔츠를 내리기로 했다. 그러니 적당한 곳에 숨어서 약사의 행동을 관찰하기만 하면 된다.

물론 티모 솔레르의 공범이 이곳 약국에 올 정도로 멍청하다는 가정하에서지만.

지베와 파피는 첫 번째 잠복근무를 자청하여 현장에서 그들의 계획을 점검할 생각이었다. 그러고 난 후 새로이 두 명이 와서 그들과 교대한다. 오크 거리는 간혹 이른 아침부터 약을 사러오는 사람들을 제외하고는 아직 한산했다. 사실 이곳은 평일에도 아침이 늦게 시작된다.

파피는 자신이 생각한 이론을 설명했다. 해마다 실시하는 인구조사에서 수집한 자료를 보면, 네주 주민 전체의 26퍼센트가 실업자다. 특히 18세에서 25세 사이의 실업자 수는 다른 지역의 두 배다. 그러니 아침에 일찍 일어날 이유가 없다.

지베는 라디오에서 방송 주파수를 찾아 101.5의 셰리FM에 맞췄다.

파피가 호기심 어린 눈으로 그를 보았다.

"이걸 들으려고?"

유명 가수 다니엘 레비가 소리를 내질렀다. '내일부터 우리는….'

"결혼할 때 불렀던 노래예요." 지베가 미소를 지으며 말했다. "아직도 이 노래를 들을 때마다 가슴이 설레요."

"하하. 당황스럽네."

파피는 그렇게 말하며 바깥을 주시했다. 거리에는 여전히 아무런 움직임이 없었다. 청소차도 없군. 길가 쓰레기통 주변에 고양이와 갈매기들만 배회하고 있었다.

"왜요?"

"아무것도 아니야. 실은 전부 다 문제야. 자넨 젊고, 잘 생긴 외모에, 말재주도 있고. 게다가 경찰이지. 본청에 발령받았으니 앞날도 탄탄하고."

다니엘 레비는 '사랑의 욕구'를 불러일으키는 노래를 여전히 목이 터져라 부르고 있었다.

"무슨 말인지 모르겠어요, 파피."

"제기랄! 지베, 다른 경찰들이 자네 등 뒤에서 뭐라고 수군대는지 알고 싶어?"

"아뇨. 별로 알고 싶지 않아요."

다니엘 레비의 뒤를 이어 엘튼 존의 〈유어 송〉이 이어졌다. 르슈발리에 경위는 약국을 주시하며 볼륨을 높였다. 약국 안에서는 두 아이의 손을 잡은 여자가 약이 나오기를 기다리고 있었다.

파피는 지베의 말을 무시하고 말하기 시작했다.

"자네 아내 마리조 말이야. 우리는 늘 그게 의문이거든. 자네가 도대체 왜 그 여자랑 결혼했는지 말이야. 잠복근무를 할 때마다 잔소리를 해대잖아. 최소 하루 열 번씩은 전화하지. 몇 주 동안이나 쫓아다니던 사건을 해결해서 축하파티를 할 때도 자정까지 집에 들어가야 하고. 게다가 온갖 일을 다 맡아서 하잖아. 애들을 돌보고, 토요일엔 장을 보고, 일요일엔 지붕을 고치고, 잔디를 깎고, 전구를 갈아 끼우지. 주중에는 학부모 모임에도 나가고 말이야. 자네 마누라가 미스 유니버스쯤 된다면 이해하겠는데, 전혀 아니잖아!"

지베는 화내지 않았다. 그저 놀란 표정으로 파피를 보았을 뿐이다.

"그런 얘기를 정말 내 뒤에서 한단 말이에요?"

"당연하지. 자넨 우리 경찰서에서 최고 미남이거든. 커피머신 앞에 모인 사람들이 만장일치로 널 뽑았다고. 이 구역 여경들의 은밀한 꿈에는 항상 자네가 나올걸? 자넨 유니폼과 계급을 가진 최고의 남자잖아. 그런데 이런 완벽한 남자의 아내 마리조는 정말 짜증난단 말이지. 차라리 마리안 경감이 자네 마누라보다 섹시할 정도야."

지베는 미소를 지었다.

"특히 코가 참 섹시하죠. 양쪽으로 콧방울이 볼록한 게. 마리조가 나를 떠난다면 경감님 같은 여자를 만나볼 거예요."

"뭐? 코가 어떻다고? 거시기같이 생겼다는 거야? 그 말이야?"

"그렇게 생각하시던가요."

"그런데 마리조가 왜 자넬 떠나겠어? 이렇게 완벽한 남편을."

"저도 모르죠. 내가 경찰이라서? 근무시간표는 거지같고 월급도 적어서?"

파피는 눈을 찡그렸다. 작은 모자를 쓰고 옷깃을 올린 남자가 방금 약국으로 들어갔다. 그는 약국을 계속 주시하며 지베에게 대답했다.

"다시 한 번 말하는데 자넨 정말 짜증나. 제발 도빌 무장강도가 훔친 물건을 제일 먼저 찾아내라고. 되도록이면 밸런타인데이 3일 전까지 찾아. 그래서 그중에 작은 것 몇 개만 주머니에 집어넣는 거야."

롤링 스톤즈의 노래가 나왔다. 〈페인트 잇 블랙〉

지베는 아무 말 없이 볼륨을 낮췄다. 파피는 계속 우겼다.

"아니지. 더 좋은 방법이 있어. 다른 여자랑 도망치는 거야. 더 예쁘고 더 착하고 더 귀여운 여자랑 말이야."

지베는 망설이는 듯하다가 아무 대꾸도 하지 않았다. 그러다 갑자기 파피에게 윙크를 했다.

이건 또 뭐지? 이상한걸. 파피는 생각했다.

그는 지베에게 윙크의 의미가 무엇인지 물어보고 싶었지만 그럴 시간이 없었다. 약국의 유리창 너머에서 약사가 옷걸이에 걸린 셔츠를 끄집어 내렸다. 작은 모자를 쓴 남자가 약을 담은 봉투를 들고 약국 밖으로 걸어 나왔다.

파드루 경위는 얼른 카메라를 집어 남자에게 초점을 맞추고 확대해서 들여다보고는 갑자기 카메라를 내렸다.

"맙소사, 알렉시스 제르다야!"

지베는 고개를 살짝 끄덕였다. 그 역시 마리안이 보여준 사진을 기억하고 있었다. 범죄 설계자로 지목된 사람이다. 지베는 투란에서 내려서두르지 않으려고 애쓰며 계획대로 정확하게 움직였다.

남자는 인도를 20미터가량 걷다가 길모퉁이의 식료품점으로 들어갔다. 지베는 파피가 약국 쪽으로 길을 건너는 걸 확인하고 제르다를 따라 들어갔다.

식료품점 내에는 십여 명의 사람들이 있었다. 거리나 주변의 행정사무소보다 훨씬 붐볐다. 남자는 맥주 진열대에서 멈췄다. 지베는 럼주를 보는 척하며 남자에게 가까이 다가갔다. 그리고 실망스러움에 입술을 깨물었다.

눈치 챘군!

알렉시스 제르다는 코로나 한 팩을 눈높이로 들어올렸다.

양 손이 비었잖아!

약 봉투는 보이지 않았다.

지베는 당황해서 주변을 둘러보았다. 물건을 사려는 사람들이 오고 갔다. 조그마한 계산대 앞에 세 명이 줄을 서서 기다렸다. 입구 앞의 통로에서 두 여자가 과일을 계산했다.

지베는 다시 제르다에게 다가갔다. 자신의 정체를 제르다가 알아챘는지 확인하고 싶었다. 하지만 답도 이미 알고 있었다.

제르다는 식료품점에 있던 다른 공범에게 약봉투를 전달했다.

공범이 남자인지 여자인지는 알 수 없었다. 알렉시스 제르다를 몇 시간이든 며칠이든 미행할 수 있을 테지만 몇 달 전부터 그랬듯이 그가 그들을 솔레르에게 인도하지 않을 건 분명했다.

파드루 경위가 약국에서 남자가 구매한 품목이 멸균 거즈, 베타딘, 지혈 습포, 반창고이며, 이 물품들은 처방전 없이 살 수 있는 최고의 조합임을 확인하는 동안, 지베 르슈발리에 경위는 제르다의 뒤에 있었다.

그는 제르다와 등을 맞대고 눈으로는 파스티스나 리카르 51 같은 술들을 보는 척하다가 단 한 번 제르다를 슬쩍 돌아보았다.

코로나 팩을 데스페라도 맥주 옆에 도로 내려놓은 남자는 도빌의 무장강도 파일에서 본 사진과 똑같았을 뿐 아니라 왼쪽 귀에 커다란 은 귀걸이도 하고 있었다. 그를 스치며 지나갈 때 목 아래의 해골 문신도 선명하게 보였다.

21

마리안 오그레스는 잠시 망설이다 휴대전화를 들었다. 하지만 액정 화면에서 송신자가 부관임을 확인하자 흥분 상태가 되어 곧바로 전화를 받았다.

"지베? 소식 있어?"

마리안은 아드레날린이 솟구치는 것을 느꼈다. 하지만 지베의 대답은 실망스러웠다.

"실패했어요."

지베는 짤막하게 보고했다. 약국 앞에서 대기할 때 알렉시스 제르다가 나타났는데, 아마도 그들이 모르는 또 다른 공범자가 있었던 것 같다.

경감은 경찰이 두 명이나 함께 움직였는데도 바보처럼 실패했느냐며 소리를 지르려다가 꾹꾹 눌러 참았다. 어제의 사건 이후로 부하들과 관계를 잘 맺어야겠다고 결심했던 터다.

그녀의 눈앞에서 절반은 새, 절반은 돌고래 형상인 고무 물체들이 돛에 갇힌 바람과 파도에 따라 일렁였다.

"알았어, 지베. 놓치지 말고 잘 감시해. 르아브르에는 약국이 백여 개가 있어. 제르다가 네주 지역의 약국에 온 게 절대 우연이 아닐 거야. 지난 1월 6일 이후로 알렉시스 제르다가 도빌의 강도 사건과 관련이 있다는 게 드러난 건 처음이야. 그러니 이건 긍정적인 결과라고 볼 수 있지."

지베는 마리안이 이렇게 의미를 부여하는 데 용기를 얻어서 즉각 대답했다.

"알겠어요, 마리안. 지금 있었던 일은 늑대가 궁지에 몰렸고, 곧 숲에서 나올 때가 되었다는 신호죠. 부르덴 경사가 제르다를 계속 미행할 거예요. 본부로 들어갈까요?"

"그래, 나도 지금 갈게. 약간 늦을지도 몰라."

마리안은 저도 모르게 지베가 꽥꽥대는 갈매기 소리를 듣지 못하도록 스피커를 손바닥으로 가렸다. 그녀는 전화를 끊고 미소를 지으며 바질을 향해 돌아섰다.

"미안합니다. 급한 전화라…. 자, 이제 말씀하세요. 시간을 오래 낼 수는 없어요."

앞에는 르아브르의 넓디넓은 해변이 펼쳐져 있었다. 나지막한 건물들과 콘크리트 제방, 야자나무, 건물에 나부끼는 유럽연합 깃발, 짧게 깎은 잔디, 자갈, 영불해협을 오가는 페리선…. 이렇게 아름다운데, 어떻게 니스가 르아브르를 제치고 가장 아름다운 해변도시라는 명성을 얻게 되었는지 알 수가 없었다.

그들은 조약돌 위에 나무판자를 깔아놓은 작은 산책로를 걸었다. 길을 걷다보면 아래쪽의 해변에 닿을 것 같지만 그대로 끝도 없이 이어진 길이다. 마리안과 그녀보다 20센티미터는 족히 더 큰 바질은 좁은 길에서 가끔 몸을 부딪치며 나란히 걸었다. 하얀 탈의실 건물이 성벽처럼 해변에 늘어서 있었다.

줄지어 선 탈의실 건물을 지나며 마리안이 심리상담사에게 말했다.

"약속한 대로 물랭 가족에 대해 조사했어요. 결론은 분명합니다. 실망스럽겠지만 그들은 말론 물랭의 부모가 맞아요. 태어난 이후, 쭉 키웠더군요. 이런 것을 조사하고 말하는 것도 좀 이상하긴 하지만, 의심할 여지가 없어요."

문이 굳게 닫힌 탈의실, 해변의 텅 빈 레스토랑들. 이곳은 9월에 문을 닫고 집기를 모두 철수한다. 여름의 북적거리는 풍경과는 대조적이다. 하지만 마리안은 가을 녘의 어딘지 음울한 이 분위기가 좋았다. 바람을 피할 수 있는 테라스가 있다면 바질의 황금빛 크루아상 같은 눈빛을 마주하고 커피를 마시며 멀리서 오고가는 여객선을 구경할 수 있을 텐데.

"평범한 가족이에요. 아무런 특이사항이 없어요. 디미트리 물랭이 몇 달간 감옥에 갔다 온 적이 있지만 벌써 몇 년 전 일이고요. 그 이후로는 딱히 나무랄 데가 없는 남편이자 아버지예요. 동네 사람들과도 잘 지내고 있고요."

바질은 슬며시 입을 비죽였다.

"모범적인 아버지의 정의가 디미트리 물랭이라고 하신다면…."

"어디서든 꼬투리는 잡을 수 있어요. 하지만 말론이 그들의 아들인 건 반박할 여지가 없습니다."

"무슨 말씀인지 알겠습니다. 어쨌든 애써주셔서 감사합니다."

몇몇 탈의실에는 커다란 흑백 사진이 붙어 있었다. '광란의 시대'Crazy Years. 호황과 문화부흥이 맞물린 1920년대.와 영화 〈타이타닉〉 분위기를 연상케 하는 사진이다. 대서양을 횡단하는 여객선과 나들이옷을 입은 갑판 위의 연인들. 100년 전 르아브르는 낭만의 도시였다.

마리안은 탈의실 사진들을 보며 생각에 잠겼다.

바질은 독신일까? 누군가와 사랑에 빠졌을까? 나와 해변을 산책하는 것이 불편할까?

설령 그렇다 해도 전혀 티도 안 내는걸. 그는 마리안의 말을 부정하지는 않았지만 곰곰이 되씹는 것 같았다. 마치 바다의 요정이나 유니콘이 존재하지 않는다는 사실을 인정하기 싫어하는 아이처럼 자기주장이 옳다는 증거를 찾으려 애쓰는 것이다. 바질이 마리안을 향해 돌아섰다.

"경감님의 가장 오래된 기억은 뭔가요?"

"뭐라고요?"

심리학자는 활짝 웃었다.

"제가 즐겨하는 테스트예요. 살아온 인생 중에서 특정한 순간을 생각하는 거죠. 자, 생각해보세요. 가장 오래된 기억이 무엇이죠? 누군가 말해준 것 말고 정말로 기억나는 것 중에서 말이에요. 이미지를 기억할 수 있는 진짜 기억이요."

"어, 글쎄요…."

마리안은 눈을 감았다. 파도의 철썩이는 소리만 들릴 뿐 주변은 조용했다. 마리안은 잠시 후 눈을 떴다.

"갑자기 물어보는 바람에…. 확실하진 않지만 이모 농장에서 지냈던 게 기억나요. 소젖을 짜는 걸 봤거든요. 저도 작은 의자에 앉아서 똑같이 해보려 했던 기억도 나고요. 이 기억은 아무에게도 얘기하지 않았을 거예요."

"그때 몇 살이었죠?"

"확실치 않아요. 네 살?" 그녀는 잠시 머뭇거렸다. "아니, 아마 다섯 살이었을 거예요. 여섯 살이었을지도 모르고…. 봄이었어요."

"그러면 그전 일은 아무것도 기억이 안 나나요? 무슨 일이 있었는지는 다른 사람에게 물어봐야 알 수 있고요. 그렇지 않아요? 그전의 이미지는 앨범의 옛날 사진들뿐이고. 그때의 감정이란 어머니가 말씀해 주시는 것으로만 기억할 수 있고요. 자주 갔던 장소나 유치원, 예전에 살던 집, 보모, 첫 바캉스…. 모두 다른 사람에게 의존할 수밖에 없죠. 그렇지 않나요?"

그는 말을 멈추고 숨을 들이쉬었다가 다시 말을 이었다.

"말론 물랭은 아직 네 살이 채 안됐어요, 경감님. 그 아이가 이제껏 겪은 일, 그리고 앞으로 겪을 일들은 모두 잊을 겁니다. 희미한 그림자만 남을 거예요. 이전에도 말씀드린 적이 있지만 네 살이 채 안 된 아이의 기억이란 점토 같아서 어른들이 마음대로 조작할 수 있어요. 말론이 아망다 물랭과 디미트리 물랭의 아들임이 분명하다고 말씀하시니 저도 믿고 싶어요. 하지만 이 경우에는 다른 방식으로 접근해야 합니다. 아이가 말하는 기억들이 우연히 아이에게 주입된 게 아니라는 사실을 알아야 해요."

"무슨 뜻이죠?"

"세 살이 안 된 아이들은 자기 자신에 대한 자각이 전혀 없어요. '나'는 전문 용어로 '공동체적 자아'라고 부르는 것과 관련이 있습니다. 엄마, 아빠, 보모는 자기 자신을 연장하고 확대시킨 선상에 있죠. 말론이 얘기하는 이전의 엄마나 이전의 삶에는 한 가지 분명한 것이 있습니다. 이미지가 존재한다는 것이죠. 이미지가 존재한다는 것은 누군가가 그 이미지를 심어주고 계속 얘기해줘서 유지시킨다는 거예요. 이 '누군가'는 '공동체적 자아'에 포함되는 사람이죠. 말론이 뚜렷하게 기억하는 사람이기도 하고요. 그래서 그 사람이 말해주는 기억을 자신도 함께한 기억이라고 믿고, 함께 그 기억을 지켜나간다고 믿는 거죠. 결론은…."

그가 말을 멈췄다. 앞쪽의 붉은 벽돌색 건물에는 중산모를 쓰고 짙은 콧수염을 기른 남자가 짧은 옷차림에 소년 같은 머리의 예쁘장한 여자에게 키스하려고 여자의 모자를 뒤로 넘기는 그림이 붙어 있었다.

"결론은, 누군가 말론이 기억을 유지하도록 이런 수고를 했다면, 즉, 또 다른 누군가는 말론이 모두 잊어버리는 걸 원한다는 얘기죠."

"말론의 부모 말인가요?"

"예를 들면요. 바보처럼 들릴지 모르겠지만, 제 생각에는 이 아이가 내게 말하는 내용 모두가 의도적으로 심어진 것 같다는 거예요. 어떤 표시등처럼 때가 오면 반짝 켜져서 의도한 대로 이용할 수 있도록 말이죠."

바질은 단숨에 말을 쏟아내고는 헉헉거리며 숨을 돌렸다. 그는 흥분해서 팔을 움직이며 입술을 가볍게 떨었다. 마리안은 바질이 매우 매력적이라고 느꼈다. 매력적이고, 진지하고, 설득력이 있었다.

단지, 심리학자의 추론에는 결정적인 결함이 있을 뿐이다.

그의 가설은 말론의 머릿속에 누군가가 다른 삶에 대한 기억을 반복적으로 얘기해주며 심었다는 것인데, 그 부분은 납득이 가지 않았다.

이 아이에게 기억을 불어넣었다는 이가 존재한다. 말론은 그게 누구인지 분명히, 똑똑하게 말했다. 자신의 인형, 구티라고.

마리안은 잠시 침묵을 지켰다. 바질의 진지한 모습을 보니 하찮은 착각이라고 웃어넘길 마음이 들지 않았다. 그래서 심리학자의 두려움을 진지하게 대하기로 했다.

"그래서 당신이 두려워하는 건 말론이 위험에 처할 수도 있는 상황인가요? 말론의 기억이 말론을 지켜주기 위해 심어진 건가요?"

"그럴 수도 있죠. 비를 몹시 두려워하는데 그건 어떻게 설명할 수 있을까요? 그리고 말론은 추위를 몹시 심하게 타는데 이건 또 어떻게 이해해야 할까요? 보통 사람들이 그런 증상을 보이면 이전의 트라우마에 대한 기억이라고 여깁니다. 그런데 이 아이가 가지고 있는 이미지는 너무 정확해요."

바람이 불어 마리안의 머리카락이 날렸다. 그녀는 코트 단추를 턱 아래까지 채웠다. 차가운 바람에 얼굴이 빨개졌다. 코가 깨져서 반창고를 붙인 걸로도 모자란 모양이군. 섹시함과는 아주 거리가 먼걸. 마리안은 투덜거렸다.

"이쪽으로 오세요. 바람을 피할 수 있는 곳으로. 보여드릴 게 있어요."

그는 열려 있는 탈의실을 가리켰다. 시청에서 고용한 인부들이 다른 탈의실과 똑같이 새로 칠한 곳이다.

가로세로 2미터밖에 안 되는 좁은 실내는 눅눅한 냄새가 났지만 놀라우리만치 따뜻했다.

그는 무릎을 구부리고 배낭에서 25000분의 1 지도를 꺼내 펼쳤다. 마리안은 지도를 밟지 않도록 나무 칸막이에 몸을 바짝 붙였다. 코팅된 지도 위에 여러 색깔의 화살표와 선과 동그라미 표시가 있었다.

"말론이 말하는 곳과 비슷한 곳에 표시를 해봤어요." 바질이 눈을 들어 그녀를 보며 말했다. "제가 그렇게 허황된 사람이 아니라고요. 이건 연역적 가설 방식이죠. 경찰도 같은 방식을 사용하지 않나요?"

마리안은 지도를 찬찬히 들여다보았다. 흥미가 일었다. 실제로 경찰도 목격자의 증언을 지도에 표시해가며 전략을 짠 때가 많으니 말이다.

"말론의 말로는 이전에 살던 집이 바닷가에 있었다고 해요. 침실 창밖으로 바다가 보였다고 했죠. 그래서 바닷가 전부를 가는 선으로 표시했습니다. 절벽이나 자연보호구역이나 산업지구를 제외하고 사람이 살 수 있는 곳에만 그렸어요. 그리고 말론은 항상 해적선에 대해서 말했지요. 동그라미 표시들은 배가 가까이 들어올 수 있는 해변입니다. 일단은 모든 종류의 배를 고려했어요. 낚싯배, 유람선, 유조선, 화물선, 전부 다요. 마르루주나 생프랑수아, 플레빌 지구의 유원지에 있는 나무배까지 다 표시했어요. 보세요, 경감님. 해변과 배가 보이는 곳은 아주 넓어요. 예를 들어서 르아브르의 페레 구역도 상당 부분이 다 해당되죠."

그는 지도에 검지로 원을 그렸다.

"그럼 나머지는요? 숲은요? 말론은 살던 곳 옆에 숲이 있고, 그곳에 식인괴물과 다른 괴물들이 산다고 하지 않았나요?"

심리학자는 여전히 자신만만한 태도로 지도의 초록색 부분을 가리켰다.

"거기서 선택의 폭이 매우 좁아집니다. 몽종 숲이나 생트아드레스 성곽 주변의 숲, 제네르 터널 입구의 숲…. 하지만 이 숲들은 조건이 안 맞아요. 르아브르 주변의 숲들은 모두 바다와 멀리 떨어져 있거든요."

"로켓도 있잖아요."

바질은 마리안이 그런 세부사항까지 기억하고 질문하자 기분이 한층 좋아진 듯했다.

"로켓은 전혀 갈피를 잡을 수가 없어요. 르아브르 옥트빌 공항이 있긴 해요. 바다에서 1킬로미터밖에 안 떨어졌고, 몽가야르 쇼핑센터와도 가깝죠. 그런데 말론은 분명히 비행기가 아니라 로켓이라고 말하거든요. 그리고 탑이 네 개 있는 성도 못 찾았어요. 가장 가까운 성이 도르셰 성인데 탑이 하나밖에 없죠. 생트아드레스에 있는 갸델 성은 탑이 여덟 개이고…. 커다란 탑이나 작은 규모의 성도 다 찾아봤어요. 급수탑까지 다 고려해서요. 파란 십자 표시를 해두었어요."

마리안은 지도를 보며 잠시 입을 다물었다. 드라공만이 경찰이 되었더라면 아주 유능한 경찰로 인정받았을 것이다. 휘하에 있는 대부분의 경찰보다 상상력이 훨씬 더 풍부했다. 바질은 미안한 듯 미소를 지었다.

"모든 지표를 충족하는 완벽한 곳은 아직 못 찾았어요. 여러 개 퍼즐을 한 상자에 쏟아 담은 기분이에요. 이것저것 기억이 뒤섞인 것 같다고 할까요? 어느 것이 어느 퍼즐의 조각인지 알 수가 없어요."

마리안 오그레스 역시 떠오르는 것이 없었다. 어두컴컴한 탈의신 안에 푸르스름한 빛이 나타났다. 마리안의 휴대전화였다.

언제 오세요? 지베

그녀는 바질의 지도를 밟지 않으려고 주의하며 탈의실 문으로 향했다. 부관의 메시지에 정신이 번쩍 들었다.

여기서 뭘 하고 있는 거지? 보물 지도를 보며 세 살배기 꼬맹이와 심리상담사의 상상 속에 빠져든 건가? 두 명의 무장강도가 경찰에게 총을 쏘며 도주하고, 지난 9개월간 그들을 조롱하고 비웃으며 200만 유로어치 물건을 감춰버린 이 마당에.

"이제 가봐야겠어요. 그 문제는 나중에 다시 얘기하죠. 사람을 한 명 붙여놨어요. 젊은 수습경찰인데 계속해서 수사할 겁니다."

그들은 어색하게 악수를 나눴다. 마리안이 탈의실 건물에서 나오자 세찬 바람이 얼굴을 때렸다. 그녀는 유일하게 문을 연 매점 맞은편에 세워둔 메간을 향해 서둘러 걸음을 옮겼다.

◆◆◆

바질 드라공만은 지도를 접으며 멀어지는 마리안의 모습을 지켜보았다. 10대들이 트램에서 내려 인라인스케이트를 신고 공원 쪽으로 미끄러져갔다. 한 소녀가 나무판자를 깐 산책로를 달려갔다. 하나로 묶은 머리는 어깨에 닿을락말락했고, 귀에는 이어폰을 꽂고 엠피스리를 듣고 있었다.

오그레스 경감이 어디까지 도와줄 수 있을까?

결국에는 다른 사람들처럼 코웃음을 치며 비웃는 건 아닐까?

설령 비웃지 않는다 해도, 말론의 기억과 진짜 삶이 사라지기 전에 더 적극적으로, 더 깊이, 더 빨리 조사하도록 그녀를 설득할 수 있을까?

말론은 바질을 믿어주었다. 심리상담사로 일하면서 이렇게 막중한 책임을 느껴본 적이 없었다.

그는 지도를 조심스럽게 접어 배낭에 넣었다. 말론의 마지막 기회다. 물 위에 떠다니는 나뭇가지를 절망적으로 붙잡으며 물속에 가라앉지 않으려 안간힘을 쓰는 아이.

바질은 두려웠다.

조깅을 하는 소녀는 예뻤다. 그녀는 심리상담사를 지나치며 그를 눈여겨보았지만 속도를 늦추지는 않았다. 하지만 잘생긴 갈색 머리 남자가 자신을 보고 있으리라고 확신했다. 레깅스 안에서 탄력 있게 흔들리는 내 엉덩이를 해변이 끝나는 지점까지 뚫어져라 쳐다보겠지.

하지만 그녀의 생각은 틀렸다.

바질은 눈이 마주친 후 더는 그녀를 보지 않았다. 불현듯 떠오른 생각에 온통 빠져 있었을 뿐. 그는 말론이 구티와 이야기를 어떻게 주고받는지 퍼뜩 깨달았다.

22

작은 바늘 10, 큰 바늘 7

붉은색과 오렌지색 모자에 알록달록한 목도리를 두르고 장갑과 부츠로 무장한 말론은 흡사 정원에 세워놓은 난쟁이인형처럼 보였다.

아망다는 보조바퀴가 달린 자전거를 차고에서 꺼내 울타리 옆에 세웠다.

"오리 연못까지 갔다 오자."

말론은 고개를 저으며 버티고 서서 먹구름이 잔뜩 낀 하늘을 올려다보았다.

비가 올 것 같아.

아망다가 말론을 번쩍 들어 자전거 안장에 앉혔다.

"자, 어서 가자! 게으름뱅이. 페달을 밟아."

말론은 1미터 정도 앞으로 가다가 자갈돌에 막혀 멈춰 섰다. 아망다는 자전거를 밀며 한숨을 내쉬었다.

"페달을 앞으로 힘껏 밟으면서 가야지. 킬리앙과 롤라는 벌써 보조바퀴를 뗐을 텐데."

아망다는 말론이 속도를 내도록 더 세게 자전거를 밀면서 말론의 눈까지 내려온 모자를 올려주었다.

말론의 머리카락은 아직도 젖어 있었다. 조금 전 샤워를 할 때 말론은 소리를 지르며 울어댔다. 말론은 항상 욕조에 물을 받아 목욕하려 했고, 매일 밤마다 오랫동안 욕조에 있었다. 하지만 샤워기에서 뿜어져 나오는 물은 몹시 무서워했다. 이번엔 아망다가 말론을 붙잡아 옷을 벗기고 욕실로 강제로 끌고 가서 어쩔 수가 없었다. 말론의 머리며 얼굴이며 팔이며 손까지 온통 죽은 곤충으로 뒤덮여 있었기 때문이다.

죽은 곤충일 뿐이야. 더럽지는 않아.

말론을 벽장 안에서 발견했을 때, 아망다는 말론과 디미트리에게 억지웃음을 띠며 재미있는 놀이라도 되는 듯 말했다. 결혼식에서 신랑 신부에게 뿌리는 알록달록한 종이 같은 거고, 얼굴에 밀가루를 뿌리거나 민들레 씨를 날리는 것과 비슷하다고도 했다.

마침내 디미트리가 말했다.

"얼른 꼬마를 씻기고 바닥을 치워."

온순한 아망다는 웅크리고 앉아 한 손으로 말론의 팔을 잡고 다른 손으로는 사방에 흩어진 죽은 파리와 풍뎅이와 벌을 끌어 모아 상자에 집어넣었다.

디미트리는 벽장문 앞에 서서 그녀를 노려보다가 버럭 화를 내며 고함을 질렀다.

"다 쓰레기통에 처넣어버려!"

드문 일이지만 아망다가 저항했다.

"안 돼, 디미트리. 안 돼! 그런 말 하지 마, 제발."

그녀는 디미트리가 달려들어 상자를 빼앗고, 처음으로 직접 빗자루를 들어 치울 거라고 생각했다. 하지만 언제나처럼 소리만 지를 뿐이었다.

"넌 미쳤어. 재하고 똑같이 미쳤어!"

그러고는 벽장문을 쾅 닫고 가버렸다.

집에서 연못까지 가는 길은 완만한 내리막이다. 말론은 페달을 밟을 필요가 없었다. 구티를 핸들 아래 바구니에 넣고, 포뮬러1의 카레이싱 도로처럼 매끄럽고 까만 포장도로를 내려갔다.

이곳에는 위험 요소가 전혀 없었다. 모리스라벨 광장의 다른 블록 앞 도로들을 제외하고는 이쪽은 자동차가 거의 다니지 않았다. 오드마네글리즈 지구를 설계한 건축가들은 미로전문가임이 틀림없다. 그들은 디미트리와 아망다가 집을 살 때 이 동네는 사회통제가 가능하도록 계획되었다고 말했다. 즉, 다른 사람의 눈에 띄지 않고 동네를 드나들 수는 없다고 했다. 각 건물이 서로를 볼 수 있는 위치에 세워져 있다는 뜻이다. 집마다 주차장과 진입로가 따로 있어서 독립적인 공간을 보장하고 혼자만의 시간을 즐긴다는 느낌을 주며 각자의 텃밭에 나무와 채소를 자유롭게 가꿀 수 있지만, 실상은 비슷한 집들에 둘러싸여 있을 뿐이다. 세상과 도시와 마을에서 분리된 것 같아도 쇼핑몰이나 고속도로 진입로에 가깝고 서로 서로 연결되어 범죄로부터도 안전하다.

도시계획자들은 영리하기도 하지.

그래서 이 지역에서는 아이들이 아무런 위험 없이 안전하게 놀 수 있다.

가까운 곳에 국가에서 관리하는 연못도 있다. 전체를 아우르는 정교한 계획과 감성적인 세부 계획으로 만들어진 지역이다.

아망다는 말론이 지나치게 빨리 가지 않도록 코트의 옷깃을 잡았다.

말론은 웃음을 터뜨렸다. 오늘의 첫 웃음이었다. 그녀는 말론이 이렇게 웃음을 터뜨릴 때가 좋았다. 이런 순간에는 그녀가 늘 반복해 듣는 르노의 노래 가사가 떠올랐다. 보잘것없을지라도 소소한 일상의 행복을 상기시키는 노래다.

날아오르는 네 웃음소리를 들어봐
새처럼 높이높이 날아오르는 너의 웃음소리를

마지막 피아노 음이 울리기 전에 르노는 이렇게 노래하며 마쳤다.

시간은 살인자
아이의 웃음소리를 가져가버리지

오리 연못에는 오리가 없었다. 벌써 몇 주 전, 9월의 쌀쌀한 아침이 오자마자 오리들은 다 사라졌다. 아망다는 실망하는 척했다. 말론은 별로 개의치 않았다. 그러고는 지난봄에 왔을 때처럼 구티를 안고 오리 둥지나 알을 찾으러 돌아다녔다. 그때는 막 태어난 새끼 오리들을 동네 고양이들이 잡아먹기 전이었다. 지금은 아무것도 없었지만 아망다는 흐뭇한 마음으로 말론이 마음껏 뛰어놀도록 내버려두었다.

이 연못은 그들의 집에서 50미터밖에 떨어지지 않았다. 말론에게는 끝도 없이 탐구해야 할 또 다른 세상이지만 성장해가면서 작은 공간에 불과하다는 걸 알게 될 것이다. 아니, 이 구역 전체가 점점 더 작아 보일 것이다. 지금 말론이 사는 우주는 언젠가는 단 세 걸음에 탐험이 끝나버릴 발육부진의 행성에 불과하다.

아니면 감옥일까? 미노스 왕이 젊은 그리스인들을 영원히 가둬버리기 위해 설계한 미궁처럼 이곳도 측백나무와 쥐똥나무로 둘러싸인 영리한 미로일지도 모른다. 이곳을 설계한 건축가들은 아무도 빠져나갈 수 없는 견고한 미로를 만들어놓았다.

오리들만이 이곳을 벗어날 수 있다.

아망다 또한 이곳을 벗어나겠다고 마음을 먹은 적이 있었다. 마네글리즈를 벗어나 다시는 돌아오지 않겠다고 다짐했었다. 열여섯 살 때의 일이다. 하지만 해마다 다시 돌아오는 오리처럼 결국은 다시 돌아왔다. 오리들은 넓은 세상을 돌아다니며 따뜻한 곳을 찾고 사랑을 나누지만 결국 이곳에서 새끼를 낳는다. 그리고 새끼의 대부분은 고양이에게 먹힌다.

짙은 파란색 연못에 비 한 방울이 툭 떨어졌다.

말론은 그것이 비라는 걸 알아차리지 못했다. 아망다는 곧바로 알아차렸다. 당장 집으로 돌아가야 한다. 만약 소나기가 내리기 시작한다면 말론의 비명이 동네 사람들을 다 깨울 테니.

"아기 오리들은 다 어디로 갔어, 다 엄마?"

새끼 오리들은 이곳에서 태어나지. 아망다는 여전히 생각에 잠겨 있었다.

그리고 먹혀버리는 거야.

내가 막지 않는다면.

토마토를 깍둑썰기하고 고기를 잘게 다지고 감자를 튀기며 아망다가

요리할 동안 말론은 〈제이크와 해적들〉을 한 편 보았고, 밥 먹으면서 또 한 편을 보았다.

한 편만 더, 딱 한 편만. 말론이 우겨보았지만 아망다는 끄떡하지 않았다.

"낮잠 시간이야, 선원 아저씨."

말론은 저항하지 않았다. 〈제이크와 해적들〉 시리즈를 이미 모두 외운 터라 그런 걸 수도 있다. 게다가 침대에 있는 걸 더 좋아했다. 어쩌면 지나치게 좋아하는 것 같기도 하다. 그렇다고 나무랄 수는 없다.

말론이 침대에 누웠다. 이불 밖으로 말론의 머리와 구티의 머리가 나왔다. 아망다가 말론 옆에 앉았다.

"가끔 아빠가 크게 소리 지를 때도 있지만, 그래도 아빠는 널 사랑해. 아주 많이. 아빠 목소리가 아주 크지? 아빠는 너를 아주 많이 사랑하지만 가끔 화가 날 때가 있는 거야."

말론은 아무 말 하지 않았다.

"아빠가 화를 자주 내는 것 같아?"

말론은 침대 옆의 달력을 흘끗 보았다. 로켓 자석이 수성 위에 있었다.

여행의 날이다.

말론은 낮잠 시간보다 밤이 더 좋았다. 깜깜한 밤하늘에 형광 별과 행성이 환하게 빛나는 밤이 좋았다.

"말론, 네가 학교에서 상상 속의 얘기를 하면, 예를 들어서 내가 네 진짜 엄마가 아니라는 소리를 하면 말이야, 엄마는 그래도 괜찮아. 사실이 아닌 걸 아니까. 하지만 아빠는 아주 싫어하셔."

아망다는 말론의 머리를 부드럽게 쓰다듬었다. 말론은 눈을 크게 뜨고 다 엄마를 보았다. 창문에 드리운 오렌지색 커튼 사이로 햇살이 비쳐 방 전체가 부드러운 구릿빛으로 물들었다. 말론이 웅얼거렸다.

"내가 그런 말 안 했으면 좋겠어?"

"응. 그런 말 안 했으면 좋겠어. 그런 생각도 안 했으면 좋겠고."

말론은 곰곰이 생각하는 눈치였다.

"하지만 그건 어려운데. 다 엄마는 내 엄마가 아니잖아."

아망다의 오른손이 계속해서 말론의 머리를 쓰다듬었다. 그러나 왼손은 이불을 꽉 움켜쥐었다.

"누가 그런 말을 해, 아가? 도대체 누가 네 머릿속에 그런 생각을 심었지?"

"비밀이야. 말할 수 없어."

아망다는 몸을 숙이며 목소리를 높이지 않으려고 안간힘을 썼다. 그러고는 나직한 목소리로 말했다.

"그 비밀이 엄마를 아주 슬프게 하는 거 알지?"

아망다는 대답을 기다리지 않고, 말론을 꽉 끌어안았다. 아망다가 오랫동안 아무 말도 하지 않자 마침내 말론이 말했다.

"다 엄마가 슬픈 건 싫어. 다 엄마가 좋아. 아주 많이."

"그러면 네 엄마가 아니라는 말은 이제 하지 마. 약속해줄 거야?"

"하지만 내가 그렇게 생각하는데도?"

"그렇게 생각해도. 걱정하지 마, 아가. 네 머릿속에 있는 이상한 생각들은 이제 곧 날아가버릴 테니까. 사람들을 아프게 만드는 작은 벌레들처럼 말이야. 수두에 걸렸을 때 작은 물집이 잔뜩 생겼던 것 기억나?"

말론은 아망다의 포옹에서 벗어나려고 몸을 뒤틀었다.

"하지만 내 머릿속에서 없어지지 않았으면 좋겠어. 기억해야 돼."

아망다는 눈물을 참을 수가 없었다. 그녀는 말론의 베개에 얼굴을 대고 흐느껴 울다가 다시 말론을 안으며 귀에 대고 속삭였다.

"그런 말 하지 마, 아가. 그렇게 말하면 안 돼. 사람들이 결국은 널 믿어버릴 거야. 그래서 너를 데려갈 거고. 무슨 말인지 알겠어? 우리가 헤어졌으면 좋겠어?"

"난 다 엄마랑 있을래!"

아망다는 숨이 막히도록 말론을 꼭 끌어안았다. 말론을 빼앗길까 봐 몹시 두려웠다.

"나도 그래." 아망다는 격렬하게 흐느꼈다. "나도 그래."

말론을 꼭 끌어안고 우는 동안 아망다는 점차 진정이 됐다. 눈물이 차츰 멎자 아이 방 특유의 포근함에 휩싸였고, 이 순간의 행복이 영원히 지속될 것 같은 느낌마저 들었다. 말론이 다시 입을 열었다.

"우리 엄마가 나를 데리러 올 때까지는 다 엄마랑 있을 거야."

23

오늘, 내 앞에 있던 남자가 127,000유로를 계좌에 입금했다.

죽이고 싶다.

이 남자의 과부를 제거해야겠다.

유죄: 98　무죄: 459

www.죽이고싶다.com

아무도 주의를 기울이지 않는 가운데, 오후 5시를 알리는 음악이 울렸다. 경찰서 내에서는 라디오 볼륨을 한껏 낮춰 음악을 듣는 사람이 많지 않았다. 대부분 매시간마다 주요 뉴스나 속보를 들었다.

한동안 시끌벅적하게 르아브르 항구의 사건을 보도하던 신문기자들도 이제 더는 티모 솔레르에게 관심을 두지 않았다. 그런데 오늘 아침에는 온갖 언론사에서 경찰서로 빗발치듯 전화를 걸어 자세한 상황을 듣고 싶어 했다. 아예 경찰서 계단에 진을 치고 두 시간 동안 기다린 기자도 있었다.

새로운 뉴스는 없습니다. 마리안과 부하들은 일관되게 대답했다. 마리안이 밖에서 밤을 샌 기자에게 스쿠터의 타이어를 터뜨려버리겠다고 위협을 하기도 했지만, 결코 따돌리려는 의도는 아니었다.

새로운 일은 정말 아무것도 없었다.

지베 르슈발리에 경위가 셔츠 소매에 팔을 끼웠다.

"5시예요. 이만 퇴근하겠습니다."

마리안은 미안한 표정을 지었다.

"그래. 시간 끌지 말고 어서 가. 길이 막히면 〈챔피언에게 물어보세요〉 시작 시간을 못 맞출 수도 있으니 말이야."

"그 시간은 못 맞출걸요." 지베는 바지 주머니에서 여자 필체의 메모를 꺼내 보여주며 말했다. "몽가야르에 들러서 장을 좀 봐야 해서요."

"그래, 아주 훌륭한 생각이야. 지베." 파피가 컴퓨터에서 고개를 들며 장난스럽게 말했다. "솔레르가 다시 나타나면 한 일주일은 쉴 틈 없이 잠복해야 할 거야. 마나님을 위해 장을 봐줄 시간이 없을 거라고."

그러자 마리안이 말했다.

"파피, 당신도 아들네 가족이 배를 곯지 않도록 장을 봐주고 싶다면 들어가도 돼요."

파피가 덧붙였다.

"경감님이 편의를 봐준다면 그나마 한숨 돌릴 수 있죠. 95년에 칼레드 켈칼의 도주극이 벌어졌을 때는 잠복근무를 11일 동안 쉬지 않고 했다니까요."

지베는 대답할 필요를 못 느끼는 지 이미 경찰서의 복도를 걷고 있었다.

"지베, 항상 대비하라는 말이야"

이번에는 지베가 뒤를 돌아보며 웃었다.

"무슨 일이 있으면 전화하세요. 별로 그런 일이 있을 것 같진 않지만…."

지베는 굳이 말을 마치지도 않았다. 그리고 마리안은 지베 말이 맞는다고 생각했다. 경찰서 사무실에 내내 있으면서 별로 한 일도 없었다. 도빌 사건의 보고서를 읽고, 읽고, 또 읽었을 뿐.

알렉시스 제르다가 오크 거리의 식료품점에서 나온 이후로 포드 대리점을 지나 넬슨 바와 피직폼 헬스클럽을 거쳐 미슐레 거리에 있는 그의 집으로 갈 때까지 미행하게 했지만 아무런 성과가 없었다.

알렉시스 제르다의 미행을 맡은 부르덴 경사는 숨어서 임무를 수행하는 데 진력이 나서 여러 번 마리안에게 전화하며 상황을 보고했다.

"제르다는 숨지도 않고 활보하는데요? 은퇴한 드니로처럼 마냥 한가로워요. 아주 눈처럼 결백하거나 아니면 경찰한테 전혀 신경을 안 쓰는 것 같습니다."

눈처럼 결백하다…. 마리안은 생각했다. 하지만 마리안의 판결은 이미 정해졌다.

"우리한테 신경을 안 쓰는 거지. 무시하는 거야!"

그녀는 우연을 믿지 않았다. 알렉시스 제르다가 우연히 네주 지역의 약국에 나타날 수 있을까? 그것도 티모 솔레르를 아슬아슬하게 놓친 바로 다음 날에? 상처를 살균하고 통증을 가라앉힐 약을 사러? 약국에서 나간 후 몇 분 만에 그 많은 약이 어쩜 그리도 감쪽같이 사라졌을까?

알렉시스 제르다가 네 번째 강도임이 틀림없다. 티모 솔레르의 보호자가 바로 그자이다. 이제 어떻게든 몰아넣어야 한다.

"절대 놓치면 안 돼!" 마리안은 흥분해서 휴대전화 너머로 소리를 질렀다. "결국은 우리를 솔레르에게 인도할 거야. 아니면 어디선가 시체가 썩어갈 테니까."

그러고는 목소리를 한결 누그러뜨렸다.

"하지만 조심해, 부르덴. 위험한 상황에 절대 끼어들지 마. 티모 솔레르는 그저 어쩌다 끼어든 불쌍한 녀석이지만 알렉시스 제르다는 달라. 경찰을 죽인 적도 있다고. 위험한 놈이니 조심해야 해."

라디오는 계속해서 경제위기에 대해 떠들었다. 직원 157명의 물류회사 아틀란티크가 얼마 전에 파산 신청을 했다. 라디오 진행자는 하루아침에 일자리를 잃게 된 직원들의 불만을 10초가량 듣고는 다른 회사원들을 연결했다. 그들은 열심히 일해 다른 사람을 위해 높은 세금을 지불해야 한다는 사실에 불만을 터뜨렸다. 각자의 불만이 있고, 자신을 위한 혁명을 원하는 법이다.

파피는 건성으로 라디오를 들으며 책상 위에 도빌 강도 사건에서 강탈당한 물품 목록을 펼쳤다. 그는 물품 사진을 하나하나 가위로 세심하게 오렸다.

피아제의 티아라, 뤼크랭의 선글라스 케이스, 수십 여점의 명품….

작은 공주가 좋아할 만한 컬렉션인걸. 이 일이 다 끝나면 이 종이 명품들을 전부 다 손녀 엠마에게 보내줘야겠어. 그는 잠시 테이블 위에 쌓인 명품들을 보며 보이지 않는 남녀가 눈앞에서 패션쇼를 하는 상상을 즐겼다.

"그런데 저는 반대 상황이 더 흥미로워요."

"무슨 반대 상황요?" 마리안이 물었다.

"도빌의 무장강도 사건 때문에 명품 숍들이 겁에 질렸잖아요. 경악하고 두려워하고…. 거의 집단 패닉에 가까울 정도로 말이죠. 그런데

나는 무장강도 사건이 자주 일어나지 않는다는 게 더 신기하단 말이죠. 지나가는 행인들이 상점을 강탈할 생각을 안 한다는 것도 신기해요. 이상하지 않습니까? 숱한 보물들이 쌓여 있는 유리창 앞을 지나다니며 터뜨리고 싶다는 생각을 안 한다는 게 말이에요. 그냥 텔레비전 화면을 보듯이 유리창을 들여다보기만 할 뿐이죠. 이런 물건들의 값을 절대 치르지 못할 거라고 생각하며 감히 꿈도 꾸지 않는 것처럼 말이에요. 부자들만 돈이 있다고 생각한다면, 가난한 자들이 좀 훔쳐도 나쁜 짓이 아니라고 생각하는 사람들도 있을 법한데 말이죠."

마리안은 컴퓨터 화면을 보며 하품을 했다. 파피는 아랑곳하지 않고 계속 말을 이었다.

"솔직히 말해서 대형마트에서 그 많은 사람들이 카트에 물건을 가득 싣고 계산대로 가서 정직하게 지불한다는 게 정말 놀랍지 않습니까? 이미 수십억 유로를 버는 그들을 더 부유하게 만들기 위해서 말이죠. 모두가 숫양처럼 동시에 출구로 뛰쳐나올 생각을 안 하잖아요. 잃을 게 없는 사람들만이 그런 도박을 할 수 있죠. 가진 것도 없고 지켜야 할 명예도 없고, 아이가 있어서 체면을 지켜야 하는 것도 아니고. 포커에서도 주머니의 마지막 동전을 지키고 싶은 사람들은 '올인'을 외치지 않죠."

마리안은 잠시 침묵했다. 파피는 발동이 걸리면 몇 시간이든 혼자 떠들어댔다.

"그게 우리가 하는 일이잖아요, 파피. 우리가 월급을 받는 이유고요. 사람들에게 두려움을 심어주는 게 우리가 할 일이에요. 질서를 지키게 만들고, 시민의 평화를 지키는 일이죠. 150년 전부터 경찰이 해왔던 일이고요. 세상이 그 뒤로 지옥이 되었지만…"

"그러니 베드로가 되기보다는 케르베로스가 되시겠다…. 잘 알겠습니다요."

파피는 잡지에서 오려낸 론진 시계를 손등으로 쓱 닦고는 다시 말했다.

"알렉시스 제르다는 반드시 잡아가둬야 할 위험한 범죄자예요. 하지만 티모 솔레르는 무모하게 끼어들었을 뿐 선량한 사람입니다. 시릴과 일로나 뤼코비크도 마찬가지고요. 포티니 마을의 아이들, 광부의 자식들…. 나는 사실 피해를 입은 루이뷔통 회장보다 이들이 더 가엾게 느껴져요."

"난 잘 모르겠어요. 우리가 그런 식으로 생각해도 되는 건지 솔직히 모르겠네요. 한 달 전에 나이키 모조품을 3톤이나 적발했던 것 생각나요? 필리핀 세부에서 온 화물 컨테이너에 숨겨져 있던 걸 세관하고 협력해서 찾아냈잖아요. 필리핀은 미국보다 더 분발해야 할 나라예요. 가난한 나라는 잃을 게 없다면서요. 세상이 커다란 포커판인가요? 그렇다면 가난한 나라들은 가진 걸 다 걸어야죠. 하지만 그렇게 돌아가진 않죠. 파피, 안 그래요? 규칙을 지켜야죠. 그리고 규칙이 잘 지켜지도록 병사들이 움직여야 하고요."

파피는 종이로 된 에르메스 허리띠를 만지작거리며 살짝 고개를 끄덕였다.

"네네, 그 말씀이 백 번 옳아요. 마지막으로, 헤르메스프랑스어로는 에르메스가 누군지 알아요?"

"그리스 신이잖아요."

"맞아요. 올림포스 산 꼭대기의 신, 판테온 신전에 모셔놓은 신들 중 한 명, 상업의 신이자 도둑의 신이기도 합니다. 그리스인들은 이미 다 이해했던 거예요. 상입이 도둑과 상통하는 점이 있다는 걸요. 중앙은

행이 델포이 신탁의 역할을 맡은 때보다 3천년도 더 전에 말이죠."

마리안은 짧게 웃고는 의자를 밀며 일어서서 복도로 나갔다. 경찰서는 이제 텅 비었다. 그녀는 커피를 뽑으러 가며 앙젤리크에게 문자를 했다.

오늘 밤 위노에서 한 잔 어때?

몇 분 후에 답신이 왔다.

오늘 밤은 안 돼. 부모님을 보러 가기로 했어. 돈이 필요하거든.

마리안은 혼자 있고 싶지 않았다. 아마조니아에서 러닝머신을 혼자 달리고 싶지 않았고, 혼자 먹거나 혼자 자거나 아침에 혼자 깨고 싶지 않았다. 문득 바질 드라공만이 떠올랐다. 전화번호를 가지고 있었지만 갑자기 저녁 식사를 하자고 전화를 할 수도 없었다. 무슨 핑계로 전화를 하지?

"늦게까지 남아 있을 거예요?" 마리안이 파피에게 물었다.

"새벽 3시까지는 있을 거예요."

"여기에 남아 있다고 수당을 더 주지는 않을 텐데요."

"알아요. 하지만 미국 시간으로 저녁 8시가 되면 클리블랜드에 사는 딸에게 전화하려고요. 집에서 전화하면 월급의 반이 날아가거든요."

마리안은 파피의 말이 농담인지 진담인지 분간하기 힘들었지만 묻지 않기로 했다. 그녀는 코트를 입고 밖으로 나섰다. 혼자서.

24

작은 바늘 5, 큰 바늘 11

말론은 낮잠을 오래 자는 편이었고 쉽게 잠들기도 했다. 이번에도 낮잠을 세 시간이나 자고 일어난 말론에게 아망다가 새 장난감을 주었다. 프로펠러와 하늘색 바퀴가 달려 있고 갈색 헬멧과 커다란 검은 안경을 쓴 작은 인형 다섯 개가 있는 초록색과 노란색의 비행기였다.

아망다는 수요일마다 말론에게 새 장난감을 주었다. 항상 마법처럼 어디선가 불쑥 꺼내주어서 말론은 매우 즐거워하며 며칠 동안은 새 장난감만 가지고 놀았다. 그래도 구티는 언제나 옆에 끼고 살았다.

이번 주는 해피랜드의 비행기. 지난주엔 소방차. 그전에는 공룡과 말 탄 카우보이. 새 장난감이 생기면 좋아하는 순위가 한 칸씩 내려갔지만 다른 장난감들도 잊지 않고 각각 적절한 역할을 주며 가지고 놀았다. 상자 속에 뒤섞여 있거나 카펫 위에 늘어놓을 때도 말론은 자신만이 설명할 수 있는 순서에 따랐고, 타고난 기억력으로 자신이 창조한 세계의 모든 것을 기억했다.

"고마워." 말론은 기쁜 표정으로 비행기를 보며 말했다.

말론은 "나 엄마, 고마워"라거나, 아망다가 간절히 원하는 "엄마, 고마워"라는 소리를 알면서도 하지 않았다.

실은 말론도 아망다를 엄마라고 부르고 싶었다.

아망다가 선물을 줄 때나 꼭 안아줄 때, '사랑해, 말론'이라고 말할 때, 말론은 정말로 그랬다. 하지만 그럴 순 없었다.

다 엄마가 간식을 준비하러 가자 말론은 방으로 뛰어 들어가 탁자에 있던 구티를 바닥에 내려놓고 비행기를 굴리며 놀았다. 그러고는 의자 옆에 몸을 감춘 채 주머니에서 종이를 꺼냈다. 아무도 모르게 작은 틈 어디에나 끼워 넣을 수 있을 만큼 작게 접은 종이다. 말론은 '다 엄마' 대신 '엄마'라고 부르고 싶지만 다른 사람이 들을까 봐 그럴 수 없을 때, 혹은 구티에게조차 그런 마음을 털어놓을 수 없을 때 종이를 펼쳤다.

종이에는 엄마와 함께 그린 그림이 있었다. 비밀 그림이어서 아무에게도, 심지어 바질에게도 보여주지 않았다.

말론은 누가 방문을 열지 않을까 연신 흘끗거리며 작은 손가락으로 그림을 펼쳤다. 별, 초록 나무, 장식물, 작은 초, 선물, 세 사람을 재빨리 보고, 자신과 엄마가 그려진 모습을 한참 동안 들여다보았다. 긴 머리의 엄마는 아름다웠다. 자신은 이때 너무 어려서 어떤 모습이었는지 기억나지 않았다.

언제나 그랬듯이 심장이 세차게 뛰기 시작했다. 말론은 그림의 위와 아래에 있는 글자들을 보았다. 어떤 글자인지는 이미 외웠다.

나무 꼭대기에 달린 별 위에 쓰인 글자.

성탄은 즐거워

나무 아래 잔뜩 쌓인 선물 꾸러미 아래에 쓰인 글자.

절대 잊지 마

말론은 위에서 아래로 훑어본 뒤 종이를 접었다. 다 엄마가 맛있는 간식이 담긴 접시와 빨대를 꽂은 달콤한 딸기주스를 가져왔다.

작은 바늘 6, 큰 바늘 3

디미트리가 귀가했을 때 말론은 거실의 카펫 위에서 장난감을 가지고 놀고 있었다.

디미트리는 말론에게 다녀왔다는 인사를 하거나 알은체도 않고 곧장 냉장고 문을 열고 맥주를 꺼냈다.

아망다 역시 디미트리에게 무관심한 모습으로 채소를 다듬었다.

디미트리는 맥주병의 절반을 단숨에 들이켠 후 마침내 입을 열었다.

"얘기 좀 해."

아망다는 주방의 문을 닫으려 했다. 하지만 말론이 더 빨랐다. 말론은 재빨리 디미트리의 무릎에 기어올라 웃으며 식탁에 있던 냅킨으로 디미트리의 턱에 묻은 맥주를 닦았다.

"저기 가서 비행기 가지고 놀아라. 우리 얘기 좀 나누게."

말론은 즐거운 모습으로 주방을 폴짝폴짝 뛰어다녔다. 디미트리가 무슨 말을 하든 신경 쓰지 않는 것 같았다. 그러면서 구티를 주방의 텔레비전 옆에 놓았다.

디미트리는 비어가는 맥주병을 들고 주방을 서성였다.

"하루 종일 생각해봤는데, 좋은 해결책이 떠오르지 않아. 달리 방법이 없어. 그자에게 전화를 해야겠어."

당근 껍질을 벗기느라 이제까지 디미트리를 쳐다보지도 않던 아망다가 성난 눈으로 그를 쏘아보았다.

"말도 안 돼! 그 얘긴 꺼내지 않기로 했잖아! 그 사람한테 절대 연락하지 마! 절대로!"

디미트리는 신경질적으로 쓰레기통의 페달을 밟았다. 유리병이 쓰레기통으로 떨어졌다. 디미트리는 쓰레기통이 절반밖에 차지 않았는데도 자주 비우라며 화를 냈다. 디미트리가 다시 냉장고에서 맥주를 꺼내 병에 넘쳐흐르는 거품을 핥았다.

"빌어먹을! 아망다, 이게 유일한 해결책인 걸 모르겠어?"

아망다는 마음을 가라앉힌 듯 덤덤하고 감정이 담기지 않은 목소리로 당근 껍질을 벗기며 말했다.

"이제는 말론이 그런 얘기 안할 거야. 약속했어."

"이미 늦었다고! 마을 사람들이 수군대고 있어! 경찰이 우리 주변을 캐고 다니는 것 같아! 사람들에게 우리 얘기를 물어보고 다닌다고!"

아망다는 쓰레기통을 열고 당근 껍질을 부었다.

"그래서?"

"그래서? 경찰들이 우리 뒤를 캐고 다니는 게 아무 문제가 없어? 내 과거를 캐고 감옥에 갔던 걸 알아내겠지. 우리가 조용히 살게 내버려두지 않을 거야."

"그래서? 경찰이 우리한테 뭘 어쩔 수 있는데? 식인괴물이랑 로켓이랑 해적 얘기를 하고 다닌다고 해서 아이를 빼앗아가지는 않아. 우리 주변을 캐고 다니라지. 결국엔 포기하고 나가떨어질 텐데."

"상담사는? 그 작자는 지치지도 않잖아! 우리 같은 사람이 말론을 키우는 걸 참을 수가 없는 거라고! 그래서 경찰에 말한 거야! 그자에게 전화하겠어! 지긋지긋해! 이런 거지같은 상황에서 벗어나야겠어!"

빈 맥주병이 쓰레기통의 당근 껍질 위로 떨어졌다. 아망다는 기계적인 리듬으로 다른 채소 껍질을 벗기고 있었지만 속으로는 겁에 질렸다.

상황을 끝낸다고? 그자에게 전화한다고? 그자가 우리를 이 상황에서 벗어나게 해준다고?

디미트리가 이렇게까지 바보였다니.

이 상황을 어떻게 빠져나가야 할지 계속 궁리하던 아망다가 디미트리를 보았다. 그가 떨리는 손으로 주머니에서 휴대전화를 꺼내고 있었다.

망설이는 거야.

아망다는 그의 약점으로 돌진했다.

"당신은 이런 문제를 혼자서 해결하지 못한단 말이야? 다른 사람 도움을 받아서 문제를 해결하고, 루마니아 남자에게는 우리를 내버려두라고 말한단 말이지?"

아망다는 식탁으로 가서 그를 마주보고 앉았다.

"내가 당신을 처음 만났을 때, 당신은 이런 일들을 혼자 해결했어. 다른 사람의 도움이 필요 없었다고."

그녀는 무의식적으로 텔레비전 옆에 놓여 있던 인형을 말론의 의자 위에 놓았다. 디미트리는 휴대전화를 다시 주머니에 넣었다. 걱정이 사라진 듯 안도한 얼굴이었다. 아망다가 그렇게 말해주기를 내심 기다린 것 같기도 했다.

"당신이 그렇게 생각한다면. 내 방식으로 해결해볼게."

디미트리는 텔레비전 옆의 플라스틱 상자를 보았다. 그 안에는 말론이 쏟은 곤충들이 담겨 있었다. 그가 다시 말을 이었다.

"그렇게 하기 원한다면 그렇게 할게. 하지만 당신도 제정신은 아닌 것 같아 보여."

아망다도 디미트리의 눈길을 따라 곤충 상자를 보았다. 이어서 말론의 인형을 보고 또다시 곤충 상자에 시선을 주었다. 그녀가 손에 감자칼을 쥔 채 디미트리에게 다가갔다.

"내가 제정신이 아니라면, 그럴 만한 이유가 있다는 생각이 들지 않아?"

25

경감의 발자국 소리가 멀어졌다. 경찰서의 고요를 깨는 마지막 소리다. 파드루 경위는 라디오 전원도 껐다. 파피는 이렇게 고요한 순간이 좋았다. 수사 중인 사안에 대해서도 좀 더 깊이 생각하며 들여다볼 수 있는 시간이다. 퍼즐처럼 전체 조각을 죄다 펼쳐놓고 시간을 무한정으로 쏟아 하나하나 맞춰볼 수 있다. 끼워 넣고 다시 뺐다가 다른 곳에 맞춰보며, 장인이 수천 번 다듬어 최고의 가구를 완성하듯이 각 단계에 가장 적절한 연장을 사용해 깎고 다듬는다.

그는 상상의 나래를 펼치는 걸 좋아했다. 이 생각 저 생각을 하다가 사건에 대해서 생각하고 다시 다른 생각으로 빠져든다. 주로 자식들에 대한 생각이다.

첫 아들 세드릭이 태어났을 때 파피는 겨우 20세였다. 2년 후 델핀이 태어났다. 세드릭과 델핀은 이제 30세가 넘었고, 남프랑스에 산다. 그리고 그들 역시 부모가 되었다. 세드릭의 아이 두 명, 델핀의 아이 세 명. 손주가 벌써 다섯 명이지만 거의 보지 못했다. 첫 손주인 플로리안은 이미 중학생이다. 몇 년이 지나면 플로리안도 부모가 되고, 더 먼 곳에 정착하여 살 것이다.

두 사람 사진이 책상 위에 있었다. 시릴 뤼코비크와 일로나 뤼코비크. 2015년 1월 6일, 총에 맞아 사망. 도빌의 메르 거리.

파피는 세드릭이 태어나고 5년 후에 이혼했다. 그는 아이들의 양육권을 얻기 위해 몇 달 동안 애를 썼다. 직업을 바꾸겠다고도 했다. 하지만 망할 판사는 전혀 관심이 없었다. 그 이후로는 아이들을 한 주 걸러 한 번씩 볼 수 있었다.

꼽아보자면, 토요일에는 늘 뭔가를 배우러 다녔기 때문에 1년 중 아이들을 본 날은 36일이 채 안 된다. 열흘에 한 번 꼴로밖에 못 만났다니.

스물여섯 살에 스테파니와 재혼했다. 하지만 결혼할 때 이미 오래가지 못하리라는 것을 알고 있었다. 스테파니는 파피와 사랑에 빠졌다. 그러나 너무 젊었고, 너무 아름다웠고, 자신의 인생을 너무 사랑했다. 파피보다 일곱 살이나 어렸고 파피가 첫사랑이었다. 시간이 지나면서 그녀는 차츰 남편을 속이기 시작했다. 파피는 서둘러 스테파니를 임신시켰고 샤를로트와 발랑탱이 태어났다.

그들은 4년 후, 스테파니에게 연인이 생기고 나서 이혼했다. 스테파니가 유책배우자였으므로 카드를 손에 쥔 건 파피였다. 그녀는 자신의 잘못을 인정했고, 파피가 먼저 아이들을 교대로 돌보자고 제안했다. 아이들을 위해서였다.

파드루 경위는 잡지에서 오려낸 15,000유로의 루비 티아라를 만지작거렸다. 프랑스판 보니와 클라이드의 짧은 생애에 관심을 가지는 자가 과연 몇이나 될까. 경찰의 수사는 두 명의 도망자 티모 솔레르와 그의 공범으로 추정되는 알렉시스 제르다에게 초점을 맞추고 있다. 지역신문의 기자와 독자들이 가장 관심을 가지는 건 사라진 물건의 행방이다. 그에 반해 시릴과 일로나 뤼코비크는 시신이 도빌의 해변 거리에서 비닐로 덮여 옮겨진 후 사람들의 관심 밖으로 밀려났다. 간혹 캉의 경찰들이 포티니를 방문할 뿐이었다.

파피는 스테파니와 헤어진 몇 년 후 알렉상드라를 만났다. 그녀는 서른 살이었고 샤를로트와 발랑탱을 친자식처럼 키워주었다. 그들에게 온 정성을 쏟으며 무언가를 요구한 적도 없었다. 완벽한 새엄마였다. 하지만 서른세 살이 되던 해, 그녀가 아기를 낳았다. 알렉상드라에게는 첫 아이였고, 파피에게는 다섯 번째 아이였다.

아나이스는 1996년에 태어났다. 공주 같은 아이로 모두의 사랑을 받았다. 파피의 사랑스러운 공주였다. 아나이스가 속삭이는 목소리는 파피가 아침에 일어나는 유일한 이유였다. 아나이스가 성인이 될 때까지 그랬다. 그녀는 작년 6월에 치른 바칼로레아에서 최우수 등급의 성적을 받았다. 그리고 연간 수업료가 10,000달러에 이르는 클리블랜드의 학교로 진학했다. 아나이스의 애원 때문이었다. 그녀가 태어난 후 18년 동안 그녀의 삶을 최고로 만들어주기 위해 혼신을 다해 살아왔는데 어떻게 거절할 수 있었겠는가. 지난 18년간의 행복이 단숨에 산산조각이 되어 바람에 흩어져버리는 결과가 된다 해도 말이다.

파피는 아나이스의 바칼로레아 결과가 나온 다음날 알렉상드라와 헤어졌다.

쉰한 살이 된 지금에도 파피는 알렉상드라가 여전히 섹시하고 우아하고 자유로운 여인이며, 엄마라는 족쇄에서 벗어난 한창 때의 여인이라고 생각했다.

그들은 환상적인 가족이었다.

문득 파피는 자신이 몹시 늙었다는 생각이 들었다.

파드루 경위는 서류를 보던 눈을 깜박거렸다. 잠시만 더 눈을 뜨고 버티자. 15분 후면 아나이스와 통화할 수 있으니, 잠이 달아나겠지.

그는 다시 똑바로 앉아 파일에 집중하려 애썼다.

티모 솔레르, 알렉시스 제르다, 시릴과 일로나 뤼코비크는 모두 포티니 출신이다. 포티니는 노르망디 남쪽에 있는 작은 마을로 80년간 프랑스 서부 지역에서 가장 큰 석탄 광산이 있었던 곳이다.

포티니의 광산은 1989년에 폐쇄됐다. 두 세대에 걸친 20여 나라 출신의 실업자를 남겼고, 그들 중 폴란드인이 가장 많았다. 이들은 캉의 평원에 작은 바르샤바 공동체를 이루어 살았다.

포티니 출신의 무장강도 네 명. 세 남자와 한 여자. 모두 실업자이며 실업자의 자식들이기도 했다. 한 가지 질문이 파드루 경위를 끈질기게 따라다녔다. 왜, 어째서 이들일까? 그들은 성인이 될 때까지 광부촌의 그리종 거리에 살았다. 성장하면서 자연스럽게 강도가 된 것일까?

캉의 경찰은 포티니 거리를 배회하며 그곳에 오랫동안 거주한 이들을 탐문 수사했고 그들의 대답을 보고서에 모두 기록했다.

파드루 경위의 피로한 눈앞에 보고서의 단어들이 춤추듯 흔들렸다.

하지만 캉의 경찰이 중요한 본질을 놓치고 있다면?

그들이 찾아내지 못한 것을 내가 찾아낼 수 있다면? 그들이 보고 듣지 못한 것을 내가 보고 들을 수 있다면?

파피는 사건을 풀 수 있는 열쇠가 뤼코비크 부부의 죽음에 있다고 확신했다. 네 명의 소꿉친구들이 명품 매장을 털기로 했다. 손에 무기를 들었지만 계획은 거의 자살 시도에 가까웠다. 명품의 행방이나 알렉시스 제르다의 공모 여부보다 이들의 무모한 시도가 파피의 호기심을 더욱 자아냈다.

파피는 잠시 네 명의 사진을 응시했다. 특히 두 시체의 사진에 주목했다. 보면 볼수록 다른 경찰들이 아무런 의문을 갖지 않았다는 게 신기하게 느껴질 정도로 확신이 왔다. 네 명 중 일로나와 시릴 뤼코비크만이 곧바로 발각되어 총격을 받고 죽었다. 그들이 사건에 연루되었다는 건 아무도 의심하지 않았고, 이들은 판사 앞에서 자신들의 행동을 해명하거나 변호사를 선임할 기회도 없었다. 하지만 파피는 그 점이 개운치 않았다.

그들은 왜 이렇게 무모한 계획에 끼어들었을까? 시릴은 몇 년 동안 항구의 짐꾼으로 일했다. 최근 10개월간은 계약직으로 일했지만 정직하게 살아왔다. 과거에 경범죄를 저지른 적도 있지만 아주 오래전의 일일 뿐이다. 학창시절의 연인과 결혼하여 가정생활을 쭉 유지했다. 르아브르의 보니와 클라이드라는 건 가십을 좋아하는 기자들이 과장되게 꾸며댄 말에 불과하다. 파피도, 다른 경찰들도 뤼코비크 부부가 큰 말썽 없이 성실하게 살아왔음을 알고 있다. 제르다는 이렇게 무모한 계획에 어떻게 그들을 끌어들일 수 있었을까? 뤼코비크 부부와 티모 솔레르를.

광부촌에서 함께 어린 시절을 보낸 그들의 추억을 이용해서?

아니면 비밀거래가 있었던 걸까?

빚? 계약? 협박?

파피는 비밀을 캐려면 포티니에 가야 한다고 생각했다. 비밀은 그곳의 과거에 숨어 있을 것만 같았다. 자동차로 두 시간이 채 걸리지 않는 곳이다. 가장 간단한 방법은 직접 가서 보고서에 적혀 있는 사실을 확인하는 것이다. 일로나와 시릴의 유년기와 청소년기, 친구, 가족을 하나하나 검증해야 한다.

특히 확인하고 싶은 사항이 하나 있었다. 캉의 경찰들이 포티니의 광산에서 놓쳐버린 한 가지 사실. 파피의 생각이 맞는다면 그것이 모든 의문의 열쇠였다.

26

"전화 좀 빨리 받을 수 없어? 전화벨이 3분이나 울렸다고. 지금 경찰이…"

"난 죽어가고 있어, 알렉스."

침묵.

"바보 같은 소리 마. 술을 마셔도 통증이 가라앉지 않아?"

가래 끓는 기침 소리가 들렸다. 알렉시스 제르다는 티모의 휴대전화에 피가래가 튀는 것을 상상했다. 그는 휴대전화를 귀에 바싹 댔다. 보방 화물창고의 주차장이 한산하긴 했지만 분명히 경찰 한두 명은 캄캄한 차에 탄 채 추위에 떨며 잠복해 있을 게 분명했다. 물론 자신의 목소리를 듣지는 못하겠지만. 10미터도 채 안 되는 콘크리트 제방에 부딪치는 파도 소리 때문에 티모의 목소리가 잘 들리지 않았다.

게다가 그의 목소리는 헐떡임에 가까웠다.

"오래 버티지 못할 것 같아, 알렉스."

이제 버틸 수 있는 시간은 얼마 안 된다. 단지 몇 시간, 아니면 하루나 이틀….

"괜찮을 거야, 티모. 넌 안전해. 경찰들이 찾지 못할 거야. 그런데 아침부터 밤까지 날 따라붙어서 꼼짝 못 하겠어. 통화도 빨리 끝내야 돼. 절대 바보 같은 짓 하지 마, 알았지? 밖에 나가서 의사를 만나거나 병원에 가면 경찰이 곧바로 널 찾아낼 거야."

"이제 어떻게 해야 되지?"

죽어가는 사람의 목소리였다. 쌕쌕대며 가늘게 떨리는 쉰 목소리. 아마도 목소리뿐 아니라 온 몸을 다 떨고 있겠지. 티모의 몸 구석구석에서 생명의 징후가 조금씩 약해지고 있었다.

파도가 밀려와 바지 아랫단을 적셨다. 알렉스는 50센티미터가량 뒤로 물러섰다. 더는 안 돼. 경찰이 고감도 수신기를 가지고 있을지도 모르고, 내 입술을 읽어서 대화를 이해할 수도 있으니까.

물론 르아브르에 그런 경찰이 있을 것 같지는 않지만.

"때를 기다리자고, 티모. 약국에 가는 바람에 경찰들이 나를 의심하고 있어. 너를 위해서 갔던 거야. 또 갈 수는 없어. 신중해야 해. 이제와서 다 포기할 수는 없잖아."

제르다는 말하면서 전화 끊을 핑계를 궁리했다. 티모가 경찰에게 입을 열 사람이 아니라는 건 잘 알았다. 아직까지는. 그러니 조금만 버티자. 마르세유 부두 너머 불 꺼진 요트 한 척이 항구로 들어오고 있었다. 등대의 불빛을 따라오는 것 같았다.

"나 좀 바꿔줘!"

수화기로 여자 목소리가 들렸다. 제르다가 놀라서 움찔했다.

"나 좀 바꿔달라니까, 티모!"

여자의 목소리가 제르다에게 말했다.

"알렉스, 나야. 티모가 죽어가고 있어! 알아들어?"

"내가 뭘 어쨌으면 좋겠어? 앰뷸런스라도 불러줄까? 아니면 그 여자 경감을 내가 상대해줘?"

"안 될 건 뭐야? 뭐든 선택해. 경찰들의 눈길을 끄는 건 뭐든 해. 그동안 도망갈 테니까."

"일단 오늘 밤은 안 돼. 겁먹지 마. 겁먹으면 죽게 돼."

"티모가 아침에 못 깨어나면 어떡해?"

알렉시스 제르다는 요트의 푸른 불빛을 보았다. 최소 45피트는 되겠는걸. 겉면은 철이고 브릿지는 목재. 흠, 꽤 비싸겠군. 아마 수백만 유로? 그는 잠시 동안 요트의 유리창 뒤에 누가 있을지 생각했다. 어느 억만장자가 애첩을 데리고 르아브르에 배를 정박하려고 온 걸까?

그는 죽어가는 티모를 억지로 다시 떠올렸다. 티모의 여자가 울고 있었다.

"난 네가 정말 좋아. 넌 티모에게는 너무 아까운 여자야."

◆◆◆

티모는 전화를 끊자마자 등을 벽에 붙인 채로 허물어지듯 베개에 머리를 뉘었다. 그 자세가 그나마 고통이 덜했다. 전날 밤부터 몇 시간 동안이나 반은 앉고 반은 누운 웅크린 자세로 있었다. 마치 침대에 누워 있는 것 외에는 아무것도 할 수 없는 호스피스 병동의 환자 같았다.

"나쁜 자식!" 여자가 씩씩거렸다.

티모는 억지로 웃으려고 했다. 상처에서는 이제 피가 흐르지 않았다. 꼼짝하지 않으면 통증도 느껴지지 않았다.

"알렉시스는 약을 살 의무가 없는데도 사러 갔잖아."

그녀는 벽장에서 타월을 꺼내 물에 적시고 그의 옆에 누워 피로 물든 거즈 위에 젖은 타월을 얹었다.

티모는 떨고 있었다. 탈색된 듯 창백한 피부는 침대 시트 색이나 그가 삼키는 진통제 색을 띠었다. 빛을 완전히 차단한 아파트에 며칠간 갇혀 지내는 동안, 스페인계 조상에게서 5대째 물려받은 짙은 피부색을 완전히 잃어버렸다.

그녀가 그토록 사랑했던 구릿빛 피부를.

여자가 티모의 머리카락을 쓰다듬었다.

"제르다는 당신이 나가면 경찰이 당신을 발견하고 잡을까 봐, 그래서 당신이 다 털어놓을까 봐 겁이 나는 거야. 나쁜 자식! 당신이 이렇게 죽어가는 게 낫다고 생각하는 거야."

"네가 돌봐주니 난 죽지 않아."

그녀는 티모의 목덜미를 쓰다듬었다. 축축하고 뜨거웠다.

"알았어, 알았어. 쉿, 티모. 당신은 절대 죽지 않아."

그녀는 티모의 어깨에 머리를 갖다 대며 눈물을 왈칵 쏟았다. 눈물이 티모의 어깨에 떨어지며 젖은 수건으로 흘러들어갔다. 그녀는 동화처럼 자신에게 마법의 힘이 있어서 눈물로 그의 상처를 아물게 하면 좋겠다고 생각했다. 그러고는 머리를 흔들며 바보 같은 생각을 하는 자신을 자책했다.

내가 굳세게 버텨야 해.

그녀는 티모가 잠들 때까지 한참 동안 꼼짝 않고 있었다. 그는 의식이 반쯤 있는 상태와 불안정하게 잠든 상태 사이를 오락가락했다. 그녀가 티모에게서 조심스레 몸을 떼어냈다.

티모의 눈 흰자위가 어둠 속에서 빛났다.

"좀 자야 해." 그녀가 속삭였다.

상처에서는 이제 피가 흐르지 않았다. 소독약이 물병과 함께 침대 옆에 가지런히 놓여 있었다.

그녀는 한 손을 티모의 어깨에 얹고 티모의 입에 오랫동안 키스했다. 땀이 송골송골 맺힌 피부가 바짝 마른 거친 입술과 대조를 이뤘다.

"우린 떠날 수 있어, 티모. 이곳을 떠날 거야."

그는 눈을 감았다가 다시 그녀를 보았다.

"우리 둘 다? 정말 그렇게 생각해?"

"우리 셋 다." 그녀가 말했다.

그는 다시 고통을 느끼는지 얼굴을 찡그리며 말했다.

"알렉스 그 자식하고는 더 이상 얽히기 싫어."

그녀는 아무 말 하지 않고 티모가 다시 잠들기를 조용히 기다렸다. 하지만 티모가 자신의 말을 이해하지 못했다는 걸 깨닫고 실망했다.

27

작은 바늘 8, 큰 바늘 9

구티는 이불 아래서 디 아빠가 다 엄마에게 한 말을 모두 다 말해주었다. 하지만 말론은 전혀 이해하지 못했다. 더구나 어제처럼 별로 듣고 싶지도 않았다. 그냥 구티가 해주는 이야기를 듣고 싶었다.

수성 이야기.

말론이 가장 좋아하는 이야기다.

날마다 이 이야기만 듣고 싶었지만, 그건 불가능했다. 엄마가 약속한 대로 구티는 매일 다른 이야기를 들려주었기 때문이다.

◆◆◆

섬 주민들은 모두 그를 아기 해적이라고 불렀어. 그는 이 별명을 썩 좋아하지는 않았지. 자기는 더 이상 아기가 아니었거든. 하지만 막내였기 때문에, 자기가 자라는 동안 사촌들도 똑같이 자랐기 때문에, 항상 가장 어렸기 때문에 이 별명이 싫어도 어쩔 수 없었어.

아기 해적이 사는 섬은 아주 작았지. 하도 작아서 바닷가 오두막집에서 나와 섬 전체를 도는 데 몇 분이면 충분했어.

그래도 아기 해적은 지루하지 않았어. 놀 거리가 많았거든. 사촌들과 함께 나무에 올라가 코코넛을 따기도 했지. 다만 나무 꼭대기까지 올라갈 순 없었어.

"네가 더 크면." 엄마가 말했지.

사촌들과 숨바꼭질을 하기도 했는데, 섬이 너무 작아서 숨을 곳을 찾기가 정말 힘들었어. 아이들은 모래 속에 구멍을 파고 숨거나, 토끼굴, 혹은 바닷가 동굴에 숨었단다. 그러나 아기 해적만은 구멍 속에 들어가 숨을 수 없었어.

"네가 더 크면."

섬에서 아기 해적과 나이가 같은 아이는 릴리뿐이었어. 그래서 아기 해적은 릴리와 노는 게 제일 재미있었지. 아기 해적의 집은 바다에 기둥을 세운 오두막인데, 릴리는 바로 그 옆집에 살았어. 아기 때부터 둘의 침대는 대나무 벽을 사이에 두고 나란히 붙어 있었단다. 아기 해적은 릴리와 결혼하고 싶었어. 릴리는 정말 예뻤거든.

"네가 더 크면."

1년에 단 한 번인 크리스마스에는 아기 해적의 작은 키가 무척 쓸모 있었어.

이날, 아기 해적은 아빠의 어깨에 올라타고 여러 가지 장식이 달린 나무 꼭대기에 커다란 별을 달았어. 섬에서 아빠가 목말을 태울 수 있을 만큼 작은 아이는 아기 해적뿐이었거든.

"네가 클 때까지만." 아빠가 말했어.

어느 날 아기 해적은 어른이 될 때까지 기다리며 섬 안에서 맴도는 데 싫증이 났어. 그래서 바닷가에 있던 커다란 배를 타고 떠났지. 혼자서 말이야.

그런데 떠난 지 10초밖에 안 되었을 때, 아주 놀라운 발견을 했어.

그들이 살던 작은 섬은 사실 섬이 아니라 행성이었던 거야!

아기 해적의 해적선은 배가 아니라 로켓이었어!

섬을 둘러싼 바다는 바다가 아니라 하늘이었어!

잘됐다. 아기 해적은 생각했지. 로켓은 돛단배보다 훨씬 빠르고, 로켓은 빛의 속도로 움직이잖아. 그럼 나도 빛의 속도로 달리는 거네!

로켓 안에는 모든 행성의 방향을 표시한 작은 기계가 있었어. 가장 먼 은하계의 가장 작은 행성도 있었고 말이지. 아기 해적은 그 방향으로 가기로 했어.

'세 번째 위성을 지나서 은하수 방향, 오른쪽으로 꺾으세요. 3광년 동안 계속 곧장 가세요.'

'블랙홀 앞에서 곧바로 유턴하세요.'

'가는 도중에 유성비를 만나게 됩니다. 계속 가시겠습니까? 예-아니오 버튼을 선택해주세요.'

기계에는 각 은하계의 태양도 표시되어 있었어. 은하계들은 가까이 붙어 있어서 태양에너지를 가득 충전한 로켓으로 가면 1초밖에 안 걸렸어. 기계에는 속도를 제한하는 장치도 있었는데 별 쓸모는 없었지. 사람이 빛의 속도보다 더 빨리 갈 수는 없으니 말이야.

아기 해적은 5광년 동안 여행하고 생각했어. 이만하면 충분해. 이제 난 아기가 아니야, 라고 말이지. 그리고 자신의 행성으로 돌아갔어.

마침내 땅으로 내려왔을 때 사촌들과 엄마, 아빠, 그리고 릴리가 달려와 아기 해적을 품에 안았어.

사촌들은 그새 어른이 돼서 턱수염이 무성했고, 엄마 아빠는 할머니 할아버지가 됐단다. 아기 해적이 떠난 후 스무 살이나 더 먹었거든. 아기 해적은 오래전에 엄마가 늘 했던 말이 생각났어.

"네가 더 크면."

그게 바로 지금이야!

아기 해적은 그렇게 생각했지.

하지만 아기 해적은 몰랐어. 바보 같지만 아주 뻔한 사실을 말이야. 빛의 속도로 여행하면서 너무 빨리 공간을 이동하는 바람에 아기 해적은 나이를 먹지 않았어!

로켓을 타고 20년 동안 여행했는데도 단 하루만큼도 나이 들지 않았어.

자신만 제외하고 모두 다 나이를 먹었지.

그래서 예전보다 상황은 더욱 나빠졌어. 사촌들은 이제 아기 해적과 함께 코코넛나무를 올라가고 싶어 하지 않았지. 아주 건장한 어른이 되어버려서 나무를 흔들기만 해도 코코넛이 떨어졌거든. 토끼굴이나 바닷가 동굴에 들어갈 수 있는 사람도 아기 해적 외에는 아무도 없었어. 크리스마스가 다가오자 아빠가 아기 해적에게 말했지.

"아빠는 너무 늙고 지쳐서 널 어깨에 올려줄 수 없단다."

아기 해적은 나무 꼭대기에 커다란 별을 달 수 없었어. 그리고 스무 살이나 더 많은 아름다운 릴리 공주와 결혼도 할 수 없게 되었고.

아기 해적은 세상에서 가장 슬픈 해적이 되었어. 아무리 궁리해도 해결할 방법이 없으니 더 슬퍼졌고 더 외로워졌지. 세상에서 가장 외로운 해적이 되어버린 거야. 그런데 믿어지지 않겠지만, 아기 해적은 지금보다 더 외로워지게 돼.

어느 날 아침 아기 해적이 눈을 떴는데, 아무도 보이지 않았어. 모두가 떠나버린 거야. 사촌들, 엄마, 아빠, 릴리. 모두가 로켓을 타고 날아가버렸어.

아기 해적만 혼자 놔두고 말이야. 버림받은 거지.

아기 해적은 울었어. 이해할 수가 없었지. 사흘 밤 사흘 낮을 바닷가 동굴 속에서 하염없이 울었어. 그리고 나흘째 되는 날, 동굴에서 나와 섬에서 가장 큰 코코넛나무로 올라갔지. 못 올라가게 막는 사람은 이젠 아무도 없었으니까.

가장 큰 나무 꼭대기에 올라갔는데, 모래사장에 쓰인 글씨가 보였어. 엄마의 글씨였어.

'돌아올 테니 기다려줘!'

아기 해적은 기다렸어. 용감하게, 참을성 있게, 현명하게, 수천 날 수천 밤을 엄마 아빠와 친구와 연인도 없이 혼자서 꿋꿋하게.

그리고 마침내 깨달았지.

정확하게 20년 후, 로켓이 돌아왔어.

릴리가 제일 먼저 내렸어. 릴리는 로켓을 타고 떠난 날로부터 단 하루도 나이를 먹지 않았어. 하지만 섬에 남은 아기 해적은 로켓에서 내려오는 사촌들만큼 키가 커졌고 건장한 청년이 되었지.

릴리와 아기 해적은 다시 같은 나이가 되었어. 그래서 바로 다음 날 결혼했어.

"이제 너희도 어른이 되었으니까." 엄마가 말했지.

크리스마스가 돌아왔어. 아기 해적은 —사실 이제는 아기 해적이라고 부르는 사람은 아무도 없었어.– 몸을 구부려 늙은 아버지를 어깨에 태웠단다. 아버지가 나무 꼭대기에 커다란 별을 달았어.

아버지는 머리를 숙여 아기 해적의 귀에 대고 속삭였지.

"어릴 때에는 이해하기 힘들었겠지만, 잘 들어라. 누군가를 정말로 사랑한다면, 때로는 그가 멀리 떠날 수 있게 해줘야 한단다. 아니면 오랫동안 기다릴 수 있게 해줘야 하고. 그게 진정한 사랑의 증거야. 어쩌면 유일한 증거일지도 몰라."

◆◆◆

이야기가 끝났다. 말론은 침실 벽의 별들을 보았다. 매일 밤 구티의 이야기가 끝나고 조용해지면 그림자가 나타난다. 처음에는 희미한 윤곽만 보인다. 벽에 비치는 손 그림자. 말론의 손은 이불 속에 얌전히 있다. 말론의 손이 아니다.

눈이 차츰 어둠에 익숙해지면 손가락이 하나 둘 선명해진다. 클로틸드 선생님과 함께 물감에 손을 담근 후 종이에 꾹 눌러 교실 창문에 붙인 그림과 비슷하다.

다섯 손가락이 모두 선명해지면 색깔이 돌아온다. 단 한 가지 색이다. 붉은색. 침실 벽 전체에 붉은 손자국이 보인다.

말론은 벽을 보지 않으려 눈을 감는다. 벽 위의 붉은 손과 행성과 로켓이 전부 사라지도록.

이윽고 어둠 속으로 모두 사라진다. 구티마저.

붉은 손만이 남는다.

이어서 온 세상이 붉은색으로 변한다.

28

오늘, 로랑이 이제 더는 나를 사랑하지 않는다고 했다.

죽이고 싶다.

온 세상이 다 사라지고 그와 나만 남았으면 좋겠다.

유죄: 15　무죄: 953

www.죽이고싶다.com

바질 드라공만의 벌거벗은 몸에 뜨거운 물이 흘러내렸다. 사랑을 나누고 뜨거운 물로 샤워하는 건 습관을 넘어 거의 집착 수준이 되었다.

야외나 문 뒤에서 혹은 화장실에서 급하게 사랑을 나누는 바람에 뜨거운 물로 샤워를 하지 못하는 경우가 간혹 생기면, 여자의 손가락과 입술과 체취가 자기 몸에 흔적을 남겨서 당장 지우지 않으면 영원히 몸에 스며들어 자신의 정체성을 잃을 것 같은 강박에 사로잡혔다.

잠시 후 그는 스스로에게 욕을 퍼부었다. 사이코! 까다로운 자식! 젊고 아름다운 여자와의 접촉을 기쁘게 받아들이면 되지 굳이 그렇게 빡빡하게 굴어야 하나?

여자가 샤워실의 유리문을 스스럼없이 벌컥 열었다.

그녀는 아프리카 동물 문양의 오렌지색 사루엘통 넓은 여성용 바지만 걸치고 있었다. 맨가슴에 하나로 묶은 머리, 우윳빛 피부. 사춘기 때, 여자에 대해 품었던 환상을 다시 떠올리게 하는 모습이었다.

"당신한테 뭐가 온 것 같아."

그녀가 휴대전화를 내밀었다. 바질은 샤워기를 끄고 손가락으로 화면에 서린 김을 닦았다.

분명히 바보스러운 결정이겠지만 당신을 믿어보고 싶네요.

위급한 상황인 것 같으니 할 수 있는 한 최선을 다하겠습니다.

아무 때나 괜찮으니 연락주세요.

마리안

"당신의 경감?"

바질은 잘못을 저지르고도 애써 부정하는 어린 소년처럼 죄스러운 표정을 지었다.

하지만 여자가 바질에게 경감의 메시지를 전달해준 이유는 따로 있었다.

"밤 12시에 문자라니. 당신을 유혹하는 거라고!"

그녀는 바질의 순진무구한 미소에 비하면 질투하는 아내처럼 뾰로통한 자신의 표정이 전혀 사랑스럽지 않다는 사실을 알았다.

"무슨 소리야. 어쨌든 지금은 경감의 도움이 필요해."

"그 아이 때문에? 인형하고 얘기한다는 애?"

"응."

바질은 휴대전화를 세면대에 올려놓고 샤워기 아래로 들어섰다. 뜨거운 물이 다시 뿜어져 나왔다. 여자가 사루엘을 입은 채 그를 따라 샤워기 밑에 섰다. 면바지가 금세 살갗에 달라붙어 대리석처럼 하얀 엉덩이와 허벅지는 코끼리와 기린과 얼룩말로 가득 찼다.

여자가 바질의 목에 입을 맞추고 가슴의 갈색 털을 만지작거렸다.

“내일 학교에서 아이를 만나?”

“응. 만나게 해준다면.”

“누가 못 만나게 할 수도 있어?”

“물론이지. 아이 부모든 학교든 경찰이든….”

“아이에게 당신이 필요해도? 벌써 몇 주 전부터 걔 얘기밖에 안하잖아. 아이가 마음을 털어놓고 얘기하는 사람이 당신밖에 없다며. 아이가 다시 입을 닫으면 말짱 헛일이라 조심스럽게 진행하고 있다고 했잖아.”

그녀는 샤워젤을 짜서 거품을 낸 뒤 자기 몸에 발랐다. 바질이 뒤로 물러섰다. 그녀가 두 손을 사루엘 속으로 넣어 코코넛 바닐라 향의 샤워젤을 허벅지에 문지르자 허리춤이 왼쪽으로 돌아갔다.

뜨거웠던 물이 미지근해졌다.

“당신의 방식이 최고의 해결책이 아니라면 아이가 옛 기억을 잊도록 내버려둬.”

섬세한 근육을 지닌 바질의 몸은 심리상담사라기보다는 플라이하프 포지션을 담당하는 대학교 럭비선수 같았다. 여자의 손가락이 그의 가슴을 쓸어내리며 아랫배로 향했다.

여자가 중얼거렸다.

“그 아이 머릿속에 예전의 트라우마가 감춰져 있다면, 그 트라우마를 영원히 잊도록 놔두는 건 어때?”

바질은 여자의 손길에 숨을 몰아쉬며 대답했다.

"한 단계를 잊었잖아."

미지근한 물이 차가워졌다. 그들은 여전히 움직이지 않았다.

"무슨 단계?"

"아이의 머릿속에 트라우마를 남겨두려면, 그 실체를 찾아내서 직시하게 하고 그걸 인정하는 단계가 있어야 해. 필요할 때 맞설 수 있도록 말이지."

그녀는 샤워기의 물을 잠근 후 발꿈치를 들고 바질의 귀에 속삭였다.

"위험하지 않겠어?"

그때 전화벨이 울렸다.

"또 당신의 경감인가?"

바질은 여자의 도발에 얼굴을 찡그리며 세면대를 더듬어 휴대전화를 집었다.

그의 표정이 순식간에 바뀌었다.

"무슨 문제 있어?"

바질이 그녀 눈앞에 휴대전화를 내밀었다.

사진 한 장과 짧은 문자 메시지. 알 수 없는 번호.

붉은 하늘 아래, 작은 대리석 무덤의 십자가가 뽑혀 나간 사진이었다. 묘석의 글은 알아볼 수 없었다.

모르는 사람의 무덤? 아이의 무덤? 가족 납골당?

문자 메시지를 읽었다.

당신일까, 아이일까? 아직은 선택할 수 있어.

여자가 입술을 깨물었다. 욕망이 가득했던 피부가 갑자기 찬물에 반응을 보이는 듯 파래졌다.

"어떻게 할 거야?"

"모르겠어. 경찰에 알려야 하나?"

"당신의 경감한테?"

바질은 벌거벗은 엉덩이를 세면대에 걸쳤다.

"잘 모르겠어. 제기랄! 도대체 무슨 일이야?"

여자가 바질 앞으로 다가왔다. 아름다운 여자다. 긴 머리카락이 흩어져 가슴을 덮었다. 길고 늘씬한 다리. 브뤼노의 집에서 처음 그녀를 만났을 때도 너무나 아름다웠다. 그녀는 천천히 사루엘을 내렸다. 그녀의 행동은 전혀 에로틱하거나 도발적이지 않았다. 그저 원시 주술의식을 치르는 것처럼 매혹적일 뿐이었다.

그녀는 성기가 살짝 보일 만큼만 사루엘을 내린 뒤 수줍은 듯, 마치 의사가 검진을 위해 바지를 내려달라고 부탁한 후 조심스럽게 손가락을 넣는 것처럼 검지로 자신의 배꼽 주위를 어루만진 후 아래로 천천히 내려갔다.

"바질, 나를 봐, 그리고 내 얘기를 들어줘. 내 배를 봐. 아기를 낳을 수 없는 배야. 내 자궁에선 생명을 키울 수 없어. 지금 당신에게는 별로 중요하게 여겨지지 않을 지도 몰라. 불쾌한 내막을 자세히 말하지는 않을 거야. 오늘 저녁 충분히 불쾌한 일이 있었으니까. 내 생각에는, 누군지 모르지만 당신에게 그런 문자를 보낸 사람이 있다는 건, 당신한테 더는 선택의 여지가 없다는 거야."

바질은 그녀가 하려는 말이 무슨 말인지 이해하려고 애썼다. 심리상담사로서 10년간 일했지만, 그리고 심리학 이론을 10년 동안 공부했지만 지금 벌어지고 있는 일은 전혀 이해할 수 없었다.

"그 아이를 당신이 보호해줘야 해, 바질! 그 아이를 구할 수 있는 사람은 당신뿐이야. 무슨 말인지 알겠어?"

아니, 무슨 말인지 모르겠어. 그는 정말로 그녀가 하는 말을 이해할 수 없었다. 하지만 그녀는 정말로 확신을 가진 듯했고, 바질은 자신에게 선택의 여지가 없다고 생각했다.

그래서 그녀를 품에 안으며 거짓말을 했다.

"다 알아. 다 이해했어, 앙지. 다 안다고."

목요일

용기의 날

29

작은 바늘 11, 큰 바늘 6

“말론, 내 얘기 잘 들어봐. 아주 중요한 일이야. 내가 너를 믿어주기 원한다면 네 비밀을 내게 말해줘야 돼. 어떻게 구티가 너에게 들려줄 수 있는지 얘기해줘야 한다고.”

말론은 대답하지 않았다. 말론은 바질과 마주 앉은 채 테이블만 뚫어져라 쳐다보았다. 구티는 말론의 무릎 위에서 심리상담사의 질문 따위는 아무 관심이 없다는 듯 여전히 미소를 띠고 웃는 눈빛으로 앉아 있었다.

“내가 알아야 해, 말론.”

바질은 망설였다. 아이와의 신뢰관계는 나일론실처럼 연약했다. 그 가느다란 실이 끊어져버린다면 아이의 기억은 끊어진 진주목걸이의 알처럼 뿔뿔이 흩어지고 말 것이다. 그럼에도 그것을 당겨야 했다. 아주 조심스럽게.

“엄마를 다시 찾고 싶다면 말이지. 내 말은, 이전의 엄마 말이야. 네가 나를 도와줘야 해, 말론.”

아이는 침묵 속에 갇혀서 여전히 고개를 들지 않았다. 무릎 위의 인형만이 자신을 도와줄 수 있다는 듯 꼭 끌어안았고, 인형은 여전히 말이 없었다. 바질은 한 번 더 줄을 당겼다.

"구티가 너 말고 다른 사람에게도 털어놓아야 해. 무슨 말인지 알아, 말론? 어른에게도 얘기를 해줘야 한다고."

말론은 구티를 보았다. 바질의 눈에는 말론이 구티의 의견을 물어보는 것처럼 보였다. 텔레파시라도 주고받는 걸까? 어릴 적에는 아끼는 장난감과 대화를 나누다가 크면서 그 마법의 힘을 잃어버리는 건지도 모른다.

그들은 클로틸드의 교장실에서 이미 한 시간 가까이 얼굴을 맞대고 있었다.

"천천히 생각해도 돼, 말론. 천천히."

아이가 침묵을 지키는 동안 바질은 노트와 색지, 수성펜과 케르메스바자회가 열리는 수호성인 축제 축제에 쓸 물건들로 가득 찬 방을 관찰했다.

클로틸드가 바질을 쳐다보지도 않고 뒤쪽 통로로 지나갔다. 45분 전, 커피를 내리러 왔을 때에는 바질에게 권하지도 않았다. 그들의 바로 뒤에 놓인 커피머신을 사용하면서 말이다.

바질은 눈을 들어 시계추를 보았다. 15분 후면 학부모들이 도착한다. 그때면 이미 너무 늦다. 말론과 만날 약속을 다시 잡아야 하나?

아이는 여전히 인형과 얘기를 나누는 것처럼 보였다. 할 수 없군. 바질은 직업윤리보다 일단 상황을 빨리 진전시키는 게 중요하다고 생각했다.

"말론, 잘 들어봐. 인형은 말할 수 없어. 너도 그건 잘 알고 있지?"

말론은 의자에서 몸을 비틀며 입술을 깨물었다. 바질이 한 단계 진전시킨 것 같았다. 말론의 머릿속에 충격을 주고 빗장을 열었다. 마침내는 반응을 보이겠지. 그저 기다리면 돼. 조금만 더.

심리상담사도 눈길을 낮추어 테이블을 보았다. 서류 세 장이 눈앞에 놓여 있었다. 자신이 직접 두 칸으로 만들어 아침에 인쇄한 것이다.

왼쪽 칸은 질문, 사진, 상징.

오른쪽에는 몇 주에 걸쳐서 작성한 답변.

왼쪽 칸에는 아스테릭스프랑스의 인기 만화의 그림에서 복사한 해적선이, 오른쪽 칸에는 말론의 반응이 적혀 있었다.

아니에요. 내가 본 해적선하고 달라요. 내가 본 건 더 짙은 색이고 가운데 아무것도 없었어요.

돛 말이야? 돛이 없다는 얘기야? 그리고 얼마나 더 진한 색이었어?

바질은 오랫동안 질문을 한 끝에 마침내 자세한 설명을 얻어냈다.

검은색이요. 완전히 검은색. 전쟁하는 배처럼요.

왼쪽 칸에는 외호적의 침략을 막기 위해 성 주위를 둘러싼 호수로 둘러싸고 도개교를 설치한 피에르퐁의 성도 있다. 성벽 위쪽은 총을 내밀고 쏠 수 있도록 요철 모양으로 돼 있고, 탑과 누각이 있다.

아니요. 탑은 더 두껍고 키는 더 작아요. 이런 건 없고요.

이런 게 뭐지, 말론? 기울어진 지붕을 말하는 거야? 아니면 이런 조각상들이 없어? 돌에 구멍이 없다는 거야?

바질은 일곱 번이나 그렸지만 말론은 매번 고개를 저었다. 모든 종류의 건축물 그림을 그려보다가 기진맥진한 바질이 동그라미 네 개를 나란히 그렸다.

○○○○

말론의 눈이 반짝 빛났다.

네, 맞아요! 이렇게 생겼어요.

바질은 다시 눈을 들었다.

세찬 빗줄기가 교장실 창문을 두드렸다. 창문 너머로 교문 앞에 줄지어 늘어선 우산이 보였다. 복도에서는 아이들이 초급반 아이들에게 방해가 되지 않도록 발끝으로 조심조심 걸으며 속닥거렸다. 몇 분 후면 말론이 모래처럼 손가락 사이로 빠져나간다.

거의 다 왔는데….

말론은 말해줄 것이다. 바질은 느끼고 있었다. 그래서 가느다란 그 줄을 조금 더 세게 당기기로 했다.

"구티는 네 머릿속에서 얘기하는 거지? 그런 거야, 말론? 진짜로 말하는 건 아닌 거야. 구티는 장난감이잖아. 살아 있지 않잖아. 구티가 네게 매일 밤마다 정말로 얘기해줄 수는 없어."

"구티는 정말로 얘기해줘요!"

말론은 그 이상 얘기하지 않았다. 팔짱을 끼고 입을 굳게 다물었다.

마주 앉은 어른에게 증명해보이고 싶어 죽을 지경이었지만 꾹 참고 있었다.

단 몇 분만. 난 몇 분만 더 있으면 되는데. 바질은 아이에 대한 관심을 억누르고 노트를 들여다보았다.

왼쪽 칸의 로켓. 바질은 아리안 5호 로켓의 사진을 붙여놓았다.

이거 맞아요!

확실해? 이 로켓을 본 거야? 하늘로 날아올라가는 걸 봤어?

네, 네, 네. 이거 맞아요. 기억나요. 이 로켓 맞아요.

바질은 일어나 커피머신을 껐다. 오래된 시계의 추처럼 커피 방울이 천천히 떨어졌다.

"곧 엄마가 오실 거야, 말론. 네가 다 엄마라고 부르는 엄마 말이야. 이제 집으로 돌아가야지. 구티가 어떻게 말해주는지 지금 내게 알려주지 않을 거라면 말이다."

누군가가 익명으로 보냈던 무덤 사진이 갑자기 떠올랐다. 바질은 사진을 그냥 저장해둘지 오그레스 경감에게 전달할지 순간 고민했지만 결정을 내리지 못했다. 나중에 다시 생각하자.

"목마르니, 말론?"

바질은 물 한 잔을 따라 아이 앞에 놓아주었다.

12시 5분 전.

더는 방법이 없었다. 시간은 다 지나갔다. 실이 끊어진다 하더라도 어쩔 수 없다. 바질은 의자를 끌어당겨 아이와 눈높이를 맞췄다.

"이젠 널 보기 힘들 것 같아, 말론. 지금 네 비밀, 구티의 비밀을 알려주지 않는다면, 이젠 네가 엄마를 만날 수 있도록 도와주기 힘들 것 같구나."

말론은 심리상담사를 똑바로 쳐다보았다.

드디어 결심이 섰다. 아이는 여전히 아무 말 없었지만 바질은 알 수 있었다. 마침내 아이의 마음을 얻었다는 것을.

말론은 천천히 구티를 끌어안았다. 아이의 손은 쓰다듬는 듯, 연회색 배와 베이지색의 나머지 부분 사이 경계선의 털 속을 더듬었다.

그리고 천천히 잡아당겼다.

바질은 자기 눈을 믿을 수 없었다.

구티의 배가 열렸다.

벨크로가 숨겨져 있었다. 봉제선이 너무 매끄러워서 접합 부분이 보이지 않았고, 짐작할 수도 없었다. 구티를 손으로 잡고 있어도 알 수 없었다. 게다가 어른들은 아무도 구티를 만져보지 않았다.

말론은 작은 손가락으로 솜 사이를 더듬었다. 처음에 나온 것은 어린이용 검정색 소형 이어폰이었다. 말론은 능숙하게 꼬인 줄을 풀었다. 이어서 또 다른 검정색 줄이 나왔다. 아마도 충전용 전선일 것이다. 마지막으로 말론은 소형 엠피스리를 끄집어냈다.

두께는 고작 몇 밀리미터 정도로 얇고, 길이는 3센티미터가량에 액정화면이 전면을 꽉 채운 기계였다.

말론은 엠피스리를 바질의 코앞에 자랑스럽게 내밀었다.

바질은 본능적으로 의자를 뒤로 밀어 출입문을 닫았다.

"쉬워요." 말론이 말했다. "색깔만 기억하면 돼요. 색깔하고 그림."

놀랄 만큼 능숙한 손놀림으로 말론은 기계의 다섯 가지 버튼을 눌렀다.

초록 세모. 구티 얘기 듣기.

빨간 동그라미. 구티를 조용하게 만들기.

선 두 개. 구티가 잘 듣고 나중에 얘기하게 만들기.

방향이 각각 다른 화살표들은 구티의 기억을 뒤질 때 쓰는 것.

"오늘 들을 이야기를 찾을 때 쓰는 거야, 말론?"

"네."

바질의 손이 미세하게 떨렸다. 정말 간결하고 정확한 설명이었다. 아이의 입장에서.

요일마다 한 개씩 일곱 개의 폴더가 있었고, 늘 같은 순서로 듣도록 일곱 개의 이야기가 녹음돼 있었다.

세 살짜리 아이라도 틀리지 않고 쓸 수 있었겠군.

"이걸 쓰는 방법은 엄마가 가르쳐준 거야? 이전의 엄마? 엄마가 구티의 심장을 넣고 숨겨준 거겠지? 엄마가 매일 저녁 구티의 얘기를 들으라고 가르쳐준 거지? 그러면 목소리는 엄마 목소리야? 맞니, 말론?"

말론은 각각의 질문에 고개를 끄덕였다. 2분 사이에 2년 더 성장한 것처럼 보였다. 바질은 지금의 정보가 어떤 중요성을 띠고 있는지 알 수 없었다.

왜 세 살밖에 안 된 아이에게 이런 일을 시킨 거지?

말론은 아망다 물랭에게 이런 비밀을 어떻게 숨길 수 있었지?

이 이야기들은 뭘 뜻하는 거지? 그 안에 암호처럼 숨겨진 정보는? 한참 뇌세포의 성장이 활발하게 일어나는 아이가 이런 이야기들을 반복적으로 들으면 어떤 영향을 받게 될까?

특히….

바질은 손을 뻗어 말론의 머리를 쓰다듬었다. 자신의 떨림을 멈추기 위해서이기도 했다.

도대체 왜, 이런 술수를 써야만 했을까?

그들은 다가오는 발소리를 듣지 못했다. 갑자기 문이 벌컥 열렸다. 하지만 말론이 더 빨랐다. 습관과 직감. 그러면서도 말론은 미소를 띠며 클로틸드를 보았다. 이어폰과 엠피스리는 무릎 사이에 감추고 구티는 배가 아래로 가도록 테이블에 엎어놓았다.

"어떠니, 말론?"

"네, 괜찮아요." 수줍은 목소리. 아주 자연스럽다.

인간은 원래부터 거짓말에 익숙한 동물이니까.

클로틸드는 무표정한 눈으로 커피머신이 꺼진 것을 봤지만 아무 말도 하지 않고, 아이를 향해 말했다.

"엄마가 오셨어. 복도로 가서 외투를 입으렴."

"금방 내보낼게요." 바질이 상냥하게 말했다. "거의 다 끝났어요."

바질이 테이블의 서류들을 챙기는 시늉을 했다. 클로틸드는 어깨를 으쓱하고는 밖으로 나갔다. 빗줄기가 더 굵어졌다. 말론은 두려움에 가득 찬 얼굴이었다.

바질은 말론에게 다가가 속삭였다.

"내게 구티의 심장을 줘, 말론. 구티의 말을 들어야 널 도울 수 있어."

말론은 빗소리 때문에, 그리고 바질의 요구 때문에 겁에 질렸다.

"알아, 엄마와 약속했다는 거. 하지만 아무에게도 말하지 않을게."

아이는 무릎을 살짝 벌리고 작은 손으로 엠피스리와 이어폰을 잡았다. 손가락 사이로 이어폰 줄이 식물의 뿌리처럼 비집고 나왔다.

바질은 아이의 손을 꼭 잡았다. 그들이 잠시 손을 맞잡은 채 있던 이 순간, 그들 사이에는 무언의 계약이 맺어졌다.

바질은 뜨겁게 펄떡이는 아이의 심장을 맡기라도 한 듯 무거운 책임감을 느꼈다.

점심시간을 알리는 종소리가 요란하게 울렸다.

말론은 겁에 질려 펄쩍 뛰며, 구티를 들어 올려 가슴에 꼭 안았다.

"구티의 말을 잘 듣고 그대로 잘 저장해둘게." 바질이 말했다. "그리고 무슨 말인지 네게 알려줄게. 그리고 대신, 네게도 내 비밀을 알려줄게. 난…."

바질은 자신의 말이 큰 의미가 없다는 생각이 들었다. 그는 엠피스리를 꼭 쥐었다.

"구티는 그냥 잠시 잠을 자는 거야. 잠시 쉬는 거지. 걱정하지 마. 내일 바로 돌려줄게. 학교 입구에서. 약속할게. 입구에서 널 만나 구티의 심장을 돌려줄게."

말론은 외투를 입으러 갔다. 바질은 아이가 빗소리에 떨며 복도 끝으로 사라지는 모습을 지켜보았다. 말론에 대한 수수께끼 중 하나가 비에 대한 공포심과 끝없이 추위를 타는 거였다. 그래서 말론은 늘 다른 아이들보다 두껍게 옷을 입었다.

말론이 항상 들었던 구티의 얘기 속에 과연 모든 답이 들어 있을까? 바질은 오히려 이것을 들음으로써 더 혼란스러워질 것이라는 예감이

들었다.

놀이방을 지나 밖으로 나가자 유아학교 직원이 따라 나와 철문을 열어주었다. 바질은 주머니에서 휴대전화를 꺼내고 대신 이어폰과 엠피스리를 넣었다. 휴대전화의 액정을 스치자 메시지 목록이 떴다.

앙지, 9시 18분
(심장 모양의 붉은 하트 풍선을 들고 있는 스마일리)
사랑해. 오늘 하루도 잘 지내.

익명의 발신자, 0시 51분
(붉게 물든 하늘 아래의 무덤 사진)
당신일까 아이일까. 아직은 선택할 수 있어.

바질은 떨리는 손으로 그 이전에 온 메시지를 클릭했다.

익명의 발신자, 23시 57분
분명히 바보스러운 결정이겠지만 당신을 믿어보고 싶네요.
위급한 상황인 것 같으니 할 수 있는 한 최선을 다하겠습니다.
아무 때나 괜찮으니 연락주세요.
마리안

바질은 망설이지 않고 '통화' 버튼을 길게 눌렀다.

◆◆◆

아망다 물랭은 학교 철문 앞에서 검은 우산을 쓰고 말론을 기다렸다. 주변에 서 있는 엄마들은 다른 엄마들과 얘기를 나누느라 아이가 하루 동안 있었던 일을 얘기해도 거의 신경 쓰지 않았다.

밖으로 나가야 하는 순간이 되자 말론은 교실 밖 계단을 내려오지 못하고 그대로 굳었다.

폭우 때문에 말론 앞에 깊은 웅덩이가 패었다.

말론은 철문 뒤에서 다른 엄마들과 함께 서 있는 다 엄마에게 눈으로 구조신호를 보냈다.

누군가가 말론의 등에 손을 얹었다.

바질이었다. 바질은 말론의 뒤에 서서 처마에서 떨어지는 가는 물줄기를 조용히 관찰하며 말론을 부드럽게 밀었다.

"천천히 가봐, 말론. 괜찮아."

그래도 말론은 움직이지 않았다. 여전히 겁에 질린 표정으로 먹구름이 잔뜩 낀 하늘을 올려다볼 뿐이었다.

이번에는 아망다가 움직였다. 학부모 출입제한구역인 운동장을 지나 학교 건물까지 왔다. 그러고는 바질 드라공만을 쳐다보지도 않고 말론의 머리 위로 우산을 받쳐주었다.

"가자, 말론. 집으로 가자."

아망다는 규칙을 지키느라 출입선 안에 머물러 있는 엄마들의 시선을 등 뒤에서 느꼈다.

아무도 아이를 찾으러 운동장으로 들어가지 않는다. 아무리 어려도 비를 맞으며 30미터 정도는 걸어올 수 있다.

아망다는 조용히 기다리는 엄마들의 기분을 상하게 했다.

사탕을 사러 와서 주인이 봐주기를 기다리는 손님처럼 가만히 서 있던 바질도 기분이 상했다. 아망다는 마침내 눈을 들어 바질을 보았다.

"제 아이를 좀 내버려두세요, 선생님. 저 혼자서도 아이를 보호할 수 있으니까요."

바질은 주머니 속에서 손을 움켜쥐었다.

"저는 단지 말론을 도우…."

"내버려두세요." 아망다가 더 큰 목소리로 말했다. "제발요."

둘의 대화는 학교 철문이 열리는 소리에 잠시 중단됐다.

아망다는 목소리를 낮춰 다시 말했다.

"우리 아이를 내버려두세요, 드라공만 선생님. 선생님 때문에 불행한 일이 생기게 될지도 몰라요."

30

마리안 오그레스 경감은 초조한 심정으로 기다렸다. 맞은편의 트램 정거장과 조르주V 거리 방향으로 달리는 자동차 행렬과 호수 위에 떠 있는 요트들을 연신 흘끗거렸다.

뭘 타고 오는 거지?

도대체 언제 도착하는 거야!

그녀는 무작정 기다리는 게 싫었다. 다른 사람 때문에 일정이 좌우되어 나약하고 의존적인 존재가 되어버린 느낌을 못 견뎌했다. 속사포처럼 지시를 내리고 매순간 스스로 결정을 내리는 데 익숙해진 지 오래다. 특히 이곳, 경찰서 앞 계단에서 누군가를 하염없이 기다린다는 건 고문과도 같았다.

뒤아멜 경관과 콩스탕티니 경관이 마리안을 지나쳐 계단을 급히 내려갔다. 그들이 어디로 가는지 전혀 모른다. 부하들이 오고가는 걸 제대로 통제할 수 없다는 사실에 마리안은 한층 더 짜증이 났다. 더군다나 지금처럼 한꺼번에 여러 일을 이끌고 나가기엔 인력이 턱없이 부족하다고 느낄 때에는.

오늘 밤엔 알렉시스 제르다의 집 앞에 경관 한 명을 밤새 배치하는 것도 포기해야 했다. 그래서 밤 11시쯤에 일단 철수했고, 다음 경관은 새벽 6시에 잠복할 예정이다. 알렉시스 제르다에게 구체적으로 드러난 혐의점이 아무것도 없는 만큼 몇 주 동안이나 계속해서 24시간 감시를 붙일 수는 없는 노릇이다. 아침부터 파피가 귀 따갑게 말하지 않았어도 충분히 알고 있다.

구찌 캘리포니아 오토바이가 경찰서 앞에 섰다. 마리안은 바질이 헬멧을 벗을 때까지 알아보지 못했다. 갈색 머리가 마구 흐트러진 바질은 태풍에 깃털이 다 뽑혀버린 까마귀 같았다.

“늦으셨네요. 드라공만 씨.”

바질은 대꾸하지 않고 오토바이에서 내려 손에 쥔 것을 마리안에게 내밀었다.

소형 엠피스리.

“아이가 꾸며낸 이야기가 아니었어요.” 바질이 낮은 목소리로 말했다.

그는 말론의 이야기를 짧게 간추려서 마리안에게 설명했다. 인형 속에 감춘 엠피스리, 요일별로 각각 다른 이야기들, 매일 저녁마다 침대에 누워 이어폰을 꽂고 이야기를 들어온 말론. 그리고 다음날 오전 등교 길에 돌려주기로 한 것까지.

마리안은 가까이 서 있던 자동차 보닛에 손을 짚었다.

“맙소사! 전부 상상 속 이야기라고 생각했는데.”

“다 사실이었습니다.”

경감은 손을 꽉 쥐었다.

“당신이 오는 걸 보면서 또 유령이니 뭐니, 아이의 두뇌는 점토처럼 마음대로 빚을 수 있다는 얘기를 할 거라고 생각했어요. 그런데 엠피스리와 인형이라니! 아이는 자기가 들은 얘기를 정말로 믿고 있나요?”

"그런 것 같습니다. 사실은 조금 복잡해요. 아직 논란이 분분한 아동발달심리학 이론입니다만…."

"내가 이해하기엔 어려운 이론인가요?"

바질의 이마에 주름이 잡혔다.

"아니요. 왜 그렇게 생각하시죠?"

"아니면 내가 지나치게 이성적이라서 이해를 못 할 것 같은가요? 경찰관이라서? 엄마가 아니라서? 여성적이지 않아서?"

심리상담사는 망설이며 마리안을 보았다. 그는 여성과 있을 때보다는 차라리 신경증 아동과 함께 있을 때 훨씬 더 편했다.

"잘 모르겠습니다, 경감님."

둘 사이에 침묵이 흘렀다.

"그럼 설명을 해보세요. 이해하려고 애써볼 테니."

바질은 길게 숨을 들이마시고 설명을 시작했다.

"말론과 인형의 관계를 이해하려면 이 점을 생각해봐야 해요. 아이들이 언제부터 모방행동을 할 수 있는지를요. 좀 더 정확하게 말하자면, 자신이 다른 사람을 따라하고 있다는 걸 의식하는 게 언제부터인가이지요."

시작부터 무슨 소린지 모르겠군. 마리안은 심리상담사에게 차마 되물어보지 못하고 눈썹을 찡그리며 생각했다.

바질은 부드러운 눈으로 마리안을 보며 다시 말했다.

"구체적인 예를 들어볼게요. 다섯 살 무렵의 여자아이는 가지고 노는 게 인형이라는 걸 알고 있습니다. 두 팔에 안고 있는 게 장난감이라는 걸 알고 있어요. 진짜 아기를 대하듯 어르고 귀여워해도 말이죠. 현실이 무엇인지, 그리고 현실과 현실처럼 느끼는 것의 차이점을 이미 알고 있는 겁니다. 그리고 사회 규칙하에서 이 차이점을 인식하면서 장난감을 가지고 놀아요. 여기까지는 이해가 가십니까, 경감님?"

마리안은 고개를 끄덕였다. 바질은 계속해서 말을 이었다.

"자, 인형에게 젖병을 물리는 척합니다. 하지만 인형이 진짜로 먹지 않으며, 내가 먹이지 않아도 죽지 않는다는 걸 잘 압니다. 한낱 장난감에 불과하다는 것도 잘 알고요. 이 세상에서 이 인형보다 중요한 게 없다 해도, 부모님이 내 놀이에 동참해서 마치 인형을 진짜 사람 대하듯 말을 건다 해도 말이죠. 놀이는 모방하고 체계화하고 규칙을 어기는 것이죠. 반대로 3세 이전에는 진짜 현실과 자신이 인식한 현실과의 차이점을 모릅니다. 예를 들어, 유아에게 삶과 죽음은 현실로 존재하는 것이 아닙니다. 곰인형이든 동물원의 곰이든 아이들에게는 똑같이 살아 움직이는 존재예요. 마찬가지로 아이들은 진실과 거짓을 구분하지 못합니다. 사물이 실제로 존재하는지 존재하지 않는지도 구분하지 못하고요. 그러니 진짜 엄마, 가짜 엄마도 없죠. 3세 이전의 아이들은 자신을 돌봐주는 사람을 엄마라고 인식하다가 차츰 유모, 숙모, 친구, 이렇게 넓혀 나가는 겁니다."

마리안은 집중하는 학생의 모습으로 길게 숨을 들이마셨다.

"제가 제대로 이해한 거라면, 말론에게는 인형이 진짜 말을 한 건가요? 자기가 버튼을 누르긴 했지만요?"

바질은 고개를 저었다. 마리안이 보기엔 기분이 상하지 않을 만한 적당한 말을 찾고 있는 것 같았다.

"그렇게 간단하게 설명 드리기는 어렵군요. 이미 말씀드렸듯이 현실이 아니라고 스스로 인식하는 것, 즉 인지적 구별을 하는 시기는 보통 두 살에서 다섯 살 사이입니다. 하지만 어떤 순간에 이런 내번혁이 일어나는 걸까요? 두 살에서 다섯 살 사이의 아이들에게는 상상력과 인지와 조작 능력을 자극하는 장난감을 줍니다. 주로 모방 장난감을 주죠. 자동차, 집, 의사나 소방수, 공주, 해적 흉내 놀이 같은 것들이요. 마케터와 유아교육자들이 제시하는 장난감들이죠. 아이들은 크리스마스가 지나면 장난감 더미에 파묻힐 지경이 됩니다. 아이들은 물론 자극을 많이 받겠지만, 대부분의 경우 아이들이 어떤 생각을 하는지는 정확히 알 수 없죠. 아이들이 놀고 있는지, 어떤 생각을 하는지, 성인의 삶을 모방하며 노는지, 어른의 삶에 끼어들고 싶은지…."

심리상담사는 마치 열정적으로 강의를 하다가 학생에게 필기할 시간을 주는 듯 잠시 침묵했다.

"다시 말론을 생각해보면, 제게는 당연하게 느껴집니다. 말론의 눈에 구티는 움직이지 않는 단순한 물건도 아니고, 감정이 충만한 살아 있는 존재도 아니에요. 물론 말론은 그런 차이를 모르니 굳이 이렇게 구분해도 아무런 의미가 없겠죠. 말론은 구티에 대한 애착에 자신의 감정이 반영되어 있다는 것은 의식하지 못합니다. 하지만 세 살 정도의 아이는 금지된 게 무엇이고 허용되는 건 무엇인지 압니다. 구티가 말을 하고, 듣고, 요일별로 이야기를 들려주는 것이 구티와 다른 인형이 갖는 가장 큰 차이는 아닙니다. 말론의 눈에는 그렇게 하는 것이 아주 많거든요. 텔레비전, 라디오, 전화…. 근본적인 차이점은 말론의 엄마가 구티의 비밀, 즉, 구티가 말하고 듣고 이야기를 들려준다는 사실을 아무에게도 말하지 말라고 했다는 것이죠. 아무리 어린아이라도 그건 할 수 있거든요. 복종하는 것 말입니다. 아이는 좋은 명령인지 나쁜 명령인지 전혀 알지 못해요. 그걸 따지는 건 나중의 일입니다. 되도록 일찍 설명을 해주어야 하겠지만 아이들은 그걸 해야 할지 말아야 할지를 알아요. 동물을 훈련시킬 때도 마찬가지죠. 그 단계를 지나고 나면 복잡해집니다. 아이들은 허락된 것과 금지된 것에 우연히 일어난 좋은 일과 나쁜 일을 결부지어 생각하기 시작합니다. 다행히도 말론은 아직 그 단계까지 가지 않았어요."

바질은 만족스러운 미소와 함께 설명을 마쳤다. 바질의 설명을 듣는 내내 경감은 경찰서 앞을 오고 가는 부하직원들에 대해 잊어버렸다. 경감은 바질의 이야기에 매료당했다. 물론 어린아이에 대한 이야기뿐이긴 하지만…. 아마 나이 많은 대머리 심리학자가 똑같은 이야기를 했더라도 마리안은 똑같이 탄복했을 것이다.

"알았어요." 마리안은 좀 더 현실적인 문제를 생각하며 말했다. "구티에 관해서는 이해했어요. 그리고 '말도 안 된다'고 했던 건 취소할게요. 그러면 말론이 비밀스럽게 구티의 말을 듣기 시작한 건 언제쯤부터인가요?"

"최소 열 달은 됐습니다. 즉, 말론이 각각의 이야기를 서른 번은 들었다는 말이죠. 그래서 말론에게는 그 이야기가 모두 현실인 겁니다. 말론이 알고 있는 유일한 현실이죠."

"일상생활을 유지하면서 말인가요? 학교도 다니고, 가족과 함께 살고 있는데도요?" 경감은 손바닥을 펴고 엠피스리를 찬찬히 보았다. "들어볼 시간이 있었나요?"

"네. 별로 길지 않으니까요. 몇 분 되지 않는 짧은 이야기 일곱 편입니다."

"어떤 얘기던가요?"

경관 둘이 경찰서 쪽으로 왔다. 그들은 약간 놀란 눈으로 인도에 앞바퀴를 걸치고 세운 구찌 오토바이, 그리고 열띤 대화를 나누고 있는 두 사람을 보았다.

"확실하진 않아요. 뭔가를 암시하는 것 같아요. 항상 같은 얘기입니다. 숲, 바다, 배, 네 개의 탑. 여전히 암호 같아요. 더 자세한 얘기가 붙긴 했지만요. 가능한 곳 몇 군데로 더 추려봤습니다. 말론이 이전에 살았던 집이 어디쯤이었을지 지금부터 살펴볼 작정입니다."

그는 오토바이 수납함으로 몸을 굽혔다. 경감은 그가 지도를 펼칠 거라고 생각했다.

"완전히 지어낸 얘기가 아니라면 말이죠. 말론이 한 번도 바다나 숲이 있는 근처에 살아본 적이 없다면…."

"절대로 그렇지 않습니다! 모든 이야기가 논리적이고 일관성이 있어요. 느낌으로 알 수 있습니다. 반드시 밝혀낼 거예요. 경감님은…."

바질은 말을 멈추고 작은 열쇠로 오토바이의 수납함을 열었다.

"또 다른 선물이 있어요, 경감님."

그는 휴지로 싼 아이용 컵을 꺼냈다. 팅커벨과 친구들의 그림이 그려진 컵이었다.

"오늘 아침에 말론이 사용한 컵입니다."

"그런데요?"

"물랭 부부가 친부모인지 알 수 있는 방법은 하나뿐이지 않나요? 유전자검사죠. 그게 경감님께는 더 믿음직스러운 방식 아닌가요?"

마리안은 호수 쪽으로 돌아서며 한숨을 쉬었다. 주황색 구명조끼를 입은 젊은이들이 요트에 타려고 기다리고 있었다. 그들이 떠드는 소리가 갈매기 소리와 뒤섞였다.

바질은 마리안이 별다른 반응을 보이지 않자 실망한 기색으로 기다렸다. 묘하게도 증거물을 코앞에서 흔들어대고 있는 이 순간, 마리안 경감이 자신의 매력에 대해서는 전혀 의식하지 않는다는 생각이 들었다.

"아니요, 드라공만 씨. 전혀 간단하지 않아요. 유전자검사를 의뢰하려면 판사의 청구 의뢰서가 있어야 해요."

바질의 언성이 높아졌다.

"그렇다면 프랑스 경찰관의 행동 지침 36항을 어기고 물러나시겠다는 건가요? 지금 무슨 일이 일어나고 있는지 이해가 안 가시는 겁니까? 도대체 무슨 생각을 하시는 거죠? 경감님께 이런 증거들을 보여드리느라 저는 내담자의 비밀유지라는 직업윤리를 어겼다고요! 저는 위험을 무릅쓰고 행동하고 있어요, 경감님! 제기랄."

바질은 문자로 받은 무덤을 떠올렸다. 하지만 경감은 그다지 개의치 않는 모습이었다.

"그렇다면 더는 위험을 무릅쓰지 마세요! 잘 생각해보면 당신의 유일한 논점이 틀리다는 걸 알 수 있거든요!" 경감은 손에 쥔 엠피스리를 내려다보았다. "급할 게 없다고요! 말론은 앞으로도 이 이야기를 잊지 않을 테니까요! 아이가 기억하고 있는 게 디스크에 잘 저장이 돼 있는 데다 그 이야기가 말론에 대한 이야기인지 아닌지도 모르잖아요."

바질도 호수 앞의 아이들을 보았다. 여러 아이들이 자신이 올라타야 할 요트 앞에서 멀찌감치 서 있었다. 웃는 아이들도, 우는 아이들도 있었다.

"경감님, 이 아이는 밤마다 악몽을 꿔요. 눈을 감으면 꿈속에서 펼쳐질 일들이 두려워 차라리 캄캄한 어둠 속에서 눈을 뜨고 있는 아이입니다. 빗방울을 날카로운 유리 파편처럼 두려워하는 아이예요. 비를 맞으면 난도질을 당한다고 생각하죠. 그런데도 급할 일이 없다고 생각하시나요?"

그는 벤야미, 부르덴, 그리고 르텔리에 경관이 허리띠의 무기에 손을 올린 채, 계단을 한꺼번에 네 칸씩 뛰어오르며 급하게 경찰서로 들어가는 모습을 보았다.

마리안의 머릿속에서 여러 가지 생각들이 어지럽게 뒤얽혔다. 이렇게 가만히 있어서는 안 된다. 이대로는 안 돼. 여기 있어서도 안 돼. 이곳 경찰서 앞에서 이 남자와 단둘이. 핑곗거리로 삼을 만한 담배 같은 것도 없이.

마리안은 심리상담사의 어깨 언저리에 손을 펼쳤다.

"컵을 제게 주세요. 엠피스리도 들어볼게요. 필요하다면 검사에게 사전 조사를 요청하지요."

잠시 침묵이 흘렀다.

"빠르게 효과적으로 수사할 겁니다. 걱정하지 마세요."

바질 드라공만은 아무 말 없이 의기양양한 미소를 지었다. 그가 다시 헬멧을 썼을 때 마리안은 그의 다리와 가죽재킷, 그리고 바이저 안에서 빛나는 눈을 보았다.

고집스럽고 영리하고 건방지고 오만한 사람.

마리안이 완벽하게 매력을 느끼는 타입이었다.

손에 엠피스리를 쥔 채 마리안은 아침부터 어지럽게 흩어져 있던 생각을 하나로 모으려고 애썼다. 바질에게 약속하긴 했지만 우선순위를 바꿀 생각은 없었다.

티모 솔레르를 몰아붙이는 것이 먼저다.

그리고 파피에게 응답할 것. 파피, 아니 파드루 경위는 갑자기 일로나와 시릴 뤼코비크에 대한 수사를 하겠다고 나섰다. 그늘에 가려진 부분을 수사하겠다고 했던가? 뭔가 애매하게 말했는데. 파피는 도빌과 캉의 경찰이 수사했던 것을 되짚어보고 싶은 것이 있다고 했다. 그쪽 경찰들은 벌써 몇 주 동안이나 아무 성과가 없었으니까. 파피도 바질처럼 고집 세고 영리하고 건방지고 오만한 사람이다. 하지만 파피는 바로 지금, 내가 필요로 하는 사람이라는 점이 다르다.

"경감님."

마리안이 눈을 들었다.

바질이었다. 아직 그 자리에 있었다. 바이저를 올리고 레이저 같은 강렬한 눈빛으로 그녀를 보았다.

"경감님께 마지막으로 질문하고 싶은 게 있습니다. 혹시 저를 도와주실 수 있을까 해서…."

"네? 그게 뭔가요?"

"이상하게 들릴 지도 모르겠습니다. 몇 주 전부터 계속 생각해봐도 만족할 만한 답을 찾을 수가 없어요. 꽤 중요한 문제라는 생각도 들고요. 문제를 모두 해결할 수 있는 실마리가 될지도 모릅니다."

"말해보세요." 마리안은 약간 성가시다는 생각을 했다.

바질은 주머니에서 사진 한 장을 꺼냈다.

"이게 구티예요. 말론 물랭의 가장 중요한 친구죠. 이게 무슨 동물처럼 보이시나요?"

사진을 넘긴 바질은 구찌 캘리포니아에 시동을 걸고 조르주V 거리를 거슬러 가버렸다. 교통이 한산해서 바질의 모습은 금세 사라졌다. 그가 출발하고 몇 초 뒤, 길가에 서 있던 포드 쿠가가 시동을 걸고 같은 길로 접어들었다.

31

그라시에트 마레샬은 아직도 동전을 세는 중이다.

그녀는 아침마다 비베코에서 빵 하나와 파이 하나를 산다. 절대로 같은 종류를 연달아 사지 않는다. 아흔 살이 넘은 데다가 손도 계속 떨어서 지갑 속의 동전을 세는 데만도 한참 걸린다. 오늘은 평소보다 더 오래 걸리네. 아망다는 계산대 뒤에서 생각했다. 아니면 그렇게 느낀 건지도 몰랐다.

마네글리즈는 일주일 전과 달라진 게 아무것도 없다. 아니, 이 작은 도시는 도대체 달라지는 게 없다. 마트에 오는 손님도 똑같고, 그들이 하는 인사말도 매번 똑같다. 매일 똑같은 신문과 똑같은 스크래치 복권을 사고, 복권을 긁은 후 똑같은 욕설을 한다. 날마다 같은 일상에 지루함도 한결같다. 하지만 오늘 아침은 모든 게 달라보였다.

아니면 단지 기분만 그런 걸 수도 있었다.

아망다는 모든 고객이 자기를 염탐하려고 왔다는 생각이 들었다. 그들이 지역신문을 사는 이유는 오로지 자신과 관련된 모든 정보를 얻기 위함이며, 자기에게 말을 거는 이유는 함정에 빠뜨리기 위함이다.

그냥 기분 탓이겠지.

공장에서 일하는 오스카 미노티에는 그라시에트 할머니 뒤에서 10분이나 인내하며 기다렸다. 마침내 그에게 바게트 빵을 내밀었을 때, 누군가가 들어와 곧바로 신문 판매대로 갔다. 짙은 감색 후드집업의 모자를 푹 눌러썼다. 이전에 한 번도 보지 못한 사람이었다.

아망다는 조심성이 많은 사람이다.

전체 주민이 천 명이 채 안 되는 이 작은 마을에서는 모든 일이 아주 빠르게 퍼진다. 모든 것이 단조로운 이곳의 일상은 지푸라기나 건초, 혹은 죽은 나뭇가지와 같아서 조그만 불똥이 튀기기만 해도 모든 것이 활활 타오른다. 시청 직원이 놀라운 얘기를 했다거나, 학교 선생님이 언성을 높였다거나, 마을의 여자가 모르는 남자에게 문을 열어줬다거나 하면 소문은 걷잡을 수 없이 빠른 속도로 온 마을에 번진다.

매일 그렇듯이, 말론을 데리러 학교에 가면 다른 엄마들은 아무 일도 없는 것처럼 그녀에게 미소를 지을 것이다. 하지만 속아 넘어갈 그녀가 아니다.

아망다는 어릴 때부터 마네글리즈의 구석구석을 누비고 다녔고, 학교 의자보다 시청 광장의 벤치에서 더 많은 시간을 보냈다. 청소년기를 작은 마을에서 보내며 일상의 따분함에 익숙해졌지만, 그 따분함은 좀처럼 그녀의 곁을 떠나지 않았다. 깊이 뿌리내린 종양처럼 도저히 바뀌지 않는 일상이어서 아주 작은 변화만 생겨도 매우 크게 느껴졌다. 좋은 변화는 결혼, 유산 상속, 여행 등이고, 나쁜 변화는 사별, 외도, 탈선이다.

한 아이가 엄마에 대해 얘기한다. 당연히 자기 엄마가 누군지 알고, 비베코의 계산원으로 일하는 것도 안다. 그런데도 세 살밖에 안 된 아이는 같이 사는 여자가 자기 엄마가 아니라고 모두에게 말한다.

사람들이 관심을 가지지 않을 리 없다.

색다른 흥밋거리니까.

32

이어폰을 끼고 있는 바람에 마리안은 파피가 들어오는 소리를 듣지 못했다.

구티가 약속된 땅을 찾은 부분까지 들었다. 땅에 묻힌 채 잊힌 잣, 호두, 도토리가 아름답고 울창한 숲이 되었다는 이야기.

"마리안? 마리안!"

파드루 경위는 다시 마리안을 불렀다. 르아브르에서는 아무런 움직임이 없었기 때문에 파피는 외출 허가를 받고 싶어 했다. 마리안은 이어폰을 목걸이처럼 목에 드리웠다.

"포티니에서 뭘 하려고요?"

"거기에 일로나와 시릴 뤼코비크가 묻혀 있거든요."

"그래서요?"

"그들이 거기에서 태어나기도 했고…, 알렉시스 제르다와 티모 솔레르도 마찬가지로 거기서 태어나고 성인이 될 때까지 자랐으니까요. 시릴 뤼코비크의 부모는 아직도 거기 살아요."

"도빌이나 캉의 경찰들이 당신이 뒤에서 캐고 다닌다는 걸 알면 귀찮아질 텐데요, 파피…."

파드루 경위는 종종 마리안의 짜증을 돋우긴 해도 수사관으로서의 능력은 출중했다. 체계적이라기보다는 상상력이 뛰어나서 다른 사람들이 미처 생각지 못하는 것들을 찾아냈다. 파피는 은퇴를 앞두고 마지막 영광의 순간을 맛보고 싶어 하는 절박한 경찰의 눈으로 애원했다. 마치 벤치에 앉아서 경기에 끼어들 순간만을 기다리는 나이 든 축구 선수 같았다.

마리안은 파피에게 사진 한 장을 내밀었다. 쥐 인형인가? 회색과 황토색 몸통, 뾰족한 분홍색 코, 검은색 눈과 낡아서 닳아버린 털.

"이거나 잘 생각해보세요. 이게 무슨 동물인지 찾아줘요. 알아내면 포티니로 가는 티켓을 줄게요."

파피가 질문을 하거나 타협하거나 항의할 시간도 없이 지베가 문을 쾅 열고 들어왔다. 얼굴을 있는 대로 찡그리고 팔을 흔들어대고 있었다. 1톤이나 되는 불운을 혼자서 짊어진 듯한 표정이었다.

"제르다를 놓쳤어요. 부르덴이 전화했는데 코티 부근에서 제르다가 옷가게를 돌며 쇼핑을 하고 있었다는군요. 사람들이 많이 있었던 모양이에요. 잠시 담뱃불을 붙이는 동안 사라졌다고 합니다. 나오는 걸 못 봤대요."

"이런, 머저리!" 마리안이 소리를 지르며 목에 걸쳤던 이어폰을 뺐다.

지베는 상관의 화를 누그러뜨리려고 했다.

"부르덴 말로는 제르다가 자기를 일부러 따돌린 건지 아닌지 잘 모르겠대요."

"이봐! 제르다가 뒤에 경찰이 따라붙은 걸 몰랐겠어? 젠장! 제르다를 놓친 지 얼마나 됐어?"

"아마 한 시간 정도…."

"그런데 지금에서야 전화했다고?"

"주변을 둘러보느라…."

마리안은 두 손으로 머리를 감쌌다.

"제르다한테 한 방 먹은 거야! 제르다가 럭키스토어의 테라스에 자리를 예약이라도 해줄 줄 알았어? 이런 젠장! 네주 지역 순찰을 세 배로 늘리도록 해. 어쨌든 부르덴이 한 가지 일은 했네. 제르다가 그렇게 위험을 감수했다는 건, 솔레르랑 접촉을 하겠다는 얘기니까. 더는 기다릴 수 없는 거겠지. 솔레르의 고통이 무지 심할 테니까. 시내 모든 의사와 약국에 알리고 대기해!"

지베는 곧바로 사라졌고, 파피는 망설이며 잠시 남아 이상한 헝겊인형의 사진을 들여다보았다. 순진무구한 눈빛의 동물 인형. 이윽고 그가 지베 뒤를 따랐다.

◆◆◆

비베코에 들어온 감색 후드집업 남자는 집중해서 잡지를 읽고 있었다. 〈와코우〉. 4세~7세 어린이용 과학잡지다.

그런데 성인잡지를 몰래 펼치고 벌거벗은 여자들을 훔쳐보는 10대 같은 저 겁먹은 표정은 뭐지? 아망다는 호기심을 가지고 그를 보았다.

경찰인가 봐! 동료들은 멋대로 상상하며 킥킥거렸다. 옆으로 뻗친 금발, 기린처럼 기다란 목, 피아니스트 혹은 목을 졸라 죽이는 살인자처럼 긴 손가락.

아마 수습경찰일거야. 막 학교를 졸업했을 걸. 그는 마네글리즈를 구석구석 살피고 다녔다. 은밀하게 다니고 싶었는지는 모르겠지만, 새시 판매 영업사원만큼이나 눈에 띄었다.

아망다는 그를 노려보았다. 읽으려면 돈을 내야지! 겁을 좀 줘서 우리에게 접근하지 못하도록 해야겠어. 나에게, 디미트리에게, 특히 말론에게 말이야.

언뜻 보기에도 이 애송이는 좋은 직업을 가진 것 같았다. 짜증나지만 좋은 직업. 비베코의 직원들은 그에게 스스럼없이 말을 걸었다. 그저 얘기를 나누고 싶어서였다. 물건을 팔기 위해서가 아니라 그의 얘기를 듣고 싶어서.

아망다 앞으로 온 여자가 소포 수령증을 내놓았다. 비베코는 모든 종류의 온라인 판매 물품을 수령하는 창구 역할도 한다. 아망다는 시골 상점이 살아남기 위해서는 온라인유통회사와 협력할 수밖에 없음을 알고 있었다. 언젠가는 이들이 모든 것을 다 먹어치우겠지.

아망다는 소포를 창구에 올리고 여자에게 신호했다. 사실 아망다로서는 비베코가 문을 닫든 말든 상관없었다. 그녀는 눈을 들어 다른 잡지를 뒤적이는 젊은 경찰을 한 번 더 노려보았다.

이번엔 봅슬레이 썰매 전문지인 〈토보강〉 잡지를 보고 있었다.

저 잡지를 보면 어른이 되고 싶겠네.

15시 53분.

카롤이 오늘 교대에 늦는다면 재미없을 거야. 더군다나 오늘은 절대로 안 돼. 아망다는 시간엄수를 항상 중요하게 여겼다. 특히 말론을 데리러 학교에 가는 시간은 특히 중요했다. 사냥개 무리와 마주쳐야 하기 때문이다. 그들은 원하는 대로 말하고 생각하고 퍼뜨린다.

아무도 말론을 건드려선 안 돼.

아무도 내 아들을 빼앗을 수 없어.

◆◆◆

"경감님, 뤽카입니다."

마리안 오그레스는 오크 약국 앞에 메간을 세웠다.

"급한 일이야?"

"저…, 지금 마네글리즈에서 잠복근무 중입니다. 경감님이 하루 두 번씩 구두 보고하라고 하셨는데요."

경감은 무의식적으로 인적이 드문 오크 거리를 살폈다. 약국 주위에 순찰차 두 대, 그리고 네주 지역에 순찰차 다섯 대를 골고루 배치했다.

제르다가 나타나기만 하면 곧바로….

"말해봐. 바로 본론을 말해. 새로운 소식이 있어?"

"네, 아마도요. 물랭 가족에 대해 알아보라고 하셨잖습니까, 경감님. 겉의 페인트를 한 꺼풀 벗겨내니 생각지도 않았던 밑그림이 나오지 뭡니까?"

"본론으로 바로 들어가라니까!"

"아, 네. 물랭 가족이 우리에게 말한 거랑 우리가 조사해서 알아낸 거랑 미묘한 차이가 있더라 이 말입니다. 예를 들면, 아망다 물랭이 마을의 식료품점에서 6년 전부터 일한 건 맞는데요, 3년 동안 육아휴가를 가졌고, 복귀한 건 지난 6월입니다."

마리안은 입술을 깨물었다. 그녀는 수첩과 볼펜을 꺼내려고 조끼의 커다란 주머니 속을 필사적으로 뒤졌다.

"그러면 아이를 내내 집에서 데리고 있었단 말이야? 3년 내내?"

그녀는 운전석에서 몸을 뒤틀었다. 수첩이 조끼 주머니 밑바닥에 있었다. 일주일에 고작 3시간의 운동으로는 조끼 자락을 깔고 앉은 엉덩이를 들어올리기가 힘들었다.

"아니요. 그런 건 아닙니다, 경감님. 말론이 태어났을 때부터 목격한 증인들이 여러 명 있습니다. 아기였을 때와 조금 컸을 때 목격한 사람들이죠, 경감님. 말론을 치료한 의사와 친구들과 마을 주민들이에요. 그런데 아이는 탁아소나 아기 놀이방은 전혀 이용하지 않았어요. 이런 시골엔 없기도 하지만요, 경감님."

"그럼 말론은 유아학교에 들어갈 때까지 다른 아기들하고 접촉한 적이 없단 말이야? 그 얘기야?"

"맞습니다, 경감님."

"말끝마다 '경감님'이라고 하지 좀 마! 아망다 물랭의 육아휴가 말고 다른 것도 있어?"

"네, 좀 이상한 점들이 있습니다. 처음에 이웃들이 가끔 말론을 봤다고 말씀드렸던 것 기억하시죠? 말론이 자전거를 타는 걸 봤다는데 항상 헬멧을 쓰고 집 주위를 돌았다고 합니다. 모리스라벨 광장 끝에 연못이 있어요. 봄에는 오리 떼가 둥지를 지어서 보기가 아주 좋답니다, 마리안. 가족들이 나들이 가기 좋은 곳이죠. 르아브르에서 그다지 멀지도 않고 가격도…."

마리안의 손가락이 마침내 주머니 밑바닥의 볼펜을 움켜쥐었다. 저 수습경찰이 눈앞에 있었다면 볼펜으로 저놈의 손바닥을 마구 찔러댔을지도 몰라.

"계속해!"

"네, 마리안, 죄송합니다. 간략하게 말하자면 물랭 부부는 몇 달 전부터 외축을 모두 중단했어요. 지난겨울부터요. 다른 가족과 식사하다거나 다른 곳을 방문하는 일이 없었습니다. 가까운 친척들이 모두 노르망디에서 수백 킬로미터 떨어진 곳에 살고 있기 때문이기도 하고요. 아망다의 부모만 마네글리즈 공원묘지 근처에 살고 있습니다."

마리안은 인내심의 한계를 느끼며 한숨을 쉬었다. 뤼카의 전언은 계속됐다.

"물랭 부부는 친구를 초대하는 일도 없고, 아주 드물게 친구 집에 가는 경우에도 아이를 데리고 가지 않았어요. 그리고 주치의인 세르주 라코른 의사에게 간 적도 없고요. 이웃들이 이상하게 생각한 점이 또 있습니다, 마리안. 지난겨울에 말론을 밖에서 종종 봤었답니다. 정원에 있는 모습도 봤고, 자전거를 타는 것도 봤답니다. 연못 앞에서요. 귀를 덮는 모자를 쓰고, 목도리로 코까지 가린 모습이었답니다. 그런데 날씨가 점점 따뜻해지고, 낮이 길어질수록 아이는 밖에 나오지를 않았다고 합니다. 뭐, 그럴 수도 있지 않겠습니까, 마리안? 그런 동네의 주거 단지라면 화창한 날에는 모두 해변으로 가버리니까요. 하지만 그래도…."

마리안은 여전히 몸을 뒤틀며 수첩을 찾다가 결국 포기했다. 대신 주머니 속에서 다른 물건이 잡혔다.

"그러면 말이야, 뤼카. 물랭 부부, 특히 아망다 물랭은 30개월까지 아이를 혼자서 끼고 있었다는 거야? 사회생활도 거의 포기하고 말이지. 그리고 아이가 세 살이 된 후에는 완전히 사라진 거나 다름없고."

"9월부터 유아학교에 다니는 것만 제외하면요, 마리안."

차라리 경감님이라고 부르는 게 나았다.

"학교만 제외하고…." 마리안은 되풀이했다. 모든 아이가 세 살이 되는 해에 의무적으로 다니기 시작하는 유아학교에 등록하지 않는다면 모든 이의 관심을 끌게 될 테지.

그녀는 조끼 주머니에 있던 물건을 조심스럽게 꺼냈다.

"어…, 아니면, 마리안, 제가 다른 중요한 이야기를 해야 될 것 같아요."

"제발, 뤼카. 나를 마리안이라고 부르지 마. 서른 살이 넘은 경관들도 나를 그렇게 부르지 않아."

"알겠습니다. 그럼, 어…, 그 여자가 저에 대해 눈치 챈 것 같아요."

"누가? 아망다 물랭이?"

"네."

"그래서 뭐? 우린 경찰이야. 비밀요원이 아니라고!"

"그렇게 생각하세요? 어…, 마담 오그레스?"

그녀는 한숨을 쉬고 손에 쥐고 있던 물건을 대시보드에 내려놓았다.

"아망다 물랭이 자넬 원망할거야. 자기 사생활을 캐고 다닌다고 화를 내겠지. 그렇다고 그것 때문에 자넬 죽이려고 들지는 않을걸."

그녀는 뤼카의 대답을 듣지 않고 전화를 끊었다. 그러고는 팅커벨과 그 친구들이 날고 있는 그림이 새겨진 컵을 자세히 들여다보았다.

오늘 아침에 말론 물랭이 음료를 마셨던 컵이라…. 마리안은 생각에 잠겼다.

만약 바질 드라공만이 한 말이 다 사실이라면?

정말로 가장 간단한 해결 방법은 수사를 시작하고, 고루하기 짝이 없는 디엔에이 테스트를 의뢰하는 거라면?

33

작은 바늘 8, 큰 바늘 10

말론은 울고 있었다. 다 엄마가 말론의 바로 옆에 앉아 있었지만 말론은 왜 슬픈지 설명할 수 없었다.

구티가 잠들었다고, 어쩌면 영원히 잠들었을지도 모른다고 얘기할 수 없었다.

구티의 심장이 더는 뛰지 않으며 버튼을 눌러도 말하지 않는다는 것도 얘기할 수 없었고, 이젠 다른 장난감과 똑같아졌다는 얘기도 할 수 없었다.

울지 말아야 해. 코를 훌쩍이는 것도 멈추고 눈물과 콧물을 닦아야 해. 그렇게 하지 않으면 다 엄마가 방에서 나가지 않을 거야. 내 옆에 남아 나를 달래며 사랑한다고 말하겠지. 내가 다 엄마의 사랑스러운 아이이고, 보물이며, 의젓한 소년이라고 말하겠지. 내가 그만 울 때까지 곁에 있겠지.

그건 정말 싫었다.

구티와만 단 둘이 있고 싶었다.

오늘 저녁에는 구티가 이야기를 들려줄 수 없으니 말론이 이야기를 해줄 생각이다. 자신의 이야기를. 말론은 눈물에 젖은 눈을 들어 캐러멜색 행성에 착륙한 작은 로켓을 보았다. 가장 큰 행성이었다.

목성의 날. 힘의 날이자 용기의 날이다.

다 엄마는 떠나지 않았다. 여전히 꿋꿋이 앉아 있었다. 다 엄마의 몸이 따뜻했다. 말론은 다 엄마가 숨 쉬는 소리를 들었다. 마치 잠든 것 같았다. 하지만 그렇지 않았다. 이따금씩 다 엄마의 손이 말론을 쓰다듬으며 말론에게 '쉿, 괜찮아' 하고 속삭였다. 때때로 말론의 목에 입을 맞추며 이제 잘 시간이며 꿈나라로 가야 할 시간이라고 말하기도 했다.

말론은 오늘 저녁엔 자기가 잠들기 전에는 다 엄마가 가지 않을 거란 걸 알았다.

그래서 입술을 움직이지 않고 머릿속으로 말하기 시작했다. 아마 구티는 들을 수 있을 거야. 머릿속으로만 말해도.

말론은 목성의 날 이야기를 이미 다 외웠다.

엄마가 가장 중요한 이야기라고 몇 번이나 말했어. 때가 오면 이 이야기를 꼭 기억해야 한다고 했어.

하늘로 날아갈 때가 오면. 다 엄마가 말하는 꿈나라가 아니라 진짜 하늘로 날아갈 때.

식인괴물이 사는 숲으로 날아갈 때가 되면.

그때가 되면 큰 용기를 내야 한다고 엄마가 말했다. 식인괴물에게서 도망칠 방법은 딱 하나야. 괴물의 집에 가지 않으면 돼. 나중에는 너무 늦을 거야. 비행기에서 뛰어내릴 수는 없으니 말이야. 괴물에게서 도망치려면 단 한 가지 방법밖에 없어. 아무도 너를 절대 찾지 못할 곳이 딱 하나 있어.

그리고 엄마는 말론에게 저녁마다 그 이야기를 생각하겠다는 약속을 하게 했다. 한마디 한마디 반복해서 말하라 했고, 구티에게도 그것을 외우게 하라고 했다. 그러나 절대로 다른 사람에게는 말하지 말라고 했다.

하루도 빠짐없이 매일 밤마다, 이 비밀의 장소를 항상, 그리고 끊임없이 생각하고 또 생각하라고 했다.

그건 세상 그 무엇보다 가장 중요했지만, 그 무엇보다 가장 쉽고 단순했다.

34

오늘, 주유소에 갔다. 기름을 가득 채울 돈조차 없다는 말을

가족들에게 겨우 꺼냈다. 휴가 여행을 떠나는 날인데,

가족들은 똥 씹은 표정이었다.

죽이고 싶다.

전 재산인 20유로로 11.78리터의 기름을 사서 바닥에 부었다.

그리고 담배를 던졌다.

유죄: 176　무죄: 324

www.죽이고싶다.com

라에브 곶의 등대 불빛은 정확하게 12초 간격으로 절벽을 비춘다.

바질은 초 단위로 헤아려보았다. 전망대와 허공에 불쑥 솟아오른 석회질의 잔디까지 구석구석 볼 수 있을 만큼 환한 손전등을 들고 있었지만, 손전등 빛도 칠흑처럼 진한 바닷속을 들여다보기에는 역부족이었다.

12초.

바질은 텅 빈 주차장 구석의 흰 벤치 옆에 세워둔 구찌 오토바이에 손전등을 비췄다. 얼음장같이 차가운 바람이 불어서 숨을 쉬기가 힘들었다. 비스듬하게 세워둔 오토바이를 흔들 만큼 세찬 바람은 아니었지만 지도를 펼쳐들고 보기는 수월치 않아서 머릿속으로 지도에 표시한 내용들을 떠올렸다. 동그라미, 사선, 화살표…. 실마리를 찾기 위해 오랫동안 천천히 작업한 결과물들이다.

바질은 새 지도를 사서 이전에 세웠던 여러 가지 가설에서 얻은 결론을 지도에 옮기고는 오후 내내 구티의 이야기를 듣고 또 들었다. 수성펜을 들고 이어폰의 소리를 들으며 중간 중간 멈추고 되돌리며 차이점을 들어보고 확실한 지표를 표시해가며 마침내 말론의 기억과 가장 일치하는 곳, 가장 많은 특징이 모아지는 장소를 찾았다.

바로 이곳이다.

무성한 가시덤불이 가죽재킷 소매에 달라붙었다. 새것이나 다름없는 베링모터사이클용 의류와 액세서리 브랜드 옷인데, 벌써 엉망이 되어버렸군. 그래도 그 숲을 발견하기만 한다면….

저자는 여기서 뭘 하는 거지?

협박 문자가 다시 눈앞에 어른거렸다. 12초 간격으로 비추는 등대 불빛에 따라 절벽 위의 무덤이 12초마다 눈앞에서 번쩍거렸다.

바질은 조심스럽게 발을 디뎠다. 손전등은 3미터 앞까지만 비출 뿐이다. 바닥의 풀이 미끄러웠다. 가시로 뒤덮인 가지를 더듬으며 걷고 싶은 생각은 전혀 없었다.

그는 다시 뒤로 돌아 오토바이를 타고 전속력으로 밟아서 환한 도심으로 돌아가라는 합리적인 악마의 속삭임을 물리치려 애를 썼다. 하지만 말론에 대한 생각이 유혹을 이겨낼 힘을 주었다.

교실 입구에서 소나기는 물론이고 작은 빗방울도 두려워 꼼짝하지 못하던 작은 말론.

바질은 그저 이곳을 둘러보고 확인해야겠다고 생각했다. 만약 직감이 맞는다면, 모든 게 이야기 내용과 맞아 떨어진다면, 이곳에 다신 오지 않으리라. 대낮에라도. 마리안 오그레스에게 전화로 얘기해주면 그뿐이다. 많은 게 일치한다면 그녀도 확인하러 올 수밖에 없을 테니까.

손전등 빛이 덤불 속을 비췄지만 복잡하게 얽힌 덤불은 어디까지가 단단한 땅이고 어디서부터가 수렁인지 도무지 구분할 수 없었다. 바질은 수렁에 빠진 경우를 상상했다. 인적이 드문 이곳에서 수렁에 빠진다면 사람들이 나를 발견하는데 며칠이 걸릴지 모른다. 아마도 내 시신은 파도를 타고 하구나 해변이나 항구까지 흘러가겠지. 석유를 뒤집어쓰거나 비닐봉지가 잔뜩 엉겨 붙을지도 몰라.

앙지를 떠올리자 음산한 상상이 멈췄다. 불안을 가라앉히기 위해, 그리고 그녀의 불안을 가라앉히기 위해 문자를 보내야겠다는 생각이 들었다. 아파트에서 기다리고 있을 앙지. 오래 걸리진 않을 거야. 바질은 다짐했다. 르아브르에서 왕복 5킬로미터도 안되니까.

연인에게 문자를 보내자 '띠링' 소리가 울렸다. 바질은 휴대전화를 흘끗 보았다.

22시 20분.

갈매기도 다 잠들었군. 적막한 가운데 파도 소리만 들렸다.

12초가 지나자 등대 불빛이 덤불숲을 다시 가로질러 바질의 눈을 부시게 하고는 북쪽으로 건너가 썰물의 해변을 비췄다. 그리고 네 개의 기둥이 모습을 드러냈다.

네 개의 탑! 말론이 말했던 성탑이구나!

바질의 심장이 미친 듯이 쿵쿵 뛰었다.

등대 불빛은 한 바퀴를 이미 돌고 다시 돌아왔다. 바질은 눈을 가늘게 뜨고 집중해서 등대 빛 아래 황금 조각처럼 일렁이는 바다를 보았다.

해적선

검정색

두 조각

바질은 흥분을 누르려고 애썼다.

등대 불빛은 바다에 이어서 이상한 집들과 그 뒤의 암벽을 비췄다.

그림자? 식인괴물?

저기에 사람이 살 수 있을까?

말론이 여기에 살았을까?

아직도 조작이 가능한 로제타석처럼, 누군가가 말론의 기억을 조작하여 만들어놓은 암시장치일까?

바질은 공항과 몽가야르 쇼핑몰과 마네글리즈의 거리를 가늠하느라 한참 동안 그 자리에 서 있었다. 이 장소를 알아냈다고 해서 큰 진전이 있는 건 아니라는 생각도 들었다. 경찰의 도움이 꼭 필요했다. 무덤 너머에 있는 집들을 하나하나 뒤져보려면 경찰의 수색영장이 있어야 한다. 말론 엄마의 망령이 저기 있는 건 아닐까? 말론이 지닌 출생의 비밀도 알아낼 수 있을까?

바질이 오토바이를 세운 곳에 다시 돌아오기까지 45분이 걸렸다. 마침내 가시덤불을 피할 수 있는 길을 찾아냈다. 손전등 불빛에 흩어진 담뱃재와 맥주 세 캔, 그리고 10여 개의 담배꽁초가 보였다. 숨어 사는 이의 흔적이다.

노간주나무에 가려져 있었지만 주차장은 아주 가까웠다. 바질이 거의 도착했을 때 휴대전화가 울렸다.

앙지가 보낸 문자다. 오자투성이의 짧은 문자였다.

조시해. 기다리ㄴ 중이야. 키스ㄹ 보내며

바질은 마음이 따스해졌다. 에너지가 부드럽게 뿜어져 나와 자신을 조용히 이끄는 것 같았다. 심장을 뛰게 하고, 발걸음을 재촉하고, 빨리 클레망소 거리로 돌아가겠다는 의지를 북돋아주는 에너지. 빨리 돌아가서 앙지의 품에 안기고 싶다….

그녀와 사랑에 빠진 걸까?

그는 휴대전화에서 앙지의 사진을 보며 미소를 띤 채 주차장 쪽으로 걸었다. 얕은 물속의 해초가 장화에 엉켰다.

바질은 우뚝 멈춰 섰다. 휴대전화를 꽉 움켜쥐자 화면의 앙지가 사라졌다.

구찌 오토바이가 바닥에 나동그라져 있었다. 마치 동물이 죽어 쓰러진 듯한 모습이었다. 바질은 걸음을 서둘렀다. 등 뒤에서 바람이 몰아쳤고 재킷이 펄럭였다. 하지만 300킬로그램이나 되는 오토바이가 쓰러질 정도의 강풍은 아니었다. 손전등 불빛에 100여 미터 거리의 주차장이 희미하게 보였다. 바질은 구찌를 살펴보았다. 그는 여러 가지 가능성을 생각했다.

사고? 협박? 누가 차로 오토바이를 밀었을까? 아니다. 그랬다면 엔진 소리를 놓쳤을 리 없다. 그리고 충돌 흔적이 남았을 것이다. 그러면 사람이 넘어뜨렸나? 혼자 조용히 와서? 무엇 때문에?

바질은 오토바이를 찬찬히 관찰했다. 기름 냄새도 안 나고, 그다지 눈에 띄는 흠집도 없다. 가시덤불에 긁힌 재킷보다 상태는 양호해 보였다.

바질은 심호흡을 했다. 심장이 원래의 리듬을 천천히 되찾았다. 받침대를 잘못 세웠나 보군. 주차장 바닥이 고르지 않으니 주의했어야 했는데. 겁쟁이 같으니. 오토바이가 넘어졌을 뿐이야. 바보. 성급하긴. 바질은 이런 종류의 모험에 익숙하지 않았다. 오늘 발견한 장소를 얼른 경찰에 알려야겠어. 그리고 앙지를 만나야지.

함께 사랑을 나누고 아기를 만들자.

그게 바질이 마지막으로 본 이미지였다. 얼굴 없는 아기.

그리고 암흑이 찾아왔다.

바질은 극심한 두통과 코를 찌르는 냄새를 느끼며 깨어났다. 얼마나 정신을 잃었는지 알 수 없었다.

목덜미가 아직도 욱신거렸고, 날카로운 통증이 허리 아래에서 머리 끝까지 관통했다. 하지만 엄청난 무게로 두 다리를 짓누르는 통증이 더 컸다. 크롬과 철판으로 만들어진 기계 덩어리가 그의 무릎과 넓적다리를 바스러트리고 있었다. 바질은 오토바이를 밀어내려 했지만 꿈쩍하지 않았다.

헬멧은 몇 미터 앞의 주차장까지 굴러가 있었다. 바질은 한 손으로 핸들을, 다른 손으로 밑바닥을 잡고 밀었다. 몇 센티미터만 밀어내면 통증이 덜 할 것 같았다. 적어도 누군가가 구해줄 때까지 버틸 수는 있을 듯했다.

바질은 깊이 숨을 들이마셨다. 기름 냄새가 코를 찔렀다. 유독한 연기가 기도를 모두 태워버렸나 싶을 정도로 목과 기관지와 흉곽이 찌르는 듯 아팠다.

바질은 기침을 했다. 기름 냄새가 너무 심해서 다시 안간힘을 쓰며 오토바이를 밀어냈다. 이미 기름은 사방에 흥건했다. 30리터는 되는 것 같았다. 이곳에 오기 전 몽가야르의 24시간 주유소에서 가득 채웠건만….

바질은 눈을 감고 스물까지 센 다음 이두근과 삼두근, 그리고 삼각근을 천천히 이완시킨 후 마지막 남은 힘을 모두 짜내 구찌를 밀었다.

새벽이 될 때까지 기진맥진하도록 반복했다.

절대로 핀으로 고정한 박제 나비처럼 붙잡혀 있지 않겠어. 기름 냄새가 심하지만 마지막으로 숨을 들이마시고 호흡을 멈춘 뒤, 눈을 뜨고 다시 밀어 보자.

바질은 처음에 별빛을 보는 거라 생각했다. 아니면 캄캄한 하늘을 나는 비행기 표시등의 붉은 빛일지도 모른다고 생각했다. 그것도 아니라면 형광물질을 분비하는 곤충일까?

캄캄한 어둠 속에서 눈앞에 반짝이는 이 불빛 외에는 아무것도 보이지 않았기 때문에 바질은 영문을 모른 채 생각하고 있었다.

맨 처음 콧구멍이 떨기 시작했다. 연기 때문이었다. 어쩌면 가까이 다가온 위험을 감지했기 때문인지도 몰랐다.

별빛도 아니고 곤충도 아니고 비행기나 로켓의 표시등도 아니었다.

누군가의 입에 물린 담배가 빨갛게 타들어가고 있었다.

35

오늘, 39세가 되었다. 아이를 낳지 못한 채로.

나를 죽이고 싶다.

독사과를 물고 유리관에 누워 조용히 죽음을 기다리고 싶다.

유죄: 7 무죄: 539

www.죽이고싶다.com

조시해. 기다리ㄴ 중이야. 키스ㄹ 보내며

앙지는 무릎에 놓인 휴대전화의 문자를 다시 읽고는 휴대전화를 다리 사이에 끼웠다. 유리로 된 화면은 치마 아래로 미끄러지며 차가운 쾌감을 주었다.

앙지의 맞은편에서 마리안이 계속 떠들어댔다. 거의 손도 안 댄 그녀의 칼조네 접시는 오랜 세월이 흘러 차갑게 식은 화산 같았다. 웨이터가 그들 자리에 함께 앉고 싶은지 시시때때로 옆을 지나치다가 오그레스 경감에게 음식을 가져다주었다.

밤이 깊었다. 거의 자정이었다.

앙지는 집으로 돌아가서 바질을 만나고 싶었다.

마리안에게 그 얘기를 할 수는 없었다.

오늘 밤에는 마리안에게 남자 얘기를 할 수 없었다. 더군다나 바질에 대해서는.

자기 자신에 대해 얘기하는 것만큼이나 위험하다. 마리안은 오늘 밤 전혀 술을 마시지 않았다. 어제는 말을 너무 많이 했다. 저녁 식사를 시작하자마자 리오하 한 병을 혼자서 거의 비웠다.

앙지는 마리안의 두서없는 말들을 아무 생각 없이 들었다. 마리안은 아무도 알아듣지 못하는 외국어를 하듯 혼자 떠들어댔고, 앙지는 간혹 영혼 없는 맞장구를 쳐주었다.

바질.

그 단어만이 의미가 있었다. 바질이라는 이름에만 집중할 수 있었다.

"내가 멍청하다고 하겠지만 말이야. 바질 드라공만을 다시 봤어. 잘 들어봐. 경찰서 앞에서 얘기를 나눴는데 말이야, 경찰들이 수도 없이 오고갔거든. 그 남잔 오토바이에 앉아서 아주 교육적인 말들을 늘어놓더라고. 마치 돌토의 아동심리학 책을 읽은 데니스 호퍼 같았다니까!"

앙지는 그저 와인을 들이킬 뿐 아무 말도 할 수 없었다. 딱 한 잔만. 그녀는 마치 놀랐다는 듯 눈을 굴렸다. 고객의 아주 시시한 얘기에도 크게 반응해주는 건 어렵지 않았다. 미용사는 고객을 즐겁게 하는 데는 으뜸인 직업이니까.

거울 앞에서 보내는 인생….

"응, 자기의 심리학자? 제발 현실로 좀 돌아와. 내가 알기로는 자기보다 열 살이나 어린데? 그리고 심리학자랑 경찰이 함께 사건을 조사하다가 사랑에 빠진다는 건 무슨 드라마에나 나올 법한 얘기지 않아?"

마리안은 혀를 내밀어보이고는 옆 테이블 의자를 정리하는 웨이터의 엉덩이를 잠시 쳐다보았다. 앙지는 마리안에게 얼굴을 찡그리는 척했다.

마리안이 환상을 품은 남자. 앙지는 이 남자가 가장 친한 친구와 연인관계라는 걸 알게 되면 마리안이 어떤 반응을 보일지 궁금했다. 웃음을 터뜨릴까? 젊은 연인을 위해 건배를 해줄까? 아니면 침묵에 빠질까?

바질에게 마리안과 통화하라고 제안했던 앙지 스스로 이상한 상황을 만들어버렸다. 어서 화제를 돌리자.

"자기 동료 얘기나 해줘."

"누구? 지베? 뭘 알고 싶은데?"

"다!"

앙지는 고개를 뒤로 젖히며 웃었다. 웨이터가 앙지의 웃음소리에 뒤돌아서서 그녀의 긴 목을 보았다. 깊이 파인 앞섶에서 펜던트가 반짝거렸다.

마리안은 별 모양의 펜던트를 보았다.

"르슈발리에 경위는 여전히 유부남이고요, 여전히 다정한 아빠시지. 그리고 여전히 슬림한 청바지를 입은 섹시한 남자고."

"완벽해. 자긴 기다리기만 하면 되겠네. 사랑은 인내심 게임이라잖아. 기회가 왔을 때 잘 잡으면 되는 거야." 앙지는 와인으로 입술을 적셨다. "아빠가 늘 그렇게 말했어. 아빠는 열일곱 살에 벌써 대머리였거든. 키는 160센티미터밖에 안 됐고. 온몸에 털이 너무 많아서 항상 성직자처럼 긴 소매 셔츠를 목까지 채우고 다녔어. 그런데도 제일 예쁜 여자를 차지했다니까. 학교의 모든 남학생이 좋아했던 안달루시아 미녀를 말이야. 아빠는, 좋아하는 가수의 콘서트를 제일 앞자리에서 보려고 공연장 앞에서 이틀 밤을 새우는 사람들처럼 그렇게 기다렸대. 가장 가까이에서 엄마에게 모든 관심을 집중한 채로 늘 거기에 있었다는 거야. 세 학기 동안을 말이지. 구혼자들이 줄을 지어 오는데도 그저 촛불을 들고, 혹은 우산을 들고, 때로는 크리넥스 한 통을 들고서 꼼짝 않고 마냥 기다렸대. 1년을 그렇게 기다렸더니 일생을 이렇게 행복하게 살게 되었다는 거야. 특허를 내는 것과 마찬가지래. 그것도 아빠가 한 말이지."

"안달루시아 미녀가 네 엄마야?"

"맞아."

"그럼, 넌 그야말로 사랑의 결실이구나."

앙지는 와인 잔을 다시 입술로 가져갔다. 저도 모르게 눈에 맺힌 눈물을 감추고 싶었다.

미용실의 거울 앞이라면 이 상황을 더 잘 벗어날 수 있었을 텐데….

일생을 행복하게. 그 말이 머릿속을 맴돌았다. 그래, 아빠는 정말로 행복한 일생을 보냈어. 그는 몽드빌의 노르망디 제철회사에서 4교대로 근무했다. 엄마도 그랬다. 집에서. 노르망디 제철회사의 근무시간에 따라 정부들이 방문할 시간을 정했다. 한 명은 밤에, 한 명은 낮에, 또 한 명은 일요일에. 모두들 어린 앙젤리크에게 친절했다. 엄마가 엄마 방에서 남자들과 할 일을 하는 동안 자신의 방에서 아무 소리도 내지 말고 혼자 놀아야 했던 어린 앙지에게.

"사랑의 결실." 앙지는 속삭였다. "맞아. 바로 그거야."

시청 앞 정류장을 출발하는 트램 소리에 앙지는 캉에서 파리까지 타고 온 기차를 떠올렸다. 열여섯 살이었던 어느 날 아침, 코페르니쿠스 거리의 집에서 마지막 밤을 보내고 아빠의 이마에 입을 맞춘 후 떠났다. 6개월 후 아빠는 석면암에 걸렸다.

사랑의 결실이라….

앙지는 사춘기를 회상했다. 인생의 남자를 만나기 전에 암울하기만 했던 시기를. 사랑의 결실이었던 소녀는 증오심에 가득 차서 이 세상을 다 없애버리고 싶었다.

"그럼, 네 말은 그저 기다리라는 거지?"

마리안은 와인 잔을 허공에 들어 올리고 그녀에게 물었다. 앙지가 말했다.

"인내와 끈기. 그게 가장 중요한 거야."

"이런 제길!" 경감이 대꾸했다. "그건 내가 수백 번 말했잖아. 18개월, 최대 24개월 내에 남자가 내 뱃속에 씨앗을 심어주면 그 씨앗이 자라는 걸 기다릴 수 있다니까."

그러면서 마리안은 웃음을 터뜨렸다. 하지만 앙지는 따라 웃을 수가 없었다. 나이 든 여자 경감이 그녀를 슬프게 했다. 마리안도 앙지처럼 말뚝에 묶인 채 연약한 뿔과 발톱만을 가지고 사냥개 앞에 내몰린 가엾은 염소 같았다. 공주의 옷 위에 덧입은 마녀의 옷. 마리안은 오늘 밤엔 수사에 대한 이야기를 거의 하지 않았다. 웨이터가 키르 술과 자몽주스를 가져왔을 때 잠깐 언급했을 따름이다. 티모 솔레르를 찾을 수 없다는 것, 알렉시스 제르다가 도망쳤다는 것, 말론 물랭의 망상, 그리고 바질 이야기. 웨이터가 청록색 칠판에 적은 '오늘의 메뉴'를 지우고, 칠판을 홀 안쪽으로 옮겼다. 마리안은 웨이터의 메시지를 이해하고 마침내 입을 다물고는 식어빠진 피자를 입에 넣었다.

이때 마리안의 전화가 울렸다.

"마리안, 지베예요."

잔뜩 들뜬 사춘기 소녀처럼 마리안은 앙지에게 손을 흔들며 휴대전화의 볼륨을 높이고 화면에 뜬 사진을 손가락으로 가리켰다.

지베가 넥타이와 장식줄을 매고 경찰모를 눈썹까지 눌러쓴 사진이었다. 자랑스러운 얼굴로 13대 의회의 연단에서 포즈를 취하고 있었다. 〈사관과 신사〉의 리차드 기어 이래로 이렇게 섹시한 남자를 본 적이 없었다.

"늑대를 딴 데서 찾을 필요가 없다니까! 바로 자기잖아!" 앙지가 속삭이며 엄지손가락을 치켜들었다.

"마리안, 듣고 있어요?" 지베가 다시 말했다.

두 여자는 와인 잔을 조용히 부딪쳤다.

"마리안?"

"그래, 지베. 듣고 있어. 자다가 침대에서 떨어지기라도 했어?"

"아뇨. 지금 근무 중이에요. 불이 났어요. 여기는 라에브 곶이에요."

지베의 목소리는 심각했다.

"이상한 애들이 머저리 짓이라도 한 거야?"

지베 옆으로 지나가는 자동차 소리 때문에 마리안은 지베의 대답을 못 듣고 다시 말하게 해야 했다.

"아뇨. 사고인 것 같아요. 남자가 깔려 있어요."

"맙소사. 자세한 상황은?"

"아직은 잘 몰라요. 방금 도착했거든요. 제일 가까운 집이 전망대에서 2킬로미터 거리예요. 현장에 도착했을 땐 사실 거의 재만 남은 상태였어요."

"이런, 죽은 사람은 한 명뿐이고? 확실해?"

"네. 하지만 신원을 밝히기가 쉽지 않겠어요. 남은 거라곤 남자가 타고 온 오토바이뿐이에요. 구찌 캘리포니아."

마리안은 발밑에서 땅이 꺼지는 느낌을 받았다. 동시에 손에 들고 있던 리오하 잔이 박살났다. 앙지가 들고 있던 잔은 손 안에서 그대로 산산조각이 났다.

침묵 속에서 냅킨의 얼룩이 커지기 시작했다. 마리안의 깨진 잔에서 쏟아진 와인과 앙지의 엄지와 검지에서 흐르는 핏자국.

두 검붉은 자국은 마침내 하나가 되어 로르샤흐의 얼룩심리학자들이 무의식을 이용해 내담자의 성격을 진단할 때 쓰는 얼룩 모양이 되었다.

금요일

사랑의 날

36

작은 바늘 8, 큰 바늘 6

학교 철문이 열렸다. 여느 때 같으면 클로틸드가 그 옆에 서서 아이들의 이름을 부르고 반갑게 맞으며 부모들에게 미소를 지을 시간이다.

하지만 오늘 클로틸드에게는 가족을 맞이한다는 생각 같은 건 전혀 떠오르지 않았다.

몇십 년을 마네글리즈에 더 머무른다면 아마도 지금 유아학교에 다니는 아이들의 아이들을 돌보게 되겠지.

오늘 아침, 클로틸드는 철문에서 몇 미터 물러나서 한 남자와 대화를 나눴다. 학부모도, 대체 교사도, 파견 나온 심사관도 아니었다. 나이나 지위가 있어 보이는 사람도 아니었다.

혹시 남자친구? 클로틸드는 귀여운 스타일이었다. 남자는 좀 더 나이가 들었지만 밖에서 밤을 보낸 듯 하루치의 턱수염이 났고 몸에 잘 맞는 가죽재킷과 진바지를 입고 있었다.

엄마들은 호기심 어린 눈으로 남자를 보았다. 그러고는 돌아서서 수군거렸다. 경찰 같지 않아? 왜, 텔레비전에 나오는 경찰들처럼 가슴에 마크를 달았잖아. 그들은 남자를 흘끔거리느라 발걸음을 천천히 옮겼다.

아망다 물랭은 아직 철문 안으로 들어가지 못했다. 아이들이 엄마 손을 놓고 안으로 뛰어 들어가는데도 말론만은 그 자리에 꼼짝 않고 서 있었다. 말론은 짙은 감색의 더플코트를 입고, 벙어리장갑을 끼고, 알록달록한 털모자를 썼다. 그리고 가슴에 구티를 안았다. 말론은 운동장을 훑어보고 교실 창을 모조리 둘러보았다. 하나둘씩 떠나는 엄마들을 살펴보고 학교 앞에 주차한 차들도 보았다. 오토바이는 아무데도 보이지 않았다.

"바질 선생님을 만날 거야."

아망다는 말론의 손을 잡아당기며 속삭였다.

"어제 봤잖아, 아가. 오늘은 다른 학교에 가셨어."

"바질 선생님을 만날 거라고!"

말론이 큰 소리로 말했다. 구티를 꼭 끌어안은 손을 통해 자신의 심장이 쿵쿵 뛰는 게 느껴졌다. 구티는 납작해졌고 속이 텅 비었다.

바질 선생님이 여기에서 기다린다고 약속했는데. 구티의 심장을 돌려준다고 약속했는데.

오실 거야. 이제 곧 오토바이 소리가 들릴 거야. 말론은 여기에서 바질을 기다려야만 했다.

"이리 와, 말론!"

다 엄마가 하도 세게 잡아당겨 말론은 팔이 몹시 아팠다.

"바질 선생님을 만날 거야. 오신다고 약속했단 말이야!"

말론이 지르는 소리를 듣고 클로틸드가 돌아보았다. 클로틸드와 함께 있던 남자도 돌아보았다. 아망다는 본능적으로 뒷걸음치며 금주의 점심 메뉴가 적혀 있는 칠판 뒤로 말론을 숨겼다. 주변의 학부모들은 소리 지르는 아이를 보는 게 드문 광경이 아니어서인지 그다지 놀라지 않는 눈치였다.

아망다가 언성을 높였다.

"다른 애들은 모두 교실에 들어갔어, 말론! 이제 들어가야 해."

몇몇 엄마들이 걸음을 멈췄다. 늘 같은 사람들이다. 발레리 쿠르투아즈와 나탈리 들라플랑크. 그들은 아망다의 단호함에 진지하게 고개를 끄덕였다. 아망다는 거기에 힘을 얻어서 말론의 파란 벙어리장갑을 꽉 잡고 더 세게 당겼다.

필요하다면 가르칠 수밖에.

말론은 이 광경을 잘 알고 있었다. 구티와 마찬가지였다. 자신의 심장을 빼앗기기라도 한 듯 완강하게 거부하며 끌려갔다.

그리고 인형을 무기력하게 끌고 갔다.

말론이 갑자기 길바닥에 주저앉았다. 아망다가 잡은 말론의 손은 흐물흐물한 고무처럼 힘이 없었다.

"말론, 일어나!"

롤라의 엄마인 제랄딘 발레트도 발레리와 나탈리 옆에 와서 섰다. 그들은 클로틸드와 경찰관에 대해 더는 얘기하지 않고 말론과 아망다를 조용히 관찰했다.

달리 어찌해볼 수도 없었겠지만.

무관심한 척하는 건 그들 사이의 연대감 부족 때문이고, 간섭하는 건 가엾은 아망다에게 더 견디기 힘든 일이다. 어쨌거나 여자들은 엄마가 되면 언젠가는 사람들 앞에서 이런 구경거리가 되는 경험을 한다. 아이가 무례하게 군다거나 바지에 오줌을 싼다거나 이렇게 떼를 쓴다거나….

아망다는 다른 엄마들처럼 소리를 질렀다.

"말론, 일어나지 못해? 엄마를 창피하게 만들 거야?"

말론이 다칠까 봐 아망다는 더는 잡아당기지 않았다. 말론은 학교 앞마당 보도 위에 드러누웠다. 열 명가량의 엄마들이 철문 근처에서 동정 어린 눈빛으로 구경하고 있었다.

"말론, 제발 일어나. 안 그러면 엄마가…."

말론이 갑자기 손을 쓱 잡아당겼다. 아망다의 손에는 파란 벙어리장갑만 남았다. 말론은 벌떡 일어나 자동차들 사이로 달아나며 동네 주민 모두가 들을 수 있을 만큼 소리를 질렀다.

"내 엄마 아니야!"

37

마리안 오그레스는 걷잡을 수 없이 떨고 있었다.

벌써 두 시간째 라에브 곶의 전망대를 돌았다.

바람이 세차게 불어와 얼굴을 인정사정없이 때렸다.

발 앞에는 이미 싸늘해진 잿더미가 있었다.

마리안은 머릿속으로 불에 타지 않고 남은 것들의 목록을 만들었다. 타이어 없는 구찌 캘리포니아, 사라진 핸들의 고무덮개. 안장도 없어졌고 쇠로 된 부분만 남았다. 날개를 편 은색 독수리 마크만 남은 것 같군.

타원형의 검은색 헬멧도 열기에 녹아 일그러졌다. 뇌가 어마어마하게 큰 외계 괴물의 두뇌 같기도 했다. 검게 탄 시신과 바이저 일부, 손전등과 녹아버린 휴대전화, 시계, 허리띠 버클. 마치 천국의 검색대를 통과하기 위해 금속 종류는 다 내려놓고 간 것 같았다.

마리안은 시신의 신원에 대해 일말의 의혹이 없었다.

바질 드라공만.

10여 명의 경찰관이 분주히 움직이며 물건들을 간추리고 분류했다. 유전자검사 결과는 몇 시간 내로 나온다. 그러면 확실한 공식 증거가 되겠지.

기다리는 동안 끓어오르는 감정을 쫓기 위해 경감은 일에만 집중하려고 애를 썼다. 냉정하게 논리적으로 생각을 해야 했다.

학교 심리상담사를 왜 죽인 거지?

교통사고가 아니라서 현장에는 충돌 흔적이나 브레이크 흔적 같은 단서가 전혀 없었다. 구찌와 비슷한 오토바이인 야마하 브이맥스를 가진 콩스탕티니 경관은 오토바이 연료통에 연료가 가득 들어 있었다 해도 한 남자와 타이어를 완전히 태우기에는 부족하다고 했다. 누군가가 추가로 석유를 더 들이부었을 거라는 뜻이다.

물론 자살 가능성도 있다. 마리안이 뒤마 판사에게 전화했을 때 판사가 한 말이다. 마리안은 잠긴 목소리로 그렇게 생각하지 않는다고 말했다. 다른 말은 덧붙이지 않았다. 바질의 반항적인 눈빛이나 도빌 해변의 탈의실 건물 안에서 보여준 소년 같은 모습, 지도를 펼치고 설득력 있게 말을 전하던 웅변가의 모습, 조용하면서도 단호했던 바질.

마리안은 전망대 난간 쪽으로 갔다. 불 꺼진 등대와 끝없는 바다가 보였다. 공터로 가려면 노간주나무를 통과했어야 한다.

"경감님, 전화예요." 부르덴 경사가 불렀다.

부르덴은 마리안 바로 뒤에 있었지만 마리안은 생각에 잠겨 있느라 부르는 소리를 듣지 못했다.

바질 드라공만은 무엇 때문에 한밤중에 손전등을 들고 라에브 곶까지 온 것일까? 말론 물랭의 이야기와 관련이 있는 걸까?

마리안은 바질이 들어보라고 준 엠피스리를 주머니에서 움켜쥐었다. 아침에 아이에게 돌려줄 거라고 했었다.

그래서 죽임을 당한 걸까? 아이의 이야기 때문에?

그녀 역시 엠피스리를 듣긴 했지만 세상의 모든 아이들이 밤마다 듣는 그저 약간 교훈적이고, 약간 재미있고, 약간 무서운 이야기일 뿐, 다른 점은 전혀 느끼지 못했다.

그 이야기들이 무슨 비밀을 감출 수 있다는 거지? 어떤 끔찍한 비밀을 헝겊인형 아래 숨겨두었다는 거지? 기도문을 암송하는 것처럼 아이가 완벽하게 외울 수 있도록 매일 듣게 한다는 거야? 사람까지 죽일 정도로 그렇게 소중한 비밀이란 말인가?

"경감님, 전화예요!" 부르덴이 다시 소리쳤다.

38

작은 바늘 8, 큰 바늘 8

마네글리즈 중심가에 있는 모리스라벨 광장과 마네글리즈 학교는 850미터 떨어져 있다.

말론을 억지로 학교까지 끌고 와야 되는 거리다.

처음 200미터까지는 질질 끌려가던 말론이 화가 나서 발과 주먹으로 아망다의 가슴과 등을 때리기 시작했다. 마침내 아망다도 걸음을 멈추고 말론을 꼼짝 못 하게 붙잡고 소리를 질렀다. 큰 소리로 나무라자 말론은 울음을 터뜨렸다. 아망다는 말론의 어깨를 잡고 낮은 목소리로 말을 건넸다. 말론은 조용히 떨면서 눈물을 흘렸다.

학교까지 오는 길이 마치 투르 드 프랑스에 참여한 자전거들이 지나가는 길인 것처럼 동네 주민들이 나와서 구경했다. 아망다는 마네글리즈 주민 모두가 거리에 나온 것 같다고 생각했다. 담배를 피우며 지켜보는 카로피크 바의 술꾼들을 포함해, 비베코의 고객들, 보모, 가정주부, 실직자, 유급휴가 중인 사람, 아침부터 장을 보러 나온 사람, 새벽부터 에푸빌 거리의 교차로에 심을 페튜니아를 가지고 나온 아이들, 칼베르 거리의 벤치에 진날 밤부터 죽치고 앉은 노인까지 모두 다….

아망다는 신경 쓰지 않기로 했다. 어차피 저들은 나를 싫어하는데 뭘. 그녀 역시 열여섯 살 때부터 이 좀비 마을, 창살 없는 감옥 같은 이곳의 주민들을 싫어했다. 학교에서 자신을 둘러싸고 구경했던 엄마들은 말론의 히스테리를 보며 내가 얼마나 형편없는 엄마인지 확신했겠지.

꼬마가 그 여자한테 뭐라고 말하는지 봤어요?

'내 엄마 아니야!'라고 했다니까요!

내 아이가 나한테 그렇게 말한다면….

아망다는 독수리 같은 시청 사람들이나 앵무새 같은 거리 사람들 모두를 무시하기로 했다. 그녀는 말론의 손을 잡고 거리를 빙 돌아갔다. 교장과 얘기를 나누던 사람이 경찰이라는 것쯤은 짐작할 수 있었다. 게다가 어느 정도 지위도 있는 사람이다.

말론이 소란을 피우기 전부터 이미 학교 주변에는 소문이 돌았을 것이다. 말론의 소란 말고 다른 비극에 대한 것도.

경찰이 학교에 와 있었던 이유는 라에브 곶에서 시체가 발견됐기 때문이다. 그리고 매주 목요일마다 학교를 방문한 심리상담사라는 사실도 밝혀졌다.

아망다는 드뷔시 거리에서 방향을 틀었다.

미로처럼 연결된 건물들은 한산한 거리로 이어진다. 그곳에 이르러서야 아망다는 겨우 마음을 가라앉힐 수 있었다. 이곳 주민들은 부지런해서 일찌감치 일터로 떠나 저녁 늦게 귀가하고 바쁜 주말을 보냈다. 여기에서 일상을 사는 게 아닌, 호텔의 영구 고객처럼 잠만 자는 사람들이다. 그들은 빚으로 이 호텔을 사서 30년 동안 갚아나간다. 호텔이지만 스스로 청소하고 잔디를 깎고 아침을 만들어 먹고 침대 시트도 스스로 정리하고 화장실이 막히면 직접 뚫는다.

말론은 아망다의 목에 매달려 계속 흐느꼈다. 아망다는 자신의 목덜미에 닿는 차가운 눈물의 감촉과 목에 닿는 헝겊인형의 털과 말론의 심장 박동이 싫지 않았다.

5분 후면 집에 도착한다. 우리의 안식처인 집으로.

안식처로 보이긴 하지만…. 머릿속은 혼란스러웠다.

이제 어떻게 하지?

집에 있을까? 아무 일도 없었던 것처럼?

디미트리는 늘 그렇듯 정오에 올 것이다.

그에게 말할까? 그래서 함께 결정할까? 좋은 결정을 내려야 하는데. 그런 게 존재한다면 말이야.

측백나무 미로 속에서 보이지 않는 개들이 짖어댔다. 마구 짖어대지만 실제로는 사납기만 할 뿐 작은 개들이 분명하다. 다이달로스의 미궁에 있는 사람들도 그렇잖아. 각자 울타리를 치고 자기 집에 틀어박혀 있지만 라디오에 쫑긋하고 귀를 기울이고 있겠지. 마네글리즈 사람들은 같은 지역 사람들에게만 말을 건다. 바질 드라공만이 죽었다는 소식은 우편배달부나 빵 배달원의 속도로 전파될 게 뻔하다. 발 빠른 기자 한 명은 라에브 곶에서 발견된 잿더미에 동그라미를 친 그림과 함께 관련기사를 그랑아브르 사이트에 벌써 올려놓았다. 세 문장에 불과한데 물음표는 열 개가 넘었다. '누구'인지도 알고, '어디'인지도 아는데, '왜'와 '누가'는 아직 밝혀지지 않았다.

아망다의 가슴에 안긴 말론의 호흡이 차츰 잦아들었다. 그리고 품에 안은 헝겊인형처럼 축 늘어졌다. 잠이 들은 건지도 모른다. 아망다는 쇼팽 기리에서 다시 방향을 틀었다. 집은 막다른 골목 끄트머리에 있고, 앞으로 70미터를 더 걸어야 한다. 빈 주차장을 가로질렀다. 걸음걸이를 늦추지 않고 데보트의 집 쪽으로 고개도 돌리지 않은 채 그저 앞만 보고 걸었다. 뒤쪽에서 또 다른 개들이 날카롭게 짖어댔다.

바질 드라공만이 산 채로 타죽었다. 좋은 소식이다.

살아 있었을 때 그는 그들에게 위험한 존재였다.

하지만 그가 죽은 지금, 더 위험해진 게 아닐까?

39

부르덴 경사는 오랜 세월 같은 자리에서 바람과 싸우느라 몸통이 뒤틀린 바닷가 나무들을 마주보며 서 있었다. 급한 일이라도 목소리를 높일 수 없었다.

"경감님, 전화예요!"

마리안은 여전히 등을 돌리고 있었고, 목만 조금씩 움직일 뿐이었다. 라에브 곶의 맞은편에 서서 경감은 등대 불빛이 회전함에 따라 달라지는 풍경을 세심하게 관찰했다.

바질 드라공만이 여기에 온 건 우연이 아니야.

과학수사팀에게 이 구역을 철저히 조사하라고 할 필요가 있었다. 투덜거리겠지만 별다른 수가 없지. 분명히 바질은 이 주변에서 뭔가를 찾으려 했을 거야.

그녀는 머릿속에서 바질의 지도를 펼쳐보았지만, 그가 언급했던 장소들이 떠오르지 않았다. 반면, 그의 마지막 말은 선명하게 떠올랐다.

"가능한 곳 몇 군데로 더 추려봤습니다. 말론이 이전에 살았던 집이 어디쯤이었을지 지금부터 살펴볼 작정입니다."

그들은 바질의 노트와 말론의 말, 그리고 구티의 이야기를 참조해서 수사를 원점부터 다시 시작했다. 마리안은 아침 일찍 마네글리즈의 학교로 지베를 보냈다. 유아학교 교장의 얘기를 들어볼 필요가 있었다.

추운 전망대에서 밤샘근무를 한 지베는 얼굴을 찡그리면서도 강경한 마리안의 지시에 어쩔 수 없이 마네글리즈로 갔다. 이곳에서 10킬로미터밖에 떨어져 있지 않은 곳이다.

"경감님?"

마리안이 마침내 고개를 돌렸다. 부르덴 경사가 더듬더듬 말했다.

"어…, 경감님께 온 전홥니다. 급하답니다."

파피가 소리를 질러대고 있었다.

"마리안? 전화를 빨리 안 받고 도대체 뭐하는 거예요? 라로셸이 다시 전화했단 말입니다!"

"라로셸? 외과의사?"

"맞아요. 빌어먹을 그 외과의사요! 티모 솔레르가 다시 연락했대요. 때때로 의식을 잃기 시작했답니다. 상처는 다 벌어졌고 움직이기조차 힘들답니다. 만날 약속을 했대요."

"제기랄, 어디서요?"

"잘 들으세요. 솔레르 집에서요. 그자의 은신처예요. 벨에투알에 있답니다. 네주의 한가운데 있대요."

마리안은 잠시 눈을 감았다. 거대한 바다 앞에서 한껏 굳은 얼굴로 선 그녀는 피부를 적시는 물보라가 눈물 같다고 생각했다. 그러나 아무것도 아니다. 단지 그녀가 사랑할 수도 있었던 한 남자의 재를 날려버린 차갑고 건조한 바람만 불고 있을 뿐이다.

"알았어요, 파피. 그렇게 진행합시다. 경찰차 다섯 대와 무장경찰 열 명을 보내세요."

40

작은 바늘 11, 큰 바늘 10

말론의 침대 위에는 모든 게 죽어 있다. 개미 열 마리, 붉은 반점이 있는 검은 풍뎅이 한 마리, 무당벌레 세 마리, 이름 모를 큰 곤충 한 마리. 이것들은 다 엄마가 망토를 옷걸이에 거는 동안 신발장 아래에서 찾아내 주머니에 숨겼다. 다 엄마가 어제 청소를 제대로 하지 않은 모양이다. 벌레들은 말론의 토이스토리 이불 위, 별과 우주 괴물들 사이에 있다.

죽었다.

구티처럼.

구티는 베개 위에 눈을 뜬 채로 누워 있다. 쉬고 있는 것처럼 보인다.

구티는 이제 말하지 않는다. 바질 선생님은 거짓말을 했다. 다 엄마도 거짓말을 했다. 모든 사람이 거짓말을 했다. 어른들은 아무도 믿을 수 없다. 엄마만 빼고.

말론은 달력을 보고 행성의 수를 셌다.

하나, 둘, 셋, 넷, 다섯….

달, 화성, 수성, 목성, 금성….

오늘이다.

사랑의 날.

오늘 밤, 더는 말을 할 수 없게 된 구티에게 말론이 이야기를 들려줄 차례다. 아주 작은 목소리로 이불 속에 숨어서. 말론은 모든 이야기를 다 외웠다. 일곱 개 모두.

말론은 저도 모르는 사이에 울음이 멈췄다는 것을 알았다. 어쨌든 어른들이 옆에 없을 때는 울어 봤자 소용이 없다.

다 엄마는 아래층 주방에 있다. 방에는 말론 혼자다. 베개에 누워 있는 구티를 보고 퍼뜩 떠올랐다. 오늘은 내가 원하는 이야기를 해도 되겠어. 내가 선택하면 돼! 그리고 밤까지 기다릴 필요도 없어.

말론은 다시 달력을 보았다. 로켓이 초록색 행성에 있었다. 하지만 이 이야기는 말론이 좋아하는 이야기가 아니다. 말론은 싸움이 많아서 용기가 필요한 이야기를 좋아했다. 식인괴물과 괴물을 무찌르고 엄마를 보호하는 이야기.

또다시 침대의 작은 개미와 사탕같이 생긴 무당벌레, 그리고 다리 두 개가 없는 풍뎅이를 보았다.

쓰레기통에 들어가기 딱 좋을 별나라 군대다!

말론은 구티의 핑크색 귀에 속삭이기 시작했다. 구티에게 자기가 가장 좋아하는 이야기를 들려주고 싶었다. 가장 두렵지만 가장 멋진 이야기. 반짝이는 귀걸이를 하고 목에 해골 문신이 있는 식인괴물의 왕에 대한 이야기였다. 식인괴물의 왕은 알아보기 쉽지만 그에게서 도망치기는 아주 어렵다.

"구티, 잘 들어. 숲속에 식인괴물이 있었어."

말론은 말을 멈췄다. 입은 계속 얘기를 하고 싶었지만 코가 이야기를 방해했다. 말론의 코는 이야기나 식인괴물이나 엄마가 아닌, 다른 것을 떠올리는 냄새를 맡았다.

냄새는 주방에서 올라와 말론의 콧속을 가득 채웠다. 이제 말론은 냄새 외에 다른 것은 전혀 생각하지 않았다. 이렇게 좋은 냄새가 뭐지? 배가 고파졌다. 말론은 아래로 내려가서 다 엄마에게 어리광을 부리고 한 입 얻어먹고 싶었다.

말론은 미안한 듯 구티를 보았다. 구티는 여전히 말이 없었다. 이런 구티는 정말 싫다. 지금은 심장도 없이 죽은 몸이라 더 짜증이 났다.

이게 뭐야, 아무 말도 하기 싫어?

내려가서 다 엄마의 파이 한 조각을 먹어도 되는 걸까? 아니면 엄마의 이야기를 계속 해줘야 할까?

41

정비공이 내 트윙고의 수리를 저녁까지는 마치겠다고 약속했다.

하지만… 지금 그는 자동차 아래 누워서 미안한 표정을 짓고 있다.

개자식.

죽이고 싶다.

나는 차를 받치고 있던 잭을 빼버렸다.

유죄: 1263　무죄: 329

www.죽이고싶다.com

카브랄 경사는 운전을 난폭하게 한다. 이번에는 마리안도 안전벨트를 매야 했다. 카브랄이 한마디도 않고 화장으로도 가려지지 않은 멍자국과 여전히 휘어진 마리안의 코를 보기만 하며 차의 시동을 걸지 않았기 때문이다.

"알았어! 벨트 맨다고! 서둘러!"

자동차 행렬이 포크 거리를 꽉 메우고 있었다. 마리안은 르아브르의 이런 점도 좋았다. 미국처럼 바둑판 모양인 도심, 널찍한 수직 교차로. 물론 이런 비교는 르아브르 도심의 라신 거리와 리슐리외 거리 사이에서 '스타스키와 허치'미국의 유명 드라마 놀이를 할 때나 가능한 거지만 말이다.

벨 소리가 요란하게 울렸다.

마리안은 전화를 받을까 말까 망설이다가 내비게이션의 볼륨을 한껏 낮춘 뒤 휴대전화를 귀에 바짝 갖다 붙였다. 앙지였다.

"마리안? 우연히 그랑아브르 사이트에 들어갔는데 제목이 충격적이라서…. '라에브 곶에서 희생된 모터리스트'라고 돼 있었어."

앙지는 헐떡이며 말한 뒤 잠시 침묵했다.

"학교 심리상담사. 기사 내용은 학교 심리상담사에 대한 거야. 맙소사. 이거 자기가 말하던 그 사람 맞아? 어린아이에 대해 얘기하던?"

마리안이 탄 메간은 트램 전용도로에서도 속도를 늦추지 않고 달렸다. 트램을 기다리던 몇몇 학생들이 깜짝 놀라서 쳐다보았다.

앙지가 마리안을 걱정하고 있다. 지금은 친구와 대화하기에 적당한 시간이 아니지만 마리안은 앙지의 걱정을 이해했다. 만날 때마다 바질의 매력에 대해 얘기했으니.

정말 끔찍한 일이지. 온몸을 마비시키는 아드레날린이 뿜어져 나와 감각이 무뎌졌지만, 마음의 평정을 잃지 않도록 지금은 그저 앞만 보고 달려야 한다.

눈앞의 임무에 집중해야 한다.

티모 솔레르를 찾는 것!

"새로운 소식 들은 것 있어?" 앙지는 마리안이 침묵하자 다시 말을 이었다. "그런데 그… 그 사람이 죽은 게 맞아?"

"아직 확실치 않아. 걱정해줘서 고마워, 앙지. 그런데 지금은 너랑 얘기하기 힘들어."

카브랄은 브랭도 거리에서 급정거했다. 이번에는 트램 도로를 지날 수가 없었다. 몽가야르 쇼핑몰에서 A선 트램이 해변에서 오는 B선 트램과 엇갈리며 내려오는 중이었다. 그들 맞은편, 파리 거리 아래쪽으로 건물 5층 높이의 회색 컨테이너선이 지나갔다. 건물 하나가 통째로 도시를 떠나가는 모습 같았다.

앙지는 여전히 휴대전화를 들고 있었다.

마리안은 앙지가 하는 말을 듣기 위해 오른쪽 귀를 손바닥으로 막았다.

"뭔가 알아내면 내게도 말해줄 수 있어?"

그녀의 목소리가 떨렸다. 잠깐 동안 마리안은 자신이 아닌 앙지가 루마니아 심리학자와 사랑에 빠진 것 같다는 생각이 들었다. 아니면 그의 유령과.

카브랄은 부두 쪽으로 방향을 틀어 지그프리드 거리로 들어갔다.

'500미터 전방에서 5번 다리를 건넌 다음 우회전 하시면 목적지에 도착합니다.' 내비게이션에서 낭랑한 여자의 목소리가 흘러나왔다.

전화를 끊어야 했다. 다리를 건너면 바로 도착이다.

이제 앙지와 바질은 잊고, 눈앞의 임무에 집중해야 한다.

"오늘 밤에 전화할게. 지금 끊어야 해."

42

작은 바늘 12, 큰 바늘 2

아망다가 식탁 위에 마지막 접시를 올렸을 때 현관문이 열리는 소리가 들렸다.

식탁도 차렸고, 텔레비전도 켰고, 포제르 와인도 올려놓았다. 아망다가 오븐을 열자 카랑바 캐러멜 파이 냄새가 프라이팬에서 익어가는 스테이크의 냄새를 가렸다. 말론은 카랑바 파이가 익는 냄새를 좋아했다.

말론은 눈치가 빠르고 온순하며 똑똑하고 직감이 뛰어난 아이다. 아망다는 성인이 된 남자에게는 시각과 미각이 중요한데 반해서 남자아이에게는 촉각과 더불어 후각이 매우 중요하다는 것을 오래전부터 알고 있었다.

말론은 카랑바를 씹어 먹는 건 힘들어했지만 캐러멜 냄새를 좋아해서 깨물어 먹기도 하고 핥기도 하면서 손가락이 끈적거릴 때까지 먹었다. 오늘처럼 화가 나지 않은 날에는.

디미트리가 식탁에 앉기 전에 아망다는 프라이팬의 스테이크를 뒤집었다. 이미 너무 익어버렸다. 디미트리는 식사하는 내내 스테이크에 대해 잔소리를 퍼부을 것이다. 중간 중간 세계정세에 대한 자신의 평가도 덧붙여서.

싱글벙글한 디미트리의 얼굴을 보고 아망다는 깜짝 놀랐다. 그는 키스까지 하진 않았지만 앞치마를 두른 아망다의 허리에 팔을 감았다.

"그거 들었어? 요즘 시내에선 온통 그자 얘기뿐이야. 그 심리상담사가 사라졌다는 거 말이야!"

아망다는 디미트리에게서 몸을 떼고 목소리를 낮추라는 몸짓을 했다.

디미트리는 지글거리는 프라이팬을 보며 와인을 따라 마셨다. 카랑바 파이 냄새가 거기에서 나온다고 생각하는 모양이다. 옆에서 끓고 있는 채소 스프에는 눈길도 주지 않았다.

디미트리는 목소리를 낮추고 의자를 당겼다.

"이제는 편안하게 살 수 있어. 우리를 더 이상 못 괴롭힐 테니까."

아망다는 어깨를 으쓱하고는 프라이팬의 불을 껐다.

"경찰이 수사할 거야. 그 사람은 말론하고 시간을 많이 보냈잖아."

"일주일에 반나절씩이지. 그렇게 만나고 다닌 애들이 스무 명도 넘을걸. 다들 문제 있는 아이들일 테고."

아망다는 대꾸하지 않고 오븐에서 파이를 꺼내며 보이지 않는 냄새가 계단을 타고 올라가 말론의 방문 틈새로 들어가는 상상을 했다. 말론만이 이해할 수 있는 섬세하고 미묘한 초대다. 다른 사람은 아무도 이해하지 못하는 아망다만의 초대 방식.

말론은 맛있는 냄새를 절대 잊지 않는다. 엄마들만이 이 냄새를 아이에게 선물할 수 있다. 아이들이 아빠를 따른다면 아빠를 우상화하고 축구와 차와 목공 연장을 좋아할 테고, 아빠 같은 멍청이가 돼버린다. 엄마만이 이 저주를 끊을 수 있다.

"당신 말이 맞아. 어쨌든 켕기는 건 전혀 없으니까."

잠시 침묵이 흘렀다. 아망다는 파이 위에 초콜릿 칩을 뿌렸다. 굳이 뿌리지 않아도 되지만 뿌리면 훨씬 훌륭하다. 그게 바로 성을 지키는 사람과 성 안에 살게 될 사람의 차이를 만드는 '디테일'이지.

"혹시 무슨 일이 일어난 건지 알아?" 아망다가 물었다. "라에브 곶 사건 말이야. 사람들 말로는 오토바이에 깔렸다는데, 맞아?"

디미트리는 와인 잔을 비우고 웃으며 말했다.

"맞아. 사람들이 그렇게 말하더군. 빙판길에서 미끄러졌대. 운 나쁘게도 탱크가 꽉 차 있었다는군. 오토바이에 깔려서 꼼짝 못 했대. 운이 더 나빴던 게, 불이 붙어버렸다지. 구조를 기다리면서 담배를 한 대 피우고 싶었던 건지도 몰라."

그가 웃음을 터뜨렸다.

아망다는 생각에 잠겼다. 어제 디미트리는 저녁 내내 자신과 함께 집에 있었다. 비록 침실에는 늦게 올라왔지만. 밤 11시 이후, 그가 텔레비전을 끄기 전에 〈은밀한 고백〉이 끝나는 소리도 들었다. 그러니 그 시간에 남편이 라에브 곶에 가 있을 수는 없다.

그녀는 머릿속으로 집에서 해안까지의 거리를 생각했다. 전망대는 집에서 10킬로미터 밖에 되지 않는다. 30분이면 왕복할 수 있는 거리다. 디미트리가 혼자 텔레비전을 보며 거실의 소파에 앉아 있었던 시간이다.

아망다는 변호사가 남편을 변호하는 모습을 상상했다. 디미트리가 다시 나갔을 리 없다. 그랬더라면 차에 시동 거는 소리를 들었을 것이다. 그리고 집으로 돌아오는 소리도 들었을 것이다. 그가 아주 조심했다면 모를까. 하지만 고의로 텔레비전의 볼륨을 크게 하고 자는 일부러 멀리 세워두었다면? 변호사는 확신을 가지고 단호하게 말할 것이다.

디미트리는 살인자가 아닙니다.

"무슨 말이 하고 싶은 거야?" 아망다는 불안한 목소리로 물었다. "사고라는…."

문 두드리는 소리가 났다.

설마 경찰? 벌써?

아니면 학교인가?

디미트리가 일어나 문을 열었다. 걱정하는 기색 같은 건 없었다. 열린 문틈으로 차가운 공기가 득달같이 달려들었다.

디미트리는 별로 놀라지 않은 목소리로 말했다.

"아, 왔어? 마침 식사하려던 참이야. 들어와."

남편이 또 웃음을 터뜨렸다. 처음 그들이 만났을 때 이 웃음소리는 아망다에게 안도감을 주었다. 아망다가 유머감각이 부족한 반면에 디미트리는 사방에서 그리고 모든 사람에게서 언제든 웃을 거리를 찾아냈다. 디미트리는 무거운 유머를 좋아했고, 인생이 한 번도 자신을 배신한 적이 없는 것처럼 동료들을 좋아했다.

아망다는 현관으로 가서 두 남자를 맞이했다. 그리고 말론의 방문이 살짝 열려 있는 것도 알아차렸다.

카랑바 파이의 효과였다.

아망다는 지금 이 순간이 좋았다. 이 냄새, 요리, 어린아이가 성질을 부린 다음 자신의 치마폭으로 뛰어드는 화해의 순간. 남편 친구가 갑작스레 의논할 것이 있어 들렀다고 해서 아망다는 테이블에 접시 하나를 더 얹고 식전주를 따랐다.

행복한 순간이었다. 여기서 멈추고 싶을 만큼.

◆◆◆

말론은 여전히 계단에 서 있었다.

배가 고팠다. 디저트로 식사를 시작하면 얼마나 좋을까. 그는 입구에서 들리는 소리에 귀를 기울였다. 말론은 디미트리가 사람을 초대하는 것이 좋았다. 그들은 거실에서 오랫동안 머무르기 때문에 과자를 몰래 잔뜩 집어서 주방의 텔레비전 앞에서 만화를 보며 혼자 먹을 수 있었다. 가족끼리 저녁을 먹을 때는 디미트리가 뉴스만 봐서 아무것도 이해할 수 없었다.

말론은 앞으로 걸어 나와 계단 난간까지 왔다.

구티는 팔에 안았다. '쉿'이라고 말할 필요도 없었다.

현관 입구에 있던 다 엄마가 말론을 보고 미소를 지었다.

갑자기 말론이 입술을 깨물었다. 방금 디미트리가 손님의 외투와 목도리를 받아든 참이다. 그 순간 말론은 남자를 알아보았다.

얼굴을 알아본 게 아니다.

반짝이는 귀걸이와 목에 새겨진 해골 문신을 보았다.

숲에 사는 식인괴물의 왕.

바로 그자다.

43

오늘, 그가 10시간 동안 코를 골았다.

죽이고 싶다.

이제는 코를 골지 않는다. 옆으로 누워서 자고 있다. 발이 차갑다.

베개에 거품과 핏자국이 있다.

유죄: 336　무죄: 341

www.죽이고싶다.com

피바다.

비유가 아니다. 마리안 오그레스 경감이 욕실 문을 열었을 때 발견한 광경을 문자 그대로 표현한 것이다. 비늘무늬 타일 벽, 1960년대에 유행했던 발받침 네 개가 달린 욕조. 점점이 곰팡이가 피어 있는 욕조에 2센티미터 깊이의 피 웅덩이가 고여 있었다. 배수구가 털과 머리카락으로 뒤덮여 핏물이 내려가지 않았다.

심한 상처를 입은 남자를 욕조에 눕혀 씻기고 닦은 흔적이다. 1미터 높이의 골동품 욕조라 힘들었겠군.

당연히 티모 솔레르겠지.

분명, 티모 솔레르를 돕는 사람이 있다. 티모가 씻고 옷 입는 것을 도와주었겠지. 경찰이 도착하기 전에 도주를 도왔을 테고.

10여 명의 경찰이 벨에투알 거리의 건물 5층 F2호를 수색하는 중이다. 티모와 공범은 급하게 도망쳤다. 아파트에는 그들의 흔적이 역력했다. 가까운 데 물건을 사러갔거나 빵집에서 바게트를 사들고 겨드랑이에 신문을 끼고 지금이라도 문을 열고 들어올 것 같았다. 침대 발치에는 구겨진 옷들이 있고 싱크대에는 설거지거리가 있었다. 테이블에는 그릇이 그대로 놓여 있고, 라디오도 작은 소리로 켜놓았다. 문 앞에는 아무렇게나 벗어놓은 신발이 있었다.

곧 돌아올 사람들처럼.

닥쳐! 경감은 속으로 소리쳤다. 솔레르는 다시 한 번 그들의 촘촘한 그물망을 뚫고 빠져나갔다. 이번에는 어디서 잘못된 건지 모르겠지만.

경찰들은 솔레르가 머무는 아파트에 은밀히 접근했다. 포위망을 서서히 좁히면서 조심스레 아파트로 왔고 층계를 장악했다. 그런데도 권총강도는 첫 경찰차가 네주에 도착하기도 전에 도망쳐버렸다.

어떻게? 티모 솔레르가 라로셸에게 전화한 지 채 한 시간도 지나지 않았다. 의사 말에 따르면 솔레르의 통증은 더는 참을 수 없는 지경이다. 그런데도 병원에 가거나 집에서 나오지 않았다. 침대에서 나올 수도 없는 거죠. 의사는 자신 있게 말했다. 내가 상처를 헤집어 놓았으니까요. 솔레르는 의사에게 주소를 알려주었고, 자기 거처로 오는 대가로 큰돈을 치르겠다고 했다. 그렇다면 도대체 어떻게, 경찰들이 15분 만에 도착했는데도 감쪽같이 사라졌지?

장갑을 낀 경찰들이 침대에 옷가지를 늘어놓았다. 모두 진홍색이었다. 피가 묻지 않은 바지도 없고, 팬티도 없고, 티셔츠도 없었다.

의사의 연기가 어설펐을까? 티모 솔레르는 전화를 끊고 곧바로 의사를 의심했을까?

이상한데?

마리안 오그레스는 아파트를 주의 깊게 둘러보았다. 눈길이 빨래 건조대에 멎었다. 왠지 불편한 느낌이 들었다. 무엇인가가 머릿속에 달라붙어 떨어지지 않았다. 콕 집어 말할 수 없는 아주 사소한 것들이 모여 점점 커다란 자리를 차지했다.

이렇게 많은 사람들이 있는데 이상하다고 느끼는 건 나뿐인가?

그것도 이상해..

해답은 분명히 이곳에 가까이 있다고 확신했지만, 그녀는 여전히 갈피를 못 잡고 주방에 들어가 기계적으로 냉장고와 선반을 열어보았다. 전화벨이 울렸다.

지베였다.

그녀가 먼저 말을 꺼냈다.

"이쪽으로 와, 지베. 네가 필요해."

"파피 없어요?"

"없어. 그 고집쟁이는 포티니로 갔거든. 뤼코비크 부부의 소꿉친구들인 알렉시스와 티모의 근거지가 그곳이라는군. 파피는 그들이 그곳에 돈을 숨겼다고 생각해. 그래서 가도 좋다고 했지. 뒤마 판사가 나한테 또 뭐라 할 거야. 오늘 아침에는 이런 일이 일어날 줄은 꿈에도 몰랐지. 파피가 이쪽으로 오기에는 너무 늦었어. 어쨌든 지금 이쪽에선 과학수사팀이 수사 중이야. 르아브르의 거리를 몽땅 뒤지더라도 솔레르가 어디에 숨었는지 밝혀내야 할 텐데 말이지."

"갈매기들이 흔적을 없애기 전에 말이죠. 갈매기가 육식으로 진화한 거 아세요? 항구 바다에 떠오른 밀입국자들의 시신을 먹다보니 그렇게 됐나 봐요."

마리안은 그의 말을 제대로 이해하지 못했다.

"어디야?"

"클레망소 거리, 프랑스 레지던스 아파트. 드라공만 집에 왔어요. 12층에 살았었네요."

12층에 살았었다고?

지베가 과거형을 쓴 것이 마리안의 머릿속에서 뭔가를 터뜨렸다. 짧지만 매우 강한 통증이었다. 마리안은 이제 더는 바질의 죽음과 티모 솔레르의 도주, 두 사건을 동시에 생각하는 게 불가능했다. 채널을 이리저리 돌려가며 조사할 수밖에. 그런 게 가능하긴 할까?

어렵겠지. 하지만 다른 사람에게 맡길 수는 없어.

"오늘 아침에 학교는 어떻게 됐어?"

"마네글리즈 학교 말이죠? 뭐라고 할까…. 좀 이상했어요."

"뭐가?"

"좀 불편한 느낌이었어요. 오늘 아침 8시 30분쯤 학교 입구에 있었는데 말이죠. 그곳 앞마당에 있었는데 아이들은 제가 범죄자나 되는 듯이 뚫어지게 쳐다보더군요. 우리 애들은 그 학교에 절대 보내고 싶지 않았어요."

마리안은 한숨을 쉬었다.

"자상한 아버지 노래는 1절만 해. 다른 건 뭐 없어?"

"확실한 건 없어요. 르아브르 북부 담당 심리상담사는 바질 드라공만 한 명밖에 없더라고요. 3개 구역을 돌아다녔는데 마을은 58개. 학교는 27군데. 아이는 1,000명이 넘어요. 이 아이들에게 심리테스트를 하고 문제점이 있는 아이들은 특별상담을 하고요. 30명 정도의 아이들에게서 문제점을 발견했어요."

마리안은 베버 사건을 떠올렸다. 베버는 2009년의 어느 아침, 옹플뢰르의 진료실 앞에서 살해된 심리학자다. 그 당시 50명가량의 환자를 진료했는데, 4~5년을 더 거슬러 올라가면 환자만도 수백 명에 이르렀다. 정신분열증을 앓는 청소년을 비롯해서 늙은 알코올중독 망상증 환자까지. 잠재적 피의자 중에는 약 먹는 걸 잊어서 발작을 일으킨 사람도 있었고, 만날 약속을 거절했다고 원한을 품거나 자신의 비밀을 누설했다고 생각하며 원망하는 사람도 있었다. 대상이 된 환자 모두가 베버를 죽이려고 할 만한 이유가 있었다.

바질도 그런 경우일까? 문제가 있었던 아이 중 하나가 집에 가서 얘기를 하고 부모는 술을 마신 뒤 바질에게 보복을 한 것일까? 상담과정에서 아이들을 통해 가족의 비밀을 알게 되었기 때문에 바질이 죽기를 원했을까?

30명이라…. 하지만 그 30명 중에 바질이 마리안에게 말하고 싶어 한 아이는 단 한 명뿐이었다.

"다른 학교는 제외하고 마네글리즈만 봤을 때는?"

"교장은 호감 가는 사람이에요. 어제 드라공만하고 언쟁이 좀 있었대요. 하지만 그가 사라진 것에 정말로 충격을 받은 것 같았어요. 교장이 드라공만의 주소를 줬어요. 서류는 모두 드라공만이 가지고 있었던 것 같고요. 오래된 노트북이 있는데 바질은 상담할 때마다 모두 기록했다고 해요. 보고서도 작성하고 처방전도 만들어놨답니다. 아이들이 그린 그림이나 상세하게 기록한 상담 내용은 말할 것도 없고요. 건물 앞에 도착했어요. 제법 일이 많을 것 같아요."

"할 수 없지. 우선 말론 물랭에 대한 기록을 잘 살펴보도록 해."

마리안은 티모 솔레르의 주방 격자창을 통해 바깥 하늘을 보았다. 문득 바질 드라공만의 호두색 눈이 르아브르의 회색빛 하늘과 겹쳐 보였다. 장난기 가득하고 어린아이처럼 자유로운 영혼이 엿보이는 눈. 마리안의 내면에서 작은 목소리가 속삭였다. 아이의 환상을 듣고 표시한 지도 때문에 죽은 거야.

마리안은 바질에 대한 기억이 희미해질 때까지 잠시 흘러가는 구름을 지켜보았다. 그리고 다시 솔레르의 주방으로 돌아왔다. 수십 개의 통조림과 스파게티면, 유리병에 든 다양한 색깔의 소스들.

여전히 이상한 느낌이 들었다. 이 물건들, 이 분위기는 그녀가 정의할 수 없는 명백한 사실을 가리고 있다는 확신이 맴돌았다. 하지만 그 정체를 도무지 파악할 수가 없었다.

마리안은 해적이나 환영 같은 이야기들의 비밀스러운 층면을 들여다보지 못하게 된 자신이 아쉬웠다. 사실은 이미 오래전부터 동화나 과거의 전설 같은 건 다 잊었다. 경찰조직 내에서 한 계단씩 밟아 올라갈 때마다 어린 시절의 순수한 이야기들은 그녀의 인생에서 사라졌고, 목표를 향해 돌진하며 자신의 여성성을 애써 부인해왔다. 그리고 그게 옳다고 오랫동안 배웠다.

"마리안?" 지베가 걱정스러운 목소리로 불렀다.

주방에서 여전히 헤매던 경감의 시선이 번뜩 싱크대 위에 걸린 행주에서 멈췄다. 심장이 쿵쿵 뛰었다. 부옇던 안개가 일시에 싹 사라졌다. 티모 솔레르의 아파트에 들어서던 순간부터 이상한 느낌을 가졌던 이유를 마침내 깨달았다.

그녀는 경찰관들을 찬찬히 둘러보았다.

경찰 열 명. 모두 남자.

"마리안?"

마리안은 침착하게 머릿속에서 지표들을 정리했다. 모든 것이 맞아떨어졌다. 겉보기엔 무질서해 보이지만, 이 낡은 아파트의 모든 것은 일정한 질서를 따라, 심지어는 취향을 드러내며 정리되어 있었다. 생사의 기로에 놓인 환자는 절대 이렇게 할 수 없다. 도주를 위해 연출한 것도 아니다. 이곳에서 티모를 돕던 사람은 알렉시스 제르다가 아니다.

너무 뻔한 사실이라 더 빨리 깨닫지 못한 게 이상할 정도였다.

그녀는 빨래 건조대에 널린 양말들을 다시 보았다.

커플이 살던 아파트다!

티모 솔레르는 여자와 살고 있었다. 여자친구, 정부, 아내. 그건 중요치 않다. 어쨌든 그녀 덕분에 목숨을 부지했고, 함께 도망쳤다.

함께 죽으러 떠난 것일까?

그녀는 손에 들고 있던 휴대전화는 잊은 채 소리쳤다.

"샅샅이 다 뒤져! 여기에 여자가 살았다는 증거를 찾아!"

◆◆◆

15분이 흘렀다. 마리안은 지베에게 바질 드라공만의 집에 들어가서 서류를 분류하고 규칙적으로 보고하라는 지시를 내렸다. 그러는 동안 아이패드로 네주 지역의 순찰 상황을 수시로 확인했다. 제오폴 어플은 진화한 팩맨 게임 같아서 경찰차가 서로 마주치지 않고 되도록 많은 길을 순찰할 수 있도록 도와준다.

이중 어느 길에 티모 솔레르가 숨었을까? 여자와 함께 자동차 안에 숨어 있을지도 모른다. 여자가 운전대를 잡고, 티모 솔레르는 이불을 덮고 있을 수도 있다. 여자의 존재는 단순한 가설이 아니었다. 경찰들은 어렵지 않게 여자의 흔적을 찾아냈다. 기다란 갈색 머리카락을 욕조 바닥에서 발견했고, 칫솔 컵에서 희미한 립스틱 흔적도 찾았다. 욕실 수납장 뒤에서는 표준 사이즈의 섹시한 레이스 속옷도 나왔다.

마리안은 새로 발견한 티모 솔레르의 여자, 아마도 아름답고 젊고 섹시한 여자에 대해 경찰들이 조금이라도 외설적인 농담을 시도하는 것을 용납하지 않았다.

콩스탕티니는 손전등을 이리저리 비춰보다가 층계참에서도 핏자국을 발견했다. 핏자국은 맨 윗계단 세 개에서도 찾았는데, 그 아래로는 없었다. 마리안은 경찰 세 명에게 자외선 손전등으로 건물 앞, 주차장, 도로 등에 다른 핏자국이 더 있는지 찾아보게 했다. 발견한다면 도주 방향을 알 수 있을지도 몰랐다.

마리안은 또 다른 핏자국을 발견할 거라고 생각하지는 않았다. 그들은 이미 기적적으로 도망쳐버렸다. 마리안에게는 사건이 연달아 일어나 한 사건이 다른 사건을 밀어내는 꼴이었다. 그녀의 생각은 자꾸 말론 물랭과 바질 드라공만에게 되돌아갔다. 아파트 창문을 보기만 하면 하늘에서 바질 드라공만의 얼굴이 어른거렸다. 마치 노년의 모습을 보여주는 필터를 거치기라도 한 듯, 턱수염과 눈썹과 머리카락이 구름과 뒤섞여 하얗게 보였다. 바질의 매력은 지금 모습 그대로 멈췄다. 더는 늙지 않을 테니. 수평선과 겹쳐서 떠 있는 바질의 이미지가 끊임없이 마리안을 괴롭혔다

혼자 있었더면 울음을 터뜨렸을지도 모른다. 이런 얼굴은 세월이 흘

러야 비로소 흐릿해진다. 별이 반짝이는 듯한 그런 류의 눈은 쉽게 잊히지 않는다.

불현듯 앙지가 했던 질문이 떠올랐다.

그 사람인 게… 확실해?

물론 희망은 남아 있다. 오토바이 아래에서 불에 탄 채로 발견된 시신이 바질이라는 공식적인 증거는 없다. 르아브르에 구찌 캘리포니아 오토바이를 타는 사람이 바질 한 명은 아닐 테니까.

"경감님, 전화예요."

부르덴 경사는 사람들이 진짜 식물인지 조화인지 관심도 안 가지는 장식용 화분처럼 거실 한 구석에서 꼼짝 않고 서 있었다. 마리안은 멀리 항구에 세워진 거대한 크레인들을 보다가, 등을 돌려 전화를 건네받고 반사적으로 말했다.

"오그레스 경감입니다."

"오르테가예요. 영안실에 와 있습니다. 생각보다 빨리 끝났어요, 마리안."

"뭐가?"

"운이 좋았어요. 그자의 의료기록을 찾았거든요. 치과 주치의가 세리 거리의 키엥 소야랑이더군요. 마침 저와 잘 아는 사이인 데다가 함께 협력하는 관계였어요. 의사가 드라공만의 엑스레이 사진을 메일로 보내줬는데, 5분도 안 걸렸어요. 비교하는 게."

"뭘 비교했는데?"

"오토바이 아래 깔린 사람의 턱뼈 사진요. 어떤 결과가 나왔을 것 같아요, 마리안? 이빨이 녹아 없어질 만큼 오래 타지는 않았다면 말이죠. 어떻게 생각하세요?"

마리안은 침을 꿀꺽 삼켰다.

"그래서? 제발 빨리 좀 말해! 젠장."

"의심할 여지가 없어요. 턱뼈도 같고, 치열도 같고. 치아 서른 두 개가 모두 같아요. 디엔에이 결과를 기다릴 필요도 없어요. 라에브 곶의 오토바이 아래에서 발견된 사람은 그 사람이 확실합니다. 바질 드라공만."

44

작은 바늘 12, 큰 바늘 6

시를 찾아 헤맸어
사랑한다는 말을 어떻게 전할까
좋은 말을 찾아냈지만
세 살밖에 안 된 내겐 너무 길어

말론은 화장실의 세면대와 벽 사이에 꼼짝 않고 웅크리고 있었다.

공간이 좁지만 상관없었다.

말론은 초록 행성인 금성의 날, 사랑의 날 이야기를 똑똑히 기억했다. 드디어 엄마와 함께 날아서 도망가는 날이다.

하지만 도망가는 데 성공하려면 제일 먼저 반짝이는 귀걸이를 하고 목에 해골 문신이 있는 식인괴물에게서 도망쳐야 한다. 다행스럽게도 말론은 나쁜 사람이 들어오지 못하는 장소를 알고 있었다. 구티가 이 비밀을 여러 번 알려주었다. 초록 행성의 날이 올 때마다.

화장실에 숨어 있어야 해!

소변을 보러 들어갈 때마다 말론은 되새겼다. 빗장에 손이 닿지 않았지만 쓰레기통을 딛고 올라서서 발뒤꿈치를 들면 문을 잠글 수 있다. 쓰레기통을 밟고 서는 건 구티가 해준 이야기가 아니다. 스스로 알아낸 것이다.

화장실에 숨어 있어.

엄마가 널 찾으러 올 때까지 기다려.

엄마와 함께 영원히 떠나는 거야.

용기를 얻기 위해 말론은 주머니에 넣어둔 크리스마스 그림을 다시 펼쳤다. 서툴게 칠한 별과 전나무, 나무 아래 놓인 선물상자들을 검지로 훑었다. 말론은 다 엄마나 디 아빠, 그 누구도 이 그림을 못 찾도록 앨범 속에 잘 숨겨야겠다고 생각했다. 무엇보다 식인괴물 손에 들어가면 안 된다. 앨범도 말론이 뭔가를 숨기고 싶을 때 자주 이용하는 물건이었다.

말론은 마지막으로 트리 앞에서 손을 잡고 있는 세 사람을 다시 한 번 보았다.

나와 아빠.

말론의 손가락은 세 번째 사람에게서 멈췄고, 엄마의 긴 머리카락을 어루만졌다. 그리고 종이의 맨 위와 아래에 적힌 글자들을 한 자씩 짚어갔다.

성탄은 즐거워

절대 잊지 마

이 두 문장은 자기 이름을 제외하고 읽을 수 있는 유일한 난어들이다.

물론 '엄마'라는 글자도 읽을 수 있다.

다른 곳을 찾아 헤맸어
바로 여기 내 가슴속에 있었는데
엄마가 해준 말들이었어
내가 아직 작은 아기였을 때 들었던 말
엄마, 사랑해. 아주 많이!
꼭 안아줄게

"말론, 이제 나오렴."

아망다는 최대한 부드럽게 말했다.

"말론, 제발."

카랑바 냄새가 벽과 바닥과 층계에 달라붙었다. 너무 진해서 구토가 나올 지경이었다. 아망다는 카랑바 냄새에 말론이 이끌려 나오기를 원했지만, 이렇게 뻔한 함정에는 걸려들지 않으리라는 것을 곧 알아차렸다.

말론이 알렉시스를 알아보았다. 아이는 충격을 받은 듯했다. 알렉시스 제르다와 마주친 것만으로도 다른 기억이 떠오른 건지도 모른다. 멈춰 있던 시계에 충격을 가하면 다시 움직이기도 하는 것처럼.

아니면 나 혼자 착각하는 건지도 몰라. 알렉시스 제르다의 흡혈귀 같은 생김새 때문에 아이가 겁을 먹은 건지도 모르지.

아망다는 화장실 앞의 낡은 깔개에 앉아 안에 들어가고 싶은 어린 고양이처럼 문을 긁으며 부드럽게 말했다. 아픈 아이를 밤새 돌보는 엄마처럼 멈추지 않았다. 어르기도 하고 윽박지르기도 했다.

얇은 문 하나가 그들을 갈라놓고 있었다.

아망다는 말론의 불규칙한 숨소리를 들었다. 울음을 참고 있는 모양이다.

아망다는 화가 치밀었다.

하늘의 수많은 별보다
정원의 수많은 꽃보다
꽃 위의 수많은 벌보다
바닷가 수많은 조개껍질보다
내겐 엄마가 최고일 뿐

"내버려 둬!" 디미트리가 거실에서 소리를 버럭 질렀다. "결국엔 나올 테니까."

남편은 멍청이다. 그녀는 남편의 위스키 잔에서 얼음이 딸그락거리는 소리를 들었다. 알렉시스 제르다는 맥주 한 잔도 입에 대지 않았다. 그의 목소리에는 휘파람처럼 바람이 새는 소리가 섞여 있었다. 처음엔 노래하는 것처럼 기분 좋게 들리지만 'ㅈ'을 'ㅅ'으로 발음하는 습관과 특유의 억양 때문에 점점 참을 수 없게 된다. 처음 그와 얘기를 나눴을 때 아망다는 뱀이 말을 할 수 있다면 제르다 같은 목소리일 거라고 생각했다. 해리 포터에 나오는 뱀의 언어 '파셀텅'이라기보다는 사막에 버려져 미쳐가는 방울뱀이 이런 소리를 낼 것 같았다.

"내버려 둬, 아망다."

제르다는 반박할 수 없는 어조로 명령을 내렸다.

아망다는 천천히 계단을 내려와 디미트리와 제르다 사이의 인조가죽 소파에 앉았다. 디미트리는 얼음을 빨리 녹게 하려는 듯이 뷰어볼트 위스키 잔을 두 손으로 감싸고 있었다.

"네가 일을 엉망진창으로 만들어버렸어." 제르다가 말했다.

그는 디미트리를 향해 말했지만 아망다는 자신에게 하는 말임을 알았다. 제르다는 아주 영리해서 디미트리가 이미 오래전부터 다른 상황에 크게 신경 쓰지 않는다는 것을 알고 있었다.

"경찰이 올 거야." 그가 계속 말을 이었다.

디미트리가 뭔가 대꾸하려 했지만 제르다가 한 손을 들어 제지했다.

"경찰이 당신들 집으로 올 거야. 심리학자가 살아 있었다면 같이 왔겠지. 그리고 지금은 어떻게 될지 당신들도 짐작하겠지. 심리학자가 없으니 시간을 조금 벌었지만 충분치 않아."

아망다가 앞으로 몸을 숙였다. 움직일 때마다 소파가 출렁거렸다.

"당신이 그를 죽였어요?"

제르다는 대꾸할 필요도 없다는 듯 벽에 걸린 액자를 보았다. 수성펜으로 그린 하트에 짧은 시구가 붓으로 쓰여 있었다. 어머니날에 아이들이 배운 노래를 적고 말린 꽃과 나비로 장식한 액자다.

"나도 경찰이 오기 전에 도망쳐야겠어."

제르다가 이번에는 녹색 눈으로 아망다의 눈을 보며 평소보다 더 고음으로 말했다.

"지금쯤 아이가 다 잊어버렸어야 했어. 제기랄! 그 나이 아이들은 원래 몇 개월이면 다 잊는다고 했는데. 의사들이 그렇게 말했다고! 충분히 조사를 했어. 그런데 어떻게 아직도 기억하는 거지?"

"당신을 말이에요?"

아망다는 희미하게 미소를 지었다.

"모든 걸 말이야, 아망다. 모두 다. 경찰이 오기 전에 차라리 꼬마가 입을 닥치도록 하는 게 낫겠어. 동화니 신화니 모든 걸 엉망으로 만들고 있잖아!"

"아이에 대해 그렇게 말하지 말아요!" 아망다가 목소리를 높였다.

제르다는 벌떡 일어서서 벽의 액자로 다가가 자세히 관찰했다. 핀에 꽂힌 나비와 말린 꽃잎을 보고는 위층에서 문소리가 들리는지 잠시 귀를 기울였다.

아무 소리도 들리지 않았다. 말론은 화장실에서 꼼짝하지 않았다. 제르다가 입을 열었다.

"넌 뭐든지 지나치게 감성적으로 받아들여, 아망다. 아이가 계속해서 헛소리를 한다 해도 경찰은 우리를 의심하지 않았을 거야. 우리에게 접근하지 않았을 거라고. 말이 되는 게 하나도 없으니까. 증거가 없잖아. 그저 어린아이의 지워져가는 기억뿐이지. 그게 너의 일이었어, 아망다. 아이의 과거를 지워버리는 것."

그동안 디미트리는 위스키를 한 잔 더 마셨다. 아망다와 제르다 둘 모두 디미트리에게는 신경 쓰지 않았다.

"만약 그들이 우리에게 오면요?" 아망다가 물었다. "다른 일들을 알아내지 못했다 해도 그래도 우리에게 오면요?"

"그렇다고 아이를 빼앗지는 않을 거야, 아망다. 아이는 똑똑하고 건강 상태도 좋으니까. 그리고 너를 사랑하잖아. 왜 네게서 떼어놓으려 하겠어?"

제르다는 경멸하는 눈초리로 디미트리를 보았다. 디미트리는 염치가 있었는지 차마 글렌모레이 한 잔을 더 따라 마시지는 못하고 있었다. 아망다는 오래전부터 제르다에게 디미트리는 퀸의 싸움에서 언제고 필요한 때가 오면 회생시킬 말에 불과하다는 사실을 알고 있었다.

디미트리는 운이 없었을 뿐이다. 그는 어린 시절 친구였던 제르다와 부아다르시 감옥에서 재회했다. 디미트리는 늘 자신을 보호해줄 수 있는 강한 사람을 동경해왔다. 그리고 그 그늘 아래에 있고 싶어 했다. 곰이나 상어나 늑대 같은 사람을 만나고 싶었는데, 운 나쁘게도 뱀을 만났다. 뱀은 자신에게 위험할 수 있다고 판단하면 서슴없이 죽여버린다. 바질 드라공만을 죽였듯이 우리 모두를 죽일지도 모른다. 나도, 말론도.

"아이를 데려와." 제르다가 부드럽게 말했다. "그 빌어먹을 화장실 문을 열지 않으면 내가 직접 문을 부숴버릴 테니까."

아망다가 계단을 오르는 동안 그가 다시 말했다.

"난 여기 오래 머물 수 없어. 경찰이 곧 들이닥칠 거야. 그들이 나를 찾으려 하지 않는 게 좋을걸. 오늘 아침엔 마네글리즈의 학교에도 갔더군. 라에브 곶에서 죽은 자의 신원을 파악하면 아마도 그자와 상담했던 아이의 집은 모두 방문할 거야. 당신들을 제일 먼저 방문하겠지."

아망다는 두 계단을 더 올라갔다.

"아이가 협력하게 만들어. 해적이니 로켓이니 원하는 대로 떠들라고 해. 그건 상관없어. 경찰은 그 이야기 때문에 한동안 혼란스러워할 테니까. 중요한 건 아이가 제 역할을 해내는 거야. 최소한의 역할이지. 무슨 말인지 이해가 돼? 화장실에 처박힌 겁먹은 멍청이 역할은 안 된다고. 경찰이 더는 별로 캐고 싶지 않게 만들어야 되는 거지."

다시 세 계단.

"네가 아이를 계속 데리고 있고 싶다면 말이야."

아망다는 아무 말 하지 않았다. 들리는 소리라고는 그녀의 옷이 난간에 스치는 소리와 카펫에 슬리퍼가 부딪치는 소리뿐이었다.

엄마, 엄마, 나의 엄마
엄마, 엄마, 안아 줘요
엄마, 엄마에게 뽀뽀를
엄마, 엄마, 비밀을 말해줄게요
내가 사랑한다는 것을

◆◆◆

5분 후에 아망다가 다시 내려왔다.

디미트리는 여전히 같은 자리에 앉아서 잔을 비웠지만 위스키를 더 마시지는 않았다. 알렉시스 제르다는 나비 액자를 보며 창밖의 주차장을 계속 주시했다.

아망다가 나무 난간을 잡았다.

"자기 엄마하고 얘기하고 싶대요."

"뭐라고?" 제르다가 놀라서 물었다.

"말론이 자기 엄마와 얘기하고 싶어 해요."

"불가능해."

"엄마랑 얘기할 수 있으면 나오겠대요." 아망다가 계속해서 말했다. "엄마가 올 수 없다면 전화를 하고 싶대요. 그 말을 들어줄 수 없다는 건 나도 당신과 동감이지만."

그들은 잠시 침묵했다. 디미트리가 일어나 조용히 무선전화기를 집어든 것도 눈치 채지 못했다. 그는 거실로 나가 빈 주차장을 힐끔 본 뒤 설명했다.

"저 아이랑 같이 산 지 제법 됐어. 머릿속에 뭐가 들었는지 모르겠지만 어쨌든 고집이 굉장히 센 아이야. 하지만 천성이 그렇다 해도 말을 듣게 하는 좋은 방법이 있지."

알렉시스는 꼼짝하지 않았지만 갑자기 구미가 당기는 표정이었다.

"계속 말해봐, 디미트리."

"아이를 엄마와 통화하게 해주자고. 더는 말고 1~2분 정도만. 아이는 속지 않을 거야. 엄만지 아닌지 금방 알아챌걸? 전화를 끊고 나면 아이를 조종할 수 있어. 아이를 달래려고 거짓말을 해봤자 제대로 된 결과가 나올 수 없는 법이지. 무슨 말인지 알겠어, 알렉시스? 아이에게 이렇게 말하는 거야. '네가 똑똑하게 굴어야 엄마랑 얘기를 다시 할 수 있어'라고. 착하게 굴어야 산타클로스가 선물을 갖다 준다거나 이빨요정이 선물을 줄 거라는 얘기와 비슷한 거라고."

아망다는 계단에서 내려와 디미트리 앞에 섰다. 디미트리는 아망다보다 40센티미터 정도 더 컸다. 아망다의 눈이 눈물로 그렁그렁했다.

"세상에⋯, 디미트리! 우리가 이때까지 해왔던 건 어떻게 하고? 당신은⋯."

알렉시스가 아망다의 어깨에 손을 얹었다.

뜨겁고 끈적거리는 손이었다.

"디미트리가 말한 게 그다지 나쁘지 않아. 어쨌든 네 아이는 네가 진짜 엄마가 아니라고 믿고 있으니까. 전화 한 통만 하게 해주면 시간을 벌 수 있겠지. 제법 넉넉한 시간을 말이야. 우리한테 부족한 게 시간이거든."

"그러고 나면요?"

제르다의 대답을 기다리지도 않고, 디미트리는 전화기를 제르다에게 내밀었다. 희미하게 미소를 띠고 있었다. 마치 아망다의 의견은 고려해볼 가치도 없으며, 이 일은 남자들이 관장하는 일이라는 듯한 표정이었다.

어리석게도.

"나… 나한테 약속했잖아." 아망다가 더듬거리며 말했다.

발밑으로 땅이 갈라지는 것 같았다. 손이 떨리고 온몸이 떨리더니 목이 잠겼다. 그 뒤에 어떤 일이 일어날지 알겠어. 알렉시스 제르다는 우리를 죽일 거야. 한 명씩 차례차례. 자기가 원하는 걸 이루고 나면.

제르다가 눈을 들어 계단을 살폈다.

"디미트리, 아이를 데려와. 원하는 걸 들어주겠다고 해. 엄마에게 전화를 해주겠다고. 1분간 얘기할 수 있다고 해."

45

마리안 오그레스는 발코니로 통하는 거실 문을 열었다. 콘크리트 항구와 잔뜩 쌓인 화물과 하늘이 보였다.

얇은 망사 커튼이 펄럭였다. 아파트 거실 문이 쾅 닫혔지만 마리안은 신경 쓰지 않았다. 티모 솔레르가 또다시 탈출했다는 소식을 듣고 뒤마 판사가 한 말도 신경 쓰지 않았다.

더 이상 뭘 어떻게 할 수 있었겠어? 의사의 전화를 받은 지 15분도 채 지나지 않아서 경찰들이 네주 지역을 완전히 포위했다. 티모 솔레르가 의사를 의심하고 있었다면, 혹은 알지 못할 다른 이유로 도망쳐 버렸다면, 그건 내가 어떻게 할 수가 없는 일이다.

"좀 더 크게 말해봐요, 파피. 말을 절반밖에 이해 못 하겠어요."

그녀는 전화 수신 감도가 나은 곳을 찾아 발코니로 나왔다. 하지만 전화 연결이 안 좋은 쪽은 아무래도 파드루 경위인 것 같았다. 그녀는 발코니의 철제 난간에 기대어 한 손으로는 휴대전화를 들고, 한 손으로는 아이패드의 메시지를 확인했다.

그녀는 두 가지 일을 동시에 해도 느려지거나 무뎌지지 않았다. 범죄소설을 읽을 때 사건들이 점점 더 겹쳐지고 빨리 진행되며 이것저것 많은 일이 일어나도 혼동하지 않는 것과 마찬가지다. 남편과 정부가 있어도 아무 문제없이 이 남자에서 저 남자로 옮겨 다닐 자신도 있었다.

지금은 아무도 없는 게 흠이지만.

그녀에게 마지막으로 미소를 보여준 남자는 라에브 곶에서 잿더미가 되어 날아가버렸다. 단 하루만에. 그가 보여준 미소는 턱뼈로만 남았다. 그녀는 태블릿으로 드라공만의 3D 치아 자료를 보며 그가 이제 다시는 어떤 여자에게도 키스를 하지 못하게 되었다고 생각했다.

"마리안, 방금 캉을 지났어요. 이제 래즈 계곡인데 그쪽으로 갈까요?"

마리안은 아이패드에서 새 창을 열었다. 제오폴 어플을 실행하여 티모 솔레르 추적 상황을 실시간으로 표시하는 빨간 점들을 보았다.

"됐어요, 파피. 어차피 이쪽도 별 성과가 없어요. 전화 연결이 잘 되는 곳이나 찾아요."

"오케이. 계곡을 벗어나서 다시 전화할게요."

마리안은 오른쪽 검지로 터치하여 또 다른 창으로 들어갔다. 지베가 첨부파일과 함께 보내온 메시지가 잔뜩 쌓여 있었다. 메시지 하나 당 최소 열 개의 파일을 첨부했다. 대부분 아이의 그림이었고, 바질의 집에서 발견한 말론 물랭의 서류함에서 발견한 자료였다.

마리안은 파일을 열고 확대했다.

선명한 색상의 이상한 선들과 복잡한 모양들.

각 그림에 바질이 메모를 남겨놓았다. 둥근 필체다.

2015년 9월 17일, 해적선

2015년 9월 24일, 식인괴물의 숲 위를 나는 로켓

2015년 10월 8일, 네 개의 성탑

2015년 10월 15일, 식인괴물

마리안은 말론이 그린 식인괴물의 얼굴을 보았다. 눈, 코, 입. 칼자국과 점이 있고 귀걸이를 했다.

이걸로 뭘 할 수 있지? 이런 낙서 같은 그림 수십 개로?

지베는 첫 번째 메시지를 보내며 은근슬쩍 외출을 요청했다. 말론의 그림이 다섯 살 된 아들 레오의 그림과 비슷해서 아들 생각이 난다며, 오후에 잠깐 아이의 학교가 파할 때 가서 아내와 아들을 놀라게 해주고 싶다고 했다.

마리안은 거절했다. 오늘은 너무 바빠서 안 돼! 조금이라도 빈틈을 만들 순 없어. 지베는 투덜거리며 가운뎃손가락을 세운 스마일리 이모티콘을 보냈다. 보통은 혀를 날름 내민 스마일리정도였지만.

아이가 있으면 제 심정을 이해하셨을 텐데.

제기랄. 상처받았다고! 나쁜 놈!

아이가 없어서 경감이 될 수 있었을지도 모른다. 하지만 아이를 낳을 수만 있다면 이제까지의 승진을 모두 없던 일로 할 수 있다. 밤새 잠복근무를 한다 해도 아침에 잠을 깨우는 아이가 있다면, 학교가 끝나면 달려 나와 내 품에 뛰어드는 아이가 있다면, 온갖 더럽고 추악한 일도 다 견뎌낼 수 있을 텐데. 하지만 지베같이 모범적이고 가정적인 남자들은 이런 내 심정을 전혀 모르겠지. 좋아! 넌 내일까지 스트레이트 근무다!

파피의 동그란 얼굴이 휴대전화에 나타났다.

"브레트빌 성당의 종탑에 올라왔더니 전화가 잘 터지네요."

"그 이상은 말 안 해도 돼요! 당신이 관광을 즐기는 동안 시체 하나가 더 나오게 생겼으니까. 피를 엄청 흘리고 도주 중이에요. 알렉시스 제르다의 똘마니고 오늘 아침부터 죽었는지 살았는지 알 수 없어요. 수수께끼 같은 여자친구의 흔적은 레이스 속옷밖에 못 찾았고요."

"그것밖에 없어요? 제 얘기를 들으면 만족하실 거예요. 경감님의 실존주의 문제에 대한 답을 찾았거든요."

마리안은 눈썹을 찌푸리며 거실 수납장을 뒤지는 경찰들에게 조용히 하라고 손짓했다.

"그게 뭔데요?"

"아주 중요한 열쇠죠. 모든 문을 다 열 수 있는."

"빨리 말해요, 젠장."

"기억 안 나요? 어제 사무실에서 나한테 물었잖아요. 헝겊인형 사진을 보여주면서 무슨 종류인지 알아보라고요. '구티'라는 인형 말입니다."

마리안은 한숨을 쉬며 무의식적으로 발코니로 나가 거실과 통하는 문을 닫았다.

"그래서요? 답을 찾았어요?"

파피의 쾌활한 목소리는 아파트 안의 무거운 분위기와 대조적이었다.

"깜짝 놀랐어요. 어젯밤에 한참 동안 인터넷을 뒤졌거든요. 그런데 막상 찾아보니 너무 뻔한 사실이었는데 그걸 왜 몰랐나 싶었다니까요. 그 인형은 아구티였어요."

"뭐라고요?"

"아구티요! 이런 동물이 있었다는 걸 알았더라면 빨리 찾았을 텐데. 기니피그의 일종인데 서식지는 아마존이고, 쥐보다 좀 더 큰 설치류죠. 토끼랑 더 비슷하다고 할지…. 대신 귀와 꼬리가 다르죠."

마리안은 다시 말론의 그림을 봤다.

'구티'라고 바질이 써 놓았다.

말론의 그림은 배경지식 없이는 이해가 되지 않는다. 노란색과 빨간색의 도트 무늬 카펫 위에 올려놓은 종이에는 구티의 몸통일 동그라미 두 개와 종이 위쪽을 향한 파란 선들이 그려져 있었다.

"그럼, 또 막다른 길이잖아요! 말론의 친구가 기니피그였다니…. 훌륭하기 짝이 없네요! 자, 이제 그걸로 뭘 한담?"

"잠깐만, 바쁘지 않다면 아구티에 대해 말할 게 한 가지 더 있는데요."

"말해요, 파피. 오늘은 동물 수업 말고는 달리 해야 할 것도 없어요."

"아구티는 건망증이 있어요!"

"뭐라고요?"

"아구티는 평생을 씨랑 열매를 숨기는 데 보내죠. 껍질을 벗기고 땅에 묻어요. 식량이 부족할 때를 대비해서 저장하는 거죠. 겨울잠을 잔 후에 먹기 위한 것이기도 하고요. 하지만 잠에서 깨어났을 때는 대부분의 경우 어디에 묻어놓는지 모른다고 합니다."

뒤아멜 경관이 가구를 들어낸 자리를 폴리라이트로 비쳤다.

설마 그 이야기….

마리안은 기침을 했다. 차가운 바람이 목과 망토 속으로 스며들어 한기가 들었다.

"하하. 굉장하네요! 아구티가 세상에서 가장 멍청한 설치류라는 거군요."

"가장 쓸모 있기도 하죠." 파드루 경위가 대꾸했다. "자기도 모르는 사이에 씨를 뿌려서 숲을 만들거든요. 몇 년이 걸리긴 하지만요. 아구티는 적도의 정원사예요. 보물을 숨기고, 숨긴 장소를 잊어버리지만 배

고픔에 시달리는 동안 숲은 더욱 울창하게 자라는 거죠."

"젠장…."

마리안의 시선은 태블릿 속의 아이 그림으로 다시 돌아갔다.

씨? 열매? 보물? 금붙이?

그녀는 여러 번 들었던 구티의 이야기를 떠올리려 애를 썼다. 죄다 다시 들어보고 하나하나 분석하고 해독해봐야겠어. 연결고리를 찾아야 해. 그 이야기들이랑 바질 드라공만의 죽음이 무슨 연관이 있는지.

그녀는 발코니의 차가운 유리문을 열고 안으로 들어왔다.

그전에 티모 솔레르와 여자친구부터 잡아야 할 텐데….

몇 초 후, 그녀의 휴대전화가 다시 울렸다. 메일이 왔다는 알람이다. 사법부의 동료가 문의에 대한 답변이라며 서류 번호와 함께 메시지를 보냈다. 문의를 했던 기억이 전혀 안 났던 마리안은 아무 생각 없이 첨부 파일을 열었다.

마리안은 난간을 꽉 잡았다. 유전자검사 결과였다.

46

작은 바늘 12, 큰 바늘 8

말론은 구티를 옆에 놓고 소파에 앉았다.

알렉시스 제르다는 말론이 겁먹지 않도록 몇 발짝 뒤로 물러나 현관 근처에 서 있었다. 디미트리가 말론에게 무선전화기를 주며 엄마와 통화할 수 있다고 세 번째로 설명하는 중이었다.

아주 짧게, 몇 마디만. '엄마 안녕, 잘 지내요? 나도 잘 지내요' 정도. 그리고 바로 끊어야 하며 똑똑하게 굴어야 지금 너를 돌봐주는 다 엄마랑 계속 있을 수 있다. 그렇지 않으면 이전 엄마랑 다시는 얘기할 수 없게 될 지도 모른다.

아망다는 말없이 등을 돌리고 유리창에 얼굴을 붙인 채 서 있었다. 둥근 모양의 주차장에서 보이는 지평선은 특이한 모습이었다. 옅은 안개가 내려 단지 전체가 기분 나쁜 꿈속에 있는 것처럼 비현실적이었다. 아니, 다른 곳을 상상할 필요도 없이 이 둥근 아스팔트 구역은 그 자체로 하나의 행성 같았다. 그녀는 유리에 비친 그림자를 통해 알렉시스 제르다를 보고 있었다.

디미트리가 말론과 내려오기 전에 제르다는 무심하게 재킷을 열며 손수건을 꺼내들었다. 그때 아망다는 허리춤의 권총을 봤다.

멍청한 디미트리는 아무것도 못 봤지.

함정에 제대로 걸려들걸. 우린 악마랑 계약을 맺은 거야. 우리 스스로 집에 들이고, 우리 인생에 개입하게 만든 거지. 차라리 저 안개를 뚫고 경찰차가 나타났으면 하는 심정이었다.

그녀는 이마를 유리에 대고 꾹 눌렀다.

하지만 경찰이 오면 말론을 데려가겠지.

디미트리가 무선전화기의 번호를 눌렀다.

아망다는 눈을 들어 수납장 위의 액자를 보았다. 하트와 시와 나비로 꾸며진 액자. 그들에게 일어나는 모든 일은 다 디미트리 책임이다. 그들의 연속적인 불행. 그가 만회하려고 하면 더 큰 불행이 찾아와서 꼬리에 꼬리를 물고 항상 더 나쁜 일이 생긴다.

만약 그들 둘 다 죽어야 한다면, 제르다가 남편부터 죽이기를 바랐다. 남편의 얼굴이 차가운 바닥에 부딪치고, 멍청한 눈이 허공을 보며 굳어지는 걸 보고 싶었다. 자신에게 무슨 일이 생겼는지 전혀 모르는 듯, 아무것도 자기 잘못이 아니라는 듯한 멍청한 눈을.

◆◆◆

전화가 세 번 울렸다. 전화기는 현관 옷걸이와 에트르타 절벽 그림 옆의 가구 위에 있었다. 유선전화기다. 경찰들은 아무도 선뜻 받지 못하고 망설였다.

모두들 발코니에서 휴대전화 화면만 뚫어져라 보는 경감의 지시를 기다렸다.

마리안은 갑자기 빠른 걸음으로 들어와 장갑도 안 낀 손으로 전화기를 들었다.

"여보세요? 여보세요? 엄마?"

어린아이 목소리. 아주 어린아이다.

침묵. 1초쯤 지났을까? 영원처럼 긴 시간이었다.

마리안은 대답을 해야 할지 망설였다. 아이가 끊을까 봐 두려웠다.

"여보세요? 엄마? 엄마? 나 말론이에요."

마리안은 전기충격을 받은 사람처럼 그 자리에서 굳어버렸다. 그녀와 200미터 정도 떨어져 있던 부르덴이 반사적으로 소리쳤다.

"경감님, 무슨 문제가 있나요?"

부르덴은 자신의 실수를 즉시 알아차리고는 당황하며 입을 손으로 틀어막았다.

전화는 이미 끊어졌다.

마리안은 전화가 끊어지기 직전에 둔탁한 소리를 들었다. 폭발음 같았다.

물건이 넘어진 소리인가? 아니면 사람의 몸?

그것에 관해 깊이 생각할 겨를도 없이, 마리안은 1층 주차장에 있는 경찰들도 들을 수 있을 만큼 큰 소리로 외쳤다.

"티모 솔레르의 여자에게 아들이 있어! 그 아이가 누군지 알아!"

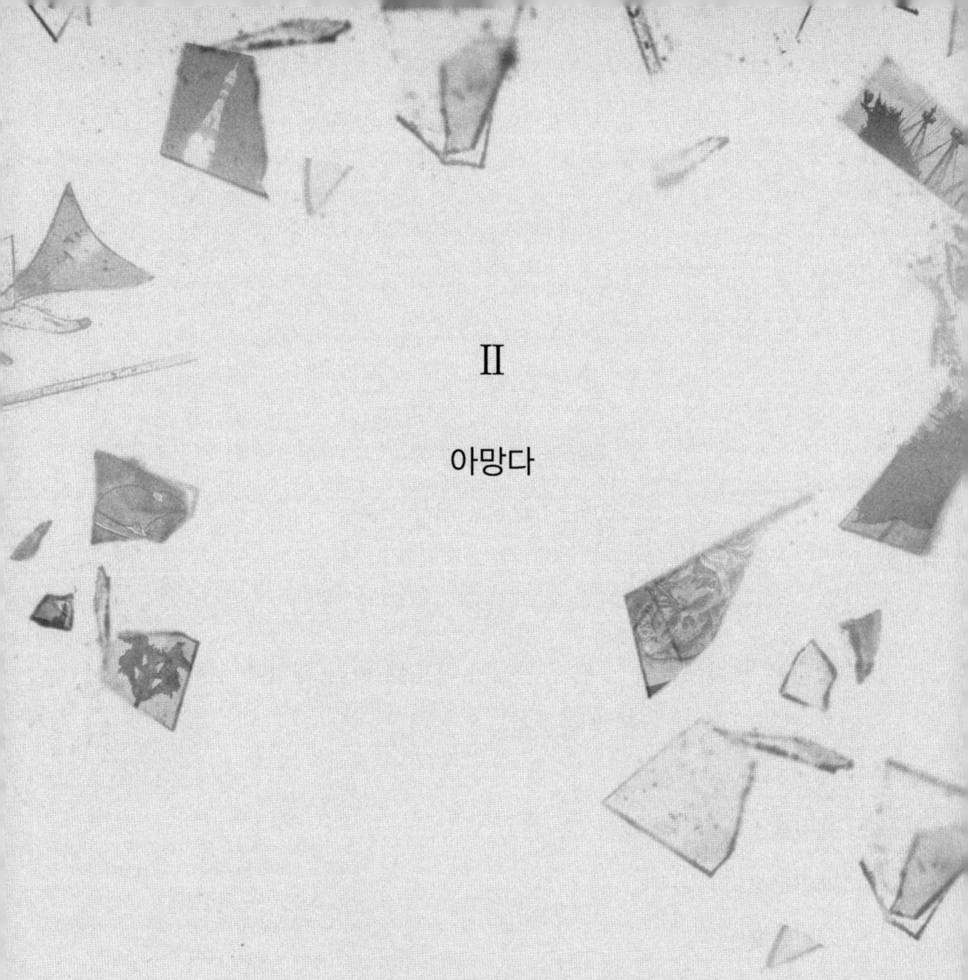

II

아망다

47

르아브르 옥트빌 공항

2015년 11월 6일, 16시 25분

말론은 르아브르의 작은 공항에서 복도를 따라 걸었다. 엄마가 한 걸음 걷는 동안 세 걸음씩 종종걸음을 쳤다.

게이트 1

게이트 2

게이트 3

엄마의 손을 꼭 잡은 말론은 유리창 너머로 보이는 비행기 숫자를 마음속으로 헤아렸다. 전쟁놀이를 하려고 변장한 것 같은 사람들이 공항 안을 걸어 다녔다. 전부 남자들이었는데 머리는 바투 깎았고, 귀걸이를 하거나 팔과 목에 문신을 한 사람도 있었다. 엄마도 겁을 먹었는지 그들과 마주치면 고개를 수그렸다. 엄마는 이들이 자신을 알아볼까 봐 두려워했다.

무장한 남자들과 거리가 멀어지자 엄마는 허리를 굽혀 말론의 귀에 대고 또다시 같은 말을 속삭였다.

"서둘러, 빨리 빨리. 어서 빨리…."

하지만 조금 전에는 말론이 기다려야 했다. 시계와 허리띠와 안경을 벗어놓고 문을 통과해야 할 때였다. 엄마가 문에 들어서자 삑 소리가 나서, 엄마는 목걸이를 풀고 문을 다시 지나가야 했다.

게이트 4

게이트 5

말론은 문을 지나고 얼마 안 있어 도망쳤다. 멀리 간 것도 아니다. 겨우 복도 끝이었다. 하지만 그곳에 걸린 커다란 사진을 봤을 때, 엄마가 자기를 부르던 순간, 도망치는 게 바보 같은 짓임을 퍼뜩 깨달았다.

엄마 옆에 있어야 한다. 얌전하고 의젓하고 용감하게.

해야 할 일을 정확히 해야만 한다.

게이트 6

게이트 7

비록 구티를 생각하면 슬퍼졌지만…. 말론은 구티가 보고 싶었다. 구티도 없는데 용감해지기란 정말 힘들었다.

엄마가 말론의 손을 꽉 잡았다.

"서둘러, 빨리 빨리. 어서 빨리…."

다른 손의 엄지, 검지, 중지. 유리창 너머로 비행기 세 대가 있었다. 흰색과 파란색 비행기, 흰색과 오렌지색 비행기, 전부 흰색인 비행기.

말론은 어느 비행기가 식인괴물이 사는 숲으로 가는지 알 수 없었다.

게이트 8

흰색과 오렌지색 비행기였다. 엄마가 손가락으로 가리켰다. 그들 앞에는 사람들이 줄을 서고 있었다. 엄마는 말론의 손을 여전히 꽉 잡은 채, 말론이 줄 밖으로 나가지 못하게 했다.

말론은 얌전히 있었다. 다만 용기를 끌어 모으려 마음을 다잡았다. 이제까지 들은 대로, 구티가 가르쳐준 대로, 이전의 엄마가 하라는 대로 해야만 한다.

손을 잡은 엄마 말고 이전의 엄마.

사람들이 비행기에 오르기 시작했다. 지금이다!

말론은 아침에 일어나도 잊어버리지 않도록, 잠들기 전 침대에서 수백 번도 넘게 말해보고 외웠지만 그래도 잘 이해하지 못했던 문장을 다시금 떠올렸다.

이건 기도야. 너의 기도. 절대로 잊으면 안 돼.

아주 간단해. 넌 할 수 있어.

비행기에 타기 직전에 이 말을 해야 해.

네가 천 번도 넘게 연습한 말.

하지만 바로 그 순간에 말해야 해.

그게 사실이 아니더라도, 사람들이 너를 믿게 해야 해.

말론은 엄마의 소매를 잡아당겼다.

그게 사실이 아니더라도 사람들이 네 말을 믿게 해야 해.

"응, 무슨 일이니, 아가?"

네 시간 전

48

작은 바늘 12, 큰 바늘 10

말론은 자동차 뒷좌석에 앉았다. 이 차에는 다 엄마의 차에 있는 유아용 카시트가 없어서 바깥을 거의 볼 수 없었다. 보이는 건 이끼가 뒤덮인 지붕 꼭대기 조금, 비행접시를 닮은 회색 위성 안테나뿐이다. 해적이 쓴 커다란 안대처럼, 왼쪽 눈에서 오른쪽 턱까지 얼굴을 가린 안전벨트 때문에 고개를 돌릴 수도 없었다.

말론은 구티를 꼭 끌어안았다. 다 엄마의 차를 탈 때 말론은 구티를 뒷좌석 가운데 앉히고 안전벨트를 매주곤 했다. 그럴 때마다 다 엄마는 시간이 너무 오래 걸린다며 짜증을 냈다. 하지만 오늘은 무서워서 구티를 무릎에 앉히고 안전벨트를 함께 맸다.

다 엄마도 겁을 먹은 것 같았다. 먼저 차에 탄 다 엄마가 연신 뒤를 돌아보며 눈을 찡긋했다.

"용감하게 행동할 거지, 꼬마 해적님? 용기를 내야 해요."

제르다는 목소리를 높이지 않았다. 일터로 바삐 돌아가는 아빠처럼 집 앞 주차장에 세워둔 포드 쿠가로 그들을 데려갔다.

재킷 단추를 목까지 채운 제르다가 아망다에게 몸을 기울였다.

"아이 잘 챙겨. 눈에 띄는 행동은 안 하게 잘 관리해. 내가…."

제르다는 다시 똑바로 서서 포드 쿠가 창문으로 얼굴을 바싹 갖다 댔다.

"차 안에서 기다려. 허튼 짓은 꿈도 꾸지 마. 아이가 안전하길 원한다면 말이지."

그러고는 자갈길을 성큼성큼 걸어 집으로 향했다.

제르다의 등 뒤로 집 문이 닫히자마자 아망다는 얼른 운전석으로 옮겨 탔다. 그녀는 있는 힘껏 소리를 지르고 싶었다. 하지만 말론이 더 겁먹을까 봐 피가 나도록 입술을 깨물며 꾹 참았다.

열쇠가 없어…!

한순간 아망다는 말론과 차에서 내려 손을 잡고 도망칠지, 미로 같은 주택 단지를 헤매다가 첫 번째 철문을 열어 개들을 풀어놓을지, 아니면 바로 맞은편의 데보트 할머니 집으로 뛰어 들어가 숨을지 고민했다.

한순간….

아망다와 말론의 눈이 마주쳤다.

아망다는 자신의 목숨은 어떻게 돼도 상관이 없었다. 오로지 아이의 목숨만 중요할 뿐….

◆◆◆

디미트리는 게슴츠레 눈을 뜨고 느릿느릿 입을 닦았다. 위스키 잔을 든 오른손이 테이블과 입술 중간에서 떨리고 있었다. 평소의 주량을 훌쩍 넘긴 디미트리의 손에서 4분의 3쯤 채워진 잔이 위태하게 흔들렸다. 부모가 등을 돌리자마자 사탕을 하나도 아닌 한 주먹 가득 훔친 아이처럼 우스꽝스러운 모습이었다.

알렉시스 제르다는 망설이는 표정으로 침묵을 지켰다.

디미트리가 더듬더듬 지껄였다.

"티… 티모 집에서 경찰들이 뭘 하고 있었던 거지? 제기랄! 티모가 자… 잡힌 거야? 아니면 죽었나?"

제르다는 재킷 단추를 세 개 끌렀다.

"정말 바보 같은 생각이었어, 디미트리. 꼬마의 엄마에게 전화한 것 말이야. 바보짓을 한 가지 더 했군 그래…."

디미트리는 히죽히죽 웃으며 글렌모레이를 길게 한 모금 마셨다.

"알렉스, 너도 좋다고 했잖아. 안 그래? 넌 아이 심리에 대해 나보다 좀 더 잘 알지 않아? 루마니아 심리학자가 죽기 전에 좀 더 가르쳐 주지 않았어?"

디미트리가 또 한 모금 마시는 동안 제르다는 재킷의 남은 단추를 모두 풀었다.

"알렉스, 너 이제 큰일 났어. 난 아니지. 난 티모 솔레르하고 아무 상관이 없거든. 너랑 얽힌 것도 없고. 난 그저 좀 도와줬을 뿐이지. 그게 다라고…."

제르다는 거실의 유일한 창 앞에 섰다. 창을 통해 이웃집들이 보였다.

아망다와 말론은 여전히 차에 타고 있었다. 이웃집의 주차장이나 앞뜰에는 아무도 없었다. 서둘러야 할 것 같았다.

"넌 정말 멍청해, 디미트리. 부아다르시의 감옥에서도 멍청하기로는 네가 최고였어. 때론 애처로울 정도였지. 그럭저럭 여자도 만나고 아이도 생겼지만."

제르다는 유리창에 손을 얹었다.

"하지만 넌 그들과 함께 할 자격이 없어, 디미트리…."

그가 갑자기 커튼을 내렸다. 삽시간에 거실이 어두워졌다.

디미트리는 위스키 잔을 거실의 탁자에 내려놓았다.

"뭐 하는 거야?"

"네가 아이 한 명을 죽게 만들었다는 거 알아?"

"아이는 안 죽었는데…."

"아망다에게는 죽은 거나 마찬가지야."

디미트리는 위스키가 묻은 손가락을 핥았다. 그러고는 제르다의 느린 움직임을 관찰하려고 눈을 크게 떴다. 제르다는 한 손은 주머니에, 다른 한 손은 허리띠에 올려놓았다.

디미트리가 히죽거리며 검지로 앞니를 훑었다. 40도의 알코올은 비명을 지르고 싶은 욕구를 잠재웠다. 알렉시스가 옳다. 내가 바보였다. 그렇지만 제르다가 총을 겨누려는 지금, 저항을 하고 싶지만 몸이 전혀 따라주지 않았다. 알렉시스가 무슨 말을 듣고 싶은 건지, 원하는 게 뭔지 전혀 알 수 없었다. 공포 때문에 더 비아냥대는 말이 튀어나왔다.

"아이를 잃어버렸지. 그래서 내가 대신 다른 아이를 데려다줬다고. 게다가 이전 아이보다 더 훌륭한 아이였어. 아망다 봤잖아? 너도 부정할 수 없을걸. 새로 데려온 아이를 더 사랑했어."

알렉시스 제르다는 손수건을 꺼내듯 태연하고 무심한 표정으로 주머니에서 권총을 꺼냈다. 디미트리는 희미한 빛 속에서 제르다의 길게 뻗은 팔을 어렴풋이 볼 수 있었지만 언뜻 자스타바라고 쓰인 글씨도 본 것 같았다. 자스타바는 알렉시스가 코소보 출신의 반미치광이 용병에게서 15년 전에 산 세르비아제 총이다.

제르다가 한 발짝 다가오며 중얼거렸다.

"아망다를 죽이면 후회하게 될 것 같아. 아주 많이. 하지만 디미트리 너는 전혀…"

디미트리는 더 이상 비아냥거리지 않았다. 죽음 앞에서 입을 놀려봤자 도망칠 방법은 전혀 없다. 등을 돌려서도 안 된다.

그가 비틀거리며 일어섰다.

"바보 같은 짓 하지 마, 알렉스. 날 죽여서 좋을 게 없잖아. 네가 훔친 물건이나 꼬마에 대해 아무것도 모른다고. 정말 아무것도 모른다니까."

"경찰이 곧 들이닥칠 거야. 지금 당장. 네가 죽어 있으면 시간을 좀 더 끌 수 있겠지. 심리학자처럼 말이지. 나는 엄지동자와 같아. 아무 데나 잘 숨을 수 있어. 다른 점은 돌멩이 대신 시체를 뿌리며 다닌다는 거지. 덩치 큰 시체가 길 위에 있으면 경찰들은 그걸 처리해야 하니 시간이 걸리거든. 그럼, 나는 사라질 시간을 버는 거지."

디미트리는 자스타바에서 눈을 떼지 않았다. 이제는 또렷이 보였다. 커튼 사이로 한 줄기 햇살이 비쳤다. 마치 연극 무대 위의 배우를 비추는 조명처럼 자신을 비추고 있었다. 총을 판 용병의 말에 의하면, 이 총은 수십 명의 보스니아 남자와 여자, 그리고 아이들을 죽였다.

디미트리가 다시 더듬거리며 말했다.

"내… 내가 살아 있으면 경찰들을 더 오래 붙잡고 있을 수 있어. 너는 아이를 데리고 도망쳐. 내가 경찰을 속여서 따돌릴게. 피… 필요하다면 몇 시간도 잡아둘 수 있어. 어… 어떻게 할지 알고 있다니까. 네가 원하는 곳 어디든 갈 수 있을 만큼 시간을 벌어줄게. 제발…"

"알아, 알아. 게다가 네 말이 맞아. 넌 사람을 교묘히 속이는 걸 잘하지. 그럼 그냥 널 죽이고 싶어서 죽이는 걸로 하지."

탕.

10밀리미터 직경의 총알이 디미트리의 미간을 뚫고 지나갔다. 디미트리는 바닥으로 맥없이 쓰러지며 테이블을 넘어뜨렸고 글렌모레이 병과 유리잔이 깨지며 요란한 소리를 냈다.

제르다는 디미트리가 다시 일어나지나 않는지 지켜보듯 2초가량 꼼짝 않고 관찰하다가 다시 창가로 갔다.

그는 커튼을 젖히다가 움찔했다. 아망다가 창문 앞에 서 있었다.

그는 아망다의 옆을 보고, 그녀의 뒤를 보았다. 그러고는 안도의 한숨을 쉬었다. 아이는 여전히 차에 타고 있었다. 제르다의 눈은 자석에 이끌리듯 다시 아망다에게 돌아왔다.

그들은 그렇게 꼼짝하지 않고 유리창을 사이에 둔 채 서로를 뚫어지게 보았다.

제르다는 아망다의 얼굴에 서린 공포심을 읽을 수 있었다. 고통이나 슬픔이나 연민이 아닌 공포였다.

순수한 공포.

이상한 일이지만, 아망다의 입술에 희미하게 미소가 어려 있었다. 마치 안도한 것처럼. 제르다는 아망다의 보일 듯 말 듯한 미소가 매력적이라고 생각했다. 포드 쿠가를 운전하면서도 작고 예쁘고 의지력이 강한 아망다가 공포에 질린 모습이 어느 때보다도 예쁘다고 느꼈다. 그녀의 눈 속을 찬찬히 들여다 볼 수 있다면…. 화장을 하고 예쁜 옷을 입으라고 하면 어떨까? 한 손에 총을 든 남자와 마주서서 두려워하는 모습마저도 탄복하지 않을 수 없을 것이다.

유리창 바깥에서 아망다의 입술이 움직였을 때, 거의 알아볼 수는 없었지만 제르다는 적어도 한마디만은 이해했다고 생각했다.

고마워요.

49

메간은 부아오코크 거리에 서 있었다.

'마네글리즈, 17킬로미터, 18분 거리.' 백미러에 붙여놓은 내비게이션에서 음성이 흘러나왔다. 카브랄 경사는 시간을 둘로 쪼개고 싶었다. 사이렌을 울리고 액셀을 밟으며 왼쪽의 트램을 앞질렀다.

마리안이 전화에 대고 소리쳤다.

"지베, 이것저것 고를 시간이 없어. 아무 통이나 박스 하나 집어들고 바질 드라공만의 서류를 다 쓸어 담아서 가져와. 못 찾겠으면 쓰레기통이든 뭐든 아무거나 괜찮아. 심리학자가 말론 물랭에 대해서 쓴 거, 들은 거, 추측한 거 뭐든 다 보고 싶으니까. 아이 그림이든, 바질 드라공만의 노트든, 뭐라도 좋으니 다 가져와. 서두르면 15분 후에 마네글리즈에서 합류할 수 있을 거야. 현장에서 보자고."

지베가 더듬거렸다.

"하… 하지만 경감님은…."

"처음에 너무 헤맸어. 말론이 티모 솔레르의 아파트로 엄마를 찾는 전화를 걸 때까지 말이야. 그리고 말론이 사용한 컵을 보내서 유전자 검사를 요청했는데 말론의 침과 국가유전정보센터에 등재된 디미트리 물랭의 유전자를 비교해봤더니 절대로 디미트리 물랭이 말론 물랭의 생물학적 아버지일 수가 없다고 답변이 왔어. 이제까지 헛수고만 잔뜩 했지. 사건은 하나였는데 오락가락 시간만 버렸어. 그러니 이제 속도 좀 내자고."

카브랄 경사는 마리안의 말을 들으며 로터리에서도 속도를 줄이지 않았다. 차들이 차츰 많아지고 있었다. 차들이 자리를 비켜주어서 메간은 세단 두 대와 버스와 화물차 사이를 칼치기하는 폭주족처럼 요리조리 쏜살같이 뚫고 지나갔다.

마리안은 그 사이에 경찰서로 전화를 걸었다. 수습경찰인 뤼카 마루에트가 당직근무 중이었다. 뤼카라면 지금 벌어지는 일들을 다른 시각으로 볼 수 있을 것이다. 어디서부터 실마리를 풀어야 할지 알 수도 있다. 이미 그 능력을 입증했다.

"뤼카? 도빌 무장강도 사건 자료를 다 가져와. 티모 솔레르를 집중적으로 읽어봐. 어릴 때부터 지금까지 행적을 쭉 읽고 브리핑해줘. 파피는 솔레르가 자란 포티니에 있어. 아마 거기서 새로운 정보를 얻을 수 있을 거야. 그래도 기다리는 동안 솔레르의 개인사를 파보고, 아이가 있는지, 여자랑 함께 아이를 키웠는지, 실마리가 될 만한 걸 잘 살펴봐. 여자의 신원을 파악할 수 있으면 더 좋고."

마루에트가 "알겠습니다, 보스" 하고 대답할 틈도 없이, 마네글리즈에서 파파라치 역할을 한 후에, 이젠 영화 〈클로저〉의 기자 임무를 맡았다고 착각할 틈도 전혀 없이, 마리안이 득달같이 소리쳤다.

"그 여자 이름을 알고 싶다고!"

카브랄은 푸조 207 앞에서 급브레이크를 밟았다. 운전석 여자는 요란한 사이렌 소리에 겁을 먹은 표정이었다. 마리안은 휴대전화를 쥐지 않은 손으로 문을 꽉 잡았다. 아문 지 얼마 안 된 코가 시큰거렸다.

메간은 엔진을 멈추고 쇼핑 중심가의 입구를 가로막고 선 푸조 207을 앞질렀다. 그들은 주차장을 가로질러 달렸다. 주차장은 끝도 보이지 않을 만큼 넓어서 어느 미치광이 농부가 알록달록한 자동차 씨앗을 완벽하게 줄을 맞춘 이랑에 뿌려놓은 것 같았다.

마리안의 눈길이 대형마트 오샹의 건물 위로 우뚝 솟은 빨강과 녹색의 새에 멈췄다. 금요일 정오인데도 몽가야르 쇼핑몰은 세일 중인 주말처럼 붐비고 있었다.

카브랄 경사는 또 다른 로터리를 지났다. 그들이 지나가도록 다른 차들이 옆으로 비켜주었다. 그가 마리안을 보며 말했다.

"경광등이나 사이렌을 쓰면 여기 쇼핑하러 올 때 편리하겠어요."

마리안은 카브랄의 말을 듣지 않았다. 그녀는 전화를 끊고 끝없이 이어지는 간판을 멍하니 보았다. 바질은 말론이 마지막으로 엄마와 있었던 곳이 몽가야르 쇼핑몰이라고 말했다. 아망다 물랭이 아닌 진짜 엄마와.

티모 솔레르와 네주의 아파트에 살던 엄마? 열 달 전에 아이를 모르는 사람에게 맡긴 엄마?

무엇 때문에?

그녀는 왜 자신의 아이를 보내야 했을까? 도대체 무슨 생각으로 헝겊인형에 엠피스리를 넣어 아이에게 주며 자신을 기억하게 했을까? 어떻게 말론은 물랭의 집에서 태어나고, 3년간 살 수 있었을까?

두 가족을 가질 수가 있단 말인가? 서로 번갈아 양육을 했단 말인가? 두 엄마가 동시에 키웠다는 것인가? 두 엄마는 혼자서 말론을 차지하기 위해 다른 엄마의 기억을 지우려고 한 것일까?

그들은 이미 쇼핑센터를 벗어났다. 몇 분 후면 번화가의 경계를 지난다.

'마네글리즈, 12킬로미터, 9분 후 도착 예정입니다.' 내비게이션이 여자 목소리로 말했다.

카브랄은 고집스러운 내비게이션의 예상 소요시간보다 7분이나 앞섰다.

"더 빨리, 카브랄." 마리안이 빽빽거렸다.

두 여자가 동시에 난리로군. 카브랄은 생각했다.

그들 앞에 급수탑이 나타났다. 바다가 그려진 급수탑은 들판 한복판에 등대처럼 서 있었다. 들판에서 길을 잃은 트랙터를 안내하려고 서 있는 걸까?

같은 사건이었어. 마리안은 다시 생각에 잠겼다. 티모 솔레르, 알렉시스 제르다, 바질 드라공만, 말론 물랭. 처음부터 하나의 사건이었어.

두 가족.

한 아이.

그건 말이 안 되는데….

50

작은 바늘 1, 큰 바늘 2

포드 쿠가가 천천히 달렸다. 소사나무와 밤나무가 들어찬 경사지의 길은 매우 좁아서 사륜구동차로는 나뭇가지 사이를 간신히 지나갈 수 있었다. 알렉시스 제르다는 조용히 운전하며 차체와 유리창을 스치는 나뭇잎에 전혀 신경을 쓰지 않았다. 쿠가의 커다란 타이어가 도로의 움푹 팬 부분과 아스팔트 사이로 자란 작은 덤불 위를 지나갔지만 차는 별 흔들림이 없었다.

제르다가 말론에게 말했다.

"이제 눈을 떠. 내 차는 타임머신이거든. 〈백 투 더 퓨처〉처럼 말이야. 어때, 시간여행을 떠날 준비가 됐어?"

말론은 무슨 말인지 알아듣지 못하고 멍하니 그를 보았다. 서로 뒤얽힌 커다란 떡갈나무 두 그루 사이로 살짝 보이던 지평선이 점점 더 넓어졌다.

아망다는 조수석에서 손을 뒤틀었다.

시간을 거슬러 달리는 기계라고?

그녀는 제르다에게 입 닥치라고 말하고 싶었다. 하지만 그렇게 말한들 상황이 바뀔까?

알렉시스는 네 살이 채 안 된 아이와 어떤 얘기를 나눌 수 있는지 전혀 감이 잡히지 않았다. 아망다는 아이와 대화를 할 수 있었지만, 말론이 모두 잊었기를, 그리고 운전대를 잡은 뱀처럼 사악한 자가 말론을 위협적인 존재가 아니라고 여기기를 바라는 것 외에는 할 수 있는 게 아무것도 없었다.

그녀는 아이의 두뇌가 컴퓨터 같다고 생각했다. 필요 없는 파일이나 메일, 사진 따위를 휴지통에 버려서 완전히 삭제했다고 믿어도, 눈에 보이지 않을 뿐 항상 거기에 남아 있다. 찾아내는 방법을 안다면 몇 달 후, 아니 몇 년 후에도 되살릴 수 있다. 완전히 없애는 방법은 컴퓨터를 15층의 창밖으로 던지거나 벽난로 속에 집어넣는 것뿐이다.

그녀는 제르다가 자신처럼 생각하지 않기만을 바랐다. 지금 그는 무성하게 우거진 나무들 때문에 햇빛이 거의 비치지 않는데도 선글라스를 낀 채로 아무 말 없이 차를 몰았다.

아망다는 말론을 돌아보았다. 말론은 장거리여행에 익숙한 아이처럼 조용히 앉아 유리창에 얼굴을 붙이고 생각에 잠겨 있었다. 빽빽한 나무들과 드문드문 보이는 집들에 가려 어쩌다 한 번씩 비춰드는 햇빛이 말론의 금발 머리에 어른거렸다. 아이의 옆자리에 아망다가 던져놓은 가방에는 필요한 서류가 모두 들어 있었다. 가족관계증명서, 여권, 의료기록…. 제르다는 목적지를 알려주지 않은 채 이것저것 고를 필요 없이 모두 챙기라고 했다.

아망다는 고개를 돌리며 제르다에게 몸을 붙였다. 그녀의 다리가 가까이 붙자 제르다는 한 손으로 그녀의 왼쪽 무릎을 쓰다듬고는 다시 거둬들였다.

아망다는 조수석에 깊이 몸을 파묻었다.

이건 유혹하는 행동이 아니야. 아망다가 생각했다. 이제 난 섹시하지 않으니까. 내게 이성적인 매력이나 유혹할 능력이 없다는 건 오래전에 깨달았으니까.

아망다가 남의 기분을 좋게 해주려고 하는 행동은 고작해야 비베코의 고객에게 미소를 짓거나, 화장을 하고 우아하게 꾸미지 않더라도 적당하게 편안하고 안정된 분위기를 주는 것이 다였다, 그 외에 유혹하는 말투나 몸짓, 밀고 당기기 같은 것들은 포기한 지 오래였다. 그건 속고 속이는 게임이니까. 그녀는 사랑이란 바보들이 벌이는 사기극이거나 자신이 판매하는 복권 같은 거라고 생각했다. 그래서 절대로 당첨되지 않거나 당첨돼도 복권 몇 장으로 다시 바꾸고 싶어지는 극히 적은 액수에 그친다. 죽을 때까지 편히 쉴 수 있을 만큼의 큰돈은 절대 생기지 않는 것이다.

아망다는 똑똑한 편이라고 할 수는 없었지만 그래도 그 정도는 이해했다. 착각하지 마! 디미트리와 살면서 확실히 알게 되었잖아. 알렉시스가 내 무릎을 쓰다듬은 건 자기가 남자고 지배자라는 걸 과시하려는 제스처에 불과해.

제르다는 차의 라디오 채널을 이리저리 돌리다가 RTL2 채널에 맞췄다.

프레디 머큐리가 〈보헤미안 랩소디〉의 첫 부분을 시작했다.

마마…

아망다는 알렉시스가 말론 몰래 자기에게만 하고 싶은 말이 있다고 생각했다. 그녀는 휘파람 소리 같은 제르다의 목소리를 알아듣기 위해 귀를 기울여야 했다. 아망다의 몸이 알렉시스에게 좀 더 다가갔다.

"걱정하지 마, 아망다. 네가 무슨 생각하는지 다 알아. 하지만 말론을 해치지 않을 거야. 만약 말론을 해칠 생각이 있었다면 벌써 오래전에 그랬겠지. 일은 훨씬 간단하고 쉬웠을 테고. 난 위험한 쓰레기 같은 개자식이야. 네가 뭐라고 생각하든 네 생각이 맞아. 하지만 아이에게 손대진 않아."

제르다는 선글라스를 올렸다. 뱀 같은 두 눈이 그녀를 응시했다.

하지만 절대 믿을 순 없어.

그는 기어에 있던 손을 내려 아망다의 허벅지에 얹고 청바지 위를 쓰다듬었다. 10유로짜리 싸구려 청바지다.

이건 그냥 자기가 지배자라는 걸 보여주려는 남자의 행동이야. 아망다는 다시 생각했다. 습관이지. 지켜야 할 예의를 차리는 것처럼 당연하게 행동하잖아.

그녀는 아무 말 없이 부드럽게 제르다의 손을 밀쳐냈다.

제르다는 앞을 보며 희미하게 웃었다.

"난 디미트리랑은 달라. 아이를 건드리지 않거든."

그는 오른손으로 앞좌석의 수납함을 뒤져 지도 사이에 끼워져 있던 사진을 내밀었다.

"출발하기 전에 이걸 챙겼어. 디미트리가 아이를 데려왔잖아. 이 사진 기억나?"

말론….

"아이에게 말해, 아망다. 경찰이 말하는 것보다 네가 말하는 게 나을 거야."

아망다는 키 작은 덤불로 둘러싸인 작은 신축건물 주변의 풍경을 보았다. 두 갈래 길이 합쳐졌다 다시 갈라졌다.

"미리 생각해두라고, 아망다. 이제부터 일어날 일에 마음의 대비를 해야지. 이런 일들을 다 겪고도 그들이 네게 말론을 맡길 거라고 생각하진 않는데…."

그는 검지 끝으로 라디오 볼륨을 높였다. 브라이언 메이의 기타 소리가 돋보이도록 프레디 머큐리가 목소리를 낮췄다.

아망다의 머리 또한 컴퓨터 같았다. 10미터 높이에서 떨어뜨리고 3.5톤 화물차로 밟고 지나가고 지옥의 불길에 태워도 살아남는 그런 컴퓨터. 손에 쥔 사진 하나로 과거의 기억이 그대로 되살아났다. 서랍장 깊숙이 숨겨놓았던 디브이디처럼.

10개월 전에 일어난 일이다. 정확하게는 12월 23일.

단편적인 이미지들이 스쳐 지나갔다. 말론의 탄생, 아기 방 앞에서 카펫 위를 기어 다니던 말론, 공원에 서 있는 모습, 첫 걸음마, 처음 말문이 트였을 때, 유치가 났을 때, 말론의 눈물, 말론의 웃음.

말론은 호기심이 너무 많아서 겁도 없이 아무 데나 마구 들어가는 아이였다. 타고난 탐험가에 곡예사여서 잠시도 쉴 틈 없이 지켜봐야 했다. 아기 침대에는 보호대를 설치했고, 유아 의자에는 안전벨트를 채웠다. 계단에 굴러 떨어지지 않도록 안전문도 세웠다.

제르다가 쥐어준 사진 속 아기의 얼굴이 그녀의 떨리는 손에서 차츰 변형되어갔다.

그녀는 계단 아래에서 말론의 몸을 발견했을 때, 빨래 바구니를 떨어뜨리며 내질렀던 자신의 비명 소리를 기억했다. 술잔을 든 디미트리가 다가왔다. 말론을 지켜보기로 했던 디미트리는 불과 10미터 거리에 있었지만 아무것도 보지 못했고, 아무 말도 하지 않았고, 아무것도 하지 않았다.

응급상황임에도 불구하고 실낱같은 희망을 가지고 기다렸다.

몇 시간째 혼수상태이고 뇌손상을 입었지만 생명에는 지장이 없을 겁니다. 그건 확실해요. 나머지는 아직 확실치가 않습니다. 차차 두고 봐야 할 것 같습니다.

이웃과 친척과 친구들의 의심스러워하는 시선과 수치심을 피해 택한 졸리오퀴리 클리닉에서 말론은 11일 후 퇴원했다. 다른 이들에게는 연휴를 맞아 몽생미셸과 생말로 요새와 수족관을 보러 브르타뉴에 여행하는 것이라고 말해두었다. 나중에 언젠가는 설명을 해줄 수 있으리라 믿었다.

말론과 함께 마네글리즈에 돌아왔지만….

쉴 새 없이 모험거리를 찾던 말론은 의자를 떠날 생각을 하지 않았다. 혼자 옷을 입거나 음식을 먹거나 오줌을 누지도 못했다. 말썽거리만 찾던 말론의 반짝이던 눈은 이제 한곳만 멍하니 바라볼 뿐 움직이지 않았다. 아주 작은 곤충에만 흥미를 가지는 것처럼 보였다. 바로 옆에 놓아준 파리, 개미, 나비들이 움직이면 그 움직임을 좇는 것 같았다.

좀 더 큰 동물이나 꽃, 나무, 자동차, 그리고 엄마에게는 관심이 없었다.

아망다는 사진 속 소년의 슬픈 얼굴을 손가락으로 어루만졌다. 말론이 미용실에서 머리를 자르고 나왔을 때의 사진이다. 일자로 자른 앞

머리, 너무 작아져 꽉 끼는 체크무늬 셔츠. 이상하게도 사진 속의 소년이 더는 잘생겨 보이지 않았다. 아이의 눈에는 표정이 없었고 눈 사이가 너무 가까웠다. 코는 디미트리를 닮아 너무 컸다. 그녀는 뒷좌석에서 창밖을 바라보는 말론이 보지 못하게 한 손으로 사진을 가리며 제르다 쪽으로 몸을 틀었다.

프레디 머큐리는 여전히 노래를 불렀다. 그의 노래는 무척 길었다. 퀸의 노래 중 가장 긴 노래다.

마마 우~ 우우우~

아망다는 졸리오퀴리 클리닉에서 말론의 치료를 담당한 라크루아 의사를 제외하면 아무에게도 사고에 대해 말한 적이 없었다. 그녀는 말론이 더 나아지기를 기다렸고, 언젠가는 주변 사람들에게 그들이 겪었던 끔찍한 고통에 대해 웃으며 말할 수 있는 날이 오기를 바랐다. 의사는 말론이 완치될 가능성이 15퍼센트 정도라고 했다. 하지만 상태가 급격히 악화할 가능성도 33퍼센트 정도였다. 그래서 그녀는 창문을 모두 걸어 잠그고 집에 틀어박혀 아무와도 얘기를 나누지 않았다.

'사랑'에 관한 문제입니다. 라크루아가 말했다. 사랑과 돈. 아망다는 곧바로 이해했다. 미국의 한 연구소에서 뇌손상을 입은 환자의 손상된 뉴런의 축삭돌기를 새로운 것과 교체하는 수술을 했다는 기사를 인터넷에서 읽었다. 세계 최초로 이런 시도를 한 것이라고 했다. 한 번 수술을 하는데 수십만 달러가 든다. 하지만 의사는 아망다가 영어 자료를 내밀었을 때 회의적인 반응을 보였다.

아니요, 물랭 부인. 돈이 아니라 사랑에 관한 문제입니다.

환상에서 벗어나 현실에 눈을 떠야 한다는 말임을 아망다는 마침내 깨달았다.

시간은 계속해서 흘렀고, 말론은 안정적인 상태로 접어들었다. 적어도 겉으로 보기에는.

또래의 다른 아이들은 변화가 커졌다. 말하기 시작하고, 수를 세고, 그림을 그렸다. 말론은 그대로였다. 변화가 있어도 대상은 파리, 나비, 개미에만 한정되었다. 아망다는 나름의 방법으로 말론을 도와주고자 불쾌한 곤충에 관심을 가지고 새로운 놀이 방법을 생각해냈다. 다른 엄마들이 구슬을 모을 때 아망다는 파리와 개미를 모았다.

사흘 간격으로 말론의 검진이 있었다. 그들 말로는 장기적인 치료계획을 세우기 위해서였다.

아망다는 사진을 뒤집어 뒤에 적힌 글씨를 읽었다.

말론, 2014년 9월 29일

사고가 일어나기 3개월 전에 에트르타 해안에서 찍은 사진이다. 이날 말론은 오후 내내 제방의 갈매기를 잡으러 뛰어다녔다.

졸리오퀴리 클리닉의 마지막 검사 결과는 2015년 1월 17일에 도착했다. 아망다는 검사 결과 통보서를 읽어내는 수준에 이르렀다. 간절히 원할 때는 그녀도 멍청한 사람이 아니었다. 마침 그날, 클리닉의 통보서를 그녀가 직접 받았다.

말론의 최종 선고가 들어 있었다. 이제 몇 주밖에 살 수 없다고 했다. 뇌에 치명적인 균열이 있었다. 작은 균열이지만 조금씩 자랐고, 점점 더 빨리 자라서 마침내 신체의 생명유지 기능을 담당하는 뇌간과 척수까지, 정확하게 말하면 운동과 감각을 담당하는 뇌교까지 도달할 거라는 설명이었다.

말론의 삶에 대한 희망은 잠자리나 나비나 개미와 같은 것이었다.

하루살이의 삶.

그래서 더더욱 그들에게 애착을 가졌던 걸까….

아망다는 창문을 열고 천천히 사진을 찢어 바람에 날렸다. 알렉시스 제르다는 핸들에 손을 얹고 보일 듯 말 듯한 미소를 띠고 있었다. 틱장애처럼 보이기도 했다. 두려움을 감추고 확신이 있는 척 행동하는 것인지도 모른다.

아망다는 다시 창문을 닫았다.

프레디도 마침내 노래를 멈췄다.

디미트리는 그날 아침 아무 말도 하지 않았다. 클리닉의 통보서를 읽은 후, 테이블 위에 잔을 내려놓고 외투를 걸쳤다.

그러고는 현관이 닫히고 차가 출발하는 소리가 들렸다.

그는 며칠 전부터 계속 생각하던 계획이 있었지만 아망다에게 말을 꺼낼 용기는 없었다.

그녀에게 용서를 구하고 싶었던 건지도 모른다. 언젠가는 경멸과 혐오가 담기지 않은 눈빛으로 자신을 봐주기를 바란 걸 수도 있다.

어쨌든 그는 한마디 말도 없이 집을 나서서 다른 아이를 맞이하러 갔다.

마치 기르던 개가 죽으면 다른 개를 키움으로써 슬픔을 잊으려 하듯이….

51

오늘은 12월 24일. 아침에 일어났더니

턱수염 난 배불뚝이 멍청이가 프랑크푸르트에서 어학연수나

하라고 아카도미아 학원 등록증만 달랑 놓고 가버렸다.

아이폰이나 아이패드나 닌텐도 3DS가 아니라!

죽이고 싶다.

어린 여동생이 산타클로스를 알기도 전인데,

산타는 등에 봇짐을 진 채로 벽난로 속에서 타죽었다.

유죄: 853　무죄: 18

www.죽이고싶다.com

"카랑바 파이를 먹고 싶지 않았던 모양이죠?"

마리안 오그레스는 부르덴 경사에게 나무라는 듯한 눈길을 던졌다. 그녀는 입구에 들어서며 옷걸이 맞은편에서 거실과 주방을 관찰했다. 사실 외관만 봤을 때 부르덴의 농담은 그다지 어리석은 추리는 아니었다.

주방에서 아망다 물랭이 당장이라도 한 손에는 행주를, 다른 한 손에는 수세미를 들고 나와서 '다 됐어, 이제 먹자!'라고 쾌활하게 외칠 것 같았다.

포크와 나이프도 준비되었고, 냉장고에는 토마토 모차렐라 샐러드와 신선한 빵이 있고 오븐에는 파이가 있다. 모든 게 완벽하지만 단 하나, 파이를 너무 오래 구웠다.

거실은 엉망이었다. 디미트리 물랭은 일본식 수련 문양의 대나무 돗자리 위에 쓰러져 있었다. 돗자리에는 반쯤 말라붙은 피가 고여, 피 웅덩이에 수련이 피어 있는 것처럼 보였다.

눈과 눈 사이에 한 발. 살인에 쓰인 총기는 눈에 띄지 않음. 목격자 없음.

아망다와 말론 물랭은 사라졌다.

주차장에 있는 차가 물랭의 소유라는 건 확인했다. 모든 정황을 고려했을 때, 아망다 물랭이 남편을 죽이고 아이와 도망친 것 같았다. 하지만… 걸어서?

마리안 오그레스는 앞으로 한 발짝 내딛어 계단참의 작은 벽장으로 다가갔다. 그녀는 지극히 대조적인 식탁과 거실을 번갈아 보며 무슨 일이 일어났는지 유추해보려 고심했다. 아늑한 가정과 살인의 현장. 마치 보이지 않는 경계선에 가로 막혀 서로 소통할 수 없는 별개의 두 세계인 것 같았다.

뭔가 다른 게 있어.

마리안은 가설에 얽매이지 말아야 한다고 생각했다. 과학수사팀이 나머지 수사를 할 것이다. 이곳에 다른 사람이 있었다면 조만간 밝혀지겠지. 거실 테이블에는 술잔이 하나밖에 없고, 디미트리 물랭의 직장 상사가 증언한 바에 따르면 그가 사무실을 떠난 것은 오전 11시 30분경이다. 그리므로 그가 살해당한 시간은 집에 들어오고 30분이 채 안 된 시점이다.

콩스탕티니 경관과 뒤아멜 경관은 구역을 나눠 목격자를 찾아다녔다. 또 다른 경찰차 두 대가 마네글리즈 거리를 배회하며 주변을 탐문했다. 아망다가 겁에 질려 아이를 데리고 걸어서 도망쳤다면 멀리 가지는 못했을 것이다.

하지만 마리안은 이 가설을 배제했다.

그녀는 창밖으로 지베 르슈발리에 경위의 차가 달려와 주차하고, 뒷좌석으로 몸을 기울여 묵직해 보이는 커다란 플라스틱 상자 안에 어지럽게 흩어진 서류들을 주워 담는 것을 보았다. 바질 드라공만의 집에서 가져온 서류들이다.

지베는 빠르고 효율적인 경찰이다. 어제부터 아내와 아이들을 만나지 못해서 화가 난 상태였다. 특히 마리안 오그레스 경감한테 화가 나 있었다. 하지만 현재 상황에서 마리안에게는 그가 꼭 필요했다. 무엇보다 세 살짜리 아이에 대해 의논하려면 지베만큼 도움이 될 사람은 없었다.

마리안은 거실에 쓰러져 있는 디미트리 물랭의 시신을 보며, 그가 고아원 출신임을 떠올렸다.

두 눈 사이에 총알 한 발이라….

정확하고 깔끔한 사격 솜씨. 전문가의 소행이다. 남편과 다투다 정당방위로, 혹은 남편의 잘못을 벌하기 위해 난생처음 총을 잡아 겁먹은 손으로 방아쇠를 당긴 여자의 솜씨가 아니다. 사전에 계획한 범행도 아니다. 아무리 가정적이고 엄마의 본분에 충실한 여자라 해도 집에 발을 들여놓자마자 죽일 계획이었던 남자를 위해 접시와 컵과 포크와 나이프를 차려놓고 파이까지 굽지는 않을 것이다.

마리안의 휴대전화가 울렸다. 앙지가 보낸 문자였다.

라에브 곶에서 발견된 시신 때문에 여전히 걱정하는 듯했다. 하지만 그녀에게 전화를 걸어 '그래, 맞아. 죽은 건 바질 드라공만이었어'라고 말해줄 여유가 없었다.

가까운 시일 내에 함께 앉아 맥주라도 마시면서 바질 드라공만의 이야기를 나누게 되겠지. 하지만 그때까지는 예쁜 미용사가 내게 알려줄 만한 게 있는 것도 아니니 급할 일은 전혀 없어. 앙지에겐 나중에 전화하면 돼.

마리안 오그레스는 위층으로 가는 계단을 한 칸 올라서다가 베나미 경사에게 말했다.

"지베에게 아이 방으로 올라오라고 해. 상자가 무거우면 좀 도와주고. 과학수사팀이 면봉이랑 시험관으로 훑는 동안 아이 방에 있을 거야."

◆◆◆

지베가 말론의 침대 위에 종이 몇 장을 펼쳐 놓았다. 바질 드라공만이 모아놓은 A4 사이즈의 그림들이다.

15평방미터인 말론의 방은 천장 바로 아래여서 계단 반대편의 벽면이 비스듬했다. 마리안은 몸을 굽혀 책꽂이 위에 놓인 시디플레이어에 엠피스리를 연결했다. 엠피스리에서 남자인지 여자인지 구분하기 힘든 목소리가 부드럽고 차분하게 흘러나왔다. 만화에 흔히 등장하는 아이의 목소리 같기도 했다. 말론의 상상 속에서 폭신폭신한 헝겊인형이 말을 한다면 분명 이와 비슷한 목소리일 것이다.

하지만 한참 동안 귀 기울여 들은 후에는 이 목소리가 여자의 목소리임을 확신할 수 있었다. 때로는 지나치게 고음이었고, 어떤 부분은 쉿 소리처럼 들렸다. 음성변조 프로그램으로 합성한 목소리가 분명했다.

구티는 막 세 살이 되었어. 가족 중에선 이미 나이를 꽤 먹은 편이었지. 구티 엄마는 여덟 살, 가장 나이 많은 할아버지가 열다섯 살이었으니까.

구티의 목소리를 변조한 이유는 뭘까?

그들은 해변에서 제일 큰 나무 위에 살았어. 나무뿌리는 커다란 거미 모양이었는데, 집은 3층의 첫 번째 왼쪽 가지에 있었단다. 매일 멀리멀리 여행을 떠났다가 돌아오는 제비갈매기와 해적선에서 일하다가 은퇴한 절름발이 부엉이들이 이웃이었어.

답은 명백해 보였다. 목소리를 알아듣지 못하도록 변형한 것이다. 구티와 구티의 심장이 다른 사람 손에 들어가거나, 말론이 발설하거나, 혹은 이불 속에 감추는 데 실패할 경우를 대비해 이 일을 꾸민 사람이 누구인지 알아낼 수 없게 하기 위해서 말이다.

말론의 진짜 엄마일까? 티모 솔레르의 여자?

이 가정은 어느 정도 수긍이 가지만 완전하지는 않다. 목소리만으로는 추적하기 힘든데도 굳이 목소리를 위장했기 때문이다. 경찰이 찾는 사람인가? 이것도 완벽하게 마음에 드는 가정은 아니지만 어느 정도 설명이 될 수 있을 듯했다. 만약 범죄를 저질러 쫓기는 중이고, 같은 강도 사건에 연루되어 솔레르를 알게 된 거라면? 그렇다면 목소리를 위장하든 안하든 신원확인은 어렵지 않을 것이다.

마리안은 전날 들었던 구티 이야기를 건성으로 다시 들었다. 지베는 집중해서 듣고 있었다. 침대에 공간이 부족해서 지베는 25000분의 1 지도를 작은 책상 위에 펼쳤다. 그가 마리안에게 제안했다. 같이 보물찾기를 해봅시다. 바질 드라공만이 표시한 곳을 살펴보자고요.

바질이 보았던 같은 지도, 같은 표시. 바질보다 훨씬 유리한 조건이다. 그가 살해된 라에브 곶 주변부터 살피면 되니까. 바질이 핵심에 다가갔던 것일까?

마리안은 말론의 방을 둘러보았다. 장난감이 잔뜩 쌓여 있었다. 물랭이 평범한 중산층 가족인 걸 고려하면 터무니없이 많은 장난감이었다. 하지만 비정상적이라고 생각할 필요도 없었다. 말론은 외아들인 데다가, 방 안의 모든 것이 말론이 받은 부모의 사랑, 최소한 엄마에게서 받은 사랑의 크기를 말해주었기 때문이다.

침대 옆의 작은 수납장, 벽에 걸린 달력에 행성으로 표시된 요일. 오늘을 표시하는 로켓. 오늘은 로켓이 금요일에 가 있다. 이런 방식으로 어린 말론은 틀리지 않고 요일을 기억할 수 있었다. 낮과 밤도 구분하기 힘든 어린 나이인데도.

모든 것이 사전에 계획되었다. 아주 치밀하게. 거의 1년 전부터 말론은 미리 짜인 프로그램대로 움직인 게 분명하다. 양부모인 아망다와 디미트리에 의해. 아니면 그들 모르게 다른 여자에 의해. 양부모가 아무리 노력해도 과거의 삶을 잊지 않도록 계획된 프로그램에 따라.

마리안은 작은 침대 앞으로 와서 이불 무늬를 꼼꼼하게 본 후, 우니와 그의 짝꿍, 버즈 라이트이어 캐릭터가 프린트된 베개에 기댔다. 아래층에서 과학수사팀의 둔탁한 발소리가 들렸으나 아직은 내려갈 마음이 들지 않았다. 파스텔톤의 방은 마치 불가침 영역인 것처럼 마음이 가라앉았다. 지베는 다른 그림 몇 장을 커다란 자석으로 밀짚색 라디에이터 위에 붙였다.

지베 역시 마리안처럼 이 방에 친밀감을 느끼는 것 같았다. 그는 이 낯선 방에서 무척 편안해 보였다. 아빠인 그는 본능적으로 알고 있었다. 익숙한 솜씨로 침대 이불을 들추더니 그 아래 숨겨진 헝겊인형들을 꺼내어 장난감 무더기에 쌓았다. 다른 남자들이 자동차 바닥에서 서류를 주워 올릴 때의 모습이다. 그림책이 잔뜩 꽂혀 있는 책꽂이에서 제목만 훑어보고도 필요한 책을 잘 찾아냈고, 카펫 위에 흩어진 플레이모빌이나 장난감 자동차를 밟지 않고 걸었다. 자신감 넘치고 우아한 동작이었다.

장난감 가득한 공간의 치펜데일쇼.미국의 남성 스트립쇼

세상에서 가장 섹시한 남성. 그녀가 다니는 헬스클럽의 보디빌더들은 지베의 발끝에도 미치지 못한다.

그녀는 지베가 어린 딸을 안아주려고 침대로 다가가는 모습을 상상했다. 그리고 아이들이 이를 뺐을 때 생쥐의 선물인 척 베개에 선물을 숨기는 것과 세 살 아이의 목소리로 말을 건네고, 열 살 아이의 목소리로 인형에게 이야기를 들려주는 모습도 떠올렸다. 이런 일상을 통해 서로에 대한 증오심과 경멸만 남은 부부라 해도 상대를 참아내며 헤어지지 않고 함께 살아갈 수 있을 것이다.

마리안은 잠시 자신의 아파트를 생각했다. 텅 비고 적막한 방, 채 풀지도 않은 박스로 가득한 공간. 먼지 앉은 기타와 빛바랜 페루 인형,

아무도 흥분시키지 못하는 빨래 건조대에 널린 속옷. 그녀는 문득 무지개색 모빌과 분홍색 고양이 그림, 기린 무늬 커튼, 피에로 문양 카펫이 있는 자신의 방을 그려보았다.

제기랄, 집중하자.

맞은편 벽에 청회색 칠판이 걸려 있었다. 분필 상자도 옆에 있었다.

마리안은 공허한 자신의 방을 잊기 위해 흰 분필을 집어들고 써내려갔다.

티모 솔레르의 여자친구는 누구인가?

그녀가 말론의 엄마인가?

왜 목소리를 숨기려 했을까?

왜 자신의 아이를 물랭 부부에게 맡겼을까?

왜 자신의 아이가 잊지 못하도록 이야기를 녹음해서 헝겊인형에 숨겼을까?

아이가 기억해야 하는 것은 무엇인가? 구체적인 목적을 가지고 녹음했을까? 특정 순간에 필요한 것일까?

해답은 구티의 이야기 속에 암호처럼 들어 있을까?

아홉 번째 의문부호를 찍을 때 분필이 부러졌다. 마리안은 다른 분필을 꺼냈다.

구티는 무엇인가? 말론의 헝겊인형은 왜 하필이면 건망증이 심한 설치류 아구티일까?

그녀는 흰색 분필을 내려놓고 분홍색 분필을 집었다.

누가 바질 드라공만을 죽였을까?

누가 디미트리 물랭을 죽였을까?

다음 희생자는 누구일까?

살인자는 누구? 아니면 살인자'들'일까?

아망다 물랭은 어디에 있을까?

말론 물랭은 어디에 있을까?

티모 솔레르는 어디에 있을까?

알렉시스 제르다는 어디에 있을까?

도빌에서 약탈한 물건은 지금 어디에 있을까?

그녀는 신경질적으로 자신이 쓴 질문 전체에 테두리를 치고 대각선 방향으로 글씨를 썼다.

이 질문들의 연결고리는 무엇인가?

지베가 그녀를 보았다.

"이것뿐이에요? 질문이 스무 가지밖에 없네요?"

마리안은 조용히 분필을 내려놓고 손목시계를 보았다.

"하나 더 덧붙여야겠네. 파피는 왜 전화를 안 하는 걸까?"

52

페데리코 솔레르. 1948~2009.

포티니 묘지에 묻힌 사람들은 비교적 젊은 나이에 사망했다. 파드루 경위는 묘지 안으로 천천히 걸어가며 머릿속으로 망자들의 나이를 계산해보았다.

61세, 58세, 63세.

77세. 최고령 기록이겠군.

1989년 프랑스 서부에서 가장 큰 광산이 문을 닫았지만 실업자가 된 광부들의 수명에는 변동이 없었다. 그들에게는 죽음이 너무 늦게, 혹은 너무 일찍 찾아왔다. 떠날 수 있는 사람들은 떠났고, 그렇지 못한 사람들은 꼼짝 못 하고 이곳에 남았다. 파피는 묘지 너머로 폴란드 수도원인 야스나고라 성당의 종각을 보았다. 하지만 무덤에 꽂힌 깃발과 묘비에 적힌 언어는 이곳에 묻힌 자들의 다양한 국적을 보여주었다.

이탈리아, 러시아, 벨기에, 스페인, 중국….

몇 분 후 파피는 다른 무덤 앞에 섰다. 두 사람을 위한 커다란 무덤이었다.

토마츠와 카롤리나 아다미아크. 시릴과 결혼하여 뤼코비크로 성이 바뀐 일로나 아다미아크의 부모다. 둘은 2007년 같은 해에 사망했다. 토마츠는 58세, 카롤리나는 62세였다. 파피는 서류에서 읽은 내용을 모두 기억하고 있었다. 그리종 패거리라 불렸던 그들의 일대기. 이곳에서 네 명의 아이들이 태어났다. 시릴 뤼코비크의 부모는 그중 유일하게 여전히 이곳, 그리종가 9번지의 같은 집에서 살고 있다. 알렉시스 제르다의 부모는 10여 년 전에 남부 랑그독 해변의 그뤼상으로 이주했다.

파피는 황량한 묘지를 천천히 걸었다. 이곳에 오기 전 마을을 한 바퀴 둘러보았는데, 새로 지은 건물들이 대부분이었다. 과거의 흔적은 초기에 지어진 건물 몇 채에만 남아 있었다. 꽃수레들이 마을 입구와 광산 거리, 페탕크 클럽이 있는 축구경기장, 원유 시추탑을 닮은 급수탑 주변을 장식했다.

이곳은 아주 오래전에 시간이 멈춘 것 같았고 아이들도 사라졌다.

광산이 사라지고 아이들의 부모도 사라지고 일자리도 사라지고 비참한 현실만이 남았다.

북쪽으로 겨우 50킬로미터 떨어진 도빌에는 바다가 있다.

같은 면적의 도시지만 속한 세계는 매우 다르다.

파피는 묘지의 철문을 나와 차를 탔다. 왜 그리종 패거리가 수표책도, 신용카드도 없이, 베레타 92 권총과 매버릭 88 산탄총 두 자루만 가지고 도빌에서 쇼핑을 해댔는지 알 것 같았다. 필요의 문제가 아니라 이곳에서 태어난 그들의 정체성 문제가 아니었을까?

노르망디 지방의 광산도시에서 태어났다는 건 엄청난 저주가 아닐 수 없다! 비옥한 노르망디 북부의 중심에 있으면서도 오주의 광부촌에는 소도 없고 사과나무도 없다. 이곳 출신으로 노르망디에 대한 향수를 담아 노래를 부르는 피에르 바슐레조차도 이곳의 메마른 풍경에는 고개를 저었을 것이다. 희생된 한 세대, 전 세계에서 모여들어 마침내 이 작은 묘지에서 잊힌 사람들.

내 인생과는 완전히 반대로군. 파피는 철문을 밀며 생각했다. 그의 가족, 아이들과 손자들과 전처는 프랑스 전역과 미국에 흩어져 살고 있다. 그는 잠시 막내딸 아나이스를 생각했다. 클리블랜드는 지금 아침 7시일 테니 아직 자고 있겠지.

공원묘지에서 나오자마자 휴대전화가 울렸다. 마리안이다. 15분 전에 보낸 메시지도 이제야 확인했다. 파피는 묘지에 들어갈 때 휴대전화를 꺼놓았다. 아무도 없는 묘지에서 다른 이들에게 방해가 될까 봐 끈 것은 아니다. 죽은 자들에 대한 경의의 표시이기도 했고, 약간은 미신적인 이유도 있었다. 스마트폰의 전자파가 유해하다는 증거는 못 찾았다고 해도 망자들의 소통에 방해가 될지도 모르니까.

"파피? 포티니에 도착했어요?"

마리안의 흥분한 목소리가 귀에서 울렸다.

"네, 도착했어요."

"잘됐네요! 여러 가지 가능성을 생각해봤는데 거기에 간 건 정말 좋은 생각이었어요. 티모 솔레르에 대한 정보를 가능한 한 많이 수집해주세요. 그의 여자친구를 찾고 있어요. 그리고 가능하면 티모 솔레르와 그 여자의 아이에 대한 정보도요. 아마 그 지역에서 함께 아이를 키웠을 거예요. 친구들이랑 이웃들에게 물어보세요."

파드루 경위는 페데리코 솔레르의 무덤과 솔레르 아들에 대한 자료를 머릿속에 떠올렸다. 티모는 2009년, 아버지가 61세에 폐암으로 죽을 때까지 함께 살았다. 어머니 오펠리아는 티모가 겨우 여섯 살일 때 스페인의 갈리시아로 가버렸다.

"티모 솔레르가 포티니를 떠난 지 8년이 됐어요. 그 이후로 규폐증이 콜레라보다 더 확실하게 청소년기의 티모를 알았던 이웃들을 몰살시켰죠."

마리안이 즉각 대답했다.

"알아서 찾아봐요, 파피. 어쨌든 당신이 포티니에 가겠다고 한 거니까. 책임지고, 티모가 다니던 초등학교의 교사든 축구클럽에 같이 다녔던 단짝 친구든 성당의 신부든 티모가 어릴 때 들락거린 빵집 주인이든 누구라도 좋으니 찾아보세요."

누구라도….

포티니의 거리는 썰렁했다. 상점은 새로 오픈한 곳들이었고 도시는 이미 오래전에 광산의 유령을 몰아낸 듯했다.

"일이 어떻게 돌아가는지 통 모르겠어요, 마리안."

"네?"

"오늘 아침부터 일이 이상하게 돌아가잖아요. 열 달 동안 도빌의 강도 사건에 아무 변화가 없었는데 말이죠."

마리안은 한숨을 쉬었다. 파피는 마을을 가로지르는 대로에 도착했다.

"그럼, 어떻게 될 거라고 생각했는데요? 포티니에 간 이유는 뭐였죠?"

"그냥 직감이죠. 아직은 특별히 말씀드릴 건 없어요. 전체 배경을 살피러 왔다고 생각하면 맞을 거예요. 그리종 거리, 이곳에서 함께 청소년기를 보낸 네 명, 공통의 공백기, 똑같은 전과. 그런데 오늘 아침부터 갑자기 말론 물랭이니 로켓이니 아구티 인형이니…."

"무슨 말 같지도 않은 소리예요. 여기서 무슨 일이 일어나고 있는지 잘 알잖아요. 여기서 우리가 놀고 있는 게 아니라고요! 헝겊인형에 녹음된 소리를 무한정 들으면서 동화 내용을 보물 지도에 옮기고 있다고요! 솔직히 말하면 거기서 그러고 있는 것보다 여기 있으면 훨씬 도움이 될 텐데 말이죠. 이곳 지리를 제일 잘 알잖아요. 당신 때문에 지베는 아이 방에 내내 갇혀서 어린애 그림이나 뒤적거리고 있다고요. 정작 자기 아이가 학교를 마칠 시간에 데리러 가지도 못하고 아내에게 키스도 못 해주고 말이죠!"

파드루 경위는 거리 끄트머리에 있는 학교를 보았다. 건너편 미용실에서 예쁜 소녀가 나왔다. 날씬한 몸매에 짧은 치마를 입은 금발 머리 아가씨다. 금발로 변신한 지 15분이 채 지나지 않은 것 같았다.

파피는 마리안의 말을 들으며 웃음을 터뜨렸다.

"뭐죠, 파피? 내가 당신이 한 말을 못 들은 건가요?"

"미안해요, 마리안. 당신이 방금 말한 걸 생각했어요. 지베가 이상적인 아빠이긴 하죠. 그건 인정합니다. 그런데 지베가 경찰서를 오후 4시에 떠나는 게 아이가 학교를 마칠 시간이기 때문이라고 생각한단 말이죠? 하하."

"뭐라고요?"

마리안은 벌떡 일어나는 바람에 경사진 벽에 머리를 부딪쳤다.

"아이를 만나러 가는 게 아니에요." 파피가 말을 이었다. "학교로 간다면 엄마들을 만나러 가는 거겠죠. 무슨 뜻인지 이해할지 모르겠지만. 책가방보다는 핸드백을 더 좋아하는 친구예요. 하하."

"무슨 말이죠?"

"굳이 자세하게 설명을 해야 한다면 말이죠, 지베는 5시에서 7시까지 공부하는 걸 좋아해요. 특별수업을 받거든요. 예쁘고 적극적인 여선생님에게 말이죠. 물론 아이들을 가르치는 선생님들 말고요. 어제 그 얘기를 처음 듣고 저도 깜짝 놀랐어요. 뭐, 지베가 윙크를 하면 저도 설레긴 합니다. 경찰서 사람들은 다 알고 있던데요."

마리안이 머리를 부여잡고 칠판을 문지르며 주저앉는 바람에 분필로 썼던 글씨들이 지워졌다. 이제는 의문부호 몇 개와 반쯤 지워진 글자만이 남았다.

엄마, 아이, 추억, 살인자….

르슈발리에 경위는 말론의 그림으로 뒤덮인 침대에 비스듬히 앉아 수사에 집중하고 있었다. 마리안이 그를 쏘아보았다.

선수였어….

지베는 도빌의 무장강도 사건과 해변에서의 총격전에 대한 기록을 보고 있었다.

아이의 서투른 그림보다 갱스터 이야기에 더 흥미를 느끼는 모양이군. 마리안은 생각했다. 거짓말쟁이, 개자식.

지베가 등을 돌리고 있어서 마리안은 지베와 방 안을 계속 관찰할 수 있었다.

최고 중의 최고? 궁극의 판타지?

그러나 지베의 바람기가 가족에 대한 환상을 깨뜨리진 않았다. 어떻게 보면 그 환상은 오히려 더 단단해졌다. 그래, 부부가 아이와 마법 같은 순간을 보낸다는 건 오르가즘만큼이나 내밀한 삶을 공유하는 거야. 더 구체적으로 말한다면, 오르가즘은 사라지고 아이와 함께하는 시간만 남는 거지.

그래서 엄마들은 다른 남자를 통해 다시 오르가즘을 느끼고 싶어 하고, 아빠들도 엄마를 속이고 다른 여자를 찾는 걸 테지.

적어도 지베는 그랬다.

하지만 서로의 행각이 들통난 경우, 아이를 번갈아 돌보기를 원한다.
마리안은 휴대전화에 대고 조용히 말했다.
"알았어요, 파피. 소식이 있으면 다시 전화해요."

마리안은 전화를 끊고 갈라진 목소리로 지베에게 말했다.
"제기랄, 그 파일은 덮어. 그건 천 번도 넘게 봤잖아. 아이 그림 볼 줄 몰라? 아이 아빠면 아동심리는 좀 알 거 아냐. 일하자고! 바질 드라공만이 발견한 걸 우리도 좀 찾아보자고. 설마 우리 머리가 그 사람보다 더 바보는 아닐 거 아냐!"
지베는 마리안의 공격적인 말투에 눈이 휘둥그레졌다. 갑작스러운 엄마의 분노에 화들짝 놀라는 아이의 얼굴이었다. 지베가 대답하려는 찰나 계단에서 소리가 들렸다.

"오그레스 경감님, 부르덴입니다! 목격자가 있어요. 데보트 뒤몽텔이라는 이웃인데 물랭의 집 맞은편에 삽니다."
마리안은 층계참으로 나갔다. 부르덴은 주차장을 가로질러 뛰어오느라 가쁜 숨을 몰아쉬었다. 그의 손에 종이 한 장이 들려 있었다.
"사진을 보여줬어요, 경감님. 확실하답니다. 아망다 물랭과 말론 물랭이 에스유브이에 타는 걸 봤대요. 근처에서 본 적 없던 차라고 합니다. 차종이 뭔지 모르지만 찾아낼 수 있을 것 같습니다. 그 남자가 몇 분 후에 차에 탔다고 해요. 데보트 말에 의하면 모자는 겁에 질렸던 것 같고요. 저한테 커피 한잔 주겠다고 하는 걸…"
"누구 말이야? 누가 몇 분 후에 탔다고?"
부르넨은 손에 들고 있던 사진을 펄럭였다.

"제르다요!" 부르덴이 큰소리로 외쳤다. "알렉시스 제르다 말입니다!"

마리안 오그레스는 층계참 난간에 몸을 기댔다.

그녀는 디미트리 물랭의 미간 정중앙에 박힌 총알을 생각했다. 지금쯤은 비닐로 덮여 부검의에게 가고 있겠지. 마리안은 알렉시스 제르다가 연루된 숱한 범죄를 생각했다. 그자가 저질렀으리라 추정되는 살인사건들. 페르테 베르나르 지역에서 파리바은행 강도 사건 때 숨진 경찰 두 명. 에루빌 사거리 수하물 운송차량 탈취 사건 때 숨진 사람도 두 명.

여기에 새로 추가된 바질 드라공만과 디미트리 물랭.

어쩌면 몇 시간 내에 한 여자와 세 살짜리 아이가 또 죽을지도 모른다.

제르다가 살인 행각을 멈출 이유가 없다.

마리안은 자리에 선 채, 다음 명령을 기다리는 부르덴을 내버려두었다. 컴퓨터 속도로 새로운 작전을 짜고 지휘해야만 했다. 제르다가 어느 방향으로 도망쳤는지 전혀 알 수 없지만, 아망다와 말론을 데려갔다면 아이의 기억과 관련된 곳일 가능성이 컸다. 엉뚱한 생각이 머리를 스쳤다. 그들의 목적지를 알 만한 유일한 사람, 아니 유일한 존재는 구티였다. 말론은 인형을 끌어안고 에스유브이 차량에 탔을 것이다.

이보다 더 말도 안 되는 생각이 떠올랐다. 그건 구티와 대화할 수 있을 거라는 생각이었다.

마리안은 아이의 침대에 앉아 있는 지베를 보았다. 여전히 도빌 무장강도 사건 사진을 보고 있었다.

그는 말론의 그림 위에 도빌에서 죽은 시신 두 구의 사진을 펼쳐놓았다. 총격을 받아 깨진 유리 파편들과 메르 거리, 총알 세례로 벌집이 된 자동차. 위선자 아빠 지베는 직접 뭔가를 찾기보다는 헌병대 놀이와 도둑 놀이를 하는 편이 더 재밌는 모양이다.

마리안은 짜증이 치밀어 올랐다. 1분 전에 명령을 내렸건만! 순진한 아내와 딸을 속이고 이중생활을 하는 무능한 경찰을 나무라기 위해 입을 열려는 순간, 지베가 손을 들고 확신에 찬 목소리로 말했다.

"뭔가를 발견했어요, 마리안. 도빌 무장강도 사건과 아이의 연관성에 대해서요. 아이가 왜 그렇게 비를 겁냈는지 알겠어요. 그리고 이중 신분과 나머지 전부도요."

53

작은 바늘 1, 큰 바늘 5

다 엄마가 말했다. 그건 빗소리가 아니야.

비는 하늘에서 땅으로 내리는 거야. 그래서 아픈 거지. 위에서, 아주 높은 데서, 우리 머리 위 구름에서 떨어지니까. 구름은 아주 작아 보이지만 생각보다 훨씬 크단다. 가장 작은 구름도 이 땅보다 훨씬 크거든. 빗방울은 우주와 별과 행성을 지나 우리에게 떨어져 부서지는 거야. 하지만 네 얼굴을 적시는 물방울은 그렇지 않아.

다 엄마가 말했지만 말론은 믿을 수 없었다. 이 물방울들은 말이야, 바람이 실어다주는 거야. 부서지지 않고 바람을 타고 날아다니지. 이 물방울도 구름에서 와. 하지만 그 구름을 만드는 건, 조약돌에 부딪쳐 튕겨 나온 하얀 파도 거품이란다. 바람은 이 작은 구름들을 바닷가로 실어 나르고 가끔은 절벽 꼭대기에 걸어놓기도 해.

아망다는 말론을 설득하기 위해 말론이 모르는 단어들도 사용했다. 거품, 물결, 물보라….

그래도 말론은 아망다의 말을 믿지 않았다. 아이는 외투의 후두를 푹 뒤집어쓰고 얼굴을 가렸다. 똑바로 앞을 보면 하늘과 바다가 회색으로 뒤섞여 한 덩어리로 보였다. 누군가가 경계선도 그리지 않고 마구잡이로 색칠해 헝클어놓은 것만 같았다.

말론은 겁이 났다. 몸을 적시기만 하는 비인지 아닌지 구분할 수 없었다. 말론은 후드를 쓴 채 고개를 숙이고 아래를 바라보았다.

성탑들. 해적선. 집들은 아직 보이지 않았다. 하지만 금방 보일 거라는 걸 알았다. 커다란 계단을 내려간 뒤에 작은 계단을 또 내려가야 한다. 말론의 집은 세 번째 집이다.

이상하게도 말론은 이미 알고 있었다. 모든 것이 구티의 이야기와 똑같았다. 게다가 이 풍경은 생생하게 기억이 났다.

◆◆◆

"아이의 손을 잡아." 제르다가 말했다.

제르다는 주변을 살폈다. 눈에 띄는 사람은 아무도 없었다. 하긴, 얼음처럼 차가운 바람을 맞으며 누가 산책에 나설까? 이곳에도, 해변에도, 그들을 방해할 자는 없었다. 평소라면 델타플레인삼각날개를 단 소형 글라이더을 타는 이도 많을 텐데 오늘은 전혀 보이지 않았다. 그래도 제르다는 안전을 위해 울창한 밤나무 숲 뒤에 차를 세웠다. 생앙드리유 길을 천천히 운전한다 해도 그들의 차를 발견하기란 불가능하다.

반면 이곳에서는 라에브 곶까지 이르는 해변을 모두 볼 수 있다. 노르망디 해변의 흑백 가을 풍경. 제르다는 문득 바질 드라공만이 남긴 마지막 한 줌의 재도 무미건조한 이 배경의 일부가 되었다고 생각했다. 경찰은 오토바이가 전소된 장소에서 이미 철수했기 때문에 비로 몇 분 전에 사건 현장을 지나칠 때에도 인기척은 찾아볼 수 없었다. 제르다는 잠시 눈을 감고 기름 웅덩이에 담배꽁초를 던지던 순간을 떠올렸다. 죽음은 죽음을 부르고, 시체는 시체의 뒤를 잇는다. 그는 자신의 흔적을 시체로 남겼다. 지금쯤 르아브르의 모든 경찰이 마네글리즈의 아망다네 거실에 모여 있겠지.

경찰이 나를 찾아내기까지 얼마나 걸릴까? 루마니아 심리학자는 몇 주가 걸렸지. 경찰은 수가 더 많지만 심리학자보다 영리할 가능성은 거의 없어. 그러니 이제까지 성공적이었던 계획을 굳이 바꿀 필요가 있나. 이제 엄지동자 노릇을 끝낼 때가 된 거야.

그는 아망다의 등에 손을 얹고 다른 손으로 아망다의 얼굴에 부는 바람을 막아주며 그녀의 귀에 대고 속삭였다.

"이제 내려갈 거야, 아망다. 이제 보루로 내려가서 물건을 꺼낸 다음 여길 뜨는 거지."

제르다의 손은 좀 더 아래로 미끄러져 허리의 오목한 곳까지 내려왔다. 손가락의 움직임은 멈췄지만 제르다는 아망다의 나신을 상상했다.

아망다는 반응을 보이지 않았다.

내가 만지는데도 감각이 전혀 없는 걸까? 제르다는 생각했다. 하지만 언젠간 느끼겠지. 품위 없는 디미트리와 함께 살았으니 느낄 수밖에 없어. 최소한의 애무와 키스만을 받으며 살았을 테니.

그의 손이 천천히 더 내려가 아망다의 둔부 윗부분에 닿았다. 마치 말론을 데리고 어서 빨리 계단을 내려가라고 은근히 떠미는 것 같기도 했다.

◆◆◆

계단을 수십여 칸 내려왔다. 아망다가 말론의 손을 잡고 앞장섰다. 말론은 아무 말 없이 고개를 숙인 채 걸었다. 거품 방울을 생각하는 것 같았다. 피곤해 보이는 걸음걸이는 아니었다.

아망다는 등 뒤에서 알렉시스의 숨결을 느꼈다. 숨을 돌리려고 걷는 속도를 늦추거나 걸음을 멈추면 그도 나보다 한두 계단 위에 멈춰 서서 내 어깨에 팔을 두르고 가슴을 슬쩍 건드리며 내 입술에 상체를 바싹 붙이겠지. 서둘러야 한다는 핑계를 대면서 '꾸물거리지 마. 서둘러야 해. 빨리 물건을 가지고 나와야 한다고. 경찰이 쫓고 있어. 말론을 보호해야 하잖아'라고 말하면서 내 몸을 쓰다듬겠지. 난 바보가 아니야. 지금 나를 가지고 장난치는 거라고.

그럼에도 그녀는 동요하고 있었다. 알렉시스의 손길이 무엇을 의미하는지 모를 만큼 멍청하지 않았다. 자신이 눈짓과 몸으로 제르다를 유혹할 수 있을 만큼 육감적인 여자라는 생각은 한 번도 해본 적이 없었다. 몇 주, 아니 몇 개월이 될지 모를 도피를 떠나기 전에 잠시라도 즐기고 싶은 건지도 모른다. 아니면 강간을 한다거나….

다른 곳보다 높은 계단에서 말론이 미끄러졌다. 아망다가 가까스로 말론을 붙잡았다.

이것은 말론의 운이다. 그녀가 아니라 아이의 운인 것이다. 살인자와 말론 사이를 막아설 수 있을까? 아망다는 방패처럼 막아선 자신의 모습을 상상했다. 마음에 들었다. 뚱뚱한 여자는 더 효과적인 방패가 되어줄 수 있다.

아망다는 한 계단 한 계단 내려갈 때마다 자신의 손을 더 힘주어 잡는 말론의 손을 느꼈다. 말론은 그녀를 아름답다고 생각한 유일한 남자였다. 그녀가 한없는 애정으로 다정하고 부드럽게 대했던 남자는 오로지 말론뿐이었다. 아무런 편견이나 조건 없이 그녀를 사랑할 수 있는 단 한 명의 남자. 말론을 지키기 위해서라면 목숨도 기꺼이 바칠 수 있었다.

아망다는 밑을 내려다보았다. 계단은 끝없이 이어졌다. 난파선의 검은 형체가 아래쪽에 보였다. 파도에 부딪쳐 금방이라도 산산이 부서질 것 같았다. 하지만 이 잔해는 아주 오래전부터 있던 것이다.

아망다는 말론에게 의미심장한 미소를 짓고 작은 팔을 잡아당기며 속도를 높였다. 아망다와 제르다의 거리가 계단 세 개로 벌어졌다.

◆◆◆

말론은 안심했다. 다 엄마의 손을 잡을 땐 늘 마음이 놓였다. 다 엄마는 산처럼 힘이 셌다. 그녀는 항상 말론을 이끌었다. 길을 건널 때나 인도에서 얌전히 서 있어야 할 때, 넘어지지 않고 계단을 내려가야 할 때도. 그럴 때면 저항하거나 달아날 수 없었고 넘어지지도 않았다. 다 엄마의 손은 말론을 붙잡는 거대한 고무줄과 같았다.

말론은 자신과 구티도 마찬가지라고 생각했다. 자신이 구티의 줄이 되어야 한다. 다 엄마가 말론에게 해줄 수 없는 것을 말론은 구티에게 해줄 수 있다. 구티의 발이 땅에 안 닿게 들어 올릴 수 있고, 하루 종일 안고 다닐 수 있다. 공중으로 던졌다가 다시 받을 수 있고, 팔을 다시 꿰매줄 수 있다. 하지만 다 엄마는 말론이 구티에게 하는 것보다 훨씬 친절했다.

다 엄마와 함께 있으면 두려울 게 없었다.

뒤에서 따라오는 식인괴물마저도 두렵지 않았다.

말론은 어떻게 도망쳐야 할지도 알고 있었다. 구티의 이야기를 모두 다 기억했다. 아니, 숲의 이야기나 로켓 이야기만 제외하면 모두 다 기억했다.

이곳에 기억하는 모든 것이 있었다. 이전에 살던 집이 곧 보일 것이다. 창의 덧문이 깨진 세 번째 집. 엄마가 거기서 기다릴지 모른다. 엄마도, 다 엄마도 모두 함께 그곳에서 같이 살게 될지 모른다.

말론은 여전히 추웠지만, 더는 아무것도 두렵지 않았다.

단지 빗방울만은…. 하얀 바다 거품이 튀는 것도 두려웠다. 후드를 뒤집어쓰고도 떨림이 멈추지 않았다.

54

지베는 자리에서 일어나 파란 눈으로 경감의 눈을 똑바로 쳐다보았다. 매력적인 소년의 눈, 사람들 앞에서 해결책을 찾아내어 의기양양한 눈이었다.

이 바람둥이는 도대체 얼마나 많은 여자를 배신했을까?

“이것 좀 보세요.” 지베는 마리안의 코앞에 도빌 무장강도 사건 파일에서 나온 사진을 들이밀었다.

마리안은 수십 번이나 들여다보았던 사진을 다시 보았다. 온천장 앞의 메르 거리, 길 한복판에 쓰러진 뤼코비크 부부, 카지노 맞은편에 주차했다가 총탄으로 벌집이 된 자동차들. 그녀는 지베가 하고 싶은 말이 무엇인지 감이 잡히지 않았다.

“마리안, 기억하세요? 시릴과 일로나 뤼코비크가 어떻게 도망가려고 했는지 궁금해하셨잖아요. 도빌을 뜨는 게 그들의 계획이었죠. 가장 그럴싸한 가설은 그들이 짐을 가지고는 걸어서 도망칠 수가 없기 때문에 공범이 자동차에서 기다린다는 거였죠.”

“알아, 지베. 다 기억해. 근처에 주차된 자동차들까지 다 조사했잖아. 아무것도 못 찾아냈지만 말이야.”

“이 오펠 자피라 좀 보세요. 맨 앞에 있는 차요. 시체에서 몇 미터 떨어져 있는 차 말입니다.”

마리안이 열심히 찾아보려는 순간, 지베가 그 사이를 못 참고 손가락으로 가리켰다.

"여기 말이에요, 마리안."

"맙소사." 마리안이 중얼거렸다.

회색 자동차의 뒷좌석에 유아용 카시트가 있었다. 뒷유리창이 경찰의 총탄으로 산산조각이 나서 수천 개의 미세한 유리 파편이 뒷좌석과 카시트를 뒤덮었다.

"유리 조각이 비처럼 퍼부은 거죠." 지베가 중얼거렸다. "생각나는 거 없으세요?"

"말론 물랭이 비를 무서워한 이유…."

"빙고! 아마도 티모 솔레르의 아들이고요."

지베와 마리안은 장난감으로 가득한 말론 물랭의 방에 나란히 앉아 있었다. 마리안은 지베의 가죽재킷이 팔에 닿는 것을 느꼈다. 눈앞에 그의 턱이 있었다. 지베에게서 향수 냄새가 났다. '디젤 퓨엘 포 라이프' 아니면 그와 비슷한 종류의 향수. 아이를 지나칠 만치 사랑하는 아빠이자 공처가에 가까운 남편. 하지만 가면은 벗겨졌다.

그는 그저 다른 남자들과 마찬가지로 포식자일 뿐이다.

빌어먹을 바람둥이 같으니라고.

하지만 여전히 유능한 경찰이다.

"그럼 네 생각은 뭐야, 지베?"

지베는 다시 한 번 파란 눈을 들어 그녀를 보았다. 총알처럼 강렬한 눈이다.

"이제 실마리를 따라가기만 하면 되죠. 경감님도 그렇게 생각하시

않나요? 도빌 사건 때 공범이 틀림없이 카지노 앞에 차를 세워두고 뤼코비크 부부를 기다렸을 거라고 추측했었잖아요. 그래서 훔친 물건을 가지고 사라졌을 거라고요. 하지만 증거를 못 찾았죠. 당시 근처에 주차된 차는 백 대가 넘었어요. 총격 후 혼란한 틈에 많은 차들이 자리를 떴고요. 우리가 세웠던 가설을 조금 수정하는 게 좋겠어요. 운전책이 여자였던 걸로. 티모의 여자친구 말입니다. 차 뒤에는 아이가 타고 있었고요. 당시에 세 살이었던 아이요."

지베는 다시 사진 속의 시체와 주변의 구경꾼들을 관찰했다.

"상당히 영리한 생각이었어요. 총격 후 경찰이 도빌을 에워싸고 검문을 강화했을 테니까요. 하지만 뒷좌석에 아기가 타고 있는 가족은 의심을 덜 받을 테죠."

"하지만 시릴과 일로나는 오펠에 타기 전에 총을 맞았지."

"맞아요. 우리 생각이 맞는다면, 티모의 여자와 아이는 총격 후에 메르 거리에 있었을 겁니다. 거리에 수십 명이 있었어요. 그러고는 바로 사라진 거죠."

"수백 명이라고 해야 할지도 몰라. 바닷가나 도로에 있던 사람들 말고도 그랑 호텔, 카지노, 해변의 방갈로, 온천장에서 나온 사람들을 다 합치면 말이야. 총탄이 빗발치고 나서 사방에서 쏟아져 나왔지. 강도들에게는 유리하게 돌아간 거고. 오펠 자피라의 번호판을 조사해야겠군. 만약 혐의점이 나오지 않는다면 당시에 여러 사람이 찍은 사진이 수백 장이나 있으니 살펴봐야지. 시디 한 장에 통째로 담아놨어. 그중에서 말론 몰래이 찍힌 사진이 있는지 찾아보자고."

"엄마 손을 잡고 있는 사진을 찾으면 돼요."

마리안은 유리 조각을 건드리듯 조심스럽게 사진을 집었다.

"미친 사람들이야." 그녀가 중얼거렸다. "고작 두 살 반밖에 안 된 아기를 이용하다니."

"탈출하려 한 거죠. 엄마와 함께요. 피 한 방울 안 묻히고 탈출할 수 있다고 생각했던 거죠."

마리안은 지베의 말이 변명처럼 들려서, 그리고 그 변명이 무책임의 상징인 것 같아서 그를 노려보았다.

정말 뻔뻔하군. 어이가 없을 정도야. 하지만 마리안은 입을 다물기로 했다.

"제기랄. 지베, 너도 애가 있잖아. 이 아이는 모든 걸 다 지켜봤다고! 사람들이 총을 맞고 쓰러지는 걸 목격했다고! 바로 코앞에서 말이야! 아이가 알던 사람들일지도 몰라!"

마리안은 지베의 얼굴에 분노를 모조리 쏟아내고 싶은 충동을 느꼈다. 총격 사건에 아이를 이용하다니. 가족의 인생을 송두리째 파멸시킬 위험을 무릅쓰고 아내를 속이다니. 너도 똑같아, 지베! 똑같은 범죄고 똑같이 처벌받아야 돼!

지베는 마리안의 들끓는 분노를 알아채지 못했다. 그는 마리안의 어깨에 손을 얹고 사냥개처럼 흥분한 눈으로 마리안을 쳐다보았다.

"아이가 알던 사람들…. 그 말이 맞아요, 마리안! 그게 열쇠였어요!"

잠시 후 그들은 말론의 침대에 나란히 앉았다.

"처음부터 다시 짚어보죠. 포티니 출신 소꿉친구 네 명이 범행을 모의했어요. 시릴과 안조나 리코비크 부부, 티모 솔레르, 네 번째가 알렉시스 제르다. 이름은 모르지만 티모 솔레르의 여자친구까지 포함하면 다섯이 돼요."

"이 정도 규모의 범행을 모의하려면 아마도 몇 주는 걸렸을 거야. 몇 달이 걸렸을 지도 모르고. 디데이인 그날 완벽해 보였던 계획에 차질이 생긴 거지. 일로나와 시릴은 차에 도착하기 전에 총에 맞았고, 티모 솔레르는 신원이 밝혀졌으니 말이야."

"그래서 네 번째 인물의 신원까지 알아냈지만 증거도 없고, 증인도 없었고요. 티모 솔레르의 주변인 중에 증언하는 사람은 아무도 없었고, 무슨 일이 벌어졌는지 아는 사람도 없었죠. 그 당시에는 티모 솔레르의 여자친구와 아들이 있다고는 전혀 생각도 못 했고요."

지베는 바질 드라공만의 파일을 집으려다가 마리안의 몸에 손이 닿았다. 마리안이 황급히 몸을 피하는 바람에 깔고 앉았던 이불에 프린트된 버즈 라이트이어의 우주복이 구겨졌다. 버즈 라이트이어는 마치 보복이라도 하듯 요란한 벨소리를 냈다. 우주와는 전혀 걸맞지 않는 소리였다.

마리안은 놀라서 이불 아래를 손으로 더듬었다. 손에 잡힌 것은 두툼한 천에 원숭이, 앵무새, 열대목으로 장식한 작은 사진첩이었다. 손으로 누르면 실로폰 소리가 났다.

앨범을 열었다.

첫 사진에는 모기장이나 싸구려 레이스처럼 보이는 흰 망사로 두른 버들가지 바구니에서 잠자는 아기가 있었다.

말론인가?

요람 속의 아기 옆에 새것같이 깨끗한 구티 인형이 놓여 있었지만 마리안은 이 아기가 말론인지 확신할 수 없었다.

지베는 마리안이 무엇을 보는지 모르는 채 말을 이었다.

"만약 총격 이후에 티모 솔레르에게 여자친구와 아기가 있다는 걸 알았다면 우리가 찾아서 취조를 했겠죠. 솔레르 애인은 우리를 속일 수 있었을 겁니다."

"하지만 아이가 다 말했을 거야. 자기 부모가 누군지, 그리고 부모의 친구들이 누군지."

"뤼코비크 부부에 대해서도 말했겠죠. 그리고 특히 신원이 밝혀지지 않은 자에 대해서도요. 그자는 솔레르네 집에 와서 술을 마시기도 하고, 도빌에서의 범행계획을 짜기도 하고, 타이머로 시간을 재며 오토바이를 타고 외젠콜라 거리를 수십 번 왕복했어요. 그자가 바로 알렉시스 제르다였죠!"

"알렉시스 제르다…." 마리안이 되풀이했다. 말론은 틀림없이 그를 알고 있다. 제르다 옆에서 인형을 가지고 놀거나, 자다가 소변이 마려워 깨거나, 엄마 무릎에 앉아 밤늦게까지 어른들 틈에 끼어 있을 때, 알렉시스 제르다의 얼굴은 말론의 무의식 속에 각인됐을 것이다. 이 아이부터 다시 조사를 시작한다면, 제르다가 연루된 사실을 밝힐 수 있다. 솔레르 커플과 뤼코비크 부부와 제르다는 다른 이들의 눈과 귀를 피해 모두 함께 살았을 수도 있다.

"우리가 찾는 건… 해적과 로켓과 성과 함께 말론의 기억 속에 묻혀 있던 것이었어요. 틀림없이 바질 드라공만이 찾아낸 비밀이었던 거죠."

마리안은 앨범을 넘겼다. 비닐 포켓은 더러워진 손으로 여러 번 만져서인지 거의 불투명했다. 태어난 지 몇 개월 안 된 아기가 풀밭에 앉아 있었다. 더운 날씨라 얇은 옷을 입고 머리에 빨간 천을 둘러써서 아기 해적같이 보였다.

머리카락은 거의 없었고, 햇빛 때문에 눈을 찡그리고 있어서 눈 색깔이 보이지 않았다.

이 아기가 말론인가? 그럴 수도 있겠지. 확신은 없지만….

아기는 통통한 손으로 구티의 뒷발을 잡고 있었다. 인형을 함부로 다루는데도 구티는 아직 새것처럼 보였다.

"그러니까, 바질의 가설은…." 마리안이 작은 목소리로 웅얼거렸다. "아이를 증발시킨 거지. 일이 자꾸만 꼬이니까 아예 다른 가족에게 맡긴 거라고. 아이가 그때 본 것을 다 잊을 때까지. 특히 알렉시스 제르다의 얼굴을 잊을 때까지 말이야."

마리안은 바질이 아이들의 기억에 대해 말했던 것을 생각했다. 자신의 사무실에서 바질이 참을성 있게 설명해준 것이 닷새도 채 지나지 않았다.

"사실 그렇게 오래 걸리지 않아, 지베. 세 살이 안 된 아이가 과거에 있었던 일을 다 잊는 건 금방이야. 평생 기억을 못하지. 사람 얼굴을 완전히 잊는 건 몇 주, 경험한 일을 잊는 데는 몇 달 아니면 길어봤자 1년이 걸릴 뿐이야."

지베는 다시 마리안에게 바짝 붙어 침대에 누운 말론의 사진을 보았다.

"영리한 계획이었네요. 게다가 논리적이고. 하지만 그렇다 해도 의문이 남아요. 어떻게 이런 계획을 실행에 옮길 수 있을까요? 아이를 맡아줄 가족은 어떻게 찾고요? 30개월밖에 안 된 아기지만, 어떻게 아이의 신분을 바꿔치기 한다는 거죠? 그리고 무엇보다 그렇게 위험을 감수할 이유가 있는 건가요? 솔레르의 여자친구가 아이를 데리고 어디론가 도피해버리면 되는 거잖아요. 경찰은 아이가 있다는 생각은 하지도 못했는데. 거의 막바지에 이르렀지만 아직도 퍼즐 한 조각이 부족해요."

마리안은 문득 바질을 떠올리고 바람에 재가 날려 눈앞에서 춤추는 상상을 하며 몸을 떨었다. 다시 앨범을 넘겼다.

다음 사진에서 아기는 만 한 살이 지난 듯했다. 인디언 옷을 입고 두 발로 서 있었다. 아기 뒤의 나무 너머로 마네글리즈의 아파트 건물 앞 연못과 그 뒤로 크림색 보도가 보였다. 근접해서 찍은 사진이라 말론의 얼굴을 분명히 알아볼 수 있었다. 얼굴 형태도 비슷했고, 조명도 적당했다.

이 사진에서는 구티나 다른 헝겊인형이 보이지 않았다. 계속해서 앨범을 넘겼다. 말론이 회전목마를 탄 모습, 수족관 앞, 생일 초 세 개가 꽂힌 케이크 앞에서 아망다, 디미트리와 함께 찍은 사진.

마지막은 크리스마스트리 앞에서 찍은 사진이었다. 마리안은 마지막 사진이 다른 사진보다 두껍다고 느꼈다. 그녀는 손가락을 비닐 포켓 속의 사진 아래로 집어넣어 서툴게 꼬깃꼬깃 접은 종잇조각을 끄집어냈다.

어른이 밑그림을 그리고 어린아이가 서툴게 색칠한 그림이다.

말론의 그림인가?

반짝이는 크리스마스트리와 선물 상자와 가족이 있는 전형적인 크리스마스이브 풍경. 들떠 있는 아이가 아침까지 참고 기다릴 수 있도록 그리게 하는 그림으로, 부모는 아이에게 산타할아버지가 선물을 주러 들렀을 때 이 그림을 가져갈 것이라고 말한다. 아빠 엄마 아이 세 식구가 눈, 코, 입 아무런 특징 없이 거친 솜씨로 그려져 있었다. 단지 엄마의 머리는 아망다 물랭의 머리보다 훨씬 길었다.

마리안은 또 다른 특징을 찾았다. 그림에 두 문장이 쓰여 있었다. 크

리스마스트리 꼭대기의 별 옆에 적힌 문장. '성탄은 즐거워.'

잔뜩 쌓인 선물들 옆에 또 한 문장. '절대 잊지 마.'

그녀는 한동안 그림을 관찰했다. 말론이 한참을 만지작거리며 그렸는지 종이가 해졌다. 글씨는 여자 필체였다. 아마도 말론의 엄마가 그려주었을 것이다. 아망다 물랭의 필체와 비교해볼 필요가 있었다.

두 문장은 무엇을 뜻하며, 세 명은 누구일까? 이 크리스마스는 말론에게 어떤 크리스마스였을까?

이런 의문이 마리안의 머릿속에 자꾸만 쌓여갔다.

새로운 미스터리인지, 실마리인지, 어떻게 알 수 있을까? 이 평범한 아이 방의 물건들 하나하나에 특별한 목적이 있을 수도 있을까? 가짜 현실을 만들어내고, 그것을 말론이 받아들이게 하기 위해서. 단순히 아이를 즐겁게 해주려고 산 장난감일까, 아니면 말론을 속이기 위한 장치일까? 태양계가 그려진 저 달력은? 천장의 형광 별 스티커는? 침대의 토이스토리 시트는? 해피랜드 비행기는? 플레이모빌 해적은? 이 사진첩은….

마리안은 계속 앨범을 뒤적거리며 지베의 추리를 다시 생각했다. 사진에 있는 이 아이는 누구지? 첫 3년을 쭉 봤지만….

같은 아이인가?

다른 두 아이의 사진을 솜씨 좋게 수정한 것일까?

아니면 같은 아이에게 다른 삶에 대한 얘기를 들려준 것일까? 이 추측이 더 그럴싸하긴 하다. 도빌 무장강도 사건이 일어났을 때, 세 살짜리 아이가 정신적 충격을 심하게 받아서 그 사건을 잊게 하려고. 그리고 아이가 어렸을 때부터 자주 본 사람의 얼굴을 잊게 하려고 다른 삶을 주입한 걸까?

하지만 어떤 엄마가 그런 일을 받아들일까? 아무리 몇 달에 불과하다 해도 아이를 맡기는 걸 허락할 엄마가 어디 있을까? 그동안 모든 기억을 송두리째 잃고 엄마가 낯선 사람이 되어 버릴 수도 있는데….

더 의문스러운 건 자기 자식과 다른 아이를 기꺼이 맞바꾸려 할 엄마가 과연 있느냐 하는 점이다. 증거도 있다. 뤼카 마루에트가 열심히 조사한 바에 따르면, 아망다와 디미트리 물랭 부부는 2012년 4월 29일, 에스튀에르 클리닉에서 실제로 말론이라는 아이를 낳았다.

티모 솔레르의 아이가 말론을 대신하여 그 자리를 차지한 거라면 물랭의 아이는 어떻게 되었다는 말인가? 그 아이도 같이 도망간 걸까?

55

작은 바늘 1, 큰 바늘 11

절벽의 계단을 절반쯤 내려가자 그들은 이제 네 개의 거대한 실린더와 높이가 비슷해졌다. 난파선은 그들의 맞은편에서 수면을 떠돌았다. 오른쪽으로는 버려진 집들이 차츰 눈에 띄기 시작했다.

아망다는 이곳에 와본 적이 없었다. 때때로 이 이상한 장소에 대해 듣기는 했지만 말론의 이야기 속에 나오는 이곳에 이렇게 가까이 와본 것은 처음이었다.

이제는 그녀도 이해할 수 있었다.

말론은 얌전하고 온순하게 아망다의 손을 잡은 채 생각에 잠겨 있었다. 옛 기억을 떠올리는지도 모른다.

제르다는 그들 뒤에서 같은 리듬과 보폭으로 걸었다. 아망다는 제르다가 그들이 더 빨리 걷기를 원할 거라고 느꼈지만 제르다는 아무 말도 하지 않았다. 아이가 짜증내지 않고 걷는 것만으로도 만족해야 할 것이다.

그는 아망다가 멈춰 서서 트렌치코트를 벗어 팔에 걸칠 때도 아무 말 하지 않았다. 그녀가 입은 아크릴 스웨터가 땀으로 흠뻑 젖었다. 차

디찬 땀방울이 등줄기를 타고 흘러내렸다. 두려움과 땀. 계단을 내려가는 것은 매우 고통스러웠다. 차가운 바람이 얼굴에 부딪쳤지만 그래도 블라우스 단추 두 개를 풀어놓았다.

가슴 윗부분을 노출하다니…. 미친 짓이다. 폐렴에 걸릴지도 모른다. 자신의 몸으로는 어찌 해봐도 안 된다는 핑계를 만들고 싶은 건지도 모른다. 하지만 딱히 다른 방법이 없었다. 제르다에게 역겨운 메시지를 보내는 것 말고는.

나도 여자라는 것.

당신이 원한다면….

말론이 도망갈 기회를 만들기 위해 생각할 수 있는 방법은 이것밖에 없었다. 그녀는 첫 번째 아들을 보호하지 못했다. 두 번째 아이는 반드시 구해야 한다.

그녀는 일정한 보폭으로 계속해서 계단을 내려갔다. 아직도 계단 100칸 정도를 내려가야 바닷가에 닿는다. 지옥으로 통하는 계단이다.

그녀의 첫 번째 아이 말론도 계단에서 떨어졌다.

2015년 1월 17일, 졸리오퀴리 클리닉에서 보낸 우편물을 받았다. 말론이 살 수 있는 날이 몇 주밖에 남지 않았다는 내용이었다. 바위에 생긴 작은 틈이 언젠가는 바위를 산산조각 내듯, 머릿속의 상처가 벌어졌다고 했다. 그날 디미트리는 집을 나서며 아무 말도 하지 않았다.

저녁에 돌아왔을 때, 그는 다른 아이와 함께였다. 죽을 날이 멀지 않은, 위층의 침대에서 자고 있는 말론을 대신할 아이였다. 더 정확히 말해서 만일 그녀가 동의한다면 다른 아이를 데려오겠다는 약속이었다.

처음에 그녀는 디미트리가 미쳤다고 생각했다. 오랜만에 만난 알렉시스라는 친구에 대해 얘기할 때도 아망다는 무슨 말인지 이해할 수 없었다. 그는 알렉시스의 부탁을 들어주면 서로에게 도움이 될 거고 짭짤한 수익도 얻을 수 있을 거라고 했다. 마치 중고물품을 거래하는 듯한 말투였다.

아이, 그것도 우리 아이에 대한 이야기였는데….

처음에는 당분간만 아이를 맡으면 된다고 했다. 아마도 몇 주, 길어봤자 몇 달. 말론의 애도기간 동안 아이를 돌봐준다면 차츰 고통을 잊을 수 있을 거라고, 집에서 아이의 웃음소리가 들리고 엄마를 부르며 함께 놀아달라고 조르고 재롱을 부리는 아이가 있다면 우울증도 나아질 거라고 아망다를 설득했다. 하지만 그것이 그다지 좋은 계획이 아니었음을 디미트리도 금방 알게 되었다. 좋은 계획은커녕 어리석기 짝이 없었다는 것을….

남편이 죽어 쓰러진 모습이 다시 떠올랐다. 사실 깊이 생각해보면 디미트리의 말이 맞았다. 일시적이고 이미 예정된 관계. 말론의 마지막 몇 달은 정말 고통스러웠다.

그런데 그날 저녁, 아직은 살해당할 위험과는 거리가 멀었고 여전히 건강했던 디미트리는 전략을 바꿨다. 그는 아내가 마음을 바꾸고 계획을 받아들일 수밖에 없게 만든 '그 말'을 했다.

그 아이를 계속 키울 수 있을지도 몰라….

아망다는 한참이 지나서야 비로소 궁금해졌다. 계단에서 떨어진 아이를 대신하여 하늘에서 갑자기 뚝 떨어진 아이에 대해. 왜 자기네가 데리고 있어야 했는지. 그 아이의 부모는 도대체 왜 아이를 떼어놓으려 했는지. 영영 못 볼지도 모르는데. 디미트리의 약속이 또 다른 거짓말이 아니라면….

그 아이를 계속 키울 수 있을지도 몰라….

아망다는 망설였다. 다시 생각해보면 주저했던 자신이 정말 바보 같았다. 만약에 그때 디미트리와 알렉시스의 제안을 거절했더라면 지금 내 손 안에 든 작고 따뜻한 손의 감촉과 꼭 끌어안았을 때의 생생한 심장박동, 장난꾸러기의 여린 뺨과 작고 촉촉한 입술의 감촉을 결코 알 수 없었을 것이다.

다행스럽게도 그녀는 디미트리의 제안을 받아들였다. 이 아이가 또 한 번의 기회가 될 수도 있다는 사실을 이해했다.

말론은 죽을 날이 점점 다가왔다. 벌써 몇 주째 아무 말도 하지 않았고, 단지 곤충에게만 말을 거는 듯했다. 보이지 않는 안테나를 세워 텔레파시로 이야기를 나누는 건지도 몰랐다. 전혀 알 수는 없었지만…. 기쁨도 고통도 전혀 없었다. 극심한 고통이 말론을 안으로부터 갉아먹고 있다는 것은 의사의 진단을 통해서 짐작만 할 뿐이었다. 고통이 너무나 커서 약을 끊임없이 삼켜도 억누를 수 없다고 했다. 그리고 두개골에 생긴 균열도 더는 아물지 않고 점점 벌어졌다. 열, 두통, 착란. 말론의 빌어먹을 뇌교는 무너지도록 프로그램화되었다. 하지만 말론은 아무런 고통을 내색하지 않았다.

말론이 고통으로 가득한 자신만이 세상에서 탈출하여 편안하고 고통 없는 세상으로 떠나는 게 나을지도 모른다. 아망다는 새로운 아이를 키우며 보호할 기회를 갖는다. 지금은 그것이 새로운 기회였음이 명백해졌다.

파도가 해변의 조약돌을 적시며 부딪쳤다. 아망다는 바닷물이 차오르는지 빠지는지 살폈다. 물에 젖은 조약돌이나 기둥에 해초가 붙어 있지 않는 걸로 봐서 밀물이라고 결론을 내렸다. 서둘러야 한다.

◆◆◆

마침내 마지막 계단에 다다랐다. 이제 나지막한 콘크리트 벽 하나면 넘으면 해변에 닿을 수 있다. 아망다가 아이를 도와주려고 했지만 아이는 뿌리치고 재빨리 벽 위로 기어올랐다. 여전히 외투의 모자를 뒤집어쓰고 있었다.

나의 작은 원숭이.

아망다는 누워 있는 말론 옆에서 눈물을 흘리며 말론을 그렇게 불렀었다. 나의 사랑스러운 작은 원숭이. 말론은 죽어가는 동물처럼 꼼짝 않고 누운 채 그 자리에서 침을 흘리고 오줌을 싸며 주변에 아무런 관심을 보이지 않았다. 물론 새로 온 아기를 말론보다 더 사랑하지는 않을 것이다. 어쨌든 내 아이가 될 수는 없으니까. 단지, 내 아이에게 용서받고 싶었다. 자신도 주의 깊고 자애롭고 아이를 보호해주는 좋은 엄마가 될 수 있었다는 걸 증명하고 싶었다.

말론. 저 세상에서는 더 이상 고통받지 않겠지. 예전처럼 활기찬 모습일 테지.

그녀는 말론의 발이 조약돌에 닿기 전 아이의 손을 꽉 쥐었다. 아이는 1미터를 풀쩍 뛰어내렸다. 이 아이는 강하다. 아주 강하다.

아이는 불평하지 않았다. 불평한 적이 없었다.

그녀는 말론의 이름을 그대로 물려받아 써야 했던 이 아이를 이토록 사랑하게 될 줄 몰랐다.

아이는 똑똑하고 상상력이 넘치며 신중했다. 아망다가 늘 동경하던 성격을 가지고 있었다. 친절하고 생각이 깊고 시와 상상을 그대로 이해하며 자동차보다는 로켓을, 칼보다는 마법사의 지팡이를, 축구공보다 장미나무를, 그리고 개보다 용을 좋아했다.

아이가 아직은 자기를 엄마로서 좋아해주지 않을지라도 아이를 위해서라면 무엇이든 할 준비가 되어 있었다. 시간이 흐르면 언젠가는 엄마로 받아들여줄 것이다. 만약에 그 시간이 영영 오지 않는다 해도, 아이를 위해 목숨을 건다면 언젠가는 추억 속에서 그녀를 그리워해줄 것이다.

문득, 제르다를 향해 몸을 돌리지 않은 채, 그녀는 자신의 깊게 파인 가슴골 위로 흐르는 빗방울이 섹시하게 보일지도 모른다고 생각했다.

그들은 해변으로 내려가 속도를 약간 늦춰 걸었다. 지금이 밀물 때임을 아망다는 이제 확실히 알았다. 바싹 마른 조약돌을 적시며 바닷물이 밀려왔다. 말론은 나란히 줄지어 선 기둥 위의 버려진 집들에서 눈을 떼지 않았다.

제르다가 그들을 지나쳐 앞으로 갔다. 그는 덧창이 부서진 세 번째 집을 보았다. 아망다에게는 눈길도 주지 않았다. 그녀의 젖은 가슴골도 무시하고, 마치 아망다가 존재하지도 않는 것처럼 무심하게 말론에게 몸을 숙이며 말했다.

"서두르자. 이곳도 이젠 안전하지 않거든. 네가 다른 사람에게 우리의 비밀장소를 말한 것 같으니까."

그는 크게 개의치 않는다는 듯 말론에게 윙크했다.

다시 몸을 세운 제르다가 이번엔 아망다를 보며 마지못한 듯 그녀의 얼굴과 가슴을 눈으로 훑었다.

"쓸데없는 짓에 빼앗길 시간 없어."

그녀는 수치심에 몸을 떨며 앞섶을 여몄다.

빼앗길 시간이 없다고?

아망다는 이제 버틸 힘이 없었다. 몇 발짝만 더 가면 황량한 해변의 버려진 집에 도착한다. 그녀는 무슨 일이 벌어질지 생각해보려 했지만 발밑에서 구르는 자갈 소리와 흔들림 때문에 집중하기가 힘들었다. 아주 작은 소리나 움직임에도 마음이 흐트러졌다. 지금은 디미트리만큼이나 머리가 돌아가지 않았다. 결국 나도 남편 같은 최후를 맞게 될 거야. 두 눈 사이에 총알을 맞고 피 웅덩이 속에 눕게 되겠지.

그녀는 차오르는 바닷물을 멍하니 보았다.

파도는 그녀의 시체를 멀리 멀리 실어가 컨테이너선에서 떨어진 쓰레기와 함께 흙더미에 묻어버릴 것이다. 말론의 손이 마치 방금 물에서 튀어나온 물고기처럼 그녀의 축축한 손에서 미끄러졌다.

그녀의 몸, 인생, 희생 따위는 아무래도 좋았다. 아이가 살 수만 있다면.

◆◆◆

제르다는 집 앞에 멈춰 서서 그들에게 활짝 웃어보였다. 허리춤의 자스타바 총은 풀어 젖힌 재킷 안에서 비죽이 솟아 있었다. 그는 아망다의 머릿속에 감시장치라도 달아놓은 것처럼 그녀의 생각을 다 읽고 있는 것 같았다. 그녀는 겁에 질려 망설였다. 최소한 잠시 멈추기라도 했으면! 잠시 휴식이라도! 나를 죽이기 전에 섹스를 한다거나 장물을 찾아내어 만족한다거나…. 아이를 구할 수만 있다면!

제르다는 지금 아무런 의심도 품지 않았다. 계획을 변경할 이유도, 엄지동자 놀이를 계속할 필요도 없었다. 아이의 눈에는 그가 식인괴물이니까.

그는 이미 몇 달 동안이나 기다렸다. 티모가 입을 열지 않도록 그의 옆에 붙어 있었고, 보물은 잠자게 내버려두었다. 아이가 자신의 얼굴을 잊도록 기다렸고, 경찰이 차츰 포기하고 다른 사건에 눈을 돌릴 때까지 조용히 숨어 있었다.

제르다는 나무와 함석판으로 만들어진 집으로 올라가는 계단 세 개를 한 번에 올랐다. 주변의 다른 집들과 마찬가지로 황량한 집이었다. 낡을 대로 낡은 문은 발로 밀기만 해도 열릴 것 같았다. 그래도 그는 주머니에서 천천히 열쇠를 꺼냈다. 넘치는 기쁨을 억제하려고 애썼다. 도취하지 말아야 하는데….

어려운 일이다.

티모, 일로나, 시릴, 그리고 꼬마와 함께 몇 주 동안이나 머물며 도빌에서의 무장강도를 모의한 이곳, 해적 소굴이라고 이름 붙인 이 집에서 몇 분 후에 다시 나온다. 부자가 되어.

그리고 혼자서.

56

생라자르역. 14호선. 금요일 밤.

에스컬레이터에 햄스터들이 득실거린다.

나도 그중에 낀 한 마리 햄스터다.

죽이고 싶다.

폭탄을 설치했다. 사람들은 알카에다의 소행이라고 여겼다.

내가 한 건데.

유죄: 335　무죄: 1560

www.죽이고싶다.com

그녀는 항상 주차장이 싫었다. 거의 공포에 가까웠다.

지나치게 넓은 쇼핑몰의 주차장은 특히 싫었다. 왜 출구는 항상 반대편에 있는 것일까?

어렸을 때 길을 잃은 적도 있었다.

캉 인근의 몽드빌2 쇼핑몰에서였다. 쇼핑몰을 둘러싼 주차장에서 분명히 북문으로 나왔다. 부모님이 신상품으로 출시된 포케몬 볼을 사주지 않아서 심통이 잔뜩 난 상태였다. 엄마 아빠와 함께 똑같은 문으로 쇼핑몰에 들어갔던 건 확실히 알고 있었다. 그런데 길을 잃었다.

부모님이 남문의 연보라색 S2 주차장에서 한 시간 동안 그녀를 찾아 헤매는 동안, 그녀는 초록색의 N3 주차장에서 울고 있었다. 버림받은 기분이었고 극심한 공포에 사로잡혔다.

경비원이 그녀를 발견했다.

죽이고 싶다.

주차장은… 공포다.

어른이 된 그녀는 자동차를 어디에 주차했는지 매번 잊어버린다.

오늘은 그곳에서 연인을 잃었다.

티모에게서 검은색 피가 조금씩 끊임없이 흘러내렸다. 짙은 얼룩이 그의 밑에서 점점 커졌고, 르노 트윙고의 아이보리색 시트는 커피에 젖은 설탕색이 되었다. 반대로 티모의 얼굴과 팔과 목은 시나브로 더 창백해져서 얼룩이 지지 않은 시트의 아이보리색보다 더 옅어졌다.

그녀는 안심시키듯 티모의 허벅지를 부드럽게 쓰다듬었다. 티모는 조수석 등받이를 최대한으로 젖혀서 안전벨트로 몸을 고정시키고 누워 있다. 주차장을 오고가는 사람들은 이 차 안에서 어떤 일이 일어나고 있는지 전혀 알지 못한다. 설혹 그 안을 들여다보았다 한들 그저 한가롭게 얘기를 나누는 커플의 모습만 보았을 뿐이다.

티모의 입술이 떨리며 움직였다. 창밖에서 봤다면 그가 말하고 있다고 생각했을 것이다. 실제로 티모는 말하려고 애썼다. 하지만 거의 알아들을 수 없었다. 어쩌다 한두 단어만 소리가 되어 나왔다. 티모의 입술은 마지막 한숨을 내뱉고 굳게 닫혔다.

"… 어…"

그녀는 그의 가슴에 손을 얹으며 미소를 지었다. 예전부터 그녀는 티모가 잘생겼다고 생각했다. 자유롭게 마음껏 돌아다니던 시절, 함께 걸으면 지나가던 여자들의 시선을 사로잡던 남자였다.

"… 어…."

무슨 말을 하고 싶은 거지? 무슨 생각을 하는 거지?

고통에 대해서?

두려움에 대해서?

아니면 죽기 전에 남기고 싶은 말?

"살아야 해, 티모. 내 말 들려? 반드시 살아야 해."

그녀는 부드럽게 말하려 애썼다. 한 단어 한 단어 또박또박 발음하면서 티모도 그녀처럼 알아들을 수 있는 말을 해주기 원했을지도 모른다.

티모는 여전히 아무 대답 없이 입술을 떨었다.

"당신은 살아야 해, 내 사랑. 우리 아들을 생각해! 난 지금 당신을 잠깐 혼자 둬야 해. 이해하지? 몇 분만 혼자 있어줘. 정신 잃으면 안 돼. 구급차를 부를 거야. 우리 위치랑 거리 이름이랑 주차장 색깔이랑 자동차 번호도 다 알려줄 거고. 그 사람들이 와서 당신을 살려줄 거야. 몇 주 동안 병원에 있어야 할 테고, 감옥에도 몇 년 있게 되겠지. 감옥에서 나와도 당신은 여전히 젊을 거야. 그때쯤에는 우리 아들도 많이 자랐을 테고. 그때 다시 만날 수 있어. 알아들었어? 살아야 해. 우리를 위해서, 우리 세 명을 위해서."

그녀는 티모에게 말을 건네며 대시보드에 켜 있는 숫자를 흘깃 보았다.

14시 13분.

티모가 또 무슨 말인가 했지만 첫 음 외에는 들리지 않았다. A로 시작하는 말이었다. 나머지는 그의 침과 피가 섞인 거품 때문에 들리지 않았다.

A로 시작하는 말.

사랑Amour?

곧 보자A tout de suite?

안녕Adieu?

그녀는 티모의 입술에 입을 맞췄다. 바싹 말라 거친 입술이었다. 그들 머리 위로 백미러에 걸어놓은 작은 전나무 모양의 방향제가 흔들렸다. 방향제의 바닐라향과 서늘한 담배 냄새가 뒤섞여 코끝을 자극했다.

전나무는 아기의 사진 뒤에 밀어 넣어준 그림을 떠올리게 했다.

성탄은 즐거워

절대 잊지 마

아이와 자신을 잇는 유일한 고리.

모든 것이 계획대로 흘러가고 있다. 운을 믿어볼 수밖에.

그녀는 티모가 혹시 굴러 떨어지지는 않을지, 편안한 자세인지, 적어도 돌아올 때까지 견딜 수 있는 자세인지 살펴보았다. 그리고 밖을 지나는 사람들이 티모를 보지 못하게 차양으로 창문을 가렸다.

티모는 견딜 수 있을 것이다. 견뎌낼 것이다. 도빌의 사건 이후로 얼마나 버텨왔던가. 빌어먹을 의사가 함정에 빠뜨렸지만 이제껏 견뎌냈다. 아직 몇 시간은 더 버틸 수 있다. 제발 단 몇 시간만 버텨준다면….

삶에 대한 의지로.

그녀는 차에서 나와 티모에게 마지막으로 미소를 지어 보였다. 티모의 눈은 이미 감겼다. 입술만이 약하게 떨렸다. 하지만 이제는 어떤 소리도 나오지 않았다.

그녀는 휘청하며 차체에 한 손을 짚었다. 선글라스 뒤로 하염없이 눈물이 흘렀다. 부옇게 흐려진 눈에 비친 손목시계는 달리의 그림처럼 흐물흐물한 반죽 같은 시계로 보였다.

14시 23분.

주차장 끝의 출입구는 사람들이 오고갈 때마다 자동으로 열리고 닫혔다.

정확하게 시간을 맞췄다.

57

파피는 구덩이 앞에서 멍해졌다.

560미터라고?

주변의 모든 것이 엉망이었다. 길을 잃은 게 분명했다. 내비게이션은 포티니 일대에 대대적 공사가 있었던 사실을 모르는 모양이다. 황무지는 산업지대가 되었고, 이전에 공장과 광부촌의 벽돌 건물이 있었던 곳에는 새 도로가 생겼다. 마치 유령이 스칠 때 설명하기 힘든 오한을 느낄 뿐 아무것도 보지 못하는 것처럼, 그곳은 내비게이션이 인식하지 못하는 곳이었다. 파피는 마을 바깥쪽에 차를 주차하고 돌무더기가 잔뜩 쌓인 주차장을 한 바퀴 돌아보았다.

그는 작은 광부촌 그리종 거리를 검색했다. 이곳도 언젠가는 허물어져 새로운 모습으로 변모할 것이다. 모든 광부들이 죽고 나면, 노르망디의 다른 마을들처럼 이곳에서도 사과나무와 소가 자랄 터이다. 그래서 이전의 모습을 모두 잃고 새로 태어날 것이다.

북부지방에는 광산과 피라미드처럼 쌓인 흙더미, 그리고 화단과 보도로 둘러싸인 붉은색의 광부촌이 있다. 노르망디는 농장과 비둘기집 구조물과 정원의 연못이 특징이다. 풍경이란 많은 사람들이 상상하는 모습 그대로 비춰지게 된다. 자신이 원하는 대로 보기 때문이다. 북부에서는 졸라가 묘사하는 풍경을 머릿속에 떠올리고, 노르망디에서는 플로베르와 모파상이 그린 풍경을 생각한다. 말하자면 성형수술과 마찬가지인 셈이다. 흐르는 시간에 대항하고, 추한 과거를 지우기 위한 방식인 것이다.

파피도 상상 속에서는 아무도 이래라 저래라 하는 이 없이 마음대로 세상을 바꾸길 좋아했다.

더는 존재하지도 않는 길을 달콤한 목소리로 안내해주고 '경로를 이탈하였습니다. 유턴하세요'라고 명령을 내리는 내비게이션 따위는 필요 없다.

빌어먹을.

내비게이션을 대신해 변명을 해보자면, 파드루 경위는 사실 내비게이션의 지시를 집중해서 듣지 않았다. 저속으로 달리며 마리안이 미친 듯이 보내는 메시지를 확인했다. 말론이라는 아이의 그림, 그리고 항상 같은 상징.

배, 숲, 로켓, 네 개의 성탑.

마리안은 메시지를 보내며 점점 더 강도를 높여 압박했다.

제기랄, 파피! 당신은 이 지역에 50년도 넘게 살았으니 뭔가 짐작 가는 게 있어야 할 게 아니에요!

글쎄….

파피가 아이의 그림에 완전히 집중한 것도 아니다. 각자 자신이 할 수 있는 일이 있는 법이다. 르아브르에 열다섯 명이나 되는 경관이 모여 있지 않은가! 어린애 그림 따위는 그들이 보면 된다. 수사는 팀워크다. 파피는 무엇보다 다른 경찰이 찾아내지 못하는 흔적을 쫓는 게 좋았다. 그리고 사립 탐정처럼 혼자 다니는 것을 즐겼다. 몇 달 후면 은퇴해야 하는 지금이야말로 이런 자유는 마음껏 누려야 하지 않겠는가. 그는 본부에 배치된 수습경찰 뤼카 마루에트에게 연락하여 이것저것 지시를 내렸다. 티모, 일로나, 시릴, 알렉시스가 태어나 자란 그리종 거리에 가급적 많은 정보를 취합한 후 오고 싶었기 때문이다. 광산이 문을 닫은 후 폐허가 되어버린 이곳에서 이 패거리들은 마치 폭격 후 유일하게 살아남아 폐허를 놀이터로 삼으며, 노인들의 탄식을 웃음소리로 덮어버린 아이들 같았다. 히로시마와 마찬가지로 하루아침에 폐허가 돼버린 오라두르1944년 나치 독일 군대에 의해 대규모 학살을 당한 마을의 아이들처럼, 근거 없는 희망을 가지고 무덤과 무덤 사이를 뛰어다녔다. 아무것도 이해하지 못했고, 죽은 이에 대해 경의를 표하지도 않았다.

560미터 깊이의 무덤. 그는 그 앞에 묵묵히 서서 100년에 걸친 이곳의 역사를 생각했다.

파피는 자동차에서 나와 앞의 이정표를 읽고 구덩이 위로 몸을 구부렸다. 에지 갱도는 이 마을에서 한때 번성했던 광산업의 마지막 잔해다. 폭 5미터. 하지만 바닥은 거의 보이지 않을 정도로 깊다. 1980년대 말까지는 그곳에서 철광석을 채취했고, 광석을 운반할 수 있도록 갱도 주변에 30미터 높이의 네모난 콘크리트 시추탑을 세워놓았다.

그는 잠시 그곳에 서서 머물렀다. 수습생이 뭐라고 했더라? 그에게 인터넷으로 잘 조사하기만 하면 될 질문들을 했었다. 수습생이 보기에는 좀 이상했겠지? 하긴 뭐, 늙은 경찰관이 노망이 들었나 생각하고 말

테지. 우선은 아구티에 대해서 물었다. 남아메리카에 사는 설치동물, 아구티에 대해 자세히 알아보라고 했다. 수습생 마루에트가 나약한 청년일 수도 있지만 그걸 조사해주는 게 그렇게 힘든 일은 아니니까. 한결 쉬운 임무로 폴란드 단어 몇 개를 알아보라고도 했다. 자동번역기에 입력만 하면 되는 일이다. 파피는 자신이 찾아낸 그리종과 포티니의 폴란드 이주민과 관련된 모든 이름을 마루에트에게 보내놓았다.

이것저것 조금씩 연결하면 금방 답을 찾을 거라고 파피는 생각했다.

조금 더 어려운 일도 시켰다. 마루에트를 시험해보고 싶어서였다. 그건 바로 티모 솔레르와 알렉시스 제르다, 일로나 아다미아크와 시릴 뤼코비크의 어린 시절부터 현재까지의 행적을 찾는 일이었다. 범죄기록처럼 이미 알려진 사실은 필요 없으니 다른 새로운 정보를 낱낱이 조사하라고 했고, 특히 경찰이나 변호사가 관심두지 않았을 내용을 알아보라고 지시했다.

그리고 이제껏 기다렸다.

1분 후 메시지가 왔다. 마루에트가 아니고 마리안이다.

파피는 투덜거렸다.

도대체 경감은 참을성이 없어.

마리안이 말론 물랭의 그림을 보냈다. 파피에게는 여전히 다른 그림과 똑같아 보였다. 아이의 서투른 그림. 그가 보기엔 냉장고 문짝에 자석으로 붙여 놓은 손주들의 그림과 별다른 차이가 없었다.

검은 수직선 네 개. 파란 수평선 세 개.

말론의 설명에 따르면 이 그림은 바닷가의 성이다.

마리안은 그림 밑에 메시지를 덧붙였다.

성이래요, 젠장! 파피, 망슈노르망디 지방의 한 주가 보이는 성을 좀 찾아봐요.

그런 건 없어요, 마리안!

아이가 상상한 거라고요!

파피는 바닥이 보이지 않는 거대한 무덤 앞에서 잠시 머무르다가 세워둔 차로 돌아갔다. 정보가 있든 없든 그리종 거리 쪽으로 가볼 생각이다.

내비게이션은 넌더리가 날 정도로 권위에 찬 지시를 끊임없이 내보냈다. 짜증이 밀려오는 순간, 뤼카 마루에트의 메시지가 왔다.

첨부파일은 세 개였다.

첫 번째 파일은 아구티에 대한 자료로 30페이지가량 되었다. 파드루 경위는 대강 넘겼다. 이건 나중에 읽자.

두 번째 파일은 달랑 한 페이지였다. 두 칸으로 나눠 한 칸은 폴란드 단어, 다른 한 칸은 프랑스어를 적은 도표다. 그중 한 단어를 주의 깊게 보았다.

그리종.

파피의 가슴이 쿵쿵 뛰기 시작했다. 엄지손가락으로 화면을 밀어 내비게이션 목소리를 껐다.

결국 처음부터 내 생각이 옳았던 거야.

떨리는 손으로 마지막 파일을 열었다. 솔레르와 뤼코비크 부부에 대해 조사한 두 페이지짜리 보고서였다. 수습생이 제법이군. 마루에트는 이들이 오래전에 고용노동기관에 제출했던 이력서를 찾아냈다. 이 불량한 패거리들이 모두 실업자였다는 걸 기억한 모양이다. 그들이 예선에 했던 일이나 실습, 알바 경력에 관심을 가진 사람은 아무도 없었다. 특히, 2015년 1월, 도빌의 해변에서 불안정한 삶을 끝마친 뤼코비크 부부에게는 누구도 관심을 두지 않았다. 단지 시릴은 짐꾼으로, 일로나는 경리사원으로 둘 다 항구에서 잠시 일했다는 사실만 파악했을 따름이다.

파피는 하늘을 올려다보았다. 드디어 모든 패를 다 가졌다. 내 추론에 오류가 있을 수 있을까? 마리안에게 말해야 하나? 지금은 아무런 도움이 되지 않을 텐데…. 이 사실은 티모 솔레르나 말론 물랭, 아망다 물랭, 알렉시스 제르다를 찾는데 유용한 정보가 전혀 아니다. 하지만 이제 그는 이 모든 일이 어떻게 시작됐는지 알았다.

또 다른 메시지가 도착했다. 역시 마리안이다. 그녀는 말론의 그림 외에는 다른 주제로 넘어갈 생각이 없는 듯했다.

파피? 내가 보낸 메일 받았어요?

파피는 한숨을 쉬며 말론의 그림을 클릭했다.

검은 선 네 개….

꼬마가 심리상담사에게 원기둥 모양의 탑 네 개를 그려서 보여주었다고 한다. 하지만 르아브르 주변에는 성이 없다. 바다와 마주한 성은 더더욱 없다. 전쟁 당시에 전부 폭격으로 부서졌으니 말이다.

마리안은 똑같아 보이는 그림을 쉴 새 없이 보내며 그를 괴롭혔다. 마리안은 마리안대로, 파피는 파피대로 각자의 느낌을 따라 열심히 수사하는 중이다. 서로 역할을 잘 해낸다면 분명히 같은 지점에서 만날 것이다.

파피의 눈길이 흘러가는 구름을 좇다가 에지 갱도의 시추탑 위에 머물렀다.

그의 머릿속에서 톱니바퀴로 된 시동장치가 철컥 맞물려 돌아가기 시작했다. 갑자기 하늘을 향해 높이 뻗은 거대한 콘크리트 탑이 요동을 치며 심하게 흔들리는 것처럼 느껴졌다. 지금 즉시 입을 벌린 커다란 구덩이 안으로 무너져 내릴 것만 같았다.

파피는 떨리는 손으로 휴대전화를 잡았다. 어쨌든 그는 권위적인 여성들의 아주 작은 욕망이라도 만족시켜주는 게 좋았다. 연락처에서 '보스'를 찾아 꾹 눌렀다.

"찾았어요, 마리안! 뭔지 찾아냈다고요. 그 우라질 바닷가의 성 말이에요."

58

작은 바늘 2, 큰 바늘 7

말론은 필로티 구조의 낡은 집 계단에 앉아 있었다. 세차게 철썩이는 파도가 빠르게 밀려올까 봐 무릎 위에 구티를 놓았다. 구티에게는 튀어 오르는 물방울을 막아줄 모자가 없어서 말론이 보호해주어야 한다. 식인괴물은 말론에게 집에 들어오지 말고 밖에서 기다리라고 했다.

잘된 일이다. 춥긴 했지만 밖에서 기다리는 편이 더 나았다. 말론의 기억으로는 집보다 배가 더 예뻤다. 배에는 큼지막한 흰 돛이 펄럭였고, 돛대 꼭대기에서 검은 깃발이 나부꼈다. 하지만 물에 반쯤 잠긴 이 집은 바윗덩어리처럼 못생겨서 보기 싫었다.

성도 그랬다. 보호막이 되어줄 만큼 튼튼해 보이지도 않았고, 올라가봤자 멀리 볼 수도 없을 것 같았다. 물론 올라갈 수도 없다. 창문도, 계단도, 기사가 몸을 숨기고 성을 지킬 수 있는 성벽도 없이 달랑 탑 네 개만 있는 성이니까. 거대하고 높은 파도가 일면 모든 게 다 사라져 버릴지도 모른다. 배나 식인괴물의 집이나 구티처럼.

아니, 구티는 안 돼. 말론은 구티를 꽉 움켜잡았다. 하지만 구티는 이미 죽었다.

말론은 바닷물이 점점 더 많이 들어오자 마음이 바빠졌다. 이것도 기억이 났다. 때로는 바닷물이 바닷가의 동그란 조약돌보다 더 멀리 가버리고 모래만 남았다. 말론은 엄마와 함께 집 앞에서 모래로 성을 쌓곤 했다. 모래성은 바닷물이 다시 들어올 때까지 오랫동안 그곳에 서 있었다.

여기야. 말론은 확신했다. 전부 바닷물 속에 숨어 있지만 여기가 맞아. 바닷물이 다시 멀어지면 엄마가 나와서 나랑 놀아줄 거야.

다 엄마가 아니라 여기에 있던 엄마가.

끔찍한 소리에 말론은 깜짝 놀라 펄쩍 뛰었다. 식인괴물이 울부짖는 소리다. 말론은 소리가 더는 들리지 않게 후드를 꽉 조이고 구티의 귓구멍을 손가락으로 막았다.

◆◆◆

알렉시스 제르다는 합판으로 만든 수납장을 비틀었다. 옷장의 축축한 바닥과 서랍, 문, 칸막이가 여러 조각으로 쪼개졌다. 그는 유리와 그릇, 깨져버린 작은 장식품들과 누렇게 바랜 종잇조각을 발로 헤집었다. 아무것도 없었다. 아무짝에도 쓸모없는 것들뿐이었다.

벽에 붙은 선반들도 잡아 뜯었다. 듬성듬성 놓여 있던 책과 음반, 꽃병, 통조림이 바닥으로 떨어져 나뒹굴었다.

은신처를 떠나면서 그들이 버리고 간 쓰잘머리 없는 물건들이다.

전리품의 흔적은 어디에도 없었다.

제르다는 몇 안 되는 가구의 침대 아래도 샅샅이 뒤졌다. 그리고 절망과 분노에 가득 차서는 방과 방 사이, 주방의 얇은 벽을 모두 뜯어냈다. 냉장고 밑바닥에 있던 쪽문을 들어 올렸을 때 선수 친 자가 있음을 이미 깨닫고 난 후였다.

전리품은 비닥의 빈 공간에 숨겨두었다. 냉장고를 치워야만 나오는 공간이다. 저가항공의 기내수화물 규정에 맞는 여행가방 세 개에 나눠 보관했다. 자그마치 2백만 유로의 값어치가 있는 물건들이었다. 제르다는 첫 번째 방의 침대를 거칠게 들어 올려 벽에 세웠다. 그러고는 단검으로 매트리스를 갈기갈기 찢었다. 스펀지색의 폴리스틸렌 조각이 비처럼 쏟아졌다.

물건 숨긴 장소를 아는 사람은 네 명뿐이다. 티모와 뤼코비크 부부와 제르다. 꼬마도 물건이 어디 있는지는 모른다. 당연히 디미트리와 아망다도 제외다. 두 사람은 보석상을 털고 나서 물건을 숨기고 잠잠해질 때까지 기다리기로 되어 있었다. 그동안 이 물건을 돈으로 바꿔줄 중국인 장물아비들과도 연락할 생각이었다. 장물아비들이야 지구 반대편에 있으니 이곳의 경찰 끄나풀들과는 일면식이 있을 리 만무하다.

도대체 누가 배신했지?

제르다는 습기 때문에 곰팡이가 잔뜩 핀 다른 매트리스에도 길게 칼자국을 냈다. 그러고는 내장이 튀어나온 시체처럼 바닥에 팽개쳤다.

어느 빌어먹을 자식이 물건을 빼돌렸는지 모르겠지만 이 집 어딘가에 숨겨두었을 리가 없다. 그는 도빌에서 상점을 턴 후 이 집으로 돌아와서 여행가방 세 개를 숨긴 장소를 분명히 기억하고 있었다.

누구지?

그 뒤에 다시 올 수 있는 자가 누구지?

티모는 아니다. 그 형편없는 몸 상태로 올 수는 없다. 다 죽어가는 티모를 네주 거리의 아파트에 내버려두었다. 당연히 뤼코비크 부부도 아니다. 시릴과 일로나는 이미 르아브르의 영안실로 가버렸으니까.

한 가지 가능성만 남았다. 그들 중 누군가가 다른 이에게 말한 것.

티모가 여자에게 말한 걸까? 아니면 아이에게?

제르다는 아망다를 힐끗 보았다. 그녀는 거실 의자에 앉아, 보이지 않는 텔레비전을 응시하는 듯한 모습으로 생각에 잠겨 있었다.

아망다는 조금 있다가 상대해주자.

그는 현관 밖으로 천천히 걸어갔다. 그러고는 숨을 길게 들이마시고 마음을 진정시키며 꼬마에게 몸을 기울였다.

꼬마에게 말했을지도 몰라.

◆◆◆

아망다는 벽에 시선을 고정했다. 갈라진 벽은 아이의 뇌를 파고들어 죽음에 이르게 한 균열을 떠올렸다. 이 집도 결국은 무너질 것이다. 항상 이렇게 시작한다. 미세한 틈으로. 그러고는 어느 순간 무자비하게 벌어져 빈 공간이 생기고 차츰 커다란 구멍이 되어 마침내 모든 것을 집어삼킨다.

천천히 일어섰다. 제르다가 자신의 존재를 잊은 듯했지만 그녀는 알고 있었다. 그는 야수이며, 잠시도 방심하지 않고 주변을 경계하고 있다는 사실을. 호랑이처럼 겉으로는 무심해 보이지만 어느 순간에든 누구에게든 곧바로 덤벼들 준비가 되어 있다.

하지만 벽의 갈라진 틈이 그녀를 끌어당겼다.

그녀는 벽으로 다가가 고를 갖다 댔다. 균열은 천장에서 바닥까지 하나로 연결된 실처럼 보였다. 실은 천장에서 내려와 바닥 벽면의 굽도리를 따라 수평으로 나아가다가 약간 위로 올라가 서랍 하나가 달린 포마이카 테이블까지 쭉 이어졌다. 설탕 저장고를 발견한 개미들이 정교하게 약탈 계획을 세워 줄지어 가는 모습이었다.

아망다는 손가락으로 벽을 훑었다. 이상하게도 벽에 난 금은 자연스럽지 않았다. 자세히 보니 벌레들이 은밀하게 이동하는 모습을 본 따 가는 펜으로 그은 선이었다.

마치 오직 그녀의 눈에 띄기만을 바란 것처럼!

마치 하늘로 가는 길에 아들과 동행했던 유일한 존재는 아들의 뇌를 가르며 천천히 전진했던 곤충들뿐이었음을 알고 있는 누군가가 그린 것처럼!

그녀는 조심스럽게 고개를 돌려 제르다를 보았다. 그는 현관문 앞에서 말론에게 말하고 있었다.

무슨 말을 하는 거지?

상관없어. 그녀는 잠시 여유가 생겼다.

이 선을 그린 사람은 아망다가 서랍을 열기를 바라는 게 분명했다.

그녀는 제르다가 보지 못하도록 몸으로 테이블을 가리며 조심조심 서랍을 열었다. 낡은 지도들이 아무렇게나 쑤셔 박혀 있었다. 지도 밑을 손으로 더듬어보았다.

무슨 상황인지 이해할 수 없었다.

그녀는 입술을 깨물며 떨리는 손가락으로 직사각 봉투를 집어들었다.

그 안에서 비행기표 두 장이 나왔다.

좌석 번호는 23A와 23B.

이름은 아망다 물랭과 말론 물랭.

르아브르 옥트빌 공항 출발. 목적지는 베네수엘라 수도 카라카스.

아일랜드 골웨이 경유.

르아브르 공항 16시 42분 출발. 두 시간이 채 남지 않았다.

이게 뭐지?

누가 여기에 넣어뒀지? 제르다가 찾는 게 이 비행기표일까? 비행기를 타고 도망치려고?

그건 불가능하다. 프랑스의 전 경찰이 그를 쫓고 있으니 공항의 출국 심사대를 통과하지 못할 게 뻔하다.

그럼 도대체 누가?

갑작스레 격렬한 기침이 터져서 아망다는 더 이상 생각할 수 없었다. 제르다가 무심하게 눈을 들어 아망다를 보았다. 앞섶을 풀어 헤친 건 어리석은 생각이었다. 허파에 얼음 같은 냉기만 밀어 넣었을 뿐이다.

이제 곧 죽을 일만 남았다. 콧물을 줄줄 흘리며 우스꽝스럽고 처량한 모습으로. 살아온 내내 그랬던 것처럼. 지금 해야 할 일은 하나밖에 없었다. 그건 제르다의 주의를 다른 곳으로 돌리고, 말론에게 도망치라고, 밀물에 갇히기 전에 어서 빨리 이 집을 벗어나라고 있는 힘껏 외치는 것뿐이다.

◆◆◆

"보물을 잃어버렸어요?"

말론은 식인괴물이 무섭지 않았다. 도와줄 수도 있었다. 더구나 이 아저씨는 불쌍해 보였다. 순진한 기사의 이야기에서 달도 조각낼 수 있는 칼을 가진 숲속의 식인괴물과는 전혀 달랐다.

"말론, 혹시 알아? 보물이 어디 숨겨져 있는지?"

그는 애써 부드러운 목소리를 내며 말했다.

"그럼, 아저씨도 구티처럼 됐어요?"

"그게 뭐지? 구티처럼이라고?"

"응, 구티처럼. 그 이야기 몰라요? 구티랑 구티의 보물이랑. 구티는 잠들기 전에 보물을 숨겨요. 나중에 잠에서 깨면 찾으러 오려고."

"계속 말해봐, 말론. 계속. 보물을 찾으려고 어떻게 하지?"

"아무것도 안 해요. 이야기에서 그랬어요. 다시 못 찾는다고. 구티는 보물이 생기면 땅에 묻어요. 하지만 어디에 묻었는지 잊어버려서 못 찾아요."

제르다는 터져 나오는 욕설을 간신히 억눌렀다. 어린애 머릿속에 이따위 생각이나 잔뜩 집어넣다니!

하지만 꾹 참고 한층 더 부드럽게 말했다. 목소리가 고음으로 나왔다. 아이들은 높은 목소리를 좋아하니까. 그도 필요할 땐 감정을 억제할 수 있다.

"구티가 보물을 찾지 못하면, 누가 보물을 찾지? 누가 구티의 보물을 훔치는 거야?"

"아무도 못 찾아요."

말론은 무릎 위의 구티를 꼭 안으며 바다를 쳐다보고 말을 이었다.

"아무도 못 찾지만 다 같이 찾게 돼요. 이야기에서 그랬어요. 구티의 보물은 씨앗 한 갠데, 땅에 묻어둔 씨앗이 자라서 커다란 나무가 돼요. 그 안에서 다 같이 놀고 함께 먹고 잠도 같이 자요."

제르다는 아이 쪽으로 몸을 더 구부렸다. 허리띠에 꽂은 자스타바의 총구가 허벅지를 쿡쿡 찔렀다.

◆◆◆

아망다는 의구심을 품고 계속 서랍을 뒤지면서 알렉시스가 보지 못하도록 주의를 기울였다. 맨 밑의 지도를 들췄다. 이브토 지역의 블루 시리즈 지도였다. 그 아래 무언가가 숨겨져 있었다. 부스럭거리는 소리가 났지만 파도 소리에 묻혀 제르다는 눈치 채지 못했다. 손이 덜덜 떨렸다.

정확성이 필요한 게임을 하듯, 그녀는 도로지도를 포마이카 테이블 위에 조심조심 올려놓고 서랍 밑바닥을 확인했다.

몇 번이고 눈을 깜박였다. 꿈은 분명 아니었다.

그녀는 이해했다. 누군가가 일부러 놔둔 것이다. 나를 위해.

59

오늘, 스테파니가 우리의 셋째 아이를 낳았다.

그런데 뱃속에 아이가 두 명 더 있다.

죽이고 싶다.

어떤 아이를 살리고 싶은지 물었다.

유죄: 1153　무죄: 129

www.죽이고싶다.com

구티는 막 세 살이 되었어. 가족 중에선 이미 나이를 꽤 먹은 편이었지. 구티 엄마는 여덟 살, 가장 나이 많은 할아버지가 열다섯 살이었으니까.

경찰 다섯 명이 오그레스 경감과 르슈발리에 경위를 중심으로 바삐 움직였다.

디미트리 물랭의 시신은 조금 전에 핏물이 든 대나무 돗자리째 옮겼고, 경관들은 이제 아무런 거리낌이 없이 드나들었다. 물랭의 거실 테이블 위에 펼쳐져 있던 지도도 누군가가 접어서 치웠다.

긴급상황이야. 경감이 강조해서 말했다. 살인 사건이 두 건 더 일어날 수도 있어.

세 살짜리 아이가 살해될 수 있으니 시급히 막아야 한다. 확신에 찬 파피의 전화를 받은 후, 마침내 방향을 잡았다.

말론은 성탑을 그린 게 아니라 공장 탑을 그린 거예요!

파드루 경위는 광산의 시추탑을 관찰하다가 말론이 그린 탑과 매우 비슷하다는 것을 깨달았다. 성탑 네 개를 찾을 일이 아니라 네 개가 나란히 서 있는 굴뚝이나 저수통, 저장고를 찾아야 했다.

바닷가에 있다는 건 아이의 착각이다!

테이블에 둘러앉은 경관 다섯 명이 각자 노트북을 펼치고 화면을 들여다보았다.

구글 어스, 구글 스트리트 뷰, 매피지도 및 지역정보 어플, 르아브르 도시계획기관의 지리정보시스템…. 그 외에도 지리 정보나 사진, 도면을 얻을 수 있는 모든 사이트를 뒤졌다. 다른 두 명의 경관, 베나미와 부르덴은 항만청과 상공회의소에 전화하는 일을 맡았다.

오그레스 경감은 팀원들에게 일의 방향을 지시하고 결과를 보며 지휘했다. 파피가 팀 최고의 두뇌라는 그녀의 판단이 옳았음이 다시 한 번 입증되었다. 이 고집쟁이가 혼자 일하는 것을 좋아하니 큰 낭비가 아닐 수 없었다. 지베 대신 파피랑 다니면 좋으련만. 테이블에 걸친 지베의 엉덩이가 마음에 드는 데다가, 그 역시 유능하고 효율적인 경관인 것도 사실이다. 도빌의 카지노 앞에 주차된 오펠 자피라를 찾아내지 않았는가! 그래도 왠지 파피와 함께 있다면 안심할 수 있을 것 같았다. 이상하게도 그녀는 지베를 신뢰할 수 없게 되었다.

옛날에 커다란 숲에서 흔히 자라는 나무로 지은 웅장한 성이 있었어. 성에는 기사들이 사는 커다란 탑이 네 개 있어서 멀리까지 볼 수 있었지. 이 당시에 기사들은 자기가 태어난 날의 이름을 자기 이름으로 썼어.

파드루 경위의 '공장 탑' 얘기를 듣고 일었던 흥분은 다시 가라앉았다.

아무리 찾아도 들어맞는 곳이 없었다.

항구 주변의 산업지역을 집중해서 살폈지만 하나같이 라에브 곶에서 멀리 떨어진 곳이었다. 그 주변에는 정유공장도 없었고, 발전소도 없었다. 제철공장이나 화학공장도 없었다. 공장은 강 상류나 프랑스 최대 정유소인 포르제롬 근처에 있었다. 경관들은 다시 센 강 건너편, 옹플뢰르 쪽을 살펴보았다. 그러나 그곳에는 유람선용 부두, 낚싯배 몇 척, 그리고 등대만 있었다. 북쪽도 마찬가지였다. 앙티페의 석유기지 근처에도 말론 물랭의 그림과 비슷한 탑은 전혀 없었다.

마리안은 시계를 보며 투덜댔다.

14시 40분.

그들은 갈피를 못 잡고 헤맸다. 적어도 지베에게는 오늘 밤 집에 늦게 들어갈 핑계가 생겼다. 아이들과 아내의 뺨에 입을 맞추며 아내가 다른 여자의 향을 알아차릴까 두려워하지 않아도 되고, 핑곗거리로 마리안을 써먹을지도 모른다.

다른 수사도 지지부진했다. 오펠 자피라의 번호판을 추적하는 건 난관에 부딪쳤다. 사건이 일어난 몇 시간 후, 혹은 그 다음 날 자동차가 사라졌는데 아무런 기록도 남아 있지 않았다. 자동차는 뇌이유에 사는 약사의 것으로, 도빌에는 거의 오지 않는 사람이었고, 차고에 서 있는 자동차가 세 대였다. 그는 3개월이 지난 4월 9일이 되어서야 비로소 도난 신고를 했다. 이 도난 차량과 도빌 강도 사건 당시 메르 거리에 주차돼 있던 스물일곱 대의 다른 자동차에 대해 조사를 한 사람은 아무도 없었다. 이런 실수를 하다니! 아마 그 이후에 오펠은 항구 근처 어디에선가 불에 타 없어졌거나 선착장 바닥으로 가라앉았을 공산이 크다.

이를 통해 새롭지는 않지만 두 가지 결론이 나왔다. 하나는 강도들이 매우 치밀하게 계획을 짰다는 것이고, 다른 하나는 일로나와 시릴 뤼코비크는 이 차에 훔친 물건을 싣고 도주할 생각이었다는 것. 그리고 물건은 사라졌다.

마지막 희망은 도빌의 강도 사건 이전이나 이후에 구경꾼들이 찍은 사진 중에서 말론 물랭이 찍힌 사진을 찾는 거였다. 뤼카 마루에트가 이 일을 맡았다. 현재로서는 진전이 없었다. 운 좋게 찾는다 해도 사진을 바탕으로 결론을 도출하기까지는 오랜 시간이 걸린다. 컴퓨터에 능한 마루에트는 수백 장의 사진을 확대해서 얼굴을 일일이 살펴보았다.

섬 주민들은 모두 그를 아기 해적이라고 불렀어. 그는 이 별명을 썩 좋아하지는 않았지. 자기는 더 이상 아기가 아니었거든. 하지만 막내였기 때문에, 자기가 자라는 동안 사촌들도 똑같이 자랐기 때문에, 항상 가장 어렸기 때문에 이 별명이 싫어도 어쩔 수 없었어.

물랭의 거실에서는 변조된 목소리의 구티가 끊임없이 이야기를 들려주었다. 월요일의 이야기부터 일요일의 이야기까지 이미 한 시간 가까이 반복하고 있었다. 마리안은 마음이 쉬인 구디의 목소리가 현장에 몹시 어울리지 않았지만, 어느 지역인지 알아낼 때까지는 아무도 엠피스리를 끄지 못하게 했다.

경관 열 명이 구티의 이야기를 들으며 화면을 보았다.

구티, 진정한 보물은 평생에 걸쳐서 찾는 게 아니야. 그건 언제나 우리 옆에 숨어 있단다.

마리안은 주머니에서 진동하는 전화를 받으러 테이블을 벗어났다.

앙지.

시간을 잘도 맞췄군!

마리안은 손으로 오른쪽 귀를 막고 집 뒤편에 있는 작은 정원의 테라스로 걸어갔다.

"마리안, 통화 가능해?"

"무슨 일이야, 앙지. 무슨 문제라도 있어?"

"아니…. 연락이 없어서…. 밤이 되기 전에 전화해줘. 소식도 좀 알려주고. 그… 심리학자 말이야. 잿더미로 발견된 게 그 사람 맞아?"

마리안은 눈을 들어 하늘을 보았다. 그러고는 쥐똥나무로 삼면이 둘러싸인 정원을 둘러보았다. 사람이 드나들 것 같지 않은 낡은 헛간에는 장작더미가 쌓여 있고, 플라스틱 의자 아래 축구공이 있었다. 녹슨 바비큐 장비는 앞으로도 쓸 일이 없을 듯했다.

"응, 맞아. 그 사람이었어." 마침내 마리안이 말했다.

오랫동안 침묵이 흘렀다. 마리안이 다시 입을 열었다.

"지금 할일이 너무 많아. 미안, 앙지. 지금은 정말 통화할 시간이…."

"어… 그래. 그렇겠지…."

마리안은 아무 생각 없이 주머니 속의 종이를 만지작거리다 꺼내서 읽었다.

성탄은 즐거워. 절대 잊지 마.

말론의 사진첩에서 찾아낸 종이다.

“그럼…, 오늘 밤엔 시간이 돼?” 앙젤리크가 조심스럽게 물었다.

“아마 안 될 것 같아.”

마리안은 냉정하게 거절할 수밖에 없어서 미안한 마음이 들었다. 앙지의 전화에 1분 이상 쓸 수는 없었지만 다른 질문으로 미안함을 감추고자 했다.

“넌 어때? 지금 미용실이야? 목소리가 이상한데?”

“괜찮아. 난 괜찮아. 연락 기다릴게. 자기가 필요해.”

그녀는 속삭이듯 나직한 목소리로 말했다. 아이의 귀에 대고, 혹은 연인에게 말하듯이. 마리안은 마음이 무거워졌다. 비록 서로를 알게 된 지 몇 달밖에 안 됐지만 그녀는 앙지를 마음 깊이 좋아했다. 그 이유를 콕 집어 설명할 순 없었다. 어쩌면 꿈꾸는 소녀 같은 미용사가 지닌 절망감과 열정적인 성격이 자기와 비슷해서 서로 통한 것일 수도 있다. 혹은 죽이고 싶다가 살고 싶다가 모든 걸 파괴해버리고 싶고, 뭐든지 하고 싶다가도 갑자기 아무것도 하기 싫어지는 두 극단의 감정 사이를 채우는 유머감각을 함께 나누어서인지도 몰랐다.

어쨌든 지금은 아니다. 오늘 밤은 불가능하다. 이 사건이 끝나면 리오하 와인을 나눠 마시며 세상사를 이야기하고, 우리만의 작은 세상을 다시 만들 시간이 생긴다.

"그래, 고마워. 앙지." 마리안이 속삭였다. "되도록 빨리 연락할게. 약속해. 지금은 끊어야 할 것 같아."

"응, 수고해…."

마리안은 경관 열 명이 둘러 앉아 꿀벌처럼 열심히 일하는 공간으로 되돌아갔다. 지베는 이 모니터에서 저 모니터로 왔다 갔다 하며, 탑 네 개를 굴뚝으로 바꾸고 용맹한 기사를 공장 직원으로 바꾸는 파피의 해석이 틀렸다고 생각했는지 짜증이 나 있었다. 한 시간이나 흘렀는데 아직도 여기에서 옴짝달싹 못 하고 있다니….

앙지의 목소리가 마리안의 머릿속에서 맴돌았다.

자기가 필요해.

사랑 고백보다 더 집요했다. 이건 구조 신호야.

마리안은 투덜거렸다. 선생님이면서 동시에 말 안 듣는 학생 같았다. 참 이상한 일이지. 그래도 머릿속에 끈덕지게 달라붙은 생각에서 헤어나야 했다. 사실, 다른 일에 집중하는 게 그리 어렵지는 않았다. 구티의 여자 목소리가 흘러나오는 마호가니 책장으로 조금만 다가가면 되니까.

괴물은 커다란 칼을 꺼냈어. 칼날이 달빛을 받아 반짝 빛났지. 칼이 너무 커서 그 위로 보이는 달은 마치 조각내야 할 치즈처럼 보였어.

부르덴 경사가 휴대전화를 들고 그녀 앞에 차렷 자세로 섰다. 가지를 쳐낸 측백나무처럼 곧고 반듯했다.

"나?"

그는 몸을 움직이지 않은 채 고개만 까딱했다.

"오그레스 경감입니다."

"저는 항만청의 엔지니어 위베르 반 드 멜르라고 합니다. 사실은 이미 은퇴한 엔지니어예요. 청장님이 전화를 주셨는데, 수사상 필요한 어떤 장소를 찾고 계신다고요? 시간이 없다며 은퇴한 제게 연락을 하셨어요. 저로선 시간을 때우기도 좋고, 알츠하이머나 파킨슨이나 알렉산더나 헌팅턴 병을 예방하는 데 도움이 되기도 하고요. 이런 병들은 쓸모없는 사람이 되면 제일 먼저 찾아오는 불청객이니까요. 제가 싫다는 소리를 못 한다는 것도 잘 아시고…. 정확하게 어떤 걸 찾으시는 거죠?"

마리안은 쓸데없는 말에 지쳐서, 세부사항은 생략하고 대략적인 내용을 빠르게 설명했다. 성처럼 보이는 공장이나 발전소, 바다에 가깝고 해적선 같은 배가 보이는 곳, 강 하구에서 50킬로미터를 죽 따라 올라가며 동안과 서안을 봤지만 아무것도….

반 드 멜르가 그녀의 말을 끊었다.

"나토의 예전 기지를 생각해보셨나요?"

"뭐라고요?"

"나토가 예전에 사용했던 기지요. 옥트빌 쉬르 메르에 있어요. 라에브 곶 근처인데 공항에서 가깝고요."

마리안의 심장이 쿵쾅거리기 시작했다.

"계속 말씀해보세요."

"60년대 초, 냉전이 고조되었을 때 여전히 나토의 회원국이었던 프랑스는 르아브르 항구 북쪽으로 5킬로미터 떨어진 곳에 작은 기지를 건설하기로 결정했죠. 르아브르 항구가 폭격을 당해서 폐쇄될 경우를 대비해서요. 60센티미터 두께의 철근 콘크리트 벽, 1만 세제곱미터의 탄화수소를 저장할 수 있는 저장고 네 개, 유조선이나 전함이 정박할 수 있는 부두, 이 모든 것들이 절벽 아래 숨겨져 있고, 450개의 계단으로 연결돼 있어요. 20년간 군인들이 주둔했고, 비밀 방어기지로 분류됐죠. 타타르인들이 사막에서 몇 년 동안이나 적을 기다렸지만 러시아 군대 기병이나 붉은 잠수함을 결국 보지 못한 것과 마찬가지죠. 무슨 말인지 아시겠죠? 그 기지는 결국 사용한 적이 한 번도 없었어요. 그래서 80년대 초에 기지로서의 기능을 박탈해버렸고요. 석유 저장고에 시멘트를 붓고 사령탑의 출입구도 막아버렸어요. 그 상태 그대로 방치되어 있습니다. 아직 망가진 도로와 계단이 남아 있어요. 10여 채의 가옥이 그곳에 생겨났습니다. 바다가 가까운 데다 쓸 만한 물건들이 버려져 있으니까요. 그걸 가져다 쓰는 건 불법이지만. 이를테면 불법점거에 무단거주죠. 하지만 이곳은 몇 군데 환경 단체를 빼고는 세상에서 잊혔어요."

"저장탱크 네 개는 어떻게 생겼나요?"

"바다를 마주하고 나란히 서 있죠. 콘크리트로 만든 사령탑 위에 있는데 꽤 위압적이에요. 아래에선 그 탑밖에 안 보일걸요?. 상상력을 좀 곁들이면 공상과학 영화에 나오는 악당의 소굴처럼 보일 수도 있을 겁니다. 아니면 제임스 본드가 들이닥칠 것 같은 건물이죠. 실제로 그런 용도로 쓰일 겁니다. 아마도."

"기지로 쓰인 적이 한 번도 없다고 하셨죠? 거기에 배가 다니나요?"

"아니요. 배가 들어간 적이 없어요. 기지를 폐쇄하면서 부두도 다 없애버렸으니까요. 바닷가에 기둥 다섯 개를 박아서 아무 배도 못 들어오게 막아버렸거든요."

마리안은 입술을 깨물었다. 그럼 이곳도 아니라는 말인가?

"그런데," 반 드 멜르가 덧붙였다. "그 장소의 음침한 점을 한 가지 더 말씀드리자면, 녹슨 중유 저장탱크와 절벽 아래 함석집들 사이에 있는 난파선을 끄집어 낼 시간도 돈도 없었다고 하는군요."

"난파선이요?"

"네. 그래서 그곳 풍경의 일부가 되었죠. 30년 전에 그곳에서 난파한 배입니다. 1세대 유조선이죠. 두 동강 났어요. 밀물 때 보면 아직도 물 위에 떠 있는 것처럼 보입니다. 유령선 같기도 하고요. 하지만 썰물 때는 그저 모래 위에 얹혀 있다는 것을 알 수 있죠. 검은 배예요. 갯벌에 꼿꼿하게 박혀 있습니다. 때로는 밤새 꼼짝 않기도 해요. 기념물이죠. 물론 위령탑과는 다르지만…. 한 번도 일어나지 않은 전쟁을 기다리다가 그곳에서 꼼짝달싹 못하게 돼버린 거예요. 타타르인의 사막 같다고 할까요."

마리안은 반 드 메르의 말을 끝까지 듣지 않고, 고맙다는 소리도 없이 휴대전화를 부르덴에게 돌려주었다. 그녀는 잠시 테이블 위의 그림을 보고는 르슈발리에 경위를 불렀다. 빨리 가야겠다는 생각 말고는 아무 생각도 나지 않았다.

"찾았어, 지베! 아이가 상상해서 그린 그림이 아니었어. 약간 변형되긴 했지만. 모든 게 일치해. 말론은 인생의 첫 순간을 그곳에서 보낸 거야." 그녀는 흥분을 가라앉히기 위해 잠시 심호흡을 했다. "지금 그곳에서 마지막 순간을 보내고 있을지도 몰라. 살인자랑 함께 말이야."

60

작은 바늘 2, 큰 바늘 9

알렉시스 제르다는 집을 떠받든 밑기둥이 진동하며 떠는 것을 보았다. 마치 고무줄처럼 물렁해진 것 같았다. 파도가 차츰 밀고 올라와 기둥을 뒤덮었고 때때로 집 앞의 테라스로 넘어왔다. 어서 떠나야 했다.

꼬마는 아무것도 모른다. 그건 분명했다. 그저 머릿속에 남은 기억을 되풀이 말할 뿐이다. 보물을 땅에 묻었다가 찾지 못하고, 머리가 이상해질 때까지 찾아 헤매는 아마존의 쥐새끼 이야기라니.

꼬마는 앵무새처럼 우화를 되풀이했다. 꼬마의 머릿속에 이야기를 심어준 사람이 아마도 물건을 가져간 사람일 것이다. 그를 비웃으며 꼬마만 달랑 남겨 놓았다.

제르다는 오른손을 말론의 후드 속으로 집어넣어 머리를 쓰다듬었다. 그러는 동안 왼손은 천천히 허리띠로 미끄러져 자스타바를 잡았다. 우선 아망다를 없애야 했다. 꼬마는 나중에 처리하자. 그는 왜 사회에서 아이들이 큰 가치가 있다고들 하는지 이해할 수 없었다. 왜 아이들이 2백만 유로어치 물건이 든 여행가방 세 개보다 더 가치가 있다고들 할까? 아이 엄마에게 아이의 가치는 도대체 얼마나 된다는 걸까?

"아망다, 가자!"

제르다는 조용하지만 거부하기 힘든 목소리로 명령을 내렸다. 그는 집으로 걸어 들어가 등 뒤로 문을 닫았다. 아망다는 거실 안쪽, 그가 망가뜨린 가구들 사이에서 꼼짝 않고 서 있었다. 그는 그녀의 모습이 애처롭고 연약해 보인다고 생각했다. 다리가 굵긴 하지만 블라우스 앞섶을 풀고 엉덩이를 떨며 서 있으니 섹시해 보이기도 했다. 그녀가 처한 상황은 유감스럽지만 이제 모든 것이 끝났다. 간청하는 눈빛이 그녀를 조금 더 아름다워 보이게 했다.

나한테는 무슨 짓이든 해도 상관없어. 하지만 제발 아이는 해치지 말아줘.

체념한 눈빛은 그렇게 말하고 있었다. 살면서 이렇게까지 절대적인 복종을 받아볼 기회가 과연 또 올 것인가? 자신을 이렇게까지 포기하고 내던지는 사람을 또 만나게 될까? 절대 없을 것이다. 어떤 여자도, 아무리 끔찍한 고문을 한다 해도 이렇게 자신을 바치지는 않을 것이다.

아이에 대한 사랑은 여자를 숭고하고 성스러운 존재로 만든다.

하지만 그만큼 약하고 예측 가능한 존재가 되기도 한다. 그는 아망다에게 한 발짝 다가서며, 곁눈질로 말론이 쥐 인형을 안은 채 꼼짝 않고 앉아서 여전히 해적의 꿈을 꾸고 있는지 확인했다. 자스타바는 등 뒤에 숨겼다.

앞으로 다른 여자들을 만나겠지만 그들을 유혹하기 위해 돈을 지불해야 할 것이다. 그것도 아주 많이.

돈에 대한 사랑 역시 여자들을 숭고하게 만든다. 지금 여기가 아닌 다른 곳의 다른 여자들을.

제르다는 엄지손가락으로 등 뒤에 숨긴 권총의 안전장치를 풀었다.

"아이는 절대 해치지 않을게, 아망다. 아이의 털끝 하나도 건드리지 않겠다고 약속할게."

그녀의 마지막을 품위 있게 보내주려는 배려이다. 검지가 방아쇠에 닿았다. 총을 내미는 동시에 발사한다. 무슨 일이 일어났는지도 모른 채 죽을 수 있도록. 그녀는 한 분대의 총격을 받아 처형되는 탈영병이 아니다. 받들어 총, 조준, 잡담 그만. 이건 단지 엄지동자의 길 위에 빵 조각 대신 시체를 남기는 과정일 뿐이다.

얼른 끝내고 이곳을 떠나자.

"나도 알아, 알렉시스. 당신이 아이를 해치지 않을 거라는 거."

그녀는 미소를 지었다. 좀 낫군. 제르다는 아망다가 편안하게 받아들여서 마음이 놓였다. 그는 아주 잠시, 그녀가 무슨 정신으로 자신이 아이를 해치지 않을 거라고 믿는지 생각했다.

아망다가 받아들인 게 뭐지? 죽는 것? 살해당하는 것?

그는 멍한 상태에서 아망다가 하는 마지막 말을 들었다.

"왜냐하면 당신에겐 시간이 없을 테니까."

그는 아망다가 블라우스 아래로 손을 넣었다가 그를 향하는 것을 보았다. 리볼버를 쥐고 있었다.

그녀는 연달아 네 번 쏘았다.

두 발은 제르다의 가슴에 맞았고 세 번째 총알은 어깨뼈를 관통했다. 네 번째는 제르다의 오른쪽으로 1미터가량 비껴나가 벽에 박혔다.

제르다는 무슨 일이 일어났는지도 모른 채 바닥으로 고꾸라졌다.

그리고 즉사했다.

아망다는 매일 아침마다 그날의 할 일을 생각하듯이 기계적으로 다음에 해야 할 일을 떠올렸다. 서랍의 마지막 지도 아래서 찾아낸 리볼

버는 오른쪽 주머니에 집어넣었다. 밖으로 나가 바다에 던져버리면 된다. 비행기표는 왼쪽 주머니에 넣었다. 그리고 주변을 대강 정리했다.

제르다라면 경찰 수사에 혼동을 주려고 했겠지. 되도록이면 경찰이 이곳에서 오랜 시간을 보내도록 만들어야 해.

그리고 즉시 떠나자.

◆◆◆

“다 엄마. 나 힘들어.”

말론은 계단의 4분의 1도 오르지 못했다. 아망다는 말론을 잡아끌었다. 한 개만 더. 남은 계단 300칸 중에 한 칸 더. 등 뒤에서 부는 바람이 그들을 조금씩 떠밀었다.

“나 이제 그만 갈래, 다 엄마. 쉬고 싶어요. 집으로 다시 갈래. 저기 바닷가에 있는 집. 거기서 엄마를 기다릴래.”

아망다는 대꾸하지 않고 팔을 잡아당겼다. 한 칸 더.

298

“너무 길어. 너무 높아!”

297

“아파! 팔 아프다고!”

296

“다 엄마 나빠! 난 우리 엄마만 좋아. 우리 엄마한테 갈 거야. 엄마!”

296

아망다가 말론의 손을 탁 놓았다. 그리고 말론이 어떻게 할 새도 없이 왼손에 들고 있던 쥐 인형을 홱 낚아챘다. 갑작스러운 아망다의 차가운 분노에 아이의 눈이 겁을 먹고 휘둥그레졌다. 아망다의 입에선 아무 소리도 나오지 않았다. 살을 에는 겨울바람이 계속 불어왔다.

아망다는 조금도 망설이지 않았다. 그녀는 씨를 뿌리는 듯 구티를 가능한 한 멀리 던졌다. 구티는 줄에서 떨어진 꼭두각시 인형처럼 몇 번 튕기다가 관절이 뒤틀린 모습으로 가시덤불에 머리가 처박혔다.

구티!

말론은 벌어진 상황이 믿기지 않아서 멍하니 입을 벌리고 구티를 보았다.

아망다의 손이 말론의 다섯 손가락을 꽉 움켜쥐었다. 그리고 짧고 단호하게 말했다. 한 단어 한 단어 힘을 주고, 길게 늘여서. 그녀의 말은 바람에 실려 절벽에 부딪쳐 오랫동안 메아리쳤다. 그들이 계단을 끝까지 오를 때까지.

"네 엄마는 나야!"

III

앙젤리크

금요일

사랑의 날

61

르아브르 옥트빌 공항

2015년 11월 6일 금요일, 15시 20분

앙젤리크는 고통스러웠다. 견디기 힘든 자세였다. 잔뜩 쌓아놓은 상자에 다리와 엉덩이와 등을 간신히 올리고 있어서, 조금만 움직여도 마치 카드로 쌓은 성처럼 와르르 무너질 수 있었다.

허공에 매달린 밧줄에 유리 의자를 놓고 앉은 줄타기 곡예사처럼 균형을 잡아야 했다. 상자가 하나라도 무너질 기미를 보이면 몸무게를 줄이고 하중을 분산하려고 벽을 짚었다. 같은 자세를 취하는 바람에 근육에 마비가 왔다.

줄타기 곡예사. 더 아슬아슬하고 짜릿한 장면을 선보이기 위해 눈을 가린 암흑 속의 곡예사.

앙지는 한참 동안 버틸 각오가 돼 있었다. 필요하다면 언제까지라도 머물 수 있었다. 웅크린 다리와 뻣뻣하게 펼친 손가락에 피가 안 통한다고 어떻게 불평할 수 있겠는가? 티모의 몸에서는 사흘 동안 쉴 새 없이 피가 흐르고 있는데. 연인의 몸은 사흘 전부터 죽은 자의 냄새를 풍기는데. 라벤더향과 똥 냄새가 뒤섞여 코를 찌르는 암모니아 냄새라도 어떻게 불평할 수 있겠는가?

버텨야 했다. 언제까지 견뎌야 할지 모르지만 한 시간째 이러고 있었다. 티모가 주차장의 트윙고 안에서 버티는 것처럼.

시계의 백라이트 기능으로 바깥에서 보이지 않게 시간을 읽었다.

15시 23분.

안전해지면 곧바로 구급차를 부를 것이다.

그녀는 균형을 잡으려고 칸막이벽을 짚은 손을 밀리미터 단위로 미세하게 움직이며 조금 더 무게를 실었다. 가능하다고 믿었고, 운을 최대한으로 끌어내기 위해 모든 메모, 모든 예상 상황을 전부 읽었다. 10분의 1, 아니 100분의 1밖에 가능성이 없다고 해도 상관없었다.

정적을 깨뜨리는 발소리가 들렸다. 누군가가 들어와서 문 두드리는 소리가 났다. 말소리나 웃음소리나 음악 소리는 들리지 않고 오직 발자국과 한숨 소리뿐이다. 그녀는 숨죽여 귀를 기울였다. 아무도 그녀가 거기에 있으리라고는 상상도 못 할 것이다.

어둠 속에서 숱한 장면이 떠올랐다. 도빌의 습격, 눈앞에서 총에 맞은 일로나와 시릴, 온천장 앞에 쓰러져 있던 그들의 시신, 오펠 자피라 뒷유리창을 뚫고 지나간 총알, 비처럼 쏟아져 내린 유리 파편들, 주위를 맴돌던 독수리, 아들의 머리에 붙은 유리 조각을 털어주던 일. 그녀는 마치 카니발이 끝난 후 색색의 종잇조각을 터는 것처럼 자연스럽게 아이의 머리를 털어주었다.

시간이 흘러 알렉시스 제르다를 다시 만났을 때, 얼굴에 서린 공포심과 이미 죽은 일로나와 시릴을 향한 분노를 보았다. 제르다는 티보와 경기장 앞에서 벗겨져 인도로 굴러간 티모의 헬멧 때문에도 화를 냈다. 티모는 폐에 상처를 입었다.

제르다는 계단을 내려가 바닷가로 갔다. 그날 저녁이었다. 절벽 아래에는 아무도 없었다. 그는 경찰이 티모를 잡으려 할 텐데, 만약 다른 세 명의 신원을 파악한다 해도 그리종 거리보다 더 먼 곳을 수색하진 않을 거라고 했다.

"그들은 증거가 없어. 알렉스." 간신히 힘을 쥐어짜낸 티모가 중얼거렸다. "내가 감옥에 가더라도 난 아무 말 안 할 거야."

티모는 제르다가 상처 입은 개를 죽이듯 자신을 죽일까 봐 치밀하게 계산해서 그런 말을 하진 않았다. 그는 진지했다. 앙젤리크는 그 순간을 곱씹었다. 그래, 어리석은 티모는 저 빌어먹을 제르다를 정말로 안타깝게 생각했어. 티모는 헬멧을 떨어뜨리고, 가슴에 총을 맞고, 그들 패거리의 두뇌격인 제르다가 주도한 완벽한 계획을 망친 것에 대해 진심으로 미안해했다. 티모는 눈물 젖은 눈으로 제르다의 눈을 볼 엄두도 내지 못했다.

제르다의 뱀 같은 눈이 티모와 자신의 아들에게로 향했다. 앙젤리크는 곧바로 알아차렸다.

말론. 아이를 말론이라고 불러야 했던 건 그때부터다.

제르다는 30개월 된 아이를 오랫동안 찬찬히 들여다보았다. 마치 경찰이나 경찰의 끄나풀을 보듯 자신의 자유를 방해하는 자를 볼 때와 같은 눈빛이었다.

말론은 알렉시스의 얼굴을 알았다.

만약 경찰이 이 아이한테까지 찾아온다면, 그저 사진 한 장 보여주는 걸로 모두 끝나게 된다. 포티니에서 찍은 사진 어떤 것이라도 상관없다. 축구 클럽이나 광산의 담배가게 앞 사진, 어떤 사진을 보여줘도 말론은 고개를 끄덕일 것이다. 세 살배기 아기가 법정에 불려 가지는 않겠지만 그럼에도 아이의 말은 충분한 증거능력이 있을 테고, 제르다는 수감될 것이다.

말론이 제르다를 안다고 고개를 끄덕이는 순간, 수사관들의 확신은 굳어진다. 네 사람은 수개월 전부터 범행을 모의했다. 아이도 그 자리에 함께 있었다. 그들은 수다스럽고 생기 넘치는 아이 옆에서 몇 시간이고 세부계획을 논의했다. 티모는 잡히더라도 아무 말 하지 않을 것이다. 경찰이 티모의 여자친구에 대해 알아낸다 해도 그녀 또한 비밀을 누설할 사람이 아니다. 아이만이 잠재적인 위협이었다.

앙젤리크는 석유 저장탱크 뒤의 검은 바다를 미끄러져 가는 윈드서핑만큼이나 재빨리 머리를 굴렸다. 말론이 위험한 목격자가 아니라고 제르다를 설득해야만 했다. 죽는 것보다 살아 있는 게 덜 위험하다고 납득을 시켜야 했다. 그래서 그녀는 아들을 바닷가에서 놀게 한 후 말했다.

"세 살도 안 된 아기는 뭐든 금방 잊어버려. 아주 빨리. 몇 주, 아니 길어봤자 몇 달이 지나면 네 얼굴을 기억 못 할 거야. 그저 기다리기만 하면 돼. 그동안 보석은 건드리지 말고 놔두면 되고."

제르다는 오랫동안 아이의 얼굴을 보았다. 아이는 빨간 장화를 신고 바닷가의 이끼를 모아서 자갈돌 사이에 둥글게 늘어놓으며 놀고 있었다.

제르다는 달리 방법이 없어서 체념한 건지도 모른다. 만약 아이를 죽이면 아이 엄마가 자기를 죽이려 덤벼들 테고, 그러면 그녀도 죽여야 한다. 그러고 싶지는 않았다.

제르다는 항상 그녀에게 약한 면이 있었다.

그녀는 그 순간 즉석에서 계획을 세웠다. 세 개의 서로 다른 구도와 시점을 결합한 계획이었다. 녹슨 양철판 집이 제일 가까운 시점, 넓디넓은 모래사장에서 뛰어노는 말론의 빨간 장화가 중간 시점, 끝이 보이지 않는 광활한 바다가 가장 먼 시점이다.

세 개의 구도를 하나로 통합하여 무모하기 짝이 없는 대범한 계획을 세웠다. 카드로 쌓아올린 성이나 상자로 만든 집처럼 단 하나라도 어긋나면 전체가 무너져버린다.

몇 개월에 걸쳐서 모든 세부사항을 검토하여 계획을 짰다. 마지막 단계는 급하게 마무리할 수밖에 없었다. 어젯밤부터 알렉시스 제르다가 목격자들을 하나하나 죽이며 주변을 정리하기 시작했기 때문이다.

짙은 어둠 속, 또각거리는 하이힐 소리 때문에 생각을 집중하기가 어려웠다. 급박하며 불규칙한 발걸음이었다. 직장으로 바삐 출근하는 여성일까? 시간제로 급여를 받는 사람? 연인을 만나러가는 우아한 여성일까?

소리는 가까이에서 들렸다. 보이지만 않을 뿐….

앙젤리크는 기억을 떠올리려고 집중했다. 급하게 떠올린 그 계획은 정말이지 무모하고 비현실적이었다. 하지만 다른 방법이 없었다. 벽 하나하나를 설계해서 스스로 쌓아올려야 했다. 카드 한 장은 허약하지만 여러 장으로 서로 지탱하면 모양을 유지할 수 있다. 그녀는 어디에 어느 카드를 놓아야 할지 계획을 세우고 쌓아올렸다. 전체 구도를 알 수 있는 사람은 그녀뿐이었다. 사실 그다지 어렵지 않았다. 누군가를 유혹하는 건 쉽게 할 수 있는 일이니까.

그녀는 혼자인 남자를 유혹하는 데 필요한 것을 모두 가지고 있었다.

혼자인 여자를 유혹하는 건 더욱 쉬웠다. 독신여성들은 갑자기 나타나는 남자는 경계하지만 우연히 알게 된 여자를 경계하지 않는다.

타깃은 바질 드라공만과 마리안 오그레스.

나머지는 말론의 손에 달려 있었다. 말론! 아들을 말론이라고 불러서 그 이름을 각인시킬 것. 말론은 내가 시킨 대로 잘 따랐을까? 구티의 말을 잘 들었을까? 목소리를 바꿔 미리 녹음해놓은 이야기를 들었을까? 당연히 이 이야기들은 제르다를 빗댄 것이다. 살인자 제르다는 보복의 수단으로 동화와 쥐 인형을 이용하여 식인괴물을 물리칠 단 하나의 방법을 전달한다는 계획은 상상도 못 했을 것이다.

하이힐 소리가 멀어졌다. 뒤이어 아이들의 웃음소리가 들렸다. 그리고 엄마가 고함치는 소리가 따라왔다.

거칠고 상스러우며 유머나 다정함이나 정당성은 찾아볼 수 없는, 엄한 감시자에 불과한 엄마. 아이의 즐거움을 자기 존재에 대한 모욕으로 느끼며, 아이가 자신의 소유물이거나 물건이나 되는 듯 자기 마음대로 해도 되는 존재로 여기는 보호자. 그들에게 아이는 정리하고 광택을 내야 할 존재, 무관심으로 혹은 분노로 다스려야 할 존재다.

죽이고 싶다.

아이들은 엄마의 무거운 발걸음을 따라 이미 반대쪽으로 갔다.

앙젤리크는 지금에서야 자신의 계획을 돌이켜보았다. 더 오래된 추억들도 되살아났다. 초등학교 3학년 무렵, 프랑스어 수업시간에 읽었던 공상과학책의 내용도 기억났다.

지구인들이 화성을 침략하여 식민지로 만드는 내용이었다. 중국에는 지구인들에게 몰살당하고 마는 화성인들은 신기한 능력을 가지고 있어서 사람에 따라 다른 모습으로 보였다. 마지막으로 살아남은 화성인은 외딴 농장에 숨어 있었다. 농장 주인인 지구인에게는 그 화성인이 몇 년 전에 죽은 아들로 보였기 때문에, 화성인은 그곳에서 사랑받으며 평화로운 나날을 보냈다. 어느 날 양부모가 그를 시내로 데리고 가기 전까지는….

시내에서 만난 한 여자는 화성인을 며칠 전에 죽은 남편이라고 생각했다. 어떤 남자는 며칠 전 헤어진 아내로 생각했고, 또 어떤 사람은 지구에 남겨두고 온 친구로 생각했다. 화성인은 도망치려고 했지만 소용없었다. 어디에서든 반드시 누군가가 그를 자신의 소중한 사람이라고 여기고 손을 잡거나 허리나 목을 끌어안으며 곁에 남아달라고, 또다시 자신을 버리고 떠나지 말아달라고 애원했다. 그는 그곳에 발이 묶인 채, 그를 독점하려는 사람들에 의해 몸이 갈가리 찢겨 죽었다.

그녀는 지금에서야 그 이야기를 완전히 이해할 수 있었다. 그런 일이 아들에게 일어나는 일은 없어야 했다.

말론은 아망다의 아들이다.

하지만 이제부터는 나와 함께 있어야 한다.

다른 아이의 이름으로 불린다 해도 내 아들이기 때문이다.

상자 하나가 그녀의 몸무게를 못 이기고 찌그러졌다. 앙지는 체중을 분산시키려 노력하면서 제발 상자 더미가 무너지지 않기를 기도했다. 그녀는 조심스레 숨을 내쉬었다. 상자 피라미드는 잘 버티고 있었지만 눈에 띄지 않을 만큼 미세하게 힘을 잃어갔다.

제발, 조금만 더 버텨줘. 앙지는 속으로 빌었다. 이제 목표에 거의 다

왔단 말이야. 박스로 만든 집이 몇 분만 더 버텨주면 충분하다.

그 후에는 완전히 새로운 삶을 살 수 있다. 세상에서 가장 큰 숲의 가장 밝은 공터에서.

견고한 돌로 만든 머나먼 곳의 집.

결코 무너질 염려가 없는 그 집에서 내 가족과 함께 살 것이다.

나, 티모, 그리고 아들과 함께.

62

오늘, 내 처녀 시절과 작별하라며 친구 세 명이

나를 멕시코 창녀처럼 꾸며놓고 샹젤리제 거리를 거닐게 했다.

망사 스타킹을 신고, 가짜 브라로 가슴을 산더미처럼 부풀리고,

솜브레로챙 넓은 멕시코 모자를 썼다.

죽이고 싶다.

친구들이 사진을 찍어주겠다고 뒤로 몇 발짝 물러설 때,

관광버스가 오고 있다는 사실을 말하지 않았다.

짧은 생을 마감하는 그들의 모습은 엔칠라다고기, 채소, 치즈를 토르티야에 말아서 구운 멕시코 요리 그 자체였다.

유죄: 19　무죄: 1632

www.죽이고싶다.com

르슈발리에 경위는 한 치의 주저함도 없이 신발을 벗고 바지를 무릎까지 걷어 올리고는 기둥 아래로 찰랑거리는 30센티미터 깊이의 물속을 첨벙첨벙 걸었다. 계속 차오르는 얼음장 같은 물에 전혀 개의치 않는 모습이었다. 그가 나무판자와 양철판으로 지은 집 밑으로 손을 쑥 넣더니 피로 물든 외투를 끄집어냈다. 그 바람에 셔츠가 고스란히 젖었다.

"이것밖에 못 찾았어요."

문턱에 서 있어서 전혀 젖지 않은 마리안은 지베가 찾아낸 옷을 관찰했다. 라지 사이즈의 여성용 트렌치코트. 지베는 라텍스 장갑을 끼고 옷을 더듬었다.

"피를 흘린 양으로 볼 때 제르다는 아망다 물랭에게 상처만 입힐 생각이 아니었어요. 얼룩을 보니 총알 여러 발을 발사했는데, 모두 치명상이에요. 가슴과 배와 허파에 맞았습니다."

마리안은 얼굴을 찡그렸다. 총알의 경로에 관한 한 지베가 틀린 적은 거의 없었다.

"예상은 했지만…. 시체 흔적은 전혀 없고?"

"전혀요. 아이의 흔적도 없어요."

"운이 좋다면, 제르다는 단계마다 시체 한 구씩만 남겨놓을지도 몰라. 그러면 아이는 아직 같이 있을 거야."

"다음 번 희생자가 말론일 거라고 생각하세요?"

마리안은 지베를 응시했다.

"그전에 그자를 잡지 못한다면. 이 조립식 집을 분해해. 나사 하나하나까지 전부. 그래서 아망다 물랭의 시체를 찾아. 제르다가 시체를 끌고 저 계단을 올라가진 않았을 테니까. 아직 썰물이 아니니 파도에 떠내려갔을 리도 없고. 이 집에서 그리종 거리의 무리들이 도빌 강도 사건을 몇 달 동안이나 모의했어. 그러니 그들이 여기에 있었던 흔적을 샅샅이 찾아봐."

지베는 맨발로 집 안에 들어섰다. 하늘색 셔츠가 젖어서 피부에 달라붙었다. 마리안은 휴대전화를 귀에 바짝 붙이고 경찰서에 전화했다.

"내 말 들립니까? 네, 오그레스 경감입니다. 알렉시스 제르다와 티모 솔레르에 대한 경계태세를 강화해주세요. 사진, 포스터, 메일, 팩스 모두 동원해서 프랑스 전역에 말입니다."

그녀는 하늘을 올려다보았다.

"그리고 르아브르 옥트빌 공항에 이자들 사진을 사방에 붙이라고 하세요. 출입국심사관들 창구마다 붙여서 바로 눈앞에 그들 사진이 보이도록 말입니다. 공항이 여기서 2킬로미터도 채 안 돼요. 난 요행 따위는 믿지 않아요."

◆◆◆

바닷물이 20센티미터가량 더 올라왔다. 경찰관들은 마리안의 지시에 따라 범죄현장을 분석할 장비를 들고 계단과 집 사이를 분주히 오갔다. 그들은 감히 신발을 벗거나 바지를 걷어 올릴 생각도 못 하고 무릎까지 닿는 물속으로 들어가 파도에 깎인 미끄럽고 둥근 조약돌 위를 걸어 다녔다.

마리안은 군데군데 떨어져 나간 리놀륨 위를 조심스레 걸었다. 경관들이 젖은 신발로 걸어 다녀서 물이 흥건하게 고였다. 지베는 안쪽 구석진 곳에서 널빤지와 받침대로 즉석에서 만든 탁자 앞에 혼자 앉아 주위의 시끄러운 소음에도 아랑곳 않고 노트북 화면에 집중했다.

지베의 등에서 바닷물이 여전히 뚝뚝 떨어졌다. 젖은 셔츠가 투명하게 달라붙어 승모근과 복근과 척추가 적나라하게 드러났다. 마리안은 인간 세상에 관심 없어 보이는 그의 모습이 섹시하다고 생각했다. 폭우 속에서 머리카락이 젖고 허벅지에 바지가 달라붙어도 오직 경기에만 몰두하는 축구선수처럼 아름다웠다. 그들은 아름답고, 어리석고, 거칠다. 마리안이 축구를 보는 유일한 이유다.

지베는 마리안의 시선을 느낀 듯 뒤돌아보았다.

"제르다의 노트북이에요. 다 지우고 갔지만 복원해보려고요. 뭔가 건질 수 있을지도 모르죠."

마리안은 대꾸하지 않았다. 평소 같으면 컴퓨터를 기술정보센터로 보내 흔적을 추적하게 했을 텐데, 지금은 그럴 시간이 없었다. 지베는 컴퓨터를 잘 다루는 데다, 지금은 아이의 생명이 위험하니까.

아직 살아 있다면….

마리안은 유전자검사 결과로 트렌치코트와 리놀륨에 묻은 피가 한 사람의 것이 아님을 알게 될까 봐 두려웠다. 아망다와 세 살 꼬마의 피가 섞여 있다면…. 아망다의 시체뿐 아니라, 작은 시체를 하나 더 찾게 될까 봐 두려웠다.

마리안은 부르르 떨었다.

"괜찮아요, 마리안?"

마리안은 지베에게 소리를 지르려다가 참았다. 차가운 물에 흠뻑 젖은 건 지베인데 자신이 떨고 있었다.

핸섬하고, 어리석고, 공작처럼 자신만만하군.

"경감님, 전화입니다."

부르덴이 그녀 뒤에 서 있었다. 두 발은 물속에 담그고 야윈 두 다리는 차렷 자세로 붙인 채였다. 팔도 흠뻑 젖어 수양버들처럼 보였다.

"여보세요. 경감님? 뤼카입니다! 칭찬해주세요. 사신에서 말론을 찾았습니다!"

"사진? 무슨 사진?"

뤼카 마루에트는 천천히 다시 말했다. 늙은 교수가 방대한 정보를 단번에 이해하기 힘들어하는 신입생에게 설명하는 듯한 말투였다.

"도빌 사건 직후에 찍힌 사진이요, 경감님. 거리의 행인과 관광객들이 경찰 수사에 도움이 될까 하고 보내준 사진 627장 말입니다."

"알았어. 짧게 말해봐. 말론이라고 확신해?"

"의심할 여지가 없습니다, 경감님! 이미지 파일로 사진을 보내드렸습니다. 부르덴이 파일을 열어놓았다고 했으니 손가락을 대고 왼쪽에서 오른쪽으로 밀면 됩니다, 경감님."

고맙군. 마리안이 투덜댔다. 나도 터치화면 쓸 줄 안다고! 그녀는 뤼카가 쉴 새 없이 떠들어대는 동안 손가락으로 화면을 훑었다.

"그게 다가 아니에요, 경감님. 사진에서 누가 말론의 손을 잡고 있는지 아세요?"

마리안은 뤼카가 대략 세 마디에 한 번 꼴로 경감님이라고 불러대는 통에 짜증이 났다. 화면에 사진이 나타나 말론을 찾으려는 순간 뤼카의 말이 이어졌다.

"말론의 엄마예요!"

5×3 사이즈의 사진 속에는 수십여 명의 사람들이 카지노 주변에 서 있었다. 마리안은 손가락으로 화면을 확대하여 사람들 얼굴을 하나하나 살펴보았다. 60대 이상의 노부부들이 대부분이었다.

"일방통행 표지판 아래를 보세요, 경감님." 뤼카가 도와주었다. "다른 사람들보다 머리 하나 더 올라오는 키 큰 대머리 보이시죠? 바로 그 아래요."

화면의 오른쪽으로 시선을 옮겼다.

일방통행 표지판.

키 큰 대머리 남자.

그 아래쪽.

말론의 얼굴을 보자 마리안은 곧바로 뭉크의 그림 〈절규〉가 떠올랐다. 영화 〈스크림〉의 가면 이미지에 영감을 준 일그러진 얼굴. 견디기 힘든 극도의 공포에 질린 아이의 얼굴.

마리안의 눈길은 말론의 얼굴에 오랫동안 머물렀다. 무표정한 주위의 얼굴들과 뚜렷한 대비를 이루어 더욱더 그렇게 보였는지도 모른다. 그리고 그녀의 시선이 말론의 손을 잡은 여자의 얼굴로 옮겨갔다.

말론의 엄마, 티모 솔레르의 연인의 얼굴로.

마리안은 한순간 기둥 위에 세워진 집이 파도에 휘청거렸다고 생각했다.

아니, 흔들린 건 그녀 자신이었다.

그녀는 왼손으로 문틀을 움켜잡는 동시에 오른손은 힘이 풀려 휴대전화를 물에 빠뜨리고 말았다.

부르덴은 여전히 그 자리에 선 채, 어리둥절한 표정으로 휴대전화를 주울 생각도 못 하고 마리안을 보았다.

◆◆◆

앙지….

앙젤리크가 말론의 엄마였다.

마리안의 뇌리에 그동안 일어났던 일들이 빠르게 스쳐갔다.

처음 그녀를 만난 건 10개월 전, '죽이고싶다'라는 사이트를 수사할 때였다. 누군가가 익명으로 이 사이트를 제보하며 마리안에게 수사를 요청했다. 인터넷상에 이런 사이트는 수백만 개나 된다. 하지만 이 사이트의 근거지는 르아브르였다. 마리안은 사이버수사국을 통해 어렵지 않게 주소를 알아낼 수 있었다. 그래서 이 사이트의 주인인 앙젤리크 퐁텐을 소환했다.

그녀는 자신이 수년 전, 청소년일 때 이 사이트를 만들었으며, '개같은인생' 사이트를 본 따 만든 것이라고 했다. 몇 년 전부터 '죽이고싶다' 사이트는 그녀가 전혀 관여하지 않은 채 방치되어 있었다. 몇몇 사용자들이 간간이 사연을 올렸지만 기껏해야 한 달에 몇백 명만 들락거렸다. 앙젤리크는 사이트를 폐쇄해도 상관없으며, 철없던 사춘기의 방황은 오래전에 끝났다고 했다. 마리안은 검찰청에 사이트 수사와 폐쇄에 대한 의례적인 보고서를 제출했다. 나머지는 그들이 알아서 할 일이었다.

앙젤리크와는 처음부터 말이 잘 통했다. 그녀는 아름답고 항상 웃음 띤 얼굴이었으며 친절하면서도 동시에 도도한 면이 있었다. 마리안과 이야기를 나눈 바로 다음 날, 앙젤리크는 마리안에게 '죽이고싶다' 사이트 수사에 필요한 자료들, 수신한 메일이나 경비증명서 등을 가져다주겠다는 핑계로 전화했고, 그들은 저녁에 만나 가볍게 맥주를 마셨다. 앙젤리크는 낮에는 미용실에서 일했다. 둘은 일주일 후에 다시 만나 위노에서 저녁 식사를 했다.

이제 모든 것을 이해할 수 있었다. 앙지는 계획적으로 접근했다. 제일 처음 익명의 제보를 시작으로.

마리안은 물 위에서 이리저리 흔들리는 휴대전화를 보았다. 파도 때문에 화면에 회색 거품이 일었지만 실리콘 케이스 덕분인지 가라앉지 않았다.

그녀는 앙지를 경계하지 않았다. 딱히 경계할 이유가 없었다. 앙지에게 수사 중인 사건을 얘기한 적은 없었다. 바질 드라공만과 말론 물랭에 대한 얘기만 나눴을 뿐, 기습적으로 네주 거리의 아파트에 갔던 날 외에는 티모 솔레르 이야기를 해본 적도 없었다.

네주의 아파트에 가던 날, 앙지가 출동 중이던 마리안에게 전화를 했다. 그때 내비게이션에서 흘러나오는 소리를 들었을 것이다. '5번 다리를 건너세요.' 그렇다면 닥터 라로셸이 오는 대신 경찰이 오고 있다는 사실을 쉽게 눈치 챌 수 있다. 앙젤리크는 영리하게도 마리안에게 직접 물어본 적이 없다. 단지 마리안이 언제 어디에 있는지 늘 관찰만 했다. 어떤 면에서는 모든 것을 지켜보며 조종한 사람은 앙젤리크였다.

뗏목처럼 이리저리 흔들리는 휴대전화 속에서 뤼카 마루에트가 여전히 소리를 지르고 있었다. 마치 파도 위에서 일렁이는 작은 상자에 갇힌 사람처럼.

마리안은 뤼카의 말을 알아들을 수 없었다. 아니, 듣고 있지 않았다.

앙지와 오랫동안 대화를 나누며 지냈다. 마리안은 저도 모르게 그녀에게 알려준 정보가 있는지 곰곰히 생각해보았다.

거의 없다. 둘은 남자, 옷, 책, 영화, 그리고 아이에 대해 이야기했다. 특히 아이에 대해서, 다른 사람들의 아이에 대해서.

심각한 이야기는 한 적이 없다. 직업적으로 큰 문제가 될 만한 이야기를 한 적은….

그녀는 주머니에서 말론의 사진첩에 있던 크리스마스 그림을 꺼냈다.

별과 트리와 선물과 가족을 그린 그림.

성탄은 즐거워

절대 잊지 마

여성스러운 글씨. 긴 머리 엄마. 어떻게 아직까지 눈치조차 못 챘던 걸까?

흔히 쓰는 크리스마스 인사인 '즐거운 성탄 Joyeux Noël'이 아니라 일부러 두 단어를 바꿔 쓴 '성탄은 즐거워 Noël Joyeux'.

그리고 '절대 잊지 마 N'oublie Jamais'.

두 문장 모두 첫 글자는 NJ.프랑스어 발음은 '엔지'

말론은 이미 알파벳의 일부를 읽을 수 있었다. 이 그림은 엄마의 이름을 잊지 않기 위해 생각해낸 방법이었다. 변조한 목소리로 녹음해서 구티의 몸속에 집어넣은 얘기들 외에, 그녀를 기억하도록 새겨놓은 비밀코드인 것이다. 마리안은 이제야 구티의 엠피스리에 들어 있던 목소리가 모두 변조된 이유도 이해했다.

함정이었어. 어린아이처럼 감쪽같이 속았어!

마리안은 문밖으로 몸을 던져버리고 싶은 충동을 간신히 억눌렀다. 말도 안 되는 충동이었다. 어차피 빠져 죽기에는 물이 너무 얕았고, 머리를 부딪쳐 죽기에는 너무 깊었다.

부르덴은 여전히 멍한 표정으로 마리안을 보며 명령을 기다렸다. 내버려두면 밀물에 완전히 잠겨버릴 때까지 그렇게 서 있을 것 같았다.

마침내 마리안은 휴대전화에서 흘러나오는 뤼카의 고함 소리를 들었다. 그녀는 부르덴에게 휴대전화를 건지라고 지시했다.

휴대전화에서 물이 방울져 내려 그녀의 어깨를 적셨고, 뤼카는 휴대전화 속에서 여전히 소리를 질러댔다.

기계는 멀쩡하게 작동했다.

"경감님? 듣고 계세요? 말론 물랭의 엄마에 대한 정보를 다 찾았다고요. 이름은 앙젤리크 퐁텐. 놀라지 마세요, 경감님. 퐁텐도 포티니 출신입니다. 코페르니쿠스 거리에서 자랐는데 그리종 거리에서 세 블록 떨어져 있어요. 지도 어플인 매피에서 확인했습니다. 초등학교 4학년 때까지 솔레르와 같은 반이었고요. 그 후, 열여섯 살이 되던 해에 사라졌습니다. 제 짐작으로는 나중에 티모를 다시 만나서…."

마리안은 뤼카가 말을 하는 도중에 끊어버렸다. 전화를 끊자마자 저장된 번호를 눌렀다.

"상황통제센터? 다시 오그레스 경감입니다. 르아브르 공항에 붙일 수배전단에 추가할 사람이 있어요. 긴급상황입니다!"

마리안은 등 뒤에서 지베가 다가오는 것을 눈치 채지 못했다. 맨발로 걸어와서 소리가 나지 않았다. 흠뻑 젖은 셔츠가 가슴에 달라붙었다.

"경감님이 맞았어요."

그녀는 그의 말을 듣지도 않고 대답했다.

"아직 아망다 물랭의 시신을 못 찾았다는 거지?"

지베는 고개를 저으며 같은 말을 되풀이했다.

"경감님이 맞았다고요."

"뭐가?"

"공항에 수배전단을 당장 붙여야 한다는 거요."

마리안은 지베가 노트북을 들어 그녀의 얼굴에 바짝 들이대자 눈을 크게 떴다.

"삭제된 내용을 복구했어요."

마리안은 노트북 화면이 어두워 작은 글씨를 알아볼 수가 없었다.

"그래, 샹폴리옹.이집트 상형문자를 해석한 학자 알아듣게 말해봐."

"잘 보세요. 검색 기록에 비행기표 예매 사이트를 여러 군데 뒤져본 흔적이 있어요. 출발과 도착이 모두 같아요. 르아브르-골웨이, 그리고 골웨이-카르카스. 오늘 16시 42분 비행기예요."

지베가 손목시계를 흘낏 보았다.

"30분 후 출발입니다."

그는 하늘을 보았다가 다시 눈을 내리깔고 차가운 바닷물을 보았다. 그리고 바닷물 깊이를 어림해본 뒤 노트북을 접고는 마리안에게 말했다.

"공항은 여기서 2킬로미터밖에 안 돼요. 잡을 수 있습니다!"

63

작은 바늘 5, 큰 바늘 3

아망다는 창구의 심사관이 볼 수 있도록 말론의 허리를 잡고 들어 올렸다. 여기 오기까지 들인 수고를 생각하면 아주 쉬운 일이었다. 말론을 안고 장장 300개의 계단을 올랐다. 그리고 제르다의 포드 쿠가를 몰고 여기까지 달려왔다. 그럼에도 그녀는 그들의 여권과 비행기표를 검사하는 출입국심사관에게 웃어 보이며 힘든 내색을 전혀 하지 않았다. 심사원은 그다지 예쁜 편이 아니었고 꽉 끼는 보라색 유니폼을 입고 있었지만, 다른 세세한 면에 많은 신경을 썼다. 연두색의 둥근 테 안경, 작은 고양이 모양의 에메랄드 반지, 무지개를 그려 넣은 손톱 등은 열두 개짜리 묶음상자에서 막 빠져나온 바비 인형처럼 호리호리한 다른 창구의 천편일률적인 여자들과는 다른 매력을 보여주었다.

내성적이지만 상상력이 풍부한 여자 같아. 아망다는 생각했다. 잔. 그녀의 이름이 가슴에 단 명찰에 적혀 있었다. 아이를 좋아하는 사람이구나. 눈을 보면 알 수 있어. 아이들과 고양이를 좋아하는 사람이야.

심사관은 아이를 내려놓아도 된다고 아망다에게 눈짓을 했다. 발이 땅에 닿자마자 말론은 아망다의 다리 뒤로 숨었다.

잔은 까다로운 사람처럼 보이지는 않았지만 서류를 검토할 때는 꼼꼼했다. 특히 주변의 소란 때문에 더 신경을 쓰는 듯했다. 사방에서 무장경찰이 성큼성큼 걸어 다녔고, 알렉시스 제르다와 티모 솔레르의 사진이 벽에 붙어 있었다. 아망다의 등줄기로 땀이 흘러내렸다. 자신과 말론, 둘 다 필요한 서류를 모두 갖추고 있고, 아무것도 두려워할 필요가 없으며, 경찰이 자기를 잡으라고 공항에 통보하지는 않을 거라고 애써 생각했다. 하지만, 만약 경찰이 그곳, 나토의 옛 기지였던 비밀장소를 찾아냈다면? 아망다 물랭이 죽지 않았다는 걸 알게 됐다면?

"비행기 타본 적 있니, 아가?" 잔이 몸을 기울이며 물었다. "이렇게 멀리 가본 적 있어?"

말론은 다시 아망다의 다리 뒤로 숨었다. 아망다는 겁먹은 새끼고양이 같은 말론의 반응이 귀엽다고 생각했다. 잔이 다시 물었다.

"겁먹은 건 아니지, 아가? 그거 알아? 거기에 가면…."

잔은 말론이 호기심을 느끼도록 일부러 뜸을 들였다. 아망다의 등에서 솟아난 땀방울이 바지 안으로 흘러들었다. 누구든 그녀의 시큼한 땀냄새를 알아챌 것 같았다.

"거기엔 정글이 있단다. 정글이 뭔지 알아?"

말론은 대답하지 않았다.

마침내 잔은 쾅쾅하고 그들의 여권에 스탬프를 찍었다. 아망다에게는 감옥 벽을 허무는 소리나 마찬가지였다.

"하지만 겁먹을 필요 없어. 엄마가 옆에 있으니까."

무장경찰이 그들 뒤로 지나갔다. 잔은 짜증난다는 듯 그들을 힐끗 보고는 다시 말론에게 말을 걸었다.

"엄마에게 물어봐, 아가. 정글이 뭔지 설명해주실 거야."

아망다는 기절할 것만 같았다.

말론이 자신을 쳐다보지 않았기 때문이다.

바보 같은 여자가 '엄마'라는 말을 꺼내자마자 말론은 맞은편 벽에 붙은 사진 쪽으로 고개를 획 돌렸다. 제르다나 솔레르의 사진이 아니었다.

앙젤리크 퐁텐의 사진이었다.

경찰은 아망다가 예상한 것보다 훨씬 빨리 움직였다. 그들은 이미 그녀의 정체를 알아냈다. 저 여자가 말론의 진짜 엄마라는 것을 포함해서 모든 전말을 파악한 것이다.

아망다는 다시 공포에 사로잡혔다. 다행히도 잔은 아망다를 보지 않고, 말론을 보고 있었다.

경찰들은 모든 상황을 알았다. 단 한 가지, 아망다 물랭이 여전히 살아 있으며, 목숨을 걸고 아이를 지킬 각오가 되어 있다는 사실을 제외하고.

앙젤리크 퐁텐은 아이를 포기한 여자다. 더구나 살인자와 공범이다. 몇 년간 수감생활을 해야 할 수도 있다. 말론에게는 자유로운 엄마가 필요하다. 자신을 사랑해주는 엄마. 말론은 이미 이전의 삶을 대부분 잊었다. 며칠만 더 지나면 앙젤리크는 사진에만 남아 있는 희미한 얼굴이 될 것이다. 몇 주 후면 그녀는 전혀 모르는 남이 된다.

잔은 혼란스러워하며 그들을 관찰했다.

여기서 실패해선 안 돼. 목표에 거의 다 왔는데.

아망다는 수배전단 쪽으로 몸을 돌려 사진에는 눈길을 주지 않고 더 멀리, 유리창 너머로 보이는 비행기와 아스팔트 활주로와 바다를 보는 척했다. 한 손으로는 자연스럽게 말론의 머리를 장난치듯 헝클어뜨렸다.

커다란 비행기를 타고 떠나기 직전, 마음은 이미 하늘에 있는 엄마와 아들의 모습이었다.

전투복을 입은 젊은 경찰들이 군화를 신고 제자리걸음을 하는 것처럼 영원 같은 시간이 흘렀다. 마침내 잔은 유리창 아래로 여권을 넘겨주었다.

"다 됐습니다. 즐거운 여행 되세요."

"감사합니다."

아망다가 처음으로 입을 열었다.

활주로 끝에서 KLM의 푸른색 에어버스 A318이 날아올랐다.

◆◆◆

르슈발리에 경위는 눈을 들어 하늘을 가로지르는 푸른색 에어버스를 보았다. 그는 석유처럼 시커먼 대서양 위를 날고 있는 비행기를 잠시 눈으로 좇다가 급하게 계단을 올라갔다. 50여 개 계단 아래에서 마리안이 숨을 헐떡이며 따라가고 있었다.

"증인을 찾았어요!" 지베가 소리쳤다. "아주 중요한 증인이에요!"

지베는 마리안 앞에 멈춰 서서 헝겊인형을 내밀었다.

"이걸 어디에서 찾았어?"

"저 위에서요. 알렉시스 제르다가 도망치다가 버린 게 분명해요."

마리안은 아무 말 하지 않았다. 지베는 내심 칭찬이나 미소나 '잘했어, 지베' 같은 말이 돌아오길 기대했다.

지베는 바보가 아니다. 헝겊인형을 발견했다는 건 매우 중요한 의미를 가진다는 걸 잘 알았다. 아이는 절대 자기 의지로 인형을 놓지는 않았을 것이다. 이 털북숭이 인형은 아이를 안심시키고 달래주는 존재다. 제르다가 인형을 굳이 가져갈 필요를 못 느꼈다는 것은 아이를 굳이 데려갈 필요를 못 느꼈다는 뜻이다. 어쩌면 이미 아이라는 짐을 팽개쳐 버렸는지도 모른다. 절벽 계단 옆, 눈에 잘 띄지 않는 가시덤불 속 어딘가에.

마리안은 인형을 받아들고 지베가 보기에는 지나치게 부드러운 동작으로 인형을 안았다. 마치 인형이 실제로 말을 할 수 있어서, 비밀 얘기를 들려달라고 살살 어르듯이.

"계속 올라가, 지베! 서둘러!"

마리안은 또다시 지베를 보지도 않은 채 명령을 내렸다. 단 세 걸음 만에 지베는 이미 다섯 계단을 앞섰다. 몇 시간 전부터 마리안이 자기에게 이상한 태도를 보인다는 것을 알아차렸다. 미묘한 짜증, 호전적인 태도. 도빌 사건 수사에서 계속 실패를 거듭한 탓도, 제르다와 솔레르를 빨리 잡아야 하는 상황 때문만도 아닌 듯했다. 왠지 자기에게 기분이 상한 것 같았다.

이전의 호의나 특별대우 같은 그들의 관계가 공중분해된 것일까? 마리안은 이제 경찰서에서 각자 능력에 따라 명령을 수행하는 수십 명의 다른 경찰관들과 마찬가지로, 지베도 명령을 얼마나 잘 수행하느냐에 따라 평가받는 일개 경찰관으로만 보는 듯했다. 마리안의 갑작스러운 태도 변화를 이해할 수 없어 매우 신경이 쓰였다. 그래도 지베는 자신이 도빌의 카지노 앞에 주차된 차들 중 오펠 자피라 안에서 유아용 카시트를 발견했고, 제르다의 노트북에서 르아브르-골웨이 키라카스 비행기표를 검색한 흔적과 덤불에 걸린 구티를 찾았다고 생각하며 마음을 가라앉혔다.

조금 이상하긴 하지만 지베는 마리안이 감탄의 눈으로 자신을 봐줄 때 더 일할 맛이 났다. 성적인 것과는 전혀 관계가 없었다. 마리안을 이성으로 인식한 적도 없었다. 마리안의 명령은 항상 명확했다. 함께 일하기 편한 상대였다. 둘의 관계는 호흡이 잘 맞는 댄서, 혹은 피겨스케이팅 커플과 같았다.

또 다른 에어버스가 하늘을 가로질렀다. 르아브르 공항까지는 직선거리로 2킬로미터도 채 안 된다. 카라카스행 비행기는 15분 후에 출발한다. 공항에 배치된 사람들이 제대로 임무를 수행해서 제르다나 솔레르, 혹은 앙젤리크 퐁텐이 비행기에 타지 못한다 해도, 제시간에 맞춰 공항에 도착할 것이다.

1분 후, 지베는 마지막 계단을 올랐다. 뒤돌아보니 마리안은 서른 칸쯤 밑에서 바다에 시선을 둔 채, 손가방을 들고 트램에 탄 소녀처럼 구티를 들고 휘청거리며 올라오고 있었다.

아주 잠깐 동안, 지베는 구티가 마리안에게 잔혹한 비밀을 알려주기 위해 단 둘이 있기만을 기다렸고, 그 비밀로 인해 마리안이 변해버렸다는 착각이 들었다. 물론 어리석은 생각이다. 하지만 상관의 태도는 딱 그랬다. 아니면 단순히 구티 인형을 관찰하다가 그들이 처음부터 잘못된 방향으로 수사를 해왔다는 걸 불현듯 깨달았을 수도 있다.

그는 주차장을 가로질렀다. 50미터 거리에 주차한 메간에 올라 시동을 걸고 계단 쪽으로 가면 마리안이 계단을 올라오는 시간과 얼추 맞는다. 조수석 문을 열어주고 마리안이 차에 타면 곧바로 출발이다.

효율적이고 능동적인 팀워크. 같은 리듬으로 움직이는 완벽한 페어스케이팅.

메간의 라이트를 켤 때, 성가신 생각이 떠올랐다. 그는 커플들이 댄서용 구두나 스케이트를 신고 몇 년 동안이나 밀착해서 춤을 추는데도 어떻게 사랑에 빠지지 않을 수 있는지 늘 궁금했다.

64

내비게이션이 끝없이 앙탈을 부릴지도 모르지만 파피는 무시하고 시동을 껐다. 그러고는 메간을 주차하고 내비게이션은 내버려둔 채 플랜 B로 넘어갔다.

예전 방식으로 오래된 지도를 볼 것.

포티니의 신시가지나 큰 길, 혹은 새로 지은 건물로 둘러싸인 쇼핑몰 등을 찾을 때는 내비게이션이 수월했지만, 오래전에 광부들이 드나들었던 장소는 방문객들이 거의 없다는 사실이 창피했는지 내비게이션 지도에서 숨어버렸다. 그래서인지 내비게이션이 이 장소에 대해 알려주는 것은 인접한 10여 채의 작은 집들을 한데 뭉뚱그린 200미터 길이의 선 몇 개뿐이었다.

파드루 경위는 지도에 그리종 거리를 표시하고 등장인물 각각의 주소를 정확하게 표시했다. 뤼카 마루에트가 포티니의 옛 역사책을 뒤져 광부들이 살던 당시의 가옥 사진들을 보내주었다. 파피는 그중에 관심이 가는 부분만 확대해서 스캔했다.

페데리코와 오펠리아 솔레르, 그리종 거리 12번지

토마스와 카롤리나 아다미아크, 그리종 거리 21번지

조제프와 마르타 뤼코비크, 그리종 거리 23번지

다르코와 젤레나 제르다, 그리종 거리 33번지

마리안의 긴급 메시지를 받은 후 파피는 표시를 추가했다. 앙젤리크 퐁텐의 부모 집이었다. 그들의 집은 그리종 거리에서 세 블록 떨어진 코페르니쿠스 거리의 끄트머리, 막다른 골목에 있었다. 파피는 퐁텐의 집을 제일 먼저 찾아갔다. 조그만 정원이 있어서 다른 집과 달라붙어 있지 않은 운 좋은 집이었다. 과거에는 예쁘장한 집이었을 것이다. 지금은 덧창이 닫혀 있는 데다가 꽃은 모두 시들고 쇠문은 녹슬었다. 한때는 아이들의 웃음소리와 청소년들의 시끌벅적한 소란이 끊이지 않았을 테지만 이제는 을씨년스럽고 황량하기 짝이 없었다.

포티니는 아이들이 자라는 마을이 아니다. 늙어가는 곳이다.

파피는 오른쪽으로 꺾어 그리종 거리로 들어섰다. 정확하게 줄을 맞춘 집들이 무척 인상적이었다. 천편일률에 단조롭고 단순한 집들은 모두 붉은 톤의 벽돌로 지었는데, 햇빛이 비쳐야 미묘한 색의 차이를 구분할 수 있었다.

녹슨 철문 같은 붉은색, 와인 같은 붉은색, 피 같은 붉은색.

이곳에서도 아이들은 모두 도망쳐버렸다. 아이들의 흔적은 '어린이 보호구역, 속도를 줄이시오'라고 쓰인 녹슨 표지판에만 남아 있었다. 표지판은 아마 1년에 한두 차례, 조부모의 집에서 크리스마스나 생일을 보내러 아이들이 올 때만 제 구실을 할 것이다.

파피는 천천히 걸었다. 곧게 뻗은 거리는 텅 비었고, 바람이 불었다. 마치 자신이 데이지 타운1971년 프랑스와 벨기에 합작 만화영화. 주인공 러키 루크는 데이지 타운의 보안관이다.의 중심가에 선 럭키 루크이며, 수많은 눈들이 커튼 뒤에서 지켜보고, 은행가와 중국인 세탁소 주인과 바에서 일하는 아가씨와 빌리 더 키드서부 시대의 무법자가 길 저쪽 끝에서 나타날 것 같았다.

하지만 아무도 나타나지 않았다.

심지어 장의사마저도.

12번지. 솔레르의 집에 도착했다. 마루에트가 보고한 바에 따르면 이 집은 티모의 아버지가 사망하고 몇 주 후에 팔렸다. 페데리코 솔레르는 말년을 병원에서 화학치료를 받으며 지내기보다는 집을 고치거나 목공작업을 하면서 지내는 편을 선호했다. 티모의 청소년기에 찍은 집의 사진과 지금의 모습을 비교해보면, 모래 놀이터였던 자리에는 수국이 피었고, 축구를 할 수 있었던 잔디밭은 페탕크 경기가 가능한 공터가 되었다. 농구 골대 자리에는 바비큐 장비가 놓여 있다. 열린 커튼 사이로 분홍 실내복이 보였다. 파피는 계속 걸었다.

21번지. 토마스와 카롤리나 아다미아크. 울타리에 '매물' 안내판이 붙어 있다.

집은 이미 수년 전부터 방치한 듯 황폐했다. 공들여 관리한 일로나 부모의 묘지와는 대조적이었다.

23번지. 두 집 건너에 조제프와 마르타 뤼코비크의 집이 있었다. 파피는 제르다의 옛집인 33번지까지 보려면 시간이 좀 걸리겠다고 생각했다. 뤼카 마루에트의 조사가 정확하다면, 시릴 뤼코비크가 마을을 떠난 지는 20년이 넘었지만 부모는 여전히 이곳에 살고 있다. 당시 사진 속의 밝은 초록색 덧창과 텃밭, 미끄럼틀, 커다란 체리나무에 매달린 그네가 그대로 남아 있었다. 아직도 아이가 사는 집 같았다.

파피는 울타리로 다가갔다. 오주 지방의 로고가 새겨진 우편함 위로 초인종이 있었다. 초인종을 누르기 전에 손가락이 약간 떨렸다. 초인종 소리가 집 안의 사람들뿐 아니라 온 마을 전체와 무덤 속에 잠든 이들마저도 깨울 것 같았다.

내가 지금 헛수고를 하는 것은 아닌지….

이곳에 마리안이나 다른 경찰관을 대동하지 않고 혼자 찾아온 게 잘한 짓인지….

초인종을 눌렀다.

그리고 떡갈나무 문이 열릴 때까지 오랫동안 기다렸다.

그는 마르타 뤼코비크가 문을 열어줄 거라고 생각했으나 나타난 사람은 조제프였다.

숱 많은 회색 머리, 여러 색깔이 뒤섞인 스웨터, 오데르나이세선이차대전 종전 후 새로 편성된 독일과 폴란드 사이의 국경선의 폴란드 측 입국심사관 같은 태도. 그의 손에는 사냥총이 들려 있었다. 하지만 총이 아니더라도, 간격이 매우 좁은 까만 두 눈은 대포의 포구처럼 낯선 자라면 모두 쓰러뜨릴 기세였다.

"누구요?"

방문자에게 겁을 주어 한 발짝도 접근하지 못하게 하고, 무슨 일인지 물을 필요도 없이 쫓아버릴 양으로 총을 들고 나왔는데, 정작 파드루 경위는 집주인을 쳐다보지도 않았다.

그는 좀 더 먼 곳을 보았다.

조제프 뒤쪽.

건장한 체격의 은퇴한 광부와 열린 문 사이의 좁은 틈새를 통해.

파피는 자신의 수고가 헛되지 않았음을 깨달았다. 처음부터 짐작했던 진실이 바로 거기에 있었다.

65

작은 바늘 4, 큰 바늘 4

"다 엄마?"

아망다는 화난 눈으로 말론을 보았다. 말론은 즉시 고쳐 불렀다.

"엄마?"

"그래, 아가."

"사람들이 신발을 왜 벗어?"

말론은 아망다의 대답을 이해하지 못했다. 그는 허리띠와 여자들의 귀금속, 안경, 신발, 컴퓨터가 무슨 상관인지 이해할 수 없었다.

말론 생각에 자신은 다 엄마라고 부를 권리가 있었다. 다 엄마는 언제부턴가 한마디 말밖에 하지 않았고, 끝도 없이 반복했다.

"빨리!"

그리고 말론의 등을 밀고 손을 잡아끌었다. 경찰들과 어떤 아저씨와 아줌마가 그들의 여권과 비행기표를 다시 검사했다. 말론은 그 틈을 타서 슬쩍 옆으로 가보려 했지만 다 엄마가 붙잡았다.

"왜 그러니, 아가?"

말론은 다 엄마의 목소리가 한층 상냥해졌다는 걸 알아차렸다. 선생님 앞에서 얌전해지는 아이들처럼 경찰관들이 있어서 그런 것 같았다. 기회는 이때다.

"구티 줘!"

말론은 가시덤불에 거꾸로 처박힌 구티를 생각했다. 다 엄마는 구티를 빼앗아갈 권리가 없었다.

그곳에 던져버릴 권리도 없고, 구티를 내버려둔 채 떠나버릴 권리도 없었다.

그녀는 당황해서 말론을 두 팔로 끌어안으며 경찰관들을 보았다.

"우리가 가는 곳에는 똑같은 게 아주 많아. 더 멋진 걸로 사줄게."

말론은 그녀의 말을 듣지 않았다. 다 엄마의 팔 사이로 주위를 둘러보았다. 공항은 아주 넓었지만 다 엄마보다 빨리 달릴 수 있다. 도망치는 건 어렵지 않다.

말론이 작은 목소리로 속삭였다.

"알았어, 엄마."

다 엄마가 말론을 놔주었다.

그 즉시 달리기 시작했다. 다 엄마가 미처 반응할 틈도 없었다. 똑바로 달리다가 커다란 포스터가 붙은 벽 앞에서 꺾어지면 된다.

"말론, 멈춰!" 다 엄마가 뒤에서 소리를 질렀다.

말론은 멈췄다.

다 엄마가 소리를 질러서가 아니다. 다 엄마와는 전혀 상관없었다. 다 엄마의 목소리가 너무 커서 모든 사람이 돌아보았지만 말론에겐 들리지도 않았다.

말론은 공항에 붙은 전단을 보았다.

엄마였다.

긴 머리의 엄마가 활짝 웃는 얼굴로 거기에 있었다. 자신을 보며 나무라는 것 같았다.

말론은 바보구나! 왜 다 엄마의 말을 안 듣는 거야!

이제야 엄마의 말을 기억했다. 절대 잊으면 안 된다고 했는데. 밤마다 기억하라고 했는데. 구티가 있을 땐 늘 기억했는데.

기다려야 해. 엄마가 늘 말했다.

다 엄마가 말론을 꽉 잡았다.

"그만해, 말론!"

적당한 때를 기다릴 것.

그전에는 다 엄마가 진짜 엄마인 것처럼 행동할 것.

그들은 경찰들 앞을 지나갔다. 다 엄마는 선글라스와 시계와 휴대전화를 꺼냈다. 말론은 미아방지용 목걸이만 풀면 됐다. 다 엄마가 벽이 없는 문을 지나가자 삐 소리가 났다. 다 엄마는 다시 돌아가 목걸이를 뺐다. 먼저 통과한 말론이 그 앞에서 얌전하게 기다렸다.

문 주위에 있던 경찰들은 웃으며 얘기를 나눴고, 또 다른 경찰들은 마치 전쟁터에 나가는 군인처럼 차려 입고 총을 든 채 좀 더 멀리에 서 있었다.

비행기가 보이는 커다란 유리창 앞의 통로를 지나가는 동안, 말론은 엄마가 마지막으로 했던 말을 다시 떠올렸다.

"8번 게이트야." 나 엄마가 말했다. "동그라미가 위로 두 개 겹친 숫자란다. 나랑 같이 찾아볼래, 아가?"

말론은 반대 방향을 보았다. 벽과 상점과 게이트가 있는 쪽.

용감해져야 한다. 지금 구티가 있다면 얼마나 좋을까. 식인괴물한테서 도망치려면 단 한 가지 방법밖에 없는데! 숲으로 가는 비행기를 타지 않는 것….

엄마가 반복해서 말했었다. 안녕이라고 말할 때 구티를 품에 안겨주며 말했다.

이건 기도야. 너의 기도. 절대로 잊으면 안 돼.

아주 간단해. 넌 할 수 있어.

비행기에 타기 직전에 이 말을 해야 해.

네가 천 번도 넘게 연습한 말.

하지만 바로 그 순간에 말해야 해.

그게 사실이 아니더라도, 사람들이 너를 믿게 해야 해.

동그라미 두 개가 겹친 숫자.

8번 게이트.

다 엄마가 미소를 지었다. 흰색과 오렌지색 비행기는 커다란 파이프에 연결되어 있었다. 거대한 진공청소기처럼 생긴 그곳으로 사람들이 양떼나 빵부스러기처럼 빨려 들어갔다.

말론이 다 엄마의 소매를 잡아당겼다.

사람들이 너를 믿게 해야 해. 그게 사실이 아니더라도.

"엄마."

다 엄마가 웃으며 말론을 보았다. 다 엄마의 미소를 보고 싶으면 엄마라고 부르기만 하면 됐다.

"왜 그러니, 아가?"

"나 쉬할래."

66

오늘, 자정이 다 된 시간에 그가 말했다.

미안해, 난 처음 만난 날에는 절대 섹스하지 않아….

나도 그래. 317일 전부터 그랬어.

죽이고 싶다.

난 그의 물건에 내 하이힐 굽을 기념으로 남겨두었다. 한쪽에 한 짝씩.

유죄: 97　무죄: 451

www.죽이고싶다.com

메간 한 대가 공항으로 급하게 들어와 커다란 유리문 앞에 급정거했다. 차가 멈추는 동시에 정확히 똑같은 동작으로 앞 문 두 개가 동시에 열리며 마리안과 지베가 튀어나왔다. 마리안은 왼팔에 구티를 든 채 달릴 준비를 했다.

16시 33분.

골웨이를 경유하는 카라카스행 비행기는 9분 후 출발이다.

마리안은 강박적으로 시간을 카운트다운하고 있었다. 알렉시스 제르다가 비행기를 타고 탈출하지 못할 것을 아는데도 마음이 초조했다.

아이나 티모나 앙지가 함께 간다 해도 절대 성공할 수 없다.

혼자서도 갈 수 없다. 출입국심사관과 경찰관과 승무원 모두에게 통보하고, 세 용의자의 사진을 돌렸다. 이렇게 작은 공항에서 빠져나가기란 불가능하다. 비행기표를 검색했다는 것은 교란 작전이거나 제르다의 플랜 B 혹은 플랜 Z일지도 모른다. 그들이 뒤쫓는 자는 매우 영리한 범죄자다. 스스로 늑대 소굴에 뛰어들 리 없다.

16시 34분.

의심스럽지만 일단 전진이다!

마리안 앞에서 공항의 자동문이 스르르 열렸다. 달리던 속도 그대로 들어가려던 순간, 뒤에서 잡아당기는 힘 때문에 휘청했다.

그녀의 손목을 잡은 건 지베였다.

차를 주차하던 때부터 그는 휴대전화를 귀에 붙이고 있었고, 때때로 고개를 끄덕였다.

"잠깐만요, 마리안!"

그의 손이 살에 닿았는데도 아무런 떨림도 일지 않았다. 3분 전, 지베가 차 안에서 젖은 셔츠를 갈아입을 때, 그녀는 보디빌더 같은 그의 상체와 완벽한 식스팩 근육을 무덤덤하게 지켜보았다. 그녀에게 떠오르는 유일한 이미지는 지베가 젊은 여인의 애무를 받는 동안 그의 아이들이 학교 문 앞에서 아빠를 기다리는 모습이었다.

소극적인 배척이라고 해야 하나? 지베는 여전히 유능한 경찰관이며, 같은 차를 타고 백미러로 훔쳐보기에도 아주 만족스러운 동료이다. 하지만 그에 대한 환상은 이제 끝났다. 적어도 지금은 그랬다. 폐경기가 지나면 다시 지베에 대한 마음이 돌아올지도 모른다. 완벽한 지베가

40대로 접어들며 배 둘레에 10킬로그램의 지방이 붙지 않는다면.

잘생긴 지베가 마리안의 손을 놓지 않았다.

"제기랄, 무슨 일이야?"

"콩스탕티니가 전화했어요. 나토 기지에서 시체를 찾았어요. 집 뒤편에 틈이 있었대요. 부서진 자재들과 해초와 폐유 덩어리로 메꿔놓았는데 밀물 때문에 바닷물이 차올라서 콩스탕티니의 어깨까지 물이 찼다고 하네요. 어쨌든 시체를 끌어올렸답니다."

"알았어, 지베. 이제 가자."

마리안은 다시 공항 안으로 들어가려고 몸을 돌렸다. 하지만 지베는 여전히 놓아주지 않았다. 열렸던 출입구는 아무도 들어가는 사람이 없어 실망한 듯 다시 닫혔다.

"뭐야?"

"문제가 있어요. 시체가…."

지베는 잠시 뜸을 들이며 맥박 수를 재기라도 할 듯 마리안의 손목을 쥔 손에 힘을 주었다.

분당 150.

공항 문이 다시 열렸다가 닫혔다.

"빨리, 지베!"

"시체가 아망다 물랭이 아니었어요."

지베는 누르는 손에 또다시 힘을 주었다.

분당 175.

절단기 같은 문은 또다시 허공만 철컥 갈랐다.

"제르다의 시체였어요. 가슴에 두 발."

"이런 젠장!"

지베는 마침내 마리안의 손을 놔주었다. 그녀는 스프링처럼 튀어나가 공항 홀로 통하는 문으로 곧바로 뛰어들면서 뒤돌아보지도 않고 물었다.

"다른 것 또 있어?"

지베는 불과 몇 센티미터 정도로 마리안을 가볍게 따라붙었다.

"네. 이건 예상하지 못했던 건데…, 수습경찰인 마루에트가 알려준 겁니다. 어린 녀석이 제법이네요. 그 녀석이 앙젤리크 퐁텐에 대한 정보를 줬어요."

마리안은 입술을 깨물었다. 역광 때문에 유리에 비친 그녀의 모습이 일그러져 보였다. 지베는 앙지의 사진을 발견했다거나 위노의 웨이터 같은 증인을 찾았다고 하겠지. '이상하게도 앙젤리크 퐁텐이 마리안 경감님과 똑같이 생긴 사람을 위노에서 매주 만났다고 하네요'라고 하든지….

"마루에트가 사방을 돌아다니며 앙젤리크에 대해 조사를 했다는군요. 포티니를 떠난 시점부터 오늘까지요. 지금은 르아브르의 미용실에서 일하고, 그라빌에 사는데…."

마리안은 확 열불이 났다. 알았어, 알았다고! 직접 설명하고 싶었다. 자신이 바보였다는 걸 인정하고, 일단 아이를 구해야 하니 제발 잠시만이라도 내버려두라고 말할 작정이었다.

"그… 그래서, 뭐?" 그녀가 더듬거렸다.

파마스 소총과 탄띠로 완벽하게 무장한 두 명의 공항경비대원이 그들에게 다가왔다.

"아이의 흔적이 전혀 없대요! 스무 살 때부터 기록을 뒤졌는데 아이를 가졌던 흔적이 없답니다."

마리안은 위노에서 그녀와 나눴던 대화를 생각했다. 앙지가 당한 자동차 사고, 임신, 아이 아빠에 의한 유산, 엄마가 될 수 없었던 우울감과 슬픔. 지금에서야 그녀의 말들이 의미를 가지고 와 닿았다.

"어떻게 아이를 숨길 수 있겠어요?" 지베가 말을 이었다. "3년 동안이나! 임신 중에도 그렇고, 유아원이나 유아학교, 조부모, 소아과의사, 이웃들 중 누군가는 반드시 알게 되죠. 아기를 낳아서 아파트 안에 감추고 있을 수는 없어요. 계속 일도 했고요. 장을 보러 갈 때도 옷 속에 숨겨서 데리고 다닐 순 없죠. 마루에트와 동료들이 열심히 찾아봤지만 앙젤리크 퐁텐에게 아기가 있었던 증거는 전혀 나오지 않았다는군요. 전혀요!"

공항경비대원들은 그들 앞 2미터 거리에 서 있었다.

마리안의 머릿속에서 환멸에 가득 찬 목소리가 비아냥댔다. 그래, 지베. 누구나 비밀이 있는 거야. 너랑 네 애인들도 그렇고, 나랑 내 친구도 그렇고.

마리안은 경비대원들에게 경찰 신분증을 흔들며 걸음을 재촉했다. 자신의 신분증이 머리를 빡빡 깎은 저 꼬맹이 대원들에게 바로 효과를 발휘한다는 사실에 잠시 뿌듯한 기분이 들었다. 한순간 그녀의 시선이 맞은편 벽에 걸린 얼굴에 멈췄다.

알렉시스 제르다, 티모 솔레르, 앙지. A3 사이즈의 수배전단.

이건 아무짝에도 쓸모가 없었다. 그들이 찾아야 했던 사람은 아망다 물랭이었다. 자신의 아이도 아닌 말론을 데리고 비행기를 타려 한 사람은 아망다였다. 출입국심사관이 아망다 물랭을 잡을 이유는 전혀 없었다. 정말 영리했어, 아망다!

마리안은 시계를 보았다. 지베가 포스터 앞에 멈춰 섰다. 그는 모든 일이 예상 밖으로 흘러갔고 더는 할 수 있는 게 없다고 생각했다. 한심하기 이를 데 없군….

비행기 출발까지는 5분 남았다.

마리안은 여전히 구티를 들고 공항 안을 성큼성큼 걸었다. 지베는 좋은 경찰이 되려고 노력했지만 이번 사건은 처음부터 잘못 짚었다. 그로서는 사건의 본질을 전혀 이해할 수도 없었다.

그녀는 이해했다. 구티 덕분에.

아망다는 말론을 데리고 비행기를 타면 안 된다. 절대로! 알렉시스 제르다를 죽였기 때문이 아니다. 정당방위가 될 수도 있으니까. 다른 이유가 있다.

앙지는 그녀에게 거짓말을 하지 않았다. 앙지는 그저 바닷물에 병을 던진 것이다. 살려달라는 메시지를 넣어서. 어떻게 생각하면 그녀는 마리안에게 진실을 말했다. 지금은 긴급상황이니 감정 같은 나머지 문제는 나중에 천천히 생각하자.

그녀는 여전히 걸음을 재촉하며 본능적으로 출입국심사대 방향을 가리켰다. 그리고 창구로 향했다. 지베에게 설명할 필요도 없었다. 그들은 프로였고, 완벽하게 호흡이 맞았다.

마리안 앞에 또 다른 경비대원이 섰다. 겨우 스무 살이나 되었을까. 그는 마리안이 들고 있는 쥐 인형을 보며 어리둥절해했고, 경찰 신분증을 보며 또 한 번 어리둥절한 표정을 지었다. 주머니에서 휴대전화가 울려 신분증을 다시 집어넣었다.

그녀는 마음속으로 간절히 기도하다가 깜짝 놀랐다. 나답지 않게 기도라니!

아무튼, 신이시여, 제발 파피의 전화이길!

제발 내가 올바른 결정을 내리도록 파피가 도움을 주길. 나토의 옛 기지에서 절벽 계단을 오르다가 구티가 알려준 사실을 확인해주길.

구티의 털에는 세 단어가 적힌 꼬리표가 달려 있었다. 마리안 외에 그것을 눈여겨본 사람은 아무도 없었다. 아주 흔하고 평범한 세 단어였다. 전 세계에 팔려나가는 수천 개의 똑같은 인형에 꿰매어 매달아 놓은 세 단어…. 하지만 이 평범한 세 단어가 비현실적인 현실을 알려주었다.

앙젤리크가 말론의 엄마가 아니라는 사실을!

67

작은 바늘 4, 큰 바늘 7

그들 앞에는 이제 사람이 거의 없었다. 진공청소기가 양들을 쉬익 하고 비행기 안으로 다 빨아들인 모양이다.

말론은 얼굴을 찡그렸다. 자기 손을 너무 세게 잡은 손 때문에 아팠다. 손가락의 반지가 말론의 살갗에 파고들어 더욱 그랬다. 눈물이 나오려는 걸 꾹 참았다.

말론은 눈을 들었다. 하나, 둘, 셋.

그들 앞에 양이 세 마리 더 있었다. 청소기로 들어가는 속도는 빨랐다. 제복을 입은 여자는 다른 사람보다 훨씬 더 빨랐다. 유리 상자 뒤에서 여권을 검사하던 여자보다 빨랐고, 벽 없는 문 옆에서 허리띠와 손목시계를 풀게 하던 여자보다 빨랐다. 지금 앞에 서 있는 여자는 사람들이 지나가도록 내버려두었다. 그들의 사진이 붙은 수첩을 내밀어도 보지 않았다. 그저 비행기표만 받아서 귀퉁이를 떼어낸 후 돌려줄 뿐이었다.

하나, 둘, 셋. 말론은 다시 헤아렸다.

수첩을 세 번이나 보여줘야 했지만, 세 번째에는 수첩에 거의 신경 쓰지 않았다.

입을 활짝 벌린 청소기가 마지막 양까지 다 먹어치웠다. 여자는 모두를 그냥 지나가게 했다. 이제 그들 차례다.

말론은 여자가 무서워서 발이 떨어지지 않았다. 기다란 빨간 손톱, 불꽃 색깔 머리, 검은 피부, 검은 눈. 말할 땐 입이 커다랗게 벌어지고, 말을 하지 않을 때도 입이 완전히 닫히지 않는다. 입 속에 이가 너무 많아 다물 수 없는가 봐.

말론은 깨달았다.

아, 이 사람은 용이야!

그녀는 동굴의 입구를 지키는 용이다. 식인괴물의 숲으로 통하는 동굴로 양들을 모조리 집어넣는 용. 우리도 가게 해줄까?

용은 엄마와 어린 아들의 수첩과 표를 받았지만, 거의 보지도 않고 비행기표 한쪽을 잘라내고는 입을 열었다.

"즐거운 여행 되시길 바랍니다."

청소기 안은 어두웠다. 그리고 서늘했다. 동굴 끝에 또 다른 구멍이 보였다. 비행기로 들어가는 입구였다.

손이 말론을 더 세게 끌어당겼다.

식인괴물의 숲….

말론은 이제 더는 눈물을 참을 수가 없었다.

말론을 붙잡은 손에 힘이 빠졌다. 터널 안에서 목소리가 다정하게 말했다.

"정말 용감했어, 우리 강아지."

말론은 용감하든 말든 상관없었다. 식인괴물도, 용도 상관없었고, 비행기가 그들을 태우고 가든 말든 다 상관없었다.

구티가 내 옆에 있기만 한다면.

늘 옆에 있어주던 구티만 있다면.

"아직 조금만 더 용감하게 버텨야 해. 구티가 널 자랑스럽게 생각할 거야. 구티가 원하던 대로 아주 잘해줬어."

그녀가 말론을 안았다.

"우리 강아지, 알았니?"

말론은 코를 훌쩍거리며 계속해서 걸었다. 진공청소기에서 빠져나와 비행기로 들어가기 바로 전에 아주 작은 구멍이 있어서 그 사이로 활주로가 보였다. 그리고 제복을 입은 또 다른 여자 두 명이 서서 사진이 붙은 수첩은 보지도 않고 찢어진 종이를 보여 달라고 했다. 거기에 좌석 번호가 적혀 있어서 그래. 목소리가 알려주었다. 서 있는 두 여자도 이가 너무 많아 보였지만 친절하게 웃으며 좌석으로 안내해주었다.

손이 말론의 손을 더 꽉 쥐었다.

"이제 출발이다, 우리 강아지. 아빠도 곧 오실 거야."

그녀가 말론의 뺨에 입을 맞췄다. 말론은 다시 훌쩍거렸다. 쓰다듬을 구티가 없어서 손으로 뭘 해야 할지 알 수 없었다. 눈에서 눈물이 계속 흘러나왔다. 그래도 마침내 눈물을 참고 애써 웃음을 지었다.

"알았어요, 엄마."

68

오늘, 그 남자가 빵을 사러 다시 왔다. 정말 잘생겼다. 엔지니어거나
그런 종류의 일을 하는 것 같다. 넥타이에 조끼까지 갖춰 입고
아이들을 데려왔다. 애들은 신이 나서 웃고 떠들며 춤까지 췄다.
내가 바게트 빵을 내밀 때 그는 단 한 번도 나를 보지 않았다.
단 한 번도 내 앞가슴으로 시선을 내리지 않았다.
단 한 번도 나를 판매원 그 이상으로 보지 않았다.
죽이고 싶다.
나는 이야기를 꾸며내 그 남자 와이프에게 메일로 보냈다.
와이프가 다리미로 남편 머리를 쳤다. 신문에 조그맣게 기사가 났다.

유죄: 2136　무죄: 129
www.죽이고싶다.com

마리안 뒤로 그림자가 무리지어 유령처럼 슬그머니 다가왔다. 거대하고 어두운 그림자들은 움직일수록 점점 더 부풀어 올랐다. 흰색과 빨간색으로 페인트칠한 공항 관제탑만큼이나 커져버린 그림자는 활주로에 서 있던 보잉 737 두 대를 집어삼켰다. 한순간 위협이라도 하듯 더 시커메지던 그림자들이 다음 순간 삽시간에 사라졌다.

마리안은 바다가 보이는 공항의 통유리창 앞에 서 있었다. 하늘에 떠 있는 짙은 구름이 마리안에게 다가오는 경찰들의 그림자를 뒤덮었다.

마리안은 여전히 활주로에 시선을 둔 채 뒤돌아보지 않았다.

게이트 5번과 9번 사이. 암스테르담, 골웨이, 리옹, 바르셀로나.

지베가 숨을 헐떡이며 상관에게 달려왔다. 바깥의 풍경에는 전혀 관심이 없었다.

"마리안, 들어보세요. 솔레르를 찾았습니다. 어떤 여자가 익명으로 제보했어요. 공항에 주차된 트윙고 조수석에서 잠들어 있었고요."

마리안은 마취에서 깨어난 사람처럼 비행기에서 눈을 떼고 지베를 돌아보았다.

"티모 솔레르…. 드디어! 지금 상태가 어때?"

"안 좋아요. 폐에 구멍이 뚫렸고, 견갑골의 총상 부위는 벌어져 있고요. 내출혈도 있습니다. 하지만 부르덴과 베나미가 문을 열었을 때는 살아 있었어요. 의식도 있어서 눈까풀을 움직이고 입술을 떨었다고 합니다. 다른 행동은 불가능하고요. 정보를 얻어내기는 어려울 것 같습니다."

마리안은 지베의 눈을 보았다.

"네 생각은 어때, 지베?"

"글쎄요. 무척 심각해 보이기는 합니다. 살아날 가능성은 10분의 1, 혹은 100분의 1이나 될까요? 지금까지 살아 있는 것도 기적이라고 합니다."

공항보안책임자가 그들 오른편에 서서 안절부절못했다. 티모 솔레르의 생사 따위에는 전혀 관심이 없어 보였다. 그는 작은 키에 넥타이를 맸고, 뾰족한 코 위로 자꾸만 미끄러지는 가는 테 안경을 썼다. 귀에서 목 언저리까지만 머리털이 있어서 매끈한 정수리에 땀방울이 송골송골 맺혔다. 남자는 여승무원과 공항경비대원 두 명을 대동했다. 손톱을 빨갛게 칠하고 머리를 붉게 염색한 승무원은 남자보다 머리 하나는 더 컸고, 머리를 민 대원들은 전투복 차림에 기관단총을 들었다. 이들은 마치 범죄조직 일당이나 부패한 정치인을 뒤따르는 비서와 경호원들처럼 보였다. 보안책임자가 건조하고 쉰 목소리로 물었다.

"어떻게 할까요, 경감님?"

마리안은 대답하지 않고 유리창 너머의 보잉 737을 다시 보았다. 머릿속에서 방금 있었던 일들이 영화처럼 펼쳐졌다.

티모 솔레르는 생사가 오락가락하는 상태로 공항 주차장에 버려진 채 발견됐다. 하지만 너무 늦기 전에 구조대가 도착하도록 하여 미약하나마 생존 가능성이 남아 있도록 해놓았다. 근간의 일이 사전에 모두 계획되었다고 생각하면 당연한 일이다! 마리안마저도 꼭두각시 인형이 되어 누군가가 한 장 한 장 공들여 미리 써놓은 그림자 게임의 시나리오대로 움직인 셈이다.

그녀는 솔레르를 발견하기 직전, 불과 5분 전에 일어난 사건을 다시 생각했다.

마리안이 출입국심사관들과 얘기를 나누던 중, 비명 소리가 공항을 뒤흔들었다. 지베가 콩스탕티니와 함께 여자 화장실로 달려갔다. 마리안도 몇 미터 뒤에서 따라 달렸다. 콩스탕티니가 잠긴 문을 어깨로 부수고 열자 바닥에 고꾸라진 여자가 있었다.

또 하나의 눈속임 장치였다.

화장실 안에 쓰러져 있던 사람은 아망다 물랭. 이 작은 공항에서 화장실은 하나밖에 없다. 그녀를 공격한 자는 아망다 입에 황급히 재갈을 물리고 결박하여 출구에서 가장 가까운 칸에 처박아두었다. 무척 서둘렀던 모양이다.

"여기에 숨어 있었어요." 지베가 맞은편의 벽장문을 열며 말했다. "이렇게 좁은 곳에 숨어서 아망다 물랭을 기다린 거죠."

마리안은 벽장을 관찰했다. 화장지 상자와 세제, 바닥청소용 걸레가 어지럽게 흩어져 있었다.

"이상하지 않아요?" 지베가 말을 이었다. "이놈은 도대체 얼마나 기다리려고 이런 곳에 웅크리고 있었을까요?"

"여자야."

"여자요?"

마리안은 직사각형의 좁은 공간을 다시 한 번 둘러보았다. 벽장 공간은 기껏해야 폭 30센티미터에 불과했다. 흘러내린 재갈을 목걸이처럼 목에 두른 아망다 물랭이 변기에 앉은 채 얼빠진 표정으로 눈만 휘둥그레 뜨고 있었다.

"여자야. 여자만 이 안에 들어가서 숨을 수 있어. 몸이 가늘고 유연한 여자."

앙지

아망다의 얼굴이 화장지 상자와 청소용액이 들어찬 벽장의 이미지와 함께 점차 흐릿해지더니 보잉 737 기체가 그 자리를 대신했다.

보안책임자는 여전히 마리안의 대답을 기다렸다. 그는 긴장한 표정으로 자기 눈높이에 있는 승무원의 가슴과 두 경비대원의 기관총을 번갈이 보다가 마리안을 다시 바라보았다. 허리춤에 총을 찬 여성에게 익숙하지 않은 듯했다. 그로서는 여자에게 결정을 내려달라고 간청해야 하는 상황이 더더욱 낯설었다.

마리안은 재빨리 생각했다. 이제 모든 것이 명확해졌다. 앙지는 아망다 물랭 대신 비행기에 탔다. 경찰이 출입국심사관들에게 사진을 돌리기 전에만 공항 출입이 가능하니 공항에는 이미 몇 시간 전에 도착했을 테고, 아무 항공편이나 미리 예약해두었을 것이다. 그러고는 화장실에 숨어 인내하며 기다린다. 누구의 의심도 받지 않을 아망다 물랭이 말론과 함께 화물 검색과 여권 검사를 차례차례 통과하기를 기다리기만 하면 됐으니까. 마지막 단계는 120명의 승객이 비행기를 타기 직전에 하는 형식적인 검사라서 여권을 꼼꼼하게 보지도 않고 비행기의 편명과 좌석 번호만 확인할 뿐이다.

엄마와 아이, 여권 두 개. 어느 정도 닮아 보일까? 얼굴을 최대한 가렸을 앙지가 이 단계에서 걸릴 확률은 매우 낮다.

완벽한 계획이다. 앙지는 대범하기 짝이 없는 그녀의 계획을 성공시켰다.

보안책임자는 초조함이 극에 달해서 마리안의 답을 간절하게 기다렸다. 옆에서 지원군 역할을 해주면 좋으련만 대원들은 도자기로 빚은 듯 굳어 있었고, 승무원도 밀랍인형으로 변해버린 것 같았다.

그가 한숨을 쉬었다.

"이제 어떻게 할까요?"

마리안은 유리창 너머를 손으로 가리켰다.

"골웨이로 가는 비행기가 아직 활주로에 있는 거죠?"

보안책임자는 눈을 들어 하늘을 보고는 그 역시 비행기를 가리키며 말했다.

"네, 맞습니다. 그리고 세 대가 뒤에서 기다리고 있어요. 여자와 아이는 비행기에 탔고요. 확인했습니다. 모두 경감님 지시만 기다리고 있습니다. 뒤마 판사의 지시도 떨어졌거든요. 경감님이 허락하기 전에는 비행기를 출발시키지 말라고요. 공항경비대원 열다섯 명이 대기하고 있습니다. 경감님이 말씀하시면 곧바로…."

마리안은 여전히 대답하지 않았다. 보안책임자는 눈을 내리깔며 얼굴을 찡그렸다. 바보가 된 기분이었다. 이 우유부단한 경감은 인형이나 갖고 다니면서 도통 일을 진행할 생각이 없군. 그는 혼자서만 인형에 대해 눈치 챘다고 생각했다. 정상이 아니야….

보안책임자를 안심시킬 생각이 없는지 마리안은 손가락으로 인형을 계속 더듬기만 했다. 구티의 털을 이 방향에서 저 방향으로, 다시 반대 방향으로 쓸어 넘겼다. 마리안은 헝겊인형에 붙어 있는 세 단어, 구티의 비밀을 알려주는 세 단어를 다시 한 번 읽었다.

저도 모르게 미소가 흘러나왔다.

세 단어는 처음부터 그들 눈앞에 있었지만 아무도 주의를 기울이지 않았다.

메이드 인 기아나

그렇다. 앙지는 이 모든 이야기를 미리 써두었다. 처음부터 끝까지.

하지만 결말은 내가 맺는다.

위노 레스토랑의 테이블에서 앙지가 했던 속내 이야기들은 오로지 자신의 계획을 완수하기 위해서였다. 이 순간을 준비하고 의혹을 심어놓기 위해. 앙지가 이제껏 친구와 함께 보낸 모든 저녁, 모든 시간을 통해.

나를 조종한 것일까?

구조 신호였을까?

보안책임자가 까치발로 키를 높이며 새된 소리를 질렀다.

"제기랄, 도대체 뭘 기다리는 겁니까?"

마리안의 침착한 대답이 마침내 그를 잠잠하게 만들었다.

"전화 한 통이요."

69

오늘, 레옹스가 내게 꺼지라고 했다.

죽이고 싶다.

하지만 실패했다.

유죄: 7　무죄: 990

www.죽이고싶다.com

아이가 천천히 그네를 탔다. 위험하다는 생각은 전혀 못 하는 것 같았다.

갈라진 나무판자를 매단 밧줄은 닳아서 올이 풀렸고, 밧줄을 연결한 고리는 녹이 슬었다. 빗물과 세월의 공격에 그네를 매단 봉은 헐거워지고, 링들은 뒤틀어지고, 줄의 균형도 맞지 않았다.

아이는 움직이지 않았다. 그네 혼자 흔들렸다. 더 빨리 타거나 멈추려 하지 않았고, 심지어 눈도 깜박이지 않았다. 무표정한 아이를 보고 있으니 움직이는 건 아이가 아니라 그를 둘러싼 세상이라는 생각이 들었다. 풀빛과 나무와 집과 지구 전체가.

마르타 뤼코비크는 베란다에 앉아 아이를 오랫동안 지켜보았다. 아이는 머리부터 발끝까지 따스한 옷으로 감싸고 벙어리장갑을 끼고 모자를 썼다. 마르타가 커피 잔을 테이블에 내려놓았다. 유리 공간 안에는 온갖 식물과 관목이 심어진 화분이 유리벽을 따라 가지런히 놓여 있었다. 오렌지나무, 레몬나무, 까치밥나무 들이 우아하게 어우러졌다.

조제프는 파드루 경위 맞은편에 앉아 벽돌 벽으로 삼면을 높게 둘러싼 작은 정원을 가리켰다. 파피는 그가 아이 얘기를 꺼낼 거라고 짐작했다.

"믿어지지 않을지 모르겠지만 정남향 정원이라오. 90년에 베란다를 만들었죠. 폐광된 직후에 보상금을 받아서…. 괜한 짓이었어요."

노인은 커피 잔을 앞으로 당기며 기침을 했다.

"대출을 아직도 갚고 있어요. 25년이 지났는데. 하긴 이렇게 온실 속에서 식물들에 둘러싸여 있지 않다면 아직까지 살아 있을지 모르겠소만."

노인의 기침이 걸걸한 웃음소리로 바뀌었다. 마르타는 남편이 부탁하지도 않았는데, 그의 커피 잔에 설탕 한 조각을 넣어주었다.

"그리고 높이 세운 벽 덕분에 이웃들이 귀찮게 하는 일도 없지요."

그의 결론이었다. 뜨거운 커피 잔에 닿은 입술이 살짝 떨렸다.

파피도 커피를 한 모금 삼켰다. 씁쓸한 뒷맛이 입안에 머물렀다. 그는 조제프 뤼코비크를 설득하여 이 집으로 들어오기 위해 갖은 노력을 해야 했다. 광부의 눈앞에 경찰 신분증을 들이밀었지만 소용없었다. 티모 솔레르, 앙젤리크 퐁텐, 알렉시스 제르다의 이름을 언급하자 비로소 문이 좀 더 열렸으나 1센티미터 이상은 아니었다.

노인은 특히 알렉시스 제르다의 이름에 더 민감하게 반응했다. 파피는 직감적으로 외쳤다.

"알렉시스 제르다가 죽었어요. 총에 맞아서. 한 시간도 채 안 됐습니다. 옛 나토 기지의 저장탱크에서 시신을 찾았어요."

그제야 문이 활짝 열리더니 조제프가 말했다.

"베란다로 갑시다. 마르타, 커피 좀 가져다줘."

그 말뿐이었다. 파피는 신발장 위쪽에 붙어 있는 자유노조1980년대 폴란드 민주화운동을 이끌어낸 노동조합 조직 포스터, 바벨대성당폴란드 크라쿠프의 바벨 언덕에 있는 성당 사진, 브로니슬라프 불라폴란드 축구선수의 사진을 훑어보았다. 조제프는 낡은 벽지가 발려 있는 현관 입구에서 지체하는 경위가 못마땅한지 인상을 찌푸렸다.

그가 경위를 데려간 곳은 이웃들의 호기심 어린 시선을 피할 수 있는 베란다였다.

파피는 얼굴을 찡그리지 않으려 꾹 참으며 쓰디쓴 커피를 단번에 삼켰다. 그러고는 그네에 있는 아이를 유심히 보았다.

"어떻게 된 건가요?"

마르타 뤼코비크가 남편의 손에 자신의 손을 포갰다. 주름진 손에는 갈색 반점이 여기저기 나 있었다. 정원의 그네 부품들만큼이나 약해지고, 자녀를 키운 세월만큼 피로해진 손이다. 그리고 아이들은 성장하여 그들을 잊고 떠나버렸다. 파드루 경위는 마르타가 조제프의 손에 자신의 손을 얹으며, '이미 늦었어요. 다 말씀드려요'라고 무언의 뜻을 전하고 있음을 알았다. 두 사람은 단순한 스킨십만으로도 교감을 나누었다. 단어를 고르는 사람은 남편이었으나 실제로 고백하는 사람은 아내였다.

조제프가 커피 잔을 가리지도 않고 다시 기침을 했다.

"도빌 사건 이후에 알렉시스가 전화를 했어요. 나는 그 애를 알렉시스라 부른다오. 우리한테 제르다는 알렉시스의 아버지, 다르코지거든. 제르다랑 20년 동안 함께 땅속에서 일했어요."

마르타는 남편의 손을 지그시 눌렀다.

"알렉시스가 제일 먼저 전화해서 경찰이나 기자나 이웃보다 먼저 알려줍디다. 시릴이 도빌의 메르 거리에서 경찰 총에 맞아 죽었다고. 일로나와 손을 맞잡고 함께 죽었다고…. 거의 정오 무렵이었던 것 같소. 마르타는 동백꽃 화분을 들고 베란다로 가며 노스탈지옛날 노래를 트는 라디오 음악채널를 듣고 있다가 프랑스 앵포라디오 뉴스채널로 채널을 돌렸어요. 그 뉴스밖에 안 나오더군. 알렉시스가 말한 게 사실이었지. 마르타가 화분을 떨어뜨려서 아직도 그 자국이 있다오."

그는 타일 바닥에 팬 홈을 가리켰다.

"그전에도 마르타와 나는 경찰을 별로 좋아하지 않았소만…."

파피는 아무 말 하지 않았다. 작은 정원에서 아이는 여전히 그네를 타고 있었다. 시계추처럼 일정한 리듬으로 그네가 움직였다.

"알렉시스 제르다가 어르신을 만나고 싶어 했나요?"

"그랬지요. 한 시간쯤 지난 후에 만났어요. 카니베 연못 근처에서. 동네 아이들이 모두 모여 낚시하는 곳이라오. 알렉시스 혼자 있었어요. 우리는 두 명이었고. 마르타가 운전해서 거기까지 갔소. 나는 손이 너무 떨려서…. 그때 이후로 오른손 관절이 제 구실을 못 하고 있지."

파피는 조제프의 손에 얹힌 마르타의 손이 조제프를 진정시킬 뿐만 아니라 멋대로 움직이지 않도록 고정하는 역할도 해준다는 것을 알았다.

"알렉시스는 연못 앞에 혼자 서 있었소. 옆에는 그 아이들이 열 살 때 개구리나 쇠물닭을 잡으려고 등나무들 사이에 만든 오두막도 그대로 남아 있었고. 함석판 두 개와 널빤지 세 개로 만든 거요. 알렉시스는 떨고 있었는데, 그놈이 그렇게 떠는 건 처음 봤소. 어린애 돈을 빼앗아서 선생들이 불렀을 때도 거만하게 굴었으니까. 권위가 있는 사람들 앞에서도 절대 기죽지 않는 아이였거든. 항상 반항적이었지. 부전자전인지 그 아비도 매한가지로 탄광의 갱내 감독한테 늘 대들었다오. 하지만 그날, 알렉시스는 처음으로 겁먹은 것처럼 보였어. 그리고 우리는 그 이유를 알고 있었지."

"죽을 뻔했기 때문인가요? 아니면 시릴과 일로나가…."

"아니오." 조제프가 기침을 하며 말을 끊었다. "알렉시스는 우리 아들이나 며느리가 죽든지 말든지 전혀 관심 없어요. 티모가 폐에 총을 맞은 것도 상관하지 않고. 더 잘 됐다고 생각할 수도 있는 놈이오. 훔친 물건을 나눌 필요가 없으니 말이지. 알렉시스는 어렸을 때부터 그런 놈이라는 걸 알고 있었소. 내가 그놈을 처음 본 게 시릴의 다섯 살 생일 때였나, 아마? 바로 이 정원에서였지. 이상하게 들릴 수도 있겠소만 그 꼬맹이를 보자마자 장차 어떤 인간이 될지 훤히 보였다오. 간단히 설명하자면, 그때부터 이미 친구들과 케이크를 나눠먹는 걸 좋아하는 타입이 아니었지."

파피는 노인의 말에 아무런 대꾸도 안 하고 다시 본론으로 돌아왔다.

"그날 알렉시스가 떨었던 이유는 뭔가요?"

"목격자가 살아 있어서요."

파드루 경위가 패를 한 장 먼저 빼들었다.

"앙젤리크 퐁텐을 말씀하시는 겁니까?"

조세프와 마그다는 쓴웃음을 지었다.

"아니오. 앙지는 경찰에게 말할 애가 절대 아니요. 그건 알렉시스도 잘 알고 있었고. 알렉시스가 겁먹은 건 아이 때문이라오. 그래서 일부러 우리를 만나러 온 거고. 아이 이야기를 하려고 말이요."

"아이가 몇 살이었나요?"

"세 살이 채 안 됐었지. 아이는 그 애들이 범행을 모의하는 동안 줄곧 같이 있었소. 엄마 품에 안겨 그 옆에서 놀기도 하고 그들과 함께 먹기도 했지. 경찰은 당연히 아이에게도 질문을 하러 왔을 거요. 그때가 30개월이었는데 아이가 영리하고 눈치도 빠르고 수다스러웠다오. 경찰이 물어보면 다 대답했을 거요. 경찰들이 사진을 보여주면 알렉시스의 얼굴을 알아봤을 테고, 어쩌면 범행을 모의하며 나눴던 이야기들 중에 기억나는 것들을 말할지도 모르는 일이고. 날짜나 장소나 거리, 상점…. 그 나이 아이들은 스펀지처럼 잘도 기억하니까."

"30개월 된 아이의 증언이요? 판사가 어린애 말을 증거로 채택하겠어요?"

조제프는 다시 정원에 있는 아이를 보았다. 그네가 차츰 느려졌다. 아이가 미동도 않고 앉아 있어서 그런 듯했다.

"그래서 우리도 알아봤지요. 90년대에 소아성애 사건들이 연거푸 일어난 후로 인정해준다고 합디다. 증거로 받아들인대요. 신뢰성 있는 증거로 인정한다고 하더군."

"알렉시스의 계획은 뭐였죠?"

조제프가 심하게 기침을 하자 마르타가 놀라서 움찔했다.

"아이를 바꾸는 것이었소."

그는 한층 더 심하게 발작적으로 기침을 했고, 마르타가 나직한 목소리로 대신 말을 이었다.

"사실 유일한 해결책이었어요. 경찰들이 언젠가는 아이의 존재를 알아차릴 테니까요. 그들은 아이를 조사하러 올 테고 아이는 다 말하겠죠. 알렉시스를 포함해서 모두 다요. 경찰에게 거짓말하라고 세 살 아이에게 미리 주의를 준다 한들 경찰은 미심쩍은 점이 있다고 알아차릴 테고, 결국은 아이가 다 털어놓을 테죠. 알렉시스가 내놓은 방법은 생각해보면 단순해요. 경찰이 이 아이에게 질문을 하지 않게 만드는 거였죠. 다른 아이로 바꿔치기를 하면 되는 거예요. 말이 없는 아이일수록 좋죠. 아예 대화를 하지 못하는 아이면 더 좋고요. 자기만의 세상에서 사는 아이라면 더할 나위 없고. 알렉시스로서는 그것만이 유일한 해결책이었어요."

그녀의 손은 여전히 남편의 손 위에 단단하게 포개져 있었다. 하지만 떨리는 목소리는 어찌할 수가 없었다. 조제프는 기침을 두 번 더 하고 나서 덧붙였다.

"우리가 동의하지 않았다면 알렉시스가 아이를 죽였을 거요. 말하지 못하게…."

정원의 아이가 완전히 멈춰버린 그네에서 내려왔다. 아니면 떨어진 걸 수도 있다. 아이는 그네 옆 잔디밭에 드러누웠다. 길게 자란 풀들은 아이의 귀와 어깨와 다리보다 더 높았다. 머리를 거의 움직이지 않는데도 풀들이 아이의 뺨을 간질였고, 아이는 그대로 잠이 든 것처럼 보였다.

마르타가 일어나 경위에게 커피를 더 원하는지 물어보았다. 파피는 다 마실 수 있을 거라고 생각하진 않았지만 받아들였다. 잠시 후 마르타가 커피포트를 들고 돌아왔을 때, 파피가 다시 물었다.

"경찰이 아이에게 질문하지 못하도록 아이를 바꾼다고 치죠. 그런데 그렇게 하는 것도 쉽지 않았을 것 같은데요?"

조제프는 새로 가져온 커피에 입술을 적셨다. 덕분에 기침이 좀 삭

아드는 모양이었다. 노인이 말을 이었다.

"알렉시스에게 생각이 있었소. 아이를 기꺼이 바꾸겠다고 나선 사람이 있다더군. 그가 바로 디미트리 물랭인데, 둘은 부아다르시의 감옥에서 같은 방에 있었다고 합디다. 그자의 아이 이름이 말론이요. 계단에서 떨어져서 식물인간과 가까운 상태라고 하더군. 알렉시스의 계획에 완벽하게 들어맞는 아이였던 거지. 몇천 유로를 주고 아이 아빠를 설득했다고 합디다."

그는 마르타를 잠시 보고 나서 계속 말했다.

"엄마를 설득하기는 조금 힘들었다고 했소. 자기 아이와 떨어지기 싫어했다고 들었지. 단 몇 달이라도 절대 안 된다고 반대했다고 하던걸. 그래서 아이 아빠가 병원의 마지막 검사 결과 통보서를 조작했소. 엄마인 아망다 물랭에게 아이가 살날이 몇 달밖에 안 남았다고 믿게 만들었지. 우리는 알렉시스의 계획에 따르지 않을 수 없었소. 일종의 거래였던 셈이지. 처음에 저 아이가 오고 나서는 아망다와 몇 시간이고 통화를 했다오. 아망다는 하루에 거의 열 번씩 전화했고. 그러다가 점점 횟수가 줄더니 결국은 거의 전화하지 않더군. 우리는 문자와 편지와 사진을 계속 보내주었소. 아이 엄마를 안심시켜 주려고. 물론 말론이 여전히 살아 있다는 말 외에는 별달리 할 말은 없었지. 나아지는 조짐은 전혀 보이지 않았으니…. 말론은 먹고, 그네 타고, 자고, 나비와 개미를 보는 것 말고는 아무것도 안 해요. 말하지도 않고, 놀지도 않고, 웃지도 않고. 그 후로도 소식을 계속 보내긴 했소만 우리는 이미 이해했지."

그는 말을 잇지 못했다. 주름진 눈가에 눈물이 맺혔다. 정원에서는 아이가 눈을 뜨고 풀밭 어딘가를 뚫어지게 보고 있었다. 아마도 아주 작은 곤충일 것이다.

파피가 조제프의 말을 거들었다.

"아망다의 마음속에 다른 아이가 자리 잡았다는 걸 이해하셨단 건가요?"

"맞아요." 마르타가 말했다. "우린 병원 기록을 볼 수 있었으니까요." 그녀는 베란다 너머 풀밭에 누운 아이를 보았다. "사실, 저 아이는 저런 상태로 몇 년이든 살 수 있어요. 더 이상 고통은 없어요."

그녀의 목소리에는 고통이 가득했다.

"알렉시스의 계획은 복잡해 보일 수 있지만 사실은 아주 단순한 계획이었어요. 몇 주만 아이를 바꿔서 데리고 있자는 얘기였죠. 아이가 이전에 있었던 일을 다 잊을 때까지, 적어도 얼굴과 이름과 장소들만이라도 다 잊을 때까지 말이죠. 하지만 그건 우리 마음대로 되는 게 아니었어요. 이 두 아이가 앞으로 어떻게 될지에 대해서도 알렉시스는 전혀 신경 쓰지 않았고요."

노부부는 아이를 바꾸는 데 동의했다. 경찰을 속이고 제르다를 보호하려고. 파드루 경위는 메간의 조수석에 앉아 읽었던 보고서를 떠올렸다. 조제프는 젊은 시절에 몇 차례 법을 어긴 적이 있었다. 만취해서 통행을 방해하거나 길에서 싸움을 벌이거나 경찰에게 욕을 하거나 같은 것들…. 심각한 범죄는 아니었고 이미 50년도 넘은 일이지만 조제프와 마르타가 자발적으로 경찰에게 협조할 타입은 절대 아님을 깨닫게 해주었다.

그러나 보고서에는 여전히 애매한 부분들이 있었다. 수습경찰 뤼카 마루에트는 앙젤리크 퐁텐이 아이를 가진 적이 없고, 서류상으로 흔적이 전혀 없다고 확신했다.

"앙젤리크 퐁텐에 대해서 더 말해주세요." 파피가 요청했다.

마르타의 얼굴에 미소가 번졌다.

"앙지는 그리종 거리 전체에서 제일 똑똑한 아이였어요. 영리하고 재능도 많고 우아했죠. 상상력도 풍부했고요. 앙지가 어릴 때에는 인형이나 책을 들지 않은 모습을 본 사람이 한 명도 없을 정도예요. 머리도 좋고 예쁘고 로맨틱하고…. 앙지의 문제가 뭔지 궁금하시겠죠, 경위님. 그건 남자 문제였어요. 사귄 남자들 중에 티모 솔레르가 제일 나았어요. 물론 티모도 나쁜 남자인 건 마찬가지지만. 비밀스럽게 사귀었기 때문에 경찰의 레이더에도 티모의 여자친구 존재가 잡히진 않았을 거예요. 앙지는 청소년기에 많은 일을 겪었어요. 엄마가 불쌍한 아빠를 속이고 바람이 났는데 온 마을이 다 알게 되었죠. 앙지가 제일 먼저 알았고요. 하지만 제 생각에는 그게 문제가 아니었어요. 앙지의 부모는 도저히 앙지의 수준에 맞지 않았어요. 그들 부부에게 어린 앙지는 외계인이었죠. 코페르니쿠스 거리 끝에 있는 집은 앙지에겐 생명체가 살 수 없는 행성이 되어버려서, 늘 은하계로 태워다줄 택시를 기다렸죠. 그리고 앙지가 떠났을 때 안 좋은 일들이 생기기 시작했어요. 앙지의 아버지는 암에 걸려서 6개월 만에 세상을 떠났고, 앙지가 만든 '죽이고싶다' 사이트도 문제가 되고, 그 사고도 일어났고…."

"사고요?"

파피가 깜짝 놀라며 끼어들었다. 마루에트의 보고서에는 사고에 대한 언급이 전혀 없었다. 이게 퍼즐의 한 조각일까?

"2005년쯤이었을 것 같은데, 앙지는 그라빌 해변도로의 커브길에서 당시의 남자친구와 함께 차를 타고 가다가 사고를 당했어요. 이런 크고 작은 불행한 일들이 계속 그 아이에게 닥쳤죠. 남자는 아무 상처도 입지 않았지만, 임신 중반이었던 앙지는 아이가 유산되었을 뿐 아니라 더는 아이를 못 갖게 되었어요. 의사가 그렇게 말했죠. 앙지가 그토록 아이를 원하는 줄은 아무도 몰랐어요. 지금 생각해보니 어릴 때도 늘 작은 유모차에 인형들을 잔뜩 태우고 포티니를 수천 바퀴는 돌았을 거예요."

파피가 놀란 눈으로 보자 조제프는 더 자세히 얘기하는 게 낫겠다 싶었는지 끼어들어 설명을 덧붙였다.

"그 일을 아는 사람은 많지 않다오. 하지만 앙지 부모와 우리 담당 의사가 같지요. 닥터 사르키시앙. 그 사람은 여전히 포티니에 사니, 더 자세한 얘기를 들을 수도 있을 거요. 우리는 매주 금요일 오후에 페탕크 게임을 같이 한다오. 친구라고 할 수 있지. 의사가 이곳을 떠나지 않고 산다는 건 우리들을 잘 이해하고 가깝다는 얘기 아니겠소?"

파피는 침을 꿀꺽 삼켰다. 이제야 모든 것이 명쾌해졌다. 그는 자신의 손을 조제프와 마르타의 포개진 손에 얹었다. 그리고 그들이 손을 빼려 하기 전에 질문을 던졌다.

"마지막으로 아들과 며느리의 얼굴을 본 게 언제입니까?"

그는 노부부가 손을 빼려 한다는 것을 알고 그들의 손을 더 힘껏 잡았다.

누가 대답할까? 조제프에게 다시 질문하려는 순간 마르타가 대답했다.

"'보다'라는 말을 어떻게 받아들이느냐에 따라 달라요, 경위님. 시릴과 일로나는 도빌 사건이 있기 전에 잠깐잠깐 한두 번 들렀어요. 간단히 커피를 마시거나 저녁 식사를 하거나 했죠. 산책이나 카드게임 할 시간은 없었지만 그래도 그것만으로도 좋았어요. 이전보다는 훨씬 나아졌으니까."

그들의 손은 따뜻했다. 손을 포개고 있는 건 이상한 느낌이었다.

"네, 그래서요?" 파피가 물었다.

"시릴은 중학교를 마친 후에 힘들게 살고 있었어요. 광산이 문을 닫은 때였죠. 시릴은 암거래를 시작했어요. 대마초, 카오디오, 중고차, 별장의 경보장치 같은 온갖 것을 팔았죠. 모범적인 시민은 아니었어요. 일로나도 마찬가지였고. 결국 둘 다 대가를 치렀어요. 감옥에서 보낸 시간이 2년이 넘었죠. 출소 후에 결혼을 하고 나서 마음을 잡았어요. 정말이에요, 경위님! 르아브르의 네주 거리에 아파트를 마련하고 항구에서 짐을 내리는 일을 시작하고는 아주 열심히 일했어요. 그 일이 마음에 든다고 하더군요. 유럽 부두에서 4년도 넘게 일했는데 어느 날 갑자기 떠났죠."

"기아나로 말인가요?"

"네, 맞아요. 르미르 몽졸리 항구로 갔어요. 머스크 해운회사에서 새로 항로를 열었다고 하더군요. 르아브르보다 월급을 많이 준다고 했어요. 훨씬 더 많이. 하지만 그곳에서 여러 해 동안 일한다는 계약서에 서명해야 했죠."

"망설이지는 않았나요?"

"전혀요. 둘이 같이 2009년 6월에 떠났답니다. 벌써 6년 전 일이네요. 그 후로는 다시 본 게 다 합쳐도 일주일을 못 넘는 것 같아요. 그 아이들이 그 일을…."

마르타는 울컥했는지 고개를 돌리고 정원의 녹슨 그네를 보았다. 마치 저 그네야말로 이 집을 떠나버린 생기의 상징이라는 듯. 개미를 보는 아이는 환영에 지나지 않았다.

조제프가 이어서 말했다.

“5년이 지나고 시릴이 르아브르에 돌아왔을 때, 르아브르 항구에는 더 이상 일자리가 없었다고 합디다. 인원을 50퍼센트나 감축했으니 그럴 만도 하지. 힘쓰는 일은 수요가 없다고 했고. 컨테이너 15,000개가 실린 화물선의 하역에 사람 한 명과 조이스틱 하나만 있으면 다 되니까. 실업 상태에서 잡일을 하며 근근이 살아가고 돈에 쪼들렸다는 얘기 같은 건 구구절절이 할 필요는 없겠소만…. 어쨌든 시릴은 다시 알렉시스와 어울리기 시작했다오.”

마르타는 수가 놓인 손수건으로 눈물을 닦았다.

“아들 부부는 책임을 져야 했어요. 기아나로 떠날 때는 전혀 생각도 못 한 일이었지만…”

“무슨 생각을 못 했다는 겁니까?” 파피가 물었다.

하지만 답은 이미 알고 있었다.

밖에 누워 있는 아이 옆으로 길게 뻗은 풀에서 나비가 날아올랐다. 아이는 나비를 눈으로 좇지도 않았다.

마르타가 말했다.

“시릴과 일로나가 아이를 낳아 데려올 줄은 상상도 못 했어요.”

70

파피는 잠시 말을 멈추고 마루에트의 보고서에서 읽었던 중요한 사항들을 되새겼다. 클리블랜드에 사는 딸 아나이스에게 전화하기 전, 경찰서에서 밤샘근무를 할 때 계속 마음에 걸리던 부분이었다.

순전히 직감 때문이었지만.

그는 다시 유리창 너머로 풀밭에 누운 아이를 관찰했다.

"시릴과 일로나가 아이를 낳아 데려올 줄은 생각도 못 했어요."

보고서에 따르면, 캉의 지방경찰서 경찰들은 2015년 1월 20일 조제프와 마르타 뤼코비크의 집을 방문해서 시릴과 일로나 뤼코비크의 아이에 대해 조사했다. 모든 일은 절차대로 진행돼서, 시릴과 일로나의 부모인 조제프와 마르타가 고아가 된 손자의 양육권을 가졌다. 경찰은 알렉시스 제르다를 비롯한 용의자들의 사진을 아이에게 보여주었다. 그들은 한 시간가량 머물며 아이에게 질문을 했다. 특이한 사항은 전혀 없었다.

보고서에는 아이가 거의 말이 없으며 지능 발달이 더딘 것처럼 보인다고 적혀 있었다. 이들을 방문한 경찰관들은 자연스럽게 받아들인 것 같다. 부모를 잃었으니 충격이 컸을 것이다. 그들은 심리치료를 권하며 조부모와도 대화를 잠깐 나누었지만 수사 면에서는 얻은 것이 없었다. 합리적인 결과였다. 일상적인 절차에 따른 조사였고, 캉의 경찰들은 사소한 것도 소홀히 하지 않으려 노력했다. 목격자들의 증언과 전문가들의 말을 적은 100여 페이지나 되는 서류에서 이들에 대한 탐문 내용은 고작 10여 줄에 불과했다. 그리고 파피를 제외하고는 아무도 거기에 관심을 기울이지 않았다.

파피는 명확하지 않았던 부분을 밝혀내고 싶었다.

"처음 손자를 봤을 때 몇 살이었죠?"

마르타는 앙지 이야기를 할 때처럼 떨리는 목소리였다.

"두 살이 채 안 됐었어요. 기아나에서 막 돌아왔을 때였죠. 거기에서 태어났어요. 그래서 기아나 말고는 가본 데가 없었죠. 그곳은 적도 기후라서 이곳 노르망디에서는 아이가 몹시 추위를 탔어요. 시릴에게는 주의를 주었죠. 아이에게 옷을 잘 입히라고요. 하지만 별로 신경을 쓰지 않는 것 같더군요. 아이는 아주 쾌활하고 나이에 비해서 몹시 영리했어요. 벌써 말도 잘하고, 수다스러웠지요. 아마존 밀림 이야기를 특히 많이 했어요. 원숭이나 뱀, 쿠루 기지에서 발사한 아리안 로켓에 대해 쉴 새 없이 재잘거렸죠. 어떤 건 이미 조금씩 잊어버려서 헷갈려 하긴 했지만…."

그녀는 베란다 아래의 식물들을 가리켰다.

"그 아이는 화분들을 붙여놓고 정글이라며 좋아했어요. 유리컵을 쌓아놓고 로켓이라며 입으로 소리를 흉내 냈죠. 그네 위로 올라가서 원숭이 흉내를 내기도 했어요. 꽥꽥 소리를 지르면서."

"헝겊인형을 좋아했나요?"

마르타의 눈에서 다시 눈물이 흘렀다. 고통과 기쁨이 뒤섞인 눈물이었다.

"구티 말인가요? 맞아요. 구티를 손에서 놓지 않았죠. 그곳에서 부모가 사준 거예요. 더 잘 알려진 아마존의 동물 인형을 사줘도 됐을 텐데. 재규어나 아르마딜로나 나무늘보나 퓨마, 앵무새…. 뭐, 많잖아요. 왜 그렇게 곤란한 선택만 하는지. 어린 시절에 살던 거리 이름이 그래서 그런 건지…. 그리종이 폴란드 말로는 '갉아먹는 동물', 설치류라는 뜻이거든요."

아구티, 그리종, 설치류….

파피는 포티니에 도착해서야 비로소 퍼즐 조각들을 조금씩 제자리에 끼워 넣고 있었다. 시릴과 일로나가 5년 동안 해외에서 살았다는 사실과 구티라는 이름의 헝겊인형, 그리고 마리안이 전화로 얘기했던 원숭이, 앵무새, 열대목, 망사로 덮은 버들가지 요람. 아이의 기억은 옛 나토 기지의 기억과 정글과 로켓의 이미지가 모두 뒤죽박죽 뒤섞인 것이었다.

마르타는 일어서며 목소리를 높였다.

"정말 반짝이는 아이였어요. 별이 되길 꿈꾸는 아이였지요. 그 뒤로는 한 달에 한두 번 정도 볼 수 있었어요. 적어도 행복하게 살 수는 있었을 텐데. 하늘과 가까운 곳에서 태어났으니까요. 이 마을 사람들처럼 땅 아래에서 지내도록 태어난 애가 아니에요. 그 아이는 최소한 이곳을 벗어날 수도 있었을 겁니다. 기회가 있었어요. 그 전에…."

"무슨 일 전을 말하는 거죠, 마르타?"

마르타는 차가운 베란다 유리벽에 몸을 붙였다. 그녀가 말을 하자 유리에 하얗게 성에가 꼈다.

"부모가 눈앞에서 총에 맞는 걸 보기 전에요! 아이가 있으신가요, 경위님? 강도짓을 하고 경찰의 추적을 피하기 위해 30개월 된 아기를 이용하는 무서운 계획을 세울 수 있는 걸까요? 자기 자신의 아이를요. 제 아들과 며느리를 얘기하는 거예요. 그 아이는 살아남을 수 있을까요? 알렉시스가 말했어요. 전혀 당황해하지도 않았죠. 시릴이 총을 맞고 간신히 오펠 자피라의 문을 열고 아들의 눈을 들여다봤다고요. 그러고는 멀어져가면서 등에 세 발의 총을 더 맞았다고 했어요. 아이가 그 충격에서 어떻게 벗어날 수 있겠어요. 절망적이죠. 이 아이의 인생도 결국은 절망적이라고요!"

그녀는 돌아선 채로 다시 한 번 남편의 손을 잡았다.

"조제프처럼 절망적이에요. 평생 땅만 팠는데 결국 얻은 거라곤 규폐증뿐이죠. 남의 보석에 손을 대다가 죽은 시릴도 마찬가지고. 3대가 모두 이 모양이에요."

그녀는 삼면이 벽돌 벽으로 둘러싸인 정원을 보았다. 풀밭에 누워 있는 아이는 잠든 것 같았다.

"우린 이 운명을 절대로 피할 수 없어요, 경위님."

"아이가 그런 기억을 잊는다면 피할 수 있습니다." 파피가 말했다.

마르타는 처음으로 감정을 억누르지 못하는 모습을 보였다.

"어떻게 잊을 수가 있겠어요? 부모가 사라졌다고요! 우리는 이제 너무 늙었어요. 물랭 부부가 그 아이를 계속해서 돌보지 않으면 이 집에서 저 집으로 전전하는 신세가 되고 만다고요! 머릿속에는 부모의 죽음이 선명하게 새겨져 있고요. 절대로 잊지 못할 상처예요."

절대로 잊지 못할 상처.

파피는 마리안과 나눈 대화를 생각했다. 바질 드라공만의 이론에 대한 대화였다. 아이의 기억이 굳어지기 전에 기억을 완전히 지워버리는 게 가능한지, 트라우마가 될 만한 기억도 지울 수 있는지, 특히 트라우마의 경우, 죽을 때까지 간직하고 살게 하느니 차라리 묻어버리는 게 가능한지. 만약 정말로 가능하다면, 트라우마를 묻어버리려는 이 무모한 게임을 위해 얼마나 많은 무의식과 절망과 굳건한 결의가 필요할까?

파피는 그 어떤 대답도 할 수 없었다.

마르타는 다시 정원 쪽으로 돌아서서 풀밭에 누워 잠이 든 아이를 보았다. 아이의 얼굴에는 옅게 미소가 어렸고, 입술에는 가느다랗게 침이 흘렀다. 머리카락이 풀과 뒤섞여 바람에 흔들렸다.

"적어도 이 작은 천사만은 더 행복해지겠지요."

조제프는 생각에 잠긴 것 같았다. 파피는 일어서서 휴대전화를 들었다. 마리안에게 급히 알려야 했다. 이제 모든 조각이 들어맞았다. 그는 노부부와 거리를 두기 위해 두 발짝 걸었다. 햇빛 때문에 베란다의 유리에 그의 그림자가 비쳤다. 뤼코비크 부부와 함께 있어서인지 파피는 자신이 갑자기 늙어버린 것 같았다.

마르타는 3대가 모두 절망이라고 말했다. 파피는 둥지를 떠난 자신의 아이들, 세드릭, 델핀, 샤를로트, 발랑탱, 아나이스, 그리고 거의 본 적 없는 여섯 명의 손주를 생각했다. 그래, 정말 늙어버렸어. 나도 이제 남은 게 없는 걸까?

그는 오래도록 유리에 비친 자신의 모습을 보았다. 마르타는 그가 베란다 너머 더 멀리, 아이를 보고 있다고 생각했다.

마르타의 목소리가 차갑게 울렸다.

"우리에게서 이 아이도 빼앗아 가실 건가요?"

71

오늘, 연인들의 자물쇠가 주렁주렁 달린 데자르 다리를 건너고 있다.

혼자서.

죽이고 싶다.

병의 물을 넘치게 만드는 마지막 한 방울처럼,

나는 다리를 무너뜨리는 마지막 맹꽁이자물쇠가 되고 싶다.

유죄: 19　무죄: 187

www.죽이고싶다.com

열다섯 명의 공항경비대원이 비행기 주위를 서서히 에워쌌다. 커다란 유리창 반대편에서 공항보안책임자가 움직이는 손가락에 맞춰 일사불란한 안무를 선보이는 것 같았다.

마리안은 보안책임자에게는 눈길 한 번 주지 않고 전화를 끊었다. 파피의 말이 머릿속에서 떠돌다가 며칠 전 바질 드라공만이 한 말과 뒤섞였다.

아이의 기억을 지울 수 있는가? 트라우마를 묻어버릴 수 있나? 트라우마가 점점 더 커지고 뿌리를 난난하게 내려서 삶을 갉아먹는 걸 막을 수 있는 것일까?

안 될 이유는 없다.

세 살짜리 아이의 두뇌는 점토와 같다고 했다. 부모가 눈앞에서 총에 맞아 죽는 모습을 못 잊을 이유도 없다. 이 기억을 누가 끊임없이 되살려내지도 않을 뿐더러, 아이는 마법의 지팡이로 단번에 기억을 지워 줄 요정을 찾지 않았는가?

그렇다. 이 아이는 앙지가 자신의 엄마라고 믿고 있다. 앙지는 아이를 구하기 위해 그렇게 조작했다. 구티가 앙지의 도구이자 공범이었다. 앙지는 세상에서 가장 오래된 속임수를 썼을 뿐이다. 하나의 진실과 또 다른 진실의 대립. 아망다 대 앙지. 너무 복잡해서 작은 머리로는 받아들일 수 없는 꼬리에 꼬리를 무는 이야기들. 자신을 사랑하는 두 엄마. 아이에게는 이것만으로도 너무 버겁지 않은가! 그러니 더는 자신을 키울 수 없는 세 번째 존재는 쉽게 잊을 것이다. 그야말로 가장 좋은 방법 아닌가! 아이는 엄마가 자기 눈앞에서 쓰러졌던 장면도 잊고, 차창을 잡았던 피 묻은 아빠의 손도 잊고, 비처럼 쏟아지던 유리 파편도 잊고, 조만간 비에 대한 두려움도 잊을 것이다.

공항보안책임자의 휘둥그레진 눈앞에서 마리안은 낡은 헝겊인형을 꼭 끌어안았다.

앙지는 이 세상 누구보다도 아이를 원했다. 앙지는 좋은 엄마가 될 것이다. 말론은 그녀와 함께 행복하게 클 것이다.

앙지는 아무도 죽이지 않았다.

앙지는 이 아이를 구하기 위해 나와 친구가 되었다. 자기가 이 아이를 얼마나 원하는지 알려주기 위해. 앙지 자신만이 이 아이의 유일한 기회라는 걸 알고 있었으므로.

앙지가 아이 둘을 바꾸자는 제르다의 계획에 동의한 까닭은 적절한 때에 제르다를 제거하기 위함이었다. 알렉시스 제르다는 엄마가 아이를 보호하기 위해 어떤 일을 할 수 있는지 결코 이해할 수 없었다. 같은 아이를 품은 두 엄마. 그래서 알렉시스는 처벌을 받았다. 첫 번째 엄마 아망다는 두 번째 엄마 앙지가 손에 쥐어준 총으로 알렉시스의 가슴에 두 발을 쏘았다.

공항보안책임자는 결말을 내리기로 결심했다. 그는 대머리에 송골송골 맺힌 땀을 닦고는 빨간 손톱의 승무원을 밀치고 마리안 앞에 섰다.

"경감님? 그래서 비행기에 들어갈까요, 말까요? 저 빌어먹을 비행기에 말입니다. 여자 한 명과 꼬마 한 명. 어떻게 할까요? 그 여잔 총도 없잖습니까? 도대체 뭘 기다리는 거죠? 비행기 이륙을 막아놓고 도대체 뭘 하는 거냐고요!"

지베 경위는 부르덴과 콩스탕티니와 함께 그들 뒤에 서서 사태를 지켜보았다.

마리안은 대답하지 않았다. 현기증이 났다. 활주로에 멈춰 있는 비행기, 비행기를 둘러싼 무장 대원들, 소리 지르는 키 작은 대머리, 꼿꼿하게 차렷 자세로 선 경비대원 둘, 승무원의 경직된 미소. 주변의 모든 것들이 정지해 있는데, 대머리 남자만 사납게 짖어댔다.

"빌어먹을! 비행기 한 대의 이륙을 막으면 다른 비행기들도 모두 이륙을 못 한단 말이에요! 뒤에 비행기 네 대가 기다리는 거 안 보여요? 제기랄! 지금 현장에 무장경비대원을 잔뜩 보냈어요. 몇 초면 데리고 나올 수 있다고요!"

"진정하세요." 마리안이 반사적으로 말했다. "아이와 엄마에 대한 일입니다."

남자가 다시 소리쳤다.

"그렇다면 애초에 착륙을 막으라는 지시는 왜 했습니까? 왜 20분 전부터 비행기를 막아두게 해서 이 혼란을 일으켰느냐고요!"

그는 경감의 권위에 도전하고 싶었다. 권위 대 권위, 법 대 법. 필요하다면 육탄전이라도 할 준비가 돼 있었다. 지배자인 남성의 권위를 보여주리라.

그는 셔츠의 목 단추를 풀고 윗주머니에 꽂은 레이스 장식을 꺼내 마리안의 가슴에 집어던졌다.

결말을 짓고 말겠어!

마리안은 남자에게 눈길조차 주지 않았다. 대신 붉은 머리에 빨간 입술로 미소를 짓고 있는 승무원에게 몸을 돌렸다.

그러고는 승무원의 어깨에 한 손을 다정하게 올리고 다른 손을 내밀었다. 세상에서 가장 미묘한 임무를 맡기는 걸 이해해달라는 듯이.

승무원도 그 손을 마주잡았다. 부드러운 손이었지만 승무원은 자신이 무슨 일을 해야 할지 알 수 없었다.

마리안은 보안책임자의 도전에 응답이라도 하듯 모두가 들을 수 있게 큰 목소리로 말했다.

"아이가 인형을 잃어버렸어요. 아이는 이 인형 없이는 떠날 수 없어요."

72

작은 바늘 5, 큰 바늘 3

라에브 곶이 작은 점으로 보이다가 1초도 안 돼 보잉 737의 날개 밑으로 사라져버렸다. 이제 비행기 창밖에는 바다밖에 보이지 않았다. 바다 위로 솜뭉치 같은 흰 구름이 떠다녔다. 깃털베개에 슬그머니 파고드는 꿈처럼, 비행기는 구름을 가르지 않고 그 속으로 지나갔다.

말론은 구티를 꼭 끌어안은 채 앙지의 무릎을 베고 잠들었다. 헝겊 인형이 말론과 같은 리듬으로 숨을 쉬듯 규칙적으로 오르내렸다. 완전히 지쳤나 보네. 앙지 역시 지쳤다.

그녀가 써내려간 위대한 모험의 대단원에서 주인공은 단잠에 빠져 휴식을 취하고 있다.

앙지는 이 느낌이 좋았다. 팔 하나, 다리 하나 마음대로 움직일 수 없이 포로가 된 느낌. 아이의 호흡에 따라 움직이는 나른한 감각. 다음 호흡 때까지 섣불리 움직여선 안 된다. 아이를 깨우는 어떤 행동도 안 된다.

승무원이 미소를 지으며 아무 문제없는지 상냥하게 물었다. 앙지는 승무원이 잠든 아이에게 다정한 눈길을 주는 것도 좋았다.

이 순간을 얼마나 꿈꾸어 왔던가.

아이에게 두 번째 기회를 주는 것. 사실은 아이가 자신에게 선물을 주었다고 해야 더 맞는 표현 같지만. 아무래도 상관없다. 이제부터는 나 역시도 구티처럼 말론의 호흡에 맞추어 살아갈 테니까.

그녀는 푸른 벨벳 좌석에 천천히 등을 기대고 눈을 감았다.

사실 모든 것이 쉬웠다.

알렉시스 제르다는 위험하지만 예측 가능한 사람이었다. 그래서 아이의 목숨을 구할 수 있었다. 아이를 바꾸면 된다고 설득했다. 단 몇 개월만, 아이가 모든 걸 잊을 때까지. 멍청한 알렉시스! 아이는 가장 끔찍했던 일들을 다 잊을 것이다. 하지만 나머지, 꼭 기억해야 할 것들은 결코 잊지 않는다. 구티가 있으니까.

앙지는 일로나와 시릴이 방치하다시피 한 이 아이를 포기할 수 없었다. 도빌 사건을 공모하는 몇 달 동안 앙지는 아이에게 유모이자 누이이자 엄마 역할을 했다. 다른 친구들이 평생 먹고 살 재산을 마련하겠다며 단 3분 만에 끝낼 강도 계획을 수천 번 되새기고, 도빌 거리와 지도 구석구석을 외우고, 초 단위 일정을 되풀이하는 동안, 아이를 밤에 재우고, 아침에 깨우고, 씻기고, 이야기를 들려준 사람은 그녀였다.

따지고 보면 구티의 이야기는 다 사실이다. 앙지가 엄마였다. 진짜 엄마. 아이 부모가 하늘나라로 가기 아주 오래전부터.

아망다 물랭의 행보도 예상할 수 있었다. 물론 아망다 역시 새로운 말론을 사랑하게 되었고, 아이를 지키고 함께 있기 위해서라면 무슨 일이든 할 준비가 되어 있었다. 천국행 티켓을 발견한다면, 아이와 함께 세상 끝 어디라도 갈 수 있었고, 지옥행 무기를 갖게 된다면, 앞길을 방해하는 자는 모조리 제거하고 아이와 떠날 수 있었다.

경찰들이 비행기표 검색 기록을 찾아내도 상관없었다. 그것 역시 수사에 혼선을 주는 방법이니까. 앙지는 나토 기지에 있던 제르다의 노트북으로 비행기표를 검색했다. 검색한 흔적은 놔두었지만 마지막에 아망다와 말론 물랭의 이름으로 예약한 흔적은 지워버렸다.

단지 마리안 오그레스만은 예측할 수 없었다. 그녀가 이해해주기만을 바랐다. 제발 너무 일찍 오지 않기를, 창고에 숨어 있는 나를 잡지 않기를 바랐다. 마리안에게 익명으로 편지를 보내 친분을 쌓는 계기로 삼았다. 그리고 친구가 되어 속마음을 모두 털어놓았다. 그전까지는 가장 가까운 친구에게도 그만큼 속내를 얘기한 적이 없었다.

거짓으로 포장한 진심. 그건 바로 자유를 담보로 한 도박이었다.

마지막으로 자신이 부정해버린 심리분석이론에 대해 다시 한 번 생각했다. 바질 드라공만과 기억의 복원력에 대해 오랫동안 이야기를 나누었지만, 마음 깊은 곳에 감춰진 트라우마를 기억하고 마주하는 것이 낫다는 견해에는 아무래도 동의할 수 없었다. 나쁜 기억은 망각 속에 잠들게 내버려두는 편이 옳다고 생각했다.

'알 권리'를 빙자해 아이에게 무거운 진실을 알리고 평생 짊어지게 하는 것이 낫다고 생각하지 않았다. 차라리 거짓말을 한다면, 아이는 망친 페이지를 찢어버리고 깨끗해진 노트에 자기 인생을 다시 써내려 갈 수 있지 않겠는가!

물론 그녀는 트라우마나 무의식이나 감춰진 기억이 평생 말론을 따라다닐 것임을 안다. 하지만 아이를 향한 자신의 사랑이 그런 것들의 무게보다 더 가벼우리라곤 생각할 수 없었다.

보잉기가 고도를 높였다. 강 하구는 이제 아주 작아 보였다. 몇 초 후면 구름 위, 세상의 반대편 위를 날게 될 것이다. 점점 짙어지는 어둠 속에서 삶의 흔적은 도시의 반짝거리는 불빛으로만 남았다. 자동차들도 이미 전조등을 켰다.

이 땅을 떠나 다른 대륙으로 가며 앙지는 티모를 생각했다. 자신의 계획에서 유일하게 한계에 부딪친 것이 티모다. 그는 함께 도망칠 수 없었다. 총상을 입어 비행기를 타는 것도, 출국심사대를 통과하는 것도 불가능했다.

그녀는 말론의 이마에 손을 얹었다. 그리고 아이가 꿈속에서 자신의 말을 새기도록 귀에 대고 속삭였다.

"아빠는 나중에 오실 거야."

그녀는 그렇게 되기를 희망했다. 간절하게. 티모는 완벽한 아빠가 될 것이다.

말론이 깨지 않도록 주의하면서 그녀는 다시 창밖을 내다보았다. 구름이 땅 위에 있는 모든 생의 흔적을 서서히 집어삼켰다. 마지막으로 본 장면은 온통 노랗게 반짝이며 거미줄처럼 이어진 도시였다. 그중 다른 불빛보다 더 빠르게 구불구불 나아가는 파란 불빛 하나가 보였다.

73

의대 첫 학기 성적표가 나왔다. 1128등. 117등 밑이면 탈락이다.

죽이고 싶다….

사람을 치료하겠다는 의지가 사라졌다. 선택의 여지가 별로 없다.

사형집행인? 청부살해업자? 추리소설 작가? 무엇이 되면 좋을까?

유죄: 27　무죄: 321

www.죽이고싶다.com

경광등과 요란한 사이렌 소리가 긴급상황이 일어났음을 알렸다. 부아오코크 거리로 들어서는 앰뷸런스 경광등의 불빛에 마르루주 타워의 높다란 벽이 파란색으로 물들었다. 빠른 속도로 지나가버렸지만 그새 발코니로 나와 내다본 주민들도 있었다. 앰뷸런스가 지나간 후에도 사이렌 소리는 건물 벽에 부딪쳐 메아리를 남기며 멀어져갔다.

앰뷸런스가 몽가야르 쇼핑몰을 지났다. 경쟁이라도 하듯 눈부시게 번쩍이는 간판들의 네온등이 300미터가량 이어지다 사라졌고, 드넓은 수자상과 드문드문 서 있던 자들도 곧이어 시야를 벗어났다.

앰뷸런스는 코르네유 거리 쪽으로 내려갔다.

모노드 병원은 이제 2킬로미터밖에 남지 않았다. 구급의료센터의 위치안내시스템은 남은 시간이 1분 32초라고 초 단위까지 정확하게 알려주었다.

바로 앞에서 오토바이가 급정거했고, 소형 화물차가 옆으로 비켜섰다.

이봉은 같은 속도로 계속해서 달렸다. 그는 기록을 깨고 싶은 생각이 전혀 없었다. 늘 경험으로 달렸고, 정확하게 타이머에 맞춰 자동차 엔진을 움직였다.

더 빨리 달리는 건 미친 짓이다.

앰뷸런스가 도심으로 들어갔다. 이봉은 교차로에서 반대방향으로 틀어 버스전용차로로 들어섰다.

55초.

이제 프릴뢰즈 거리를 거슬러 올라가면 목적지가 있다.

장갑을 낀 손이 이봉의 어깨를 잡았다.

그러려니 했다. 열 번에 한두 번은 그랬다. 3년 전부터 함께 앰뷸런스를 타는 동료 탕기와는 굳이 서로 말할 필요도 못 느꼈다.

둘은 깨끗하게 정리된 부지의 도로를 따라 달렸다. 이봉은 차를 멈추고 후진하여 버스 뒤에 주차했다. 그가 경광등과 사이렌을 끄고 탕기를 돌아보았다. 뒷좌석에는 흰 셔츠를 입은 젊은 여자도 있었다. 처음 보는 얼굴이니 신입일 것이다. 늘 함께 다니는 응급전문의 에릭도 있었다.

이 일에서 말을 하는 사람은 에릭이다. 이런 특권은 늘 그에게 돌아갔다. 특권이라고 부를 수 있을지는 모르겠지만.

그가 마지막 말을 하고 마지막 행동을 한다..

옆에 선 12번 버스에서 차례차례 내린 흐릿한 그림자들이 건물의 기다란 통로 입구로 사라졌다.

"이제 끝났어." 에릭이 앳되고 잘생긴 티모 솔레르의 얼굴을 생존담요로 덮으며 말했다.

6개월 후

74

브리간딘 호텔 테라스에 있는 사람들은 대부분 남자였다. 아니 남자들밖에 없었다.

물리학자, 컴퓨터전문가, 물류전문가, 기술자. 쿠루 우주기지의 로켓 전문가들이 모두 모였다. 아리안 로켓을 쏘아 올리기 위한 297번째 모임이다. 로켓 발사는 두 시간 후로 예정되어 있었다. 넥타이를 맸거나, 폴로셔츠를 입었거나, 카키색 버뮤다팬츠를 입은 사람들은 이른 오후의 찌는 듯한 무더위 때문에 스트레스를 더 받는 듯했다. 대나무 벽 뒤에서 호텔 수영장의 물소리와 웃음소리가 들렸다.

몇백 미터 떨어진 철조망 너머, 후텁지근한 안개 속에 우뚝 선 아리안 로켓은 지평선을 장악하며 거대한 그림자로 야자나무와 격납고를 뒤덮었다. 아리안의 크기와 우아한 자태는 흡사 개간지에 제일 먼저 세워져 그 중심으로 도시가 형성된 고결한 성당처럼 보였다. 하지만 이 성당은 변덕스러워서 신에게 도전하기 위해 하늘로 솟구쳐 오르며 금속 조각의 천사들을 공중에 흩뿌린다.

막시밀리앙은 한 손에 모히토를 들고 테라스로 들어가는 순간, 그녀를 보았다.

유일한 여자다!

빗자루를 든 여자나 바에서 가슴이 깊이 파인 옷을 입은 메티스서유럽인과 원주민 사이의 혼혈인 종업원들은 그의 관심 밖이었다.

그녀는 어느 샹송 가사처럼 민트차를 앞에 두고 생각에 잠겨 있었다. 주크박스와 화려한 스포트라이트만 있었다면 완벽했을 것이다.'민트차', '주크박스', '화려한 스포트라이트'는 에디 미첼의 샹송 〈민트차 색Couleur menthe à l'eau〉 가사에 나오는 단어들이다. 검은 뿔테 안경, 꽃무늬 원피스로 내려온 길게 땋은 머리, 적당히 그을린 구릿빛 팔과 다리. 젊고 아름다운 여자였다. 기아나에 온 지는 몇 달 전일 테고, 1년은 안 되었을 것이다. 막시밀리앙은 여성들의 다리 색만 봐도 언제쯤 기아나에 왔는지 짐작할 수 있었다.

그는 여자에게 다가갔다.

"여기 앉아도 되나요?"

테라스에 사람들이 북적여서 핑계를 대기 좋았다. 그녀가 미소를 지었다. 백 점!

"그럼요, 괜찮아요."

그녀는 안경을 슬쩍 치켜 올리며 남자를 보았다. 매력적인 남자다. 그녀의 눈은 틀리지 않았다. 또 백 점 추가!

남자는 그녀와 나이차가 그리 많이 나지는 않았다. 기껏해야 다섯 살 위. 그 역시 꽤 오랫동안 공들인 구릿빛 피부를 지녔지만, 기아나와 본국을 3주씩 번갈아 오가며 지내고 있다. 그는 간략하게 자신에 대해 설명했다. 로켓 발사에는 어느 정도 자신의 공이 들어갔다. 자신은 엔지니어와 기술자로 구성된 30명가량의 기술진을 이끌고 있다. 로켓 발사를 할 때마다 엄청난 아드레날린이 뿜어져 나오는데, 이번이 열다섯 번째임에도 아직 그 흥분에 익숙해지지 않는다. 두둑한 보수를 받고 있고, 이곳에 자주 온다. 로켓 발사 후에는 따분한 시간을 보낸다. 그래서 사람들과 만나는 게 즐겁다. 어릴 때 우주비행사가 되고 싶었고, 지금은 꿈을 거의 이룬 셈이다.

그가 젊은 여인에게 손을 내밀었다.

"막시밀리앙입니다. 막스라고 불러주세요."

"앙젤리크예요. 앙지라고 불러주세요."

그들은 거의 동시에 웃었다. 다시 백 점 추가! 막스는 자신을 자세히 소개하고 앙지의 말을 주의 깊게 들었다. 그녀는 그에 비해 말수가 훨씬 적었다. 해결할 일이 있어 이곳에 왔으며 며칠만 머물 예정이라고 했다. 그리고 베네수엘라에 더 자주 거주한다고 했다. 그는 잠시 그녀의 옆에 놓인 웨스턴 유니언온라인 해외송금 취급 은행 볼펜을 보며 밀수업자가 아닐까 하는 생각을 했다. 그들은 프랑스에서 사고를 치고 프랑스 경찰을 피해 도망 다니며 다람쥐원숭이처럼 적도의 숲으로 숨어든다.

검은 테 안경 뒤로 느껴지는 도망자의 분위기. 그래서인지 더 신비로워 보였다.

그녀는 막스의 손가락이 자기 손을 어루만져도 가만히 있었다. 자, 이제 유혹할 시간이다. 에둘러 말할 필요가 없다.

그는 약지에 결혼반지를 끼고 있었다. 막스가 단도직입적으로 말했다.

본국을 떠난 사람들의 특권. 적도와 습기. 모든 것이 이유가 되었다.

"당신은 정말 아름다워요, 앙지."

"당신은 아주 정중한 바람둥이네요, 막스."

그들의 축축한 손가락이 마치 첫 탱고를 추는 커플처럼 얽혀들었다. 앙지의 눈이 빛났다.

"그리고 분명히 멋진 연인일 거예요. 제가 마지막으로 사랑을 나눈 게 언젠지 아신다면 깜짝 놀랄걸요."

막스는 여자의 대범함에 적잖이 당황했다.

"하지만 당신이 정중하고 멋진 연인인 걸로는 부족해요, 막스. 제가 원하는 조건이 있거든요."

"그게 뭔가요?"

엔지니어는 다시 웃음을 되찾았다. 여자는 게임을 하고 싶은 듯했고, 막스는 그게 마음에 들었다. 하지만 그녀가 원하는 게임이 무엇인지 물어볼 필요는 없었다. 그는 이미 무슨 게임이든 응할 준비가 되어 있었다.

생기 넘치는 아름다운 눈이었다.

"엄마, 아직도 더 기다려야 돼? 로켓이 곧 발사될 텐데."

네 살쯤 된 아이가 테이블 사이로 걸어와서 젊은 엄마의 무릎 위로 단숨에 뛰어올랐다. 그 바람에 모히토와 민트차가 흔들렸다. 로켓이 불을 뿜기 시작했다.

"알았어, 우리 강아지. 그걸 보러 왔잖니."

아이는 장난스럽게 웃으며 커다란 쥐 모양의 더러운 헝겊인형을 들고 테이블과 웨이트리스들을 요리조리 피해 거대한 흰 로켓이 가장 잘 보이는 난간으로 갔다.

막스는 칵테일의 절반을 마시고 앙지에게 물었다.

"네 살?"

"곧 다섯 살이 돼요. 제가 찾는 조건이란 저 아이예요. 저는 연인이 필요하고 아이는 아빠가 필요하거든요."

"두 가지 조건이 분리될 순 없나요?"

"없어요."

"타협 가능한가요?"

"아니요."

막스는 크게 웃었다. 그는 손가락으로 아이폰을 열고 화면의 사진을 테이블에 올려놓고 앙지에게 보여주었다.

"미안해요, 앙지. 난 이미 가정이 있어요. 셀레스트와 콤, 아르센을 소개할게요. 세 살, 여섯 살, 열한 살이에요. 그 옆은 엄마 안 베로니크예요. 제가 사랑하는 가족들입니다."

그가 모히토 잔을 들고 일어섰다.

"아스타 라 비스타, 세뇨리타."

그는 철조망 너머 풍경을 잘 보려고 플라스틱 의자를 딛고 난간에 매달린 꼬마를 다시 한 번 보았다.

"잘 지내요, 앙지. 꼬마에게 별을 보여주세요. 그럴 자격이 충분하군요."

그는 그녀의 손에 입을 맞췄다.

"아빠가 별로 필요한 것 같지 않은데요."

앙지는 그가 브리간딘 호텔 안으로 사라질 때까지 눈으로 좇았다. 그러고는 다시 주위 테이블의 남자들을 보았다. 혼자, 혹은 둘, 혹은 그룹으로 온 남자들이 웃거나 장난을 치거나 따분해 하거나 졸고 있었다.

75

아망다 물랭은 4개월의 징역형을 선고받았다. 알렉시스 제르다를 살해한 건 그녀 자신이나 변호사가 굳이 주장하지 않았는데도 정당방위 판결을 받았다.

징역형을 받은 건 다른 혐의 때문이었다. 신분 사칭, 도주, 납치 미수.

그녀는 렌 교도소에 수감되었다. 첫 보름간은 아침 산책 시간이 끝날 때마다 매일 편지 한 통을 받았다. 소인은 포티니. 그리종 거리 23번지. 조제프와 마르타 뤼코비크의 주소였다.

물론 아망다는 그들을 잊지 않았다. 한 번도.

그녀는 봉투 안에 무엇이 들어 있을지 잘 알았다. 말론의 사진이다. 항상 똑같은 사진. 하루를 어떻게 보냈는지도 매일 똑같았다. 말론은 죽지 않을 것이다. 변호사가 알려준 첫 번째 소식이었다. 디미트리가 그녀를 속였다. 알렉시스 제르다와 짜고, 졸리오퀴리 클리닉의 검사 결과 통보서를 위조했다.

물론 말론의 뇌를 지나는 미세한 균열이 뇌간과 척수 사이의 뇌교까지 이르러 운동성과 감각을 손상시키긴 했지만 사는 데 필요한 기능들은 손상되지 않았다.

그것은 이제 문제되지 않았다. 다는 상관없었다. 어떤 면에서는 말론이 죽은 편이 나았다고 생각했다. 이 모든 일이 끝나버렸으면…. 못 하나, 침대 시트, 작은 의자 하나만 남아 있다면 그녀는 이 감방 안에서 목을 맸을 것이다.

3주가 지난 후 누군가 그녀를 불러냈다. 아망다보다 젊은 여자가 면회실에서 기다리고 있었다. 자신을 사회복지사라고 소개하며 아동 담당 판사가 방금 결정을 내렸다고 했다. 말론과 아무런 혈연관계나 양육의무가 없는 뤼코비크 부부에게서 말론의 양육권을 철회하고, 그녀가 수감돼 있는 동안 특수의료기관에 위탁할 것이라고 했다.

"제가 나가면요?"

젊은 복지사는 눈을 내리깔고 대답하지 않았다. 그녀는 잠자코 아망다에게 서류를 내밀었다. 판사와 지역보건소와 특수의료기관에 제출할 서류였다. 아망다는 읽어보지도 않고 서명했다.

판사의 명령은 매주 기관을 통한 방문이었다.

아망다는 선택의 여지없이 두 명의 간수와 함께 의무적으로 수요일 아침 10시 30분에 말론을 만났다. 말론 담당 치료사가 동행해서 유리창이 없는 3제곱미터의 작은 방에서 만났다.

엄마를 만나는 10분 동안 말론은 아망다 뒤편 벽의 파리에 집중했다. 치료사는 아망다 또래의 여성이었는데 첫 만남에서 몇 가지 질문을 했다. 안아주지 않으세요? 입 맞추지 않으세요? 아무 말도 안 해주세요? 결국에는 그녀도 입을 다물었다.

매주 수요일마다 아망다는 그곳에 갔다. 이제는 순순히 가서 앉았고 벽에는 파리도 없었다.

매번 새로운 치료사가 함께 왔다. 결국은 아망다가 반응을 보였다. 매주 다른 여자와 왔다가 떠나는 말론의 모습은 마치 고역이라는 듯이 서로 떠넘기고 싶어 하는 귀찮은 물건에 불과해 보였다.

매주 수요일마다 그녀 안에서 무언가가 서서히 눈을 떴고 자라났다.

그녀는 희망을 가지기 시작했다. 몇 주만 지나면 나간다. 그러면 말론을 다시 데리고 있을 수 있다. 직접 말론을 돌볼 것이다. 말론의 상태가 어떻든 간에 있는 그대로 받아들일 것이다.

그녀가 수감생활을 끝내자 담당 판사는 아망다와 말론에게 몇 가지 테스트를 받게 했다. 아망다는 반나절 동안 교도소의 심리상담사가 던지는 질문에 답변했고, 말론은 계단에서 떨어진 후 수술을 해주었던 소아신경외과 의사인 라크루아에게 맡겨져 이틀 동안 검사를 받았다.

아망다는 출소하던 당일에 라크루아를 만나러 갔다. 그는 대기 중인 환자나 놀이방에서 기다리는 꼬마가 한 명도 없는데도 한 시간이나 기다리게 했다. 세 명의 간호조무사들만 옆의 복도에서 수다를 떨고 있었다.

마침내 의사가 그녀를 불러들였다. 그는 판사와 오랫동안 얘기를 나눴다고 하면서 말론을 특수의료기관에 보내야 한다고 했다.

특별한 보호와 관찰과 돌봄과 정기적 치료가 필요하며, 아이가 보고 싶을 땐 언제든지 볼 수 있다고 말했다.

"제게 아이를 돌려주세요." 아망다는 짧게 말했다. "제발요, 선생님."

라크루아는 아무 말 하지 않았다. 그는 은제 펜을 빙빙 돌리며 아망다가 가져온 말론의 가정보호허가서를 투명파일에서 꺼내볼 생각도 하지 않았다. 의사의 서명이 꼭 필요한 서류였다.

"제발요, 선생님."

아망다의 말투에는 어떤 적의도 없었다.

의사는 대답 대신 의료기록을 앞으로 밀었다. 아망다는 기계적으로 눈으로 훑었다. 결과에 대해서는 이미 외울 정도로 알고 있었다. 새로운 증상은 없었다. 답보 상태. 인지반응이나 감정반응은 전혀 없음.

"아이를 위해서입니다, 물랭 부인." 의사는 확신을 가지고 말했다. "아이를 뺏기 위해서가 아니에요. 말론은 특수의료기관에서 더 잘 지낼 수 있을 겁니다. 그래서…."

아망다는 의사의 말을 귓등으로 흘린 채 의학 자료를 보고 있었다. 필라델피아 하퍼대학병원에서 발간한 이 자료는 이미 수십 번이나 읽었는데도 시선을 뗄 수 없었다. 손상된 뉴런에 새로운 축삭돌기를 이식하는 방법으로 뇌손상을 치료하는 곳은 전 세계에서 이 병원이 유일했다. 30명으로 구성된 임상신경외과팀이 소책자를 만들어 배포했다. 이 기술은 현재 미국에서만 가능한 것으로, 수술을 받아 회복된 사람들의 명단이 세 단락에 걸쳐 적혀 있었다. 물론 프랑스에는 전혀 알려진 이름들이 아니었다.

비용은 68만 달러.

"이해하실 거라 생각합니다." 라크루아가 말을 이었다. "정말 유감이지만 말론을 부인께 맡기는 모험을 할 수가 없습니다. 말론의 상태가 심각하기도 하고, 더구나 그동안 일어났던 일들을 생각하면…."

아망다는 의사가 수술비에 비하면 아마도 새 발의 피에 불과할 은제 펜을 서랍에 넣으며 미소 짓는 모습이 끔찍하게 싫었다.

모리스라벨 광장은 전혀 바뀌지 않았다. 이웃들은 창가에 붙어 아망다의 귀가를 지켜보았다. 집에는 먼지가 가득했고 냉기가 돌았다. 대나무 돗자리에는 아직도 붉은 자국이 남아 있었고, 어머니날을 기리는 시들은 말린 꽃과 나비로 장식한 액자 속에 여전히 들어 있었다.

아망다는 울 힘도 없었다.

그녀는 사흘 동안 집에서 나가지 않았다. 먹지도 않고, 거의 자지도 않았다. 사흘 후, 우체부가 울타리를 넘어와 문을 두드렸다. 아망다가 우편물이 가득 쌓인 우편함까지 나가보지도 않았기 때문이다.

우체부는 아망다에게 기아나에서 온 편지를 내밀었다.

아망다는 유일하게 삼킬 수 있는 커피를 들고 식탁에 앉아 편지를 뜯었다.

첫 장은 단 두 마디 외에는 하얀 여백뿐이었다.

말론을 위해

그리고 서명이 있었다.

앙지

두 번째 장에는 10여 줄에 걸친 글이 있었다. 아망다는 대각선으로 읽어 내려갔다.

여성스러운 필체였다. 소식을 더 빨리 전하지 못해 미안하다고 시작한 글은 베네수엘라에서 직접 보낸 소포와 앙베르의 보석상, 네덜란드의 중개상에 대해 얘기했다. 그리고 싱가포르, 타이베이, 요하네스버그, 두바이 등 여러 나라의 고객들에게 물건을 보내는 일이 꽤 복잡했다고도 설명했다.

마지막 두 줄에는 이름과 숫자만 적혀 있었다.

로이드 앤 롬바르드, 취리히 연합 은행

계좌번호: CH10 00230 00109822346

76

마리안은 숫자에 제한을 두지 않겠다고 결심했다. 손님 수든, 자신이 비울 술병 개수든. 단 하나만 한계를 정했다. 바로 자신의 생일케이크에 꽂을 초의 개수다.

40개.

마리안은 저녁 파티 동안 경찰당국의 감찰조사나 아마도 정직 처분을 받게 될 코앞으로 다가온 징계에 대해서 잊어버렸다. 그리고 손에 술잔을 든 채 이 친구 저 친구들 사이로 쉴 새 없이 돌아다녔다. 그녀는 '노 키즈No Kids'라고 적힌 꼭 맞는 티셔츠를 입고 신나게 외쳐댔다.

"자유를 위하여!"

지베는 밤 11시경에 핫팬츠와 진분홍 배꼽티를 입은 열 살 어린 여자를 껴안고, 등 뒤에는 샴페인 한 병을 감춘 채 나타났다. 그는 최근에 이혼을 했는데, 판사가 그에게 자녀를 교대로 양육할 권리를 거부한 마당이라 겸사겸사 샴페인이나 딸 생각이었다.

그는 3시간가량 머물다가 마리안의 이마에 우정 어린 입맞춤을 하고는 로린의 친구들을 만나러 클럽에 가야 한다고 귀에 대고 속삭였다.

다른 이들은 좀 더 늦게 새벽 3시부터 하나둘 떠나기 시작했다. 새벽 5시에는 여기저기 늘어져 있는 잔들, 가구들 위에 아무렇게나 놓인 종이접시들, 뚜껑을 닫지 않은 술병들, 으스러진 조각케이크들, 한 입만 베어 물은 과자들로 난장판이 되어 있었다. 남은 사람은 파피뿐이었다.

마리안은 한손으로 데스페라도 맥주병을 집어들고, 소파에 있던 고양이 모과이 옆에 풀썩 주저앉았다.

“정리 좀 도와줘요?”

“놔둬요, 파피. 나중에 하면 돼요. 이제부턴 내 인생에 시간이 넘쳐나니까.”

파피가 맥주를 땄다.

“누구 들으라는 말인지, 원….”

파드루 경위는 지난주에 은퇴했다. 27년 동안 근무했고, 쉰두 살이 되었다.

마리안은 취해서 손에 들고 있던 병을 바닥에 떨어뜨렸다. 맥주가 소파 위로 흘렀다.

“당신을 파피라고 부르는 건 정말 바보 같아. 기껏해야 나보다 열 살 정도 많을 뿐인데. 내 또래 남자들보다 훨씬 젊어 보이는데 말이지. 당신은 혼자이니 보고해야 할 사람이 없지? 이리 와봐요. 가까이 와보라고.”

그녀는 파피에게 자리를 만들어주려고 몸을 웅크리며 발끝으로 고양이를 쓱 밀어냈다. 파피는 그저 웃고만 있었다.

“뭘 원하는 거죠, 마리안?”

마리안도 웃었다.

“섹스. 내 새로운 삶을 축하하고, 당신의 삶도 축하하자고. 딱 섹스만. 내 이성은 바라지도 않으니 걱정 마시고. 설마 아기가 생기겠어? 당신은 벌써 아기도 많이 만들었잖아.”

파드루 경위가 의자를 가져와 마리안 앞에 앉았다.

"그걸 원하는 거야, 마리안?"

"뭐, 섹스? 흥…, 그래요. 한 번만. 어떨지 보게. 우리 사이엔 이제 계급 같은 거 없으니까."

"아기 말이야. 아기를 원해?"

마리안은 천근만근으로 머리가 무거웠지만 그래도 어쨌거나 거의 자동적으로 고개를 끄덕였다. 그래, 뭐, 안 될 이유가 있나.

파피는 몸을 구부리고 그녀의 손을 잡았다.

"진심이야, 마리안? 아기를 원하는 거야? 6개월 후에 내 일부가 자라는 당신의 동그란 배에 손을 얹어 봐도 되는 거야? 10개월이 지나서 나보고 인터넷 서핑 같은 건 하지도 말고, 울어대는 아기 옆에서 밤을 새우라는 거야? 크리스마스에는 혼자 지내는 대신 반짝이는 별을 단 전나무 아래에서 아기와 함께 보내라고? 그럼, 해마다 하얀 턱수염을 단 뚱보 할아범이 올 테고, 정원에선 다시 그네가 삐걱거릴 테지. 자전거도 다시 꺼내야겠네. 다시 항구로 산책을 다니고 수영장에도 가야 할 이유가 생기겠어. 축제가 열리면 재미있는 곳들을 다 둘러본다는 핑계로 아이를 데리고 늦게까지 돌아다닐 테고, 아이와 함께 만화를 잔뜩 보겠지. 정말 그걸 원해? 내가 예순 살이 되면 열 살이 채 안 된 우리 아이가 아침마다 키스를 해주겠지. 내 무릎에 뛰어오르며 '아빠, 수염이 따가워!'라고 말하면서도 내게 입을 맞춰줄 거고. 늙은 바보가 되면 안 될 텐데. 나한테 더 이상 할 말도 없는 손자들에게는 이제 전화하지 말라고 해야겠지. 대신 이야기를 해달라고 조르며 방에서 못 나가도록 등이 휘어질 만큼 내 목에 매달리는 아이와 시간을 보내게 될 거야. 정말이지, 마리안? 아기를 원하는 거지? 당신은 시간을 거꾸로 되돌리고 태엽을 되감아서 내가 그 모든 걸 다시 시작하기 원하는 거지? 그러면 내 인생은 단번에 20년이 덤으로 생기는 거야. 정말, 진심으로 그렇게 되는 걸 원하는 거야, 마리안?"

마리안은 파피의 손을 잡아 끌어당겼다.

은퇴한 경위 파드루는 마리안이 이끄는 대로 가만히 있었다.

"실망하지 않을 거야. 난 완벽한 아빠가 될 테니까."

마리안은 파피의 입술에 자기의 입술을 가져가며 중얼거렸다.

"그러는 게 좋을걸. 난 아주 성가신 엄마가 될 테니까."

이선화

한국외국어대학교 불어과와 동 대학 통역대학원 불어과 졸업.
전문번역가로 활동하며 작가의 의도를 충분히 살리면서 매끄럽게 표현하기 위해 늘 고심한다. 옮긴 책으로 《나의 페르시아어 수업》(공역) 《언어의 7번째 기능》《나는 일그러진 사랑과 이별했다》《히틀러의 요리사》《고대 그리스의 의사소통》《인간을 위한 우주》《곤충과 더불어 살기》 등이 있다.

엄마가 틀렸어

발행일 2019년 10월 1일 초판1쇄

지은이 미셸 뷔시
옮긴이 이선화

펴낸이 김도연
펴낸곳 달콤한책
출판등록 2012년 4월 19일 제300-2012-64호
주소 03620 서울시 서대문구 세검정로 4가길 29-7
전화 070-8202-3382
팩스 02-6008-3397
이메일 sweetbooks@sweetbooks.net
홈페이지 www.sweetbooks.net
페이스북 facebook.com/dalcombooks
트위터 twitter.com/dalcombooks
ISBN 979-11-962801-2-3 03860

이 도서의 국립중앙도서관 출판예정도서목록(CIP)은 서지유통정보지원시스템 홈페이지(http://seoji.nl.go.kr)와 국가자료공동목록시스템(http://www.nl.go.kr/kolisnet)에서 이용하실 수 있습니다. (CIP제어번호: CIP2019034533)